Petra Gabriel

Die Gefangene des Kardinals

Zu diesem Buch

In den Wirren des Dreißigjährigen Krieges gerät Johannas Leben aus den Fugen. Eben noch war sie nichts weiter als die Tochter des Bürgermeisters in einer kleinen Stadt am Rhein, teilte die Hoffnung der Menschen auf eine Atempause im Teufelskreis aus Hunger, Gewalt und Tod. Doch plötzlich bricht die grausame Wirklichkeit über sie herein. Johanna verliert alles, was ihr lieb ist – und um ein Haar auch ihr Leben. Tod und Verzweiflung halten Einzug in der einst so friedlichen Stadt. Als Junge verkleidet, um den Nachstellungen der Soldaten zu entgehen, lernt sie den Oberbefehlshaber der feindlichen Truppen kennen, der sie in seinen Dienst nimmt – ein Mann, den sie hasst, der Schuld ist an ihrem Schicksal und der sie dennoch auf unerklärliche Weise in seinen Bann zieht: Bernhard, Herzog von Sachsen-Weimar, einer der größten Feldherren des Dreißigjährigen Krieges ...

Petra Gabriel, aufgewachsen am Bodensee, ist gelernte Hotelkauffrau und Dolmetscherin. Sie hat in der Erwachsenenbildung gearbeitet und ist dabei kreuz und quer durch ganz Deutschland gezogen, bis sie mit ihrer Familie in Laufenburg am Rhein Wurzeln schlug. Die »Gefangene des Kardinals« ist nach »Zeit des Lavendels« ihr zweiter historischer Roman. Weiteres zur Autorin: www.petra-gabriel.de

Petra Gabriel

Die Gefangene des Kardinals

Roman

Piper München Zürich

Ungekürzte Taschenbuchausgabe
August 2003

Erstausgabe: Weitbrecht Verlag in K. Thienemanns Verlag, Stuttgart, Wien 2002
Umschlag/Bildredaktion: Büro Hamburg
Isabel Bünermann, Julia Martinez/
Charlotte Wippermann, Kathrin Hilse
Foto Umschlagrückseite: Höckendorff
Satz: KCS GmbH, Buchholz/Hamburg
Druck und Bindung: Clausen & Bosse, Leck
Printed in Germany ISBN 3-492-23883-1

www.piper.de

Für meine Familie

I

Lodernde Flammen, die aus leeren, gähnenden Fensterhöhlen schlagen. Beißender Qualm. Gellende Schreie, gebrochen von den Mauern der Häuser. Dann die Stille des Todes. Große Lachen von gefrierendem Blut im Mondlicht. Düstere Schemen rauchender Ruinen, die in den nachtschwarzen Himmel ragen …

Johanna schüttelte sich. Der Traum von gestern ließ sie einfach nicht los.

»Jakob!« Beim schrillen Entsetzensschrei ihrer Mutter hätte das Mädchen sich beinahe in den Finger geschnitten. Sie ließ das große Messer fallen, mit dem sie gerade eines der beiden mageren gebratenen Hühner fürs Abendessen zerteilte. Huhn und Messer knallten auf den Steinfußboden der Küche.

Das trug ihr einen empörten Blick des Familienfaktotums ein. Die dicke Mathilde ließ den Rosenkohl sinken, den sie gerade putzte: »Kannst du nicht aufpassen? Wer weiß, wann es wieder einmal ein solches Festmahl gibt. Das sind schlimme Zeiten. Bei Gott. Sehr schlimme Zeiten.« Sie leckte sich genießerisch die Finger, obwohl sie heute Abend wahrscheinlich kaum etwas von den knusprigen Vögeln abbekommen würde, außer ein wenig Bratensaft an einem trockenen Kanten Brot. Wenn sie Glück hatten, gab es vielleicht noch eine Suppe aus den Köpfen und Schwänzen von Lachs, Nasen oder Barben für die Bediensteten. Fische gab es genug im Rhein vor der Haustüre. Das war schon vor vier Wochen so gewesen, zu Beginn dieses neuen Jahres 1638.

Johanna kümmerte sich nicht um die Klagen der Magd. Außerdem kannte sie sie in- und auswendig. Mit ihren verschmierten Händen raffte sie den Rock und stürzte aus der Küche. Was war geschehen? Bei dem Anblick, der sich ihr in der Stube bot, verschwanden die Traumbilder jäh. Beinahe hätte sie angefangen zu lachen. Die knochige Gestalt ihrer Mutter war zur Salzsäule erstarrt, ihr Gesicht drückte helle Empörung aus. Sie stand mit geschürztem Rock auf einem Schemel, die weiße Spitze des Unterkleides ragte unten heraus, ihre mageren Fußknöchel in den groben, schwarzen Wollstrümpfen hoben sich schon fast lächerlich dagegen ab. Auf den Wangenknochen hatte Agatha Stocker hektische rote Flecken.

Und Johannas Bruder, der zwölfjährige Jakob, lag flach auf dem Bauch vor der Wäschetruhe. Verzweifelt angelte er mit einem Stock nach irgendetwas, das sich in den schmalen Zwischenraum zwischen Truhe und Boden verkrochen hatte. Johanna musste sich alle Mühe geben, ihrerseits die Fassung zu bewahren und den Lachreiz endgültig zu bändigen. Angesichts des Zustandes der Mutter war das wohl wirklich besser.

»Was ist denn passiert? Frau Mutter, was habt Ihr?«, erkundigte sie sich so ernsthaft sie konnte.

Doch Agatha Stocker beachtete ihre Tochter überhaupt nicht. »Schaff dieses Vieh aus dem Haus. Was denkst du dir eigentlich dabei, mir eine Giftschlange in die Stube zu schleppen?« Johanna sah, dass ihre Mutter kurz davor war, die Fassung zu verlieren.

Ihr Bruder Jakob hob den Kopf und sah Johanna mit einem Blick von fast komischer Verzweiflung an. »Das ist keine Giftschlange, Mutter, sondern eine Blindschleiche. Sie ist mir einfach entwischt.«

Johanna kniete sich neben den Zwölfjährigen auf den Boden. »Oh Jakob, nicht schon wieder. Du weißt doch, dass Mutter es hasst, wenn du alle möglichen Tiere ins Haus bringst«, flüsterte sie ihm zu. Und dann etwas lauter: »Wo steckt sie denn? Das schaffen wir schon, Mama, keine Angst. Wir fangen sie. Eine Blindschleiche beißt wirklich nicht.«

»Ich hasse Schlangen! Und Mäuse. Und Frösche. Und Käfer …« Agatha Stocker kreischte fast. »Und überhaupt, wie siehst du denn aus! Wie eine Küchenmagd. Schau dir nur deine Haare an, ganz zerzaust! Und dein Rock ist voller Flecken. Jakob! Schaff sofort dieses Vieh aus dem Haus. Mein Gott, ich werde noch verrückt in diesem Haushalt. Da versucht man alles in Ordnung zu halten, doch niemand weiß es zu schätzen. Und das auch noch, wo wir heute Abend Gäste erwarten. Noch nicht einmal am Geburtstag deines Vaters kannst du Ruhe geben. Jakob! Hast du diese ekelhafte Schlange endlich? Und du geh dich umziehen, Johanna. Sofort. Aber vorher hole deinen Vater. Und Magnus. Geh schon. Ich weiß überhaupt nicht mehr, wo mir der Kopf steht.« Die Stimme von Agatha Stocker wurde mit jedem Wort höher.

Johanna und ihr Bruder Jakob wechselten einen verschwörerischen Blick. Es war besser, sofort zu tun, was die Mutter sagte. Sonst folgte wieder die ganze endlose Litanei von der undankbaren Familie. Johanna rannte zurück in die Küche. »Mathilde, hol Magnus. Jakob hat mal wieder ein Tier ins Haus gebracht. Mutter ist völlig außer sich und steht in der Stube auf dem Schemel. Ich sage Vater Bescheid. Vielleicht kann er sie etwas beruhigen.« Sie rannte in die Diele.

»Hat man in diesem Haus denn niemals Ruhe?« Die sonore Stimme von Fridolin Stocker ließ das Mädchen herumfahren. »Was ist denn nun schon wieder geschehen?«

»Jakob hat eine Blindschleiche heimgebracht und nun steht Mutter auf dem Stuhl und kreischt«, klärte Johanna ihn auf.

»Das sind schlimme Zeiten, wirklich schlimme Zeiten«, ergänzte Mathilde düster durch die geöffnete Küchentür. »Aber ich gehe jetzt besser Magnus holen.« Die dicke Magd knallte eine weitere gerade geputzte Rosenkohlknolle auf die hölzerne Platte der Küchenanrichte und stapfte an Vater und Tochter vorbei, auf der Suche nach dem Hausknecht.

»Ja, tu das.« Der Vater wirkte erleichtert. Er verließ sich in vielen Dingen auf Magnus. Dann sah er Johanna mit einer Mischung aus Belustigung und nervöser Unruhe an. Fridolin Stocker wusste, wenn seine Frau wütend war, würde sie wieder tagelang nörgeln. »Dann gehe ich wohl besser in die Stube, um zu sehen, was ich tun kann«, murmelte er gottergeben. Er zog die Schultern etwas ein und seine ohnehin nicht große Gestalt sank noch ein wenig mehr in sich zusammen.

Ein Schwall eiskalter Winterluft drang durch die Haustüre in die Diele. Es wurde noch eine Spur ungemütlicher. »Hallo, ich habe mit aller Kraft geklopft, doch es hat sich niemand gemeldet.« Nase und Wangen des Laufenburger Pfarrers Andreas Wunderlin waren gerötet von der Kälte. Die Nase des Seelsorgers war aber auch im Sommer rot. Es war ein offenes Geheimnis in der Stadt, dass er den Messwein auch hin und wieder für eigene »medizinische« Zwecke verwendete. Johanna musterte den Besucher voller Zuneigung und mit wachsender Besorgnis. Er war ein häufiger und gern gesehener Gast im Haus der Stockers. Andreas Wunderlin konnte so schöne Geschichten und Märchen von Unholden, tapferen Rittern und verwunschenen Prinzessinnen erzählen. Jakob und Johanna liebten ihn und seinen runden Bauch, an den man sich so gut anschmiegen konnte, wo sich ein Kind sicher und geborgen fühlte. Er hatte beide mehr als einmal vor dem Zorn der Mutter bewahrt. Doch jetzt war der Pfarrer völlig außer Atem und schien äußerst beunruhigt und angespannt. Johanna hatte den besonnenen Mann noch nie so außer sich erlebt. Seine nächste Reaktion erleichterte sie ein wenig. Denn als er den in sich zusammengesunkenen Fridolin Stocker sah, blitzten die Augen in dem gutmütigen runden Gesicht einen kurzen Moment lang amüsiert. »Hier hängt wohl wieder einmal der Haussegen schief. Was ist geschehen?«

»Jakob. Das war Jakob. Er hat eine Blindschleiche ins Haus gebracht. Die ist unter der Truhe und Mama steht auf dem Schemel.« Johanna brachte die Erklärung heraus, ohne einmal Atem zu holen.

»Einen schönen Bengel habt Ihr da, Bürgermeister. Wir waren als Kinder wohl auch nicht anders.« Andreas Wunderlin lachte fast wider Willen. Dann wurde er sofort wieder ernst. Diesmal hatte er keine Zeit, sich um die Probleme des stockerschen Haushalts zu kümmern.

Die nächsten Worte des Pfarrers ließen Vater und Tochter das Blut in den Adern gefrieren. »Habt Ihr denn keine größeren Probleme? Da reden wir über eine Schlange und dabei ist viel Schlimmeres geschehen. Habt Ihr es schon gehört?«

Fridolin Stocker schüttelte den Kopf. Der Laufenburger Pfarrer bekreuzigte sich. »Herzog Bernhard von Weimar, der Oberbefehlshaber der feindlichen Truppen, hat mit seinen französischen und schwedischen Soldaten nun auch Seckingen erobert. Die wenigen Kaiserlichen sind geflohen. Die Stadt fiel völlig ohne Gegenwehr in die Hände dieser Räuber und Mörder. Man hört von Plünderungen, Brandschatzungen und vielen Toten. Oh diese armen Menschen. Der Herr steh uns bei, wenn der Weimarer jetzt nach Laufenburg kommt. Ihr als Schultheiß dieser Stadt müsst sofort etwas unternehmen. Die Ratsherren haben sich schon versammelt und warten auf Euch.«

Fridolin Stocker wurde leichenblass. Vater und Tochter brachten kein Wort heraus. Johanna begann zu zittern und klammerte sich an den Arm ihres Vaters. Plötzlich war der Traum von gestern Nacht furchtbare Wirklichkeit geworden.

Fridolin Stocker hatte sich inzwischen wieder etwas gefasst. »Magnus, hol sofort den Stadtkommandanten her«, brüllte er.

»Er ist bereits auf dem Weg in den Ratssaal, Bürgermeister«, erwiderte der Pfarrer.

Es war Abend geworden. Der flackernde Schein der Kerzen gab den abgenagten Hühnerknochen auf den Tellern fast ein eigenes Leben. Es war wohlig warm im Zimmer. Die eisige Januarkälte draußen über dem Land und dem Fluss erschien den sechs Menschen auf den Schemeln um den geschnitzten Holztisch für einen kurzen Augenblick wie eine blasse Erinnerung. Ebenso unwirklich wie der Albtraum des Krieges, der plötzlich wieder so nahe gekommen war. Dabei waren sie mit so viel Hoffnung in dieses Jahr 1638 gegangen. Schulheiß Stocker, die Ratsherren und der Rat der Narro-Altfischerzunft hatten nach über drei Jahren ohne Überfälle der Schweden im Winter sogar bereits begonnen daran zu glauben, dass es in diesem Jahr wieder einmal eine Fasnacht in Laufenburg geben könnte. Wer hätte schon gedacht, dass ein Feldherr, der einigermaßen bei Vernunft ist, im Winter einen Feldzug startet! Die ersten Pläne für die närrischen Tage waren bereits geschmiedet, die Frauen damit beschäftigt, das Häs der Zünftler herzurichten. Die Holzmasken waren aus den Verstecken geholt worden. Die wenigen verschrumpelten Äpfel, Birnen und Pflaumen vom vergangenen Jahr, die trotz der kargen Vorräte und des ständigen Hungers und der Requirierungen der kaiserlichen »Beschützer« noch übrig geblieben waren, hatte der Zunftmeister gegen den entschiedenen Protest der Hausfrauen eingesammelt, um sie höchstpersönlich in Hochprozentigen zu verwandeln. Eine Fasnacht ohne wärmenden Schnaps? Undenkbar.

Und nun, vier Wochen nach dem Jahreswechsel, waren die Hoffnungen auf Narrentrubel, Tschättermusik, Lachen und Tanz zerstoben. Der Krieg war wieder da. Wie schon seit zwanzig Jahren. Nahm es denn niemals ein Ende?

Niemand in der Stube sprach. Jeder der Menschen am Tisch war mit seinen eigenen Gedanken beschäftigt. Keiner wollte den für wenige Momente mühsam errungenen Anschein von Normalität zerstören. Das stetige Rauschen und Gurgeln des sieben Meter hohen Wasserfalles der Stromschnellen im Rhein, des Laufen, drang gedämpft in das Haus und vereinigte sich mit dem Knistern des Feuers im steinernen Kamin zu einem wohligen Wiegenlied. Für Johanna klang es wie der Nachtgesang des Todes.

Pfarrer Andreas Wunderlin wischte sich mit dem Ärmel den Mund ab. Dann rülpste er lauthals. Johanna sah, dass ihr Bruder das äußerst komisch fand. Doch er beherrschte sich. Er wollte nicht schon wieder unliebsam auffallen an diesem Tag. Wunderlin schob Agatha Stocker sein leeres Glas zu. »Das war wirklich köstlich, liebste Tochter. Wenn Ihr vielleicht noch ein wenig Wein für mich hättet?«

Johanna hätte am liebsten aufgeschrien. Sie konnte ihre innere Anspannung kaum noch im Zaum halten. Wie konnte der Laufenburger Pfarrer nur so ruhig dasitzen und über das Essen reden? Was war denn nun mit dem Feind? Sie rutschte unruhig auf ihrem Schemel hin und her. Wunderlin warf ihr einen warnenden Blick zu. »Wenn wir jetzt in Panik geraten, ist auch nichts gewonnen«, antwortete er auf ihre unausgesprochenen Worte. »Wir müssen vielmehr überlegen, was zu tun ist, um die Stadt zu retten.«

Stadtkommandant Friedrich Wickersheim schien die Angst der anderen am Tisch schon fast zu genießen. »Ich sagte es doch bereits in der Ratsversammlung, aber ich wiederhole es gerne noch einmal. Es besteht keinerlei Grund zur Angst. Laufenburg ist sicher. Wir können hier in Ruhe zu Ende essen.«

Fridolin Stocker nickte. Er sah nicht sehr überzeugt aus. Dann nutzte er die Gunst der Stunde und stellte sein leeres Glas neben das des Pfarrers. »Mir bitte auch, liebste Agatha«, säuselte er. Ein langes Eheleben mit ständigen Diskussionen über seine Vorliebe für Wein und Bier lag hinter ihm. Agatha Stocker missbilligte das Trinken von Alkohol zutiefst. Doch heute waren ihre Gedanken mit anderen Geschehnissen beschäftigt. Zerstreut schenkte sie die Gläser voll. Sie war kalkweiß im Gesicht.

»Das war wirklich ein Festmahl«, wiederholte der Pfarrer und strich sich über den runden Bauch. Der Schein des Feuers im Kamin brach sich in seinen weißen, zu einem dünnen Zopf im Nacken zusammengefassten Haaren. Dann wurde er wieder ernst. »Wohl das letzte für eine lange Zeit. Der Herr hat uns in seiner unendlichen Gnade noch einmal ein kleines Stück Normalität geschenkt in einer Welt, die einem Tollhaus gleicht. Und nun steht der Feind schon wieder fast vor den Toren der Stadt, lagert nur wenige Kilometer entfernt. Dabei haben die letzten zwanzig Jahre des Krieges und der Pestepidemien schon genügend Leben gekostet. Und die Menschen, die übrig sind, hungern.«

Bei diesen Worten zerstob der letzte flüchtige Rest der trügerischen Illusion von Normalität und Frieden im Raum. Mit einem Schlag waren die Menschen vollends zurück in der blutigen Gegenwart.

Agatha Stocker nickte. »Was haben wir nur getan, dass der Herr uns so straft? Zweimal haben uns die Schweden schon überfallen. Erst kam der Pfalzgraf Otto Ludwig, hauste mit seinen Männern in der Stadt und hat uns bis aufs Blut ausgepresst. Dann befreiten uns die Kaiserlichen. Im Frühjahr 1634 wurden wir wieder schwedisch. Dann kamen erneut die Kaiserlichen. Und nun beginnt das ganze Elend wieder von vorne, gerade als es schien, wir könnten ein wenig aufatmen. Wie lange sollen das Plündern, Brandschatzen, Morden und der Hunger denn noch weitergehen? Manchmal würde ich dieses Jammertal am liebsten hinter mir lassen.«

Der Blick des Laufenburger Pfarrers wurde zornig. »Ihr versündigt Euch, meine Tochter. Hat der Herr Euch denn bisher nicht vor schlimmerem Übel bewahrt? Eurer Mann lebt. Euer Haus steht. Ihr habt noch etwas zu essen und ein Bett im Gegensatz zu vielen anderen, gar nicht weit von hier. Euer Sohn ist ein kluger Bursche und gesund und Eure Tochter ist trotz aller Widrigkeiten zu einer ehrbaren Jungfer herangewachsen, die sicherlich bald einen guten Ehemann finden wird. Was habt Ihr also für einen Grund, Euch ständig zu beklagen? Außerdem: Noch ist hier in Laufenburg nichts geschehen. Ihr hört doch, was der Kommandant sagt. Die Stadt ist sicher. Und Jammern bringt uns auch nicht weiter.«

Agatha Stocker setzte eine trotzige Miene auf. »Was ist mit meinem Bruder? Er ist tot, erschlagen von den Schweden. Das hat vorher auch niemand geglaubt. Und der Bruder meines Mannes? Ebenfalls erschlagen in diesem Krieg. Die Pest kam und hat viele der Besten hinweggerafft. Dann der Tod unseres zweiten Sohnes, der vor fünf Jahren im Alter von nur neun Monaten plötzlich starb. Damals wollte ich auch sterben. Selbst unsere Johanna hier kennt nichts anderes als Bedrohung und Krieg. Das Rauben und Morden hat begonnen, noch bevor sie geboren wurde. Nur Gott der Herr weiß, ob es während ihrer Lebenszeit noch endet. Ob es jemals endet, ob einer von uns dieses Schlachten überlebt.« Sie schluchzte auf und senkte den Kopf. Johanna legte ihrer Mutter tröstend die Hand auf die Schulter. Sie erinnerte sich noch gut. Agatha Stocker war über den Tod des Säuglings fast wahnsinnig geworden.

Fridolin Stocker wandte sich an den zweiten Besucher der abendlichen Tafel. Johanna beobachtete ihn gespannt. Hauptmann Friedrich Wickersheim wirkte auf sie wie ein Wiesel. Er war lang und hager, sein Gesicht verschlagen. Johanna seufzte leise. Vielleicht musste man verschlagen sein, um als Kommandant eine Stadt wie Laufenburg mit nur einhundert Musketieren gegen die vereinigten Kräfte der Schweden und Franzosen zu halten. Doch immerhin, es gab noch Musketiere in Laufenburg.

»Wisst Ihr Näheres, Hauptmann? Wie ist Seckingen gefallen? Habt Ihr seit der Ratssitzung etwas von dort gehört?« Der Laufenburger Bürgermeister war bemüht, mit einem fast gleichmütigen Ton die greifbare Spannung im Raum etwas zu lockern. Doch seine Augen konnten die Angst nicht verbergen.

Friedrich Wickersheim warf sich selbstzufrieden in Pose. Er schien als Einziger im Zimmer noch immer völlig unberührt von den Ereignissen zu sein. »Bernhard von Weimar ist mit seinen Truppen offenbar völlig überraschend durch den Jura und das Fricktal gekommen. Niemand hatte bei dieser Eiseskälte mit einem solchen Angriff gerechnet. Es muss ein wahrer Gewaltmarsch gewesen sein. Er soll mit tausend Mann zu Pferde und ebenso vielen zu Fuß letzte Nacht um Mitternacht zwischen Basel und Mönchenstein über die Birsbrücke geprescht sein, während ihm die anderen sechstausend Mann an Fußtruppen folgten. Rheinfelden hat er von Teilen seiner Reiterei einschließen lassen, dieser Happen war ihm dann wohl doch zu schwer zu schlucken. Danach wandte er sich meinem Informanten nach gen Stein, gegenüber von Seckingen am anderen Rheinufer. Im benachbarten Sisseln ließ er seine Leute in auf Wagen mitgeführten Kähnen über den Strom setzen. Nachdem ein halbes Hundert auf der anderen Rheinseite war, soll ein Trommelschläger sofort damit begonnen haben, die Stadt zur Übergabe aufzufordern. Daraufhin öffneten die von den Verteidigern verlassenen Bürger friedlich und den Versprechungen des Kriegsherrn vertrauend ihre Tore. Etwas, das in Laufenburg niemals geschehen wird. Dennoch hat dieser Verbrecher und Verräter die Stadt gnadenlos schleifen lassen. Niemand hatte damit gerechnet, dass Weimar anrücken würde.

Aber ängstigt Euch nicht. Es gibt auch gute Nachrichten. Unser kaiserlicher General, der tapfere und vorausschauende Johann von Werth, ist mit seinem Heer schon von Villingen aus aufgebrochen. Trotz seiner noch immer nicht ausgeheilten schweren Halsverletzung durch einen Schuss der weimarschen Mörderbande beim Kampf um den Rheinübergang bei Rheinach hat er keine Sekunde verloren, als er von diesem tückischen Überfall erfuhr. Er wird diesen Vaterlandsverräter und Franzosenfreund schnellstens wieder vertreiben. Er hat ihm ja schon im vorletzten Jahr bei Rheinach deutlich gezeigt, dass mit den Kaiserlichen nicht zu spaßen ist.« Der Laufenburger Stadtkommandant lachte hämisch. »Wisst Ihr eigentlich, dass dieser Weimar damals sogar über den Fluss zurück ins Elsass schwimmen musste, um seine Haut zu retten? Das hätte ich zu gerne gesehen.«

Schultheiß Fridolin Stocker zog wieder die schmächtigen Schultern unter dem pelzbesetzten Kragen hoch. Er hatte in diesem Augenblick keinen Sinn für solcherlei Komik. »Hoffentlich kommt Bernhard von Weimar mit seiner Soldateska wirklich nicht nach Laufenburg. Nicht schon wieder eine Belagerung.«

»Gott steh uns bei.« Frau Agatha bekreuzigte sich hastig dreimal nacheinander. Sie schluchzte erneut und schlug die Hände vors Gesicht. »Was haben wir nur getan, dass der Herr uns so bestraft?«, jammerte sie weiter.

Johanna blickte dem Gast herausfordernd ins Gesicht. »Als uns im Herbst 1633 die Kaiserlichen unter dem Spanier Feria vor den Feinden retteten, da waren sie noch schlimmer als die Pest. Schlimmer kann auch der Weimarer nicht hausen.« Eigentlich hatte sie die Mutter trösten wollen. Doch schon während Johanna diese Worte sprach, kamen sie ihr seltsam hohl vor.

»Johanna!« Die Zurechtweisung von Fridolin Stocker war ganz gegen seine Gewohnheit scharf. »Du beleidigst unseren Gast.«

»Es ist aber wahr. Sie waren schlimmer als Blutsauger«, beharrte das Mädchen trocken.

»Jungfer Johanna, mir scheint, Ihr kommt bedenklich in die Nähe des Hochverrates. Ihr solltet Eure Worte bedeutend vorsichtiger wählen.« Friedrich Wickersheim widmete dem zierlichen Mädchen zum ersten Mal seine volle Aufmerksamkeit. Er hatte Frauen noch nie für allzu wichtig gehalten. Und diese hier sollte sich besser vorsehen. Sie hatte ein zu loses Mundwerk.

»Aber sagt doch selbst, Hauptmann: Ist es denn gerecht, dass die Menschen hier am Rhein so leiden müssen? Wozu das alles? Sie sagen, für den rechten Glauben. Doch die Kaiserlichen nehmen uns genauso unsere Tiere, essen genauso unser Brot und vertreiben uns genauso aus unseren Betten wie der Feind. So ist es doch. Oder glaubt Ihr, der Hunger tut weniger weh, nur weil ein Kaiserlicher den letzten Fisch gegessen hat, der noch im Hause war?« Johanna wollte sich nicht einschüchtern lassen.

Der Laufenburger Stadtkommandant lächelte kalt und wies mit einer betont lässigen Handbewegung auf die abgenagten Hühnerknochen. »So wenig habt Ihr ja nicht zu essen, wie mir scheint.«

»Die beiden Hennen waren alt und wären spätestens nächste Woche ohnehin verhungert, weil uns die Soldaten kein Gran Korn mehr übrig gelassen haben. Außerdem hat unser Vater heute schließlich Geburtstag. Aber es freut uns, Hauptmann, dass Ihr das Wenige, was uns geblieben ist, so unbeschwert mit uns geteilt habt«, fertigte Johanna ihn spitz ab.

»Ihr solltet Eurer Tochter wirklich ein besseres Benehmen beibringen, Stocker. Nicht jeder dürfte so geduldig sein, wie ich es bin.« Der Hauptmann war jetzt sichtlich aufgebracht. Dann fasste er sich und lächelte sie herablassend an, als wäre sie ein kleines Dummerchen.

Fridolin Stocker warf seiner Tochter einen weiteren scharfen Blick zu. Doch dieses Mal sagte er nichts. Das Mädchen hatte ja Recht.

Agatha bekreuzigte sich wieder und wandte sich ebenfalls Johanna zu. Verbitterte Augen blickten in warme braune. »Ach, Kind, hoffentlich werden wir diesmal vom Feind verschont. Sonst fällst du vielleicht diesmal in die groben Hände irgendeines gemeinen Soldaten. Da wäre es noch besser, du wärst tot. Ich habe schon ein Messer bereitgelegt. Niemand wird meine Ehre und die meiner Tochter beschmutzen.«

»Agatha!« Die Stimme von Fridolin Stocker klang äußerst gereizt. »Nun mal den Teufel doch nicht an die Wand. Du schüchterst das Mädchen ja völlig ein.«

»Ihr versündigt Euch, Tochter.« Auch die Stimme von Pfarrer Andreas Wunderlin klang ungewohnt scharf. »Das Leben ist immer noch besser als der Tod. Und die fürchterlichen Qualen der ewigen Hölle drohen allen, die es sich selbst nehmen. Diese Qualen enden niemals. Es ist eine Todsünde, das Leben zu leugnen. Damit leugnet Ihr auch den Herrn, der es uns gegeben hat. Es ist eine Sünde, hört Ihr, Frau, eine fürchterliche Sünde.«

Agatha Stocker schwieg bestürzt.

»Ich werde meine Schwester und meine Mutter verteidigen!« Die Stimme des zwölfjährigen Jakob klang altklug; der Mann, der er später einmal sein würde, war bereits herauszuhören.

Die junge Frau wandte sich an ihren Bruder und strich ihm liebevoll über den feuerroten lockigen Schopf. »Ich weiß, Jakob«, erwiderte sie ohne große innere Überzeugung.

Der Zwölfjährige blickte sie empört an. »Du glaubst mir ja doch nicht, dass ich euch beschützen werde. Du wirst schon sehen, ich werde alle Feinde erschlagen. So, und so, und so ...« Wütend hieb er mit seinem kleinen Dolch auf die abgegessenen

Hühnerknochen ein. Johanna beobachtete, wie sich leise eine kleine verschreckte Maus aus seiner Westentasche stahl und über das Stuhlbein auf den Boden kletterte. Ihr Herz zog sich zusammen vor Liebe und Sorge um ihren kleinen Bruder. Diese Schreie … Warum nur konnte sie die Schreie nicht zum Schweigen bringen, die seit dem Traum gestern Nacht in ihren Ohren gellten!

Interessiert betrachtete Friedrich Wickersheim die bleiche junge Frau gegenüber. Fürwahr, sie war ein saftiger Happen, indessen noch sehr ungeschliffen und unverschämt. Doch ihr Äußeres entschädigte für so manches. Fast hätte er sich die Lippen geleckt. Die Haare so rot wie die ihres Bruders, allerdings sittsam in einem geflochtenen Haarkranz gebändigt – und tiefbraune Augen, in denen das Feuer brannte. Sie war reif für einen Mann. Unwillkürlich wanderte sein Blick über den schlanken Hals und die runden Brüste unter dem Spitzeneinsatz des Mieders hinunter bis zu ihrer schmalen Taille. Johanna wurde heiß unter dem Blick des Mannes. Sie errötete und senkte schnell den Blick. Dann warf sie wütend den Kopf zurück.

Das Spielchen begann dem Hauptmann Spaß zu machen. Er setzte eine gewichtige Miene auf. Das wirkte bei diesem hageren Wieselgesicht und angesichts der Lage, in der sie sich befanden, einfach lächerlich, fand Johanna. Sein Ton war salbungsvoll: »Beruhigt Euch doch endlich. Wie oft soll ich es noch sagen. Ihr könnt heute ruhig schlafen. Der Weimarer und seine Truppen sind in Seckingen vollauf damit beschäftigt, ihren Sieg zu feiern und die Stadt neu zu befestigen. Ich weiß außerdem aus sicherer Quelle, dass der Herzog nicht beabsichtigt Laufenburg einzunehmen. Wir haben Augen und Ohren beim Feind. Und wenn doch, so ist vorgesorgt. Wenn sie kommen, dann stehen meine Musketiere an den Schanzen der Stadtmauer auf der anderen Rheinseite bereit. Die Kanonen auf der Burg sind postiert. Der Zwinghof vor dem Markttor, das Tor selbst, das Wasentor, die Brustwehr innerhalb der Stadt vom Storchenturm bis an das Wasentor, im

Turm und an der äußeren Brustwehr vom Schloss, auf dem Schwertlistturm, überall wachen meine Männer. Diesmal wird der Stadt und ihren Bürgern nichts geschehen. Das ist sicher. Oder glaubt Ihr, ich würde sonst so ruhig hier beim Abendessen sitzen.«

Wenn er versuchte zu lächeln, wirkte sein Gesicht noch verschlagener, stellte Johanna fest. »Sie kommen doch«, brach es aus ihr heraus. »Und dann ist unsere mindere Stadt ungeschützt.«

»Der Krieg ist Männersache. Ihr solltet wirklich lernen, wann Ihr besser schweigt, Jungfer Johanna. Hütet Eure Zunge. Und überlasst solche Einschätzungen denen, die etwas davon verstehen. Ich weiß, was ich sage, das könnt Ihr mir glauben. Ihr seid noch zu jung, um solche Dinge zu beurteilen. Außerdem habe ich am oberen und am unteren Turm in Kleinlaufenburg jeweils vier Mann abgeordnet. Fünf Mann werden die Geschütze bedienen. Und auch die Torhüter sind gut bewaffnet. Selbst wenn die Truppen des Weimarers von Norden aus angreifen sollten, was sie, wohlgemerkt, auf keinen Fall tun werden, ist immer noch Zeit, um genügend Kämpfer zusammenzutrommeln und meine Männer über die Rheinbrücke hierher nach Kleinlaufenburg zu bringen. Aber ich sage es zum tausendsten Mal. Sie werden nicht kommen, verlasst Euch auf das Wort eines erfahrenen Soldaten.«

»Ich glaube Euch nicht.« Johanna biss sich auf die Lippen. Sie war versucht, Wickersheim in sein selbstzufriedenes Gesicht zu schlagen. Der Traum der vergangenen Nacht stand wieder klar vor ihr, jagte ihr erneut kalte Schauer über den Rücken. Panik stieg in ihr auf. Hastig verdrängte sie die schrecklichen Bilder. Blut. So viel Blut. Und die schreckliche Stille des Todes, bis sie von einem Schrei zerrissen wurde. Sie schüttelte den Kopf, um die Erinnerung loszuwerden.

»Gott steh uns bei. Möge er diesmal wenigstens ein Einsehen mit dieser geschundenen Stadt haben.« Wieder bekreuzigte sich Agatha Stocker hastig. Sie blickte hinüber zu ihrer Tochter. »Manchmal ist es, als habe Johanna das zweite Gesicht.«

»Ihr hört doch, was der Kommandant sagt. Wir sind sicher. Zweites Gesicht, das ist doch Weiberkram.« Fridolin Stocker klopfte dem Stadthauptmann auf die Schulter. Der lächelte seinen Gastgeber an. Ein Blick unter Männern über die Dummheit der Frauen. Jetzt sah er aus wie ein Wolf und nicht mehr wie ein Wiesel, dachte Johanna. Aber diesmal blieb sie stumm. Sie würde heute Nacht mit ihrem Bruder auf einem provisorischen Lager im Keller schlafen. So viel war sicher.

Ein neuer Anfall von Panik überkam sie, als sie mit dem Bruder im Schlepptau anderthalb Stunden später die Treppe unter der gut verborgenen Falltür in den Keller hinabstieg. Die Angst schnürte ihr fast die Kehle zu. Unter dem Arm hatten sie einige Decken. Der Schein der Kerzenflamme huschte über die kalten feuchten Steinwände, in die der Kellerraum gehauen worden war. Die Luft schlug ihnen stickig und modrig entgegen. Das Licht ihrer Kerzen schuf die Illusion huschender Schatten auf dem Stein: Soldaten, Feinde, Gefahr. Sie hörte den Bruder hinter sich leise keuchen. Als sie sich umdrehte, sah sie, dass Jakob zitterte wie Espenlaub. Tapfer versuchte er sich wieder in den Griff zu bekommen. Sie riss sich zusammen.

»Schau, hier in der Ecke ist eine kleine Erhöhung. Lass uns einige Decken darüber breiten. Darauf legen wir uns. Mit den restlichen Decken halten wir uns dann warm. Komm einfach ganz nah zu mir.« Sie stellte die Kerze auf einen etwas erhobenen Stein im Boden.

Jakob nickte. Es beruhigte ihn, mit ihr zusammen das Lager vorzubereiten. Doch ganz gegen seine Gewohnheit rückte er nah zu ihr heran. Sonst hatte er es nicht gern, wenn sie ihn streichelte oder berührte. Er hielt dies für Weiberkram, für unmännlich.

Sie schwiegen. Keiner wollte den anderen mit seinen Ängsten belasten. Sie suchte die Hand des Bruders. Er ließ sie ihr willig. Doch sie lag noch lange wach. An Jakobs Atem hörte sie, dass auch er nicht richtig tief schlief. Immer wieder wälzte er sich unruhig herum, manchmal stöhnte er leise. Als der Morgen graute, fielen die Geschwister in einen unruhigen Schlaf.

Johanna fuhr hoch. Die Hand, die sie aus dem Schlummer riss, war nicht sonderlich sanft. Sie wollte einen Schrei ausstoßen, da legten sich schon Finger über ihren Mund. »Sei still, Mädchen, um Himmels willen, sei still. Hörst du es nicht, die Soldaten sind in die Stadt eingefallen und durchkämmen die Häuser.« Fridolin Stocker war die Anspannung anzuhören. Johanna nickte und sah sich um. Alle waren sie da: Frau Agatha, die Dienstmagd und Köchin sowie der Hausknecht. Auch sie hatten Kerzen mitgebracht und etwas Stroh, um sich darauf niederzulassen. Zwischen Agatha und Fridolin Stocker, der gleich am Fuß der steinernen Kellertreppe saß, stand eine kleine, mit fein geschnitztem Laub verzierte Eichentruhe. Johanna wusste, sie enthielt das Silber der Familie, etwas Geld, die wichtigsten Wertsachen und einige Dokumente. Der entfernte Donner einer Kanone ließ die kleine Gruppe zusammenfahren. Dann folgten Musketenschüsse und durch die dicken Steinmauern gedämpftes, raues Grölen offenbar betrunkener Männer. »Trunken von Blut«, dachte Johanna und erschauderte. Die Stimmen kamen immer näher, wurden lauter, über ihnen polterte es. Fridolin Stocker und seine Frau erhoben sich und gingen zu ihren Kindern. Die Menschen im Keller drängten sich leise in einer Ecke auf den kalten Steinen zusammen. Nur das Rascheln der Röcke von Agatha Stocker, die sich vorsichtig auf dem Steinboden zurechtsetzte, war zu hören. Johanna kam es vor wie das lauteste Geräusch auf der Welt. Die junge Frau legte schützend den Arm um ihren Bruder.

Da spürte sie eine Hand, die vorsichtig nach der ihren suchte.

»Hier, nimm das und versteck es gut. Wer weiß, was aus uns wird. Es gehört dir«, raunte Agatha Stocker.

Johanna fühlte, wie etwas Rundes mit einer Kette in ihre Hand glitt. Hastig schob sie es tief bis an die Taille unter ihr Mieder. »Was ist das?«, flüsterte sie.

»Das Medaillon deiner Großmutter«, antwortete Agatha.

Fridolin Stocker legte warnend einen Finger auf die Lippen. Wieder ein Krachen, dann ein lautes Poltern über ihnen. Die Menschen im Keller starrten auf die Falltür. Sie war nun ihr einziger Schutz. Herr Jesus und Heilige Jungfrau Maria, bitte macht, dass sie die Tür nicht finden. Bitte, bitte macht, dass sie die Tür nicht finden! Die Worte glitten unaufhörlich durch Johannas Gedanken. Doch gleichzeitig wusste ein Teil von ihr, dass sie diesmal kommen würden.

»Alles ausgeflogen.« Die Stimme war befehlsgewohnt und grob.

»Wie wär's, Herr Obrist. Ein kleines Feuerchen gefällig? Es ist kalt an diesem Tag. Und den Bewohnern scheint nicht besonders viel an diesem Haus zu liegen.«

Johanna zuckte bei dem hämischen Lachen zusammen. »Habt Recht, Musketier, doch zunächst schauen wir, was wir brauchen können.« Wieder Poltern und ein lautes Klirren, die Tritte schwer bewaffneter Männer. Sie kamen immer näher.

»Obrist Schönbeck, schaut her.«

»Was ist, Soldat?«

»Hier, unter diesem Teppich ist eine Falltür. Sie ist verschlossen. Es scheint von unten ein Riegel vorgeschoben zu sein.«

Fridolin Stocker hielt es nicht auf seinem Platz. Er erhob sich und ging zurück zur Treppe unter der Falltür. Sein Gesicht war verkrampft. Ein krachendes Geräusch. Dann erschien ein aufgedunsenes, grobes Männergesicht in der kleinen Öffnung der Falltüre und ein triumphierendes Heulen brach sich an der Kellerwand. Fridolin Stocker legte schützend die eine Hand vor die Augen, als er plötzlich vom Schein einer Kerze geblendet wurde. Johanna hatte Mühe, einen Schrei zu unterdrücken. Sie hielt sich die Hand vor den Mund und begann unkontrolliert zu zittern.

»Ach, da haben wir sie ja, die Bewohner des Hauses. Sind ja vielleicht auch einige nette Vögelchen darunter. Werden wohl auf ihrem Silber und ihren Edelsteinen brüten. Sie scheinen uns armen Soldaten aber auch nichts zu gönnen, so, wie sie sich hier einsperren. Sind nicht sehr gastlich, diese Laufenburger. Noch nicht einmal gegen ihre Befreier vom Joch der Kaiserlichen. Das müssen wir ändern. Werden sich schon anders besinnen, wenn sie alle unsere edlen Gesichter sehen.« Wieder dieses hämische, brutale Lachen. »Holt eine Axt, Soldat, und einige weitere unserer Leute. Wir müssen die Falltüre vollends zerschlagen, damit wir diese braven Leute da unten im Loch auch genau sehen können, die sicherlich begierig sein werden ihre Habe mit uns zu teilen. Wer weiß, wer uns da unten sehnlichst erwartet. Vielleicht so ein fetter Bürgersmann, der glaubt, er müsse seine Reichtümer und seine Weiber vor uns schützen. Dabei sind wir doch nichts als ihre Retter, wollen doch nichts anderes als den uns zustehenden Lohn.«

»Den werden wir uns schon nehmen. Reichtum beschwert nur. Und die Weiber werden sich freuen, mal wieder einen harten Soldatenschwanz zwischen ihren Schenkeln zu spüren. Ich kann's schon richtig sehen, wie sie sich vor Wonne winden, die hübschen kleinen Vögelchen.«

»Vielleicht sind auch nur Alte unten. Aber erst müssen wir sie mal haben. Also geht jetzt, Musketier, und holt Verstärkung.«

Jede Sekunde des Wartens wurde für die Menschen im Keller zu einer Ewigkeit. Johanna sah im Schein der Kerze das Aufblitzen einer Klinge und hörte das Geräusch von Stahl auf dem Steinboden. Fridolin Stocker hatte seinen Degen gezückt. Ihr Bruder krampfte seine rechte Hand um den Griff seines kurzen Dolches. Magnus, der Knecht, hatte seinen Holzprügel erhoben. Es war ihr, als wäre all dies weit weg, als würde sich die eigentliche Johanna auflösen. Die Dienstmagd wimmerte leise, wurde von Agatha Stocker aber schnell zur Ruhe gebracht. Der Raum war stickig, es war der jungen Frau fast unerträglich, Luft zu holen. Jeder kleine Atemzug klang in Johannas Ohren wie ein großer Stein, der tief in einem Brunnen auf den Boden aufschlägt.

Dann donnerten Axtschläge gegen altes Holz. Die Bretter ächzten und stöhnten wie im Todeskampf. Der Riegel bog sich. Sie ahnte mehr als sie es sah, dass ihrem Vater Fridolin Stocker der Schweiß auf der Stirne stand. Schließlich ertönte ein infernalisches Krachen, als würden sich die Tore der Hölle öffnen. Der Riegel der Falltüre zerbarst. Der Bretterverschlag hob sich. Die Männer im Keller griffen ihre Waffen noch fester. Das Licht von mehreren Kerzen drang in den dunklen Raum.

»Sieh an, sieh an. Sie wollen Widerstand leisten. Vorwärts, Soldat. Packt mir die Bagage und holt sie aus dem Keller.« Die brutale Stimme klang jetzt eiskalt.

Der Degen von Fridolin Stocker stieß nach oben. Mit einem Gurgeln fiel der Mann in den Keller direkt auf Johannas Vater. Der konnte sich durch die Wucht des aufprallenden Körpers nicht halten und stürzte rückwärts die Steinstufen hinunter. Sein Kopf schlug hart auf den Granit. Er stöhnte – und rührte sich nicht mehr. Die Frauen schrien auf.

»Da haben wir ja wirklich einige leidenschaftliche Weibsbilder, so, wie es sich anhört.« Mehrstimmiges heiseres Lachen quittierte diese Bemerkung.

»Dann wollen wir sie nicht länger schmachten lassen, was Männer?« Zustimmendes Grölen. Dazwischen mischte sich der Schrei des Knechtes. Eine blutüberströmte Masse Mensch stürzte die Treppe hinunter. Der Knecht hielt sich den Bauch und brüllte wie am Spieß. Dann röchelte er und wurde stumm. Die Magd hinter Johanna brach in hysterisches Kreischen aus.

»Ja, wen haben wir denn da, einen kleinen Habicht, willst wohl deine Weiber schützen.«

Mit wütendem Gebrüll stürzte sich Jakob die Treppe hinauf. Johanna wollte ihn zurückhalten, doch sein Wams zerriss unter ihren Händen. Er bekam mit einer Keule einen Hieb über den Kopf und wurde nach oben gezogen. Jakob wehrte sich trotz seiner halben Ohnmacht. Es folgte ein surrendes Rauschen. Etwas Rundes kullerte die Treppe hinunter, knallte und hüpfte auf jeder Stufe, rollte dann direkt vor Johannas Füße. Der schwache Schein der Kerze neben ihr beleuchtete die toten braunen Augen ihres Bruders. Sein Gesicht war zu einer schaurigen Grimasse der Wut verzerrt. Wieder schrie sie.

»Die Gegenwehr scheint zu Ende. Bringt mir die Weibsleut nach oben, damit wir sie uns anschauen können.«

»Jawoll, Obrist Schönbeck, mit Vergnügen.« Umwickelte Männerbeine in löchrigen Schuhen kamen die Treppe hinunter. Agatha Stocker stürzte sich mit dem Mut der Verzweiflung auf den Mann. Die Dienstmagd kreischte weiter.

»Los, räumt das Nest aus!« Die harte Stimme klang ungeduldig und gleichzeitig voller Erwartung.

Der Soldat mit dem groben Gesicht stieß Agatha Stocker zur Seite. Sie wurde neben ihren Mann auf den Steinfußboden geschleudert. »Fridolin, wach auf! Ich flehe dich an, wach auf!« Doch er rührte sich nicht.

Weitere Beine kamen die Treppe herunter. Johanna konnte sich nicht bewegen. Noch immer lag der Kopf des Bruders direkt vor ihr. Der Boden vor ihren Füßen war inzwischen mit Blut durchtränkt. Sie hörte die Stimme wie aus weiter Ferne. »Herr Obrist, hier haben wir ein hübsches kleines Füchslein. Rote Haare und wohl noch so ganz unschuldig. Eine richtige kleine Dame. Und die da daneben, das ist wohl die Magd. Auch kein schlechter Fang. Und dann sind da noch eine Alte und ihr Mann. Zwischen ihren mageren Schenkeln dürfte sich wohl kein ordentlicher Soldat mehr wohl fühlen. Der neben ihr ist klein, mit mageren Schultern, am Bauch dick wie ein Schwein und ohnmächtig. Soll ich ihn mal quieken lassen?«

Grölendes Lachen und weitere Schritte folgten. Wieder durchschnitt Stahl die Luft. Agatha Stocker schrie auf, als die Waffe sich in den Unterleib ihres Mannes bohrte. Doch da brachen auch ihre Augen bereits.

Das Schreien der Dienstmagd wurde immer schriller. Johanna hielt sich die Ohren zu. Sie wollte sich verstecken vor diesem Albtraum, sich unsichtbar machen.

Da wurde sie von zwei Männern links und rechts an den Schultern gepackt und in die Höhe gezogen. Der Kopf ihres Bruders rollte zur Seite. Das riss sie aus ihrer Erstarrung. Sie wehrte sich mit Zähnen und Nägeln. Ihre Finger fuhren dem einen Soldaten quer durchs Gesicht.

Der fluchte. Der andere grölte lauthals. »Da scheinen wir ja nicht nur ein hübsches, sondern auch ein temperamentvolles Feuervögelchen zu haben. Bist wohl schon ganz aus dem Häuschen, Kamerad, dass du dich so kratzen lässt. Wir sollten ihr mal unter die Röcke schauen, ob sie da auch so rot ist wie ihr Haarschopf.«

»Bringt die Weiber endlich herauf!« Die Stimme des Obristen wurde harsch vor Ungeduld. Trotz aller Gegenwehr wurde Johanna die Treppe hinaufgeschleift. Das Mittagslicht, das durch die Fenster fiel, blendete sie. Sie konnte die Gestalt des Feindes im Gegenlicht nur schemenhaft erkennen. Er war wie ein Riese. Bedrohlich wie der Tod. Neben sich hörte sie das Reißen von Stoff. Die Dienstmagd hatte plötzlich aufgehört zu kreischen und wimmerte schwach. Ein rhythmisches Keuchen kam aus derselben Richtung.

»Sieh an, sieh an. Du hast Recht, Soldat. Bei diesem Happen lohnt es sich wirklich, die Schenkel zu spreizen und meine ganze Manneskraft in dieses Schatzkästlein zu versenken. Diese hier braucht Leidenschaft, das sieht man. Das wird ihr wohl gefallen. Legt sie auf den Tisch und haltet sie gut fest. Ich muss diese junge Stute da erst einmal einreiten. Dann könnt ihr sie haben.«

Johanna wehrte sich mit allen ihren Kräften. Doch sie hatte keine Wahl. Sie fühlte das harte Holz in ihrem Rücken, hörte das Reißen des Stoffes ihres Rockes. Verzweifelt stieß sie mit den Füßen nach ihrem Peiniger.

»Verdammt, haltet sie ruhig!« Sie konnte seine Gier förmlich spüren. »Schaut nur her. Unten ist sie tatsächlich genauso feurig rot wie auf dem Kopf. Und eine kleine Unschuld ist sie wohl auch noch. Sieh an … Das wird ein besonderes Vergnügen für meinen Schwengel.«

Johanna schloss die Augen. Gestank nach Urin, Schweiß, Alkohol und Blut schlug ihr entgegen. Schaler Atem streifte ihr Gesicht. Dann riss auch der Stoff ihres Mieders.

»Na, und was für hübsche runde Kügelchen. Gerade richtig für einen ganzen Mann.« Der Obrist keuchte, nahm eine ihrer Brüste grob in seine schwielige Hand, drückte sie und biss brutal in ihre Brustwarze. »So richtig zum Anbeißen, Männer. Meint ihr nicht auch?«

Die Männer um ihn herum grölten. Einige keuchten und machten sich an ihren Hosenladen zu schaffen. Der Schrei, der in Johannas Kehle aufstieg, blieb ihr im Hals stecken. Sie würgte und spuckte, von Ekel geschüttelt. Und dann spürte sie den Mann. Erst suchend zwischen ihren Schenkeln, dann hart und unerbittlich. Er stieß ohne Rücksicht in den Leib, der sich ihm offen darbieten musste, die Beine weit gespreizt und wie festgenagelt am Tisch. Ein fürchterlicher Schmerz sprengte ihren Schoß. Ein Schrei des puren Entsetzens zerriss die giergeladene Stille und stieg zum Himmel hinauf. Johanna wurde ohnmächtig.

Der beißende Rauch des Feuers weckte das Mädchen aus der Ohnmacht. Sie setzte sich benommen auf. Die reißenden Schmerzen in ihrem Unterleib vertrieben die letzte Benommenheit. Sie sah an sich hinunter. Ihre Brüste ragten grün und blau aus dem zerrissenen Mieder, zwischen den nackten Schenkeln war getrocknetes Blut. Sie würgte. Bittere Galle kam in ihr hoch und sie erbrach sich auf den Fußboden. Dann rappelte sie sich vorsichtig auf. Doch sie konnte nicht stehen, nur auf allen vieren kriechen. Sie spürte nun auch die Hitze um sich herum. Das Haus brannte lichterloh. Mit dem Instinkt eines Tieres kroch sie zum Ausgang, die Augen tränend und halb blind vom Qualm. Plötzlich stießen ihre Hände auf einen Widerstand. Wieder kroch das Würgen ihre Kehle hoch. Dort lag der geköpfte Körper ihres Bruders. Ihr Magen revoltierte erneut. Sie krümmte sich zusammen und erbrach sich über ihren zerrissenen Rock. Alles in ihr strebte danach, sich einfach neben ihren toten Bruder zu legen. Sie wollte nichts mehr spüren, nicht mehr denken. Der Tod erschien ihr als der einzig mögliche Ausweg. Wie sollte sie auch nach alledem weiterleben, beschmutzt, geschändet, benutzt wie ein Tier? Das Beste wäre es, mit zu verbrennen in diesem Haus, das noch am Abend zuvor so friedlich gewesen war. Dann wäre sie auf immer vereint mit ihrer Familie und auf immer erlöst von diesen Schmerzen. Doch die Hitze der Flammen und der Rauch sorgten dafür, dass sich ihr Körper wie von allein in Bewegung setzte. Der Leib wollte überleben, während die Seele schrie.

Sie fühlte die schneidende Kälte der Januarnacht wie einen Peitschenhieb im Gesicht, als sie ins Freie torkelte. Sie blickte die einzige Straße von Kleinlaufenburg bergauf in Richtung Markttor. Die meisten Häuser der minderen Stadt hatten sich in brennende, rauchende Scheiterhaufen verwandelt. Die oberen Gebäude waren schon fast niedergebrannt. Dort, wo die Soldaten zuerst gehaust hatten, standen nur noch qualmende Ruinen. Neben sich sah sie einen Toten, die Glieder lächerlich verkrümmt vom letzten Kampf. In der Luft hing schwer der Geruch von Feuer, der süßliche Gestank von Blut und Tod. Hin und wieder kam der kalte Mond hinter den Wolken hervor und tauchte die einst so vertraute Szenerie in das unwirkliche, geisterhafte Licht eines Albtraums. Von Norden her erklang das Heulen eines Wolfes. Drei andere stimmten in den schauerlichen Chor mit ein. Das Rudel roch den Tod, witterte Nahrung. Wieder stieg ein Schrei in ihr auf. Tot. Sie war tot. Und sie verfluchte den Himmel. Doch aus ihrer Kehle kam kein Laut. Sie sank bewusstlos auf das eisige Pflaster. Während sie ins Nichts glitt, formte sich in ihrem Kopf ein tröstlicher Gedanke. Nun würde sie erfrieren, sanft hinübergleiten in die Stille und den Frieden des Todes.

Das Gemurmel der hellen weiblichen und der sonoren männlichen Stimme drang nur langsam in Johannas Bewusstsein vor.

»Wickersheim ist ein Feigling. Er hat einfach kapituliert, dieser Schuft. Hat die Stadt in die Hände der schwedischen und französischen Rotten gegeben. Dieser Dummkopf. Er hätte doch wissen müssen, dass der Weimarer kommen würde.«

»Nun, zumindest hatte er die Truppen hier in Großlaufenburg postiert. Wenigstens hier steht noch einiges. Euer Haus auch, Frau Klara.«

»Was haben uns und ihm die Truppen denn genutzt? Unser werter Stadtkommandant ist doch einer Finte des Herzogs von Weimar aufgesessen. Der hat einfach einige Reiter einen Angriff auf Großlaufenburg vortäuschen lassen. Sein Obrist Schönbeck konnte die Stadt dann von der anderen Rheinseite her, von Kleinlaufenburg aus, ohne Probleme einnehmen. Ein wenig Geschützdonner, und Vorwerk und Waldtor waren sturmreif. Für die weimarschen Musketiere war der Weg über die Brücke ans andere Ufer dann nur noch ein Spaziergang. Wie naiv von Kommandant Wickersheim zu glauben, er könne noch verhandeln. In Windeseile waren die Sturmleitern angelegt und der Feind in der Stadt. Nun ist der tapfere Hauptmann Wickersheim gefangen und sitzt wie ein zitterndes Bündel im Verlies.« Die weibliche Stimme klang bitter.

Johanna stöhnte leise. Doch ihre Glieder waren wie gelähmt, die Augen wollten sich einfach nicht öffnen. Es war, als käme diese Frauenstimme von weit her. Nichts von dem, was sie sagte, schien etwas mit ihr zu tun zu haben.

»Was sind die Kaiserlichen, unsere so genannten Beschützer, denn selbst schon anderes als eine Meute von mordenden Feiglingen.« Die Frau redete immer weiter. Warum war sie nicht einfach still? »Wir einfachen Leute haben sie doch noch nie mehr interessiert als das Vieh, das man zur Schlachtbank schickt. Und wie sind sie gerannt, als der Feind in der Stadt einfiel. Doch das hat einigen auch nicht geholfen ihr Fell zu retten. Wie schnell waren die beiden kaiserlichen Kompanien abgetrennt und geschlagen.«

»Etliche Offiziere und Reiter sollen gefangen genommen worden sein, sofern ihnen die Schweden nicht ein Loch in den Pelz gebrannt haben, das nicht mehr zu flicken ist.« In der Stimme des Mannes lag Verachtung, aber auch etwas Unsicherheit und Angst.

»Ja, und die Männer des kaiserlichen Regiments zu Fuß habe ich selbst laufen sehen wie die Hasen. Einige sollen es geschafft haben, sich in den Wald zu flüchten. Nun werden die Bauern dort das Plündern und Marodieren der eigenen Leute zu ertragen haben. Wenigstens konnten sich die meisten Bürger in Großlaufenburg noch in Sicherheit bringen, bevor die Feinde über die Brücke gesprengt kamen. Doch die aus Kleinlaufenburg hatten nicht so viel Zeit. Ihnen bleibt nicht mehr viel, auf dem sie aufbauen können, wenn sie in ihre geplünderten Häuser auf der anderen Rheinseite zurückkehren. Die Kompanie des Obristen Schönbeck hat ganze Arbeit geleistet. Außer rußgeschwärzten Steinen und verkohlten Balken ist ihnen von ihrem Zuhause nichts geblieben.«

»Wisst Ihr eigentlich, was aus Philipp von Wessenberg geworden ist?«

Die weibliche Stimme klang zögernd. »Wie man hört, konnte unser junger Ritter noch entkommen. Durch das Pfauentor ist er im Schutz der Nacht zum Rhein hinunter und dann mit einem Weidling flussabwärts Richtung Rheinfelden. Er soll zu den kaiserlichen Truppen um den Herzog von Savelli gegangen sein, um Hilfe zu holen. Es wird gesagt, sie seien auch im Anmarsch, ebenso wie Johann von Werth. Der wilde Philipp! Hoffentlich schafft er es. In seinem Haus neben dem Wasentor haben sich nun die Schweden einquartiert. Seine Mutter Ursula würde sich im Grabe herumdrehen, wenn sie das wüsste.«

Johanna machte eine heftige Bewegung. Philipp, der Freund aus Kindertagen, der dunkelhaarige, ungestüme Philipp mit den blitzenden braunen Augen. Wenigstens er war dieser Hölle entkommen. Vielleicht gab es doch noch Hoffnung.

Kurz darauf beugte sich das Gesicht einer jungen, adretten Frau über sie. Blaue Augen, von tiefen Ringen der Müdigkeit umgeben, schauten sie forschend an. »Seht an, Pater Ignatius. Unsere zerzauste Jungfer scheint wieder zu sich zu kommen!«

Sanft strich sie dem Mädchen über die Stirn. »Armes Ding. Siehst ja bös aus. Überall Abschürfungen und blaue Flecke. Brauchst mir gar nicht zu erklären, was sie mit dir gemacht haben. Diese Schweine.«

Johanna drehte den Kopf. Vor dem Feuer im Kamin erblickte sie den dunklen Umriss eines großen, wohlgestalteten Mannes mit einem wilden, lockigen Schopf. Sie keuchte und zog sich die Decke über den Kopf.

Sanft zog ihr die Frau den groben Stoff wieder vom Gesicht. »Ist ja gut, meine Kleine. Das hier ist nur Pater Ignatius Eggs, ein junger Kapuziner, der sich um unser Seelenheil kümmert. Er kam her, um die Modalitäten für die Gründung eines Klosters in Laufenburg zu erkunden. Trotz seines Studiums und seines Standes ist er ein mutiger Mann. Er hat in der letzten Zeit schon oft seine starke Stimme erhoben, um ein Weibsbild vor der Soldateska zu retten, ohne Rücksicht auf sein eigenes Leben. Brauchst dich vor ihm nicht zu fürchten. Im Gegenteil. So manches Weibsbild hat schon gehofft, sie könne den Drang seiner blühenden Jugend nutzen und er käme ihr ein wenig näher.« Sie lachte und warf dem groß gewachsenen Mönch einen anerkennenden Seitenblick zu.

»Müsst mich nicht immer schlecht machen vor anderen Leuten, Witwe Klara«, brummte der Gescholtene gutmütig.

Die Frau kicherte. »Ihr wisst ja, wie ich's meine, Pater. Ihr kennt mein Schandmaul inzwischen wohl. Nichts für ungut.«

»Bei Gott. Ich müsst ja taub sein, wenn ich's nicht kennen sollte nach all der Zeit ... Schon Euer Mann hat bei meinen Besuchen oft genug gestöhnt, Ihr hättet ein loses Mundwerk. Gott hab ihn selig.« In der warmen Männerstimme lag gutmütiger Spott.

»Ja, gebt's mir nur heraus. Gar nicht christlich nenn ich das. Und das in diesen Zeiten! Ihr Mannsbilder seid halt immer dieselben.« Klara Nüsslins Gesicht hellte sich auf. Das Geplänkel schien ihr gut zu tun. »Na, da bist du ja in ein schönes Haus geraten, was, Kleine? Aber hier bist du in Sicherheit. Hier wird dir keiner mehr etwas tun. Ihro Gnaden, der Herzog von Weimar, Oberbefehlshaber der schwedischen Truppen und Kommandant der französischen Reisläufer, hat mich zu seiner persönlichen Wäscherin erkoren. Vierundzwanzig Stunden hast du geschlafen. Willst du uns nicht sagen, wer du bist?«

Johanna öffnete den Mund. *Ihr kennt mich doch, Klara Nüsslin,* wollte sie sagen. *Ihr habt doch auch hin und wieder für den Schultheiß Fridolin Stocker und seine Familie die Wäsche versehen.* Doch sosehr sie sich auch bemühte, es kam kein Ton. Nur die Tränen begannen zu fließen.

»Armer kleiner Spatz. War wohl alles zu viel. Bringt keinen Pieps heraus. Aber wart einmal. Dir wird wohl die Kehle arg trocken geworden sein. Hast du Durst? Ich hab nur ein wenig heißes Wasser mit einigen getrockneten Kräutern vom letzten Sommer darin. Aber es wärmt wenigstens den Bauch und tut wohl. Pater Ignatius, ich bitte Euch, bringt uns doch einen Becher.«

Johanna nickte schwach.

»Na seht Ihr. Verstehen tut sie uns. Hier, Kind, trink. Und lass die Tränen laufen. Das erleichtert die Seele nach all dem, was du durchmachen musstest. Ich hab's am eigenen Leibe erlebt, beim letzten Mal. Nur damals waren es die Kaiserlichen – und ich war wohl auch noch etwas hübscher. Man wird schnell alt nach solchen Erlebnissen. Ich weiß. Trink, Kleine, trink. Ich werde dir derweil etwas das Gesicht abwaschen. Bist völlig rußig und voller Blut. Da muss dir wohl auch noch jemand eins über den Schädel gezogen haben. Aber es scheint keine große Wunde zu sein. Alles ist gut abgetrocknet. Hab's bis jetzt nur notdürftig verbunden. Ich wollte dich nicht wecken, dir erst einmal die Erholung des Schlafes gönnen.«

Sanft wischte Klara Nüsslin der jungen Frau mit einem feuchten Lappen übers Gesicht. Dann stieß sie einen Schrei aus. »Herr Jesus, jetzt erkenne ich dich erst, nachdem der ganze Dreck etwas herunten ist. Ihr seid doch die Jungfer Johanna! Heilige Maria Mutter Gottes. Wisst Ihr, was aus dem Bürgermeister und seiner Familie geworden ist? Und Euer Bruder?«

Johanna schüttelte den Kopf. *Sie sind tot, alle tot,* wollte sie schreien. Doch sie brachte nur ein Keuchen zustande.

Klara Nüsslin nickte ernst. »Braucht nicht weiterzureden, Jungfer Johanna. Ich versteh schon. Sie sind tot, nicht wahr?«

Johannas Weinen wurde stärker. Doch auch jetzt kam kein Laut aus ihrer Kehle. Ihr Körper drehte und wand sich, krümmte sich, wurde geschüttelt; aber der erlösende Ton blieb aus, die Pein in ihren Augen wurde nicht zu einem lauten Schrei. Und da wusste sie es mit einem Mal mit absoluter Sicherheit: Ihre Stimme war geborsten, unfähig in den Klang der Sprache zu fassen, was mit ihr geschehen war. Selbst der Segen der Beichte, die wohltuende Kraft des Gespräches blieben ihr verwehrt. Für alle Zeit musste sie diese schrecklichen Geschehnisse allein in ihrem Herzen verwahren. Niemals mehr würde sie anklagen, die Schlechtigkeit der Welt hinausschreien können. Und wieder verfluchte sie den Himmel, jenen Gott, der all dies in seinem Namen zuließ.

II

Es war kalt und dämmrig in der Küche, das Feuer ausgegangen. Seufzend erhob sich Johanna von ihrem Lager hinter dem Herd. Ihr Körper schmerzte noch immer, sie konnte kaum laufen. Doch viel schlimmer quälte sie das Brennen der Seele, das immer stärker wurde, je mehr die Betäubung ihres Geistes nachließ. Noch immer verbot sie sich jeden Gedanken an das Geschehene, ebenso wie alle Zukunftspläne. Sie war aus ihrem Leben herausgeschleudert worden, nichts als ein leeres Gefäß. Natürlich hatte sie gewusst, dass solche Dinge geschahen. Die Welt war in diesen Zeiten voll mit Männern, Frauen und Kindern, die furchtbare Geschichten zu erzählen hatten. Johanna schüttelte sich. Der Schrecken reckte seinen Kopf in ihren Verstand. Nein, noch nicht, bitte noch nicht.

Sie sah sich um. Es war fast dunkel in der Küche und still, das Haus in der Wasengasse schien verlassen zu sein. Klara Nüsslin und Pater Ignatius waren wohl fortgegangen. Die Kälte und die fahle, graue Wintersonne drangen durch das kleine Küchenfenster herein. Der Steinfußboden war blitzblank gewienert, der hölzerne grobe Tisch sauber gewischt, die vier Schemel standen ordentlich darum herum. Eine Messingschale hing über dem Herd. Sie glänzte selbst in diesem kraftlosen Winterlicht, das sich über das Land legte wie das grauweiße Leintuch eines Toten. Es war offensichtlich, diese Schale war der Stolz des Hauses.

Die Toten. Das schmutzige Leintuch. Johanna sah die Szenen des letzten Pestjahres wieder vor sich. Männer, die im Morgengrauen kamen und die ausgemergelten Gestalten aus den Häusern holten. Es gab damals nicht einmal mehr genügend Tücher, um sie einzuwickeln. Und so nahmen die düsteren Totengräber immer wieder ein und dasselbe Tuch im Bemühen, dem Elend wenigstens am Ende so etwas wie Würde zu verleihen. Ein Leichnam nach dem anderen wurde darin eingewickelt und dann weggebracht. Das Geräusch der Holzräder des Totenkarrens auf dem Kopfsteinpflaster klang ihr bis heute in den Ohren. Weit vor den Mauern, außer Sichtweite der Bürger und weg von den Angehörigen, die sich oft selbst in ihrem Erbrochenen, in den fauligen Säften ihres Körpers wanden, im Massengrab vor der Stadt, wurden sie schließlich nackt auf den Haufen der anderen Leichen geworfen. Dann kehrten die Totengräber wieder zurück, wickelten den nächsten Leichnam in dasselbe verschmierte Leintuch. Mehr Würde war damals nicht möglich. Doch selbst diese Bilder schienen ihr jetzt fast friedlich angesichts des Grauens der vergangenen Tage.

Schüttelfrost packte sie. Hastig begann sie, in der Küche nach Feuerholz zu suchen, um ihre Gedanken abzulenken. Doch sie fand keines. Feuer war in diesem Hause Luxus. Die eisige Kälte des steinernen Fußbodens stach wie ein Messer in ihre Fußsohlen. Mit fliegenden Händen zündete sie den Kerzenstummel an, der auf dem Tisch stand. Wärme, nur ein wenig Wärme. Sie hielt die blau gefrorenen Hände mit den zerrissenen Fingernägeln und den blutigen Kuppen über die Flamme. Es schienen die Hände einer anderen Frau zu sein. Weder die Hitze der Kerzenflamme noch das Licht drangen in ihr Inneres vor. Da sah sie die Schere. Sie musste auf den Boden gefallen sein. Johanna keuchte. Nicht mehr Leben, nein, nicht mehr leben. Keine Schmerzen mehr. Sie bückte sich, hob das eiserne Schneidewerkzeug auf. Das Haar fiel ihr ins Gesicht, lange rote, lockige Strähnen, die ihr bis zur Hüfte reichten. Ihre Mutter hatte sie immer wieder liebevoll gebürstet, stundenlang, in jenen Zeiten des Friedens, der Geborgenheit und der Liebe. »Johanna, mein Kind, mein schönes Kind.« Sie konnte die murmelnde, liebevolle Stimme hören.

Doch auch Mutter war tot. Und die, die sie damals gebürstet hatte, diese Johanna gab es nicht mehr. Ein kleines Lächeln umspielte ihren Mund. Auslöschen, alles auslöschen, das war ihr einziger Gedanke. Sie setzte die Schneide der Schere innen am Handgelenk an. Ein kleiner roter Faden erschien auf der Haut. Sie spürte keinen Schmerz, keine Angst und es erstaunte sie noch nicht einmal. Dieser Arm gehörte zu jemandem, der nicht mehr lebte. Sie starrte den blutigen Streifen an, aus dem sich langsam ein kleiner Tropfen formte, der das Handgelenk entlanglief. Er sah aus wie eine Strähne ihrer Haare. Nein, noch nicht, es war zu früh. Bevor sie sich die Schere in die Pulsadern stieß, musste sie noch etwas anderes tun. Auch an der Toten sollte nichts an die Johanna von einst erinnern. Sie sollte weggewischt sein vom Angesicht der Erde, als hätte es sie nie gegeben. Unendlich langsam hob sie die Arme. Die erste rote lockige Strähne segelte leise wie eine Feder zu Boden. Ihre Bewegungen wurden hastiger, fahriger. Fort, alles fort. Alles abschneiden, schnell. Damit sie endlich ein Ende machen konnte mit jenem Menschen, den es ohnehin nicht mehr gab. Damit sie vollends vergehen konnte, sich mit ihrem Blut verströmen. Das Nichts in ihr wuchs. Strähne um Strähne fiel. Sie schnitt sich ins Ohr, doch sie spürte es nicht.

»Jungfer Johanna, um aller Heiligen willen, was tut Ihr da? Jessas, das Kind ist verrückt geworden über all dem Leid.« Klara Nüsslin schleuderte den Weidenkorb in die Ecke. Die schmutzige Wäsche darin ergoss sich wie das Leintuch der Toten über den Boden. Die Wäscherin stürzte auf das Mädchen zu und versuchte ihr die Schere zu entwinden. Doch der Wahnsinn machte Johanna stark. Sie schüttelte Klara Nüsslin einfach ab. Strähne um Strähne. Einige fielen auf die schmutziggrauen Tücher und lagen dort, erloschen wie tote Kinder.

»Pater Ignatius, kommt! Herr im Himmel. Mann, wo steckt Ihr? Kommt her und helft mir! Bei meiner Seele, das Mädel ist verrückt geworden vor lauter Schmerz, sie tut sich noch etwas an.« Klara schrie, so laut sie konnte. Der schwere Tritt des Paters näherte sich, die Küchentür wurde hastig aufgestoßen. Ignatius Eggs sah sofort, was zu tun war. Mit aller Kraft entwand er Johanna die

Schere. Die junge Frau sank zu Boden wie ein Sack. Ihre Brust hob und senkte sich. Doch noch immer kam kein Ton aus ihrer Kehle. Da war nur der Blick, dieser flehende, verletzte, gebrochene Blick.

Klara Nüsslin beugte sich nieder und zog sie sanft hoch. Angesichts dieses Elends schien ihr das höfliche Ihr und Euch nicht passend zu sein. Sie fiel einfach wieder in das vertraulichere Du zurück. »Ach Kind, es wird schon wieder. Glaub mir. Musst lernen, dein Schicksal zu tragen. So wie wir alle in diesen schweren Zeiten. Was tust du dir nur an? Was nützt es denn schon, wenn du dich verstümmelst? Solltest dich waschen! Wasch dir einfach alles ab mit warmem Wasser. Das hab ich damals gemacht. Vielleicht hilft es dir. Freilich, ich hatte damals meinen Mann, der mich langsam wieder ins Leben zurückgeholt hat. Du hast wohl niemanden mehr, arme Kleine. Komm, ich hole dir heißes Wasser. Hab schon draußen im Waschhaus einen Zuber übers Feuer gehängt. Passt Ihr derweil auf die Kleine auf, Pater?«

Der große Mann nickte. »Vielleicht ist es aber besser, ich hol das Wasser.« Klara schaute den Priester liebevoll an. »Die Stadt kann froh sein, dass es Euch gibt. Aber lasst Euch das nicht zu Kopf steigen, das führt zu unheiligem Hochmut.«

Der Kapuziner lachte leise. »Bei Eurer scharfen, spöttischen Zunge, Weib, hat wohl keiner die Möglichkeit dazu.«

Kurze Zeit später stand Johanna mit den Füßen in einem Bottich mit heißem Wasser. Der Dampf bildete große Schwaden in der kalten Küche. Doch ihr Geist war weit weg, in einer dunklen Region. Sie spürte die Gänsehaut nicht, die ihr die Kälte über den Körper trieb. Nur von ferne drangen die wohlige Wärme an ihren Füßen, der feuchte, heiße Lappen, der ihren Körper behutsam reinigte, in ihr Bewusstsein. Klara Nüsslin wusch die junge Frau sanft wie ein Neugeborenes. Streichelte jeden blauen Fleck, jede Schrunde und keuchte entsetzt auf, als sie den Zustand von Johannas Beinen sah. »Oh Kind, unser Geschlecht kann sein wie ein Fluch. Ich weiß. Doch wir Frauen müssen lernen es zu tragen.

Denn das macht uns stark, unser Innerstes unberührbar. Niemand, niemand kann deine Seele töten! Es sei denn, du tust es selbst. Sei tapfer, meine Kleine! Das, was mit dir geschehen ist, hat eigentlich nichts mit dir zu tun. Nichts mit deinem Wesen. Sondern etwas mit der großen Kraft von uns Frauen. Männer sind schwach. Nur deshalb tun sie uns das an. Die Schwachen versuchen, die Starken zu demütigen. Jedes Tuch bekommt Risse, wenn man an ihm zerrt. Doch es bleibt immer noch ein Stück Tuch.«

Sie strich der jungen Frau über den Kopf. »Nun komm. Jetzt bist du außen wieder rein. Die anderen Spuren werden verheilen. Mit der Zeit. Lass dich in eine saubere Decke wickeln. Und dann setz dich an den Herd, damit dir warm wird. Ich werde ein Feuer anzünden.« Klara Nüsslin lachte. »Und mit deinen Haaren werden wir wohl auch etwas anstellen müssen. Schade drum. Ganze Löcher hast du hineingeschnitten, als hättest du die Motten. So schöne Haare. Rot und voll, lockig wie die Wolle eines neugeborenen Schafes. Ach Kind! Wir werden wohl alles abschneiden müssen. Wirst aussehen wie ein Junge.«

Bei diesen Worten sah sie den Ausdruck in Johannas Augen. Klara fühlte sich, als liefe ein Engel über ihr Grab. Sie nickte. »So, jetzt verstehe ich. Das ist es,was du wolltest. Eine Junge sein. Nun, jeder hat seine eigene Art, die Dinge zu bewältigen. Vielleicht hilft es dir ja. Hast vielleicht sogar Recht. Niemand weiß, dass du noch lebst. Und niemand weiß, was die Soldaten noch alles anstellen werden. Aber der Weimarer scheint kein schlechter Mensch zu sein. Er hat sogar unsere Männer diesmal in Ruhe gelassen. Zumindest die, die noch leben.«

Johanna senkte den Kopf. Auch diese Frau hatte ihren Packen an Leid zu schultern. Sie kam sich plötzlich sehr eigensüchtig vor. Vorsichtig hob sie die Hand und strich sanft über Klara Nüsslins runde, erhitzte Wange. Die mollige Waschfrau war sichtlich gerührt. Doch es war nicht ihre Art, das zu zeigen. »Keine Sentimentalitäten, sonst heul ich auch noch los. Und was haben wir von zwei heulenden Weibsbildern? Zumindest einem und einem halben, so, wie es im Moment aussieht. Bist eher wie ein verirrtes Zicklein. Aber gut. Das Leben geht weiter. Und wir mit ihm. Jetzt machen wir dir einen anständigen Haarschnitt. Und dann gebe ich dir Jungenkleidung.« Sie räusperte sich. »Ich hab sie noch, die Kleider meines kleinen Bruders Andreas. Hab's einfach nicht übers Herz gebracht, sie wegzuwerfen, nachdem er bei der letzten Pest starb. Die Sachen könnten dir passen. Und dann ist es ja doch zu was gut, dass ich sie aufgehoben hab.« Klara Nüsslin sank etwas in sich zusammen. Doch dann drückte sie den Rücken wieder durch und richtete sich kerzengerade auf.

»Wie schon gesagt, das Leben geht weiter. Und ich habe Wäsche zu waschen. Arbeit lenkt ab und ich brauche Hilfe. Du mit deinen starken, jungen Armen kannst mir sicher beim Auswringen helfen. Der Weimarer ist ein ungeduldiger Herr. Er will seine Hemden schnell sauber und gebügelt wiederhaben. Und wir tun wohl besser daran, ihm zu gefallen, wenn er uns schützen soll, meinst du nicht auch?«

Johanna nickte. In der nächsten halben Stunde herrschte bis auf das Knistern des Feuers im Herd wohltuende Stille in der kleinen Küche. Klara Nüsslin sagte nichts, während sie Johanna liebevoll die Harre schnitt. »So, jetzt siehst du aus wie ein frecher Bengel, fast so hübsch wie mein Bruder Andreas«, erklärte sie schließlich lachend. Doch Johanna spürte die mühsam zurückgehaltenen Tränen hinter der rauen Schale ihrer Retterin. Aber diesmal hielt sie sich zurück, schaute Klara Nüsslin nur dankbar an.

Die beiden Frauen arbeiteten zusammen, als hätten sie das schon seit Jahren getan. Klara Nüsslin schrubbte die Hemden auf dem Waschstein, Johanna spülte sie im eiskalten Wasser aus, wrang das Wasser aus dem Tuch und trug die Wäsche dann in die Küche, um sie an der Leine über dem Herd aufzuhängen. Die Arbeit half ihr den Geist im Dämmerzustand zu halten, die schrecklichen Bilder zu verdrängen, die in der Tiefe ihres Verstandes lauerten.

Plötzlich hörte sie die Schritte mehrerer Männer hinter sich, Sporen an schweren Stiefeln klirrten im Takt der Tritte. Sie hielt die Luft an und drehte sich um. Der Mann, dem sie sich unvermittelt gegenübersah, war noch recht jung und nur etwas mehr als mittelgroß. Doch die Falten der Müdigkeit hatten sich tief in seine Augenwinkel und um seinen Mund gegraben. Die grauen arroganten Augen indessen blickten wach. Dieser Mann war ein guter Beobachter, das spürte sie. Einer, der es gewohnt war zu befehlen. Sie stand wie eine Salzsäule da und starrte ihn an. Ein Funken der Verärgerung glomm in den Augen des Fremden. Johanna senkte schnell den Blick. Eine muskulöse Brust verbarg sich unter dem ledernen Wams, aus dem am Hals ein weißer Kragen schaute. Das enge Beinkleid war blutbespritzt, die hohen Schaftstiefel voller Dreck und Kot. Hinter ihm standen ein Offizier in schwedischer Uniform, das Langschwert wachsam in der Hand, und ein blutjunger Gemeiner, bewaffnet mit einer Hellebarde. »Nun, Junge, was starrst du so? Hast wohl noch einiges zu lernen.«

Klara Nüsslin fuhr herum. »Jessas, Ihre Durchlaucht der Herzog von Weimar persönlich in meiner Küche! Hättet Euch doch nicht selber herbemühen müssen.« Sie war im Begriff, in die Knie zu sinken, auf ihren Wangen brannten rote Flecken.

Doch der Fremde hielt sie mit einer herrischen Geste brüsk vom Kniefall zurück. »Jetzt ist keine Zeit für Förmlichkeiten. Ich habe zu tun. Was macht meine Wäsche?«

Klara Nüsslin kochte innerlich über dieses ungeschliffene Benehmen. Doch sie bemühte sich um einen halbwegs freundlichen Ton. Ihre mollige Gestalt in dem verschwitzen Hemd zitterte. »Wenn wir hier in Laufenburg zaubern könnten, wärt Ihr wohl nicht bei uns eingefallen und hättet die Stadt genommen, Euer Gnaden«, erwiderte sie nicht ohne Spitze.

Bernhard von Weimar runzelte die Stirn und betrachtete die Wäscherin. »Auf den Mund gefallen seid Ihr nicht, im Gegensatz zu diesem Rotschopf da. Habt Ihr keine bessere Beschäftigung für den Bengel, als Wäsche zu waschen? Das ist Weiberarbeit. Na, mir soll's recht sein. Also, was ist mit meinen Hemden? Ich brauche ein frisches.«

»Es ist schon eine hohe Ehre, dass der Herr sich in eigener Person darum kümmert«, erwiderte Klara etwas ruhiger. »Ich werde das Eisen auf die Kohlen stellen und Euch eines trockenbügeln, wenn Ihr wollt. In einer Stunde habt Ihr es. Der Junge da kann es Euch bringen. Das ist immer noch besser als Krieg führen, Häuser plündern und anzünden, Menschen ermorden und Frauen schänden«, fügte sie trotzig hinzu.

Bernard von Weimar lachte rau. »Wenn der Bengel dabei auch so wenig redet wie jetzt, dann mag er kommen.«

Klara schaute dem Mann in die Augen. »Er ist stumm«, sagte sie trocken. »Eure Leute und der Tod, den sie brachten, haben ihn verstummen lassen.«

Der Herzog gab zunächst keine Antwort auf diese Anklage. Johanna sah so etwas wie einen kleinen Funken von Mitgefühl in seinen Augen. Doch das verschwand sofort wieder. »Das ist der Krieg. Er ist wenigstens noch heil geblieben. Anderen geht es da schlimmer«, erklärte er fast beiläufig. Er machte eine kurze Pause. »Ich habe noch ein anderes Anliegen«, meinte er schließlich. Ich brauche einen Schreiber. Meinem haben Eure Leute den Arm abgehackt. Kennt Ihr jemanden?«

Klara blieb eine Weile stumm. Dann blickte sie auf Johanna. »Dieser da kann schreiben, lesen und rechnen.«

Das Mädchen hob abwehrend die Hände. Um Himmels willen, was sagte die Freundin da? Der Weimarer hielt sie jetzt für einen Jungen! Wenn diese Lüge herauskam, würde er sie alle ohne viel Federlesens einen Kopf kürzer machen. Was dachte sich die Waschfrau nur dabei? Doch Klara Nüsslin beachtete sie überhaupt nicht, ihre Augen hingen mit einem eigenartigen Ausdruck am Gesicht des Herzogs.

Mit neu erwachtem Interesse blickte Bernhard von Weimar auf den zierlichen Rotschopf neben dem Waschzuber. »So, schreiben kannst du also auch, nicht nur schweigen. Das passt gut. Ich brauche jemanden, der aufmerksam zuhören und trotzdem Geheimnisse bewahren kann.«

Johanna rührte sich noch immer nicht. Der Herzog trat zu ihr und fasste ihr ans Kinn. »Mach's Maul auf! Los, Junge.«

Johanna sperrte unwillkürlich den Mund auf. Sie kam sich vor wie ein Ochse auf dem Viehmarkt.

»Na, gute Zähne hast du ja. Ich habe eine Abneigung gegen den fauligen Mundgeruch, den schlechte Zahnstummel machen.« Er tastete ihre Arme ab. Johanna wich zurück.

»Viele Muskeln hat er nicht, der Bengel. Fast wie ein Mädchen. Und scheint auch noch ziemlich tumb zu sein. Ich weiß nicht, ob du wirklich der Rechte bist.«

»Er ist nur von Euch beeindruckt, Euer Durchlaucht«, meldete sich Klara schnell zu Wort und kniff Johanna in den Arm, dass es schmerzte. Sie zuckte zusammen. »Lasst mich nur mit ihm reden. Das wird schon. Der Junge ist einfach schüchtern. Ich schicke ihn Euch dann mit dem Hemd.«

In den Augen des Herzogs lagen Zweifel. »Wie heißt er denn?«

Klara zögerte. »Johann, Euer Gnaden.«

»Nun, also. Schickt mir den Bengel. Ich kann es mir wohl kaum aussuchen.« Damit drehte er sich brüsk um und ging ohne einen Abschiedsgruß. Die beiden Männer folgten ihm.

Johanna klammerte sich an Klaras Arm. *Bitte nicht, schickt mich nicht dorthin*, flehten ihre Augen. Doch Klara schüttelte den Kopf.

»Mädchen, etwas Besseres kann dir nicht passieren. Unter dem Schutz des Herzogs bist du in Sicherheit. Als sein Schreiber wird dir jedermann Respekt zollen und niemand dir ein Haar krümmen. Pack die Gelegenheit am Schopf. Außerdem ...« Klara zögerte. Johanna sah sie fragend an. »Außerdem erfahren wir auf diese Weise etwas über den Feind, was uns vielleicht helfen kann unsere Haut zu retten und unseren Leuten zu helfen. Oder glaubst du, ich wasche gern für diesen ungehobelten Herzog? Es ist gut, wenn wir Ohren bei ihm haben. Auch wenn du nicht sprichst, du wirst uns trotzdem helfen können. Zudem soll er ein gerechter Mann sein. Seine Soldaten vergöttern ihn jedenfalls. Er ist sehr fromm und streng, achtet auf Disziplin, ist aber nicht launisch und unberechenbar in seinen Entscheidungen, hört man. Wir hätten es übler treffen können. Also, stell dich nicht an.«

Johanna nickte zögernd. »Na also, ich wusste doch, dass du Vernunft annimmst. Komm, lass uns zusehen, dass wir die Hemden fertig bekommen.«

Wie versprochen war Johanna eine Stunde später mit einem gebügelten Hemd auf dem Weg hinauf zum Schloss. Auf der Pfalz unterhalb von Kirche und Burg hatte eine Rotte abgemagerter, verdreckter Schweden ein Feuer angezündet und grillte ein Schwein. Johanna lief das Wasser im Mund zusammen. Sie hatte in letzter Zeit nur Brot und Wasser bekommen. Sie bewegte sich ungelenk, hatte Schwierigkeiten, sich in den ungewohnten Beinlingen wie ein Junge zu geben. Immer wieder war sie drauf und dran, einen nicht vorhandenen Rock zu raffen, als sie in einem großen Bogen um die Soldaten herumschlenderte und dann die hölzernen Stufen den Burgberg emporkletterte. Die Stiegen waren glatt und gefroren. Mehr als einmal wäre sie beinahe ausgerutscht. Die Männer am Feuer sahen das und grölten. Johanna zitterte wie Espenlaub. Und das lag nicht nur daran, dass das dünne Wams und der leichte Umhang sie kaum wärmten.

Der Weimarer hatte sich in der alten Burg der Habsburger einquartiert und dort einen der fünf beheizbaren Räume für sich mit Beschlag belegt. Seine Offiziere lagerten ringsum in und vor den Kaplaneihäusern. Dort, wo sonst die Ritter des Kastvogts Johann Baptist von Schönau wohnten. Doch die hatten sich längst dem kaiserlichen Heer um Federico, Herzog von Savelli, und Johann von Werth angeschlossen.

»Der Herzog erwartet mich«, hatte sie auf ein Stück Schiefer gekritzelt, das sie sich wie einen Orden vor die Brust hielt.

Schließlich ließ man sie vor. Verängstigt klopfte sie an die schwere Holztüre. Es dauerte eine Weile, bis ein Diener ihr öffnete.

Der Herzog saß halb verborgen hinter einem schweren, geschnitzten Tisch. Ein anderer Mann, mager, mit der Nase eines Raubvogels, hatte sich auf die hölzerne Platte gestützt. Beide Männer beugten sich über ein Pergament. Im großen, steinernen Kamin flackerte ein Feuer. Das Zimmer war wohlig warm.

Wütend warf der Herzog die Feder weg. »Stockschwerenot, Schreibkram«, grollte er zornig. »Das ist eines Kriegers nicht würdig. Meine Hände sind besser geeignet einen Degen zu schwingen denn eine Feder.« Der andere lachte.

Doch der Herzog hatte keine Zeit für Späße: »Habt Ihr Euch um die Eisenwerke gekümmert, von Erlach? Wie viele von den Schmelzen arbeiten noch? Die Männer brauchen neue Waffen und so mancher Harnisch ist auszubessern. Die Laufenburger sind bekannt für ihr gutes Eisen und ihre fein geschmiedeten Brustbleche, wie Ihr wisst.«

»Ja, Euer Gnaden. Soweit wir feststellen konnten, sind zehn der achtzehn Schmelzen völlig zerstört. Vier könnten wir recht leicht wieder instand setzen. Dort sind nur die Wasserräder beschädigt, die die Blasebälge und Hämmer antreiben. Wenn wir genügend Holzkohle hätten, könnten sie in wenigen Tagen wieder arbeiten. Aber die Leute, die sie betreiben, sind wie vom Erdboden verschluckt. Wartet, drei der Werke liegen am – wie heißt das noch – Andelsbach. Eines am Mühlebach. Für die restlichen vier brauchen wir mehr Zeit.

»Gute Arbeit, von Erlach. Ich bin froh, dass Ihr in diesem Jahr mein Stellvertreter wurdet. Kümmert Euch darum. Lasst Bäume für die Holzkohle schlagen und treibt die Schmelzer und Schmiede auf. Wenn nötig, prügelt sie an die Hammerwerke.«

Johanna scharrte mit den Füßen, um ihre Anwesenheit kundzutun. Beide Männer blickten auf.

Bernhard von Weimar lachte. »Schaut, von Erlach, da ist er ja, der Kümmerling, der mir als Schreiber angedient worden ist. Mal sehen, was er taugt. Er scheint aus ziemlich dünnem Holz geschnitzt zu sein. Ich danke Euch für Eure Hilfe. Aber Ihr werdet jetzt wohl Wichtigeres zu tun haben als diesen Verwaltungskram. Rheinfelden muss unser werden.«

Johann Ludwig von Erlach legte warnend die Hand vor den Mund. Bernhard von Weimar lachte dröhnend. »Müsst keine Angst haben, Oberst. Dieser Schreiberling ist stumm. Der kann keine Geheimnisse verraten.«

»Aber hören kann er sehr wohl, Herzog«, erwiderte der andere.

Der Weimarer nickte nachdenklich. Dann wurde er wieder der gewohnt ruhige Befehlshaber. »Schaut nach den Männern, von Erlach. Sie haben gut gekämpft. Sie sollen jetzt essen und trinken, sich vergnügen und sich ausruhen, damit sie wieder stark werden für die kommende Schlacht. Unser werter Freund, der Herzog von Rohan, und Rheingraf Johann Philipp haben schon mit den Vorbereitungen für den Kampf begonnen. Sie werden Eure Hilfe brauchen. Die notwendigen Befehle für die Marschordnung kennt Ihr.«

Johann Ludwig von Erlach verabschiedete sich mit einem angedeuteten Kratzfuß. Seine Augen musterten Johanna misstrauisch. Er mochte diesen Jungen nicht und würde ihn beobachten. Der rothaarige Bengel erinnerte ihn an den verhassten, vom Vater so verhätschelten illegitimen Halbbruder. Der Herzog war einfach zu vertrauensselig.

»Setz dich und schreib.« Bernhard von Weimar war kein Freund vieler Worte. Johanna legte das faltenlos gebügelte Hemd vorsichtig auf den Tisch und zog dann das Pergament, den Federkiel und das Tintenfass zu sich heran. Beinahe hätte sie lachen müssen. Ganz oben auf dem Pergament prangte erst ein dünner Strich und dann ein großer Tintenklecks. Nein, das Schreiben war wahrlich nicht des Herzogs Sache. Bernhard von Weimar beobachtete sie. Nun, wenigstens einen Funken Humor hatte dieser Bengel. Vielleicht ließ sich aus ihm ja doch noch etwas machen.

»Schreib«, sagte er noch einmal brüsk. »Hiermit erklären wir, Bernhard, Herzog zu Sachsen-Weimar, Generalissimus des evangelischen Bundes und Oberbefehlshaber der vereinten schwedisch-französischen Truppen, dass sich jeder Bürger von Laufenburg bei Androhung von Strafe gegen Leib und Leben morgen um die achte Stunde auf dem Marktplatz der mehreren Stadt einzufinden hat, um dort den Eid auf den neuen Herrn zu schwören. Zur Feier der Befreiung der Stadt hat die Einwohnerschaft dreitausend Gulden abzuliefern, so, wie es bei der Kapitulation festgesetzt worden ist, auf dass wir sie künftig manniglich vor jeglichem Einfall beschützen können, bei Feuersgefahr und Feindesgeschrei.«

Beinahe wäre Johanna die Feder ausgerutscht, als sie diese Summe hörte. War es denn noch nicht genug?

Bernhard von Weimar bemerkte ihr Innehalten und blickte sie scharf an. »Hast wohl nichts dazu zu bemerken, Junge. Ich habe ein Heer zu unterhalten. Und vielleicht noch ein Fürstentum aufzubauen«, fügte er leise an.

Im ersten Moment meinte Johanna, sie hätte sich verhört. Doch der Mann ihr gegenüber ging nicht weiter darauf ein. Er verschränkte die Hände. Sie sah, wie sich die Muskeln seiner Oberarme unter dem gefältelten und an den Schultern gepufften gelbroten Samt der Joppe unter dem ledernen Wams anspannten.

»Schreib weiter. Wir haben nicht ewig Zeit. Es gibt noch mehr zu ordnen.«

Hastig tauchte sie den Federkiel ins Fass und sah wartend zu ihrem Gegenüber.

Bernhard von Weimar war sichtlich erschöpft, die Linien um seinen Mund waren noch tiefer geworden. Dabei konnte er nicht mehr als dreißig Jahre zählen, dachte Johanna. Doch er gab diesem Anfall von Müdigkeit nicht nach.

»Schreib: Hiermit erklären wir weiter, dass die Stadt Laufenburg von nun an als Magazin diene und dass alle Vorräte für Mensch und Tier hier zu sammeln, zu verwalten und zu zählen sind. Über den Stand der Versorgung ist unserem Generalquartiermeister Oberst Schaweletzki lückenlos Bericht zu erstatten. Zum neuen Stadtkommandanten und obersten Herrn für Laufenburg in meiner Abwesenheit ernenne ich den Uns getreu ergebenen Oberst Hans Heinrich Sauerzapf. Seinem Befehl ist Folge zu leisten wie dem meinigen. Laufenburg, 31. Januar, im Jahre des Herrn 1638. Bernhard, Herzog zu Sachsen-Weimar.«

Die Feder kratzte über das Pergament. Dann herrschte Stille im Raum. Nur das Prasseln des Feuers war zu hören. Johanna sah auf. Der Kriegsherr war eingeschlafen. Er hatte den Kopf auf die Arme gelegt und sah dabei aus wie ein kleiner, unschuldiger Junge. Der müde Mund wirkte plötzlich weich und gab dem Mann etwas Verletzliches. Das markante Kinn und die hohe Stirn kündeten aber auch noch im Schlaf von einem zu allem entschlossenen Kriegsherrn. Bernhard von Weimar knirschte plötzlich mit den Zähnen. Johanna schüttelte sich, schob leise das Pergament zur Seite, erhob sich und verließ auf Zehenspitzen den Raum. Sie musste die Ihrigen warnen. Der Weimarer plante einen Überfall auf Rheinfelden.

Ignatius Eggs schüttelte das Mädchen. »Was weißt du? Sag's mir! Was soll das Wort Rheinfelden bedeuten, das du in den Staub auf dem Boden gemalt hast? Will der Weimarer gegen Rheinfelden ziehen?«

Johanna nickte.

»Packt das Kind nicht so hart an, Pater. Das ist eines Kapuziners nicht würdig.« Die Stimme von Klara Nüsslin war ruhig, trotz der Anspannung.

Pater Ignatius nickte und nestelte am Knoten des Seils, das sich über seiner braunen Kutte um die Hüften wand. Er trug nur Sandalen. Johanna sah, dass seine Füße blau gefroren waren.

»Wir müssen eine Nachricht aus der Stadt schmuggeln. Die Kaiserlichen sollen auf dem Anmarsch sein. Wenn sie rechtzeitig kommen, entgeht wenigstens Rheinfelden unserem Schicksal.

Doch wen sollen wir schicken, damit das Kassiber auch an die Rechten kommt?« Die Wäscherin blickte fragend zu dem hoch gewachsenen Mönch auf.

»Ich werde selbst gehen.« Die Stimme des Mannes war wieder ruhig und beherrscht. »Rheinfelden ist meine Vaterstadt. Ich kenne jeden Weg und jeden Steg dorthin. Da werden mich die Soldaten des Herzogs wohl kaum in die Finger kriegen. Sorgt dafür, dass weiter westlich der Brücke beim Schäffigen ein Kahn auf mich wartet. Bringt Ihr das fertig? Auf dem Wasser kann ich die Strecke flussabwärts schneller zurücklegen als zu Land.«

Klara nickte. Dann wurde sie etwas rot. »Ich kenne da einen kräftigen Laufenknecht, der schon lange ein Auge auf mich hat. Er wird mir den Weidling schon besorgen. Wenn die Nacht dämmert, soll der Nachen an der besprochenen Stelle liegen.«

Der Mönch nickte. Dann ging er zu Johanna und legte ihr die Hand auf den Kopf. »Bist ein tapferes Mädchen, meine Tochter. Gesegnet seist du für deine Nachricht. Verzeih, dass ich unbeherrscht war. Mich treibt die Sorge um die Meinen um. Der Herr sei mit dir. Nun muss ich gehen und die Flussfahrt vorbereiten.«

Johanna nickte. In ihren Augen standen Tränen. Nun war sie doch noch zu etwas nütze gewesen. Klara Nüsslin hatte Recht behalten – es lohnte sich, wenn sie der Schreiber des Herzogs blieb.

Die Soldaten waren blutbespritzt und völlig erschöpft. Viele hatten tiefe Wunden, mehr schlecht als recht mit dreckigen Stofffetzen verbunden. Manche konnten nicht mehr selbst laufen und wurden von den müden Kameraden auf eilends gezimmerten, groben Bahren langsam durch die Gassen geschleppt. Doch die Nachrichten, die sie brachten, hatten sich schon lange vor der Rückkehr des traurigen Zuges in die Stadt wie ein Lauffeuer unter den Menschen verbreitet. Savelli und vor allem General Johann von Werth, der alte Widersacher des Herzogs, hatten den weimarschen Truppen eine vernichtende Niederlage beschert.

Bei Rheinfelden, auf der rechtsrheinischen Seite zwischen

Warmbach, Nollingen und Beuggen, waren das Heer der Kaiserlichen und einige Regimenter des Bernhard von Weimar aufeinander gestoßen. Der Herzog hatte seine Truppen geteilt. Der andere Teil war auf der linken Flussseite gen Rheinfelden gezogen. Und diese Männer des Weimarers hatten untätig und zähneknirschend zusehen müssen, wie der Kampf jenseits des Flusses tobte und die Kaiserlichen, die alle ihre Kräfte am rechtsrheinischen Ufer konzentriert hatten, schließlich die Überhand gewannen. Denn es gab keine Brücke, keine Schiffe zur Überquerung des Stromes. Viele Männer wurden getötet und tränkten mit ihrem Blut die Erde. Unter ihnen waren einige der besten Generale des Weimarers. Rheingraf Otto Philipp starb durch einen Schwerthieb des Herzogs von Savelli. Der kaiserliche General Johann von Werth verwundete den Herzog von Rohan schwer. Dieser lag noch immer lebensgefährlich verwundet danieder und kämpfte um sein Leben, hatte Johanna gehört. Außerdem war einer der besten Offiziere des Herzogs gefallen: Rheingraf Johann Philipp, Generalleutnant der Kavallerie, starb durch einen Schwerthieb des Herzogs von Savelli. Zu den Gefangenen der Kaiserlichen gehörten der weimarsche Generalquartiermeister Oberst Schaweletzki und die Oberstleutnante Dannenberg und Erdmann.

Auch eine kleine, schon fast komische Geschichte machte die Runde. Die durch den Gewaltmarsch erschöpften kaiserlichen Truppen um von Werth wären anfangs beinahe zurückgedrängt worden. Major Taupadel hatte dem General des Kaisers sogar ein Loch in den fürstlichen Hut geschossen. Der hatte ihm dafür aber postwendend einen Streifschuss an der Backe verpasst.

Doch als die Geschlagenen dann durch das Waldtor kamen, lachte niemand. Immer mehr Laufenburger versammelten sich stumm links und rechts der gepflasterten Straße der minderen Stadt, als Bernhard von Weimar zu Pferde Schritt für Schritt durch das Waldtor und dann die Hauptstraße hinunter in Richtung Brücke ritt. Der braune, für einen Halbblüter recht stämmige Wallach war nur noch ein Schatten des stolzen, vor Kraft strotzenden

Streitrosses, auf dem der Herzog in den Kampf gezogen war. Flanken und Hals des Pferdes waren dunkel vor Schweiß, an den Nüstern klebten die Reste von weißem Schaum. Bernhard ließ die Zügel locker hängen. Das Tier hatte den Kopf tief gesenkt. Jeder Schritt bereitete ihm offensichtlich große Mühe. Selbst das schwarz-gelbe Banner des Weimarers mit dem Eichenlaub und dem von Ähren umkränzten, gekrönten Wappen flatterte nicht mehr, sondern hing fast bewegungslos wie ein nasser Lappen über den Reitern der Vorhut. Der Herzog wirkte wie ein alter verbrauchter Mann. Geschlagen, entmutigt und unendlich müde. Sein verschmierter Brustharnisch leuchtete hin und wieder matt auf, wenn die Wintersonne in die enge Gasse drang. Ein Hund bellte.

Bernhard von Weimar sah Johanna nicht, die sich in den Schatten des Eingangs eines abgebrannten Hauses gedrängt hatte. Sie hätte sich über den Sieg der Kaiserlichen freuen müssen. Doch sie konnte sich des Mitleids mit dem Geschlagenen, den entmutigten leeren Gesichtern der Soldaten nicht erwehren. Und sie fühlte sich mitschuldig an diesem Leiden.

Es herrschte eine schon fast gespenstische Stille unter den Menschen. Niemand sagte ein Wort. Keiner der Bürger, keiner der Soldaten. In völligem Schweigen bewegte sich der Zug der besiegten Männer die Straße hinunter Richtung Rhein. Dann bebte die zur Hälfte gedeckte, hölzerne Brücke unter den Hufen der Pferde, den Tritten der Stiefel. Niemand achtete mehr auf militärische Disziplin. Einer der Schweden schleppte die Muskete hinter sich her, als wöge sie so viel wie ein Felsbrocken. Eine Hellebarde zog einen Streifen durch den Staub des Kopfsteinpflasters auf der anderen Seite der Rheinbrücke. Das Gurgeln und Rauschen des Wassers, das über die Stromschnellen des Rheins schäumte, ergab ein schauriges Totenlied. Stadtkommandant Hans Heinrich Sauerzapf entbot dem heimgekehrten Kriegsherren auf der anderen Flussseite seinen militärischen Gruß. Sein von Sonne und Wind gegerbtes Gesicht zeigte keine Regung.

Eine Stunde später wurde Johanna vom Kammerdiener des Herzogs auf die Burg gerufen. Bernhard von Weimar stand am Fenster und blickte hinunter auf die Felsenstadt links und rechts des Stromes. Sie sah im Gegenlicht die gebeugten Schultern. Er hatte die Hände hinter dem Rücken verschränkt. Seine Finger bewegten sich unruhig. Als der Herzog sich umdrehte, bemerkte sie die große Wunde auf seiner Stirn. Das Blut hatte rostrote Streifen durch den Dreck auf seiner Wange gegraben. Johanna riss ein Stück Stoff aus ihrem Hemd, tunkte es in eine Schüssel mit Wasser und wollte dem Herzog vorsichtig die blutverkrustete Stirn damit abtupfen. Doch er hob abrupt den Arm und stieß sie zurück.

»Lass das. Die Wunde ist nicht so schlimm. Da habe ich schon ärgere Stiche weggesteckt. Eine Narbe mehr oder weniger, was soll das schon. Wunden verbinden ist Weibersache. Außerdem ist dafür jetzt keine Zeit. Es gibt Wichtigeres zu tun.« Seine Stimme klang hart. Trotzdem schien ihn ihre unerwartete Fürsorge anzurühren. Die durchdringenden grauen Augen musterten Johanna nachdenklich.

Das Mädchen schwankte.

»Was ist? Macht dir das bisschen Blut zu schaffen?«

Johanna schüttelte den Kopf und deutete auf ihren Magen. Die Geste wurde von einem unüberhörbaren Knurren unterstützt.

Bernhard von Weimar lachte. »Nun, Johann, der Schreiber ... Wie ich sehe, hast du einfach Hunger. Dagegen müssen wir etwas tun, bevor du mir zusammenbrichst. Ich brauche dein Buchstabengekrakel noch.« Er läutete. »Bringt mir einen gegarten Salm und einen weiteren zum Mitnehmen für diesen Bengel da. Und ein Glas Wasser und ein Stück Brot. Sonst bekommt dieser Hänfling hier noch einen Schwächeanfall. Nun setz dich schon, Johann.« Er deutete auf den ihr inzwischen bekannten Schemel am Schreibtisch.

Gehorsam ließ Johanna sich nieder. Schweigend beobachteten die grauen Augen des Herzogs das Mädchen, als sie wenig später aß. Sie bemühte sich, möglichst nicht hochzuschauen, um seinem Blick nicht zu begegnen. Sie hatte das Gefühl, diese Augen könnten durch sie hindurchsehen und eine falsche Geste könnte sie verraten. Bernhard von Weimar nippte hin und wieder an einem Becher mit Wein. Johanna hielt die ganze Zeit ihren Blick auf den Fisch gesenkt. Er schmeckte köstlich. Es war ihr erstes richtiges Mahl seit Tagen.

Die Menschen in der Stadt hatten kaum noch etwas zu essen. Der Stadtkommandant hatte alles, was seine Männer finden konnten, konfisziert und ins Vorratslager bringen lassen. Die Fischer mussten ihren Fang fast komplett den Besatzern abliefern. Und auch den Bauern an den Hängen des Hotzenwaldes blieb nicht viel, um die hungrigen Mäuler ihrer Kinder zu stopfen. Ihr Vieh und das, was sie sonst noch an Vorräten von der letzten Ernte eingelagert hatten, war ihnen mit Waffengewalt abgenommen worden. Die Rinder, Schafe und Schweine wurden nun, wohl bewacht, in großen Pferchen im Westen der Stadt gehalten.

»Bist du jetzt fertig?« Die Ungeduld war deutlich aus der tiefen Stimme des Herzogs herauszuhören.

Johanna nickte.

»Also schreib!« Er schob ihr ein Pergament, die Tinte und den schon frisch angespitzten Federkiel entgegen. Dieser Mann dachte aber auch an wirklich jede Kleinigkeit, sogar an das Anspitzen eines Federkiels, und das in Zeiten wie diesen. Auch wenn sein Körper erschöpft war, den Geist des Herzogs schien das nicht im Mindesten zu betreffen. Seine Stimme klang ruhig. Von den fürchterlichen Anstrengungen war ihm kaum noch etwas anzumerken. Er war konzentriert bei der Sache, was auch immer er tat. Dieser nur mittelgroße Mann musste die Energie eines Bären haben. Gegen ihren Willen war das Mädchen beeindruckt. Der Herzog diktierte langsam und deutlich.

»Ordre,

hiermit befehle ich, Bernhard, Herzog zu Sachsen-Weimar, Herr über Laufenburg, die zusätzliche Befestigung der Wehranlagen der Stadt links und rechts des Rheins. Für die Ausbesserung der Palisaden sind Tannen, Eichen und Föhren zu schlagen. Die Fruchtbäume im Umland sind abzuholzen, damit kein Feind dahinter Versteck und Deckung finden kann. In den Kraut- und Baumgärten vor der Stadtmauer sind Schanzen aufzuwerfen. Für diese Arbeiten hat sich jeder männliche Bürger der Stadt ab zehn Jahren aufwärts noch heute innert von zwei Stunden in der Kommandantur zu melden, um seinen Einsatzort und die notwendigen Anordnungen zur Ausführung zu erhalten.«

Johanna musste an ihren Bruder Jakob denken. Wäre er noch am Leben, auch er wäre wohl heute im Dienste des Weimarers mit Axt oder Schaufel ausgezogen, um die Stadt zu befestigen. Der Brief ließ ihr Herz höher schlagen, Hoffnung auf Befreiung keimte auf. Offensichtlich befürchtete Bernhard von Weimar, die siegreichen Kaiserlichen könnten seinen Männer nachsetzen und versuchen die Stadt zurückzuerobern. Das musste sie unbedingt Ignatius Eggs berichten, sobald er wieder in Laufenburg eintraf. Der junge Kapuzinermönch war aber noch nicht von seiner Mission in Rheinfelden zurück, soweit sie dies wusste. Sie machte sich langsam große Sorgen, er könnte den Feinden in die Hände gelaufen sein.

»Trödel nicht herum. Du bist noch nicht fertig!« Bernhard von Weimar riss ihr das Pergament fast unter dem Federkiel weg, ließ Kerzenwachs darauf tropfen und drückte mit seinem Ring sein Siegel in das weiche Wachs. Wieder klingelte er. »Lasst das zu Kommandant Sauerzapf bringen. Sofort. Innerhalb der nächsten halben Stunde muss die Ordre überall in Laufenburg verkündet sein. Wir haben keine Zeit zu verlieren«, befahl er knapp. Der Diener verbeugte sich und verschwand eiligst.

»Und nun zum nächsten Brief.« Ein Funken von Misstrauen glomm plötzlich in des Herzogs Augen. »Du weißt, was dir droht, wenn auch nur ein Wort von dem nach draußen dringt, was du hier zu schreiben hast?«

Johanna nickte hastig.

»Du würdest dir wünschen nicht geboren zu sein.« Er betrachtete sie nachdenklich. »Rotschöpfen ist nicht zu trauen, hat meine Mutter mich gelehrt. Ich werde dich wohl sicherheitshalber noch besser im Auge behalten müssen. Ab heute wirst du mir nicht mehr von der Seite weichen. Du kannst in meiner Kammer auf dem Boden schlafen. Ich werde dir einen Strohsack und eine Decke besorgen lassen.«

Johanna keuchte entsetzt auf. Wie sollte sie so ihre Verkleidung aufrechterhalten? Und was war mit Klara Nüsslin und Ignatius Eggs? Sie wollte ihnen doch Nachrichten aus der Burg bringen, sie warnen, wenn den Ihrigen Gefahr drohte. Wie sollte sie das unter diesen Umständen nur bewerkstelligen? War denn alles umsonst gewesen? Die ganze Verstellung, die ganze Angst?

Bernhard von Weimars graue Augen wurden eiskalt, als er das Keuchen hörte. »Ich sehe, ich tue gut daran, dich hier zu behalten. Ich habe Verständnis dafür, wenn jemand treu zu seinem katholischen Glauben, dem Kaiser und dem Hause Habsburg steht. Ich achte Loyalität. Aber ich hasse Verräter und Spione. Nimm dich in Acht, Junge. Dein Glück, dass du nicht sprechen kannst. Sonst wäre ich wohl schon jetzt versucht, dich einen Kopf kürzer machen zu lassen. Aber ich brauche dich noch. Nicht nur für die Briefe. Du sollst der Chronist all der Ereignisse sein, die kommen. Die Schlacht bei Rheinfelden ist noch kein verlorener Krieg. Am Ende wird Bernhard von Sachsen-Weimar sich in den Vorlanden des Hauses Habsburg ein veritables Fürstentum geschaffen haben. Dir kommt die Ehre zu, diese Geschehnisse für meine Kinder und Kindeskinder aufzuzeichnen.«

Die Müdigkeit des Herzogs war wie weggeblasen. Johanna erkannte ihn kaum wieder. Statt des entmutigten Heimkehrers stand ein entschlossener Mann vor ihr, der sich von einer verlorenen Schlacht nicht würde abhalten lassen seine Ziele zu verwirklichen.

Ein seltsames Lächeln erschien auf dem Gesicht des Weimarers. »Aber vorher haben wir noch einige Briefe zu verfassen. Es gibt Männer und Frauen, die über die Geschehnisse vor Ort benachrichtigt werden müssen. Schreib!«

Wieder hätte das Mädchen beinahe gekeucht, als sie den Namen des nächsten Adressaten hörte. Doch sie beherrschte sich. Die Depesche ging an Armand Jean du Plessis, Kardinal von Richelieu, Minister des Königs von Frankreich. In dürren Worten schilderte der Weimarer seinem »lieben Freund und geschätzten Verbündeten« die Lage der Dinge. Von einem war er offenbar überzeugt: Der Angriffsplan musste verraten worden sein. Denn warum sonst hätten die Kaiserlichen gewusst, dass er seine Truppen geteilt hatte, und ihr Heer deshalb am rechtsrheinischen Ufer zusammengezogen. Bernhard gab aber auch seiner ungebrochenen Hoffnung Ausdruck, dass sich das Schlachtenglück noch zu seinen Gunsten wenden werde. Er lächelte noch einmal eigenartig, als er dann die letzten Worte des Schreibens diktierte: »Und so bitten wir Euch, lieber Freund, angesichts noch kommender großer Taten Euren König meiner Gefolgschaft zu versichern. Erinnert Ihre Majestät doch bitte freundlichst und dennoch dringlichst daran, jenes Memorandum zu ratifizieren, das ihm der Marquis von Feuquières Ende des letzten Jahres nach einem Gespräch mit mir überbrachte. Darin ist auch von den nötigen Geldern für die Remontierung der Reiter, den Ankauf von Artilleriepferden und einem Betrag für meine bereits ausgelegten Kosten betreffend die Belagerung bei Zabern und die Erbauung der Schanzen bei Rheinau die Rede. Außerdem wurde die Zahlung von zweieinhalb Millionen Livres, auszahlbar quartalsweise, angesprochen sowie insbesondere die Entsendung eines weiteren französischen Corps von zweitausend Mann zu Pferde und sechstausend zu Fuß. Letztere hatte Feuquières uns im Namen Ihrer allergnädigsten Majestät, König Ludwig XIII. von Frankreich, bereits fest zugestanden. Vom schnellen Eintreffen dieser Männer hängt es ab, ob unserer gemeinsamen gerechten Sache der Erfolg beschieden sein wird.

Und nicht zuletzt bitte ich Euch, verehrter Kardinal, auch Eurer werten Nichte meine besten Grüße und Segenswünsche zu übermitteln. Wir erinnern Uns noch mit Freuden an die Stunden, die wir in Paris mit ihr gemeinsam verbringen durften.«

Johanna schaute ihn groß an. Doch Bernhard winkte nur ab. »Keine besonders reizvolle Partie, bei Gott«, murmelte er. »Ich mag Daumenschrauben nicht und seien sie noch so hübsch vergoldet.« Dann lachte er plötzlich laut. »Ich weiß noch etwas, das den Kardinal ein wenig ärgern wird. Schreibt weiter:

Post scriptum: Zu Eurer Erbauung hier noch ein kleines Verslein, das nach der Eroberung von Seckingen, Laufenburg und Waldshut die Runde machte. Es schildert gar humorvoll das Versagen der habsburgischen Statthalterin, Erzherzogin Claudia, bei der Verteidigung dieses Fleckens der österreichischen Vorlande, heißt Claudia doch eigentlich ›die Schließerin‹:

Claudia claudebat, sed non claudebat ubique,
    Nunc sua quae fuerant claustra supina patent.
Si bene clausisset, Bernardus non potuisset
    Sic transire Rhenum visere et Imperium.
Arctius ergo tuam clausuram, Claudia, claude,
    Obsint ne porro Saxea tela tibi.«

Beim ersten Satz des Versleins hatte Johanna ihre Schwierigkeiten. Sie konnte kein Latein. Doch der Herzog diktierte ihr geduldig Buchstaben für Buchstaben. Sie verstand nicht, was dieser Spottvers bedeutete. Dem Herzog jedenfalls schien er großes Vergnügen zu bereiten, denn er schmunzelte immer wieder. Johanna hätte gar zu gerne gewusst, was er bedeutete. Bernhard bemerkte ihre Neugier und übersetzte ihr die Worte schließlich:

»Claudias Pförtlein war nicht allerwärts verriegelt,
    Nun ist ihrer Festung Niederlag besiegelt.
Hätt sie recht gesperret, wär es nie gelungen,
    Dass Bernhard übern Rhein ins Reich wär eingedrungen.
Claudia, musst dein Törlein künftig besser wehren,
    Dass die Sachsen-Spieße nimmer dich versehren.«

Das Mädchen musste sich zusammenreißen, um nicht allzu offen zu grinsen. Das schien ihr denn doch zu despektierlich gegenüber ihrer Landesherrin zu sein.

Bei dem dritten Brief hatte Johanna dann noch einmal Grund sich zu wundern. Er war an Amalie Elisabeth, Landgräfin von Hessen-Kassel gerichtet. Und hier lernte Johanna einen schon fast liebevollen Mann kennen. Er bedankte sich artig für den steten, ermutigenden Zuspruch und die erwiesene finanzielle Unterstützung für seine Kriegspläne. Das Schreiben schloss mit dem Wunsche, dass er seine »liebste Freundin« bald wieder sehen möge, um gemeinsame zukünftige Unternehmungen zu besprechen, und dem Versprechen seiner »unverbrüchlichen« Freundschaft.

Johanna biss sich auf die Lippen. Das hörte sich ja schon fast nach Heiratsabsichten an. Nun verstand sie vollends, warum der Herzog so viel Wert auf Geheimhaltung legte. Und zu ihrem großen Erstaunen ertappte sie sich dabei, dass sie sich für einen kurzen Moment an die Stelle der Landgräfin wünschte. Doch der nächste Gedanke löschte all das wieder aus. Der Mann, der vor ihr saß, war ein gefährlicher Feind. Und noch dazu einer mit mächtigen und bedrohlichen Verbündeten.

Die Stadt ähnelte einem Feldlager. Überall Soldaten. Offiziere in schwedischen Uniformen, französische Reisläufer, deutsche Söldner und Hörige des Herzogs. Es war ein wirres Durcheinander. Selbst der aufmerksamste Offizier konnte nicht verhindern, dass noch immer geplündert wurde, obwohl der Herzog strenge Strafen dafür verhängt hatte und ein Gemeiner deshalb schon ausgepeitscht worden war. Die engen Gassen von Großlaufenburg waren zu unübersichtlich, um alle Plünderer zu erwischen. Johanna hatte gehört, dass aus der Kirche St. Johann inzwischen sogar die Ornate und die silbernen Kelche verschwunden waren. Die höheren Dienstgrade der herzoglichen Regimenter waren in den Bürgerhäusern einquartiert, die noch einigermaßen brauchbar waren. Die Gemeinen schliefen vor den Häusern oder im eigentlichen Feldlager im Westen der Stadt. In Großlaufenburg am linken Ufer der Rheinbrücke war nur wenig zerstört worden. Doch die steile Straße der minderen Stadt am rechten Ufer des Rheines, vom Waldtor hinunter zur Brücke, war fast nur noch von Ruinen gesäumt. Trotzdem hatten auch hier noch Soldaten Unterkunft gefunden. Feuer brannten auf einst sauber gefegten Steinböden. Überall lag Unrat herum. Es stank trotz der Kälte. Keiner der Besatzer machte sich die Mühe, seine Notdurft außerhalb der Stadtmauern zu verrichten. Selbst die gedeckte Hälfte der hölzernen Brücke hatten die Soldaten okkupiert. Es war kaum ein Durchkommen zwischen den beiden Stadtteilen. Und aus dem Spital unten bei der Brücke drangen die Schreie der Verletzten und Sterbenden. Die Bader des Herzogs hatten bis zu den Schultern blutverschmierte Ärmel, an ihren Hosen klebten blutige Hautfetzen.

Johanna beobachtete vom Fenster des Arbeitszimmers aus das Treiben in den engen Gassen und am Fluss. Von der Burg hoch oben auf dem Felsen hatte sie einen guten Überblick. Mit der Zeit bemerkte sie, dass dem wirren Durcheinander offenbar doch eine gewisse Ordnung innewohnte. Die Kompanien hatten sich gesammelt, Offiziere gaben ihre Anweisungen. Die Männer reinigten ihre Waffen. Alles sah danach aus, als würden sie sich wieder auf den Kampf vorbereiten.

Noch gab es keine Arbeit für die Laufenburger Schiffer. Der Strom an Salz, Tuch, Fischen, Waffen und vielem mehr, der in ruhigeren Zeiten sonst täglich flussabwärts geschafft wurde, war völlig zum Erliegen gekommen. So hatten auch die Karrer nichts zu tun, die sonst die rheinabwärts fahrenden Schiffe vor den Stromschnellen entluden. Die Flößer waren ebenfalls vom Fluss verschwunden. Und auch von den Laufenknechten der Stadt war keiner zu sehen. Diese starken, ruppigen und wenig zimperlichen Gesellen seilten in guten Zeiten die leeren Weidlinge und Schiffe über die gefährlichen Stromschnellen ab. Nur einige Fischer hatten die Reusen und Wogen wieder hervorgeholt. Der Hunger trieb sie – und die Verpflichtung, die Soldaten zu verpflegen. Zwei waren mit Stechhaken auf den großen glitschigen Felsen im Strom geklettert. Er ragte im Moment weit heraus. Der Fluss führte nicht viel Wasser.

Johanna seufzte. Sie wandte sich wieder dem Packen mit eng bekritzelten Pergamenten auf dem Holztisch zu. Ihre Finger schmerzten schon. Der Herzog hatte ihr die Aufgabe erteilt, sie sauber abzuschreiben. Es waren Berichte von vergangenen Schlachten, genaue Beschreibungen von Stadtbefestigungen, Auflistungen von Tributzahlungen und Beutestücken, lange Listen von Namen mit dem zu bezahlenden Sold. Der Herzog wünschte fein säuberliche Aufzeichnungen über selbst das kleinste Detail. Mochte der Himmel wissen, woher Bernhard von Weimar so viel dieses kostbaren Pergamentes beschafft hatte. Glücklicherweise war ihre Schrift sauber und klar. Die Schule des Stiftes Seckingen hatte gute Arbeit geleistet. Für ein Mädchen besaß Johanna eine außergewöhnlich umfassende Bildung.

Sie hörte, wie der schwere Riegel der Türe zum Arbeitszimmer leise und vorsichtig von außen aufgeschoben wurde. Erstaunt blickte sie hoch. Wenn der Herzog oder einer seiner Diener kam, klang das anders. Die Türe öffnete sich einen Spalt. Ein Korb mit Wäsche erschien. Und dann die mollige Figur von Klara Nüsslin. Sie sah Johanna und stieß einen leisen Schrei der Erleichterung aus.

»Gott sei Dank, Kind, du bist wohlbehalten. Pater Ignatius und ich haben uns schon Sorgen um dich gemacht, nachdem du nicht mehr zurückgekommen bist.«

Johanna versuchte, der Freundin durch Gesten klar zu machen, dass sie immer eingeschlossen wurde.

Klara Nüsslin wirkte besorgt. »Und wo schläfst du?«

Auf dem Boden vor dem herzoglichen Bett, gestikulierte das Mädchen. Sie wurde inzwischen immer besser darin, sich mittels ihrer Hände mitzuteilen.

Klara Nüsslin verstand sie fast sofort. Ihre Miene verdunkelte sich noch ein wenig mehr. »Himmel hilf! Er hat doch wohl nicht gemerkt, dass du ein Mädchen bist?«

Johanna schüttelte heftig den Kopf und zog ihre Jacke symbolisch vor ihrem Brustkorb zusammen. Sie hatte ihre Brüste fest mit Leinenstreifen umwickelt, sodass sie nicht zu erkennen waren.

Klara Nüsslin nickte anerkennend. »Bleib ja weiter vorsichtig, Kind. Wer weiß, was geschieht, wenn der Herzog entdeckt, wie wir ihn belogen haben. Aber du siehst schon besser aus. Bekommst wohl auch genug zu essen.«

Johanna bejahte zerknirscht. Sie wusste, dass es den Menschen in Laufenburg weitaus schlechter erging als ihr. Die Ersten sollten schon verhungert sein. Aber zu ihr drangen nur wenige Nachrichten. Das, was sie wusste, musste sie den Gesprächen der Diener des weimarschen Haushaltes entnehmen.

Klara Nüsslin stellte den Wäschekorb auf den Tisch und schlug sich mit der Hand auf den Mund. »Da rede und rede ich. Dabei hab ich dir einen Freund mitgebracht. Er wollte sich trotz der großen Gefahr nicht davon abbringen lassen, zu dir zu kommen. Pater Ignatius hat ihn in die Stadt geschleust. Er soll für die Kaiserlichen die Lage hier erkunden. Es ist Wahnsinn, sich so direkt in die Höhle des Löwen zu begeben. Doch unser verwegener Junker glaubt, nur ein Militär könne wirklich einschätzen, was der Herzog vorhat und wie es um die Moral seiner Männer steht. Er denkt übrigens nicht, dass der Weimarer sich in der nächsten Zeit rühren wird. Doch nun muss er schnellstens die Stadt verlassen. Er könnte jeden Moment entdeckt werden. In wenigen Stunden, wenn es dunkel wird, muss er wieder auf den Fluss.« Sie winkte zur Türe. »Kommt herein«, raunte sie.

Als sie sah, wen Klara Nüsslin mitgebracht hatte, flog Johanna förmlich in Richtung Türe. Da stand die schlanke Gestalt von Philipp von Wessenberg, dem Freund ihrer Kindertage, mit dem sie bei ihren Besuchen in Laufenburg so oft mit grob geschnitzten Steckenpferden Ritter und Burgfräulein gespielt hatte. Ohne jegliche Zurückhaltung warf sie sich in die Arme des gut aussehenden jungen Mannes. »Johanna, dem Himmel sei's gedankt, du bist wohlauf. Ich bin fast umgekommen vor Sorge, als ich hörte, dass du dem Herzog von Weimar als Schreiber dienst. Ich musste dich einfach sehen. Liebste Johanna.«

Als er ihr diese Worte ins Ohr flüsterte, wurde sie rot. Er war reifer geworden in den letzten Jahren, hatte eine neue Form von Selbstsicherheit gewonnen und die Gelassenheit jener, die dem Tod ins Auge gesehen hatten und denen er keine Angst mehr machte. Sie spürte seine Kraft und die Wärme, die von seinem Körper ausströmte. Für einen Moment hatte sie alles vergessen, fühlte sich zurückversetzt in die Welt sonniger Kindertage. Nein, dieser da war kein ungestümer, ungelenker Junge mehr, sondern wahrhaftig inzwischen ein Ritter, der das Schwert zu führen verstand. Die muskulösen Arme und die Kraft, mit der er sie festhielt, zeigten ihr das mehr als deutlich. Und sie … Nein, auch sie war kein unschuldiges Kind mehr, sie war eine … Nicht denken! Nur nicht daran denken. Sie machte sich heftig los.

In Philipp von Wessenbergs warmen braunen Augen dämmerte das Verstehen. Klara Nüsslin hatte ihm von der Vergewaltigung erzählt. Sie schämte sich vor ihm. »Oh, Johanna«, sagte er leise. Das Mädchen wandte sich ab. Sie konnte den Blick des Freundes nicht ertragen, ihm nicht in die Augen sehen. Sie schämte sich in Grund und Boden. Schüchtern legte der Mann der jungen Frau von hinten die Hand auf die Schulter und spürte, wie sie zuckte. Sie weinte. Heißer Zorn stieg in ihm auf. »Ich werde dafür sorgen, dass die zur Rechenschaft gezogen werden, die dir das angetan haben«, raunte er grimmig. Sie fühlte seine Hand auf ihrem struppigen, verfilzten Schopf. Es war ihr in den letzten Tagen nicht in den Sinn gekommen sich zu waschen. Das war viel zu unsicher, die Gefahr der Entdeckung war zu groß. Und dann hörte sie seine Stimme, noch leiser und beinahe zärtlich: »Was hast du nur mir deinem wunderbaren Haar gemacht?«

»Jetzt ist keine Zeit für Sentimentalitäten. Ihr könnt hier nicht Wurzeln schlagen. Was geschehen ist, ist geschehen«, mischte sich Klara Nüsslin ein. »Ich sage es noch einmal: Das ist der schiere Wahnsinn. Ihr gefährdet mit diesem Besuch auf der Burg Eure ganze Mission.«

Philipp von Wessenberg lachte grimmig. »Vergesst nicht, Frau Klara, ich bin in Laufenburg daheim. Ich kenne mich hier aus und weiß, wie ich mich benehmen muss, um unter den ganzen Soldaten in der Stadt nicht aufzufallen. Ich musste Johanna einfach sehen, erfahren, ob es ihr gut geht. Wir kennen uns schon so lange. Könnt Ihr das nicht verstehen?«

Philipp von Wessenberg sah, dass Johanna kurz davor war, wieder in Tränen auszubrechen. Trotz ihres Aufzuges wurde ihm plötzlich mit aller Deutlichkeit bewusst, dass ihm hier nicht mehr das kleine Mädchen gegenüberstand, an das er sich von der letzten Begegnung vor fünf Jahren her erinnerte. Sein Gegenüber war eine Frau. Eine, deren zartgliedrige, zerbrechliche Schönheit auch das verfilzte Haar und die grobe, fast sackartige Jungenkleidung nicht ganz verbergen konnten. Sein Herz begann ganz ungewohnt heftig zu schlagen. Ihm wurde heiß, als er sich an die vorangegangene Umarmung erinnerte und wie er den Druck dieses zierlichen Körpers an dem seinen gespürt hatte. Nun war es an ihm zu erröten. Er wurde förmlich. »Gott segne Euch und halte seine Hand über Euch, Johanna Stocker.« Dann drehte er sich abrupt um und ging, gefolgt von Klara Nüsslin, die dem Mädchen noch einmal ermutigend über die Wange strich. Schon im Hinausgehen wusste Philipp von Wessenberg, dass er den seltsamen Zauber dieses stummen Schreibers für immer in seinem Herzen bewahren würde. Er musste sie beschützen. Irgendwie.

Bernhard von Weimar musterte Johanna von oben bis unten. Er war gerade aufgestanden und noch im Hemd. Der Tag dämmerte herauf. Die Morgensonne tauchte das herzogliche Bett und ihren Strohsack auf dem Boden in einen rötlichen, warmen Schimmer. Er machte das Gesicht des Herzogs fast weich. Johanna war sich angesichts seiner leichten Bekleidung der Männlichkeit des Weimarers allzu bewusst. Sie hätte am liebsten schamhaft weggeschaut. Doch für ihn war sie schließlich kein weibliches Wesen. Immer wieder musste sie sich das ins Gedächtnis rufen, wenn er sich völlig unbefangen vor ihr wusch.

»Du stinkst«, sagte er plötzlich unverblümt. »Aber jetzt ist keine Zeit für eine gründliche Wäsche. Komm, hilf mir in mein Gewand. Ich habe etwas für dich.«

Folgsam nahm Johanna das schwere lederne Wams von der Holztruhe, die vor einem abgestuften Steinsims unter dem Fenster stand. Seit sie zusammen in einem Zimmer schliefen, hatte der Herzog sich angewöhnt, neben der Schreibarbeit auch kleinere persönliche Dienste von ihr zu verlangen. Das hatte eine seltsame Vertrautheit zwischen ihnen geschaffen, die Johanna unheimlich war – und ihr die Feindschaft des herzoglichen Kammerdieners eingebracht hatte.

Als Bernhard von Weimar vollständig bekleidet war, stapfte er ohne ein weiteres Wort zur Tür hinaus. Dieser Mann sprang geradezu in den Tag. Von einem Moment zum anderen war er hellwach. Er schien ohnehin kaum Schlaf zu benötigen. Johanna hatte noch nie einen Menschen erlebt, der so viel arbeiten konnte, ohne dass ihm auch nur das kleinste Zeichen von Müdigkeit anzumerken war. Sie selbst hatte nichts anzuziehen. Sie schlief immer völlig bekleidet. Der Herzog hatte bislang keine Bemerkung dazu gemacht.

Sie konnte ihm kaum folgen, so schnell schritt er aus. Die Tritte der Sohlen seiner schenkelhohen Schaftstiefel auf dem Steinfußboden hallten durch die hohen Gänge der Burg. Er nahm den Weg zum Stall. Auf sein Handzeichen hin wurde ein Pferd herangeführt. Ein stämmiges, etwas plumpes Warmblut von undefinierbarer grauschwarzer Farbe. Es sah gutmütig aus.

Bernhard von Weimar betrachtete das Tier mit einem abschätzigen Blick. »Nun, es ist nicht besonders schön. Aber es wird gehen. Setz dich drauf. Oder kannst du nicht reiten?«

Johanna schaute ihn unsicher an. Natürlich konnte sie reiten. Doch bislang war sie nur den Damensattel gewohnt. Der Stallknecht legte die Hände zusammen, damit sie mit dem einen Fuß darauf steigen und das andere Bein über den Sattel schwingen konnte. Es ging überraschend leicht. Allerdings schaffte sie es kaum, die Beine um den muskulösen Leib des Pferdes zu legen, um es richtig führen zu können.

Der Herzog lachte schallend. »Du sitzt auf diesem Ross wie ein verschüchterter Spatz. Aus dir wird wohl nie ein Soldat, Junge.«

Johanna warf den Kopf nach hinten und blitzte ihn mit ihren Augen wütend an.

Wieder lachte Bernhard von Weimar laut los. Es war ein fröhliches, unbefangenes, ansteckendes, fast jungenhaftes Lachen. Johanna konnte nicht anders, sie musste ebenfalls grinsen.

Bernhard von Weimar wirkte zufrieden. »Na also, mein sauertöpfischer, spindeldürrer Schreiber hat ja doch so etwas wie Humor.«

Johanna verzog beleidigt das Gesicht, was einen erneuten Lachanfall ihres Herrn zu Folge hatte. Inzwischen war sein eigenes Pferd aus dem Stall geführt worden. Noch immer lachend schwang sich Bernhard in den Sattel. Dann wandte er sich kurz zu ihr um. »Halt dich gut fest und bleib an meiner Seite. Tu, was immer ich dir sage, ohne das kleinste Zögern. Heute werden wir sehen, aus welchem Stoff du gemacht bist. Es geht gegen den Feind.« Er kniff die Lippen grimmig zusammen. »Diesmal wird Rheinfelden unser.«

Die Hufe von zwei Pferden waren hinter ihnen zu hören. Der Herzog von Weimar wandte sich um. »Da seid Ihr ja, von Erlach. Sind die Männer fertig?«

»Ja, Euer Gnaden. Unsere Heere haben sich vereinigt. Das Fußvolk ist bereit, zusammen mit den Trommlern und Pfeifern. Die Waffen sind blitzblank und gut geschliffen. Die Artillerie wartet bereits in Abmarschstellung vor der nördlichen Stadtmauer auf der rechtsrheinischen Seite.« Johanna lief eine Gänsehaut über den Rücken bei dem hämischen Lachen, das diese Worte begleitete.

»Und die Kaiserlichen? Haben sie noch immer nichts gemerkt? Was hat dieser von Wessenberg gesagt?«

Johanna hatte bei diesen Worten alle Mühe, ihr Mienenspiel zu beherrschen. Wieso von Wessenberg? Und dann wurde ihr schlagartig alles klar. Sie hatten den Freund gefangen genommen.

»Von Wessenberg ist stumm wie ein Fisch. Wir haben trotz aller Überzeugungsversuche nichts aus ihm herausbekommen. Er scheint nicht nur unvorsichtig, sondern auch dumm zu sein.« Wieder dieses hämische Lachen.

Johanna fuhr es wie ein Dolch durchs Herz. Sie hatten Philipp gefoltert.

»Er ist nicht dumm, nur loyal. Ich schätze Treue, wo ich sie finde, von Erlach. Das wisst Ihr wohl.« Der Ton des Herzogs war scharf. »Wo steckt dieser von Wessenberg jetzt?«

»Ich habe ihn nach Seckingen bringen lassen. Dort wird er streng bewacht. Sonst kommen die Seinigen vielleicht noch auf den Gedanken, ihn zu befreien.« Von Erlachs verschlagener Blick wanderte zu Johanna. Dem Mädchen wurde heiß und kalt. Sie hasste diesen Mann.

Der Herzog nickte ungeduldig. »Und, was wissen wir nun von den Kaiserlichen? Feiern sie immer noch ihren Sieg?«

»Das tun sie, Euer Durchlaucht. Unsere Kundschafter berichten von wilden Gelagen mit viel Wein und Weibern. Der Herzog von Savelli soll seine Truppen der besseren Verpflegung wegen sogar bis Grenzach zurückbeordert haben. Und Savelli selbst sitzt derweil in Rheinfelden, verbreitet die Nachricht seines Sieges über Euch lautstark und denkt sogar darüber nach, demnächst Laufenburg zu stürmen, wie man hört.«

Bernhard von Weimar lachte grimmig. »Nun, wir werden dafür sorgen, dass sie ihre Schwänze schnell einziehen, und dass ihnen der Wein im Halse stecken bleibt, was?«

Von Erlach lachte grölend. Der junge Offizier an seiner Seite grinste von einem Ohr zum anderen.

»Ach, Fähnrich. Gut, dass Ihr mitgekommen seid«, wandte

sich der Herzog an den jungen Mann. »Habt ihr den Degen dabei?«

Hastig fasste der Fähnrich hinter sich an den Sattel und streckte seinem Oberbefehlshaber einen Degen entgegen, den silbernen, nach venezianischem Muster fein ziselierten Griff voraus. »Hier ist er, Eure Durchlaucht.«

Bernhard von Weimar nickte in Johannas Richtung. »Er ist für ihn. Nimm ihn, Johann. Ich glaube zwar nicht, dass du damit auch nur eine einzige Fliege treffen wirst, aber du kommst diesmal mit in die Schlacht. Vielleicht bringst du mir Glück. Und wenigstens verteidigen wirst du dich wohl können. Ich will mir nicht schon wieder einen neuen Schreiberling suchen. Die Waffe dürfte für so einen Schwächling leicht genug sein. Ich habe als kleiner Junge damit geübt.«

Johanna schluckte und griff ungelenk nach dem Degen. Ihre Hand zitterte.

»Oh Herr im Himmel«, der Weimarer stöhnte. »Noch nicht einmal einen so kleinen Degen kann er richtig halten. Was habe ich mir da nur für eine Laus in den Pelz gesetzt. Fähnrich, Ihr werdet ab sofort jeden Tag mit diesem da üben – sofern Ihr nicht fürs Kämpfen benötigt werdet, natürlich.«

Der Fähnrich nickte unsicher. Er war nicht im Mindesten begeistert über diese Aufgabe, das sah man.

Johann Ludwig von Erlach musterte Johanna voller Abneigung. »Euer Gnaden, erlaubt mir die Frage, warum dieser Schreiberling unbedingt mit ins Feld soll? Vergesst nicht, er ist ein Feind. Er könnte uns manchen Schaden zufügen, so schwach er auch ist!«

Der Herzog lachte schallend. »Dieser da? Der ist froh, wenn er einen Federkiel halten kann. Außerdem ist er an meiner Seite gut bewacht. Aber er ist nicht dumm, kann gut formulieren. Er soll die Schlacht beobachten und später alles genauestens aufschreiben. Unser werter Verbündeter, der Kardinal Richelieu, legt Wert auf Details, wie Ihr wisst. So, und nun ist genug geredet. Lasst uns aufbrechen. Ich will die Truppen inspizieren. Heute Nachmittag geht es in die Schlacht. Ist Major Taupadel mit seiner Reiterei schon unterwegs?«

Von Erlach nickte. »Wie befohlen, Durchlaucht. Er ist noch vor Morgengrauen aufgebrochen. Die rechte Flanke ist gesichert. Er müsste inzwischen Murg passiert haben und danach Wehr erreichen. Er wird wieder zu uns stoßen, wenn wir über Nacht zwischen Seckingen und Niederschwörstadt Rast machen.«

Bernhard von Weimar brummte zufrieden. »Aber denkt daran, kein Feuer im Lager in der nächsten Nacht, damit der Feind nicht noch auf uns aufmerksam wird. Verteilt die Parole an alle Männer. Es mag zwar noch kalt sein, aber der folgende Kampf wird ihnen die Glieder schnell wieder wärmen.«

Wie benommen reihte sich Johanna in den Zug ein. In ihrem Kopf überschlugen sich die Gedanken. Philipp von Wessenberg gefangen und gefoltert. Die Kaiserlichen völlig ahnungslos. Und diesmal hatte Bernhard von Weimar seine Truppen nicht geteilt. Diesmal würde er ausschließlich von der rechten Rheinseite her angreifen. Wenn sie doch nur jemandem Nachricht geben könnte. Warum, warum nur hatte der Herr ihr auch noch die Stimme genommen! Sonst hätte sie schreien können, alles herausschreien. Sie holte tief Luft und hielt den Atem an.

Johann Ludwig von Erlach hatte das gehört und wandte sich im Sattel um. Es traf sie ein Blick voller abgrundtiefer Verachtung. Warum hasste dieser Mann sie nur so? Sie hatte ihm doch nichts getan.

Hinter sich vernahm das Mädchen das Getuschel zweier weiterer Offiziere, die inzwischen aufgeschlossen hatten. »So, nun schleppt er seinen Schreiberling auch noch mit in die Schlacht. Er scheint ja sehr an ihm zu hängen.«

Die Antwort war ein schmutziges Lachen. »Man hört, er schläft seit einiger Zeit sogar mit ihm in einem Zimmer. Wie Mann und Weib.«

»Inzwischen wird er wohl festgestellt haben, dass der da mehr zwischen seinen Beinen hat als ein Weib. Aber wie der Schreiberling aussicht, dürfte sein Schwengel nicht allzu groß sein. Vielleicht vergisst man das dann.«

Johanna brannte vor Scham. Das war es also. Das dachte man von ihr und dem Herzog. Nun verstand sie die vielen scheelen Blicke und die hasserfüllte Abneigung von Erlachs. Am liebsten hätte sie sich in ein Mauseloch verkrochen.

III

In der Morgendämmerung des 3. März erreichten sie das Deutschordenshaus in Beuggen. Trotz der guten Befestigung dauerte es nur eine Stunde, dann war es eingenommen. Johanna hatte von dem Kampf kaum etwas mitbekommen. Doch ihr Herz schlug heftig, als sie sah, wie die ersten Gefangenen hinter die herzoglichen Linien gebracht wurden. Männer mit leeren, verzweifelten Gesichtern.

Herzog Bernhard ließ sich im Saal der Kompturei ein herzhaftes Mahl servieren. An den Wänden hingen die Bildnisse des derzeitigen Kompturs und seiner Vorgänger. Der Weimarer prostete ihnen gut gelaunt zu. »Iss, du brauchst deine Kräfte noch«, forderte er Johanna knapp auf. »Wir müssen dem Komptur Schenk von Kastell wohl dankbar sein, dass er sich erst unlängst unter Hinterlassenschaft so vieler Vorräte nach Rheinfelden aus dem Staub gemacht hat. Aber wir haben nicht viel Zeit. Inzwischen wird General Johann von Werth wohl von unserem Vormarsch erfahren haben.«

Johanna griff nach einem Stück Brot. Sie hatte keinen Hunger. Das Herz war ihr schwer.

Eine Stunde später waren sie wieder unterwegs. Das Heer marschierte in Schlachtordnung. Das sah selbst Johanna mit ihrem unerfahrenen Auge. Die Befehle des Herzogs waren kurz und präzise gewesen. Wie vorgesehen waren Major Taupadel und seine Männer bei Seckingen wieder zu ihnen gestoßen. Es hatte bei Murg ein Scharmützel gegeben. Doch es waren nur wenige Verletzte und Tote aus den weimarschen Bataillonen gerissen worden. Wieder war ein Trüppchen Gefangener mehr hinzugekommen. Sie sah den Hass und die Resignation in den Augen der Männer.

Jetzt befehligte Taupadel den rechten Flügel mit der Reiterei. Das Zentrum und der linke Flügel mit dem Fußvolk und der Artillerie standen unter dem Oberbefehl des Herzogs. Johanna hielt sich wie befohlen an seiner Seite.

Plötzlich hörte sie Schreie und das Klirren von Klingen, die aufeinander prallten. Musketenschüsse mischten sich unter den Gefechtslärm, das Gebrüll der Kämpfer und die Schreie der Verwundeten. Kurz darauf kam ein Meldereiter im gestrecktem Galopp herbei.

»Einige Kaiserliche im Hinterhalt, in den Büschen, Euer Gnaden. Wir haben sie in die Flucht geschlagen.« Der Mann war völlig außer Atem, sein Brustharnisch war mit Blut bespritzt, das auf dem blanken Metall fast obszön aussah.

»Gut gemacht.« Mehr hatte Bernhard von Weimar dazu nicht zu sagen. Der Oberbefehlshaber war vollkommen ruhig, so, als säße er gemütlich vor einem flackernden Feuer. Er hatte nichts anderes erwartet als den Erfolg.

Und dann kam der Befehl zum Angriff. Die Trommler begannen ihren gespenstischen, wilden Takt zu schlagen. Er trieb die Männer nach vorne. Von da an ging alles ganz schnell. Die Geschütze gaben die ersten Salven ab, die Männer stürmten unter lautem Geschrei vorwärts, die Gewehre im Anschlag, die Hellebarden und Lanzen vorgestreckt. Die Reiterei gab den Rössern die Sporen. In gestrecktem Galopp ging es gegen die feindlichen Linien. Johanna hatte Mühe, dem Herzog in dem Getümmel zu folgen und sich auf ihrem Pferd zu halten. Für sie ging es nicht gegen den Feind. Es waren die Ihrigen, die da in wildem Durcheinander flohen.

»Folgt ihnen!« Die Stimme des Herzogs dröhnte über das Schlachtfeld. Sein Bannerträger hielt die schwarz-gelbe Flagge mit dem Eichenlaub und dem von Ähren umkränzten, gekrönten Wappen hoch in den Wind. Bernhard von Weimar hatte keinen Moment lang den Überblick verloren. Sofort sah er die Gruppe von vierhundert kaiserlichen Reitern, die in wilder Flucht über die Brücke in den anderen Teil von Rheinfelden sprengten. Hinter ihnen folgte eine Abteilung zu Fuß fechtender Dragoner. Diese versuchten, die Brücke zu halten. Doch gegen die Woge um Woge anprallenden Männer des Herzogs hatten sie keine Chance. Sie wurden von ihnen überrannt und niedergemäht wie die Korngarben von einem Schnitter. Das Stöhnen sterbender Männer mischte sich mit Schüssen, Pulverqualm lag in der Luft. Überall wirbelnder Staub.

Johanna sah, wie sich Major Taupadel mit seinen Kürassieren am linken Flügel auf den Feind warf. Bernhard von Weimar hatte das längst beobachtet, obwohl er sich immer wieder mit kräftigen Hieben den Weg freihauen musste. Doch er war überhaupt nicht außer Atem. Johanna hielt ihren kleinen Degen krampfhaft mit der Rechten umklammert, während sie versuchte mit der Linken ihr Pferd irgendwie zu dirigieren. Doch der Wallach schien solche Situationen zu kennen – und auch das Pferd des Herzogs. Ohne sich beunruhigen zu lassen, folgte er dem braunen Hengst des Fürsten, zu welchem Schlenker und welchen Ausweichmanövern ihn sein Reiter auch trieb.

»Ah, da ist Johann von Werth. Schau, seine Truppen wanken, sie fliehen. Gut so, merk dir das. Von Werth wird mitgerissen. Teufel noch eins, diese Schlacht werden wir gewinnen.« Der Wind wehte die Worte Weimars zu ihr nach hinten.

Johanna sah im Vorüberstürmen einen gedrungenen, kleinen Mann mit dunklem Bart und wilden schwarzen Haaren, der vergeblich versuchte, seine Männer um sich zu sammeln. Er ließ sein Ross steigen. Da fiel ein Schuss. Der Feldherr wurde vom Pferd geschleudert. Das Tier stürzte zu Boden. Von Werth rappelte sich auf und floh in Richtung des Gebüsches, so schnell es seine Rüstung zuließ. Der Herzog sah das mit Verachtung und nicht ohne Genugtuung. Die verlorene Schlacht um Rheinfelden und der lange Kampf gegen seinen stärksten Widersacher bei den Kaiserlichen hatten ihm wohl doch mehr zu schaffen gemacht, als er sich anmerken ließ. »Ha, dieser von Werth. Große Reden führen, über andere herziehen, aber ein Feigling. Rennt in die Büsche wie ein Hase. Dort wird Savelli wohl schon sitzen.«

Plötzlich hörte Johanna das Geräusch einer Klinge, die durch die Luft surrt. Instinktiv stieß sie ihrem Wallach die Fersen in die Flanken und riss ihn herum, den Degen noch immer fest umklammert. Mit hoch erhobener Waffe kam ein Reiter auf sie zu. Sie ließ die Zügel fahren und nahm den Griff der Klinge in beide Hände. Wie von Sinnen hieb sie um sich. Die Panik gab ihr Kraft.

Da änderte sich der Fluss der Zeit. Der Schlachtenlärm wurde für Johanna zu einem dumpfen Gewirr von Lauten, die von irgendwo weit her kamen. Der Reiter schien unendlich langsam auf sie zuzukommen. Jeder Galoppschritt seines Pferdes dauerte Ewigkeiten und dröhnte in ihrem Kopf wie die Donnerschläge des Jüngsten Gerichts. Sie hatte keine Gewalt mehr über ihren Arm, über ihre Hand, über die Waffe, die sie hielt. Später schien es ihr, als müsste dieser Augenblick Stunden gedauert haben. Jede Bewegung des Gegners, das Blitzen in seinen Augen, das verzerrte Gesicht, der Schaum vor dem Maul seines Pferdes, sein Keuchen wurden unauslöschlich in ihr Gedächtnis eingebrannt. Sie wusste nicht mehr, was sie tat, sie konnte nicht mehr denken.

Plötzlich spürte sie an der Spitze ihres Degens weichen Widerstand. Der Bauch des Angreifers gab ein schmatzendes Geräusch von sich, als ihre Klinge sich unendlich langsam in ihn bohrte. Der Mann stöhnte und fiel vom Pferd. Johanna saß wie versteinert auf ihrem Wallach. Sie hatte getötet. Einen der Ihrigen getötet. Und er war noch ganz jung, die blauen Augen schreckensweit aufgerissen im Todeskampf.

Bernhard von Weimar fuhr herum. Er überblickte sofort, was geschehen war. Sein zur Salzsäule erstarrter Schreiber, der Tote am Boden, ein reiterloses Pferd, das mit verhängten Zügeln davon sprengte.

»Ist das dein Erster?«

Johanna nickte, ihre Augen füllten sich mit Tränen. Sie zitterte wie Espenlaub.

»Ich weiß, das ist hart. Ich kann mich erinnern.« Die Stimme des Herzogs war unerwartet sanft. »Und wie es scheint, hast du mir auch noch das Leben gerettet. Es bringt mir wohl wirklich Glück, dich an meiner Seite zu haben. Nun, du bist wohl doch nicht so ein mutloser Hänfling, wie ich dachte. Haltung, mein Junge. Du kannst stolz auf dich sein. Jetzt bist du ein Soldat.«

Die ganze Nacht hindurch jagten die Truppen des Weimarers die Flüchtigen. Bei Grenzach wurde den letzten der Garaus gemacht. Die Gruppe der Gefangenen wurde immer größer. Auch die Reiter, die sich über die Brücke ans andere Rheinufer hatten retten wollen, wurden niedergemetzelt oder gingen in Gefangenschaft. Die Münstertaler Kompanie hatte sie gestellt. Der Anführer der kaiserlichen Reiter, Graf von Fürstenberg, war schwer verletzt. Er wurde auf eine Bahre gelegt und zu den anderen gefangenen Offizieren gebracht. Der Herzog beorderte seinen italienischen Leibarzt herbei, um ihn zu verbinden. Federico, Herzog von Savelli, Johannes von Werth, Generalwachtmeister Enkefort, die gesamte Generalität war gefangen genommen worden. Und von Stunde zu Stunde wurde der Haufen der erbeuteten Waffen und Standarten größer. Sechshundert Gemeine der Kaiserlichen fielen, dreitausend Gefangene wurden gemacht. Fast alle traten später in den Dienst des Herzogs. Die meisten Rittmeister, Kapitäne oder Leutnants der Kaiserlichen waren gefangen oder tot.

»Wir erbeuteten achtunddreißig Standarten, achtzehn Fähnlein und sämtliche Bagage und hatten doch nur wenige Verluste zu verzeichnen. Der Sieg ist vollständig unser«, hieß es später in dem Schreiben, das mit einem Teil der Beute an Kardinal Richelieu ging. Und weiter: »Ich war aufs Höchste erstaunt, alte Regimenter und Offiziere so rasch in Unordnung gebracht zu sehen. Ich kann nicht ohne Verwunderung daran denken. Es war eine Fügung des Himmels. Gott sei dafür gepriesen.«

Noch war die Stadt Rheinfelden selbst allerdings nicht gefallen. Doch Bernhard von Weimar wusste: Nach dieser für die Kaiserlichen vernichtenden Schlacht war es nur eine Frage der Zeit. Der Ring der Belagerer um die Stadt war undurchdringlich und die Feinde nach all den Verlusten handlungsunfähig und in alle Winde zerstreut. Sie würden Zeit brauchen, um sich wieder zu sammeln. Doch bis dahin war die Stadt in seiner Gewalt.

Eine weitere gute Nachricht brachte Major Taupadel: Er hatte die fliehenden Gegner mit seinen Reitern bis an die Hüninger Schanze verfolgt. Deren Kommandant hatte sich daraufhin eilends zu Schiff aus dem Staub gemacht. Dem Herzog war die Schanze praktisch über Nacht wie von selbst in den Schoß gefallen. »Und damit ist Breisach von aller Versorgung auf dem Rhein von der Schweiz aus gänzlich abgeschnitten«, brummte er befriedigt nach dem Erhalt der Meldung.

Der Herzog hatte die Tische im Saal des Deutschordenshauses zu Beuggen festlich decken lassen. Die Platten bogen sich unter all den Speisen aus den Vorräten des Kompturs und der Feldküche der kaiserlichen Offiziere. Der Sieger hielt Hof und hatte die besiegten Generäle dazu geladen. Johannas Platz war ganz hinten in der großen Halle. Johann von Werth und Federico, der Herzog von Savelli, saßen nebeneinander. Von Werth dabei einen Platz niedriger als Savelli. Bernhard von Weimar kannte den Stolz des eigensinnigen Johann von Werth. Er hatte nie vergessen, dass der General ihn als Vaterlandsverräter bezeichnet hatte. Es freute ihn zu sehen, wie er sich über die Herabsetzung gegenüber Savelli ärgerte.

»Welch ein unerwartetes Zusammentreffen, werter General, meint Ihr nicht? Wie ich sehe, behindert Euch die schlimme Wunde an Eurem Hals nicht mehr allzu sehr, die Euch meine Streiter bei Rheinach zufügten.« Der Spott in der Stimme des Herzogs war unüberhörbar, als er von Werth ansprach. Dieser war kurz davor hochzufahren. Doch im letzten Moment beherrschte er sich. »Es ist das Glück Eurer fürstlichen Gnaden und mein Unglück, über welches ich mich aber nicht zu rechtfertigen habe«, war die hochfahrende Replik. »Und was die Wunde anbetrifft –

ich sah bei Rheinach auch, dass Ihr ein hervorragender Schwimmer seid. So schnell hätte ich den Rhein auf der Flucht vor meinen Feinden wohl nicht überqueren können. Wurdet Ihr danach gut versorgt von Euren französischen Freunden im Elsass?«

Johanna sah, wie sich Bernhard von Weimar auf die Lippen biss. »Ihr werdet Euch von der französischen Gastfreundschaft bald selbst überzeugen können, General«, antwortete er gedehnt. »Sie werden sich freuen Euch wieder zu sehen. War es nicht anno 1636, also vor rund zwei Jahren, als Ihr mit Eurer Reiterschar Paris und den gesamten französischen Hof in Angst und Schrecken versetztet? Meine Verbündeten sind sicher froh, Euch in ihrer Hauptstadt dem Volke zeigen zu können. Die Nachricht an König Ludwig und seinen Kardinal Richelieu, die Eure baldige Ankunft in Frankreich ankündigt, ist bereits auf dem Weg.«

Von Werth wurde blass. Aber er antwortete nicht.

Der Wein floss in Strömen. Von Werth leerte einen Becher nach dem anderen. Johanna beobachtete, wie sein Gesicht immer röter, seine Stimme immer lauter wurde. Er fuchtelte mit den Armen. Savelli sah ihn nur stolz, fast mitleidig an. Das schien den General noch mehr zu erzürnen. Plötzlich erhob er sich.

»Ihr seid schuld. Ihr Feigling. Ihr wart es doch, der zuerst geflohen ist und den anderen damit ein schmähliches Beispiel gab. Ohne Euch wäre der Sieg jetzt unser. Warum habt Ihr nicht auf mich gehört? Warum habt Ihr die Bauern, die die Pässe bewachten, zurückbeordert, ihnen falsche Befehle gegeben? Etwas Törichteres hättet Ihr nicht tun können!« Die Stimme des kleinen, korpulenten von Werth überschlug sich fast.

Im Saal war es plötzlich still geworden. Alles starrte auf den tobenden kaiserlichen General. Federico von Savelli war noch eine Spur blasser geworden, doch sein Gesicht verriet keine Regung. Johanna sah zum Herzog von Weimar hinüber. Dessen Mienenspiel zeigte allzu deutlich, dass ihn das Schauspiel amüsierte. Doch dann griff er ein.

»Von Werth, dass Ihr ein Grobian mit schlechten Manieren

seid, ist wohl bekannt. Doch jetzt geht Ihr zu weit. Der Herzog von Savelli ist mein Gast, speist an meiner Tafel. Und wer an meiner Tafel sitzt, genießt meinen Schutz. Wache, führt diesen Mann ab.«

Vier Soldaten waren notwendig, um den noch immer tobenden, völlig betrunkenen von Werth aus der Halle zu führen. Alle Männer im Raum beobachteten den Vorgang fasziniert. Dann wandten sie sich wieder dem Essen, dem Wein und den Frauen zu, die der Herzog für seine Gäste hatte herbeibringen lassen. Er wusste, was die Männer nach einem solchen Kampf brauchten. Doch er selbst hielt sich zurück. Er trank und aß nur mäßig. Und den Frauen im Saal schenkte er höchstens einen flüchtigen Blick.

Johanna sah, wie Johann Ludwig von Erlach neben ihm laut herauslachte und ein halb nacktes Weibsbild mit langen, aufgelösten blonden Haaren auf seinen Schoß zog. Sie zappelte und kreischte auf. Er griff ihr ins tief ausgeschnittene Mieder, zog eine der üppigen Brüste heraus. Dann goss er Wein darüber, fasste die Brust grob mit der linken Hand und leckte sie ab. Mit der Rechten fuhr er der Frau unter den Rock, zog ihn hoch, bis ihre unbedeckte Scham zu sehen war, drückte ihr mit den Knien die Beine auseinander und stieß mit seinem Mittelfinger gewaltsam in sie hinein. Das Mädchen schrie auf vor Schmerz. »So wird sich uns bald Rheinfelden ergeben«, lallte er, die Zunge schon schwer vom Wein.

Bernhard von Weimar runzelte die Stirn. »Ihr solltet mit Eurer Hure wohl besser auf Euer Lager verschwinden«, wies er ihn kalt zurecht. »Es ist nicht die Sache eines Siegers, nach einem ehrlichen Kampf die Ehre der unterlegenen Feinde zu beschmutzen.«

Johann Ludwig von Erlach wurde puterrot im Gesicht angesichts dieser Zurechtweisung. »Gebt Euch nicht zimperlicher, als Ihr seid«, zischte er zurück.

Die grauen Augen des Herzogs von Weimar verwandelten sich zu Eis. »Was wollt Ihr damit sagen?«

Von Erlach rang um Beherrschung. Er bemerkte trotz seines

Rausches, dass er zu weit gegangen war. Doch der Zorn gewann die Oberhand. Er ging hinüber zu Johanna, riss die völlig Überraschte von ihrem Sitz und packte sie mit der einen Hand grob an der Haaren, sodass ihr Kopf zurückgebogen wurde. Die andere hatte er am Hals in den Stoff ihres oben geschnürten, zerschlissenen Hemdes gekrallt. »Nun, ist es denn besser, diesem Bübchen zwischen die Beine zu greifen?« Er zerrte ärgerlich an ihrem Gewand.

Johanna wehrte sich aus Leibeskräften. Sie versuchte sein Gesicht zu zerkratzen und hieb mit den Fäusten nach ihm. Doch von Erlach streckte den Arm und hielt sie mühelos außer Reichweite. Er lachte schallend und wandte sich an die anderen Menschen im Raum. »Schaut Euch diesen Hänfling an. Er scheint sich für einen Habicht zu halten.« Brüllendes Gelächter brandete auf, von Erlach fühlte sich bestätigt und lachte mit. Es war ein hässliches Lachen. Dieser winzige Moment der Unaufmerksamkeit war für Johanna genug. Krachend schlug ihm eine ihrer kleinen Fäuste ans Kinn. Dann spuckte sie ihm mitten ins Gesicht. Im Saal ertönte schadenfrohes Gegröle. Das war zu viel. Von Erlach heulte auf wie ein getroffener Wolf. Er wischte sich langsam den Speichel ab, dann knirschte er mit den Zähnen. »Du unverschämter Bengel glaubst wohl, du kannst mit richtigen Männern mithalten, dich gar über sie lustig machen. Dabei bist du noch grün hinter den Ohren. Ich denke, da ist eine gehörige Abreibung fällig, um dir endlich Respekt einzubläuen. Es wird wohl höchste Zeit, dass jemand diesem unreifen Büblein das Fell gerbt und ihm den nackten Hintern versohlt.« Er packte Johanna mit der einen Hand noch fester am Kragen und versuchte mit der anderen, ihr Beinkleid zu lösen.

Sie wehrte sich verzweifelt, versuchte nach ihm zu treten, zog und zerrte, um sich aus seinem eisernen Griff zu befreien. Da zerriss ihr Hemd unter dem geöffneten Wams mit einem hässlichen Geräusch bis fast hinunter zur Taille. Ein Aufraunen ging durch den Saal. Johanna schrie. Sie fühlte einen kalten Luftzug an ihren nackten Brüsten und hob automatisch die Hände, um sich zu bedecken. Schluchzend stand sie da. Von Erlach war völlig überrascht. »Schau an«, grölte er. »Was für ein Wunder. Nun ist der Junge doch plötzlich ein Weib! Und was für eins. So hat uns der sittenstrenge Herzog doch seine Hure untergeschoben.« Er leckte sich die Lippen. »Von Weimar, Ihr seid ein Mann nach meinem Herzen. Nun lasst uns doch mal schauen, wie diese Brüste hier schmecken.«

»Von Erlach!« Noch nie hatte jemand Bernhard von Weimar so zornig erlebt. Johann Ludwig von Erlach hatte sich schon über die völlig erstarrte Johanna gebeugt, doch angesichts dieser kaum gebändigten Wut hielt er inne. Auf seinem Gesicht zeichnete sich Erstaunen ab. »Ihr wusstet es nicht. Bei Gott, Ihr habt mit dieser Dirne in einem Zimmer geschlafen und Ihr wusstet es nicht. Ihr habt sie tatsächlich nie angefasst.«

Bernhard von Weimar war inzwischen herangekommen. Grob zog er seinen Stellvertreter von Johanna weg. Zitternd und mit gesenktem Blick stand sie vor ihm, versuchte immer noch verzweifelt, mit den Händen ihre Blöße vor den gierigen Blicken der Männer um sie herum zu schützen. Der Herzog musterte sie von oben bis unten. »Bringt mir meinen Umhang«, befahl er. Vorsichtig legte er den weichen Stoff um Johannas Schultern. Sie zog ihn sofort eng um sich zusammen. Doch der Ausdruck im Gesicht des Weimarers entsprach dieser beschützenden Geste nicht. Seine Miene war völlig versteinert. »Wer seid Ihr?«, fragte er dann gefährlich leise.

Herzog Bernhard tigerte wie ein gefangenes Raubtier in seinem Arbeitszimmer herum. Seit sie am Vortag wieder in Laufenburg angekommen waren, hatte er Johanna nicht wieder gesehen. Draußen liefen die Vorbereitungen für das große Dankes- und Lobesfest, das er in der Stadt aus Anlass des überwältigenden Sieges angeordnet hatte. Die Geräusche der Vorbereitungsarbeiten drangen bis in sein Zimmer hinauf. Er trat ans Fenster der Burg und blickte über den Strom. Unterhalb der Brücke wirbelte und rauschte der Laufen. Das wilde Wasser entsprach so ganz dem Zustand seiner Gefühle. Der Herzog hatte seine gewohnte Ruhe und Ausgeglichenheit verloren. Zwei Probleme waren zu lösen. Einmal, was er mit von Erlach tun sollte. Der Auftritt des Stellvertreters in der Kompturei Beuggen hatte Bernhard von Weimar zu denken gegeben. Er misstraute unmäßigen Männern. Sie waren auch in der Schlacht keine verlässlichen Kameraden, waren viel zu sehr dem Diktat ihrer Gefühle unterworfen. Doch von Erlach war ein guter, ein verwegener Soldat und hatte sich in diesem Jahr als loyaler Untergebener erwiesen. Er brauchte die Unterstützung des erfahrenen Kriegsmannes. Gerade jetzt, wo ihnen der Erfolg hold war, wo die Eroberung Freiburgs und Breisachs in immer greifbarere Nähe rückte. Der gefangene Herzog von Savelli würde ein schönes Lösegeld einbringen, das für die nächsten Kriegszüge gerade recht kam. Von Werth hatte er bereits fortbringen lassen. Er würde wie versprochen nach Frankreich gebracht und im Triumph durch die Stadt Paris geführt werden. Auch Kardinal Richelieu brauchte seinen Anteil am Ruhm, damit er neue Truppen und Hilfsgelder schickte. Er würde ihm jedenfalls keine der eroberten Städte ausliefern, wie es der Kardinal verlangte. Vielleicht konnte die Ankunft des verhassten von Werth den Hof erst einmal dazu bringen, von diesen Forderungen abzulassen und sich zu gedulden. Es war ein Spiel auf Zeit. Bernhard von Weimar atmete tief durch. Angesichts der Lage tat er wohl gut daran, das Verhalten Johann Ludwig von Erlachs als einen Ausrutscher zu betrachten. Man würde sehen, wie es mit ihm weiterging.

Das brachte seine Gedanken wieder zu dem Mädchen zurück. Sein zweites Problem. Er hatte es bis jetzt tunlichst vermieden, über ihre Zukunft eine Entscheidung zu fällen.

Der Herzog wandte sich wieder vom Fenster ab und begann aufs Neue seinen nervösen Marsch durch das Zimmer. Hin und her. Hin und her. Wie immer, wenn er nachdachte, hatte er die Hände hinter dem Rücken verschränkt.

Das Schlimmste war, dass er jetzt schon begann, die stille, zierliche Gestalt seines Schreibers zu vermissen, die aufmerksamen braunen Augen, das scheue Lächeln, das das kleine ovale Gesicht manchmal wie ein Sonnenstrahl streifte. Seine Gefühle waren völlig durcheinander. Wieder schob sich das Bild vor seine Augen, wie sie dagestanden hatte in Beuggen, zitternd, verängstigt und schamrot. Ihre Hände hatten die vollen Brüste nur unzulänglich verbergen können. Brüste, die jedem Mann das Blut in den Kopf und auch noch sonst wohin treiben mussten. Dazu die zierliche Gestalt, die schmale Taille. Sie hatte ausgesehen wie ein verletztes Vögelchen. Er erinnerte sich genau, dass er sie an diesem Abend am liebsten in seinen Umhang gehüllt, sie beschützt, sie den Blicken der anderen Männer entzogen hätte. Diesem Mädchen war es gelungen, eine Saite in ihm zum Klingen zu bringen, die er bislang noch nicht kannte. Es kam ihm so vor, als würde er sie schon sein Leben lang kennen. Als wüsste er, wie sich ihre Haut anfühlte, als könne er ihren anschmiegsamen, weichen Körper an dem seinen spüren, obwohl er sie noch nie berührt hatte. Und er verdankte ihr sein Leben.

Bernhard von Weimar hob den Kopf. Gut, das entschied die Sache. Er traute diesen neuen, verwirrenden Gefühlen nicht, die in ihm tobten. Doch die Tatsache, dass er ihr sein Leben verdankte, forderte nun den Schutz ihres Lebens und ihrer Ehre. Das war er seiner Selbstachtung schuldig. Und ob Weib oder nicht, sie war immer noch des Schreibens kundig. Er brauchte noch immer einen Chronisten. Es sprach nichts dagegen, dass sie weiter für ihn arbeitete.

Bei diesem Gedanken löste sich der Knoten in der Brust des Herzogs. Sein Verstand hatte entschieden. Doch sein Gefühl hatte gewonnen. Er wusste es nur noch nicht.

Er läutete stürmisch. »Bringt mir diesen Schreiber, dieses Weib«, brüllte er den herbeigeeilten Diener an. Dieser musterte seinen Herrn erstaunt. So ungestüm hatte er den sonst so beherrschten Bernhard von Weimar noch selten erlebt.

Als sie kam, hätte er fast den Atem angehalten. Sie trug Frauenkleider und darüber seinen samtenen Umhang, den sie fest vor der Brust zusammenhielt. Doch er konnte ihre Formen unter dem weichen Samt ahnen. Die roten, kurzen Haare waren frisch gewaschen und ringelten sich lockig und weich um das ovale Gesicht. Auch daraus waren alle Schmutzspuren verschwunden. Ihre Haut war weiß, wirkte fast durchsichtig. Sommersprossen bedeckten ihre kleine Nase – ein »Fehler«, der ihre Schönheit für ihn noch anrührender machte, statt sie zu beeinträchtigen. Diese Sommersprossen hatte er bislang noch nie bemerkt. Das galt auch für das Grübchen in ihrem Kinn und die langen, seidig roten Wimpern. Sie hatte die Lider gesenkt und stand vor ihm in Erwartung seines Urteils. Doch ihre Körperhaltung drückte keine Angst aus. Eher … Er brauchte eine Weile, bis er verstand. Sie legte keinen Wert mehr auf ihr Leben. Es war ihr völlig gleichgültig, was mit ihr geschah. Am liebsten hätte er sie wieder in den Arm genommen.

Johanna wartete geduldig. Bernhard von Weimar räusperte sich. Da hob sie den Blick und sah ihm direkt in die Augen.

»Was habt Ihr zu Eurer Verteidigung vorzubringen?«, fragte er rau.

Johanna schüttelte den Kopf. Sie führte die Hand an die Lippen.

»War es schon immer so, dass Ihr nicht sprechen konntet?«

Wieder ein kleines Kopfschütteln.

»Was ist geschehen?«

Johanna machte keine Bewegung. Sie stand einfach nur da und blickte den Herzog an. Er sah, wie sich ihre großen braunen Augen mit Tränen füllten, die langsam ihre Wangen hinunterliefen. Kein Laut. Nur das Geräusch des Stromes draußen, die Klänge von Hammerschlägen für die Vorbereitungen zum kommenden Dankesfest und dieses Mädchen da, das ihn unverwandt anblickte, ohne Vorwurf, ohne Anklage, aber voller Trauer wie ein geschundenes Tier.

Er konnte kaum sprechen. Blitzartig wurde ihm klar, was sie durchgemacht haben musste. Wieder räusperte er sich, um den Kloß aus seiner Kehle zu bekommen. »Waren das meine Männer?«

Johanna sah ihn nur weiter an.

Er drehte sich zum Fenster. Die Verzweiflung dieses Mädchens war kaum zu ertragen. Er wusste natürlich, was im Krieg mit den Frauen geschah. Aber er hatte sich bisher nicht viele Gedanken darüber gemacht. Die Männer nahmen sich eben, was sie brauchten. Frauen waren Mittel zum Zweck, um sich zu entspannen nach dem Kampf, die blinde Wut des Tötens irgendwie zu kanalisieren und ihren Besitzanspruch, ihre Macht über Land und Leute zu manifestieren, nicht mehr. Bis heute. Er fühlte, wie der Zorn in ihm hochstieg. Abrupt drehte er sich wieder zu ihr um.

»Wisst Ihr, wer das war?«

Johanna nickte.

»Wer, sagt es mir sofort«, befahl er barsch.

Sie zögerte, wies auf ein Stück Pergament auf seinem Schreibtisch.

Er schob es in ihre Richtung. »Schreibt auf.«

Johanna sah ihn erschrocken an. Sie konnte seinen Zorn spüren.

»Schreibt auf«, befahl er noch einmal mit zusammengebissenen Zähnen.

Sie ging an den Tisch, nahm den Federkiel, tunkte ihn in Tinte und schrieb ein Wort, den Namen, an den sie sich für den Rest ihres Lebens erinnern würde. »Schönbeck«, stand da.

»Ihr meint den Obristen Schönbeck?«

Johanna nickte.

Wieder drehte sich der Herzog zum Fenster. Er rang um Fassung. Wenn dieser Mann jetzt in der Nähe gewesen wäre, er hätte ihn ermordet. Doch er musste unbedingt seine Ruhe wiedergewinnen. Die Notzucht an einer Frau in einer besiegten Stadt – das war nichts, wofür man einen Mann tötete. Doch die Vorstellung von Schönbecks Händen auf diesem Körper zerriss ihn fast. Mühsam brachte er seine Gefühle unter Kontrolle. Dann wandte er sich ihr wieder zu. »So etwas geschieht im Krieg«, brachte er barsch heraus.

Johanna presste die Lippen zusammen. Wie sollte ein Mann wie er auch verstehen, was in ihr vorging, was mit ihr geschehen war.

Die Miene des Herzogs wurde sanfter. »Das ist allerdings kein Grund für einen solchen Betrug.«

Das Mädchen hob abwehrend die Hände.

Bernhard von Weimar nickte. »Ja, es stimmt, Ihr habt nie behauptet, ein Junge zu sein. Das war diese Klara Nüsslin.«

Johanna holte tief Atem und sah ihn erschrocken an.

»Nein, keine Angst, ich werde dieser Wäscherin nichts tun. Sie wollte Euch nur helfen. Ich habe entschieden, was mit Euch geschehen soll. Der Junge Johann hat mir das Leben gerettet. Dafür wird die Frau – wie heißt Ihr eigentlich?«

Wieder schrieb sie etwas auf das Pergament. Er nahm es und las: »Johanna Stocker. Stimmt das? Ihr heißt wirklich Johanna? Wie Johanna von Orleans? Also gut, Johanna. Ich bin mit Eurer Arbeit als Schreiber zufrieden. Und, wie gesagt, Ihr habt mein Leben gerettet. Ein Leben für ein Leben. Es wird Euch nichts geschehen. Dafür schreibt Ihr weiter für mich.« Er machte eine Pause. »Und ich bürge von nun an für Eure Unversehrtheit. Keiner von meinen Soldaten wird Euch so etwas noch einmal antun. Das schwöre ich bei meiner Ehre.« Er lachte kurz. »Natürlich könnt Ihr von nun an nicht mehr in meiner Kammer schlafen. Ich werde Euch ein eigenes Zimmer zuweisen lassen und Euch eine Zofe schicken. Allerdings kann ich Euch nicht so einfach frei in der Stadt herumlaufen lassen. Zu Eurem Schutz und zu meinem. Ich werde Euch also einschließen müssen.«

Johanna sah den Mann vor sich groß an. Damit hatte sie nicht gerechnet. Sie war mit der festen Überzeugung hierher gekommen, dass spätestens nach diesem Gespräch ihr Leben zu Ende sein würde. Und sie hatte gedacht, es würde ihr nichts ausmachen. Jetzt erst, nachdem sie wusste, dass sie nicht sterben musste, wurde ihr schlagartig klar: Sie wollte leben. Sie wollte weiter atmen. Trotz allem. Ihre Achtung vor Bernhard von Weimar stieg; nicht nur, weil es um sie ging. Das hier war ein Mann von Ehre.

Am nächsten Tag hörte sie, dass der Herzog den Obristen Schönbeck und seine Männer von Laufenburg abkommandiert hatte. Sie erfuhr nicht, wohin. Doch sie war ihm zutiefst dankbar für diese Geste. Nun konnte sie endlich wieder ohne die Angst leben, ihren Peinigern plötzlich gegenüberzustehen. Sie hatte noch einen weiteren Grund, ihm dankbar zu sein. Die Zofe, die er ihr zuordnete, war Klara Nüsslin. Die Wäscherin hatte durch diese zusätzliche Aufgabe nun viel zu tun. Denn neben der persönlichen Wäsche des Herzogs versah sie auch die Wascharbeit für den gefangenen Herzog von Savelli und kochte für ihn. Um alles andere kümmerte sich Savellis Kammerdiener. Bernhard von Weimar hatte den General standesgemäß in einem Haus in der Nähe der westlichen Stadtmauer beim Wasentor in Großlaufenburg untergebracht. Er war zwar seiner Freiheit beraubt, aber ansonsten fehlte es ihm an nichts.

Zuerst kamen die Trommler und Pfeifer. Der wirbelnde Takt der Schlegel auf der Tierhaut und der helle Ton der Blasinstrumente brachen sich in der engen Gasse, wurden von den Häuserwänden zurückgeworfen. Es war ein sonniger Märztag. Der Frühling war schon fast spürbar. Hinter den Musikern folgte der herzogliche Bannerträger zu Pferd, die Flagge mit dem weimarschen Wappen auf dem Sattelknauf aufgestützt. Dann kam der protestantische Geistliche, der sich um das Seelenheil der herzoglichen Soldaten kümmerte. Er hatte auch zuvor in der Schlosskirche den Dankgottesdienst für die erfolgreiche Schlacht vor Rheinfelden abgehalten. Der Laufenburger Stadtpfarrer Andreas Wunderlin und sein Kaplan Ulrich Zeller hatten sich geweigert, sich dem Zug anzuschließen. Ebenso wie sie sich geweigert hatten, an einem Dankgottesdienst teilzuhaben. Johann Ludwig von Erlach schäumte immer noch innerlich vor Wut. »Ich danke Gott nicht dafür, dass er unsere Feinde hat siegen lassen«, hatte ihn der katholische Pfarrer freundlich, aber bestimmt beschieden. »Und schon gar nicht werde ich an einem Freudenumzug unserer Eroberer teilnehmen.« Von Erlach hatte den greisen, weißhaarigen Seelsorger wutentbrannt stehen lassen.

Die Weigerung Wunderlins vergällte ihm noch immer die Freude an diesem Triumphzug durch die Stadt. Von Erlach ritt an diesem Tag zur Linken des Herzogs. Die Pferde waren gestriegelt worden, bis sie glänzten, trugen mit Silber beschlagenes Zaumzeug. Zur Rechten des Oberbefehlshabers ritt Herzog Federico von Savelli. Von Weimar erwies dem Gefangenen mit diesem Ehrenplatz seine Referenz. Savelli war nicht glücklich darüber, dass er an diesem Dankeszug durch Laufenburg teilnehmen musste. Doch der Feind behandelte ihn ritterlich. Und so machte er gute Miene zum bösen Spiel.

Nach dem Herzog folgten Major Taupadel und seine verwegenen Reiter. Sie würden direkt nach dem Umzug nach Rheinfelden zurückkehren und den Ring der Belagerer verstärken. Danach eine Abordnung von Fußvolk und schließlich die Bediensteten des Herzogs, darunter auch Johanna. Sie sah so manchen finsteren Blick, der sie aus der Menge traf. »Verräterin«, zischte ihr eine Frau am Straßenrand beim Vorüberreiten entgegen.

Die meisten Menschen verfolgten stumm, wie sich der Zug der Sieger vom Wasentor aus hinunter an die mit Zweigen festlich dekorierte Rheinbrücke bewegte, dann wieder bergan zum Waldtor. Von dort aus ging es über die heruntergelassene Zugbrücke und den Wassergraben vor die Stadtmauern. Dort lieferten sich die herzoglichen Soldaten Reiterspiele. Es gab auch Ringkämpfe zu sehen. Die jeweiligen Sieger wurden vom Herzog mit Münzen fürstlich belohnt. Er saß zusammen mit seinem Stellvertreter von Erlach und dem kaiserlichen General von Savelli erhöht auf einem kleinen Podest unter einem Baldachin und verfolgte das Kräftemessen. Hin und wieder beugte er sich zu seinem »werten Gast« hinüber. Die Männer lachten. Johanna beobachtete, dass die aufmerksamen, fast schwarzen Augen des eher zierlichen kaiserlichen Feldherrn sehr genau registrierten, in welcher Verfassung die Truppen des Herzogs waren.

Außerdem ließ Bernhard von Weimar Suppe aus großen Eisenkesseln verteilen, gab Brot, Wein und geräucherten Salm an die Bevölkerung aus. Das brachte ihm dann doch noch einige Hochrufe ein. Die meisten Menschen ließen sich willig darauf ein, einmal für einige Stunden zu vergessen, dass sie nun in Feindeshand waren. Für die meisten war das praktische Ergebnis ohnehin gleich. Sie mussten Tribut leisten, egal welchem Herrn sie gerade dienten. Der Wein sorgte zusätzlich für gute Laune.

Johanna hatte sich unter die Menschen gemischt, um den Ringkämpfern zuzusehen. Vor der Stadt entwickelte sich ein richtiges kleines Volksfest. Da wurde jongliert, es gab Feuerspucker, eine Wahrsagerin hatte ein Tuch zwischen zwei Stangen gespannt und beriet dahinter ihre Kunden.

Da sah sie einige Schritte neben sich Klara Nüsslin mit Pfarrer Andreas Wunderlin diskutieren. Die Freundin hatte hochrote Wangen vor Eifer. Johanna konnte nicht verstehen, was die beiden sprachen. Schließlich kam Dekan Ulrich Zeller zusammen mit einem Mann und einer Frau hinzu. Johanna erkannte in ihnen das mit Klara befreundete Ehepaar Peter Straubhaar und seine Frau Gertrud. Alle fünf lösten sich aus der Menge und schlenderten wie absichtslos zurück in die Stadt. Doch vorher beobachtete sie noch, wie sich die Augen des kaiserlichen Generals Savelli und der Wäscherin Klara Nüsslin für die Dauer eines Augenzwinkerns trafen.

Johanna war nicht die Einzige, die diese Szene verfolgt hatte. Auch Johann Ludwig von Erlach war der Blick zwischen Savelli und der Wäscherin nicht entgangen. Er runzelte nachdenklich die Stirn. Neben ihm lachten von Weimar und Savelli. Sie verstanden sich augenscheinlich prächtig.

Was ist los mit dir, Klara?, gestikulierte Johanna, als die Freundin durch die Türe des herzoglichen Arbeitszimmers trat. Die junge Witwe war schon den ganzen Morgen in eigenartiger Stimmung. Ansonsten erzählte sie Johanna jedes Mal, wenn sie kam, lebhaft den neuesten Klatsch aus der Stadt. Schwadronierte ausgelassen darüber, wer sich mit wem geprügelt und welcher junge Mann ein Auge auf welches junge Mädchen geworfen hatte. Irgendwie schien das Leben doch immer weiterzugehen, unter welchen Umständen auch immer, dachte Johanna bei solchen Gelegenheiten oft. Zofendienste hatte Klara Nüsslin bei ihrem Schützling jedenfalls nicht zu leisten. Auch wenn sie offiziell als Zofe des »Schreibers« auf die Burg kam. Die Bürgerstochter Johanna Stocker war es gewohnt, alleine zurechtzukommen. So nutzten die beiden Frauen die Stunden zwischen zehn und zwölf Uhr, um sich ausgiebig zu unterhalten. Klara schien es nicht im Mindesten zu stören, dass Johanna sich nur mit Blicken oder Gesten ausdrücken konnte.

Johanna schaute die junge Witwe zunehmend beunruhigt an. Sie wirkte merkwürdig fahrig und bedrückt. Ständig nestelten ihre Hände an ihrem Rock. Sie sprach einige Worte und verstummte dann wieder. So, als wollte sie eigentlich etwas ganz anderes sagen, wisse aber nicht wie.

Johanna legte die Hand auf ihr Herz und schaute Klara fragend an.

Die Wäscherin lachte fröhlich. »Nein, ich habe keinen Liebeskummer. Ich halte mir die Männer vom Leib. Das macht das Leben einfacher. Außerdem kann ich meinen Jakob nicht vergessen. Es war wohl der Einzige, der mit meiner spitzen Zunge klarkam und sich nicht darum scherte.« Sie senkte den Kopf. Dann sah sie Johanna in die Augen. »Und wie läuft es mit Euch und dem Herzog?«

Johanna wurde rot und schaute zu Boden.

Klara betrachtete das Mädchen interessiert. Das sah ja ganz so aus, als sei die junge Frau dabei, sich in ihren Herrn zu verlieben. Sie wünschte ihr die Liebe. Sie half zu vergessen. Und Johanna hatte viel zu vergessen. Doch sie verstand einfach nicht, wie man solche Gefühle für einen Mann entwickeln konnte, der zu den Feinden gehörte. Gut, dass sie das noch rechtzeitig gemerkt hatte. Nein, sie konnte Johanna nichts von dem sagen, was demnächst geschehen würde. Am Ende verriet sie noch alles dem Herzog. Johanna war keine Verräterin, das nicht. Aber einer verliebten Frau war eben nicht zu trauen. Das kannte Klara Nüsslin von sich selbst. Die Wäscherin biss sich auf die Lippen. Sie hätte der Freundin so gerne Lebewohl gesagt. Doch das ging nun wohl nicht mehr.

Ungelenk stand sie auf. »Ich muss jetzt gehen. Ich habe heute viel zu tun.«

Johanna fühlte sich ertappt. Seit Tagen dachte sie nur noch an den Herzog, es sei denn, er rief sie zu sich. Dann fühlte sie sich jedes Mal linkisch und plump, wäre am liebsten sofort wieder davongelaufen. Sie verstand sich selbst nicht mehr. Verachtete Klara sie nun?

Du kommst doch morgen wieder?, fragte sie die Waschfrau mit den Händen.

Klara wich aus. »Wir werden uns sehen, so bald es geht.« Und dann war sie auch schon aus dem Zimmer verschwunden.

Beide spürten, dass die Atmosphäre zwischen ihnen knisterte. Immer wieder wanderte der Blick des Herzogs hinüber zu der schreibenden Johanna. Er hatte ihr inzwischen einen eigenen Tisch in sein Arbeitszimmer stellen lassen. Auch wenn er es sich nicht eingestand, er wollte sie sooft wie möglich bei sich haben.

Bernhard von Weimar konnte sich nicht konzentrieren. Sie schien offensichtlich völlig versunken in die Abschrift der Papiere zu sein, die er ihr gegeben hatte. Hin und wieder erschien die Spitze ihrer Zunge im Mundwinkel, wenn es um eine besonders komplizierte Stelle ging. Sie arbeitete an den Ergänzungen des Herzogs zu ihrer Chronik der Schlacht bei Rheinfelden. Der Soldat hatte an den Schilderungen des militärisch völlig unerfahrenen Mädchens einiges auszusetzen gehabt. Doch sie lernte.

Johanna fühlte den Blick des Herzogs auf sich ruhen. Ihr wurde heiß, auch wenn sie sich nichts anmerken ließ. Sie hoffte, die Röte, die sie in ihrem Gesicht spürte, wäre in der halb dämmrigen Ecke, in der sie saß, nicht zu sehen. Die Luft im Zimmer vibrierte. Sie musste sich zwingen ruhig sitzen zu bleiben. Ihre innere Anspannung war kaum noch zu ertragen.

Da wurde die Türe aufgerissen. »Von Erlach? Warum diese Eile?« Bernhard von Weimar sah seinen Stellvertreter stirnrunzelnd an. Dieser glühte vor kaum gebändigter Wut. »Savelli ist trotz seines Ehrenwortes geflohen«, presste er hervor. Er muss heute Nacht über die Mauer geflüchtet sein. Als die Wachmannschaften heute Morgen nach ihm sahen, weil sich in seiner Kammer nichts rührte, war das Zimmer leer. Und die Wäscherin Klara Nüsslin ist auch verschwunden.« Johann Ludwig von Erlach schäumte.

Bernhard von Weimar sprang auf und fluchte. »Teufel noch eins, wie konnte das geschehen?« Das war eine Katastrophe. Er hatte sich für Savelli ein ansehnliches Lösegeld versprochen und er brauchte die Mittel dringend, um seine Feldzüge fortzusetzen. Kardinal Richelieu trennte sich nicht leicht vom Geld. Schon seit langem war nichts mehr geflossen. Und Männer, die ihren Sold nicht bekamen, wurden unzufrieden und kämpften schlecht.

Von Erlach hatte sich etwas beruhigt. »Wir wissen noch nicht, wie das geschehen konnte. Der Kammerdiener Savellis scheint jedenfalls mit ihm geflohen zu sein. Und ich vermute, diese Wäscherin auch. Ich lasse die Sache derzeit mit allem Nachdruck untersuchen. Ich habe da so eine Vermutung.«

»Was vermutet Ihr?«

»Erinnert Ihr Euch noch, wie wir gemeinsam mit dem General beim Fest aus Anlass des Sieges über die kaiserlichen Truppen vor Rheinfelden den Kämpfen der Ringer zusahen? Damals sah ich die Wäscherin einen Blick mit Savelli austauschen. Doch ich dachte, ich hätte mich getäuscht. Danach ging sie mit dem Pfarrer, seinem Helfer und einem Ehepaar davon. Außerdem soll Savelli bei seiner Flucht das Gewand eines Kapuziners getragen haben.«

Johanna hielt die Luft an. Ignatius Eggs, schoss es ihr durch den Kopf. Er musste irgendwie in die Flucht verwickelt sein. Wahrscheinlich war der Mönch sogar die treibende Kraft gewesen.

Bernhard von Weimar hatte sich wieder etwas gefasst. »Gut, von Erlach, geht der Sache nach. Doch wir sollten noch mehr tun. Ruft die Bürger von Laufenburg zusammen. Und dann lasst in meinem Namen verkünden, dass alle, die von der Sache etwas wissen und sich nicht melden, mit empfindlicher Strafe an Leib und Leben sowie dem Einzug aller ihrer Güter zu rechnen haben. Sollte sich kein Schuldiger finden, so wird jeder zwanzigste Bürger in Laufenburg hingerichtet.«

Johanna schluckte. Sie konnte kaum glauben, was sie da hörte. Der Herzog wollte unschuldige Menschen töten lassen? Und Klara, Klara Nüsslin verschwunden? In ihrem Kopf drehte sich alles. Plötzlich verstand sie, warum die Wäscherin bei ihrer letzten Begegnung so seltsam gewesen war.

Von Erlach war mit dieser Anordnung vollauf einverstanden. »Euer Gnaden, ich denke, das ist ein guter Gedanke. General Savelli und sein Diener müssen auf jeden Fall Helfer gehabt haben. Ich werde auch die Wachmannschaften peinlichst befragen lassen.«

Johanna wusste, was das hieß: die Folter.

Bernhard von Weimar hatte noch eine Frage: »Gibt es irgendeinen Hinweis darauf, wohin Savelli entkommen sein könnte? Spuren, die man verfolgen kann?«

Von Erlach schüttelte den Kopf. »Er muss während der Nacht geflohen sein, Euer Gnaden. Er dürfte inzwischen mehrere Stunden Vorsprung haben. Ich glaube nicht, dass es eine Möglichkeit gibt, ihn einzuholen.«

Bernhard von Weimar fluchte noch einmal. Dann nickte er resigniert. »Geht jetzt, von Erlach, untersucht diese Angelegenheit. Aber mit aller gebotenen Gründlichkeit.«

Weimars Stellvertreter salutierte und verließ den Raum. Der

Herzog ging hinüber zu Johanna und zog sie von ihrem Stuhl. »Schaut mich an«, befahl er.

Sie blickte ihm offen in die Augen.

»Wisst Ihr etwas von dieser Sache?«

Johanna war jetzt froh, dass ihr Klara Nüsslin nichts von dem Fluchtplan erzählt hatte. Sie war bei ihrem letzten Besuch im Schloss nahe daran gewesen, das begriff die junge Frau nun. Doch irgendetwas hatte sie davon abgehalten. Sie schüttelte den Kopf.

Bernhard von Weimar musterte sie eindringlich mehrere Sekunden lang. Jede davon dehnte sich für Johanna zu einer Ewigkeit. »Ich glaube Euch«, erklärte er schließlich.

Johanna war selbst überrascht von der Erleichterung, die sie bei diesen Worten empfand. Sie verstand sich selbst nicht mehr. Abgesehen davon, dass sie den Schutz des Herzogs brauchte, warum war es denn so wichtig, ob er ihr glaubte oder nicht? Er war der Feind. Er belagerte gerade eine weitere Stadt am Rhein. Noch mehr Menschen würden Feuer, Tod und Plünderungen hinnehmen müssen. Das erinnerte sie wieder an seine Anordnung. Er durfte niemanden in Laufenburg erschießen lassen, sie musste versuchen das zu verhindern. War es denn noch nicht genug an Leid für diese Stadt?

Bernhard von Weimar sah, wie aufgeregt das Mädchen war. »Was ist? Wisst Ihr doch etwas?«

Johanna schüttelte den Kopf so heftig, dass ihre Locken flogen. Dann nahm sie die Hand des Mannes und sah ihn flehend an.

»Was ist dann?« Er wurde ungeduldig. Eine leichte Röte stieg ihm ins Gesicht. Diese kleine Geste, seine Hand in Johannas Hand – wieder empfand er dieses Gefühl der Nähe, der Vertrautheit. Er ertappte sich bei dem Wunsch, sie zu küssen. Bernhard von Weimar schüttelte sich leicht und kämpfte diese Empfindung nieder. Was war nur mit ihm los? Er entzog ihr brüsk seine Hand.

Johanna wich erschrocken zurück. Doch sie war entschlossen nicht aufzugeben. Sie formte mit den Händen ein Gewehr, das angelegt wird. Dann schüttelte sie noch einmal energisch den Kopf.

Das Gesicht des Herzogs wurde hart. »So ist das also. Ihr habt Angst um Eure Leute. So langsam glaube ich doch, dass Ihr etwas vor mir verbergt.«

Wieder schüttelte das Mädchen energisch den Kopf. Doch das Misstrauen in den Augen des Mannes blieb.

Er wandte sich von ihr ab. »Ich habe den Befehl erteilt, er bleibt bestehen. Savelli ist zu wichtig für mich. Ihr müsstet inzwischen als meine Schreiberin gelernt haben, dass ein Krieg Geld kostet. Viel Geld. Besonders einer wie dieser. Ich brauche das Lösegeld, das der kaiserliche General bringt, um meine Männer zu bezahlen.« Er lächelte bitter. »Auch mir liegen meine Leute am Herzen. Und die Männer haben noch einige Kämpfe vor sich.«

Johanna griff sich unwillkürlich mit der Hand ans Herz und blickte ihn fragend an.

Der Mann nickte. »Ja, natürlich, dachtet Ihr, es sei mit der Eroberung von Rheinfelden schon getan? Die Stadt steht kurz vor der Kapitulation. Alle Anzeichen deuten darauf hin. Doch das ist nur der nächste Schritt. Wenn Rheinfelden endgültig gefallen ist, kommt Freiburg an die Reihe. Dann die Festung Breisach. Ich bin hier so milde, wie ich kann. Doch kein Feldherr kann es sich leisten, dass sich die besiegten Feinde in seinem Rücken gegen ihn erheben. Ich habe einfach zu wenige Männer, um überall gegen Widerstandsnester vorzugehen. Ich muss meine Kräfte sinnvoll einsetzen. Die Laufenburger müssen deshalb wissen, woran sie sind. Es muss ihnen klar sein, dass sie nur zwei Möglichkeiten haben. Wer nicht mit mir ist, ist gegen mich. Und wer gegen mich ist, stirbt. So einfach ist das.«

Johanna wandte sich ab. Sie wusste, es hatte keinen Sinn, weiter zu bitten. Sie verstand, was er meinte. Und sie hasste sich dafür. Außerdem war es wahrscheinlich sowieso schon zu spät. Inzwischen wussten die Laufenburger sicher bereits, was ihnen blühte, sollten sich die Fluchthelfer des Herzogs von Savelli nicht melden. Johanna dachte an ihre Freundin Klara Nüsslin. Sie hoffte von ganzem Herzen, dass es ihr gut ging. Die dralle, fröhliche

Waschfrau und ihr unwiderstehlicher Lebensmut würden ihr fehlen. Als sie sich umdrehte, merkte sie, dass der Herzog den Raum schon wieder verlassen hatte. Seufzend wandte sie sich erneut ihren Papieren zu. Sie hatte noch einiges zu schreiben.

Drei Stunden später kam der Herzog zurück. Johanna saß noch immer über einer Liste von Waffen, die repariert werden mussten. Sie sollten später auf Karren verladen und zu den Hammerwerken gebracht werden. Von Erlach war es gelungen, einige der Arbeiter in die Schmieden zurückzuzwingen. Johanna wollte sich lieber nicht ausmalen, mit welchen Mitteln der Stellvertreter des Herzogs die Männer dazu gebracht hatte.

Das Gesicht Bernhard von Weimars war finster. Heftig knallte er die Türe hinter sich zu. Johanna fuhr erschrocken zusammen und blickte ihn fragend an. Der Kriegsherr fluchte. Zumindest klang es so. Er sprach französisch: »Nom de Dieu, quelle merde.« Wütend lief er auf und ab. Sie sah, dass er sich bemühte seine Beherrschung wiederzuerlangen. Dann wandte er sich ihr zu.

»Eigentlich sollte ich es Euch nicht sagen. Aber Kardinal Richelieu hat einen Boten geschickt. Die Botschaft war klar und eindeutig. Er schickt mir kein Geld mehr, wenn ich Seckingen, Laufenburg und nach der bevorstehenden Kapitulation auch Rheinfelden nicht an die französische Krone ausliefere. Von Werth ist ihm nicht genug. Ich brauche das Geld. Aber den Teufel werde ich tun. Das sind keine französischen Eroberungen! Ich muss eine andere Lösung finden. Wenn nur Savelli nicht geflohen wäre. Es muss eine andere Lösung geben.«

Bei seinen ersten Worten war Johanna fast das Herz stehen geblieben. Doch dann atmete sie erleichtert auf. Es war immer noch besser, den Herzog als Herrn zu haben als diesen Kardinal und einen König, den hier niemand kannte. Das durfte einfach nicht sein.

»Nimm ein Pergament und schreib.«

Gehorsam legte sie die Liste zur Seite und tauchte die Feder in die Tinte.

»Liebste Freundin«, diktierte er. »Die Lage hier hat sich bedrohlich zugespitzt. Federico Herzog von Savelli ist geflohen. Von ihm ist kein Lösegeld mehr zu erwarten. Jean du Plessis, der Kardinal von Richelieu, will mich zwingen ihm die eroberten Städte auszuliefern. Er droht damit, sonst die Zahlungen einzustellen und auch keine weiteren Soldaten mehr auf den Weg zu bringen.

Ich weiß, liebste Amalie, dass Ihr mir schon oft geholfen habt. Doch in unserem beiderseitigen Interesse muss ich Euch noch einmal um Unterstützung bitten. Wir sind schon so weit gekommen. Mit Waldshut, Laufenburg und Seckingen gehören uns wichtige Übergänge am Rhein. Rheinfelden weiter westlich wird bald fallen. Das sagen alle Berichte, die mich von den Truppen vor der Stadt erreichen. Dann sind alle wesentlichen Rheinübergänge in dieser Region in unserer Hand und wir können Rötteln, Neuenburg, Freiburg und Breisach in unsere Gewalt bringen. Wir dürfen um unserer Freiheit und der unserer Untertanen und um des Siegeszuges des reformierten Glaubens willen der französischen Krone nicht geben, was Richelieu verlangt. Doch noch ist die Zeit des offenen Widerstandes nicht gekommen, noch sind Eure Stellung und mein Stand in dieser Region nicht gefestigt genug. Noch sind die Festung Breisach und Freiburg nicht unser. Deshalb muss ich Euch noch einmal bitten, liebste Freundin, helft mir und unserer gemeinsamen Sache, versucht die notwendigen Mittel für diesen gerechten Krieg zu beschaffen, den ich hier führe. Auch um unser beider Zukunft willen. Wir brauchen die Städte am Rhein als Faustpfand gegen französische Machtgelüste dringend, wie Ihr wisst. Und als Bollwerk für alle Protestanten, die ihrem Glauben ungehindert treu sein wollen.

Möge Gott Euch beschützen und Euch gesund erhalten für eine Zeit, die wir in Frieden gemeinsam erleben können.

Euer Euch treu ergebener Freund, Bernhard, Herzog von Sachsen-Weimar.«

Was sollte das heißen, gemeinsame Zukunft? Die Feder in Johannas Hand stockte. Nicht zum ersten Mal vermutete sie, dass der Herzog mit »Zukunft« nicht nur den Kampf gegen die Feinde meinte. Außerdem war hier wohl eine Verschwörung im Gange. Weimar und seine Verbündete hatten offenbar keineswegs vor, ihre Vereinbarungen mit Frankreich zu halten.

»Seid Ihr fertig?« Ungeduldig zog der Herzog Johanna das Pergament fast unter der Feder weg. Dann unterzeichnete er und versiegelte die Depesche. Die junge Frau sah zu ihrem Erstaunen, dass sich Schweißtropfen auf seiner Stirn gebildet hatten. Welches undurchsichtige Spiel trieb dieser Mann? Und noch viel wichtiger: Welchen Grund hatte die Landgräfin, ihm zu helfen? Johanna war sich inzwischen fast sicher, dass es neben den politischen auch sehr persönliche Motive waren, die diesen Mann und diese Frau aneinander schmiedeten. Eifersucht stieg in ihr hoch. Sie war völlig verwirrt. Warum sollte sie eifersüchtig sein? Es verband sie nichts mit diesem Feind, diesem Mann, der Laufenburg so viel Leid gebracht hatte. Nichts.

Bernhard von Weimar läutete. Sein Kammerdiener erschien an der Türe. Er warf einen finsteren Blick auf Johanna. Der Herzog übergab ihm die Depesche. »Schickt einen Boten mit diesem Schreiben nach Kassel, sofort. Und er soll zwei Pferde zum Wechseln mitnehmen. Es ist keine Zeit zu verlieren. Geht jetzt.«

Bernhard von Weimar zog Johanna von ihrem Stuhl hoch und schaute sie scharf an. »Der Herr sei Euch gnädig, Weib, wenn irgendetwas von dem nach draußen dringt, was Ihr in diesem Raum gehört habt. Dann nützt es auch nichts mehr, dass Ihr mir das Leben gerettet habt. Dann sind wir alle verloren. Ich hoffe, Ihr begreift nun, dass ich den Menschen hier nicht übel will. Im Gegenteil – ich versuche sie vor den Machtgelüsten der französischen Krone zu bewahren, Eure Heimat für den neuen Glauben der Reformation, für eine neue Welt zu retten, in der jedermann seine Rechte hat. Die Menschen sind wie Kinder. Sie brauchen entschlossene Führer. Besser ich als andere. Denkt einmal darüber nach. Und so, wie es im Moment aussieht, bin ich der Einzige, der dieses Land hier und die Menschen schützen kann. Oder glaubt Ihr wirklich, nach der Schlacht, die Ihr miterlebt habt, die Kaiserlichen könnten euch verteidigen oder euch die freie Ausübung des Glaubens garantieren? Wollt ihr weiter unter der Knute der Pfaffen bleiben?«

Johanna senkte den Kopf und dachte an ihren Freund, den Kapuziner Ignatius Eggs. Er war ein guter Mensch, einer, der sein Gelübde ernst nahm, ebenso wie die Nächstenliebe. Doch es gab noch andere, viele andere. Das hatte sie gehört. Allerdings sorgte die Stiftsäbtissin Agnes von Greuth in Seckingen dafür, dass es in ihrem Lehen geordnet zuging. Sie duldete keine Übergriffe durch die Kleriker in ihrem Herrschaftsbereich. Aber auch die Äbtissin war vor dem Weimarer geflohen. Johanna konnte kaum noch klar denken. Noch bis vor wenigen Minuten hatte sie ein klares Feindbild gehabt. Der Herzog verkörperte alles, was sie eigentlich hassen sollte. Doch nun merkte sie, dass sie ihn schon lange nicht mehr verabscheute. Sie ... Nein, das durfte nicht sein. Keine Gefühle. Und dennoch, vielleicht war er ja gar nicht der Feind? Vielleicht hatte er ehrliche Motive? Doch sie kam nicht dazu, weiter darüber nachzudenken.

Wieder klopfte es an der Türe. Johann Ludwig von Erlach stürmte ins Zimmer. Zwei Soldaten schleppten einen Mann und eine Frau hinter sich her. Beide waren offensichtlich gefoltert worden. Ihre Kleider waren zerrissen, das Gesicht des Mannes blutig geschlagen. Ein Auge war völlig zugeschwollen, die Lippe dick und verkrustet. Johanna musste sich an der Tischkante festhalten. Sie hatte die beiden sofort erkannt. Es war das Ehepaar, das sie beim Dankesfest für den Sieg des Herzogs zusammen mit der Wäscherin Klara Nüsslin beobachtet hatte. Eine dunkle Ahnung von bösen Geschehnissen drückte ihr das Herz zusammen.

Die Soldaten schleuderten den Mann und die Frau ins Zimmer,

sodass sie vor den Füßen des Herzogs zu Boden fielen. Gertrud Straubhaar wimmerte leise. Von ihrem Mann kam nach einem unterdrückten Schmerzensschrei kein Laut mehr.

Von Erlach betrachtete die beiden mit unverhohlener Genugtuung. »Da sind sie. Ich bringe sie Euch. Die beiden haben dem Herzog von Savelli bei der Flucht geholfen. Ihr Haus steht direkt an der Mauer beim Wasentor. Und dort sind der Herzog, sein Kammerdiener und diese Klara Nüsslin mit ihrer Hilfe und einer Leiter über die Mauer geklettert. Aber sie waren nicht die Einzigen, die geholfen haben. Dieser verdammte Pfarrer und sein Dekan waren auch beteiligt. Da bin ich mir sicher. Die beiden wollen nicht mehr sagen. Aber eine hübsche kleine Folter für das Weib, Daumenschrauben, der schwedische Schuh oder einige meiner Männer, die sie sich vornehmen, und der Mann wird schon reden.« Johanna sah, dass von Erlach dieser Gedanke gefiel. Der Mann war ein Teufel. Und wo war Ignatius Eggs, der Kapuziner? Sein Name war noch nicht gefallen.

Gertrud Straubhaars Wimmern wurde lauter. Ihr Mann hob die Hand. »Nein, Herr, bitte nicht. Lasst meine Frau. Tut ihr nichts an. Sie hat nur auf meinen Befehl gehandelt.« Seine Worte kamen wegen der geschwollenen Lippe nur langsam und undeutlich.

»Dann redet. Was hat dieser Pfarrer damit zu tun?« Von Erlach betrachtete Peter Straubhaar so teilnahmslos wie ein Tier, das auf die Schlachtbank sollte. Offensichtlich genoss er das Schauspiel sogar, weidete sich an der Hilflosigkeit dieser Menschen. Johanna zog sich vor Mitleid das Herz zusammen. Sie blickte hinüber zum Herzog. Sein Gesicht war wie versteinert.

»Redet und Ihr sollt einen schmerzlosen Tod haben.«

Johanna konnte sich kaum noch auf den Beinen halten, als sie diese Worte hörte. Sie wünschte sich so sehr, dass sie hätte reden können, schreien. Doch wieder kam kein Ton.

Da sprach die Frau. Gertrud Straubhaar hatte aufgehört zu wimmern. Sie wirkte plötzlich gefasst. Das Nahen des Todes hatte ihr geholfen ihre Würde wieder zu gewinnen. »Wir mussten es tun. Wir mussten dem Herzog von Savelli helfen. Er ist ein guter Mann. Und Pfarrer Andreas Wunderlin und sein Dekan Ulrich Zeller haben nichts mit der Sache zu tun. Sie sind aufrechte Männer. Es ist nur ...«

»Was ist nur?« Die Stimme des Herzogs von Weimar klang hart. »Redet endlich, Weib. Oder soll ich Euch noch einmal auf die Folterbank schleppen lassen?«

Gertrud Straubhaar zögerte.

»Redet endlich. Sonst wird es mir ein Vergnügen sein, dafür zu sorgen, dass andere Euch zum Reden bringen.« Die Stimme Johanns von Erlach klang samtweich. Johanna war sich sicher, dass jedes Wort wahr war. Es würde ihm ein Vergnügen sein.

»Klara Nüsslin ist vor der Flucht beichten gegangen. Das ist alles, was ich weiß.« Gertrud Straubhaar schlug beide Hände vors Gesicht.

»Also, ich wusste es doch. Dieser Pfarrer und sein Dekan sind gefährlich. Sie schüren nichts als Unruhe mit ihrem Salbadern. Sie wollten noch nicht einmal an Eurem Freudenfest teilnehmen. Aber ich werde sie schon zum Reden bringen, und wenn es das Letzte ist, das ich tue. Beichtgeheimnis hin oder her.« Johann von Erlach würde seinen Triumph auskosten, da war sich Johanna sicher. Sie wusste, dass er den Pfarrer hasste, seit er sich geweigert hatte beim Triumphzug durch die Stadt mitzumachen.

Bernhard von Weimar hob die Hand. »Wie habt Ihr die beiden gefunden?«

Von Erlach lachte hämisch. »Diese Dummköpfe. Sie haben sich freiwillig gemeldet. Sie wollten nicht, dass Unschuldige für ihre Tat erschossen werden. Eure Anordnung, jeden zwanzigsten Mann zu erschießen, sollten die Schuldigen nicht gefunden werden, hat ihre Wirkung getan. Das war ein weiser Entschluss, Euer Gnaden.«

»Ich finde, ein solches Vorgehen fordert Achtung, nicht Verachtung, von Erlach.« Der Herzog wurde langsam zornig.

Johann von Erlach zog die Schultern hoch und warf seinem Kommandanten einen feindseligen Blick zu, den er aber sofort wieder mit heuchlerischer Freundlichkeit kaschierte. »Ihr mögt Recht haben, Herr. Aber bedenkt doch, welchen Schaden sie unserer gerechten Sache damit zugefügt haben.« Der Mann war wie eine Schlange, nicht zu greifen.

»Ich sagte doch schon, dass sie sterben werden. Doch es steht einem Sieger nicht an, sich über die Ehre eines Besiegten lustig zu machen. Und was den Pfarrer und seinen Dekan anbetrifft, schaut, was Ihr aus ihnen herausbekommt. Doch keine Folter, das bedinge ich mir aus. Auch wenn sie dem katholischen Glauben angehören, habe ich Achtung vor dem Beichtgeheimnis. Behandelt die Männer mit Anstand, sonst haben wir bald die ganze Bevölkerung gegen uns. Und das wäre unklug, meint Ihr nicht auch? Auf dem Felde der Diplomatie sind mindestens ebenso viele Siege errungen worden wie mit Gewalt. Das müsstet Ihr doch am besten wissen. Ich verlasse mich da auf Euch. Ihr seid mein Stellvertreter. Ich erwarte, dass Ihr die Sache in meiner Abwesenheit in meinem Sinne regelt.«

Johanna erstarrte. Der Herzog wollte weg?

Johann Ludwig von Erlach nickte, scheinbar überzeugt. »Wann wollt Ihr aufbrechen? Es ist alles vorbereitet.« Doch in seinen Augen flackerte etwas anderes, das er jedoch geschickt verbarg. Triumph? Freude? Johanna vermochte diesen Ausdruck nicht zu deuten.

»Ich werde morgen aufbrechen. Es ist noch viel vorzubereiten für die Eroberung Breisachs. Die Schanzen im Elsass gegenüber Rheinach müssen sicher sein. Sie werden uns im Notfall eine wichtige Rückzugsmöglichkeit bieten. Und ich muss auf dem Weg dorthin bei unseren Truppen vor Rheinfelden nach dem Rechten sehen. Die Stadt hält sich noch immer beharrlich. Aber ich wünsche ständig über die Lage hier unterrichtet zu werden. Achtet darauf, dass unter den Leuten keine Unruhe ausbricht. Das könnten wir jetzt am wenigsten brauchen.«

»Ich weiß, was zu tun ist, Ihr könnt Euch auf mich verlassen.« Im Gesicht von Erlachs war keine Regung erkennbar. Bernhard von Weimar betrachtete ihn eine Zeit lang nachdenklich. Dann schien er offensichtlich zufrieden und nickte.

»Geht jetzt wieder an Eure Arbeit. Und nehmt die beiden mit. Sorgt dafür, dass sie im Gefängnis gut bewacht werden. Ich werde mich um sie kümmern, wenn ich wieder zurück bin.«

Johann Ludwig von Erlach wandte sich schweigend um und befahl den Soldaten mit einer Handbewegung den Mann und die Frau mitzunehmen.

Johanna stand eine Weile ganz still da. Auf dem Boden vor dem Schreibtisch des Herzogs war ein frischer Blutfleck. Er stammte wohl von Peter Straubhaar. Wenn sie doch nur etwas tun könnte! Wenn sie doch nur den Herzog bewegen könnte die beiden zu schonen!

Bernhard von Weimar schaute sie aufmerksam an. »Ich weiß schon, was Ihr sagen wollt. Spart Euch jede Bitte für diesen Mann und diese Frau. Wie ich Euch schon einmal erklärt habe, kann ich es mir nicht leisten, in solchen Fällen milde zu sein.«

»Und der Pfarrer und sein Dekan?«, schrieb sie auf ein Stück Pergament. Von Weimar lachte rau. »Jeder gute Herrscher muss wissen, wie weit er gehen kann. Sie werden ein paar unangenehme Stunden haben. Doch man sollte die Menschen dieser Stadt auch nicht zu weit treiben. Sie würden ihren Pfarrer verteidigen. Wer das Volk bis aufs Blut reizt, muss damit rechnen, dass es sich erhebt. Und gerade jetzt brauche ich Frieden, wenigstens in dieser Gegend. Ich kann die beiden aber auch nicht straflos davonkommen lassen, so viel ist klar. Sonst würde ich hier jeden Respekt verlieren. Und Furcht ist immer noch ein besserer Wächter als Liebe. Trotzdem, ich hasse unnötige Grausamkeit. Wenn ich wiederkomme, werden wir sehen, was wir mit ihnen machen. Außerdem wollen wir aus den beiden aufrechten Kirchendienern doch keine Märtyrer für den katholischen Glauben machen. Kein Pfarrer darf es schließlich ablehnen, die Beichte eines seiner Schäflein entgegenzunehmen. Das wissen sogar wir Ketzer.«

Johanna atmete tief durch. Auch gegen ihren Willen wurde ihre Achtung vor diesem Mann immer größer.

Bernhard von Weimar sah ihre große Erleichterung und lachte. »Dachtet Ihr etwa, ich wäre ein Monster? Da kennt Ihr mich schlecht.« Er wirkte fast wie ein kleiner Junge bei diesen Worten. Johanna konnte sich nicht länger zurückhalten. Sie warf sich vor ihm auf den Boden und küsste seine Hand.

Bernhard von Weimar entzog sie ihr sofort wieder und zog sie hoch. »Lasst das. Das habt Ihr nicht nötig. Bewahrt Euren Stolz. Er gehört zu dem, was ich an Euch bewundere«, fügte er fast unhörbar hinzu.

Johanna stockte der Atem. Sie traute ihren Ohren kaum. Ihr Herz schlug heftig. Bernhard von Weimar hielt sie noch immer an den Oberarmen. Er schob sie ein wenig von sich fort. Seine Augen hingen an ihrem Gesicht, wanderten zu dem Grübchen an ihrem Halsansatz, über ihre Brüste, hinunter zu ihrem Schoß. »Der Teufel soll Euch holen, Schreiber. Warum seid Ihr kein Junge? Warum seid Ihr nur so schön. Und dann diese Augen, diese großen, unschuldigen, vorwurfsvollen Augen. Haltet Ihr mich wirklich für einen Unmenschen?« Seine Stimme klang plötzlich belegt. Unsanft zog er sie an sich und küsste sie hart auf den Mund.

Johanna war völlig unfähig sich zu bewegen. Sie wehrte sich nicht. Ihr Körper gehorchte ihrem Verstand nicht mehr. Sie wollte diese Berührung, sie wollte diesen Kuss. Sie hasste sich dafür. Sie zitterte, Tränen stiegen in ihre Augen.

Abrupt ließ Bernhard von Weimar sie los, als er ihre Tränen sah. »Verzeiht, das wollte ich nicht. Ihr könnt einen Mann aber auch um seine Beherrschung bringen.«

Noch immer regte Johanna sich nicht. Sie war völlig unfähig zu denken, etwas zu tun. Sie hätte lachen und weinen können. Beides zugleich. Sie war vollkommen verwirrt. Konnte es sein, dass dieser Mann etwas für sie empfand? Durfte es sein? Sie verstand sich selbst nicht mehr. Warum reagierte alles in ihr so stark auf ihn? Warum wünschte sie sich so sehr, dass er sie berührte? Immer weiter, immer mehr?

»Verdammt, Weib, schaut mich nicht so an. Ich habe bei meiner Ehre versprochen, dass Euch bei mir nichts geschehen wird. Und daran halte ich mich. Nun, ich glaube, es ist wohl besser, ich lasse Euch hier.«

Johannas Hand wanderte zu seinem Ärmel und hielt den samtigen Stoff fest. Nein, er durfte sie nicht hier lassen. Nicht nach dem, was eben geschehen war, und nicht bei diesem von Erlach. Sie hatte Angst vor ihm.

»Ich kann dich nicht mitnehmen, Mädchen. Ich kann nicht«, presste von Weimar heraus. »Sonst weiß ich nicht, was geschieht. Ich bin auch nur ein Mann und kein Heiliger.« Der letzte Satz kam ganz leise. Er riss sich los und stürmte aus dem Zimmer.

IV

Mit einem Schrei fuhr Johanna aus ihrem unruhigen Schlaf hoch. Sie war schweißnass, ihre Bettstatt völlig zerwühlt. Nur noch undeutlich erinnerte sie sich an die wirren Bilder des Albtraums. Herzog Bernhard von Weimar hatte sie geküsst. Und dann überschlugen sich die Szenen. Sie sah eine Schlacht, sah ihren gefolterten Freund Philipp von Wessenberg. Seine Hände waren blutig und zerquetscht. Und noch mit diesen blutigen Händen kämpfte er gegen den Weimarer. In der nächsten Szene war sie plötzlich in einem abgedunkelten Zimmer. Stöhnend, mit schmerzverzerrtem Gesicht und glühend vor Fieber lag Herzog Bernhard auf einem Bett. Sie erinnerte sich genau, welche Angst sie in diesem Traum um ihn ausgestanden hatte. Plötzlich überkam sie Panik. Sie wollte nicht sehen. Nicht schon wieder sehen ... Immer waren es nur die schrecklichen Ereignisse, die sich ihr auf diese Weise ankündigten. Wenigstens war sie seit der Eroberung Laufenburgs von diesen Gesichtern verschont geblieben, seit ... Nein, sie konnte noch immer nicht daran denken.

Es klopfte leise an die Tür. Jetzt erinnerte sie sich. Ein solches Klopfen hatte sie aufgeschreckt. Mit zittrigen Beinen erhob sie sich und ging an die Tür ihrer Kammer. Ihr Kopf war bleischwer und hämmerte. Draußen stand ein junges Mädchen. Sie mochte etwa vierzehn Jahre alt sein, halb Kind, halb Frau. Dunkle Flechten umrahmten ihren Kopf. Dunkle Augen strahlten sie an. »Herrin, der Herzog schickt mich. Ich soll Euch zu Diensten sein, gnädige Frau.«

Johanna entspannte sich. So hatte er also auch daran gedacht. Seit Klara Nüsslin verschwunden war, hatte sie keine Zofe mehr.

Zum wiederholten Male fragte sie sich, was er wohl für sie empfinden mochte. Sie vermisste ihn. Dabei war er erst am Nachmittag des Vortages aufgebrochen nach Rheinfelden, um sich ein Bild vom Stand der Belagerung der Stadt zu machen. Bernhard von Weimar war langsam ungeduldig geworden. Die Stadt hielt schon länger durch, als er geglaubt hatte.

Johanna winkte das Mädchen mit einer Handbewegung in die Kammer. Sie sah sich unbefangen um. Dann lächelte sie wieder. »Mein Name ist Mechthild, Herrin. Mechthild Eggs.«

Johanna zog erstaunt die Augenbrauen hoch. Mechthild nickte heftig. »Ja, es stimmt, was Ihr denkt. Ich bin die Schwester von Ignatius Eggs, dem Kapuziner. Er hat mich noch vor der Schlacht bei Rheinfelden aus der Stadt geholt und mich in Laufenburg versteckt. Dann hat er mich gebeten, mich um die Stelle in Eurem Dienst zu bewerben. Und der Herzog hat mich genommen. Ich glaube, er war ganz froh, dass er sich nicht weiter um die Nachfolge von Klara Nüsslin kümmern musste. Natürlich habe ich ihm nicht gesagt, wer ich bin.« Wieder dieses fröhliche Lachen. Dann wurde die Kleine ernst. »Mein Bruder sagte, wir müssten unbedingt einen Weg finden, um Kontakt zu Euch zu halten, zumal Ihr immer eingeschlossen werdet. Wir müssen einfach wissen, was der Weimarer als Nächstes vor hat, um Schlimmeres zu verhindern. Ach ja, und dann habe ich noch Nachrichten für Euch von einem gewissen Philipp von Wessenberg.« Ihr Blick wurde düster. »Diese Schweine haben ihn gefoltert, um Nachrichten über den Feind herauszubekommen. Er ist übel zugerichtet. Wie man hört, haben sie ihm die Finger zerquetscht. Aber er hat nicht gesprochen. Kein Wort.«

Johanna fuhr herum. Oh nein! Nicht die Hände. Nicht schon wieder ein Traum, der sich bewahrheitete. Sie schlug die Hände vors Gesicht.

Das Mädchen berührte sanft ihre Schulter. »Grämt Euch nicht. Es geht ihm schon wieder besser. Ich soll Euch von meinem Bruder sagen, dass er alles tun wird, um den jungen von Wessenberg zu befreien. Wir haben unsere Leute auch in Seckingen. Einer der Wächter ist bestochen. Jetzt müssen wir nur noch einen Plan ausarbeiten, wie wir ihn aus dem Gefängnis bekommen.« Sie strahlte Johanna an und nickte. »Wie Ihr seht, habe ich auch gute Nachrichten. Und wenn der junge Philipp sich noch ein wenig erholt hat, werden wir ihn schon freibekommen.«

Mechthild runzelte die Stirn. »Allerdings gibt es da ein Problem.«

Johanna bemühte sich verzweifelt die Wolken der Benommenheit abzuschütteln und einen klaren Gedanken zu fassen. Sie musste all das erst einmal verarbeiten. »Es gibt ein Problem«, hatte Mechthild gesagt. *Welches Problem?*, gestikulierte Johanna.

Mechthild schaute sie mitleidig an. »Ich habe schon gehört, was Euch diese Unmenschen angetan haben. Und dass Ihr Eure Stimme verloren habt. Wie müsst Ihr den Herzog hassen und seine Soldaten. Ihr seid so tapfer, trotz allem hier auszuhalten, um eine Möglichkeit zu finden, Euren Leuten zu helfen, immer in der Gefahr, dass es entdeckt wird. Aber nun bin ich ja bei Euch, Herrin.« Tröstend strich das Mädchen der jungen Frau über die Wange. Dann wich sie zurück. »Verzeiht, ich wollte Euch nicht zu nahe treten.«

Johanna lächelte ihre neue Dienerin an. Doch das Lächeln vertrieb die tiefe Trauer aus ihren Augen nicht. Dann nahm sie das Mädchen einfach in die Arme. Wenn Mechthild wüsste, wie es in ihr aussah! Doch sie wusste es ja selbst nicht.

Sie löste sich wieder von ihr. *Welches Problem?*, gestikulierte sie noch einmal.

Mechthild machte ein besorgtes Gesicht. »Uns gehen die Mittel für unseren Kampf gegen die Feinde aus. Es hat viel gekostet, die Wachen in Seckingen zu bestechen. Mein Bruder und ich haben nichts mehr, was wir verkaufen könnten. Federico von Savelli hat uns zwar einige Münzen für unsere Hilfe bei seiner Flucht gegeben, doch die werden bald aufgebraucht sein.«

Johanna runzelte fragend die Stirn. Federico von Savelli? Also war ihr Verdacht doch richtig gewesen. Ignatius Eggs hatte seine Hand beim Verschwinden des kaiserlichen Heerführers im Spiel gehabt.

Mechthild lachte bestätigend. »Ja, es war gar nicht so einfach, ihn aus Laufenburg herauszubekommen. Doch gemeinsam mit dem Ehepaar Straubhaar und Klara Nüsslin hat mein Bruder es geschafft.« Man sah dem Mädchen an, wie stolz sie auf ihren Bruder war.

Johanna nickte. So war das also. Es hatte sich ein ganzer Kreis von Widerständlern gebildet. Und alle hofften auf sie, auf Nachrichten aus der Burg, um die Pläne der Feinde des Kaisers und des rechten Glaubens zu durchkreuzen. Die Feinde. Johanna zitterte innerlich, als sie daran dachte, wie der Herzog sie geküsst hatte. Warum war er nicht abstoßend und böse? Einen Mann wie Johann Ludwig von Erlach konnte sie leicht hassen. Doch Bernhard von Weimar – nein, sie verbot sich darüber nachzudenken, was sie für diesen Mann empfand.

Sie wandte sich dem Mädchen zu. Mit fliegenden Händen nestelte sie den Verschluss der goldenen Kette an ihrem Hals auf. Sie war das einzige Besitztum, das sie noch hatte. Daran hing das Medaillon mit dem Bildnis ihrer Großmutter. Sie warf noch einen letzten Blick darauf, dann drückte sie Mechthild Kette und Medaillon in die Hand.

»Es fällt Euch wohl schwer, Euch davon zu trennen, Herrin?« Mechthild spürte genau, was in Johanna vorging. Die junge Frau schüttelte den Kopf. Wenigstens das war sie ihren toten Eltern, ihrem ermordeten Bruder und Philipp von Wessenberg schuldig. Wenig genug hatte sie bisher ihre Pflicht gegenüber den Ihrigen erfüllt und immer nur an sich selbst und ihren eigenen Kummer gedacht. Erst jetzt wurde ihr klar, wie viele Menschen auf sie hofften, sie brauchten.

»Ihr seid ein guter Mensch, Herrin, und eine tapfere Frau. Ganz wie mein Bruder es sagte. Ich glaube, er verehrt Euch sehr.« In Mechthilds Augen stand Bewunderung. Johanna wusste nur zu genau, sie hatte eine solch gute Meinung nicht verdient. Das Herz wurde ihr schwer, als sie an das Schicksal dachte, das Gertrud und Peter Straubhaar erwartete. Und es gab nichts, was sie tun konnte. Die beiden wurden zu gut bewacht. Von Erlach achtete mit Argusaugen darauf, dass nicht noch einmal jemand fliehen konnte. Doch wenigstens der Pfarrer und sein Dekan schienen dem Schwert des Henkers entkommen zu sein. Das hatte ihr Herzog Bernhard so gut wie versprochen. Wieder vermisste sie ihn.

Johann Ludwig von Erlach geleitete Johanna an diesem Morgen persönlich ins Arbeitszimmer des Herzogs. Sie war kaum in ihre Kleider geschlüpft, da stand er auch schon vor der Türe ihrer Kammer. Mechthild hatte inzwischen den Strohsack aufgeschüttelt und die kleine Kammer in Ordnung gebracht. Johanna schämte sich fast, die Dienste dieses offenen, fröhlichen Mädchens in Anspruch zu nehmen.

Der Stellvertreter des Herzogs machte sich nicht die Mühe anzuklopfen, bevor er hereinkam. Johanna nahm sich vor, künftig die Türe von innen zu verriegeln. Die Nacht war die einzige Zeit, in der sie sich einigermaßen ungehindert im Schloss bewegen konnte. Jedermann wusste, dass es ihr niemals gelingen würde, sich an den Wachen vorbei aus der Burg zu schleichen. Dafür waren die Ausgänge bei Dunkelheit zu streng bewacht. Und tagsüber, wenn die Besucher und die Bittsteller kamen, wurde sie immer im Arbeitszimmer des Herzogs eingeschlossen. Es waren einfach zu viele, die den Herzog tagsüber sprechen wollten, da war es schwer, den Überblick zu bewahren, mit wem Johanna sprach.

»Nun, Schreiber des Herzogs, habt Ihr gut geschlafen? Ich wollte mich persönlich um Euch kümmern. Nicht, dass Ihr aus Versehen noch auf törichte Gedanken kommt. Meint Ihr nicht?« Die Stimme von Erlachs war wie Samt und Seide, doch die Boshaftigkeit troff aus jedem Wort. Sie musterte ihn wütend. Von Erlach schien das eher zu freuen als zu ärgern. Er warf allerdings

Mechthild einen unwirschen Blick zu. »Und eine eigene Dienerin hat sie nun auch wieder, die Dame. Ich denke, der Herzog ist bei weitem zu gutmütig zu ... Weibsleuten wie Euch. Nun, Ihr habt ja auch etwas dafür zu bieten, ich erinnere mich gut.« Er leckte sich demonstrativ die Lippen und musterte sie von oben bis unten, ohne jede Spur von Respekt. Johanna hätte ihm am liebsten mit den Nägeln das Gesicht zerkratzt, doch sie hielt sich zurück. Allerdings konnte sie nicht verhindern, dass sie feuerrot wurde. Johann Ludwig von Erlach weidete sich an ihrer Verlegenheit. Er packte sie roh am Arm. »Ich denke, es wird Zeit, dass Ihr an Eure Arbeit geht. Und diese Dirne da – sie kann so lange in der Küche helfen. Da können wir sie im Auge behalten.«

Mechthild hatte den Wortwechsel mit großen Augen verfolgt. Noch im Hinausgehen nickte Johanna dem Mädchen beruhigend zu. *Keine Angst*, bedeutete ihr Blick. Mechthild lächelte zurück. Die Bewunderung für ihre neue Herrin schien noch gewachsen zu sein. Wie wenig entsprach sie doch dem, was das Mädchen glaubte. Johanna war so viel Zuneigung schon fast peinlich. Sie hatte nichts getan, um das zu verdienen.

Johann Ludwig von Erlach bot ein Bild der Selbstzufriedenheit, als er sie den Gang entlang ins Arbeitszimmer des Herzogs führte. Zwei Gemeine, die zur Wache eingeteilt waren, folgten ihnen. Johanna hatte das Gefühl, dass er gleich anfangen würde wie ein Kater zu schnurren. Eine dunkle Ahnung überkam sie. Wenn dieser Mann so zufrieden aussah, musste eine Schlechtigkeit dahinter stecken.

Der Stellvertreter des Herzogs musterte sie von der Seite. »Ach, übrigens, bevor ich Euch gleich im Arbeitszimmer einschließe, habe ich noch eine gute Nachricht für Euch. Es wird Euch sicher freuen zu hören, dass Euer Herr, der Herzog, sich bald mit ein paar Feinden weniger herumschlagen muss.«

Johanna atmete tief durch. Sie hatte es doch gewusst. Doch auf das, was jetzt kam, war sie nicht gefasst.

Johann Ludwig von Erlach lächelte. »Morgen werden die

Straubhaars hingerichtet, und auch die Wachmannschaften, die den Herzog von Savelli entkommen ließen. Der Henkersknecht ist schon dabei, das Schwert zu schärfen. Und damit diese Verräter nicht ganz ohne kirchlichen Beistand vor ihren Schöpfer treten müssen, werden wir Pfarrer Andreas Wunderlin und seinen Dekan Ulrich Zeller gleich auch noch enthaupten. Ist das nicht ein gutes Werk? Dabei ist das Schwert eigentlich noch viel zu schade für diese verstockten Wanzen. Aber nach der Folter heute Nacht ist sowieso nicht mehr viel Leben in ihnen.«

Das war zu viel. Johanna konnte sich nicht mehr beherrschen. Wie eine Furie ging sie auf von Erlach los, ihre Hände zielten auf seine Gurgel. Das durfte nicht sein! Der Herzog hatte doch versprochen wenigstens den Pfarrer und den Dekan zu verschonen. Das gab eine Katastrophe. Die Laufenburger würden einen solchen Frevel niemals ohne Gegenwehr hinnehmen. Sie musste etwas unternehmen.

Der Mann hatte keine Mühe, das zierliche Mädchen an den Handgelenken zu packen und festzuhalten. Verzweifelt versuchte Johanna sich loszureißen. Sie musste diesen Mord verhindern. Vielleicht konnte Mechthild … Doch das Mädchen war nirgends zu sehen. Wieder verfluchte sie den Himmel und den Verlust ihrer Stimme. Dann hob sie ein Bein und trat von Erlach mit aller Kraft in den Unterleib. Mit Befriedigung hörte sie seinen Aufschrei. Für einen kurzen Moment ließ er ihre Hände frei und Johanna fuhr ihm mit den Fingern durch das arrogante Gesicht. Blut sickerte aus drei tiefen Striemen.

Die beiden Wächter kamen dem Stellvertreter des Herzogs sofort zu Hilfe und packten die sich heftig wehrende Frau wie mit Eisenklammern an beiden Armen. Sie keuchte.

Von Erlach war kreidebleich vor Zorn und Schmerz. Er hielt sich den Unterleib. »So, nun habt Ihr Euch also selbst verraten. Ihr seid nichts als eine gemeine Spionin. Ich wusste doch, dass Euer unschuldiges Getue nichts als Heuchelei war.« Er schlug ihr mit dem Handrücken ins Gesicht, sein Siegelring riss ihre Wange auf. In seiner Stimme lag Hass, aber auch eine gewisse Befriedigung. Er sprach mit zusammengebissenen Zähnen: »Dafür wirst du büßen, du Hure. Das verspreche ich dir. Vielleicht stehst du jetzt noch unter dem Schutz des Herzogs. Bernhard von Weimar sollte aufhören, mit seinem Schwanz zu denken. Aber auch das kann sich ändern. Irgendwann hat er genug von dir. Und dann werde ich da sein. Ich kann warten. Du entkommst mir nicht.«

Mit diesen Worten packte er sie und schleuderte sie in das Arbeitszimmer des Herzogs. Sie fiel gegen den Schreibtisch und sank dann zu Boden. Johann Ludwig von Erlach betrachtete das Mädchen auf den Steinfliesen mit Genugtuung. »Und damit Ihr Euren Freunden später auch alles erzählen könnt, gewähre ich Euch die große Ehre, der Hinrichtung von einem Ehrenplatz an meiner Seite aus beizuwohnen. Was meinst Ihr wohl, was die Euren denken, wenn sie uns in so trauter Runde zusammen sehen?« Er lachte hämisch und ging hinaus. Johanna hörte, wie das Türschloss einschnappte und sich der schwere Schlüssel drehte. Das Poltern von Stiefelhacken machte ihr klar, dass die beiden Gemeinen als Wachen vor der Türe Position bezogen hatten. Von Erlach wollte ganz sichergehen, dass sie keine Gelegenheit bekam, etwas zu unternehmen. Erst jetzt begann sie hemmungslos zu weinen. Warum war sie nur so hilflos? Warum war Bernhard von Weimar nicht hier? Er hätte all dies verhindert. In diesem Moment wurde ihr klar, dass Johann Ludwig von Erlach das ebenso gut wusste. Er hatte absichtlich abgewartet, bis der Herzog die Burg verlassen hatte.

Bei diesem Gedanken erwachte wieder der Zorn in ihr. War sie denn wirklich so hilflos? Johanna wischte sich die Tränen ab. Es musste etwas geben, was sie tun konnte. Sie musste überlegen, in Ruhe überlegen. Wie einst der Herzog lief sie unruhig im Zimmer hin und her. Das half ihr klarer zu denken. Sie machte sich bittere Vorwürfe. In der ganzen letzten Zeit hatte sie nur über sich nachgedacht, über ihr eigenes Leid. Und jetzt sollten Pfarrer Andreas Wunderlin, der Beschützer und verständnisvolle Beichtvater ihrer Kindheitsstreiche, und sein Dekan Ulrich Zeller auf den Richtblock. Beide waren in Laufenburg geachtete und beliebte Männer. Der Pfarrer verkörperte das Urbild eines Seelsorgers. Er war keiner dieser verweichlichten, verschlampten, gierigen Kleriker, sondern jemand, der seinen Glauben noch ernst nahm, sagten die Leute. Und soweit sie es bisher wusste, war er an der Flucht des Herzogs von Savelli völlig unschuldig. Er hatte doch nichts getan, außer Klara Nüsslin vor ihrer Flucht die Beichte abzunehmen. Sie musste etwas tun. So schnell wie möglich. Es blieb nicht mehr viel Zeit.

Mehr als eine halbe Stunde lief sie so hin und her. Doch es kam ihr kein brauchbarer Einfall. Ignatius Eggs? Nein, er war unerreichbar für sie. Zu Mechthild, die so überraschend in ihr Leben getreten war, konnte sie ebenfalls nicht. Das Mädchen hätte vielleicht die Leute warnen können. Doch sie kam ja nicht aus diesem Zimmer. Außerdem, was hätten die Laufenburger auch tun sollen? Es waren zu viele Soldaten in der Stadt und die Wachen vor dem Gefängnis waren nach Savellis Flucht verdoppelt worden. Johann Ludwig von Erlach würde keinen Moment zögern seine Pläne durchzusetzen. Da fiel ihr Blick auf die Listen, die sie erst neulich angefangen hatte. Herzog Bernhard. Immer wieder lief es auf ihn hinaus. Er war der Einzige, der seinem Stellvertreter noch Einhalt gebieten konnte. Gut, aber wie sollte sie ihn rechtzeitig erreichen? Wieder streifte ihr Blick über die Pergamente mit den Kolonnen und Zahlen. Das war es. So musste es gehen.

Hastig riss sie von einem unbeschriebenen Blatt ein kleines Stückchen ab. Darauf schrieb sie in winzigen Buchstaben ihre Nachricht: »Erlach will den Pfarrer und den Dekan köpfen lassen. Kommt, so schnell Ihr könnt.« Sorgsam verstaute sie das kleine Stück Pergament zwischen den anderen Blättern und rollte sie eng zusammen. Anschließend schrieb sie auf ein weiteres Blatt den Namen des Herzogs.

Johanna rannte zur Türe, hämmerte und trat dagegen. Draußen hörte sie ein Flüstern. Schritte entfernten sich. Sie hieb mit

Fäusten und Tritten weiter auf die schwere Holztüre ein. Doch nichts rührte sich. Langsam gingen ihr die Kräfte aus. Endlich, der Schlüssel drehte sich, die Türe wurde aufgerissen. Von Erlach war völlig außer sich. »Seid Ihr jetzt verrückt geworden? Ich wusste es ja schon immer. Was wollt Ihr? Ich hoffe, Ihr habt einen guten Grund, Euch so aufzuführen.«

Johanna hielt ihm die Rolle und das Pergament mit dem Namen des Herzogs entgegen. Sie musste sich beherrschen, um nicht wieder auf den Mann loszugehen. Doch sie nahm sich zusammen, versuchte möglichst ruhig und gefasst zu wirken.

»Was soll das? Das sind Listen über Waffen. Und?«

Johanna hob die Rolle noch etwas höher und deutete auf den Namen des Herzogs.

»Was meint Ihr, Weib?« Von Erlach runzelte die Stirn. »Wollt Ihr etwa sagen, der Herzog braucht diese Listen?«

Sie nickte heftig.

»Nein, das hat Zeit, bis er wieder hier ist. Er hat mir nichts dergleichen gesagt.« Johann Ludwig von Erlach wollte sich abwenden, doch Johanna hielt ihn am Rockschoß fest. Sie legte so viel Drängen wie möglich in ihre Augen. Mit beiden Händen hielt sie ihm dann die Rolle noch einmal entgegen.

»Es ist dringend?«

Das Mädchen nickte bestätigend.

»Ihr wollt also, dass ich diese Rolle sofort zu ihm schicke?« Sie sah, wie das Misstrauen in seine Augen stieg. Doch zu ihrer Überraschung lenkte er ein.

»Nun gut, Schreiber des Herzogs, ich werde ihm diese Rolle zukommen lassen. Sonst gebt Ihr ja doch keine Ruhe.« Damit nahm er die Pergamente und verließ das Zimmer. Die Türe fiel hinter ihm ins Schloss. Wieder drehte sich der Schlüssel.

Schwer atmend lehnte sich Johanna gegen die Holztüre. Sie hoffte bei Gott, von Erlach würde diese Papiere an Bernhard von Weimar weiterleiten. Und dann musste dieser sie auch noch lesen, um den Zettel zu finden. Allerdings, irgendetwas kam ihr seltsam vor. Es war zu leicht gegangen, viel zu leicht. Der Stellvertreter des Herzogs hasste sie, ganz besonders nach dem Tritt, den sie ihm verpasst hatte. Warum also hatte er so schnell nachgegeben? Jetzt erst merkte sie, dass sie am ganzen Körper zitterte. Sie konnte nun nichts mehr tun. Nun war es an Gott, seine beiden Diener zu schützen. Hastig bekreuzigte sie sich und sprach in Gedanken drei Ave-Maria.

Den ganzen Tag über wartete Johanna auf die Schritte des Herzogs. Doch sie kamen nicht. Tritte hallten den Gang entlang. Aber immer wieder gingen sie an ihrer Türe vorbei, verhallten in den hohen Gängen der Burg. Schließlich schickte die Abendsonne einige Strahlen zwischen den Wolken hervor und tauchte den Raum in einen rötlichen Schimmer.

Plötzlich drehte sich der Schlüssel wieder. Johanna hielt sich die Hand vor den Mund. War es der Herzog? War er endlich gekommen?

»Packt sie und bringt sie zum Marktplatz. Lasst das Weib nicht entkommen. Ihr haftet für sie mit Eurem Leben.« Das war Johann Ludwig von Erlach.

Bevor Johanna richtig begriff, was mit ihr geschah, wurde sie unter den Achseln gepackt und trotz ihres Widerstandes aus dem Zimmer geschleppt, die Stufen des Burgberges hinunter bis zum Marktplatz. Dort erwartete sie eine gespenstische Szene. Menschen mit versteinerten Gesichtern füllten den Platz beim achteckigen Brunnen. Das nackte Entsetzen stand in ihren Augen. Sie waren eilig zusammengeholt worden, das sah man. Alle trugen noch die Alltagskleidung und zeigten die Spuren der Arbeit des vergangenen Tages. Sie schwiegen. Kein Gespräch, kein Lachen. Es herrschte Stille. Totenstille. Und überall waren Soldaten in voller Rüstung postiert. Nur das Klirren eines Kettenhemdes durchbrach hin und wieder diese beängstigende Ruhe. Um den ganzen Platz herum waren Fackeln an den Häusern angebracht worden. Sie brannten noch nicht.

Die beiden Männer schleppten sie durch die Menge. Blicke voller Hass und Verachtung trafen sie. Dann sah sie ihn. Den dunklen Mann mit der Maske. Seine Hände hielten fast spielerisch das große Schwert. Und daneben war der Richtblock aufgebaut. Johanna lief es eiskalt den Rücken hinunter. Sie bekam fast keine Luft mehr. Plötzlich fühlte sie, wie ihr etwas in die Hand gedrückt wurde.

»Habt Ihr wirklich geglaubt, ich würde auf Eure billige kleine Lüge hereinfallen?« Johann Ludwig von Erlach lachte voller Genugtuung. »Für wie einfältig haltet Ihr mich eigentlich? Aber ich muss schon sagen, es ist wirklich rührend, wie Ihr Euch um den Pfarrer und seinen Dekan sorgt. Der Herzog wird sich freuen zu hören, wie treu Ihr zu Euren Leuten steht, wenn er morgen in Laufenburg eintrifft.« Sie spürte seinen Hohn wie Schleim an ihrem ganzen Körper. Dieses Ungeheuer.

Wieder lachte der Mann neben ihr. »Da niemand weiß, was Euch noch so alles einfällt, habe ich die Hinrichtung vorverlegt. Wenn unser werter Oberbefehlshaber kommt, wird alles schon vorbei sein.« Johanna zerrte aus Leibeskräften. Doch gegen die beiden Soldaten, die sie festhielten, hatte sie keine Chance. Wenn sie nur eine Waffe gehabt hätte!

Johann Ludwig von Erlach hob die Hand. Sie zeichnete sich schwarz vor dem Rot der untergehenden Sonne ab. Männer mit brennenden Kienspänen kamen die Burgstiege hinunter und zündeten die Fackeln an. Dann begann der Schlag der Trommeln, düster und todverheißend.

Ein Gemurmel erhob sich in der Menge. Es klang drohend. Die Soldaten griffen ihre Waffen fester, hoben die Musketen. Das Klirren von Ketten erklang. Johanna hätte die Todgeweihten kaum wieder erkannt. Gertrud und Peter Straubhaar konnten nicht mehr selbst gehen. Sie wurden von einem Mann an jeder Seite geschleppt. Das weiße Haar von Pfarrer Andreas Wunderlin war an vielen Stellen dunkel von verkrustetem Blut, ebenso wie die schmierigen Lappen an seinen Füßen. Und der junge Dekan Ulrich Zeller sah aus wie ein alter Mann, das Gesicht geschwollen und blau und rot von Schlägen. Die Kleidung hing in Fetzen an den beiden herab. Sie reichte kaum noch aus, um die Blöße der beiden Männer zu bedecken. Johanna stöhnte. Sie hatte nichts erreicht. Im Gegenteil, die Männer waren bestialisch gequält worden. Und nun mussten sie sich auch noch so den Menschen zeigen. War die Folter denn nicht genug? Musste von Erlach ihnen auch noch die Würde nehmen?

Ein Blick in sein Gesicht zeigte Johanna, wie sehr er die Situation genoss. Er weidete sich an ihrer Verzweiflung und den Schmerzen der Verurteilten.

Die Menschen drängten sich enger zusammen, als wollten sie aneinander Halt finden, bildeten eine dunkle Masse, von der bitterer Hass ausströmte. Hinter sich hörte Johanna eine Frauenstimme beten. »Jungfrau Maria, gebenedeit seist du, Mutter aller Gnaden ... « Die Frau schluchzte leise. »Sei still, wir werden ihnen unsere Trauer nicht zeigen, diesen Schweinen«, raunte eine Männerstimme und das Schluchzen verstummte sofort. »Er hat nichts gesagt. Er hat keinen verraten.«

Die Worte des Unbekannten trösteten Johanna ein wenig. Sie hatten es nicht geschafft, trotz aller Folter nicht geschafft, dass der Pfarrer sein Beichtgeheimnis brach. Und nun würde der Freund ihrer Kindertage, der Mann der unzähligen Geschichten und Märchen, bald für immer schweigen. Johanna hatte das Gefühl, als ob mit seinem Tod auch die letzte Verbindung zu ihrer Familie und ihrer Vergangenheit abreißen würde.

Die Trommeln dröhnten lauter, die Menschen drängten sich noch enger zusammen. Die Sonne war kurz davor, hinter dem Horizont zu verschwinden. Da hob von Erlach wieder die Hand. Der Erste der Verurteilten wurde zum Richtblock geschleppt. Es war einer der beiden Gemeinen, die den Herzog von Savelli bewacht hatten. Das Schwert zischte durch die Luft. Ein harter Schlag. Der Kopf fiel. Der Geruch von Blut hing in der Luft. Johanna begann zu würgen und schloss die Augen. Johann Ludwig von Erlach griff ihr grob unters Kinn. »Schaut hin. Ihr werdet hinschauen. Und wenn ich Euch die Augenlider abschneiden lasse, damit Ihr sie nicht schließen könnt. Damit Ihr nie vergesst, wie ein von Erlach mit seinen Feinden umgeht.«

Johanna hob stolz den Kopf und drängte die Galle zurück, die im Begriff war aus ihrem Magen aufzusteigen. Sie würde hinsehen. Auch bei dem nächsten Gemeinen, bei dem Wachtmeister, bei dem Leutnant, der die Bewacher des kaiserlichen Generals befehligt hatte. Sie würde hinsehen, wenn der Kopf von Peter Straubhaar fiel, beim Tod seiner Frau Gertrud, beim Sterben der beiden unschuldigen Geistlichen, dem Dekan Ulrich Zeller und bei Pfarrer Andreas Wunderlin. Und, bei Gott, sie würde es nie vergessen. Wenn es in ihrer Macht lag, dann würde dieser Mann für sein Werk dieses Abends bezahlen.

In das Schlagen der Trommeln hinein erhob sich eine sonore, weit tragende Männerstimme. Johanna kannte den Sänger nicht. »Oh Haupt voll Blut und Wunden ...« Eine Frauenstimme fiel ein. Dann noch ein Mann, ein weiterer. Der Chor wurde immer kräftiger. Die Menschen rührten sich nicht, sie wehrten sich nicht, sie griffen nicht zu Knüppeln und Steinen. Aber sie sangen, als der Kopf ihres Pfarrers in die Lache von Blut auf dem Kopfsteinpflaster des Marktplatzes fiel. Danach war es wie auf Befehl wieder still. Die Männer und Frauen wandten sich um und gingen. Einer nach dem anderen, wie Schatten, ohne ein Wort. Sie kümmerten sich überhaupt nicht mehr um die Soldaten.

Johanna und Mechthild schliefen nicht in dieser Nacht. Seite an Seite knieten sie in der kleinen Schlafkammer neben der Bettstatt und beteten. Sie würden das Datum dieses Tages nie vergessen, an dem zwei Unschuldige gestorben waren. Es war der 31. März 1638.

Bernhard von Weimar stürmte ins Zimmer. Seine Augen leuchteten. »Es ist geschafft. Rheinfelden ist gefallen, die Stadt ist endlich unser.« Der Herzog fasste Johanna um die Hüfte, hob sie hoch und wirbelte sie um den Schreibtisch herum und durch den Raum. »Ich muss sagen, die Verteidiger sind tapfere Männer. Sie haben die Stadt länger gehalten als erwartet. Doch am Ende war jeder Widerstand zwecklos. Die Menschen in der Stadt waren kurz davor zu verhungern. Außerdem hat uns das Kriegsglück geholfen. Stellt Euch vor, uns ist ein Schreiben des Rheinfelder Stadtkommandanten an den Kommandanten von Breisach in die Hände gefallen. Darin bat er den Feldzeugmeister von Rheinach um Rat und Hilfe. Das kam uns gut zupass. Wir ersparten dem Breisacher Kommandanten die Arbeit und schrieben die Antwort. Rheinfelden solle jeden Widerstand aufgeben und sich dem Herzog von Weimar gegen freien Abzug der Besatzung überantworten. Handschrift und Siegel des Rheinachers waren so getreulich nachgeahmt, dass die Rheinfelder dieser Empfehlung tatsächlich gefolgt sind.« Er küsste sie glücklich auf die Wange. Dann setzte er sie wieder ab.

Johanna lachte, mitgerissen von seiner jungenhaften Begeisterung. Sie verdrängte das unangenehme Gefühl über diese erschlichene Kapitulation der tapferen Widerständler in Rheinfelden. Dann wurde sie feuerrot.

Bernhard von Weimar trat sofort zurück, als er das sah. Sein Gesicht wirkte plötzlich ebenfalls verlegen. Er wurde wieder ernst. »Wenn ich nur mehr Männer hätte. Am liebsten würde ich sofort Richtung Freiburg und Breisach ausrücken. Dieser verfluchte Kardinal. Richelieu hatte versprochen mir weitere Truppen und Geld zu schicken. Er versucht noch immer mich zu erpressen, damit ich ihm die eroberten Städte ausliefere. Aber vielleicht bewegt ihn der Fall von Rheinfelden dazu, weitere Männer auszurüsten. Er weiß ebenso gut wie ich, wie wichtig es ist, jetzt weiterzumachen und nicht zu warten, bis sich der Feind wieder gesammelt hat. Ist schon eine Depesche aus Kassel gekommen?«

Die junge Frau schüttelte den Kopf. Ihr Gesicht zeigte nun die tiefe Trauer, die sie nach der feigen Ermordung ihrer Freunde gefangen hielt.

Bernhard von Weimar runzelte die Stirn. »Was ist? Ist etwas geschehen während meiner Abwesenheit? Jetzt sehe ich es erst: Ihr habt eine Verletzung an der Wange. Also, was war los?«

Johanna berührte den Siegelring an seiner Hand. Dann deutete sie einen Schlag gegen ihr Gesicht an.

»Es hat euch jemand geschlagen? Wer?« Der kleine Junge von eben hatte sich wieder in einen strengen Oberbefehlshaber verwandelt.

Johanna hob zwei Finger in die Höhe. Erst einen, dann den zweiten. Mit der anderen Hand machte sie die Bewegung des Zählens, indem sie erst den Daumen und anschließend den Zeigefinger berührte.

»Nummer eins, Nummer zwei?«

Sie schüttelte den Kopf. Nachdrücklich und mit einer übertriebenen Bewegung erfasste sie noch einmal den Zeigefinger.

»Die Nummer zwei?«

Johanna nickte. In ihren Augen standen Tränen.

Von Weimar machte ein ratloses Gesicht. »Und die Nummer eins?«

Johanna deutet auf ihn.

»Also ich bin die Nummer eins. Dann ist die Nummer zwei – von Erlach. Zum Teufel, was hat er jetzt wieder angerichtet. Er weiß, dass ich mich für Eure Sicherheit persönlich verbürgt habe. Mit meinem Ehrenwort. Wie kommt dieser Lump dazu, Euch zu schlagen? Weint nicht, liebste Johanna. Bitte weint nicht. Ich werde ihn zur Rechenschaft ziehen.« Sein Gesicht drückte grimmige Entschlossenheit aus. Er ging zur Tür und brüllte einen der beiden Gemeinen an, die noch immer vor der Türe Wache standen. »Holt mir von Erlach, Mann. Sofort.«

Eilige Schritte entfernten sich. Minuten später kam Johann Ludwig von Erlach in den Raum. Seine Miene drückte nichts als heuchlerische Freude aus. »Ich gratuliere Euch, von Weimar. Ihr habt es geschafft, Rheinfelden zu erobern.«

Doch der Herzog ging überhaupt nicht auf diesen Satz ein. »Ihr habt sie geschlagen«, fuhr er den Stellvertreter grimmig an. Er wies auf Johanna. »Warum? Ihr wusstet doch, dass ich mich mit meinem Wort als Soldat und Ehrenmann für ihre Sicherheit und Unversehrtheit verbürgt habe.«

Johann Ludwig von Erlach verzog keine Miene. Er war sich seiner Sache sicher. »Ein Ehrenwort kann nur für jemanden gelten, der selbst Ehre im Leib hat. Und diese hier ist eine Heuchlerin. Hinter ihrem unschuldigen Gesicht lauert der Verrat.«

Bernhard von Weimar wurde bleich. Johanna zitterten die Beine. Doch sie bemühte sich seinem fragenden Blick ruhig zu begegnen. Sie schüttelte den Kopf und machte eine kleine, abwehrende Handbewegung.

Bernhard von Weimar wandte sich wieder seinem Stellvertreter zu. »Sprecht«, forderte er ihn knapp auf.

Von Erlach konnte seine Genugtuung kaum verbergen. »Ich habe sie dabei erwischt, wie sie versuchte ein Kassiber aus der Burg zu schmuggeln.«

Das Gesicht des Herzogs wirkte inzwischen wie versteinert. »Und was stand darin?«

Der Stellvertreter des Herzogs griff unter seinen Gürtel und zog das Papier heraus, das Johanna in Windeseile beschrieben hatte. Er reichte es seinem Oberbefehlshaber.

Bernhard von Weimar las laut vor: »Erlach will den Pfarrer und den Dekan köpfen lassen. Das darf nicht geschehen. Kommt, so schnell Ihr könnt. J.«

Dann fing der sonst so beherrschte Herzog plötzlich an zu brüllen. »Seid Ihr von Gott und allen guten Geistern verlassen? Wo ist der Pfarrer?«

Johann Ludwig von Erlach war völlig verdutzt. »Hingerichtet. Alle sind tot. Die Wachmannschaft des schönbeckschen Regiments, das Ehepaar, der Pfarrer und sein Helfer. Gestern Abend. Sie waren nichts als Abschaum.«

Der Herzog tobte. Johanna zog sich angesichts dieses unverhüllten Zorns weiter in eine Ecke des Raumes zurück. »Was habt

Ihr Euch eigentlich dabei gedacht? Ihr seid ein tumber Tor. Ein kleinlicher, kurzsichtiger Dummkopf. Wie könnt Ihr nur den Laufenburger Pfarrer und seinen Dekan hinrichten lassen? Habt Ihr denn gar kein Gespür für den Ernst unserer Lage? Wir haben Rheinfelden zu sichern, wollen Breisach und Freiburg erobern und haben bei weitem nicht genügend Leute dafür. Ihr sorgt dann auch noch dafür, die Bürger von Laufenburg derart gegen uns aufzubringen, dass sie sich möglicherweise gegen uns erheben. Dann haben wir den Feind auch noch im Rücken. Außerdem wisst Ihr, welche Bedeutung dieser Rheinübergang für uns hat. Nicht nur wegen des Nachschubs, wegen der Fische, die wir von den Laufenburgern bekommen, und der Hammerwerke und Bläjen, an denen neue Waffen geschmiedet werden. Über diesen Engpass, über diese Stromschnellen muss alles, was an Gütern über den Fluss gen Westen gebracht werden soll – nach Basel oder weiter rheinabwärts Richtung Freiburg. Mit der Kontrolle dieser Passage haben wir ein Faustpfand, das die Basler ruhig stellt. Und eine weitere Waffe gegen Freiburg. Es kann für uns überlebenswichtig werden, den Strom der Waren zu kontrollieren und im Notfall zum Erliegen zu bringen. Es ist kaum zu glauben. So etwas will ein Offizier, ein Soldat sein!«

Von Erlach warf ihm seinen Handschuh ins Gesicht. »Hiermit fordere ich Euch, von Weimar. So darf niemand mit mir reden. Auch Ihr nicht. Die Schuld liegt bei Euch, nicht bei mir. Warum habt Ihr mir nicht gesagt, dass Ihr nicht plantet, den Pfarrer und seinen Gehilfen zu köpfen? Ich hätte niemals gegen Euren Befehl gehandelt.«

Bernhard von Weimar lachte bitter. »Jetzt seid Ihr plötzlich tapfer. Ist das die Art von Tapferkeit, mit der man unschuldige Leute dem Henker übergibt? Der Pfarrer hat nichts getan, außer die Beichte dieser Wäscherin entgegenzunehmen. Und das war seine Pflicht. Es spricht für ihn, dass er das Beichtgeheimnis nicht gebrochen hat. Er war ein Mann von Ehre und keiner dieser verweichlichten, verderbten Pfaffen, gegen die wir in der Nachfolge

Luthers und Calvins kämpfen. Ich achte Männer von Ehre, wo ich sie finde. Das wisst Ihr. Und ich verachte Dummheit, wo ich sie finde. Das wisst Ihr auch. Was gab es da zu sagen? Zumal ich in keinem Moment daran dachte, Ihr könntet sie in meiner Abwesenheit hinrichten lassen. Es gab keinerlei Grund für diese Eile. Oder doch? Jedenfalls schlage ich mich nicht mit Euch. Wir sind durch diesen Krieg auf Gedeih und Verderb miteinander verbunden. Es geht um die Sache und nicht um uns. Ihr wart bislang ein guter Soldat und Euren Männern ein umsichtiger Führer. Aber ihr seid offensichtlich kein besonnener Mann. Geht mir aus den Augen. Ihr brecht auf. Sofort. Meine Späher haben mir berichtet, dass der Herzog von Savelli schon wieder dabei ist, seine Truppen zu sammeln. Wir müssen verhindern, dass sich die Kaiserlichen Rheinfelden zurückholen. Dort ist eine starke Hand vonnöten. Und schickt Eure Kundschafter aus. Laufenburg vertraue ich Major Sauerzapf an. Ihm gehorchen die Menschen jetzt wohl eher als Euch.«

Johann Ludwig von Erlach wollte noch etwas einwenden, sich verteidigen. Doch Bernhard von Weimar ließ ihn nicht zu Wort kommen. »Johann Ludwig von Erlach, das ist ein Befehl. Oder wollt Ihr Euch Eurem Kommandanten offen widersetzen? Solch ein Benehmen könnte Euch bei einem anderen, Euch weniger gewogenen Befehlshaber den Kopf kosten.«

Bernhard von Weimars Stimme war inzwischen etwas ruhiger und versöhnlicher geworden. »Ihr habt einen Fehler gemacht. Vielleicht habe ich auch einen Fehler gemacht, weil ich Euch nicht genau informierte. Ihr habt mir einst Euren Dienst angeboten. Wahrscheinlich auch, weil Ihr das Geld braucht, um Eure Burg wieder aufzubauen. Eure Frau hat Euch das verfallende Schloss Kastelen mit in die Ehe gebracht, wie man hört? Jetzt dient. Tut Eure Pflicht. Und wenn Ihr sie gut tut, kann ich vielleicht eines Tages Euer unkluges Verhalten vergessen. Abtreten!«

Von Erlach sah seinen Oberbefehlshaber an. In seinen Augen stand für einen kurzen Moment unverhüllter Hass. Dann salutierte er übertrieben diensteifrig, wandte sich um und verließ das Zimmer.

»Da habe ich mir einen Feind gemacht.« Johanna hätte die Worte beinahe nicht verstanden, so leise sprach der Herzog sie. »Und nun zu Euch.« Er musterte sie voller Verachtung. »Noch jemand, in dem ich mich getäuscht habe. Ich dachte ...« Er sprach nicht aus, was er dachte. Bernhard von Weimar atmete schwer. Johanna sah, dass er seine Fassung nur mühsam bewahrte.

»An wen war dieses Schreiben gerichtet?« Er hielt ihr das Pergamentstückchen entgegen. »Sprecht, oder soll ich jedes Wort aus Euch herausprügeln lassen?«

Johanna hob stolz den Kopf. Dann ging sie zum Schreibtisch und schrieb auf die Rückseite eines Pergaments: »An Euch. In Listen. Fragt von Erlach.« Sie nahm den Pergamentfetzen, legte ihn zwischen weitere, beschriebene Pergamente, rollte alles zusammen und reichte die Rolle dem Herzog.

Bernhard von Weimar war verblüfft. Er glättete die Seiten, zog das Kassiber heraus und las es. Kassiber und Pergamente segelten zu Boden. Er nahm sie an den Schultern und schüttelte sie heftig. »Lügt mich nicht an, Weib. Nicht auch noch Ihr. Oder ich weiß nicht, was ich tue. Wisst Ihr es denn nicht?« Er schluckte. »Wisst Ihr denn nicht, was Ihr mir bedeutet?«

Die ganze, mühsam aufrechterhaltene Zurückhaltung und Selbstbeherrschung Johannas lösten sich bei diesen letzten, ganz leise gesprochenen Worten des Herzogs in nichts auf. Sie hatte das Gefühl, keine Luft mehr zu bekommen. Sie wollte sich nicht bewegen, nie mehr, um diesen Augenblick der Nähe nicht zu zerstören. In diesem Moment fühlte sie sich wieder lebendig und leicht wie ein Vogel. Sie hatte nur ihre Augen, um ihm zu zeigen, was sie fühlte. Und die sagten mehr, als es Worte vermocht hätten.

Bernhard von Weimar stöhnte auf und zog sie an sich. Sein Mund war in ihrem Haar. »Ich dürfte es nicht sagen, ich dürfte mir nichts wünschen. Amalie von Hessen-Kassel erwartet mehr von mir als eine starke Hand und Unterstützung. Ich weiß, dass sie darauf hofft, mich zu heiraten, wenn der Krieg hier im Südwesten eine gute Wendung nimmt. Und das werde ich tun, auch wenn ich mein Wort nicht ausdrücklich gegeben habe. Sie ist eine gute Frau. Außerdem steht mehr auf dem Spiel als das Herz und die Sehnsüchte eines Mannes. Und trotzdem ... Die wenigen Tage ohne Euch – sie waren kaum zu ertragen. Überall erwartete ich, dass dieser rote Schopf gleich auftauchen würde.« Er strich ihr sanft übers Haar. »Was immer ich auch tat, ich spürte Eure Nähe und sah braune Augen, die mich voller Liebe anschauten. Täusche ich mich so? Oder fühlt auch Ihr, was ich empfinde? Ich werde Euch nicht anrühren, wenn Ihr es nicht wollt. Aber bitte, sagt mir wenigstens dies, damit ich wieder Kraft habe für diesen Krieg, den ich führen muss. Ich kann nur noch an Euch denken. Jeder Moment, vom allerersten an, als Ihr noch der Schreiber wart, jede Bewegung von Euch hat sich unauslöschlich in meine Seele eingegraben. Es ist, als wärt Ihr ein Teil von mir.«

Johanna rührte sich noch immer nicht. Sie bebte innerlich. Sie wusste nicht, wie sie mit dem Ansturm der Gefühle umgehen sollte, der sie gepackt hatte. Nur in einem war sie sich sicher: Sie wollte für den Rest ihres Lebens die Nähe und Wärme dieses Mannes spüren, seinen Atem in ihrem Haar fühlen und diese Arme, die sie hielten.

Bernhard von Weimar trat zurück. Es war wie ein Schock für das Mädchen, als hätte jemand sie aus dem wärmenden Sonnenschein direkt in einen mit Eisschollen bedeckten, dunklen See geworfen. Unwillkürlich hielt sie den Atem an.

Die grauen Augen des Herzogs wurden dunkel vor Enttäuschung. Er nickte. »Ihr rührt Euch nicht. Ich verstehe schon, Ihr wollt mich nicht beleidigen, indem Ihr Eure Ablehnung direkt zeigt. Verzeiht mir, bitte. Ich wollte Euch nicht kränken. Ich habe Euch keine Ehe anzubieten. Glaubt mir, wenn ich es könnte, würde ich es tun. Ich habe nur mich selbst zu geben. Doch ich kann verstehen, dass Ihr das nicht annehmen könnt. Nicht von einem Feind und nicht nach allem, was Euch durch meinen Einmarsch angetan worden ist. Bitte verzeiht. Es wird nicht wieder geschehen.« Er wandte sich um, wollte den Raum verlassen.

Da plötzlich kam Bewegung in Johanna. Was scherte sie die Ehre? Das war es nicht, wonach sie sich sehnte. Die immer größer werdende Distanz zwischen ihr und diesem Mann verursachte einen Riss, der quer durch sie hindurchlief und immer schmerzhafter wurde. Ihr Körper machte sich selbstständig, sie lief hinter ihm her. Ihre Arme umfingen ihn von hinten und mit einem Seufzer legte sie ihre Stirn an seine Schulter.

Der Herzog hielt mitten im Schritt inne, als er die sanfte Berührung des zierlichen Mädchenkörpers an seinem Rücken spürte. Nach einem Augenblick tiefer Verzweiflung stand er plötzlich wieder im Licht. Er hatte Angst, sich zu bewegen, Angst, diesen kostbaren Augenblick der Nähe, dieses Zeichen ihres Vertrauens zu zerstören. Für Sekunden, die dem Mädchen und dem Mann wie Ewigkeiten schienen, standen die beiden Menschen so da. Die Welt um sie herum existierte nicht mehr. Es gab nur sie und ihn, auf eine Weise, wie sie ihre Körper noch niemals gespürt hatten. Und die tiefe Überzeugung, dass alles, was von nun an zwischen ihnen geschehen würde, richtig und gut war.

Bernhard von Weimar nahm sanft eine der schmalen und doch kräftigen Hände Johannas von seiner Taille und küsste sie. Er drehte sich ganz behutsam um. Er stand ganz nahe vor ihr, aber er berührte sie nicht. Die Luft zwischen ihnen vibrierte. Seine grauen suchten ihre braunen Augen, voller Angst, dass er ihre Reaktion nur geträumt haben könnte. Was er dort sah, nahm ihm fast den Atem. Er lachte befreit und glücklich. Dann hob er sie hoch und trug sie über den Gang in seine Kammer. Johanna ließ es einfach geschehen. Sie fühlte sich warm und beschützt in diesen Armen. »Hab keine Angst, meine Liebste. Du wirst feststellen, dass ich ein sehr zärtlicher Mann bin. Ich werde dir niemals wehtun.«

Johanna hob die rechte Hand und streichelte sanft über seine Wange. Ihr Mittelfinger erkundete die Konturen seiner Wangenknochen, seiner Augenbrauen und schließlich seiner Lippen. Nein, sie hatte keine Angst. Sie wusste, was nun geschehen würde. Sie sehnte sich danach. Mit ihrem ganzen Körper und ihrem ganzen Herzen. Der einzige Schmerz, den sie von nun an fürchten würde, wäre der, nicht bei ihm zu sein.

Es goss wie aus Kübeln. Menschen und Tiere, alle waren bis auf die Haut durchnässt. Bernhard von Weimar hatte das Gefühl, er würde nie wieder trocken werden. Die Wege waren nur noch Matschlöcher. Und selbst abends im Zelt konnte kein Feuer die Feuchtigkeit vertreiben, die in die Knochen kroch. Doch es machte ihm nichts aus. Nichts machte ihm etwas aus. Endlich war die gute Nachricht gekommen. Frankreich und Schweden hatten ein Bündnis geschlossen. Neue Hoffnung keimte unter den Soldaten. Nun musste die französische Krone doch Verstärkung schicken. Rötteln und Neuenburg waren gefallen. Seine Männer waren müde und abgekämpft. Doch der Stolz auf ihre Siege trieb sie immer weiter.

Sein Blick suchte das Mädchen. Sie ritt auf ihrem stämmigen Wallach, die Kapuze weit ins Gesicht gezogen, den Kopf gesenkt. Einige nasse rote Strähnen klebten an ihrer rechten Wange. Am liebsten hätte er sie sofort weggestreichelt. Er hielt es nicht mehr aus, dass sie so weit fort von ihm war. Viel zu weit. Er wollte ihre Haut berühren, ihre vollen Brüste streicheln, zwischen ihre Beine gleiten. Er spürte, wie sich an seinem Unterleib etwas regte, und lachte. Er war wahnsinnig. Wahnsinnig vor Verlangen, vor Liebe. Und es machte ihm nichts aus.

Johanna hob den Kopf. Sie spürte seine Sehnsucht. Diese tiefe innere Verbundenheit, dieses Wiedererkennen über alle Zeit hinweg, hatte sie nie mehr verlassen seit jener ersten gemeinsamen Nacht. Sie gab ihrem Wallach die Sporen. Der riss unwillig den Kopf hoch. Doch dann trabte er an. Wie immer musste sie sich bei seinem groben Tritt gehörig am Sattel festklammern.

»Jungfer Stocker, wie fühlt Ihr Euch? Ich denke, ich werde

Euch ein anderes Pferd besorgen müssen, einen Zelter mit weicherem Gang. Sonst fallt Ihr mir noch einmal vom Ross. Und das wäre unangenehm bei diesem Matsch, meint Ihr nicht? Am Ende erkältet sich mein Schreiber noch.« Der Herzog grinste spitzbübisch.

Ihr wisst genau, wie ich mich fühle, gestikulierte Johanna und setzte eine betont mürrische Miene auf. Sie schüttelte ihren vom Regen durchweichten, schweren Mantel, dass die Tropfen stoben. Aber ihre Augen konnten ihre wahren Gefühle nicht verbergen. Sie strahlte ihn an.

Ein Meldereiter kam in gestrecktem Galopp heran. Die Vorhut wollte ihn aufhalten. Doch Bernhard von Weimar winkte ihn zu sich. »Lasst den Mann durch«, brüllte er.

Der Soldat war fast noch ein Junge und völlig erschöpft. Viel zu jung für einen Krieg, fand Johanna und sah ihn mitleidig an. Doch der Reiter hatte nur Augen für den Herzog. Voller Bewunderung hingen sie an seinem Gesicht.

Sie lieben ihn wie ich. Er führt sie in den Krieg und den Tod, doch seine Männer lieben ihn, vertrauen ihm. Johanna hatte diesen Blick immer wieder gesehen. Auch in den Augen harter, schlachterprobter Männer. Nicht so schwärmerisch vielleicht wie bei diesem Jungen, eher mit Respekt vermischt für einen Mann, der es in der Schlacht mit den Besten von ihnen aufnahm.

Der Junge war so außer Atem, dass er kaum sprechen konnte. »Holt erst einmal Luft, Kamerad. Die Nachricht wird wohl trotzdem nicht einfach aus Eurem Mund fliegen und im Matsch versinken.« Johanna sah, wie die Augen des jungen Mannes aufleuchteten. Spätestens mit diesem Scherz hatte der Herzog sein Herz vollends gewonnen. Er war nicht bekannt dafür, dass er Scherze machte. Doch auch ihn hatte diese erste Nacht verändert. Alle innere Anspannung und Reserviertheit waren wie weggeflogen. Johanna beobachtete die beiden liebevoll.

»So, ich sehe, Ihr atmet ruhiger. Also, welche Botschaft habt Ihr für mich?«

Der Junge salutierte. »Johann Ludwig von Erlach schickt mich. Er lässt Euch ausrichten, dass er glaubt die Nachhut eines feindlichen Heeres entdeckt zu haben. Etwa drei Stunden Ritt von hier.«

Der Herzog richtete sich im Sattel auf. Das Lächeln war aus seinem Gesicht verschwunden. Er war wieder der entschlossene Führer, den die Männer kannten. »Major Taupadel, formiert Eure Reihen. Wir reiten sofort los. Vielleicht schaffen wir es ja heute, Savelli zu stellen.« Befehle gellten durch die Reihen der durchnässten Soldaten. Musketen und Hellebarden wurden wieder geschultert, hier und da erhob sich ein »Hurra.« Die Männer hatten die Nässe vergessen.

Bernhard von Weimar packte den Jungen an der Schulter. »Beschafft ihm ein neues Pferd«, brüllte er nach hinten. »Ihr werdet uns den Weg zeigen«, ordnete er dann knapp an.

Johanna machte sich bereit. »Ihr bleibt bei unserer Nachhut. Das Schlachtfeld ist nichts für eine Frau.« Der Herzog lächelte, als er ihr enttäuschtes Gesicht sah. »Ich weiß, du bist tapfer, meine Liebste. Sonst gäbe es mich nicht mehr. Doch es ist besser so. Ich brauche meinen Schreiber noch.« Die letzten Sätze kamen ganz leise, sodass niemand sie hören konnte – bis auf den Jungen. Doch der machte ein unbewegtes Gesicht und blickte angestrengt auf einen Punkt irgendwo am Horizont.

Johanna schickte sich in die Anweisung. Kurz darauf waren Bernhard von Weimar und der Großteil seiner Männer im Galopp hinter einem Schleier von Regen verschwunden, dunkle Schemen, die sich langsam in nichts auflösten. Johanna fühlte die Einsamkeit, die ebenso unaufhaltsam wie die feuchtkalte Nässe durch ihre Glieder kroch. Sie wollte nicht darüber nachdenken, welches Handwerk diese Männer hatten. Sie brachten Tod und Vernichtung. Der Herzog war noch immer zuerst ein Soldat, ein Kriegsherr, der oberste Befehlshaber des schwedischen Heeres.

Am Abend kam ein völlig erschöpfter Mann in ihr Bett. Wieder einmal war der Herzog von Savelli ausgewichen. Die Kaiserlichen stellten sich dem Kampf nicht. »Halt mich einfach nur fest, meine Liebste. Es ist, als lenke der Herr selbst das Kriegsglück gegen uns. Doch wir werden nicht aufgeben. Diese Feiglinge. Morgen werden wir Freiburg erreichen. Halt mich jetzt einfach fest. Ich glaube, sonst wird mir niemals wieder warm.« Er legte seinen Kopf in ihren Schoß. Johanna wiegte ihn in den Schlaf wie einst ihren kleinen Bruder, wenn er Albträume hatte. Ein schmerzliches Ziehen in der Brust erinnerte sie an ihre Familie. Doch es schien, als wäre die Nacht, in der sie gestorben waren, inzwischen ein Leben weit weg.

Es war ein völlig anderer, ein Mann voller Kraft und Zuversicht und mit wilder Entschlossenheit, der Johanna am nächsten Morgen begrüßte. Bernhard von Weimar war schon früh aufgestanden. Sie hatte es noch nicht einmal bemerkt. Und als er sie dann sah, wirbelte er sie herum wie ein kleiner Junge, dem man gerade einen großen Traum erfüllt hat. »Stell dir vor, Liebste, mein Agent John Hoeufft hat geschrieben. Seit Wochen verhandelt er für mich am französischen Hofe zusammen mit meinem lieben Freund Hugo Grotius, dem schwedischen Botschafter. Selbst der schwedische Reichskanzler Oxenstierna hat sich energisch für unsere gemeinsame Sache eingesetzt. Nun endlich gibt es einen kleinen Fortschritt zu vermelden: Hoeufft schreibt, dass demnächst vierhunderttausend Livres eintreffen werden und das Regiment Guébriant mit dreitausend Mann. Weitere zweihunderttausend Livres sollen folgen. Nun können wir weiterkämpfen. Wir dürfen den Feind nicht zur Ruhe kommen lassen.« Er lachte glücklich. »Liebste, meine Liebste, du hast mir Glück gebracht.«

Zwei Stunden später war der Schlachtplan entworfen. Das angesichts der großen Aufgaben eigentlich jetzt schon viel zu kleine Heer des Herzogs würde sich teilen. Eine weitere Stunde später verließ Generalmajor Taupadel mit dem Gros der Kavallerie das Lager. Sein vordergründiges Ziel war die obere Donau, um einen Angriff auf Bayern vorzutäuschen. Denn das sollte den Gegner bewegen Württemberg zu verlassen. In Wirklichkeit sollte Taupadel nämlich in Württemberg und Schwaben alle Plätze besetzen, die der Feind nutzen könnte, um sich zu sammeln und dann möglicherweise zum Schutze der so wichtigen Festung Breisach über den Schwarzwald an den Rhein vorzudringen. Es war von eminenter Bedeutung für das Gelingen des Plans, dass den Feinden außerdem jegliche Kommunikation mit dem Hinterland abgeschnitten wurde. Die übrigen schwedisch-französischen Truppen würden unter der Führung von Bernhard von Weimar weiter rheinabwärts marschieren. Nach und nach würden sie alle für Breisach wichtigen Plätze besetzen, um die Festung von jeglicher Versorgung abzuschneiden, und dann auf die Ankunft der Franzosen warten.

An diesem Abend schlief Johanna endlich wieder in einem richtigen Bett. Der Herzog und sein Gefolge hatten im Kloster Adelshausen Quartier bezogen. Die Truppen lagerten vor Freiburg. Ihr war ein wenig übel. Wahrscheinlich eine Grippe. Doch das war vergessen, als Bernhard von Weimar sie in der Nacht wieder zärtlich in seine Arme nahm.

Am nächsten Morgen herrschte Aufregung im Feldlager. Der Herzog war schon lange vor der Morgendämmerung aufgestanden. Major Taupadel hatte eine Eilnachricht geschickt. Er war bei Tuttlingen in ein Scharmützel mit einem Regiment Kroaten aus dem Heer des Herzogs von Savelli und von Feldmarschall Götz verwickelt worden. Das Gros der Feinde hatte sich nach Rottweil zurückgezogen. Es mussten alles in allem wohl sechstausend Mann sein. Bernhard von Weimar war aufs Höchste beunruhigt. Eigentlich hatte er mit einem Angriff des Herzogs von Lothringen am Rhein gerechnet. Nun kam die Gefahr von ganz anderer Seite. Es herrschte hektische Aufbruchstimmung. Er musste schnellstens zu Taupadel. Und die versprochenen französischen Truppen waren immer noch nicht eingetroffen.

Gegen sechs Uhr weckte er Johanna. Die junge Frau glühte vor Fieber. Überall an ihrem Körper hatten sich rote Flecken ausgebreitet. Sie schien kaum noch bei Besinnung zu sein.

»Liebste, Liebste, sag schon, was ist mit dir?« Vom Lager der Kranken kam kein Laut. Ihr Hemd war vollkommen nass von Schweiß und sie zitterte am ganzen Leib, so stark war ihr Schüttelfrost.

Bernhard von Weimar packte die Angst. Was hatte sie nur? Er ließ den Truppenarzt holen. Der murmelte etwas von schlechten Säften und ließ die Kranke zur Ader. Johanna wurde danach kreidebleich und sichtlich schwächer. Die roten Flecken auf ihrer Haut bildeten hässliche Placken. Sie regte sich kaum noch. Zwei Tage und drei Nächte lang saß der Herzog ohne Unterbrechung an ihrem Lager. Außer dem Arzt ließ er niemanden zu ihr. Und nach dem zweiten unwirksamen Aderlass auch diesen nicht mehr. Seine Soldaten, die draußen vor dem Zelt Wache hielten, hörten ihn fluchen. »Ihr seid ein Rosstäuscher, ein unsensibler Knochensäger. Nichts versteht Ihr, aber auch gar nichts. Schert Euch zum Teufel! Lasst sie in Ruhe! Ein Kurpfuscher, ja das seid Ihr.« Es war, als wäre der Herzog von Sinnen. Ein äußerst beleidigter Medikus verließ daraufhin das weimarsche Zelt. Alle im Lager gingen auf Zehenspitzen, jeder versuchte so leise wie möglich zu sein, damit der Feldherr nicht tobend zum Zelt hinausstürmte, um irgendeinen Gemeinen abzukanzeln, der aus Versehen zu laut mit seiner Ausrüstung geklirrt hatte. Die ganze Armee verfiel in einen Zustand der Erstarrung, während der Regen das Feldlager immer mehr in einen Morast verwandelte.

Nichts interessierte Bernhard von Weimar mehr. Seine Offiziere, die auf Befehle warteten, raunzte er grob an. Nichts, außer die Frau auf dem Lager im Zelt. »Liebste, du darfst mich nicht verlassen. Nicht, wo ich dich endlich gefunden habe«, raunte er der Kranken immer wieder zu. Johanna hörte seine Worte im Unterbewusstsein, fühlte die Hand, die sie streichelte, die feuchten Tücher, mit denen er ihr immer wieder sanft die Stirn abwischte. Doch es war wie ein weit entferntes Bild, das ihr immer wieder entglitt. Sie hatte entsetzliche Albträume. Sie handelten von Philipp von Wessenberg. Von dunklen Schemen in einem dunklen

Wald. Von einem schmächtigen grauen Mann, der ihr immer wieder die gleiche Warnung zurief. Sie konnte sehen, wie seine Lippen sich bewegten. Doch sie verstand nicht, was er sagte, sosehr sie sich auch bemühte. Dabei war es lebenswichtig, dass sie seine Botschaft hörte. Das wusste sie genau.

Am dritten Tag kehrte ihr Bewusstsein für einen kurzen Moment wieder in die Gegenwart zurück. Bernhard von Weimar saß zusammengesunken vor ihrem Lager. Er hatte die Arme auf ihre Decke gelegt. Sein Kopf musste irgendwann seitlich darauf gesunken sein. Er schlief tief, das Gesicht ihr zugewandt. Um seinen Mund hatten sich scharfe Linien der Erschöpfung eingegraben.

Johanna verstand nicht, was mit ihr geschah. Sie fühlte sich schwach, so leer und müde. Ihr ganzer Körper schmerzte. Sie spürte jedes Glied, jedes Härchen auf ihrer Haut. Doch das alles war nicht wichtig. Wichtig war nur eins: Er war da. Mit einer großen Anstrengung hob sie ihre Hand und streichelte vorsichtig seine Wange. Er fuhr auf. »Gott sei's gedankt. Meine Liebste, du bist aufgewacht. Ich hatte solche Angst um dich. Ich dachte, ich würde dich verlieren.« Er versuchte vergeblich ein Schluchzen zu unterdrücken. Johanna konnte es kaum glauben, dass dieser sonst so entschlossene Mann derart außer sich geraten konnte. Immer wieder streichelte er vorsichtig ihre Hand, als wolle er verhindern, dass sie durch seine Berührung zerbrach oder sich einfach in nichts auflöste. Sie sah das Flackern der Angst in seinen Augen.

Mach dir keine Sorgen, versuchte sie ihm zu sagen. *Ich werde dich nicht verlassen, niemals.* Doch nur ihre Augen sprachen. Dann glitt sie wieder hinüber in die Welt der Schemen und der Albträume. Sie hörte nicht mehr, wie Bernhard von Weimar flüsterte: »Hab keine Angst, meine Liebste. Alles wird gut. Es muss einfach. Ich bringe dich heim. Johanna, ich bringe dich heim nach Laufenburg.«

V

Ihr hattet mich rufen lassen, Sire.«

»Ah, mon Cardinal. Ich hatte nicht so schnell mit Euch gerechnet.« Ludwig XIII. winkte nervös mit der Hand. Sein Kammerdiener verbeugte sich und verließ stumm das Zimmer. »Es ist enervierend. Heutzutage versteht es kein Koch mehr, ein anständiges Frühstück zuzubereiten. Und dann diese immer währenden Kopfschmerzen. Es ist kaum auszuhalten.«

Jean Armand du Plessis, Herzog von Richelieu und Frousac, Erster Minister von Frankreich, verbeugte sich wortlos. Die kalten braunen Augen zogen sich etwas zusammen. Er wand sich. Der König von Frankreich benahm sich manchmal noch immer wie das quengelnde, ständig unzufriedene, fordernde Kind von einst. Diese näselnde, weinerliche Stimme trieb ihn immer wieder innerlich die Wände hoch. Doch er beherrschte sich und betrachtete den Mann, der vor ihm im Bett saß.

»Das Leben eines Herrschers ist voller Härte und Leiden, Sire«, erwiderte er diplomatisch und samtweich.

Der König seufzte und lehnte sich etwas tiefer in die seidenen bestickten Kissen. »Wie wahr, mon Cardinal, wie wahr. Doch setzt Euch neben mein Bett. Wie man hört, steht es auch um Eure Gesundheit nicht zum Besten.«

Der Kardinal sah für einen kurzen Augenblick eine gewisse Schadenfreude in den Augen Ludwigs aufleuchten. Er wusste, dass der König ihn eigentlich nicht mochte. Er war der Königinmutter Maria von Medici lange Zeit zu nahe gestanden. Doch Ludwig brauchte ihn in diesen schweren Zeiten dringender als je zuvor.

»Ich bin mir der Ehre bewusst, die Ihr mir mit Eurer wohlwollenden Nachfrage erweist«, murmelte der Kardinal und verbeugte sich nochmals leicht, ehe er sich einen Stuhl neben das Bett des Königs zog. Er hatte alle Mühe, den Seufzer der Erleichterung darüber zu unterdrücken, dass Ludwig ihm einen Platz anbot. Es stimmte, was der König gesagt hatte. Mit seiner Gesundheit stand es wirklich nicht zum Besten. Trotz seines eher schmächtigen Körpers vermochten seine Beine sein Gewicht heute kaum zu tragen. Sie schmerzten. Er brauchte einfach mehr Schlaf.

»Und dann dieses Wetter. Scheußlich. Seit Tagen dieser Regen. Ständig friere ich.« Ludwig zog die dicke Daunendecke demonstrativ noch etwas höher unter das Kinn. Dabei sah Richelieu den Marmeladenfleck, der die linke Spitzenmanschette des königlichen Nachthemdes zierte. Er übte sich in Geduld. Ohne die üblichen Tiraden würde er wohl auch diesmal nicht davonkommen.

Aber der König war diesmal überraschend schnell mit seiner Litanei von Klagen zu Ende. Die weinerliche Stimme wurde plötzlich sachlich.

»Was haltet Ihr davon? Sollen wir dem zustimmen? Ständig werden wir auf dieses Schreiben angesprochen, zuletzt von Hugo Grotius. Er lässt uns einfach keine Ruhe, erinnert uns immer wieder an unser Bündnis mit Schweden. Es wird langsam mehr als lästig.« Er reichte seinem Ersten Minister mehrere eng beschriebene Pergamente hinüber.

Jean du Plessis genügte ein Blick, um zu erkennen, was das war. »Ah, schon wieder die Forderungen dieses von Weimar. Ein unmäßiger Mann.«

Ludwig nickte. »Was glaubt dieser Sachse eigentlich, woher das ganze Geld kommen soll, das er verlangt? Frankreich liegt im Streit mit Spanien.«

Kardinal Richelieu konnte nicht anders, als seinem König in diesem Punkt zuzustimmen. »Aber wir können ihn nicht ganz abweisen. Wir brauchen ihn, um den Hegemoniegelüsten der Habsburger Einhalt zu gebieten. Kaiser Ferdinand III. wird darin von den spanischen Vettern weiter nach Kräften unterstützt.«

»Wollt Ihr damit etwa sagen, das stolze Frankreich solle sich von einem solchen unverschämten ... Herzog erpressen lassen?« Die Wangen des Königs röteten sich vor Empörung.

Das Gesicht des Kardinals blieb ebenso bleich wie vorher und ebenso unbewegt. »Natürlich nicht, Sire. Eine Forderung von rund zweieinhalb Millionen Livre werden die Finanzminister Bullion und Bouthillier rundweg ablehnen. Es war schon kompliziert genug, ihnen die sechshunderttausend Livres abzuringen, die er nun von Frankreich bekommt. Sie haben sich zu Recht gesträubt, wie ich anfügen muss. Auch der Kampf gegen die spanischen Machtgelüste ist noch lange nicht ausgestanden. Er wird uns noch Unsummen kosten. Außerdem hat sich dieser Weimar bisher beharrlich geweigert, der französischen Krone auch nur eine der von ihm eroberten Städte zu unterstellen.«

Der König wurde ungeduldig. »Also, was schlagt Ihr vor?«

Richelieu war nicht aus der Ruhe zu bringen. »Wir müssen Zeit gewinnen, Sire. Dreitausend Mann unter der Führung Guébriants haben sich auf den Weg gemacht. Das muss erst einmal reichen. Dann versprechen wir ihm die Armee des Herzogs von Longueville mit weiteren fünfzehntausend Mann in – sagen wir – zwei Monaten. Außerdem sollten Ihre Majestät ein Schreiben aufsetzen lassen, das dem Weimarer versichert, wie hoch er in der Gunst Eurer Majestät steht, mit welcher Freude Ihr den Fortgang seines Kriegszuges seht. Allerdings solltet Ihr es möglichst vermeiden, darin Versprechungen zu machen. Auch nicht bezüglich der geheimen Forderungen des Weimarers für den Fall eines Kriegsendes. Schreibt ihm einfach, es gebe diesbezüglich noch gewisse Unklarheiten, die derzeit geprüft würden. Wir müssen ihn hinhalten. Umso mehr, als er inzwischen den ganzen westlichen Hochrhein in seiner Gewalt hat und sich daran macht, Freiburg und den für uns so wichtigen Übergang bei Breisach zu erobern. Die Einnahme dieser Orte wäre für die kaiserliche Statthalterin Erzherzogin

Claudia ein schwerer Schlag. Ebenso ein kräftiger Dämpfer für die Machtgelüste des Hauses Habsburg. Nur die Eidgenossen machen mir derzeit Sorgen. Einige Städte wie Basel und Bern haben sich bitter beschwert, dass der Weimarer ihre Neutralität nicht geachtet und sein Winterlager auf Schweizer Boden aufgeschlagen hat. Angeblich sollen seine Soldaten auch geplündert haben.«

»Was scheren mich die Eidgenossen!« Der König konnte seine Ungeduld kaum zügeln. »Und überhaupt, woher wisst Ihr das?«

Jean Armand du Plessis lächelte leicht. »Ich habe meine Informanten im Lager des Weimarers und korrespondiere außerdem mit ihm auf die verschiedenste Weise. Erinnert Ihr Euch, Sire, als am 8. März spätabends, drei Tage nach dem Dankgottesdienst für den weimarschen Sieg vor Rheinfelden, in Notre-Dame Weimars Abgesandter Ludwig von Wietersheim mit der restlichen Fahnenbeute eintraf und zusammen mit dem Truchsess von Lützow hinaus zu mir nach Ruel ritt, um mir einen Brief des Herzogs zu überreichen? Nun, da hatte er noch das Schreiben eines anderen Mannes dabei.«

»So?« Das Interesse des Königs war erneut geweckt. »Und wer ist das, wenn ich fragen darf, wertester Kardinal?«

»Ein enger Vertrauter des Herzogs, Sire, Johann Ludwig von Erlach. Verarmter Landadel, der dringend Geld zum Wiederaufbau seiner Burg braucht. Er ist der Stellvertreter des Herzogs. Aber ebenso offensichtlich ist, dass dieser von Erlach auch eigene Interessen verfolgt. Er liebt seinen Oberbefehlshaber offenbar nicht von ganzem Herzen ...«

»Ein Verräter.« Aus der Stimme des Königs klang Abscheu.

Wieder verneigte sich der Erste Minister Frankreichs stumm. Ein feines Lächeln spielte um seine Mundwinkel. »Aber ein äußerst nützlicher, Sire.«

»Ach, und wieso?«

»Er bietet uns an, die französischen Interessen bei Bernhard von Weimar energisch zu vertreten, was mir bei diesem dickköpfigen Heißsporn aus Sachsen auch sehr angebracht scheint, Sire.

Er hat sich bereit erklärt uns laufend und umfassend über die Vorgänge im Lager des Herzogs zu informieren. Der Weimarer soll übrigens eine neue Geliebte haben.« Wieder erschien das feine Lächeln auf Richelieus Gesicht. Er wusste, wie er seinen König ködern konnte.

»So, so, ist sie ansehnlich?« Ludwig liebte Klatsch. Und schöne Frauen.

Jean Armand des Plessis hätte beinahe laut gelacht. »Das stand nicht in dem Schreiben, das von Erlach schickte. Aber ich nehme es an. Außerdem wird dieser Umstand Amalie von Hessen-Kassel nicht sonderlich gefallen. Wie Ihr wisst, Sire, unterstützt sie den Herzog bei seinen Eroberungszügen. Meine Quellen sagen, dass sie darauf hofft, ihn zu ehelichen.«

»Eifersüchtige und machtbesessene Frauen sind mir ein Gräuel.« Ludwig XIII.verzog angeekelt das Gesicht. Richelieu wusste, dass er dabei an seine Mutter Maria von Medici dachte. Eine Frau mit Verstand. Ebenso wie diese Amalie von Hessen-Kassel. Auch wenn sie eine Anhängerin dieser ketzerischen neuen Religion war. Amalie war bekannt für ihren Unabhängigkeitsdrang und ihre fast männliche Art zu denken. Sie würde sich den Weimarer nicht einfach abspenstig machen lassen. Was ihr gehörte, verteidigte sie gut. Ihre Residenz Kassel jedenfalls war bisher völlig vom Krieg verschont geblieben. Vielleicht ließ sich aus der Situation ja für Frankreich Kapital schlagen. Vielleicht sollte jemand sie diskret auf die Liebschaft des Herzogs hinweisen ... Daraus ergäbe sich möglicherweise ein hübsches Druckmittel, sollte der Herzog sich weiter so hochfahrend benehmen und seine Verabredungen nicht einhalten. Richelieu unterdrückte einen Seufzer. Sein Gehirn arbeitete fieberhaft. Doch seinem Gesicht war nichts davon anzumerken.

Der König wurde schon wieder ungeduldig. Er hasste es, sich lange mit einem Thema zu befassen. »Und was will dieser von Erlach eigentlich für seine Dienste? Was ist er bereit, uns für unser Wohlwollen zu geben?«

»Er schreibt, falls er der Nachfolger Bernhards von Weimar im Oberbefehl würde und der weiteren Unterstützung Frankreichs sicher sein könne, werde er der Grande Nation alle eroberten Gebiete unterstellen – unter der Voraussetzung, dass dafür bestimmte Einnahmen in seine Privatschatulle fließen.«

»Der Nachfolger von Weimars? Was für ein Kretin. Von Weimar ist schließlich noch am Leben!« Der König war empört. Er mochte keine Rebellion.

Kardinal Richelieu nickte. »Ja, Sire, er ist am Leben. Noch.«

Ludwig XIII. musterte Richelieu scharf. Doch am Gesicht des Ersten Ministers war keiner seiner Gedanken abzulesen. Er hasste solche Undurchschaubarkeit. »Und das machen wir nun mit dem Weimarer?«

»Ich schlage vor, wir verfahren wie besprochen. Das dürfte ihn für die nächste Zeit zufrieden stellen und ruhig halten. Wir sollten ihm aber unmissverständlich deutlich machen, dass Frankreich nicht bereit ist, ihm weitere Unterstützung zukommen zu lassen, sofern er nicht endlich die eroberten Gebiete der Herrschaft Eurer Majestät unterstellt.«

»Gut, gut, mein lieber Kardinal, tut das. Es ist mir auch wohler, wenn nicht so viele Kinder meines Landes in die Fremde in den Krieg ziehen müssen.«

Armand du Plessis beobachtete seinen Souverän amüsiert. Dieser Heuchler. Er hatte noch nie Skrupel gezeigt, seine »Kinder« zu verkaufen.

Dann klatschte Ludwig in die Hände. »Sind denn nicht noch einige der Rebellen des Aufstandes gegen die Salzsteuer im Périgord im vergangenen Jahr übrig, die wir vielleicht bei dieser Gelegenheit mitschicken könnten, mon ministre?«

Richelieu verneigte sich erneut und erhob sich dann. »Ich bin immer wieder beeindruckt von der Weitsicht und der Klarheit des Verstandes des Königs von Frankreich. Es soll geschehen, wie Ihr es angeordnet habt.«

Ludwig XIII. ließ sich dazu herab, seinen Minister kurz anzulächeln. »Was wäre ich ohne Euren Rat, mon chèr. Doch verlasst mich jetzt, ich bin müde. Dieses Wetter, es ist einfach dieses Wetter. Und die Regierungsgeschäfte drücken mich nieder.«

Das Arbeitszimmer des Ersten Ministers von Frankreich war spartanisch eingerichtet. Richelieu legte bewusst Wert darauf, sich vom Prunk des französischen Hofes abzugrenzen. Umgeben von Schlichtheit konnte er besser denken. Er streckte sich, seine Hände wanderten zum Rücken. Die Nieren schmerzten wieder. Dann setzte er sich an seinen Schreibtisch und griff zur Feder. Es gab Dinge, die vertraute man besser keinem Schreiber an. Der König hatte überall seine Augen und Ohren. Doch der Kardinal wusste genau, wer die Spione waren, auch das ließ sich in manchen Situationen gut nutzen, um gewisse Nachrichten zu verbreiten.

Er tunkte den Federkiel in das Tintenfass:

»An François Joseph Leclerc du Tremblay, Provinzial der Kapuziner.

Mein lieber Freund Joseph,

es tat wohl, einmal wieder von Euch zu hören. Mein langjähriger Weggefährte und Lehrer fehlt mir. Doch mir ist auch bewusst, dass Ihr Euch nicht immer nur den Sorgen widmen könnt, die die Staatsräson mir aufbürdet, sondern Euch auch um die Geschäfte Eures Ordens kümmern müsst. Ich hoffe, Eure Reisen führen Euch bald wieder zurück in Euer Pariser Ordenshaus.

Ihr habt Euch freundlicherweise nach dem Fortgang der Dinge in Richelieu erkundigt. Ihr würdet die Stadt kaum wieder erkennen, so viel ist dort inzwischen schon gebaut worden. Die Grande Rue von Norden nach Süden ist fast fertig. Helas, ich sage Euch, dieser Anblick wird eines Tages eine bessere Erinnerung an mich sein als alle meine Taten als Minister von Frankreich. Diese Klarheit, dieser ›Point de vue‹ ins Nirgendwo, geschaffen auf der Grundlage der projektiven Geometrie meiner lieben Freunde Desargues und Descartes. Ich habe dafür sogar das Schloss derer von Maintenons erworben und abreißen lassen. Wir müssen zusammen nach Richelieu reisen, sobald Ihr abkömmlich seid. Ich denke daran, in der Stadt, die meinen Namen trägt, ein College für den Adel aus meiner Heimatregion, dem Poitou, zu gründen. Ich habe durch meine Bemühungen um die Gründung der Akademie française 1635 und aus meiner Zeit als Bischof von Lucon noch lebhafte Kontakte zu vielen hervorragenden Geistern, die mir dabei helfen könnten. Aber das wisst Ihr natürlich, denn Ihr seid einer davon.

Doch zurück zum profanen Alltag. Vor Eurer Abreise erzähltet Ihr mir, werter Freund, von Euren guten Verbindungen zu Euren Ordensbrüdern in den österreichischen Vorlanden. Spracht Ihr nicht auch von gewissen Bemühungen, in einem Städtchen am Rhein namens Laufenburg ein weiteres Kapuzinerkloster zu gründen, um den Vormarsch der reformatorischen Ketzer zu stoppen? Wenn ich mich recht erinnere, war damals auch von einem gewissen Ignatius Eggs die Rede. Ihr bezeichnetet ihn als einen besonders streitbaren Mann der Kirche, einen treuen Untertanen des Hauses Habsburg.

Zufälligerweise hat nun unser Verbündeter in schwedischen Diensten, der ungestüme Herzog von Weimar, neben Seckingen und Waldshut auch dieses Städtchen erobert und ist auf dem besten Wege, in nicht allzu ferner Zukunft ebenfalls der Herr der Feste, Breisach zu werden. Zumindest wenn ihm das Kriegsglück hold ist, was natürlich auch im Interesse Frankreichs wäre. Denn damit wären dann alle wichtigen Rheinübergänge in unserer Hand. Allerdings nur, sofern Bernhard von Weimar die eroberten Gebiete, wie im Geheimen mit uns verabredet, auch an Frankreich ausliefert. Ich bedauere sagen zu müssen, dass er trotz gegenteiliger Versprechungen bisher keinerlei Neigung dazu zeigt. Im Gegenteil. Deshalb nun meine Bitte: Über einen Mann wie ihn kann man nie genügend Informationen haben. Seht Ihr, teurer Freund, die Möglichkeit, über Eure guten Verbindungen zu Euren deutschen Glaubensbrüdern hier etwas zu tun? Vielleicht könnte man sich dieses Ignatius Eggs bedienen, den Ihr am Rande erwähntet?

Es ist wohl müßig zu sagen, lieber Freund, dass dieses Schreiben geheim bleiben muss. Deshalb bitte ich Euch nach der in solchen Fällen für uns gewohnten Manier zu verfahren und es nach Erhalt zu verbrennen.

Es wünscht Euch Gottes Segen und eine gesunde sowie möglichst schnelle Rückkehr nach Paris

Kardinal Jean Armand de Plessis, Herzog von Richelieu und Frousac, erster Minister Frankreichs.«

Zum tausendsten Mal wanderte Philipp von Wessenberg das kleine Karree seines Gefängnisses ab. Aber wenigstens seine gequetschten Hände waren gut verheilt und inzwischen wieder fast so kräftig wie vor der Folter. Doch er hinkte noch immer stark und würde das wohl noch lange tun. Er kannte inzwischen jeden Stein der Wände, die ihn in diesem winzigen Raum hielten. Es machte ihn fast wahnsinnig, nichts tun zu können. Da saß er hier, gefangen durch seine eigene Dummheit, während der Weimarer von Sieg zu Sieg zu marschieren schien. Er verfluchte sich selbst für seine Unvorsichtigkeit. Warum hatte er sich nur in Laufenburg eingeschlichen? Er war dort aufgewachsen. Er hätte doch wissen müssen, dass ihn einer der Überläufer erkennen würde. Denn Überläufer, die sich auf die Seite des Siegers stellten, gab es immer. Doch er hatte Johanna sehen müssen. Etwas zog ihn unwiderstehlich zu ihr. Da war der Auftrag des Herzogs von Savelli, das feindliche Lager auszukundschaften, ihm wie ein Wink des Schicksals erschienen. Inzwischen konnte er wenigstens wieder gehen. Sie hatten ihm den Fuß in den spanischen Stiefel gesteckt, um ihn zum Reden zu bringen. Doch selbst als der hölzerne Stiefel immer enger zusammengedreht wurde, als ein Knochen nach dem anderen barst, hatte er geschwiegen. Er streckte sein Bein. Es war inzwischen geschient worden, aber noch immer unförmig angeschwollen.

Er hörte ein Rascheln an der Tür zu seinem Kerker. Ganz langsam wurde ein Stückchen Papier unter dem Schlitz über dem gestampften Fußboden hindurchgeschoben. Eine Weile stand Philipp von Wessenberg regungslos. Doch es tat sich nichts mehr. Da bückte er sich vorsichtig, entfaltete das eng zusammengerollte Stück Pergament und hätte beinahe einen Jubelschrei ausgestoßen.

»Wessenberg, haltet Euch bereit. Die Befreiung naht. Stellt Euch todkrank und verlangt morgen gegen Abend einen Priester. Ignatius Eggs«

Befreiung. Dieses Wort versprach ein Ende der erzwungenen Untätigkeit. Doch wer war dieser Ignatius Eggs? Misstrauen keimte in Philipp von Wessenberg auf. Er musste aufpassen, dass er sich nicht erneut durch eine Unbedachtsamkeit in Schwierigkeiten brachte. Dennoch, es konnte ja nichts schaden zu tun, was der Unbekannte von ihm verlangte.

Er hörte das Geräusch eines Schlüssels, die Türe zu seinem Gefängnis öffnete sich. Ein junges Mädchen trat in den engen Raum und stellte schweigend einen Krug mit Wasser, einen Becher, ein Stück geräucherten Lachs und einen großen Laib Brot auf den Tisch. Philipp von Wessenberg lief das Wasser im Mund zusammen. Es war Tage her, dass er etwas anderes als Wasser und Brot bekommen hatte. Der Fisch duftete verführerisch. Doch er hielt sich zurück. Er wollte nicht, dass seine Feinde sahen, wie er gierig darüber herfiel.

Der Beschließer war in der Türe stehen geblieben. Er musterte den Gefangenen abfällig. »Eigentlich sollte man Leute wie Euch verhungern lassen«, knurrte er wütend. »Weiß der Teufel, warum der Weimarer Befehl erteilt hat, Euch hier wieder aufzupäppeln.« Die Kleine verließ den Raum ebenso stumm, wie sie gekommen war. Doch vorher warf sie dem jungen Mann noch einen verschwörerischen Blick zu. Dann fiel die Türe zu, wieder war das Klirren des Schlüsselbundes zu hören. Schließlich Schritte, die sich entfernten.

Was ging hier vor? Warum sollte der Weimarer auf seine gute Behandlung drängen? Johanna! Das musste der Einfluss von Johanna sein. Irgendwie hatte sie es als Schreiber des Herzogs geschafft, ihm Vergünstigungen zukommen zu lassen. Beim Gedanken an ihre zierliche Schönheit, ihre Hilflosigkeit, verspürte er einen Stich in der Brust. Doch wie kam es, dass sie den Herzog zu solcher Milde bewegen konnte? Oder hatte sie vielleicht hinter dem Rücken des Weimarers und in seinem Namen für eine bessere Unterbringung gesorgt? Und was sollte der Blick des Mädchens? Es war alles völlig verworren. Auf nichts, das im Moment geschah, konnte er sich einen rechten Reim machen.

Philipp von Wessenberg fühlte, wie sein Magen knurrte. Wieder stieg ihm der Duft des Fisches in die Nase. Vielleicht könnte er besser denken, wenn er etwas im Magen hatte. Er goss sich Wasser in den Becher und trank ihn durstig bis zur Neige leer. Dann nahm er den Laib Brot in beide Hände und versuchte ihn entzweizubrechen. Ein harter Widerstand ließ ihn mitten in der Bewegung stocken. Nun ging er vorsichtiger zu Werke. Stück für Stück bröckelte er das Brot ab. Da, eine Klinge schien durch den Teig. Ein Messer! Jemand hatte ihm ein Messer zukommen lassen. Ein weiteres Stückchen Pergament segelte zu Boden. Philipp von Wessenberg stellte schnell seinen Fuß darauf und blickte hastig zur Tür. Gut, die Klappe war geschlossen, er wurde nicht beobachtet. Unendlich langsam bückte er sich. Das Bein schmerzte teuflisch. Dann entrollte er das Kassiber.

»Macht Euch keine Sorgen, die Wachen sind bestochen. Verfahrt wie beschrieben. Ignatius Eggs«

Wieder dieser mysteriöse Ignatius Eggs. Der junge Mann fühlte, wie die Aufregung ihn ihm hochstieg. Er schien es tatsächlich ernst zu meinen. Geistesabwesend aß er ein Stück des zerkrümelten Brotes und biss in den Fisch. Was sollte er tun?

Eine Stunde später hatte Philipp von Wessenberg seinen Entschluss gefasst. Alles war besser, als länger in diesem Verlies herumzusitzen. Er würde tun, was der Unbekannte gefordert hatte. Das Messer war jedenfalls inzwischen gut im Strohsack auf seiner Pritsche versteckt. Auch wenn sein Bein lahm war, seine Hände konnte er inzwischen wieder gebrauchen. Im Zweifelsfall würde er sich des Unbekannten schon zu erwehren wissen.

Seine Erregung stieg in den nächsten Stunden fast ins Unerträgliche. Er wusste kaum, wie er die Zeit bis zum nächsten Abend herumbringen sollte. Jede Sekunde wurde ihm zu einer Ewigkeit. Die Aufregung rötete seine Wangen und half Philipp von Wessenberg, seine Scharade glaubwürdig zu spielen.

Am Nachmittag hämmerte er gegen die Türe seines Gefängnisses. Er hatte das Hemd aufgerissen, der Zopf in seinem Nacken war aufgelöst, die Haare standen wirr um sein Gesicht. Der Dreck auf dem gestampften Fußboden der Zelle hatte ihm dabei gute Dienste geleistet. Den letzten Rest des kostbaren Wassers hatte er sich auf Gesicht und Brust geschmiert, um Schweißperlen vorzutäuschen. Da endlich öffnete sich wieder die Türe.

»Was wollt Ihr?« Der Soldat, der zu seiner Bewachung abgestellt war, musterte ihn abschätzig.

Philipp von Wessenberg schwankte. »Ich habe Fieber. Ich verbrenne. Schickt mir einen Arzt.«

»Den Teufel werden wir tun. Verreckt doch in diesem Loch. Das ist schon wieder ein Feind weniger.«

Verzweifelt legte sich der junge Mann auf seine dünn mit Stroh bedeckte Pritsche. Sein verletztes Bein klopfte. Was sollte er nun tun, wenn sie ihm nicht glaubten, wenn sie ihn einfach hier sterben lassen wollten? Nein, der Beschließer hatte doch gesagt, der Herzog wolle ihn aufpäppeln lassen. Johanna ... Der Gedanke an sie gab ihm wieder neuen Mut. Auch sie war in der Gewalt des Herzogs, völlig hilflos seinen Launen ausgeliefert. Hoffentlich entdeckte dieser Unhold nicht, dass sie ein Mädchen war. Ihm wurde schlecht bei diesem Gedanken. Er musste die Sache durchziehen. Heute Abend, wenn sie ihm erneut Wasser brachten.

»Jesus, was ist denn mit dem los?« Philipp von Wessenberg hielt die Augen geschlossen. Er atmete keuchend. Sein Gesicht war hochrot, die Stirn und die Brust tropfnass. Wie im Fiebertraum warf er sich auf seiner Pritsche herum und stöhnte. Er hörte, wie der Soldat sich umdrehte und aus dem Raum stapfte. Dann schloss er sorgsam hinter sich ab. Kurze Zeit darauf kam er mit dem Beschließer zurück.

»Schaut ihn Euch an. Ich habe ihn so gefunden. Er scheint hohes Fieber zu haben. Sollten wir nicht einen Arzt holen?«

»Das Beste ist, wir lassen ihn einfach hier liegen. Die wenigen Ärzte haben genug damit zu tun, sich um unsere Leute zu kümmern. Es kommen immer wieder neue Verwundete in der Stadt an, die der Herzog hat zurückbringen lassen. Oder habt Ihr etwa die neuesten Nachrichten vom Fortgang des Krieges nicht gehört? Inzwischen spricht doch schon jedes Kind hier in der Stadt davon. Die Freiburger haben einen verzweifelten Ausfall gewagt, zu ihrer Befreiung. Aber das hat ihnen nicht viel geholfen. Es kann nicht mehr lange dauern, bis der Widerstand der Verteidiger gebrochen ist. In der Stadt sollen nur zweihundert Mann Kaiserliche stehen. Dann wurden noch die Studenten und einige Bauern aus dem Schwarzwald zur Verteidigung aufgeboten. Das Bombardement auf die Stadt wird immer stärker, der Kaiserliche Oberst Hans Werner Escher von Bunningen kann Freiburg unmöglich noch länger halten. Der Weimarer hat sich bereits samt seinen Geschützen in der Johannesvorstadt eingenistet. Von dort aus hageln die Kanonenkugeln nur so. Bernhard von Weimar soll dem Kommandanten ein letztes Übernahmeangebot gemacht und ihm und seinen Leuten freies Geleit beim Abzug versprochen haben. Nein, wir brauchen sämtliche Quacksalber und Knochensäger jetzt für unsere eigenen Leute, um sie hinter den Linien zu versorgen. Soll dieser doch verrecken. Außerdem werden wir bei den guten Nachrichten aus Freiburg das hübsche Zimmerchen bald benötigen, zum Beispiel für einen oder zwei der gefangenen Offiziere, die der Weimarer uns nach seinem Sieg über Freiburg sicherlich schicken wird.« Er lachte kehlig.

Der Gemeine brummte. Er schien an der Richtigkeit der Entscheidung zu zweifeln. Philipp von Wessenberg hütete sich, die Augen aufzumachen. Bei den Nachrichten aus Freiburg hatte sich ihm noch einmal ein Stöhnen entrungen, doch seinen beiden Gefängniswärtern fiel das nicht weiter auf. Er hörte, wie ihre Schritte sich entfernten.

Der Gefangene erhob sich nicht mehr von seinem Lager. Wasser und Brot, das hereingebracht wurden, ließ er stehen. Immer, wenn er hörte, dass die Klappe in der Türe zu seinem Verlies sich öffnete, stöhnte er besonders laut. Er hoffte von ganzem Herzen, seine Bewacher würden ihm abnehmen, dass hier ein Mann im Fieberdelirium lag, der seinem letzten Stündlein entgegenging.

Am Abend kam der Gemeine, der ihn bewachte, an sein Bett. Offenbar konnte er das Elend nicht mehr mit ansehen. Er hatte Wasser auf einen Lappen getan und rieb dem Fiebernden sanft die trockenen Lippen damit ab. »Bringt mir einen Priester, ich sterbe«, murmelte der Kranke auf der Pritsche kaum hörbar. Philipp von Wessenberg brauchte dabei nicht mehr sonderlich zu spielen. Seine Lippen waren inzwischen völlig trocken, er war erschöpft vom Hunger, aber noch viel mehr vom Durst. Doch er widerstand dem Drang, sich den Krug vom Tisch zu holen.

Eine Stunde später öffnete sich die Türe erneut. »Hier ist er, Pater. Aber bitte sagt es nicht dem Beschließer. Dieser Gefangene ist zwar ein Feind, aber ein Anrecht auf den Beistand der Kirche in der letzten Stunde hat auch ein solcher Mensch.«

»Keine Sorge, ich verrate nichts. Der Himmel wird Euch Eure gute Tat vergelten«, antwortete eine sonore Stimme. Philipp von Wessenberg hielt noch immer die Augen geschlossen. Da hörte er das Rascheln eines Gewandes, dann ein Schwirren, schließlich einen Schlag. Ein menschlicher Körper fiel zu Boden. Eine Hand fasste nach seiner Schulter.

»Steht schon auf, junger Ritter. Beeilt Euch, wie müssen los. Oder könnt Ihr wirklich nicht laufen?«

Philipp von Wessenberg rappelte sich hoch. Er erblickte einen Hünen im Gewand der Kapuziner, nur wenig älter als er selbst.

»Ignatius Eggs?«

»Ihr sagt es, junger Herr. Aber jetzt ist nicht die Zeit für Erklärungen. Schaut, ich habe Euch auch einen Mantel mitgebracht. Wir müssen schnell hier heraus. Hinter dem Stadttor warten zwei Gäule. Los, beeilt Euch.«

»Und die Wachen?«

»Die Wachen am Tor sind bestochen. Aber der Beschließer hier weiß von nichts. Auch der Soldat am Boden wird sich bald wieder rühren. Ich habe mich bemüht, ihm einen nicht allzu festen Schlag mit meiner Keule zu verpassen. Kommt jetzt endlich.« Das Flüstern wurde immer drängender.

Philipp von Wessenberg schwankte, als er aufstand. Das lange Liegen in der verkrampften Haltung hatte seine Glieder steif gemacht. Auch sein Bein pochte fast unerträglich. Doch er biss die Zähne zusammen.

Es war, wie der fremde Kapuziner es versprochen hatte. Die Wachen am Seckinger Stadttor schauten demonstrativ weg, als die beiden schwarzen Schatten sie passierten. Dahinter standen zwei Bauerngäule an einen Baum angebunden. Ignatius Eggs schwang sich in den Sattel. »Hoja, steigt auf. Und dann schleunigst weg von hier.«

Philipp von Wessenberg war zu erschöpft von dem schnellen Lauf, um etwas zu erwidern. In wildem Galopp entfernten sich die beiden Reiter in Richtung Nordosten. Zwei dunkle Schatten mit wehenden Umhängen, die mit der Dunkelheit verschmolzen. Philipp folgte seinem Retter, ohne weiter darüber nachzudenken, wohin dieser wilde Ritt sie führte. Einige Stunden ging es so dahin, zumeist über schmale Waldpfade, immer wieder bergauf. Mehr als einmal entging Philipp von Wessenberg nur mit knapper Not einem Ast, ehe er ihm ins Gesicht peitschte. Keiner der beiden Männer sprach. Es erforderte ihre volle Konzentration, die Pferde im Mondschein zwischen den Bäumen hindurchzulenken. Im Morgengrauen zügelte der Kapuziner sein Pferd und sah sich nach seinem Gefährten um. Der war am Ende seiner Kraft. »Wir sind für heute weit genug gekommen. In diesen Wäldern findet uns niemand. Es ist ohnehin besser, tagsüber zu schlafen und nachts zu reiten. Ruht Euch jetzt aus. Ich habe auch etwas zu essen dabei.«

Philipp von Wessenberg nickte. Er konnte sich kaum noch auf seinem Pferd halten. Mit steifen Gliedern ließ er sich aus dem Sattel gleiten und sank dann an einem Baumstamm zusammen. Mit einem erleichterten Seufzen fühlte er den stützenden Halt des Stammes an seinem Rücken.

Der Hüne setzte sich neben ihn und reichte ihm einen Lederbeutel mit Wasser. Philipp trank gierig. Nun ging es ihm schon wesentlich besser. Ein Stück Speck, etwas Käse und eine Scheibe Brot taten ein Übriges. Allerdings begann er zu frieren. Der Waldboden war klamm. Die Kälte des vergangenen Winters hielt sich auf den Schwarzwaldhöhen länger als im Rheintal. Er rieb sich die Hände und klopfte sich dann mit verschränkten Armen warm. Der andere schwieg noch immer.

Philipp von Wessenberg betrachtete ihn interessiert. Sein Gefährte war fast ein Riese. Eigentlich sah er sympathisch aus. »Warum habt Ihr mich gerettet?« Es war der erste Satz, den er seit der Flucht gesprochen hatte.

Ignatius Eggs sah auf. »Weil ich Euch brauche.«

»Ihr braucht mich?«

»Ja. Ihr müsst mich zum Herzog von Savelli führen. Ihr gehört doch zu seinem Stab.«

Philipp von Wessenberg musterte den Mann neben sich verwundert. »Was hat ein Kapuziner mit dem Herzog zu tun?«

»Auch ein Kapuziner liebt sein Vaterland. Meine Heimatstadt Rheinfelden ist in den Händen des Feindes. Bernhard von Weimar muss aufgehalten werden, ehe er auch noch Breisach einnimmt. Es ist, als sei er mit dem Teufel selbst im Bunde. Doch es gibt im Schwarzwald aufrechte Männer, die dem nicht tatenlos zusehen werden. Die Bauern stehen zu ihrem Kaiser. Sie haben sich heimlich bewaffnet. Und nun müssen wir uns mit dem Herzog absprechen, wie wir den Weimarer aufhalten können. Wir müssen es einfach schaffen, für das Kaiserliche Heer die Pässe über den Schwarzwald wieder freizumachen, damit die Truppen schnellstens an den Rhein vorstoßen können. Aber wir sind keine Soldaten. Wir brauchen Savellis Hilfe und vor allem mehr Waffen. Mit unseren wenigen Musketen haben wir keine Chance. Hoffentlich kommt die Unterstützung nicht zu spät. Also, bringt Ihr mich zu ihm?«

Philipp von Wessenberg nickte. »Wisst Ihr denn, wo Savelli jetzt ist?«

Der Hüne nickte. »Er soll die Reste seiner Truppen mit der Hilfe von Oberst Heinrich von Metternich und Generalkommissar Lerchenfeld in Tübingen zusammengezogen haben. Erst kürzlich erreichte uns die Nachricht, dass ihm der Kaiser mit Feldmarschall Graf Götz Verstärkung von Westfalen her geschickt hat. Es ist geplant, dass sich die Heere von Savelli und Götz dann bei Nördlingen treffen. Dorthin wollen wir. Ihr seht also, die Zeit drängt.«

»Ihr habt gute Verbindungen. Woher wisst Ihr überhaupt von mir?« In Philipp von Wessenberg keimte erneut das Misstrauen. Fast schämte er sich dafür. Schließlich hatte dieser Mann ihn aus seiner Gefangenschaft befreit.

»Ich weiß von Euch durch meine Schwester. Sie ist Dienerin bei einer gewissen Johanna, die uns schon einmal geholfen hat. Erinnert Ihr Euch noch an die erste verlorene Schlacht des Weimarers vor Rheinfelden? Damals hat sie uns gewarnt. Johanna kennt Euch wohl.«

Philipp von Wessenberg richtete sich auf. Wieder Johanna. Er glühte vor Stolz auf sie. Wie tapfer sie doch war. »Ja, wir sind Freunde seit unserer Kindheit. Wo ist sie jetzt? Geht es ihr gut?« Die Freude, von ihr zu hören, und die Sehnsucht nach ihr waren deutlich aus seiner Stimme herauszulesen.

Ignatius Eggs sah ihn verwundert von der Seite an. Aha, der Junker schien viel mehr für dieses Mädchen zu empfinden als Freundschaft. Zu seiner eigenen Überraschung wallte Eifersucht in ihm auf. Er kämpfte das Gefühl nieder. Er war ein Mönch. Und sie war eine Verräterin. Doch er konnte das Bild des zerschundenen, verzweifelten Mädchens nicht vergessen, das er zusammen mit Klara Nüsslin, der Laufenburger Wäscherin, in einer kalten Januarnacht bewusstlos vor der Laufenburger Rheinbrücke gefunden hatte. Etwas an dieser kleinen zusammengekrümmten Gestalt, etwas in ihren großen Augen hatte sich ganz gegen seinen Willen in sein Herz gegraben.

Der Mönch schloss die Augen. Er musste jeden Gedanken an dieses Mädchen aus seinem Herzen verbannen. Er versuchte seiner Stimme einen möglichst unbeteiligten Klang zu geben. »Sie ist beim Herzog.«

Philipp von Wessenberg sprang trotz seines schmerzenden Beins auf. »Immer noch? Und das sagt Ihr mir jetzt so ganz nebenbei? Dann müsst Ihr alleine zu Savelli gehen. Ich kann sie nicht beim Herzog lassen. Sie ist in großer Gefahr. Wisst Ihr denn nicht, dass sie als Junge verkleidet bei ihm als sein Schreiber lebt?«

»Das tut sie nicht. Nicht mehr. Sie ist seine Geliebte.«

Philipp von Wessenberg wurde rot vor Wut. »Wie könnt Ihr nur so etwas behaupten! Das ist eine Lüge, eine gemeine Lüge. Nehmt das sofort zurück. Wer behauptet so etwas?«

»Meine Bauern sind überall.« Die Antwort kam kurz und trocken. »Ihr liebt sie wohl?« Es war eigentlich keine Frage, die der Kapuziner da ganz ruhig stellte.

Philipp von Wessenberg schluckte. »Ich …«

Der Mönch nickte. »Sie ist eine … bemerkenswerte Frau.«

»Bemerkenswert, sagt Ihr, und gleichzeitig behauptet Ihr, sie sei eine Verräterin? Sie ist das schönste, ehrlichste und tapferste Wesen auf dieser Welt. Niemals würde sie so etwas tun. Außerdem werde ich mit Euch nirgendwohin gehen. Erst muss ich Johanna befreien. Und Ihr werdet mich nicht davon abhalten.« Er zückte sein Messer.

Ignatius Eggs wand es ihm mühelos aus der Hand. »Für einen Soldaten habt Ihr zu wenig Verstand und zu viel Gefühl«, brummte er. »Jetzt geht es um unser Vaterland. Ihr seid zuallererst Offizier der kaiserlichen Truppen, Ihr habt einen Fahneneid geleistet. Erst danach kommt der verliebte Mann.«

Philipp von Wessenberg senkte den Kopf. Der Kapuziner hatte Recht. Und dennoch, er konnte Johanna nicht einfach im Stich lassen. Es konnte nicht stimmen. Sie war mit Sicherheit nicht die Geliebte Weimars. Nur eines war sicher: Solange sie beim Herzog war, war sie in Gefahr. Er erstickte den leisen Zweifel, der sich in ihm meldete. Dann richtete er sich auf. Die Lage für die Kaiserlichen war zu ernst. Er musste seine Gefühle hintanstellen. »Gut. Also reiten wir zu Savelli. Aber nur unter einer Bedingung: Wenn Ihr mit ihm gesprochen habt, helft Ihr mir Johanna zu befreien.«

Ignatius Eggs sah den jungen Mann lange an. »Abgemacht. Und von Nördlingen aus geht es dann zurück nach Ensisheim ins Kloster der Kapuziner. Ensisheim ist nicht mehr weit von Freiburg und Breisach entfernt.«

»Aber es liegt hinter den feindlichen Linien!« Philipp von Wessenberg war entsetzt. »Wollt Ihr zum Feind überlaufen?«

»Hütet Eure Zunge, junger Wessenberg. Sonst könnte es geschehen, dass sie Euch jemand abschneidet. Ist das der Dank an einen Mann, der Euch gerettet hat? Es gibt außerdem auch jemanden, den ich treffen muss. Ich kann es mir also ebenfalls nicht leisten, Zeit zu vergeuden.«

Philipp gab nach. »Und wer sollte das sein?«

»Das kann ich Euch noch nicht sagen. Nur so viel: Es ist auch ein Kapuziner. Es gibt in dieser Welt noch mehr als Frauen und Krieg. Es gibt auch jene, die für den rechten Glauben und gegen diese Ketzer kämpfen. Selbst wenn manche dieser Männer das manchmal zu vergessen scheinen. Und vielleicht kann uns dieser besondere Kapuziner sogar bei der Befreiung ›Eurer‹ Johanna helfen.«

Philipp von Wessenberg blieb nichts anderes übrig, als sich mit dieser Antwort zufrieden zu geben. Denn eine andere bekam er nicht, mochte er auch nachfragen, so viel er wollte.

Der Mönch ritt, als sei der Leibhaftige hinter ihm her. Philipp war es recht. Er wollte so schnell wie möglich seine Aufgabe erfüllen. Allerdings fiel es ihm mit seinem verletzten Bein wesentlich schwerer als dem Mönch mit seinen mächtigen, gesunden Schenkeln, sein Pferd über die unwegsamen Schwarzwaldpfade zu lenken, und das auch noch nachts. Denn man musste immer gewärtig sein, dass ein Trüppchen Weimarer die Gegend unsicher machte. Auf Kundschaftsritt, um zu sehen, ob sich die feindlichen Truppen schon näherten, oder um Vieh, Getreide, eben alles, was essbar war, aus den Höfen fortzuholen. Immer wieder tauchten dunkle Schemen am Wegesrand auf. Ob in Todtmoos, St. Blasien oder Blumberg – Ignatius Eggs schien überall seine Freunde zu haben unter den Bauern. Und auf eine geheimnisvolle, für Philipp von Wessenberg unverständliche Art, fanden sie die beiden nächtlichen Reiter immer. Die Parole, die der Mönch ausgab, war jedes Mal dieselbe: Haltet Euch bereit, bewacht die Pässe, haltet sie frei für die kaiserlichen Truppen. Aber sprengt und zerstört Brücken und Pfade, sollte das Heer des Weimarers über die Höhen des Schwarzwaldes dem Feind entgegenrücken wollen. Manchmal gab es ein etwas längeres Gespräch, wenn es galt, versprengten Trupps des Feindes auszuweichen. Doch meist waren es nur wenige Worte, die gewechselt wurden. Philipp von Wessenberg hatte längst aufgehört, die Tage, oder besser die Nächte, zu zählen. Und dann endlich, bei Rottweil, trafen sie auf die Kaiserlichen.

»Nein, ich halte es für viel zu gefährlich, dem Weimarer in offener Feldschlacht zu begegnen. Er hat sich inzwischen mit Major Taupadel vereinigt. Ich denke, wir sollten lieber einen Umweg machen und dann durch das Kinzigtal bis Offenburg marschieren. Seht Ihr, hier. Es ist unbedingt erforderlich, dass wir Breisach vor dem zu erwartenden Angriff mit Proviant und Soldaten versehen.« Feldmarschall Götz klopfte bei jedem seiner Worte energisch mit dem Finger auf die Karte.

Federico von Savelli schüttelte bedenklich den Kopf. »Wie

man hört, hat er aus Frankreich noch immer keine Verstärkung bekommen. Er kann unserer Übermacht in keinem Fall widerstehen. Außerdem hat sich der Herzog von Lothringen schon vor einiger Zeit von Mömpelgard aus in Eilmärschen auf den Weg an den Rhein gemacht, um uns zu unterstützen. Er wird dem Weimarer dort bald gehörig einheizen, sodass er sein Heer teilen muss. Das macht es uns noch leichter.«

»Und was würden wir mit einem Aufeinandertreffen erreichen? Eine offene Feldschlacht ist in diesem unwegsamen Gelände nur schwer möglich. Wie sollen wir den Herzog zwingen, sich uns in Reih und Glied zu stellen? Wir haben bei den Scharmützeln, die uns Major Taupadel liefert, schon genügend Leute verloren. Und immer wenn wir dachten, wir hätten ihn, war er wieder woanders. Nein, ich halte das nicht für eine gute Lösung. Es ist besser, den Weimarer zusammen mit dem Herzog von Lothringen direkt am Rhein in die Zange zu nehmen. Und das heißt: Abmarsch durch das Kinzigtal in Richtung Offenburg. Von dort aus können wir die Festung Breisach dann mit Proviant versorgen.«

Es klopfte an der Türe. Ärgerlich sah Savelli hoch. »Herein.«

Ignatius Eggs und Philipp von Wessenberg wurden durch die Türe geschoben.

»Philipp!« Der Herzog war sichtlich erfreut seinen Stabsoffizier wieder zu sehen. »So ist es Euch also doch gelungen, aus der weimarschen Gefangenschaft zu fliehen! Unser werter Herzog scheint wenig Geschick darin zu haben, seine Feinde festzuhalten, meint Ihr nicht auch?« Er lachte in Erinnerung an seine eigene Flucht. »Nun sagt mir, wie ist es Euch ergangen? Ihr seht erschöpft aus. Aber es ist schön, Euch wieder bei mir zu haben.«

»Ich freue mich auch, Euer Gnaden. Ich habe Euch einen Gast mitgebracht. Ignatius Eggs, dieser Kapuzinermönch hier, hat mich aus meinem Gefängnis in Seckingen befreit. Und er bringt Euch Hilfe.«

»Ach was! Das ist aber nun ein eigenartiger Zufall. Ich habe Vater Ignatius keineswegs vergessen. Wir kennen uns, nicht wahr,

Vater? Ihr habt ja auch mir aus meinem Gefängnis in Laufenburg geholfen.« Die beiden Männer lächelten sich zu.

Nach einer Viertelstunde hatte der Kapuziner das Versprechen, am nächsten Tag mit zwei Wagen samt Waffen wieder heimkehren zu können. »Und Ihr, von Wessenberg, Ihr kennt die Gegend. Es wird gut sein, Euch wieder bei der Truppe zu haben.« Savelli klopfte dem jungen Mann herzlich auf die Schulter.

Philipp von Wessenberg zögerte. »Ich hätte da einen anderen Vorschlag, Euer Gnaden, einen, der Euch vielleicht noch dienlicher wäre. Ich könnte Ignatius Eggs dabei helfen, die Bauern zu organisieren. Denn ich bin ein Soldat und er nicht. Und danach würde ich gerne zu Ende bringen, was ich angefangen habe, bevor ich erwischt wurde.«

Savelli sah ihn erstaunt an. »Ihr wollt wieder in das Lager des Feindes? Das nenne ich wagemutig nach dem, was Ihr durchmachen musstet. Wie ich sehe, seid Ihr verletzt.«

Philipp von Wessenberg schüttelte den Kopf. »Ich gebe nicht gerne auf. Außerdem habe ich gute … Verbindungen in den direkten Umkreis des Herzogs. Es könnte sein, dass ich wichtige Nachrichten für Euch erfahre. Ignatius Eggs und seine Bauern könnten sie dann an Euch weiterleiten.«

Feldmarschall von Götz schaltete sich ein. »Welche Verbindungen?«

»Er ist ein Jugendfreund der Geliebten des Herzogs.« Das war Ignatius Eggs.

»Das nenne ich eine Verbindung. Seid Ihr sicher, dass sie Euch nicht verraten wird?« Savelli schaute zweifelnd auf Wessenberg.

Der schüttelte den Kopf. »Niemals würde sie das tun. Und sie ist auch nicht seine Geliebte.«

»Schade«, meldete sich von Götz wieder zu Wort. »Andererseits, ich habe da auch etwas gehört. Es soll fast immer eine junge Frau mit rötlichen Haaren an seiner Seite reiten. Vielleicht, wenn man ihrer habhaft werden könnte …«

»Das ist sie. Das ist Johanna. Und das ist es ja, was ich plane –

Johanna zu befreien.« Philipp von Wessenberg wirkte fast jungenhaft in seiner Begeisterung.

Da griff Federico von Savelli wieder ein. »Ob Geliebte oder nicht, ich denke, die junge Frau würde uns einiges zu erzählen haben. Schaut also, dass Ihr sie schnellstens zu uns bringt. Das ist also beschlossen, junger Mann.«

Philipp von Wessenberg verneigte sich strahlend.

Ignatius Eggs wurde langsam ungeduldig. Er hatte noch einiges zu tun. Die Wagen mit den Waffen und der Munition waren zu beladen. Er hielt es für sicherer, ein Auge darauf zu haben, sonst drehten ihm die Kaiserlichen noch unbrauchbare Musketen und nasses Pulver an. Er hatte da so seine Erfahrungen. »Würdet Ihr mich entschuldigen, Durchlaucht? Ich denke, wir sollten beginnen die Wagen zu beladen. Da ist noch einiges zu tun.«

»Aber sicher, Vater, geht nur Eures Weges. Es ist fast wie eine göttliche Fügung, dass wir uns auf diese Weise wieder gesehen haben, meint Ihr nicht?«

Ignatius Eggs verneigte sich. »Ich denke, Gott hat anderes zu tun in diesen Zeiten, als solche Dinge zu fügen. Manches ist auch Menschenwerk.«

Philipp von Wessenberg wollte dem Mönch folgen, doch Feldmarschall Graf Johann von Götz hielt ihn zurück. »Ihr kennt diese Johanna gut?«

»Wir haben als Kinder viel miteinander gespielt. Eines weiß ich jedenfalls genau. Sie ist keine Frau, die sich so ohne weiteres einem Mann hingibt. Außerdem haben ihr die weimarschen Soldaten bei der Eroberung Laufenburgs übel mitgespielt, Euer Durchlaucht.«

»Und Ihr seid ganz sicher, dass sie nicht die Geliebte des Herzogs ist?«

Philipp von Wessenberg wollte heftig werden, doch Federico von Savelli legte ihm beruhigend die Hand auf die Schulter. »Niemand will Eure Jugendfreundin beleidigen, von Wessenberg. Stellt Euch vor, sie käme durch Euch zu uns. Vielleicht könnte sie dabei mithelfen, dass sich Bernhard von Weimar und unser allergnädigster Kaiser Ferdinand III., sagen wir, wieder ein wenig näher kommen ...«

Philipp von Wessenberg griff nach seinem Degen. Savelli legte ihm lachend die Hand auf den Arm. »Ihr seid noch immer derselbe Heißsporn. Ich entschuldige mich in aller Form bei Euch, solltet meine Vermutungen falsch gewesen sein. Ach, noch etwas. Ihr kennt Eggs nicht sonderlich gut, nicht wahr?«

Philipp blickte den Herzog von Savelli erstaunt an und schüttelte den Kopf. »Warum fragt Ihr?«

»Weil ich glaube, dass er der Mann ist, den alle den Bauernkaiser nennen. Er hat die weimarschen Rotten mit seinen plötzlichen Überfällen schon oft in Schwierigkeiten gebracht. Dieser Bauernkaiser ist jedenfalls schon zu Lebzeiten zur Legende geworden.«

Mechthild sah auf ihre schlafende Herrin nieder. Sie lag im Bett des Herzogs von Weimar. Ihr Gesicht wirkte ganz friedlich. Der innere Zwiespalt stand der Dienerin deutlich ins Gesicht geschrieben. Da lag sie nun, die Frau, die sie für eine glühende Patriotin gehalten hatte. Dabei war sie nichts anderes als eine Vaterlandsverräterin. Die Geliebte des Herzogs. Nie und nimmer hätte sie das geglaubt. Doch es stimmte. Und Bernhard von Weimar war halb wahnsinnig vor Angst gewesen, als er sie am 28. April zurück aufs Schloss gebracht hatte. Ihm gefolgt war ein ganzer Tross Soldaten – die Besatzungen von Neuenburg, Rötteln, Rheinfelden, sofern sie abkömmlich waren. Der Herzog zog alle seine Männer für die Schlacht zusammen. Die Stadt war aus allen Nähten geplatzt. Niemand wusste, wie all diese Männer satt werden sollten. Es hatte Beutezüge gegeben. Doch erst als klar wurde, dass Johanna auf dem Weg der Besserung war, hatte sich der Herzog auf den Weg gemacht.

Johanna. Sie wirkte so unschuldig, wie sie so dalag. Die Kranke begann sich zu regen. Es schien, als würde sie heute zum ersten Mal ein wenig zu sich kommen. Die Tage zuvor hatte sie nur geschlafen. Mechthild musste innerlich lachen. Sie hatte eine Kinderkrankheit erwischt. Die Masern. Weiß der Teufel, wo sie sich angesteckt hatte. Wahrscheinlich bei irgendeinem Soldaten. Es hatte fünfzig weitere Fälle gegeben. Und die Hälfte der Männer war daran gestorben. Kinder erholten sich eher von dieser Krankheit, Erwachsene nicht. Für sie konnte es lebensgefährlich werden. Und es gab kaum ein Mittel dagegen, außer vielleicht einem Tee aus Weidenrinde.

Mechthild erinnerte sich daran, wie sie der halb besinnungslosen Johanna das alte Hausmittel ihrer Mutter immer wieder fast gewaltsam eingeflößt hatte. Sie spuckte und wehrte sich gegen diese gallenbittere Medizin. Selbst der Zusatz von etwas Honig nutzte wenig. Doch sie hatte nicht aufgegeben. Trotz ihres Zorns und ihrer Enttäuschung über diese Frau.

»Achte gut auf sie, Mechthild. Sie ist mir teurer als jeder andere Mensch auf dieser Welt. Du bürgst mir für sie mit deinem Leben.« Mechthild hatte ihren Ohren kaum getraut. Dieser mächtige Kriegsherr, hart, verwegen und entschlossen, bei vielen als Draufgänger bekannt, der eigentliche Sieger der Schlacht von Lützen, schon seit seinem 29. Lebensjahr Oberbefehlshaber der schwedischen Truppen, war so hilflos und verzweifelt wie ein kleiner Junge. Und das alles wegen der Liebe zu einer Frau. Dieser Frau, die hier im Bett lag.

Mechthild seufzte. Von einer solchen Liebe träumte jedes junge Mädchen. Es war fast wie im Märchen. Der Prinz, der die Bürgerstochter zu seiner Königin machte. Es war so schön, so romantisch. Etwas, das ihr wohl nie widerfahren würde. Und dennoch, dieser Prinz war als Feind gekommen …

Wieder erinnerte sie sich an den letzten Blick, den Bernhard von Weimar auf die Kranke geworfen hatte, als er mit seinen Regimentern abzog. Sie hatte verzweifelt versucht ihren Bruder zu erreichen. Er sollte die Kaiserlichen warnen. Doch er schien wie vom Erdboden verschluckt zu sein. So hatte sie die Nachricht einem seiner Bauern mitgegeben, die in regelmäßigen Abständen wie Schatten in der Abenddämmerung vor der Burg auftauchten. Manchmal waren es auch Frauen. Sie fielen weniger auf. Denn in diesen Zeiten musste eigentlich jeder Mann kämpfen. Stolz erfüllte sie, wenn sie an ihren großen Bruder dachte. Das war ein Mönch, der sich nicht nur in Gebeten erging, sondern etwas tat für seine Leute. Wo steckte er nur?

Sie hörte ein Rascheln und erhob sich schnell von ihrem Schemel neben der Türe, um nach Johanna zu sehen. Sie hatte die Augen aufgeschlagen. Sie blickten wieder klar und bewusst in die Welt. Mechthild klatschte vor Freude unwillkürlich in die Hände. Trotz aller Vorbehalte – die Tage und Nächte, in denen sie Johanna gepflegt hatte, hatten eine neue Art von Verbindung zwischen ihnen geschaffen. Fast war Mechthild ein wenig stolz auf sich. In gewisser Weise war es auch ihr zu verdanken, dass die junge Frau überlebt hatte.

»Ich sehe, es geht Euch wieder besser, Herrin. Wie schön! Habt Ihr Hunger? Habt Ihr Durst? Soll ich Euch etwas bringen lassen?«

Johanna lächelte und nickte.

»Soll ich Euch etwas Bestimmtes zum Essen bringen? Eine Suppe vielleicht, etwas gewürzten süßen Wein mit Kräutern?«

Nein, das war es nicht, was die junge Frau wollte.

»Wünscht Ihr, gewaschen zu werden? Ihr habt viel geschwitzt. Ich besorge gleich feuchte Lappen.« Mechthild wollte sich abwenden, doch Johanna hielt sie fest. Mit all ihrer Kraft versuchte sie, sich aus den Kissen aufzurichten. Doch sie sank sofort wieder zurück. In ihren flehenden Blick mischte sich nun Panik.

Plötzlich war es Mechthild, als könne sie die Gedanken ihrer Herrin lesen. Sie nickte. »Ihr wollt wissen, wo der Herzog von Weimar ist, nicht wahr?« Sie gab sich Mühe, den leisen Vorwurf in ihrer Stimme zu überdecken.

Johanna schien das überhaupt nicht zu merken. Erwartungsvoll sah sie zu ihr auf.

»Er ist mit seinen Männern abgezogen, Herrin. Hört Ihr nicht, wie still es vor der Burg ist? Tagelang ähnelte die Stadt einem großen Feldlager. Nun sind sie bis auf wenige Mann alle fort. Ich glaube, der Herzog wollte zu Major Taupadel, um ihm zu helfen. Die Kaiserlichen stehen inzwischen mit einem riesigen Heer im Norden des Schwarzwaldes.« Das Mädchen bekreuzigte sich hastig.

Johanna versuchte aus dem Bett zu steigen. Mechthild drückte sie sanft zurück. »Bleibt liegen, Herrin. Ihr seid noch viel zu schwach.«

Doch Johanna wollte nicht aufgeben. Wieder versuchte sie aufzustehen, jetzt wirklich mit blanker Panik im Blick.

»Herrin, lasst das. Es hat keinen Zweck. Ihr könnt nichts tun. Schon gar nicht, um ihm zu helfen. Es sieht fast so aus, als wolltet Ihr dem Herzog sofort hinterherreiten.«

Johanna sah ihre Dienerin flehend an. *Lasst mich gehen*, sagten ihre Augen. *Ich kann es nicht aushalten ohne ihn. Wie könnte ich auch hier liegen bleiben, wenn er sich möglicherweise in Lebensgefahr befindet!*

Mechthild schüttelte verwundert den Kopf. Das war eine Art von Liebe, die sie nicht kannte. Wer hätte gedacht, dass es so tief ging. Fast tat ihr die junge Frau Leid. Sie litt furchtbar. Und das nur, weil ein Mann nicht da war. Sie verlegte sich auf gutes Zureden. »Bitte, bleibt in Eurem Bett. Nur so werdet Ihr schnell gesund. Und dann, erst dann könnt Ihr dem Herzog nachreisen. Auch wenn ich das nicht für eine gute Idee halte. Was soll eine Frau auf dem Schlachtfeld?«

Johanna gab nach. Das waren dieselben Worte, die der Herzog einmal zu ihr gesagt hatte. Außerdem hatte das Mädchen Recht. Sie musste gesund werden. So schnell wie möglich. Auch wenn Mechthild wahrscheinlich hoffte, sie werde es sich anders überlegen, Johanna wusste genau, sobald es ihr wieder besser ging, würde sie aufbrechen.

Zwei Wochen später waren sie unterwegs, ein kleines Grüppchen Menschen. Johanna vermutete die Regimenter des Herzogs im nördlichen Schwarzwald. Die Kaiserlichen waren einem offenen Kampf ausgewichen und hatten sich den Informationen nach über das Kinzigtal in Richtung Rhein auf den Weg gemacht. Einen Teil seiner Regimenter hatte Weimar durch das Albtal zurück an den Rhein geschickt. Er selber hatte den Weg über Blumberg hinunter nach Süden gewählt, um die Truppen der Habsburger daran zu hindern, sich doch noch einen Weg über einen der Schwarzwaldpässe zu suchen. St. Blasien, Todtmoos, irgendwo dort musste er sein. Und das war nicht weit weg. Einen Tagesritt vielleicht.

Mechthild fürchtete sich in diesem dunklen Wald. Trotz der Männer, die sie begleiteten. Sie hielt ihr Pferd hinter dem von Johanna, die ihrem Wallach ungeduldig die Sporen gab. Das Herz schmerzte zu sehr vor Sehnsucht. *Hoffentlich geht es ihm gut.*

Die Dienerin hatte andere Gedanken. Schaute da nicht ein Kobold hinter einem Baumstamm hervor? Sie bekreuzigte sich hastig und kreuzte zwei Finger als Zeichen gegen böse Geister. Dann zerrte sie in ihrer Angst heftig an den Zügeln. Ihr Pferd kam aus dem Tritt und wäre beinahe in einen Fuchsbau getreten. Der schmale Pfad zwischen den Tannen war im Halbdunkel kaum zu erkennen. Der graue Himmel dieses Apriltages schickte nur wenig Licht hinunter bis auf den Waldboden. Erschreckt fuhr sie beim Schrei eines Bussards zusammen. Er musste irgendwo über den Baumwipfeln kreisen. Ein Windstoß brachte die Äste der hohen Bäume zum Krachen, die Wipfel bogen sich. Mechthild schüttelte sich. Es war einfach zu gruselig hier. Doch ihre Herrin schien dies alles nicht zu bemerken. Sie war trotz der gerade überstandenen Krankheit von einer Stärke, die Mechthild einfach unerklärlich fand.

Ein Knistern im Unterholz ließ sie zusammenfahren. Der Leutnant, der das kleine Trüppchen führte, brachte sein Pferd zum Stehen und lauschte. Doch außer dem Wind war nichts mehr zu hören. »Das war wohl nur eine Maus oder ein Eichhörnchen.« Seine Männer nickten.

»Vielleicht sollten wir hier eine kurze Rast halten, etwas essen und unsere Glieder strecken. Dort ist eine kleine Lichtung mit mehreren Steinen, darauf könnten wir uns setzen«, schlug einer der drei Soldaten in holprigem Deutsch vor. Der Leutnant schaute Johanna an. Sie nickte. Die anderen in der Gruppe seufzten innerlich erleichtert auf. Diese Getriebene wurde ihnen langsam unheimlich.

Sie zündeten kein Feuer an, um ihre Anwesenheit nicht zu verraten. Brot, einige verschrumpelte Mohrrüben vom letzten Jahr und der Wasserschlauch machten die Runde. Nicht mehr lange und dann würde es die neue Ernte geben, dachte Mechthild sehnsuchtsvoll. Immerhin war es ja schon April. Das heißt, falls auch die Bevölkerung etwas davon abbekam. Der gefräßige Moloch des Heeres beanspruchte fast alle Vorräte für sich. Es waren ohnehin nicht viele Felder, die bestellt werden konnten. Aber immerhin. Sie schaute in die Runde. Niemand sprach. Sie sah, wie ein Ruck durch Johanna ging. Oh bitte, noch eine kleine Weile. Doch die junge Frau war erbarmungslos. Mit einer Handbewegung forderte sie ihre Begleiter auf, weiterzureiten. Die Männer erhoben sich ebenso unwillig wie Mechthild.

Da plötzlich wieder dieses Knacken im Unterholz. Die Menschen standen wie erstarrt. Und dann ging alles ganz schnell. Etwa zwanzig Bauern stürmten mit Mistgabeln und Dreschflegeln bewaffnet zwischen den Bäumen hervor, vorweg ein Hüne im Mönchsgewand, der eine Muskete schwenkte, hinter ihm ein drahtiger, schlankerer Mann, dunkel und gut aussehend. Die Männer des Herzogs hoben ihre Musketen. Schüsse hallten, Pulverdampf stieg zwischen den Bäumen auf.

Da erklang der Freudenschrei einer Frau. »Ignatius, Bruder, halt ein. Du bringst uns ja noch um.« Der Hüne stockte mitten im Lauf. Dann fiel sein Blick auf Mechthild. »Schwester, Schockschwerenot, was machst du denn hier? Beinahe hätten wir euch ermordet.«

Philipp von Wessenberg stand ebenfalls wie erstarrt. Da war sie. Da war Johanna. Fast schien es ihm wie ein Traum. Er hatte ihr Bild so oft vor Augen gehabt. Und nun wusste er nicht, was er tun sollte.

Die Männer des Weimarers hatten inzwischen die Hände erhoben, um ihre Kapitulation zu signalisieren. Gegen diesen Gegner hatten sie schon zahlenmäßig keine Chance. Sie waren von einem Ring wild dreinblickender Bauern umgeben, die ihnen am liebsten sofort den Garaus gemacht hätten. Doch Ignatius Eggs hielt seine Männer mit einer herrischen Handbewegung zurück.

Johanna stand da, mit entschlossenem Gesicht, und sah den Mönch trotzig an. Als sie ihn erkannte, ließ sie den Stein fallen, den sie kurz entschlossen ergriffen hatte. Mit lachendem Gesicht lief sie ihm entgegen. Und dann sah sie Philipp von Wessenberg. Sie begann zu strahlen und kam direkt auf ihn zu.

Nein, dieser Engel, den er da sah, das konnte keine Verräterin sein. Am liebsten wäre er auf sie zugestürzt und hätte sie in die Arme genommen. Dann verfinsterte sich sein Gesicht und er trat wieder einen Schritt zurück in den Schatten der Tannen.

Johanna blieb erschrocken stehen. Was hatte ihr Freund nur? Warum freute er sich nicht ebenso über diese unerwartete Begegnung wie sie? Dann rannte sie weiter.

»Woher kommt ihr, was macht ihr hier? Wo wollt ihr hin? Wisst ihr denn nicht, dass der Weimarer mit seinen Soldaten hier in der Gegend sein muss?«, hörte sie Mechthild hinter sich halb freudig, halb ängstlich fragen. Sie drehte sich um, um die Antwort von Ignatius Eggs zu hören.

»Wir sind unterwegs in wichtiger Mission«, antwortete der Bass des Mönches. Sein Blick streifte Johanna. »Aber mehr kann ich nicht sagen. Das ist wohl eher Sache dieses Junkers hier.«

»Ignatius hat Recht. Wir sind unterwegs in wichtiger Mission.« Plötzlich hörte Johanna die Stimme Philipps hinter sich. Sie klang angespannt, fast fragend. Sie hatte ihn auf dem weichen, von abgefallenen Tannennadeln bedeckten Waldboden nicht näher kommen hören. Die junge Frau wandte sich um und sah ihrem Jugendfreund erwartungsvoll ins Gesicht.

Seine Züge wurden weicher, als er ihre strahlenden Augen sah. Wie hatte er nur all den bösen Gerüchten über sie glauben können. Sie sah so jung aus, so unschuldig. Trotz allem, was diese ... Bestien mit ihr angestellt hatten. Aber das würde sie vergessen. Nun war er da, um sie zu beschützen. Wenn sie wollte, für den Rest ihres Lebens. Er betrachtete sie zärtlich.

»Steht nicht da wie ein verliebter Stockfisch!« Die halb ärgerliche, halb drängende Stimme von Ignatius Eggs riss ihn aus seinen Gedanken. »Ihr wisst genau, dass wir uns hier besser nicht allzu lange aufhalten sollten. Die Feinde sind uns dicht auf den Fersen.«

Philipp von Wessenberg nickte. Er nahm Johannas Hand. »Ich bin gekommen, um Euch zu holen, um Euch aus der Gefangenschaft bei diesem Weimar zu retten. Ihr braucht nun keine Angst mehr zu haben. Nie wieder.«

Johanna wurde bleich und trat einen Schritt zurück. Sie hob die Hände. Ihre Augen, ihr Gesicht, ihr ganzer Körper drückten Abwehr aus.

Philipps Gesicht wurde hart. In seinem Mund breitete sich ein bitterer Geschmack aus. »So stimmt es also doch, was man sagt. Ihr seid seine Hure. Nicht Ihr! Nicht ausgerechnet Ihr! Das darf nicht sein. Das lasse ich nicht zu. Ich ...«

Er konnte nicht weiterreden. Mit lautem Gebrüll brachen nun etwa dreißig Männer durch das Unterholz. »Major Taupadel, sorgt dafür, dass den Frauen nichts geschieht!« Diese Stimme jagte Johanna einen Schauer durch die Glieder. Das war Bernhard von Weimar.

Ignatius Eggs reagierte sofort: »Schlagt Euch in die Büsche. Schnell, Männer, gegen diese Übermacht können wir uns nicht wehren. Diese Erzhalunken sind besser bewaffnet als wir.« Seine sonore Stimme dröhnte sogar zwischen all den Tannen. Die Bauern waren in Windeseile im Schatten der Bäume verschwunden und verschmolzen mit der Dämmerung des Waldbodens. Nur Philipp von Wessenberg blieb stehen, als wäre er festgebunden.

Ignatius Eggs kehrte um und zerrte ihn von Johanna weg. »Ihr verliebter Trottel. Wollt Ihr wirklich für diese Frau Euer Leben riskieren?«

Philipp starrte die junge Frau noch ein letztes Mal an. In seinen Augen erkannte sie, wie tief verletzt er war – und wie entschlossen. »Ich schwöre Euch bei meiner Ehre, ich werde Euch holen. Ich werde nicht zulassen, dass Ihr bei diesem Vaterlandsverräter bleibt. Hinter jedem Baum, hinter jedem Strauch, hinter jedem Haus und Zaun, die Ihr künftig passiert, könnte ich stehen. Ich schwöre es, bei allem, was mir heilig ist.« Dann war auch er verschwunden.

Johanna fühlte sich von hinten umfasst. Herzog Bernhard von Weimar war es in diesem Moment völlig egal, dass seine Männer sahen, wie er dieses Mädchen umarmte. Er drehte sie um und zog sie an sich. Sie konnte sein Herz schlagen hören. Sie barg das Gesicht an seiner Schulter. Er legte den Mund an ihr Haar. »Liebste Johanna. Du bist gesund. Aber was tut ihr hier? Mein Gott, wir haben Krieg. Falls ich nicht mit meinen Männern zufällig hier gewesen wäre, weil wir uns wieder hinunter ins Rheintal durchschlagen wollten, um dem Feind zuvorzukommen ...« Er stöhnte. »Was hätte dir alles geschehen können! Ich hätte es nicht ertragen, dich so zu verlieren, nachdem ich gehört habe, dass es dir besser geht. Wie kannst du dich nur so in Gefahr bringen? Weißt du denn nicht, wie viel du mir bedeutest? Du bist für mich ebenso wichtig wie jeder Schlag meines Herzens, wie jeder Atemzug, den ich tue. Ich weiß nicht, wie ich ohne dich weiterleben sollte. Johanna, mach das nie wieder, bring dich niemals wieder so in Gefahr. Am besten ich lasse dich keinen Moment mehr aus den Augen.«

Johanna sah zu ihm auf. In ihren Augen las er all das, was er selbst fühlte. Da senkte er seinen Kopf und küsste sie – mitten im Kreise seiner Soldaten. Es war wie ein unauslöschliches Versprechen. Und so mancher der hartgesottenen Männer konnte ein Räuspern der Rührung nicht unterdrücken.

VI

Der Köhler beobachtete mit finster zusammengezogenen Augenbrauen die schmächtige Gestalt, die da seit zwei Stunden fast reglos auf der Bank vor seiner Hütte saß. Der Alte hatte sich kaum geregt, seit er, begleitet von einigen Männern, bei ihm erschienen war. Er wischte sich mit den dreckverschmierten Händen über die Augen und schichtete weiter Erde auf seinen Meiler. Er hatte keine Zeit, sich um Gäste zu kümmern, und schon gar nicht, wenn sie Franzosen waren. Der Alte sprach zwar recht gut Deutsch, aber sein Akzent war unverkennbar. Was wollten diese Männer nur hier? Wenn ihn nicht Pater Ignatius Eggs darum gebeten hätte, sie für einige Stunden bei sich zu dulden, er wäre mit ihrer Anwesenheit hier niemals einverstanden gewesen. Wieder ein misstrauischer Blick. Er hasste die Anwesenheit von Fremden bei seiner Hütte. Der Alte schien ein Mönch zu sein. Einer von der Sorte, zu der auch Ignatius Eggs gehörte. Er kannte sich da nicht so aus. Die anderen waren ihrer Ausrüstung nach Soldaten. Sie hatten bisher kein Wort gesprochen.

Eines der Pferde, die an einem Baumstumpf neben der Hütte festgebunden waren, hob ruckartig den Kopf und wieherte. Der Köhler starrte in das Halbdunkel zwischen den Tannen und versuchte zu erkennen, ob jemand kam. Die kleine Gestalt auf der Bank vor der Hütte beugte sich erwartungsvoll vor. Doch nichts geschah. Dann begannen die Pferde zu stampfen, sie wurden immer unruhiger, zerrten an ihren Zügeln. Eines stieg, die Augen groß aufgerissen vor Panik. Der Köhler fluchte. Diese verdammten Wölfe. Schon seit einiger Zeit wagten sie sich immer näher an die Hütte. Dabei hätten sie doch jetzt im Frühling genügend junge Tiere finden müssen. Oder war es der alte Wolf, der Graue, der Einzelgänger? Er lahmte, musste sich in einer Schlinge einmal das Bein gebrochen haben. Wohl deshalb war er jetzt auf Menschenfleisch aus. Er hatte die unregelmäßige Fährte schon oft bei der Hütte gesehen.

Der französische Priester hatte sich erhoben. Seine Männer versuchten die Pferde zu beruhigen. Da knallte ein Schuss, ein hohes Jaulen schallte durch die Stille des Waldes. Kurz darauf kam Ignatius Eggs lautlos wie ein Luchs zwischen den Bäumen hervor, gefolgt von einer Schar verdreckter Bauern. Neben ihm hielt sich ein jüngerer, etwas drahtiger Mann. Eggs hatte einen Wolf bei den Vorderpfoten gefasst und schleppte ihn hinter sich her. Das Tier blutete aus einer Kopfwunde und war offenbar tot. Die Blutstropfen, die zu Boden fielen, wurden von den Hinterläufen sofort wieder verwischt. Eggs hob den Wolf hoch und schleuderte ihn dem Köhler vor die Füße. »Hier habt Ihr ein ganz hübsches Fell. Der hier ist zwar nicht mehr der Jüngste, aber warm halten wird Euch sein Pelz allemal. Er hat Euch beobachtet und wohl auf eine gute Gelegenheit gewartet. Der Wind stand gegen uns, deshalb konnten wir nah genug an ihn herankommen. Als er uns bemerkte, war es für ihn zu spät.«

Der Köhler nickte wortlos und blickte hinunter auf das tote Tier. Ja, es war der Graue.

Der kleine Franzose hatte sich erhoben. »Das war ein beeindruckender Auftritt. Seid Ihr Ignatius Eggs?«

»Und Ihr?«

Der Ältere lächelte spöttisch. »Braucht Ihr meinen ganzen Namen oder reicht auch der, unter dem ich allgemein bei den Kapuzinern und auch sonst bekannt bin?«

Zur Überraschung des Köhlers kniete sich Ignatius Eggs plötzlich nieder. Der kleine Mann lächelte und streckte die Hand aus. Ignatius Eggs küsste ehrfürchtig den prächtigen Siegelring. »Verzeiht mir, Vater Joseph. Aber ich musste sicher sein. Ihr seht im Moment nicht aus wie ein Provinzial der Kapuziner.«

Der kleine Pater hob die Hand an den Mund. »Es ist nicht notwendig, Namen zu nennen.«

Ignatius Eggs verneigte sich noch einmal. »Ihr seid hier unter Freunden, Monseigneur. Von diesen Männern wird Euch keiner verraten.«

»Mag sein. Aber ich bin hier tief in Feindesland. Ich kann mir keine Unvorsichtigkeiten erlauben. Außerdem kämpft Ihr auf Seiten der Kaiserlichen. Eigentlich sind wir also Feinde.«

»Ich bin ein Mönch, ich kämpfe nur dann, wenn es sein muss. Es fällt mir nicht leicht, die Bibel mit der Waffe zu tauschen. Aber ich kann doch nicht einfach zusehen, wie der Feind – und mit ihm der reformierte Glauben – hier immer mehr an Boden gewinnt.«

»Ihr seid in einer Zwickmühle. Aber das bin ich auch. Wie Euch wohl bekannt sein dürfte, hat Frankreich ein Bündnis mit Schweden, dessen Oberbefehlshaber der Herzog von Weimar ist. Im strengen Sinne benehme ich mich im Moment also wie ein Verräter. Ihr seht, ich wage einiges, um mich mit Euch zu treffen.«

»Und doch gibt es mehr als den Krieg?«

Vater Joseph nickte. »Ich sehe, ich habe es hier nicht mit einem Dummkopf zu tun.«

Philipp von Wessenberg brauchte eine Weile, doch dann dämmerte ihm, wer dieser Mann sein musste. Er stand einem der gefährlichsten Feinde gegenüber, die Kaiser Ferdinand III. von Habsburg im Moment hatte. Vater Joseph, das war der Freund und engste Vertraute von Kardinal Richelieu, dem Ersten Minister Frankreichs und Berater des Königs. Er griff zur Waffe.

Ignatius Eggs warf ihm einen scharfen Blick zu. »Haltet Euch zurück, Junker. Das hier ist ein Treffen von Männern der Kirche.« Ein weiterer Blick zu den Bauern und der junge Mann war entwaffnet. Philipp von Wessenberg schäumte. War denn die ganze Welt verrückt geworden? Da stand ihm einer der listenreichsten Feinde des Kaisers gegenüber, und dieser Ignatius Eggs verneigte sich auch noch vor ihm.

»Ich denke, es ist besser, wir führen dieses Gespräch unter vier Augen.« Vater Joseph hatte keine Miene verzogen. »Dieser Junker scheint gar zu stürmisch zu sein. Oder sprecht Ihr Latein? Vielleicht Französisch?«

Ignatius Eggs musterte sein Gegenüber. Er überragte den Provinzial der Kapuziner um mehr als Haupteslänge. Dennoch fühlte er sich klein neben ihm. Vater Joseph wirkte müde. Es war bekannt, dass er oft kränkelte. Im Vergleich zu seiner eigenen Sonnenbräune wirkte der Franzose eher wie ein grauer Schatten. Doch da waren diese klaren Augen, dieser Blick, der ihm bis in die Seele schaute. Diese Augen sahen alles. Es lag eine gewisse Schärfe in ihnen, aber auch die Weisheit und Erfahrung eines langen Lebens. Diesen Mann konnte nichts so schnell aus der Fassung bringen.

Wieder verbeugte sich Ignatius Eggs. »Leider ist mein Latein etwas holprig. Und Französisch kann ich nur einige Brocken, die ich von Gefangenen gelernt habe.«

»Dann lasst uns in die Hütte gehen.«

Ignatius Eggs öffnete die grobe Holztür. Dann ließ er dem Älteren höflich den Vortritt.

Vater Joseph kam sofort zur Sache. »Ich habe ein Anliegen – und auch ein Angebot. Beides hängt eng miteinander zusammen.«

Ignatius Eggs versteifte sich. »Vater Joseph, bei aller Ehrerbietung, die ich für Euch hege, ich werde nichts tun, um mein Vaterland zu verraten.«

Der kleine Mann winkte ab. »Das weiß ich, mein Sohn. Und das würde ich auch niemals von Euch verlangen. Doch kommen wir zuerst zu meinem Angebot. Wir mögen zwar Krieg haben, doch bei unserem Treffen geht es um mehr als um Politik. Denn eines verbindet meinen König und Euren Kaiser, und das ist der rechte Glaube. Auch wenn die Herren das manchmal über all dem Schlachtgetümmel zu vergessen scheinen. Ich habe es jedenfalls nicht vergessen. Wie auch immer dieser blutige Händel ausgehen mag, Männer wie wir sind dazu aufgerufen, einen kühlen Kopf zu bewahren und dafür zu sorgen, dass der Einfluss des Papstes und der Heiligen Mutter Kirche durch nichts geschmälert wird. Wir müssen vorbereitet sein, sollte dieser Krieg zugunsten des Weimarers ausgehen. Denn dann, und gerade dann muss es eine Zuflucht geben für all die Verfolgten und Beladenen, die sich nicht vom rechten Glauben abkehren wollen, um zu den Ketzern überzulaufen. Das ist es, Bruder, worum es geht. Und dafür, mein Sohn, müssen wir uns die Hände reichen, über alle politischen Grenzen und Schlachtfelder hinweg. Denn die Zukunft der Heiligen Mutter Kirche steht über jeder Staatsräson.«

Vater Joseph machte eine Pause. Ignatius Eggs schwieg.

»Ich sehe, Ihr seid nicht leicht zu gewinnen, mein Sohn.«

»Es fällt mir schwer, auf zwei Stühlen zu sitzen, Vater. Mein Herz schlägt für dieses Land, für die Menschen und für unseren Kaiser. Dennoch bin auch ich ein Mönch, der sein Leben der Sache des Herrn geweiht hat. Nur deshalb war ich bereit mich mit Euch zu treffen. Wäre es anders, ich weiß nicht, ob ich dem Befehl meiner Oberen, Euch zu sehen, Folge geleistet hätte.«

»Ihr seid ein ehrlicher Mann. Menschen wie Euch, die über all dem Blut die Liebe, die Ehrlichkeit und die Hingabe nicht vergessen, brauchen wir in diesen Tagen, Ignatius Eggs. Das gilt aber auch für die Liebe zur Kirche.«

Der Mönch beugte sein Haupt. Er fühlte sich nicht wohl bei solchen Wortgefechten. »Also, was ist Euer Anliegen?«

»Zuvorderst und vor allem dafür zu sorgen, dass der rechte Glaube seinen Platz behält in Eurer Heimat. Ihr wollt in Laufenburg ein Kapuzinerkloster gründen, wie man hört? Das ist eine unterstützenswerte Aufgabe. Ich bin bereit Euch dabei zu helfen. Übrigens auch mit dem Einverständnis des Kardinals.« Vater Joseph brauchte keinen Namen zu nennen. Ignatius Eggs wusste, wen er meinte.

»Und was wollt Ihr als Gegenleistung?«

»Mein Sohn, ich biete Euch diese Unterstützung in jedem Falle an. Ganz egal, ob Ihr meinem Wunsche entsprecht oder nicht. Ich halte Euch nicht für käuflich. Und so wie Ihr habe auch ich nur ein Ziel: der Heiligen Mutter Kirche nach Kräften nützlich zu sein. Aber Gottesdienst ist eben manchmal auch Menschendienst.«

»Was wollt Ihr von mir?«

Der Kapuzinerprovinzial lächelte leicht. »Kommt Ihr immer so unumwunden zur Sache, mein Sohn?«

Ignatius Eggs Misstrauen wuchs. »Ich konnte noch nie gut Worte drechseln, ich bin ein einfacher Mann.«

»Ihr seid viel zu bescheiden, mein Sohn. Was ich von Euch erhoffe, dürfte nicht schwer sein und auch Euer patriotisches Herz nicht in einen Zwiespalt bringen. Ihr kennt die Geliebte des Herzogs?«

Ignatius Eggs nickte zögernd. »Johanna Stocker, eine Frau, die sich vom Paulus zum Saulus gewandelt hat. Was wollt Ihr von ihr?«

»Aber soweit ich weiß, ist sie noch immer eine treue Tochter der Kirche. Außerdem soll sie eine mutige und schöne Frau sein.«

»Was wollt Ihr von ihr?«

Vater Joseph lachte. »Bruder, Bruder, Ihr gebt nicht so schnell auf. Nun gut. Bernhard von Weimar ist ein Ketzer. Und er wird von Amalie von Hessen-Kassel unterstützt, einer ebenso verstockten Ketzerin, die hofft ihn zu ehelichen, wie man hört. Was kann für den rechten Glauben da besser sein, als diese Verbindung zu verhindern und eine Frau an der Seite des Herzogs zu wissen, die zu uns Katholiken gehört? Ich weiß, Ihr wollt Euch das nicht vorstellen, aber im Moment ist es durchaus möglich, dass der Herzog den Sieg davonträgt. Fällt Breisach, gehört ihm diese ganze Region in den österreichischen Vorlanden. Da kann es doch nur im Interesse der Kirche sein, wenn eine ihrer Töchter an seiner Seite ist, die ihn davon abhält, ihre Glaubensgenossen zu verfolgen oder zu zwingen zu den Ketzern überzutreten. Bei Amalie von Hessen-Kassel ist diese Unterstützung eher unwahrscheinlich, meint Ihr nicht? Wie man hört, liebt der Herzog seine schöne Metze sehr und kann ihr nichts abschlagen.«

»Vater Joseph, ich sehe noch immer nicht, worauf Ihr hinauswollt.«

»Nun, ich glaube, diese junge Frau sollte zum Wohle der Kirche gut beschützt werden. Schließlich lebt auch sie nun in Feindesland, da kann viel geschehen. Ich denke, Ignatius Eggs, Ihr solltet ein wenig auf sie aufpassen und dafür sorgen, dass sie nicht von ihrem Glauben abfällt. Denn ihre Nähe zum Herzog könnte den Rechtgläubigen und all den Seelen, die auch Euch am Herzen liegen, noch einmal zum Segen und zum Heil gereichen. Deshalb wäre ich Euch auch sehr verbunden, wenn Ihr es schafft, wieder in ihre Nähe zu gelangen oder zumindest, dass Eure Bauern ein Auge auf sie haben. Für sie dürfte es ja keine Schwierigkeit sein, ins Lager des Herzogs zu gelangen. Wem fällt schon ein Bauer auf oder seine Frau, die Mehl bringen, Milch oder Sonstiges, nicht wahr? Außerdem solltet Ihr mir hin und wieder Nachricht zukommen lassen, wie es ihr geht.«

Ignatius Eggs runzelte unmutig die Stirn: »Ich eigne mich nicht zum Spion.«

»Wofür haltet Ihr mich!« Der kleine Mann wirkte gekränkt. »Ich will Euch wahrlich nicht zum Spitzel machen. Ich will von Euch keine Informationen aus dem Lager unseres politischen Feindes. Ich hoffe nur, dass Ihr einen Menschen beschützt, der für die Zukunft des Glaubens in dieser Region, für das Heil unzähliger verfolgter, gequälter Seelen einmal die Rettung sein könnte. Also, werdet Ihr meinen Wunsch erfüllen?«

Ignatius Eggs schwieg. Diese Entwicklung kam überraschend. Er brauchte jede Hilfe zur Gründung seines Klosters, die er bekommen konnte. Doch irgendetwas störte ihn an dem Wunsch des kleinen Mannes, über Johanna informiert zu werden, sie beschützt zu sehen. Seine Argumentation war einleuchtend. Und dennoch, da lag etwas hinter seinen Worten, etwas, das sich nicht greifen ließ, das sich immer wieder seinem Verständnis entzog.

Ignatius Eggs konnte das Gefühl nicht loswerden, dass er benutzt werden sollte. Andererseits, was konnte es schaden Nachrichten über Johanna weiterzugeben? Sie war eine Verräterin, eine ehrlose Buhle. Und dennoch, es stimmte: Sie war auch im rechten Glauben erzogen. Es könnte wirklich einmal wichtig sein, eine solche Frau an der Seite des Herzogs zu wissen. Jedenfalls besser sie, ein Kind des Rheins, eine der Ihrigen, als diese fremde Ketzerin, Amalie von Hessen-Kassel, die mit Sicherheit nur an ihre eigenen Untertanen dachte. Ihr wären die Menschen, für die er kämpfte, völlig egal.

Ignatius Eggs nickte. »Also gut, ich werde tun, was Ihr verlangt, Vater.«

Der Provinzial strahlte. »Ich wusste, dass Ihr ein kluger Mann seid, mein Sohn. Gott segne Euch.«

Die beiden Männer waren nur eine Viertelstunde in der Hütte gewesen. Philipp von Wessenberg konnte sich kaum zurückhalten, als sie wieder auf die kleine Lichtung vor der Köhlerhütte traten. Am liebsten hätte er sich auf den Feind gestürzt. Doch die dunklen, drohenden Blicke der Männer um Ignatius Eggs belehrten ihn eines Besseren. Sie waren dem Mönch, der sie anführte, treu ergeben. Also blieb er, wo er war. Er sah, wie Eggs noch einmal vor dem kleinen Mann niederkniete und seinen Ring küsste. Kurze Zeit später war der Kapuzinerprovinzial mit seinen Begleitern nicht mehr zu sehen, die heimliche Begegnung im Wald nur noch eine Erinnerung.

»Was wollte er von Euch?«, fragte Philipp scharf.

Ignatius Eggs sah dem davonreitenden Trüppchen gedankenvoll nach. Dann wandte er sich zu Philipp von Wessenberg um und musterte ihn einen Moment. »Ich wollte, ich könnte es Euch sagen, mein Freund. Doch ich kann es nicht. Also dringt nicht länger in mich. Seid versichert, ich werde nichts tun, was der Sache der Habsburger schaden könnte.«

Philipp schwieg eine Weile. Dann brach die Frage, die er schon so lange hatte stellen wollen, aus ihm heraus. »Seid Ihr derjenige, den man den Bauernkaiser nennt?«

Der Hüne sah in scharf an. »Wer sagt das?«

»Federico, der Herzog von Savelli.«

»Dann muss es wohl stimmen. Aber es wäre mir weitaus lieber, Ihr behieltet das für Euch, Junker Wessenberg.«

Der junge Mann sah den Mönch voller Hochachtung an. Jeder hier in den Höhen des Schwarzwaldes kannte diesen Namen. Er verband sich mit kühnen Überfällen, bravourösen Hinterhalten, mit unzähligen Nadelstichen gegen das Heer des Herzogs. Dahinter steckten ein scharfer Verstand, Tollkühnheit und unbedingte Vaterlandsliebe. Der Bauernkaiser also.

Johanna blickte in die Runde. Ihre Wangen glühten. Zum ersten Mal saß sie offiziell neben Bernhard von Weimar am Tisch auf der leicht erhöhten Empore. Sie trug ein grünes Samtkleid mit einem kunstvoll mit golden glänzenden Kordeln geschnürten Oberteil, das am Halsausschnitt, an der Taille und am Saum mit samtenen dunkelgrünen Borten gesäumt war. Die Ärmel waren an den Schultern leicht gepufft und lagen ab der Mitte des Oberarms wieder eng an. Zwischen den Falten am Oberarm und am Rock blitzten goldene Streifen von Brokatstoff hervor. Die roten Haare waren kunstvoll aufgesteckt und leuchteten unter einem Netz aus dünnen Goldfäden im Schein der Fackeln. Kleine lockige Strähnen ringelten sich im Nacken, über die Stirn und über die Schläfen, wo sie die feinen Züge und die großen braunen Augen Johannas noch zusätzlich betonten. Als einzigen Schmuck trug sie einen tiefgrünen Smaragd an einer ziselierten Goldkette. Ein Geschenk des Herzogs. Mancher Blick der Männer im Raum streifte sie bewundernd. Johanna genoss das ebenso wie das Lachen, das friedliche Gemurmel der Stimmen. Der Krieg schien an diesem Abend so weit weg zu sein.

Es gab auch einigen Grund zur Freude. Sie sah hinüber zu Guébriant. Mit dreitausend Mann war er erst gestern nach Neuenburg gekommen. Der Herzog war sofort dorthin aufgebrochen, um ihn zu empfangen. Sie beugte sich etwas vor und schaute die Tafel entlang nach rechts. Nun unterhielt sich der Franzose gestenreich mit Major Taupadel. Der drahtige, kriegserprobte Offizier wirkte fast plump gegen den kleineren, beweglichen Franzosen. Sie konnte einige Wortfetzen hören. »Nur fünfundsiebzigtausend Livres«, erklärte der Franzose empört. »Wir mussten in Ställen und Scheunen übernachten. Die Bevölkerung war nicht gerade glücklich. Doch was hätte ich tun sollen, die Männer brauchten Verpflegung, um zu marschieren. Deshalb hat es so lange gedauert ...«

Johanna beobachtete die anderen Gäste. So ganz glücklich war trotz des Eintreffens der Franzosen niemand. Dem kaiserlichen Feldmarschall von Götz und dem Herzog von Savelli war gelungen, was alle befürchtet hatten. Sie hatten Proviant, Waffen und Munition von Offenburg aus rheinaufwärts in die Festung Breisach gebracht. Der Ring der Belagerer hatte das schon schmerzlich zu spüren bekommen. Seit Wochen, genauer seit Ende Mai, lagen nun herzogliche Truppen vor der Festung. Doch eine Einnahme des so wichtigen Ortes schien weit und breit nicht in Sicht. Eine weitere Enttäuschung waren die Brandschiffe gewesen, die der Herzog schon vor Wochen flussabwärts hatte treiben lassen, um die Breisacher Brücke zu zerstören. Das eine hatten die Feinde mit ihren Batterien zerschossen, nachdem es gestrandet war. Und das andere trieb unter der Brücke hindurch, ohne Schaden anzurichten. Sie hatte neben dem Herzog gestanden und zugesehen, als es geschah. Bernhard von Weimar war keine andere Wahl geblieben. Er hatte die Blockade von Breisach wieder aufheben lassen und sich mit der Infanterie nach Neuenburg zurückgezogen. Die Kavallerie versuchte derweil, den Feind aus den vielen Pässen zwischen Kenzingen und Breisach hinunter ins flache Feld zu ziehen. Bislang vergeblich. »So langsam glaube ich, es geht nicht mit rechten Dingen zu. Alles scheint sich derzeit gegen mich verschworen zu haben«, hatte er gemurmelt.

Ein Trommelwirbel an der Türe erregte ihre Aufmerksamkeit. Der nächste Auftritt. Der Herzog hatte keine Mühe gescheut, um seine Gäste zu unterhalten. Eine Gauklertruppe betrat den Saal, alle dunkel gekleidet. Doch unter den schwarzen Umhängen blitzte es rot. Es waren Männer und Frauen mit schwarzen blitzenden Augen und beweglichen Gliedern. Sie hatten sogar einen kleinen Affen dabei. Johanna betrachtete das Tier mit Entzücken. Einer der jungen Artisten sah das und ließ die Leine locker. Mit lauten Gekreisch stürmte der Schimpanse auf allen vieren über die lange Tafel, stieß Becher und Krüge um. Die Herren lachten, die wenigen Damen in der Runde kreischten fast ebenso laut wie das Tier. Bei Johanna angekommen, machte der Affe Halt, stieß ein gackerndes Lachen aus und hüpfte auf ihren Schoß. Alle klatschten. Der junge Affendresseur warf ihr eine Kusshand zu. Johanna wurde feuerrot. Der Herzog sah sie liebevoll an. »Siehst du, alle lieben dich, nicht nur ich, selbst die Tiere. Deine Sorgen waren also völlig unbegründet. Du bist heute wieder einmal die schönste Frau.«

Johanna lächelte ihn an. *Viel Auswahl gibt es auch nicht,* antwortete sie mit einer wegwerfenden Handbewegung.

Da, wieder ein Trommelwirbel. Wie auf Kommando warf die Truppe ihre Umhänge ab. Rote, hautenge Kostüme ließen fast jedes Detail der muskulösen Körper der Männer erkennen. Die Frauen trugen weite, knöchellange, schwingende Röcke, weiße geschnürte Blusen und bestickte Mieder. Während die Männer ihre Räder schlugen, Flickflacks zeigten, Pyramiden bauten, drehten sie sich zum rasenden Wirbel der Trommeln und Tamburins, dass die weißen Unterkleider blitzten und sich ihre Röcke bis zu den Oberschenkeln hoben. Alles hielt die Luft an. Das Tempo, mit dem die Darbietungen aufeinander folgten, war atemberaubend. Die Gäste klatschten begeistert. Der Herzog war bekannt dafür, dass er Feste zu organisieren verstand. »Wo hat er diese Artisten nur wieder aufgetrieben?«, hörte Johanna ein Flüstern vom Tisch zu ihrer Rechten.

Plötzlich ergriff einer der Männer die Laute. Im Saal kehrte erwartungsvolle Stille sein. Und nun hörte Johanna wieder jene Verse, die sie im Auftrag des Herzogs schon an Kardinal Richelieu geschickt hatte:

Claudia claudebat, sed non claudebat ubique,
Nunc sua quae fuerant claustra supina patent.
Si bene clausisset, Bernardus non potuisset
Sic transire Rhenum visere et Imperium.
Arctius ergo tuam clausuram, Claudia, claude,
Obsint ne porro Saxea tela tibi.

Ja, sie erinnerte sich gut, hörte seine Übersetzung, als wäre es gestern gewesen:

Claudias Pförtlein war nicht allerwärts verriegelt,
Nun ist ihrer Festung Niederlag besiegelt.
Hätt sie recht gesperret, wär es nie gelungen,
Dass Bernhard übern Rhein ins Reich wär eingedrungen.
Claudia, musst dein Törlein künftig besser wehren,
Dass die Sachsen-Spieße nimmer dich versehren.

Der Herzog klopfte sich auf die Schenkel vor Vergnügen. Major Taupadel lachte dröhnend und auch Guébriant stimmte herzhaft ein. Ihm liefen sogar die Tränen über die Wangen. »Mon Dieu, das ist eine gelungene Empfang nach diese lange, wie sagt man, darbende Marsch«, rief er zu Bernhard von Weimar hinüber, der einige Stühle weiter weg saß. Plötzlich spürte Johanna ein eigenartiges Kribbeln. Sie schaute nach links und blickte direkt in die kalten Augen von Johann Ludwig von Erlach. Er musterte sie voller Hass. Doch es schien auch Erwartung und Schadenfreude in diesem Blick zu liegen. Johanna senkte schnell die Augen. Über ihren Rücken lief ein kalter Schauer.

Der Schlag der Trommeln wurde drängender, die Tamburine rasselten, die Laute stimmte in diesen Chor ein. Ein erwartungsvolles Raunen ging durch den Raum. Wieder öffneten sich die großen, geschnitzten Tore der Halle. Über das Schachbrettmuster des

Bodens kam ein dunkler, schlanker Mann mit einem hohen Hut in den Raum. Man hörte seine Schritte nicht, er glitt mehr, als er ging. Nur das Rascheln seines seidenen Umhanges, der in weichen Falten die Gestalt verdeckte und in einer Art von Schleppe über die Fliesen strich, war zu vernehmen. Ein eisiger Windzug begleitete diesen geheimnisvollen Auftritt. Einige Kerzen erloschen, die Flammen der Fackeln an den Wänden flackerten und warfen wilde Schatten auf die Steine und die Teppiche an den Wänden.

Der Fremde ging bewusst langsam und blieb immer wieder stehen. Es dauerte mehrere Minuten, bis er schließlich vor dem Tisch des Herzogs mit den Ehrengästen und Johanna stand. Er blickte hoch. Johanna gefror das Blut in den Adern bei dem Blick dieser Augen. Sie waren dunkelblau oder schwarz oder ... Ihre Farbe schien von Sekunde zu Sekunde zu wechseln. Niemand sprach. Die Präsenz dieses Fremden hatte alle im Saal in ihren Bann geschlagen.

»Herzog, habt Ihr den Mut, in Eure Zukunft zu schauen?«

Johanna zuckte bei den unerwarteten Worten zusammen. Sie war nicht die Einzige im Saal. Plötzlich schwang sich ein großer Rabe wie ein Schatten durch den Raum. Die Flügel schwirrten. Wieder flackerten die Flammen der Kerzen und Fackeln. Dann ließ sich der Vogel auf der Schulter des schwarzen Mannes nieder. Ein Aufschrei hier und da hatte das plötzliche Auftauchen des Vogels begleitet. Wieder ging ein Raunen durch den Saal.

»Ja, Herzog, wollt Ihr nicht Eure Zukunft kennen lernen?« Das war die Stimme von Erlachs. Der Stellvertreter des Herzogs hatte sich erwartungsvoll vorgebeugt. Er strahlte Anspannung aus, aber auch eine gewisse Häme. Johanna konnte diesen Blick nicht einordnen. Doch ihr wurde immer unwohler.

Tu es nicht, Liebster, schick diesen Mann weg, hätte sie am liebsten gerufen. Sie legte ihre Hand warnend auf den Arm des Herzogs.

»Ah ja, lasst Euch die Zukunft verkünden, mon Duc. Quelle surprise, wie sagt Ihr hier, welche Überraschung ...« Das war Guébriant. Zustimmendes Gemurmel brandete auf. Der Herzog hob lachend die Hände. »Ist ja gut, ist ja gut. Ich wusste auch nichts von dieser Überraschung. Aber lassen wir den Mann doch reden.«

Der Fremde hatte die Reaktionen regungslos verfolgt. Nach den Worten des Herzogs neigte er zustimmend, ein wenig spöttisch den Kopf. Dann machte er einen leichten Kratzfuß. Der Herzog erwiderte diese Verbeugung mit einem huldvollen Nicken. »Wer seid Ihr?«

»Mein Name ist Merlinus, Euer Gnaden. Schon als Kind weissagte mir eine Hexe, dass ich einmal magische Fähigkeiten haben würde. So wurde ich nach dem großen Zauberer an der Seite von König Artus benannt. Zusammen mit meinem Raben Zabea reise ich nun durch die Lande, um alle Menschen, ob hoch ob niedrig, mit ihrer Zukunft vertraut zu machen.«

Alle im Saal lauschten gespannt. Diese sonore Stimme, der unerwartete Auftritt, der geheimnisvolle Rabe, der zwingende Blick des Fremden ließen niemanden kalt. Einige Frauen bekreuzigten sich, manche Männer kreuzten hinter dem Rücken Mittel- und Zeigefinger als Schutz gegen den bösen Blick.

»Und wie seht Ihr die Zukunft?«, dröhnte die etwas spöttische und ungläubige Stimme von Major Taupadel durch den Raum. Johanna war dem wackeren Recken fast dankbar dafür, dass er diesen unwirklichen Bann gebrochen und die Menschen wieder ein Stück weit in die Normalität zurückgebracht hatte.

Doch für Merlinus den Magier war es ein Leichtes, sie wieder in jene Zone zwischen Traum und Wahnsinn zurückzuführen. Wenige Worte dieser Stimme genügten. »Nicht ich bin es, der die Zukunft sieht, sondern Zabea. Sie holt die Spuren künftiger Gedanken und Taten, der guten und der schlechten, aus jenem Buch des Lebens, in dem wir und unser Schicksal verzeichnet sind. Denn nicht nur die Vergangenheit hinterlässt Spuren, auch die Zukunft hängt wie ein Flüstern über uns. Zabea kann dieses Flüstern hören. Und sie erzählt mir, was es verkündet.«

»So sprecht Ihr also die Sprache der Vögel, wie der heilige

Franziskus von Assisi?« Auch Bernhard von Weimar konnte sich der Faszination dieses Mannes nicht entziehen.

Ein Lächeln zog sich über das fast maskenhaft faltenlose Gesicht des Fremden. »Ein wenig, Euer Durchlaucht.«

»Nun, so lasst uns denn hören.«

Johannas Hand suchte unter dem Tisch die des Herzogs. Er nahm sie zwischen seine Hände und drückte sie beruhigend. Merlinus senkte den Kopf und legte sein linkes Ohr an den Schnabel des Raben. Zabea stieß einen lauten Schrei aus. Wieder dieser kalte Windhauch, der durch den Saal strömte. Johanna bekam eine Gänsehaut. Sie blickte um sich. Nein, es war nirgends ein Fenster offen.

Da erhob sich die Stimme des Magiers, doch irgendwie anders, fremd und machtvoll. Er sprach wie in Trance. Die Worte grollten durch den Saal wie Donnerschläge. Fast meinte Johanna, das Zucken von Blitzen zu sehen.

»Fortuna, die Göttin des Glückes, ist Euch hold, Herzog von Weimar. Doch wehe, sie spielt mit Euch. Sie ist eine eifersüchtige Gönnerin, sie mag es nicht, wenn ein Mann, den sie bevorzugt, andere mehr liebt als sie.« Der Magier machte eine Pause. Der dunkle Blick des Fremden streifte Johanna. Alle Augen im Saal waren plötzlich auf sie gerichtet. Da hob der Herzog demonstrativ den Arm und zog sie an sich. Ein trotziger Blick musterte den Fremden. Johanna blickte hinüber zu Johann Ludwig von Erlach. In seinen Augen lag tiefe Genugtuung. So, als hätte der Springer den König schachmatt gesetzt.

Der Magier hatte die Geste des Herzogs mit Interesse beobachtet, ebenso wie alle anderen im Saal. Johanna war verwirrt. Doch sie hatte keine Zeit, über ihre Gefühle nachzudenken. Wieder erhob sich diese machtvolle Stimme.

»Ihr strebt nach großer Macht, nach einem eigenen Königreich. Und es wird Euch gewährt. Noch ist Fortuna nicht geneigt Euch den Sieg zu schenken, den Ihr erhofft. Doch noch vor Ende des Jahres wird Euer sein, was Ihr sosehr ersehnt. Aber hütet

Euch, Herzog, die Dämonen der Finsternis sind neidisch auf jene, die im Lichte stehen. Dunkle Wolken des Unheils brauen sich über Euch zusammen. Feinde, die Ihr für Freunde haltet, planen bereits Euren Untergang. Ihr könnt dem allen entgehen, so Ihr Euch vollkommen der Macht der Kriegsgöttin weiht. Denn sie will nicht weniger als Euer ganzes Herz. Das ist es, was Zabea Euch zu sagen hat. Hört diese Warnung wohl und beherzigt sie.«

Alle Blicke wandten sich wieder dem Herzog und Johanna zu. Es herrschte Totenstille im Saal. Bernhard von Weimar räusperte sich. Dann lachte er, scheinbar ungezwungen für alle, die ihn nicht so gut kannten. Doch Johanna hörte die Anspannung hinter diesem Lachen genau. »Wer kann denn schon mehr Glücksgöttin sein als eine schöne Frau, so wie diese hier an meiner Seite. Mein Herz ist schon lange Fortunas Eigen. Sitzt sie doch persönlich neben mir.«

Das war deutlich. Jeder hörte die Warnung, die der Herzog damit aussprach. Und jeder im Saal verstand diese Liebeserklärung. Johanna hätte ihn vor all diesen Menschen in die Arme nehmen und küssen mögen. Oder im Erdboden versinken. Am besten beides.

Merlinus, der Magier, verneigte sich. Er lächelte. Der Rabe Zabea schlug mit den Flügeln. Dann waren Mann und Vogel plötzlich verschwunden. Es hatte genauso lange gedauert wie ein Augenzwinkern. Der Ausdruck im Gesicht Johann Ludwig von Erlachs glich dem einer Katze, die endlich den Sahnetopf gefunden hat.

Es war schon fast Morgen, die ersten Vögel begrüßten bereits den neuen Tag, als Bernhard von Weimar und Johanna sich in ihr Schlafgemach zurückzogen. Mit einem Seufzer der Erleichterung riss er sich die schwere Perücke vom Kopf, die er eigens zu Ehren seiner französischen Gäste angelegt hatte, und pfefferte sie in eine Zimmerecke. Er wollte auch in Sachen Mode nicht hinter den »Verbündeten« zurückstehen. Im Bett, wohlig eingepackt und auf weichen Kissen, schmiegte die junge Frau sich eng an den Herzog. Ihr Kopf lag auf seiner Brust. Sie hörte sein Herz schlagen. Plötzlich stand sie auf und ging an seinen Reisesekretär, schrieb hastig einige Zeilen auf ein Pergament. Zusammen mit einer Kerze reichte sie es ihm.

Kennst du Johann Ludwig von Erlach schon lange? Traust du ihm?

»Warum willst du das wissen? Gibt es dafür einen bestimmten Grund? Ich habe schon länger bemerkt, dass zwischen Euch eine gewisse Spannung herrscht. Ich vermute, auch von Erlach ist deinen Reizen erlegen, meine Liebste.« Er sah Johanna scharf an. »Es ist jedenfalls eine seltsame Frage, und das zu dieser Stunde.«

Doch Johanna ließ nicht locker. Ihr Blick forderte eine Antwort.

Der Herzog dachte einige Sekunden nach. »Ich halte ihn für einen redlichen, fast schon puritanischen Mann. Es stammt aus einem alten Berner Geschlecht, das sich schon früh zur Reformation bekannt hat. Wie auch ich kämpfte er schon von früher Jugend an auf den verschiedensten Kriegsschauplätzen, überall im Dienste des Hauses Habsburg. Ein Condottiere der besten Sorte. Er ist mehr als einmal verwundet, gefangen genommen und wieder losgekauft worden. Später wechselte er die Seiten und diente wie ich unter dem schwedischen König Gustav Adolf, der ihn erst zum stellvertretenden Kommandanten und dann, im Polenfeldzug von 1625, zum Generalquartiermeister ernannte. Danach zog er sich plötzlich vom Kampf zurück, ging nach Bern, wurde Mitglied des Berner Rats, Oberster und reiste mehr als einmal zu diplomatischen Missionen nach Frankreich. Das ist eine Erfahrung, die für mich mehr als wichtig ist.« Bernhard von Weimar machte eine Pause und lachte. »Ich glaube, er liebt die Franzosen seit damals nicht sonderlich.«

Johanna kniff ihn in den Arm.

»Du bist ein besonders ungeduldiger Befrager. Wollen wir jetzt nicht lieber schlafen?«

Johanna schüttelte den Kopf. Bernhard von Weimar seufzte

gottergeben. »Also gut, du lässt mir ja doch keine Ruhe, meine neugierige Liebste. Wir haben uns bei einer seiner diplomatischen Missionen kennen gelernt. Wir haben uns sofort gut verstanden. Von Erlach nimmt kein Blatt vor den Mund und tut, was er für richtig hält. Das mag ich an ihm. Er hat die evangelische Sache jedenfalls immer offen und couragiert unterstützt und seine neutralen, wankelmütigen Landsleute mehr als einmal gedrängt, sich ihr anzuschließen.« Bernhard von Weimar musste schon wieder lachen. »›Aufgeblasene und voll Wind steckende Personen«, hat er sie einmal genannt. 1632, ich glaube es war im Frühling, hat er sich mir dann beim Feldzug ins Allgäu angeschlossen. Im Sommer 1637 kam er ins Lager bei Lüders. Doch machen wir es kurz. Inzwischen ist er Generalmajor in meiner Armee. Ja, ich traue ihm. Er schießt manchmal übers Ziel hinaus. Doch er ist treu und ein Freund. Und bei Gott, ich glaube, wir werden diese Eigenschaften noch bitter nötig haben, wenn er in einigen Stunden nach Frankreich abreist. Er muss den König einfach überzeugen, dass er mehr Geld und Soldaten sendet. Aber nun lass uns schlafen, meine Liebste. Morgen wird ein harter Tag.«

Der Feind hielt ihn erbarmungslos fest. Er konnte sein Gesicht nicht sehen. Es gab kein Entkommen. Die Füße versagten ihm den Dienst, die Arme waren wie Blei. Er versuchte seinen Degen zu heben, doch er war zu schwer, viel zu schwer.

Mit einem Aufschrei schreckte Johann Ludwig von Erlach aus dem Schlaf hoch. Da legte sich eine harte Hand über seinen Mund. »Macht nicht solch einen Lärm, Euer Gnaden, wir tun Euch ja nichts. Wir sollen Euch nur abholen.«

Erlach hatte einige Mühe, einen klaren Kopf zu bekommen. Der Albtraum beherrschte noch immer seine Gedanken und seine Glieder. Er setzte sich auf und griff mit den Händen nach seinen Schläfen, fast verwundert, dass seine Arme wieder völlig normal funktionierten.

»Wer seid Ihr, was wollt Ihr von mir?«

Der größere der beiden Männer verzog das Gesicht zu einem Lächeln. Zumindest vermutete von Erlach, dass es das sein sollte. »Père Joseph schickt uns, mon Général. Wir sollen Euch zu ihm bringen.«

Dieser Name sorgte dafür, dass sich seine Gedanken klärten, die Schläfrigkeit war wie weggeblasen. »Hat er endlich eine Audienz beim König für mich erwirkt oder beim Kardinal?«

Der Lächelnde schüttelte den Kopf. »Davon wissen wir nichts.«

Johann Ludwig von Erlach wurde wütend. »Und was soll diese nächtliche Aktion? Das ist ja fast ein Überfall. Wollt Ihr mich etwa gefangen nehmen?«

»Gott bewahre, Euer Gnaden. Das ist die Zeit, in der Vater Joseph meist seine Geschäfte abwickelt.«

»Seltsame Sitten gibt es in Paris.« Von Erlach war ruhiger geworden.

Zwei Stunden später stand er vor Pater Joseph. Der Kapuziner saß in einem großen Lehnstuhl, über seine Knie war eine Decke gebreitet. »Ah, da seid Ihr ja, mein Freund. Bitte verzeiht die etwas ungewöhnliche Art, in der ich Euch zu mir bringen ließ. Und auch die Art, wie ich Euch empfange. Aber wie Ihr wisst, steht es mit meiner Gesundheit nicht zum Besten. Da muss ich jeden schmerzfreien Moment nutzen, den ich meinem kranken Körper abringen kann. Nachts ist ohnehin die beste Zeit, in Ruhe wichtige Gespräche zu führen. Denn hin und wieder müssen auch jene schlafen, die mir nachspionieren. Tagsüber haben die Wände oft Ohren«, fügte er mit einem feinen Lächeln hinzu.

Von Erlach verkniff sich eine zornige Bemerkung. Es stand zu viel auf dem Spiel. Außerdem war er neugierig, was Vater Joseph von ihm wollte. Also verneigte er sich nur leicht. Er hatte nicht vor, bei diesem Gespräch den Anfang zu machen.

»Wie man hört, hat Herzog Bernhard vergeblich versucht Offenburg einzunehmen. Sagt, werter von Erlach, stimmt es, was man sich erzählt? Ein Schweinehirte soll die Stadt noch rechtzeitig gewarnt haben?«

Von Erlach nickte düster. »Ja, leider. Er war mit seinen Tieren vor der Stadt, als er unser heimliches Anrücken bemerkte. Da machte er mit seinen Tieren einen solchen Höllenlärm, indem er sie auf Offenburg zutrieb, dass alles in Aufruhr geriet und die Überraschung vereitelt wurde.«

Der kleine Mann im Lehnstuhl konnte sein Amüsement nicht ganz verbergen. »Welche Tragik für unseren gemeinsamen Freund von Weimar. Aber setzt Euch doch, von Erlach. Ich denke, unser Gespräch wird etwas länger dauern.«

»Ich bin daran gewöhnt, Geduld zu haben. Seit Wochen bin ich nun schon in Paris und nichts hat sich getan. Bislang wurde keine der Versprechungen erfüllt, die dem Herzog von der französischen Krone gemacht worden sind. Sollten der Kardinal und der König noch länger zögern, besteht die Gefahr, dass sich alle unserer glänzenden Siege ins Gegenteil verkehren. Feldmarschall von Götz und der Herzog von Savelli sind über den Rhein ins Elsass gezogen, was dem Herzog, wie Ihr Euch vielleicht denken könnt, nicht sonderlich genehm ist. Doch mit seinen geringen Mitteln und den wenigen Männern kann er nicht viel ausrichten, auch wenn Major Taupadel, den er mit einigen Regimentern hinterherschickte, wacker kämpft. Doch die Kaiserlichen weichen immer wieder aus. Sie stellen sich einfach nicht in einer offenen Schlacht.«

»Sie wissen wohl, dass die Männer des Herzogs von Weimar sich auch vor einer Übermacht nicht fürchten. Nur schade, dass dem Herzog die Einnahme Offenburgs wegen eines Schweinehirten nicht gelungen ist.« Diese Geschichte schien Vater Joseph sehr vergnüglich zu finden. »Nun, jedenfalls seid Ihr ein guter Fürsprecher Eures Oberbefehlshabers. Dabei hatte ich den Eindruck, dass Ihr durchaus auch Eure eigenen Pläne habt. Unsere gnädigste Majestät, König Ludwig XIII., ist Euch übrigens außerordentlich gewogen, werter Freund. Er hat mich ermächtigt Euch eine Ehre zu erweisen, die er sonst nur Fürsten zukommen lässt, die sich in besonderer Weise um unser geliebtes Frankreich verdient gemacht haben. Er hat mich angewiesen Euch eine fürstliche Pension zukommen zu lassen, zahlbar aus seiner eigenen, privaten Schatulle. Denn er hat den Eindruck, dass Eure Dienste für Frankreich sehr wertvoll sein könnten.« Ein lauernder Blick des Kapuzinerprovinzials traf den nächtlichen Gast.

Eine Weile herrschte Stille im Raum. Johann Ludwig vor Erlach brauchte Zeit, um nachzudenken. Das war es nicht, was er wollte. »Ihr erwähntet zu Recht, dass die Kaiserlichen ins Elsass eingefallen sind ...«

»Das wart Ihr, mein lieber Freund, nicht ich«, unterbrach ihn Vater Joseph.

»Auf jeden Fall sind sie dort eingefallen, Eminenz.«

»Und was wollt Ihr mir damit sagen?«

Johann Ludwig von Erlach zögerte. »Ihr wisst von der geheimen Vereinbarung zwischen dem Herzog und der französischen Krone?«

Der Mönch hob erstaunt eine Augenbraue. »Er hat Euch davon erzählt? Bernhard von Weimar scheint Euch sehr zu vertrauen, mon ami.«

»Er hört auf meinen Rat«, erwiderte von Erlach und sah den kleinen Mann im Lehnstuhl viel sagend an. Dieser verstand wohl, was der Abgesandte des Herzogs damit meinte. Er erwiderte aber nichts.

Johann Ludwig von Erlach holte Luft. Er musste sich weiter vorwagen. »Die geheime Vereinbarung besagt, dass das Elsass dem Herzog zufallen wird, und zwar als erblicher Besitz mit allen daraus resultierenden Einkünften, sobald es zu einer Einigung Frankreichs mit dem Hause Habsburg kommt.«

»Das ist eine heikle Angelegenheit. Aber es stimmt. Und?« Der engste Berater Richelieus ließ sich nicht aus der Reserve locken.

»Was ist, falls der Herzog vor dem Abschluss eines Vertrages zwischen Frankreich und Habsburg sterben sollte?«

Die Frage hing eine Zeit lang im Raum. Beide Männer maßen sich mit Blicken. Vater Joseph gab seinem Gesicht einen traurigen

Ausdruck. »Wir würden es sehr bedauern, einen so fähigen Streiter für die Interessen Frankreichs zu verlieren.« Er machte eine Pause und beugte sich vor. »Aber so etwas kann geschehen in diesen Zeiten. Selbst junge Männer sterben im Krieg.«

Johann Ludwig vor Erlach wusste, dass er sich jetzt auf dünnem Eis bewegte. Es waren Dinge zu sagen, die eigentlich nicht gesagt werden durften. Genauer, es war besser, wenn Pater Joseph sie aussprach und nicht er. »Ja. Das kann geschehen, Und es wäre tragisch für das Haus von Weimar, sollte Frankreich bis dahin diese geheime Vereinbarung nicht wahr gemacht und gemäß den Absprachen die Gebiete nicht nach und nach schon offiziell der Regentschaft des Herzogs unterstellt haben – bereits vor dem Frieden mit Ferdinand III. von Habsburg. Meint Ihr nicht, Pater?«

»Da kann ich Euch nur zustimmen, mon ami, das wäre sehr tragisch. Zumal Frankreich dann sicherlich einen anderen verdienten Mann finden müsste, der in dieser – und auch in anderer Beziehung – die Nachfolge des Herzogs antritt. War es das, woran Ihr dachtet, werter von Erlach?«

Johann Ludwig von Erlach ging bewusst nicht auf diese Frage ein. Nun war es gesagt. Jeder der beiden Männer im Raum wusste, wer sich da soeben als möglicher Nachfolger von Bernhard von Weimar ins Gespräch gebracht hatte. Und beide Männer wussten auch, was die Voraussetzung für all dies war: der Tod des Herzogs.

Von Erlach atmete tief durch. Er musste sichergehen, dass Pater Joseph die Botschaft auch verstand, die hinter seinen Worten steckte. »Ihr müsst verstehen, Euer Eminenz, dass ich die vorhin angesprochene Pension in keinem Falle annehmen kann. In diesem Krieg sind größere Ehren zu gewinnen. Doch dafür bedarf es der Unterstützung Frankreichs.«

»Ich muss gestehen, dass der Gedanke, im Elsass ein neues Fürstentum zu schaffen, einen Mann durchaus verlocken könnte«, stimmte der Pater zu. Er ließ offen, ob er mit diesem Mann von Erlach oder den Herzog von Weimar meinte. Die Männer wechselten einen Blick des Einverständnisses.

Doch Johann Ludwig von Erlach war noch nicht zu Ende. »Eminenz, und was ist mit der französischen Unterstützung? Sonst könnte schließlich all das verloren gehen, was bisher schon für die französische Krone erobert wurde.« Er machte eine Pause. »Und was ihr viel zu lange vorenthalten worden ist. Ich könnte mir vorstellen, dass ein möglicher Nachfolger des Herzogs, wovor uns der Himmel behüten möge, durchaus glücklich mit dem Gedanken sein könnte, dass die eroberten Gebiete dem König von Frankreich untertan sind und einem treuen Diener dann möglicherweise als erbliches Lehen zukommen … Doch auch dafür müssen wir mit unserem Feldzug weiterkommen. Die Festung Breisach ist der Schlüssel für das Tor zum Haus Elsass.«

»Wie wahr, mon ami, wie wahr, das habe ich dem König auch schon gesagt. Doch Seine Majestät und auch Kardinal Richelieu wollen sich durchaus nicht damit einverstanden erklären, dem Herzog einige tausend Mann als Hilfstruppen zu schicken. Sie glauben fest, dass sie ihm einen großen französischen Kriegsherrn, einen unserer besten Befehlshaber zur Seite stellen sollten. Dieser wird zu unserem großen Bedauern allerdings nur bei der Eroberung der Festung Breisach eingreifen können und nicht, sollte es zu einer Auseinandersetzung zwischen dem Heer des Bernhard von Weimar und den habsburgischen Truppen kommen. Schließlich ist Frankreich mit Kaiser Ferdinand III. nicht offiziell im Krieg. Wir dachten da an den Herzog von Longueville – der selbstverständlich nicht unter dem Oberbefehl unseres verehrten Herzogs stehen kann, nicht wahr?«

Johann Ludwig von Erlach verschlug es den Atem. Diesen Schlag musste er erst einmal verdauen. Mit Longueville wäre Frankreichs langer Arm sehr viel nachdrücklicher als mit Hilfscorps am Rhein vertreten. »Das wird dem Herzog nicht gefallen.«

»Möglich, mon ami, möglich. Aber was glaubt Ihr, macht es für einen Eindruck nach außen und bei unseren Untertanen, wenn Frankreich ohne eigene offizielle Präsenz französische Grenzgebiete einem protestantischen Fremdling überlässt?«

Der Abgesandte des Herzogs von Weimar schluckte. Er wusste nur zu genau, was das hieß. Was immer auch passierte, Frankreich wollte die Kontrolle behalten. Das galt auch für ihn. Er machte noch einen letzten Versuch. »Befürchtet Ihr nicht, Eminenz, dass es bei zwei Befehlshabern den Weimarschen so ähnlich gehen könnte wie dem Herzog Federico von Savelli und Feldmarschall Graf Johann von Götz?«

»Ich habe gehört, die beiden Herren verstehen sich nicht allzu gut. Savelli hat aber die besseren Karten beim Kaiser. Ferdinand III. soll sogar einen Vermittler geschickt haben.« Vater Joseph hielt kurz inne. »Nein, ich glaube, Bernhard von Weimar würde mit einer solchen Situation besser fertig.«

»Vielleicht sollten Ihre königliche Gnaden doch noch einmal darüber nachdenken, ob die erforderlichen Hilfstruppen nicht doch dem Herzog unterstellt werden.« Johann Ludwig von Erlach wollte noch nicht aufgeben. »Ihr wisst sicher, Eminenz, dass der Herzog inzwischen heftig vom Hause Österreich umworben wird? Der Habsburger hat sogar die Brüder des Weimarers dafür eingespannt. Sie haben mit Herzog Bernhard Kontakt aufgenommen, nachdem sie sich jahrelang völlig zerstritten hatten. Der Herzog hat es seiner Familie nie verziehen, dass sie dem Prager Frieden beigetreten und damit auf die Seite der Katholischen übergelaufen sind.«

»Oh, davon weiß ich sehr wohl. Der Herzog hat mir die entsprechenden Schreiben zugesandt – mit der Versicherung, dass er nicht daran denke, zum Kaiser überzuwechseln. Er ist ein ehrlicher Mann, unser Herzog. Und falls er doch zu starke Neigungen zur habsburgischen Sache zeigen sollte, dann – nun, auch in einem solchen Falle müssten wir eben einen geeigneten Nachfolger finden, werter von Erlach, nicht wahr?«

Johann Ludwig von Erlach wusste, wann es besser war zu schweigen. Er hatte außerdem schon mehr erreicht, als er zu hoffen gewagt hatte. Es war besser, es dabei zu belassen. Für den Moment. »Ich weiß nicht so recht, wie ich das dem Herzog von Weimar schreiben soll. Er wird sich nicht sonderlich über diese Nachrichten freuen.«

»Nun, vielleicht könntet Ihr Euch etwas diplomatisch ausdrücken, lieber von Erlach, es vielleicht nicht ganz so … drastisch formulieren. Wir, und damit meine ich unsere allergnädigste Majestät, den König, Kardinal Richelieu und meine Wenigkeit, schätzen den Herzog viel zu sehr, um ihn verärgern zu wollen. Denn wir sind uns der Dienste, die er Frankreich mit seinen glänzenden Siegen erwiesen hat, sehr wohl bewusst. Besonders hat es uns gefreut, dass er uns Johann von Werth schickte. Ach, stimmt es übrigens, dass Feldmarschall von Götz seinen Leuten bei Strafe gegen Leib und Leben verboten hat, im Guten und im Schlechten von Johann von Werth zu sprechen?«

Johann von Erlach wand sich innerlich. Vater Joseph hatte das Gespräch geschickt auf ein anderes Thema gelenkt. Er bejahte. »Sie sehnen sich nach den Zeiten seiner tollkühnen Führung. Viele sagen, Savelli und von Götz seien Feiglinge, weil sie sich unseren Regimentern nicht in offener Schlacht stellen, und das schon seit Wochen.«

»So, so, tun sie das?« Auch diese Geschichte schien dem Kapuziner zu gefallen. »Übrigens, kennt Ihr eine junge Frau namens Johanna?« Die Frage kam ganz beiläufig.

Was sollte das nun wieder? Johann Ludwig von Erlach kannte diesen gewieften Diplomaten im Dienst der Kirche und des französischen Staates viel zu gut, um nicht zu wissen, dass hinter dieser wie beiläufig gestellten Frage eine Absicht steckte. »Ja. Eine lästige Person. Sie ist etwas – ich hoffe, Ihr versteht mich nicht falsch – ordinär, eine Bürgerstochter aus Laufenburg von zweifelhaftem Leumund. Wie soll ich sagen, sie steht dem Herzog besonders … nahe. Oder besser, sie liegt ihm besonders nahe. Sie ist seine Metze. Und sie kann nicht sprechen. Sie ist stumm.«

»So, ist sie das?«

Johann Ludwig von Erlach war allmählich irritiert über diese scheinbar so nebensächlichen Fragen des Kapuziners. Doch bei diesem Mann war nichts, was er sagte, ohne Bedeutung. Das wusste er aus vergangenen Missionen am französischen Hof nur zu genau.

»Warum fragt Ihr, Euer Eminenz?«

»Es wäre doch sehr fatal für unsere gemeinsamen Interessen, wenn der Herzog von Weimar plötzlich einen Erben hätte, am Ende vielleicht sogar einen legitimen, nicht wahr, mein Freund?«

Johann Ludwig von Erlach bewunderte unwillkürlich die Weitsicht des Mannes im Lehnstuhl. Darüber hatte er noch nicht nachgedacht. »An eine Ehe zwischen diesen beiden ist aufgrund des Standesunterschiedes nicht zu denken, Pater. Außerdem steht Bernhard von Weimar bei Amalie von Hessen-Kassel im Wort, wie er mir erzählt hat.«

»Tut er das? Und was ist, falls er vorher sterben sollte, vielleicht sogar einen Bastard aus dieser Liaison als legitimen Erben anerkennt? So etwas ist schon öfter vorgekommen, wie Ihr wisst. Das wäre vielleicht kein unüberwindbares Hindernis für den Nachfolger des Herzogs, der wohl auch sein Erbe antreten will. Aber es könnte sich als sehr … lästig erweisen, meint Ihr nicht, mon ami?«

Philipp von Wessenberg schaute missmutig nach vorn. Die blutige Schlacht von Friesenheim am Vortage steckte ihm noch in den Knochen. Wieder einmal hatte der Weimarer es verhindert, dass Proviant nach Breisach geschafft wurde. Die Menschen in der Festung warteten dringend darauf, denn der Ring der Belagerer wurde immer enger. Heute musste es einfach gelingen.

Die Wagen der Vorhut waren weit auseinander gezogen, der Treck kam nur schleppend voran. Immer wieder sackten die Räder in den sumpfigen Wiesen der Unditz und ihrer Nebenarme ein. Der Rhein setzte dem Tross zur Rechten eine Grenze. Und zur Linken zog sich der Kaiserwald vom Dorf Wittenweier bis hinunter zum Fluss. Wessenberg hörte die Männer weiter vorne fluchen. Wieder einmal steckte ein Teil des Trosses fest, diesmal die Artillerie mit den Kanonen. Aus einem der Wagen, die dahinter abrupt zum Stillstand gebracht werden mussten, kam Frauengelächter und Kreischen.

Philipp von Wessenberg fluchte innerlich zum hundersten Mal und wischte sich unter dem hochgeklappten Visier seines Helmes den Schweiß ab. Es war der 31. Juli, brütende Hitze flirrte über dem Land. Die Sonne stand inzwischen hoch. Es musste gegen Mittag sein. Der Kampf am Vortag mit all seinen Toten zog innerlich an ihm vorüber. Am Ende waren der ganze für Breisach bestimmte Proviant, alle Waffen und Munition in die Hände des Gegners gelangt. Immer wieder hatte er versucht, im Getümmel der Schlacht zu Bernhard von Weimar vorzudringen, doch immer wieder war er abgedrängt worden. Am Ende war der Proviant verloren und auf dem Feld bei Friesenheim starben die Männer, stöhnten die Verwundeten noch bis in die Nacht, ehe sie geborgen werden konnten.

Und am Abend hatten der Herzog von Savelli und Götz nichts Besseres zu tun gewusst, als sich darüber zu streiten, wer am nächsten Tag beim Versuch, dem bedrängten Breisach endlich den dringend benötigten Proviant zu bringen, die Vorhut und wer die Nachhut führen sollte. Denn die Zeit drängte. Bernhard von Weimar hatte die Stadt inzwischen fast vollständig von aller Versorgung abgeschnitten. Wenn es so weiterging, würde bald überhaupt kein Durchkommen mehr sein. Doch die beiden Oberbefehlshaber hatten sich nicht einigen können. Savelli hatte die Nacht zuvor beleidigt in seiner Karosse bei den Truppen verbracht. Und heute nun tat er so, als gäbe es weit und breit keinen Feind. Sogar die Frauen der Offiziere waren mitgefahren. Ein solcher Leichtsinn war einfach unglaublich.

Er schloss zu dem Herzog von Savelli auf. »Euer Durchlaucht, meint Ihr nicht, es wäre dringend geboten Kundschafter auszusenden? Die Weimarer stehen nicht weit von hier. Der Kaiserwald würde ihnen eine ideale Deckung liefern, sollten sie unseren Zug bemerkt haben. Sie haben uns schon gestern unversehens angegriffen und uns blutige Verluste zugefügt.«

»Von Wessenberg, nun macht Euch doch nicht so viele Sorgen. Auch Herzog Bernhard ist nur ein Mensch und nicht der Teufel persönlich. Außerdem, falls er angreift, wird das mit Sicherheit bei der Nachhut von Feldmarschall von Götz sein.«

»Euer Durchlaucht ...«

»Von Wessenberg, jetzt werdet Ihr langsam lästig. Schaut lieber, was dort hinten los ist. Einer der Wagen mit dem Proviant kommt nicht weiter. Wir müssen sehen, dass wir vorwärts kommen, die Kavallerie ist uns schon viel zu weit voraus.«

Plötzlich machte sich Panik breit, die Pferde scheuten. Ein Schrei gellte. »Euer Durchlaucht, Euer Durchlaucht, der Feind!«

Philipp von Wessenberg zog den Degen aus der Scheide und riss sein Pferd herum. Plötzlich war die Luft erfüllt vom Kampfgeschrei brüllender Männer. Wie der Leibhaftige brach die weimarsche Kavallerie plötzlich aus dem Dickicht des Waldes. Die Reiter sprengten in wildem Galopp über die Brücke und setzten über einige mit Hecken bewachsene Gräben.

Der gesamte Zug geriet in Unordnung. Federico von Savelli versuchte vergeblich, die Linien zu schließen. Befehle gellten über das Schlachtfeld.

Philipp von Wessenberg hatte nur einen Gedanken: Bernhard von Weimar, war er dabei? Wo war Bernhard von Weimar? Heute würde er ihn stellen. Und da sah er ihn. Sah die Fahne mit dem weimarschen Wappen im Wind flattern. Er führte den linken Flügel der Reiterei, die offensichtlich die Spitze des Proviantzuges am Weiterkommen hindern wollte. Er stieß seinem Pferd die Sporen in die Flanken und sprengte nach vorne.

Die Geschütze donnerten. Immer wieder tauchte die Fahne des Weimarers im Getümmel auf. Doch Wessenberg kam nicht an ihn heran. Er spürte schon langsam seinen Arm nicht mehr. Mit Entsetzen sah er, wie der linke Flügel der Kaiserlichen zu wanken begann. Diese verfluchten kroatischen Regimenter. Philipp von Wessenberg konnte es nicht fassen. Sie machten auf dem Absatz kehrt, gaben Fersengeld und rissen das Fußvolk mit in die Flucht.

Er sah, wie sich einige auf die eigenen Proviantwagen stürzten und sie zu plündern begannen. Dieses ehrlose verräterische Diebesgesindel spannte die Pferde aus und lud sich die Taschen voll. Noch immer war er nicht in die Nähe des Herzogs gekommen. Philipp von Wessenberg hieb auf Gesichter ein, traf Arme, Beine, Körper, ohne es überhaupt noch zu merken. Er kämpfte wie im Rausch. Er nahm nichts mehr wahr außer den Ort, an dem er den Herzog vermutete. Da sah er dessen Pferd steigen, inmitten der götzschen Regimenter.

Hätte ihn später jemand danach gefragt, er hätte selbst nicht mehr zu sagen vermocht, wie er es geschafft hatte zum Herzog zu kommen. Philipp von Wessenberg sah nur noch ihn. Ein nicht allzu großer und dennoch stattlicher Mann in Brustpanzer und Harnisch, den Kopf von einem Helm geschützt. Die fast hüfthohen Stiefel waren mit Blut bespritzt. Die Bewegungen des Herzogs begannen langsamer zu werden. Er war sichtlich ermüdet. Da, einer der Männer seines Leibregiments wurde abgelenkt. Ohne zu überlegen trieb Philipp von Wessenberg sein Pferd in die Lücke. Bernhard von Weimar sah ihn nicht, er drehte ihm den Rücken zu, vollauf damit beschäftigt, einen feindlichen Reiter von seinem Ross zu schlagen.

»Von Weimar, Ihr Vaterlandsverräter, dreht Euch um! Ihr verfluchter Ketzer und Mörder! Hier steht einer, der noch eine Rechnung mit Euch offen hat! Dreht Euch um und kämpft, kämpft um Euer Leben!«

Ein Streich des Herzogs, und der feindliche Korporal sank mit gespaltenem Schädel vom Pferd. Der Wallach des Herzogs wieherte und stieg erneut, als dieser ihn grob herumriss.

»Von Wessenberg. Ich hätte nicht gedacht, dass Ihr mir Eure Gefangennahme so übel nehmen würdet.«

Philipp von Wessenberg hätte schreien mögen vor Zorn. Dieser Mann brachte es sogar in einer solchen Situation fertig zu spotten. »Der Hohn wird Euch vergehen, wenn ihr vor Eurem Schöpfer steht.« Damit holte er zu einem mächtigen Streich mit seinem

Degen aus. Bernhard von Weimar parierte den Angriff scheinbar mühelos. Dann gab er seinem Hengst die Sporen. Dieser machte einen Satz auf Philipp von Wessenberg zu. Wieder das Donnern von Geschützen. Von Wessenberg spürte, wie sein Pferd zu tänzeln begann. Es war ein Tier, das noch nicht sehr viel Erfahrung auf dem Schlachtfeld hatte. Das Fell beider Pferde war mit Schaum und dunklen Schweißflecken bedeckt, die Flanken der Tiere bluteten von den Sporen. Philipp von Wessenberg lief unter dem Helm der Schweiß in die Augen, sodass er kaum noch etwas sehen konnte. Wieder hieb er mit aller Kraft auf den Gegner ein. Er versuchte eine Täuschung, um dann die ungedeckte Kehle des Herzogs zu durchbohren. Bernhard von Weimar parierte den Schlag ebenso mühelos wie den ersten. Dann wich er geschickt zur Seite aus. Er schien die Absicht Philipps geahnt zu haben. Einer der Männer des Herzogs wollte sich zwischen seinen Befehlshaber und den Angreifer werfen.

»Seid Ihr nicht Manns genug, für Euch selbst zu kämpfen, Herzog? Ich hörte schon, dass Ihr ein Feigling sein müsst.«

Bernhard von Weimar winkte seinen Mann herrisch zur Seite. »Dieser hier verdient wohl eine Lektion, den werde ich selbst übernehmen«, presste er zwischen den Zähnen hervor. Die Männer stürzten sich aufeinander. Bernhard von Weimar war ein hervorragender Kämpfer. Trotz seines Zorns ließ er sich nicht zu einem überhasteten Angriff hinreißen. Seine Deckung war fast undurchdringlich. Aber Wessenberg spürte, wie die Kräfte seines Gegners allmählich zu erlahmen begannen. Der Weimarer schien müde zu sein. Seine Paraden wurden schwächer. Philipp von Wessenberg stürmte auf den Gegner ein wie ein Stier. In seinem Kopf dröhnte nur ein Gedanke: Niemals wieder sollte dieser Mann Gelegenheit haben, Hand an Johanna zu legen. Johanna, Johanna, Johanna – jedes Wort wurde zu einem Schlag. Er spürte, wie Bernhard von Weimar zu wanken begann. Der Held von Rheinfelden wurde sichtlich schwächer. Wieder drang er auf ihn ein. Doch plötzlich wurde ihm klar, dass der Herzog seine Schwäche nur vorgetäuscht hatte. Ein mörderischer Schlag traf ihn an der Schulter. Die Waffe klirrte zu Boden. Dieses Geräusch hörte Philipp von Wessenberg noch. Er spürte auch noch, wie er vom Pferd kippte und den entsetzlichen Schmerz, als er auf die Erde fiel, direkt auf einen Steinbrocken. Dann glitt er hinüber in die Dunkelheit. Er sah nicht mehr, wie Feldmarschall Götz auf das Hilfegesuch des Herzogs von Savelli hin endlich auf dem Schlachtfeld eintraf. Viel zu spät, um die vernichtende Niederlage der Kaiserlichen und den Verlust des ganzen Proviants noch abzuwenden. Er sah nicht, wie sich drei Kavallerieregimenter auf den weimarschen Flügel stürzten. Dann wurde die andere Seite angegriffen. Er sah nicht das furchtbare Ringen, das ausbrach. Die Götzschen drangen sogar bis in die weimarschen Batterien vor und eroberten sieben Geschütze. Dann wieder nahmen die weimarschen Truppen die Artillerie des Feindes ein. Der Kampf wogte hin und her, über fünf Stunden lang. Einmal gewann die eine Partei die Oberhand, dann wieder die andere.

All das sah Philipp von Wessenberg nicht. Er lag schwer verwundet am Boden. Sein Blut düngte, was man das Feld der Ehre nannte. Er sah nicht, wie Götz floh wie vom Teufel geritten und wie Bernhard von Weimar am Abend schließlich das Schlachtfeld abschritt. Trotz der großen Überlegenheit des Feindes hatte er einen vollständigen Sieg davongetragen. Zwölftausend Mann des kaiserlichen Heeres waren den etwa achttausend Kämpfern des Herzogs unterlegen. Am Ende konnten sich nur noch dreitausend von ihnen retten. Die ganze Proviantkolonne, sämtliche Bagagenwagen – es waren weit über tausend – alles war nun Beute des Herzogs. Fahnen und Standarten, darunter jene der Leibkürassiere des Feldmarschalls von Götz, allein sieben davon in prachtvoller Gold- und Silberstickerei – alles war verloren. Es war ein vollkommener Sieg. Und Philipp von Wessenberg fühlte auch nicht, wie er irgendwann in der Nacht aufgehoben und weggebracht wurde.

Johanna blickte hinüber zum Schlachtfeld. Es war noch immer mit Toten und Verwundeten übersät. Überall standen Kutschen und Karren zwischen den Leichen und den Verletzten. Dann sah sie das Zelt des Herzogs. Die erbeuteten Standarten und Fahnen waren davor aufgestellt worden und flatterten in der Sommerbrise. Der letzte Schein der untergehenden Sonne brach sich in dem Berg von Waffen, die ebenfalls beim Zelt aufgetürmt worden waren.

»Wäre Gott nicht mit uns in dieser Zeit ...« Die Worte des 24. Psalms, gesungen von tausenden von Kehlen, legten sich über die Szenerie. Da erhob Daniel Rückner, der Hofprediger des Herzogs, seine Stimme zum Dankgebet. Die Männer fielen auf die Knie. Viele von ihnen waren verwundet an Armen oder Beinen. Selbst die rund fünfhundert Schwerverwundeten waren auf Bahren herbeigebracht worden, um beim Dankgottesdienst für diesen von Gott geschenkten Sieg dabei zu sein – im Namen jener weiteren fünfhundert Kameraden, die ihr Leben in dieser Schlacht gelassen hatten.

Johanna wusste, dass die Überlebenden zurück aufs Schlachtfeld gehen würden, wenn der Gottesdienst zu Ende war. Bernhard von Weimar hatte seinen Männern die gesamte Ladung der Wagen des kaiserlichen Proviantzuges überlassen. Und auch die Toten würden ihrer Besitztümer beraubt werden. Sie brauchten sie nicht mehr.

Johannas Augen suchten den Herzog. Sie stand etwas abseits bei den Frauen. Sonst war ihr Platz immer an seiner Seite, außer im Gottesdienst und nach einer solchen Schlacht. An diesem Abend gehörte er nur seinen Männern.

Sein müdes Gesicht war von tiefen Falten durchzogen und grau vor Erschöpfung. Johanna machte sich Sorgen um ihn. Er war schon seit längerem krank. Doch sie freute sich mit ihm. Sie hatte ihn schon lange nicht mehr so glücklich und erleichtert gesehen. Die feindliche Armee war vollständig vernichtet. Sie konnte Bernhard von Sachsen-Weimar nun nicht mehr daran hindern, den Belagerungsring um Breisach immer mehr zu befestigen. Jeder der Anwesenden bis hinunter zum kleinsten Gemeinen wusste, was das bedeutete: Ein entscheidender Schritt zur Eroberung der so lange ersehnten Festung war getan. Dreimal hatte Herzog Bernhard vor den Wällen Breisachs gestanden. Dreimal hatte er wieder abrücken müssen. Doch dieses Mal würde ihm niemand den Sieg nehmen.

Ein Höllenlärm riss Johanna aus ihren Gedanken. Die Kanonen verkündeten donnernd den Sieg des Herzogs, Musketenschüsse hallten über das Schlachtfeld. Bernhard von Weimar wandte sich ab und ging in sein Zelt. Er hätte gerne noch mit den Männern gefeiert. Doch er war müde, todmüde. Er sank auf sein Lager. Johanna war ihm gefolgt. Sie fand einen tief schlafenden Mann. In voller Montur lag er da, fast wirkte er wie ein Kind. Zärtlich streichelte sie ihm eine Haarsträhne aus dem Gesicht. Der Kammerdiener des Herzogs kam herein, um zu sehen, ob sein Herr noch Wünsche hatte. Die dicken Lagen von Teppichen, die im Zelt ausgerollt waren, dämpften seine Schritte. Johanna legte die Finger an die Lippen und bedeutete ihm zu gehen. *Lasst den Herzog. Lasst ihn schlafen. Geht und feiert mit den anderen, guter Mann. Es wird in der nächsten Zeit viel Kampf und wenig Gelegenheit für Vergnügen geben.*

Der Mann verschwand mit einer stummen Verbeugung. Johanna nahm eine zusammengefaltete Felldecke und legte sie über den Herzog. Dann glitt sie in das Bett neben ihm. Sie hörte seinen ruhigen Atem und fühlte sich geborgen.

Sie fragte sich schon lange nicht mehr, wie es mit ihnen beiden weitergehen würde. Sie wollte nur bei ihm sein. Und nicht mehr lange, dann würde sie zum ersten Male Breisach von Nahem sehen, die Stadt, um die Bernhard von Weimar kämpfte wie ein Mann um die Frau, die er liebt. Doch Johanna war nicht eifersüchtig. Breisach war der entscheidende Schlüssel zur Verwirklichung seiner Träume. Er wollte einst als freier Reichsfürst über die Landgrafschaft Elsass herrschen. Mit Breisach, der Widerspenstigen, saß er fest im Herzen Europas. Wer von Norden nach Süden wollte oder von Osten nach Westen, ob nach Frankreich, Spanien oder ins Land des Hauses Habsburg – sie mussten dann alle an ihm vorbei. Ja, bald würden sie Breisach sehen. Jetzt konnte nichts und niemand Bernhard von Weimar noch aufhalten. Auch wenn der Herzog von Lothringen von Westen her heranmarschierte. Auch wenn außer den zweitausend Mann unter Tourenne noch immer keine Verstärkung aus Frankreich angekommen war. Auch wenn Major Taupadel, der alte Haudegen und Gefährte des Herzogs auf unzähligen Schlachtfeldern bei Wittenweier, in Gefangenschaft geraten war. Sie vermisste seinen kantigen Schädel, sein vernarbtes Gesicht mit den klaren blauen Augen, obwohl sie niemals viel mit ihm zu tun gehabt hatte. Taupadel war auf seinem Pferd wendig wie der Teufel. Doch bei Frauen wurde er schüchtern. Sie lächelte. Der Herzog hatte schon die Verhandlungen für seinen Freikauf aufgenommen. Es würde ihm gelingen. Wie so vieles. Mit diesem Gedanken schlief sie ein.

VII

Es nieselte. Die Regentropfen waren vermischt mit Schnee. Nach einem brütend heißen Sommer und wochenlangem Regen war es außergewöhnlich früh kalt geworden in diesem Jahr 1638. Das hatte allerdings den Vorteil, dass die in den letzten Wochen matschigen und löchrigen Wege trotz der vorgerückten Stunde teilweise noch gefroren waren. Der kalte graue Novembertag hätte eher dazu eingeladen, die Zeit vor dem Ofen zu verbringen. Doch trotz des Wetters waren sie lange vor Morgendämmerung vom Hauptquartier in Colmar nach Breisach aufgebrochen. Bernhard von Weimar war entspannt. Er scherzte mit seinem Gefolge. Das hatte er schon lange nicht mehr getan. Johanna ritt lächelnd neben ihm. Niemand machte ihr diesen Platz mehr streitig. Wenn sie bei den Truppen war, dann ritt sie immer zu seiner Linken. Hin und wieder streifte der bewundernde Blick eines der Männer ihr vom Ritt leicht errötetes Gesicht unter der Kapuze des weiten, warmen Umhanges, der fast bis hinunter zu den Steigbügeln hing. »Seit sie beim Herzog ist, haben wir Glück« – sie hatte das Raunen hinter sich kaum gehört. Sie drehte sich um und strahlte den Sprecher an. Es war ein junger Leutnant, der bei ihrem Blick feuerrot wurde. Er musste etwa in ihrem Alter sein. Doch sie kam sich viel älter und erfahrener vor.

Und dann sah sie die Festung. Wie eine Königin thronte Breisach hart am rechten Ufer des Rheins auf einem steilen Felsen. Der Fluss hatte sich hier in mehrere Nebenarme geteilt. Die gewaltigen Mauern mit den vielen Türmen hoben sich dreifach übereinander vom Fuße des Felsens aus hinauf bis zum Plateau, auf dem die Hauptstraße verlief. Am südlichen Ende der Festung sah sie einen prachtvollen Dom mit gotischen und romanischen

Elementen, der weit ins Land am Strom hinausschaute. Dem Dom gegenüber lag ein Berg. Das musste der Eckhardtsberg sein. Er war vom unteren Mauerwall der Festung eingeschlossen und von einem breiten und offensichtlich sehr tiefen Graben umgeben, der vom Rhein gespeist wurde. Johanna erkannte, dass die Männer des Herzogs dort mit ihren Befestigungsanlagen schon sehr weit gekommen waren.

Ihr Blick schweifte zurück zur Festung. Sie waren jetzt noch etwas nordöstlich und Johanna konnte das Schloss auf der anderen Seite des Plateaus gegenüber dem Dom gut sehen. Aus seinen Fenstern musste man eine prächtige Aussicht auf den anderen Berg haben, der sich dort mitten aus dem Wasser erhob.

Wie heißt dieser Berg?, fragte sie den jungen Offizier neben sich mit einer Geste.

»Das ist der Eisenberg, hohe Frau«, kam die etwas schüchterne Antwort.

Johanna musste bei dieser Anrede lachen. Es nützte nichts, wenn sie die Menschen um sich herum immer wieder darauf hinwies, dass sie keine Adelige war, sondern eine ganz einfache Bürgerstochter. Ob Gemeine oder Offiziere, ob von Adel oder nicht, alle hatten offenbar beschlossen, dass die Liebe ihres Oberbefehlshabers Adelstitel genug war. Und dass Bernhard von Weimar diese junge Frau an seiner Seite liebte, daran hatte niemand auch nur den geringsten Zweifel mehr. Sie wusste genau, an wie vielen Lagerfeuern und an wie vielen Herdplätzen ihre Verbindung Gesprächsstoff war.

Dann sah sie die Brücke am Nordende des Festungskomplexes. In mehreren Absätzen führte sie über zwei Inseln an das andere, das elsässische Rheinufer. Auch die größere der beiden Inseln war mit einem starken Schanzwerk versehen und hatte einen Brückenkopf. Bernhard von Weimar hatte ihr die St.-Jakobs-Schanze bereits genau beschrieben. Stromaufwärts lag noch ein kleines Inselfort, bei dem der Rhein offensichtlich durch Ketten abgesperrt werden konnte. Außerdem hatte ihr Bernhard von Weimar bei seinen Erzählungen über Breisach noch die Mühlenschanze weiter stromaufwärts geschildert. Sie lag ziemlich dicht vor dem Ekkhardtsberg an einem Rheinarm, dem Mühlebach. Dieser trieb die Räder der ebenfalls befestigten Aumühle an. »Sie liefert den Breisachern ihren Hauptbedarf an Mehl«, hatte der Herzog ihr erklärt. Wie immer hatten seine Augen dabei geleuchtet. Ja, er sprach von Breisach wie von einer Geliebten.

Johanna war erstaunt, wie viel die Männer des Herzogs zusammen mit den Franzosen in den vergangenen Wochen bewerkstelligt hatten. Fast direkt am Mühlebach, etwas oberhalb der Aumühle, war das Lager angelegt worden. Von dort aus zog sich, inzwischen schon gut erkennbar, ein System von größeren und kleineren Redouten auf der rechten Rheinseite im Bogen um die Festung. Sie sollten durch Laufgräben und Erdwälle miteinander verbunden werden. Der Bogen erreichte unterhalb des Eisenberges, der vom Schloss aus zu sehen war, wieder das Rheinufer. Dort hatten die Franzosen ihr Lager aufgeschlagen.

»Lass uns auf diesen Hügel reiten, von dort aus kannst du alles noch besser sehen.« Bernhard von Weimar deutete auf einige Erhebungen, die etwa in der Mitte des Festungsrings lagen. Oben angekommen verschlug es Johanna fast den Atem. Von hier aus hatte man einen wunderbaren Blick auf Breisach, auf die Wälle, auf das ganze Land darum herum bis zum Rhein.

»Diese Befestigungsanlagen sehen aus wie ein riesiger Bogen und der Strom ist die Sehne.«

Der Herzog lachte. »Und ich bin Achilles, der die Sehne spannt.«

Du machst dich lustig über mich, sagten ihre Augen.

Bernhard von Weimar warf ihr einen nachdenklichen Blick zu. »Nein.«

Johanna sah sich um. Überall waren Männer dabei, Befestigungsanlagen zu bauen.

»Wir sind hier auf dem Haupthügel, dem Moserberg. Er trägt inzwischen den Namen seines Kommandanten. Wenn alles fertig ist, wird Oberst Moser hier ein Fort samt prächtiger Sternschanze mit großem Vorwerk errichtet haben. Das sollte die Kugeln der feindlichen Kanonen schon abhalten. Und schau mal, da drüben, dieser Hügel in der Nähe des französischen Lagers …« Bernhard von Weimar unterbrach sich abrupt und wandte sich dem Oberst zu, der sich ihnen angeschlossen hatte. »Werter Oberst Moser, wie ich sehe, habt Ihr hier gute Arbeit geleistet. Doch was ist da drüben bei den Franzosen los? Wie ich feststellen muss, haben sie noch nicht einmal mit den Schanzarbeiten begonnen?«

»Ich weiß, Euer Gnaden. Der Offizier knirschte mit den Zähnen. »Sie sind einfach nicht dazu zu bewegen, sich etwas mehr ins Zeug zu legen. Vielleicht könnten Euer Gnaden …«

»Worauf Ihr Gift nehmen könnt.« Bernhard von Weimar war sein Zorn deutlich anzusehen.

Er wandte sich wieder dem deutschen Lager zu. »Siehst du, Liebste, da, direkt beim Lager, das ist die Reitschanze. Dann kommt, daran anschließend, die Redoute des Regiments Hattstein. Die Redoute wurde von Forbus und seinen Leuten angelegt. Und dann geht es so weiter. Hier unten siehst du dann die siebte, die ›gelbe‹ Redoute, die sich direkt an den Hügel anlehnt, auf dem wir gerade sind. Und schau, dort drüben, bei der großen Insel, die durch den Mühlebach vom Ufer getrennt wird, haben wir auch eine Brücke angelegt, die uns mit dem anderen Rheinufer verbindet.«

Johanna war noch immer voller Staunen. Sie hatte die Kälte und den Schlamm, der von den Pferdehufen auf ihren neuen braunroten Umhang gespritzt war, längst vergessen. »Ich kann kaum glauben, was deine Männer und du in den wenigen Wochen seit August geleistet haben. In den Lagern sind ja sogar richtige Häuser entstanden.«

Bernhard von Weimar lächelte ihr zu. »Die frühe Kälte hat sie dazu getrieben. Auch du wirst noch dankbar sein für vier feste Wände und ein prasselndes Feuer. Deshalb lass uns jetzt wieder hinunterreiten. Es ist zu kühl hier oben. Außerdem habe ich mit von Erlach noch einiges zu besprechen.«

Johanna zuckte zusammen. Trotz ihrer Bemühungen war ihr Verhältnis zum Stellvertreter des Herzogs auch nach seiner Parisreise nicht besser geworden. Glücklicherweise hatten sie sich nicht allzu oft gesehen. Als Kommandant der Hüninger Schanze hatte von Erlach dem Herzog den Rücken freigehalten. Doch nun war er wieder zur Hauptmacht des Heeres zurückgekehrt. Denn wenn Breisach fiel, sollte er Kommandant der Festung werden.

Johanna saß mit einer Decke über den Knien in der Nähe des Feuers im großen Zimmer des kleinen Hauses, in dem von Erlach sich eingerichtet hatte. Sie spürte, wie die Wärme nach dem langen, ungemütlichen Ritt wieder in ihre Glieder zurückkehrte. Eine wohlige Müdigkeit machte sich in ihr breit. Bernhard von Weimar und sein Stellvertreter hatten sich über eine Zeichnung der Befestigungsanlagen gebeugt, die sich um die Festung zogen.

»Die Inselschanze ist ja schon seit September in unserer Hand. Und seit Anfang Oktober ist Breisach nun vollständig von der Außenwelt abgeschnitten. Es kommt keine Maus mehr hindurch. Ihr wisst ja, dass wir verschiedene Hilfegesuche des Stadtkommandanten von Rheinach abfangen konnten. Doch in der letzten Zeit ist keines mehr gekommen. Seinen Boten, den hinkenden Sperl, haben wir inzwischen in gutem Verwahrsam.«

Bernhard von Weimar nickte. »Wisst Ihr, wie es in der Festung steht?«

»Wir sind auf Vermutungen angewiesen. Aber die Vorräte, die sie noch hatten, müssen langsam zu Ende gehen. Das Mehl, das einige hundert Kroaten im September in die Festung bringen konnten, war das Letzte an Nahrung, das die Menschen dort erreichte. Ich bin fest davon überzeugt, dass von Rheinach die Festung nicht mehr lange halten kann.« Von Erlach lachte. »Erinnert Ihr Euch, wie wir im Oktober eine Schar von wild gewordenen Weibern wieder in die Festung zurückgetrieben haben? Ich glaube, der Hunger hat die Menschen schon gepackt. Und die Bauern, die Salz hineinbringen wollten, haben wir aufgeknüpft. Die Warnung hat gewirkt. In einem Schreiben des Festungskommandanten von Rheinach an Feldmarschall von Götz, das wir abgefangen haben, hieß es außerdem schon vor Wochen, dass inzwischen fast die Hälfte der Truppen in der Festung und ganz besonders viele Obersten und Offiziere von Wachdienst und Hunger geschwächt oder gestorben seien.«

»Und wie steht es mit der Versorgung unserer Leute?«

»Da ist inzwischen nichts mehr zu bemängeln. Wir haben wieder fast alles, was wir brauchen. Der alte Rehlinger, Euer Vertreter in Basel, hat gute Arbeit geleistet. Inzwischen hat jeder der Männer wieder Schuhe, ist gut ausgerüstet und genährt. Es gibt auch genügend Büchsenmeister, die die Neuanwerbungen und die Überläufer ausbilden können. Der Sieg über die Kaiserlichen hat unseren Regimentern willkommene Verstärkung verschafft. Außerdem habt Ihr dem Herzog von Lothringen bei der Schlacht bei Thann auch noch einmal eine hübsche Menge an Pulver und Proviant abgenommen.«

Bernhard von Weimar lachte: »Und die vierundvierzig Fahnen und Standarten, die ich mit dem Baron de Eirey nach Paris geschickt habe, sind inzwischen, wie mir der Kardinal Richelieu schrieb, mit den anderen Trophäen unserer Siege in der Kathedrale Notre-Dame in Paris aufgebaut.«

Johann Ludwig von Erlach wurde ernst. »Es tut mir Leid, Euer Durchlaucht, dass meine letzte Parisreise Euch nicht mehr Unterstützung brachte als einige hunderttausend Livres und die zweitausend Mann unter dem Baron von Tourennes. Longueville ist noch immer nicht bei uns eingetroffen. Ich weiß nicht, was ihn aufhalt. Wir hätten ihn gut brauchen können, als Götz mit seinen Männern das Lager angriff. Doch Ihr habt es auch diesmal geschafft.«

Bernhard von Weimar klopfte ihm müde auf die Schulter. »Ja, und so mancher gute Mann ist in dieser mörderischen Schlacht gefallen. Was die Unterstützung durch Frankreich angeht, so macht Euch keine Vorwürfe. Ihr seid nicht der Erste, den unsere werten Verbündeten mit falschen Versprechungen hingehalten haben.« Bernhard von Weimar griff sich an die Schläfen und wankte. Er musste sich an dem Tisch festhalten, auf dem die Karte der Befestigungsanlagen lag. Johanna sprang erschrocken auf. Die Decke glitt von ihren Knien zu Boden. *Was ist mit dir?*, signalisierte ihr Blick.

Der Herzog blickte zu ihr hinüber und musterte sie liebevoll. »Nichts, meine Liebe, macht Euch keine Sorgen. Es ist nur wieder diese schleichende Hitze. Ein kleiner Schwindelanfall. Das geht schnell vorüber.«

Diesen Satz hatte Johanna in den letzten Wochen oft gehört. Bislang hatte niemand feststellen können, was dem Herzog fehlte. Wenn er sich doch nur mehr Ruhe gönnen würde. Doch er war unermüdlich. Selten schlief er mehr als fünf Stunden pro Nacht. Jeden Morgen ritten Reiter mit Briefen in alle Himmelsrichtungen. An die schwedische Königin Christine oder ihren Kanzler Oxenstierna, an den alten Rehlinger in Basel, der die Versorgung der Truppen organisierte, an König Karl von England, an die Witwe des gestürzten Königs von Böhmen, an König Ludwig XIII., Kardinal Richelieu und seinen Vertrauten, Pater Joseph, an Amalie von Hessen-Kassel. Er erzählte ihr manchmal davon, wenn er völlig erschöpft zu ihr ins Bett kam. Doch Johanna schrieb diese Briefe schon lange nicht mehr. »Ich will nicht, dass du damit belastet wirst«, hatte der Herzog gesagt und ihren Protest ignoriert. »Sei du einfach für mich da. Denn du bist es, bei der ich die Kraft schöpfe, um all dies durchstehen zu können.« Damit hatte sie sich zufrieden geben müssen.

Johanna setzte sich wieder. Im Hinsetzen bemerkte sie, wie von Erlach dem Herzog von Weimar einen seltsamen Blick zuwarf. Wie so oft beim Anblick dieses Mannes lief es ihr kalt den Rücken hinunter.

»Wie steht es mit der Antwort von Johann Friedrich Freiherr

von Rheinau auf unser Schreiben bezüglich einer baldigen Kapitulation? Ist sie inzwischen eingetroffen?«

»Hier ist sie.« Von Erlach reichte ihm ein Pergament. Bernhard von Weimar faltete das Papier auseinander. Sein Gesicht verfinsterte sich während des Lesens immer mehr. »Er will noch immer nicht aufgeben. Er hofft noch immer auf Rettung durch von Götz und Savelli. Wie kann er glauben, dass dieser zögerliche von Götz ihm jetzt noch Hilfe bringen könnte? Auch sein letzter Versuch, Breisach zu befreien, ist doch vor wenigen Tagen kläglich gescheitert.« Er lachte. »Es geht das Gerücht, die Truppen des Kaisers seien umgekehrt, weil sie glauben, wir hätten die Festung schon erobert.«

Es klopfte an der Türe. Ein völlig verschwitzter Bote trat ins Zimmer.

»Was ist?« Bernhard von Weimar blickte ihm erwartungsvoll entgegen.

»Euer Durchlaucht, ich bringe Euch Meldung vom Feind. Feldmarschall von Götz marschiert mit seinen Leuten auf Laufenburg zu.«

Johanna hielt es nicht mehr auf ihrem Stuhl. Hatte das Morden denn nie ein Ende?

»Wir brechen sofort auf. Von Erlach, lasst zum Sammeln blasen.« Bernhard von Weimar schien jede Müdigkeit, jede Schwäche vergessen zu haben. Von einer Minute auf die andere hatte er sich wieder in den entschlossenen Oberbefehlshaber verwandelt, der zu allem bereit war, um seinen großen Traum zu verwirklichen.

Johanna genoss es, wieder in ihrer Heimatstadt zu sein. Es war ein harter, schneller Ritt gewesen. Bernhard von Weimar hatte sie eigentlich nicht mitnehmen wollen, doch sie hatte darauf bestanden. Am Ende hatte der Herzog nachgegeben. »Ich kann dir einfach nichts abschlagen, Liebste«, hatte er gemurmelt und ihr zärtlich übers Haar gestrichen. Sie lehnte sich für einen kurzen, friedlichen Moment an ihn. Doch die Zeit drängte. Sie mussten Laufenburg schützen. Und nun saßen sie zusammen im Schloss beim Mahl. Wie hatte sie das Rauschen der Stromschnellen vermisst. Es erinnerte sie an längst vergangene, friedliche Tage. Die Gesichter ihrer Eltern und ihres kleinen Bruders tauchten wieder vor ihrem geistigen Auge auf. Sie dachte an den Tag, als Jakob die Blindschleiche ins Haus gebracht hatte und ihre Mutter völlig aus dem Häuschen geraten war. Dann wanderten ihre Gedanken zu dem Gespräch am Abend, das die Eltern mit dem Pfarrer und dem eingebildeten und glücklosen Stadtkommandanten Wickersheim geführt hatten. Sie alle lebten nicht mehr. Denn am Tag danach – nein, noch immer wehrte sich ihre Seele dagegen, diese Bilder aufkommen zu lassen. Sie richtete ihre Aufmerksamkeit wieder auf die Menschen im Raum. Auf dem Tisch standen wie damals noch die Reste des Nachtmahls.

»Stellt Euch vor, Euer Gnaden, es war eigentlich sogar richtig komisch. Zumindest, wenn ich so im Nachhinein darüber nachdenke. Ich habe einfach die Brücke abbrechen lassen und Kleinlaufenburg, die mindere Stadt, völlig geräumt. Die Einwohner haben ihre Häuser verlassen und sind auf diese Rheinseite nach Großlaufenburg gekommen. Natürlich haben sie das nicht freiwillig getan. Doch so konnten alle am anderen Ufer und außer Gefahr ruhig zusehen, wie Götz und seine Männer drüben in ihrem hilflosen Zorn sinnlos Palisaden in Brand steckten und mit ihren Kanonen eine Bresche in die Stadtmauer schossen. Wie muss Götz getobt haben, als er erkannte, dass er nicht ans andere Ufer kommen würde. Da hat er einfach aufgegeben. Nicht lange bevor Ihr mit Euren Männern kamt, ist er mit seinen Leuten weiter in Richtung Waldshut gezogen.«

»Das habt Ihr gut gemacht, Oberst Flersheim.« Bernhard von Weimar klopfte dem Untergebenen anerkennend auf die Schulter. »Dafür ist Euch eine angemessene Belohnung sicher.« Der Mann errötete vor Stolz.

»Und sagt mir: Stimmt es, was mir berichtet wurde? Feldmarschall von Götz ist vom Kaiser wegen seiner ungeschickten und feigen Kriegsführung abgesetzt worden?«

Flersheim nickte und schlug sich lachend auf die Schenkel. »Ja, ist das nicht grandios? Die Nachricht erreichte uns erst vor zwei Stunden. Graf Wolf von Mansfeld hat dem Feldmarschall im Namen des Kaisers den Oberbefehl entzogen und ihn unter starker Bewachung abführen lassen. Die Habsburger glauben sogar, dass er mit Euch unter einer Decke gesteckt hat, weil es ihm trotz aller Versuche und trotz aller Unterstützung nicht gelungen ist, Euren Ring um Breisach zu brechen.«

Bernhard von Weimar senkte den Kopf. Er wollte nicht, dass einer der Menschen am Tisch die Tränen sah, die ihm plötzlich in die Augen schossen. Damit war einer seiner ärgsten Widersacher ausgeschaltet. Und Breisach, die Stolze, die Widerspenstige, sie würde sein werden. Er räusperte sich, um seine innere Bewegung zu verbergen. Niemand hatte seinen »Schwächeanfall« bemerkt. Nur Johanna konnte er nicht täuschen. Er spürte ihren Blick über den Tisch hinweg. Er sah, dass auch in ihren Augen die Tränen standen. Und wieder einmal hätte er sie am liebsten in den Arm genommen. Wieder einmal wurde ihm klar, wie sehr er sie liebte. Und er wusste, dass sie in diesem Moment seinen Triumph von ganzem Herzen mit ihm teilte.

»Was werdet Ihr jetzt tun, Herzog?«

»So Leid es mir tut, Flersheim, und so sehr ich auch Eure und die Gesellschaft Eurer Männer hier am Tisch genieße, ich werde bald wieder aufbrechen. Ich denke, ich werde mein Hauptquartier von Colmar nach Breisach verlegen. Von dort aus kann ich mit Unterstützung schnell bei den Waldstädten sein, um eine mögliche Bedrohung durch den Feind abzuwenden. Denn noch ist die Gefahr nicht gebannt, dass mir der Feind in meinem Rücken Schaden zufügt.«

»Ich bleibe hier in Laufenburg.« Johanna schob dem Herzog einen Zettel mit diesen hastig gekritzelten Worten über den Tisch und sah ihn bittend an. Sie führte schon seit einiger Zeit immer ein Bündel Papier, Feder und Tinte mit sich. Denn Gesten allein reichten nicht immer, um sich verständlich zu machen, besonders bei Menschen, die sie nicht kannten.

Bernhard von Weimar runzelte die Stirn. »Die götzsche Armee hat zwar derzeit keinen Oberbefehlshaber mehr, aber deswegen ist sie trotzdem nicht weniger gefährlich. Es könnte erneut zu einer Belagerung Laufenburgs kommen. Das ist viel zu gefährlich. Denn noch haben sich die Feinde nicht aus dieser Gegend zurückgezogen. Doch dafür wird Oberst Reinhard von Rosen mit seinen Reitern schon sorgen. Er hat Befehl, die Feinde aus der Region zu jagen, genauer, ihnen gehörig Beine zu machen, damit auch nicht der leiseste Zweifel besteht, dass sie hier nicht willkommen sind. Doch bis dahin müssen wir jederzeit mit einem erneuten Überfall auf Laufenburg rechnen. Von Waldshut aus kann man sehr schnell hier sein, besonders zu Pferde.« Er lächelte Johanna an.

Sie sah, dass es ihm wieder nicht gut ging, wie so oft in der letzten Zeit. Und sie wollte ihm auch keine zusätzlichen Sorgen bereiten. Doch sie wünschte sich so sehr wenigstens einige Tage in Laufenburg verbringen zu können. Ihr war klar, dass sie die Vergangenheit nicht länger von sich schieben konnte. Sie musste sich den Bildern in ihrem Kopf stellen, die in unbewachten Momenten immer und immer wieder wie ein bedrohlicher Nachtmahr in ihr auftauchten.

Johanna deutete auf Oberst Flersheim und sah den älteren, väterlich wirkenden Mann vertrauensvoll an. Jeder verstand, was sie ihm damit sagen wollte: *Ihr werdet schon auf mich Acht geben, während Oberst Rosen die Feinde aus dem Land verjagt.*

Es war förmlich zu sehen, wie der Stadtkommandant unter diesem warmen Blick ihrer braunen Augen dahinschmolz. »Ihr braucht Euch keine Sorgen um Eure, äh, Begleiterin zu machen, Euer Gnaden. Sie ist bei mir in Laufenburg sicher. Meine Frau wird sich freuen Gesellschaft zu haben. Sie fühlt sich etwas allein unter all den fremden Menschen. Und dann lebt sie noch mit einem Raubein wie mir als Ehemann, der kaum Zeit für sie hat. Wir werden Jungfer Johanna gut beschützen. Außerdem gibt es hier für Frauen viel zu tun. Ihr habt uns schließlich in den letzten Wochen so manchen Verwundeten und auch einige der verletzten Gefangenen geschickt. Die meisten der Schwerverletzten sind inzwischen über den Berg, aber es gibt immer noch genügend zu tun in unserem kleinen Lazarett bei der Rheinbrücke. Glücklicherweise ist das Spittel jetzt nicht mehr ganz so überfüllt und jeder der Männer hat wenigstens sein eigenes Lager. Doch noch vor einem Monat sah es dort übel aus. Wann hat dieses Hauen und Stechen nur endlich ein Ende?« Dieser letzte Satz war dem redlichen Oberst einfach herausgerutscht. Es war ihm sichtlich peinlich, vielleicht für feige gehalten zu werden. Johanna hingegen hätte ihn küssen können für diese Worte.

Und auch Bernhard von Weimar war weit davon entfernt, sie ihm übel zu nehmen. »Es ist, wie Ihr sagt. So mancher gute Mann hat sein Leben oder gesunde Glieder verloren in diesem Krieg, der nun schon zwanzig Jahre dauert. Für manche ist das ein ganzes Leben. Ich weiß, die Menschen sind ausgeblutet, sie hungern und sie sind es müde, das Wenige, das sie noch haben, auch noch mit meinen Soldaten teilen zu müssen. Glaubt mir, wenn ich einen anderen Weg wüsste, um in diesem schönen Land endlich Frieden zu schaffen, ich würde ihn gehen, selbst wenn es mein eigenes Leben kostete. Doch ich weiß keinen anderen, als die Kaiserlichen ganz und endgültig vom Rhein zu vertreiben und ihnen das Passieren des Schwarzwaldes unmöglich zu machen. Erst wenn das gelungen ist, wenn kein Feind mehr in die Region dies- und jenseits dieses mächtigen, stolzen Stromes einfallen kann, wird das Korn auf den Feldern wieder reifen, werden die Fischer und Flößer, die Karrer, die Schmiede und die Töpfer, egal wer, auch hier in Laufenburg wieder an ihre Arbeit zurückkehren und die Menschen nachts in ihren Betten wieder ruhig schlafen und ihre Seelen ohne Furcht dem Herrn anempfehlen können. Denn ich, Bernhard von Sachsen-Weimar, werde als Landgraf und freier

Fürst des Reiches meine Hand schützend über sie halten und jeden vertreiben, der sie bedroht. Das ist das Versprechen, das ist der Eid, den ich vor Gott geleistet habe. Ein gewaltiges Stück des großen Werkes ist bereits vollbracht. Einen letzten großen Kampf haben wir noch vor uns. Doch wir werden es schaffen. Möge Gott mit uns sein.«

»Amen.« Die Menschen am Tisch murmelten dieses Wort unwillkürlich mit dem Herzog, nachdem Bernhard von Weimar geendet hatte. Er hatte für sie mit diesen Worten die Vision einer anderen, einer friedvollen Welt geschaffen, in der Kinder in den Straßen der Stadt und am Ufer den Rheines wieder unbeschwert spielen und Erwachsene wieder sicher ihren Geschäften nachgehen konnten. In der es wieder Almosen für die Bettler und die Krüppel gab. In der Themen wie die Predigt des Pfarrers oder der Streit mit der Nachbarin im Mittelpunkt der Gespräche standen und nicht mehr der Rauch von Pulver, das Donnern der Kanonen, Tote, Verwundete, Plünderungen, brennende Häuser und geschändete Frauen.

Alle im Raum waren durch die Worte des Herzogs tief berührt und auf seltsame Weise mit neuem Mut erfüllt. Johanna blickte zu Bernhard von Weimar hinüber. Diese Fähigkeit, seine Träume zu vermitteln, sie real werden zu lassen, sodass jeder, der davon hörte, sein Bestes gab, um sie mit ihm zusammen zu realisieren – diese Fähigkeit machte den Herzog zu etwas Besonderem. Diese Gabe machte einen großen Teil dessen aus, was alle Menschen fesselte, die ihm begegneten. Sie trieb seine Männer an, auch in aussichtslosen Situationen zu kämpfen. Sie half ihnen, wenn es sein musste, barfuß und mit knurrendem Magen zu marschieren und durchzuhalten, wo andere längst aufgegeben hätten.

Eine kurze Zeit lang herrschte Stille im Raum. Johanna griff ein neues Papier, schrieb und reichte es Oberst Flersheim: »Wie kann ich hier von Nutzen sein? Kann ich im Spittel helfen? Es wäre mir eine Ehre.«

Der Oberst schmunzelte und reichte das Papier an seine Frau

weiter. »Wie es scheint, hast du eine neue Krankenpflegerin bekommen, meine Liebe.«

Franziska Flersheim hatte das ganze Abendessen über nicht sonderlich viel gesagt. Sie schien überhaupt keine sehr gesprächige Frau zu sein, sondern sich wohler zu fühlen, wenn sie sich im Hintergrund halten konnte. Sie blickte die junge Frau mit Wärme an, nachdem sie die Worte etwas mühsam entziffert hatte. Johanna konnte an der Bewegung ihrer Lippen, die jeden einzelnen Buchstaben langsam mitsprachen, sehen, dass sie nicht geübt im Lesen war. »Es gibt nicht viele vornehme Damen, die sich auf diese Weise die Hände schmutzig machen würden. Habt Ihr schon einmal Kranke und Verwundete versorgt?«

Johanna schüttelte verneinend den Kopf.

»Es wird mir eine Freude sein, Euch in diese Arbeit einzuführen. Seid willkommen in dieser Runde von Helferinnen und seid willkommen in diesem Haus, sofern es Euch nicht zu einfach ist.«

Johanna schüttelte den Kopf und klatschte in die Hände, um Franziska Flersheim ihre Freude zu vermitteln. Dann legte sie die Hand an die Brust und schaute zum Herzog hinüber. Dieser verstand sofort, was sie wollte, und formulierte die Worte für sie.

»Diese Frau, die Ihr hier an meiner Seite steht, lebte einst selbst in dieser Stadt. Sie war die älteste Tochter des Laufenburger Bürgermeisters. Dann starb ihre gesamte Familie. Aber das war, bevor Ihr hier ankamt.«

Johanna war froh, dass er nicht mehr gesagt hatte. Er kannte sie gut und wusste, dass sie nun ihren eigenen Kampf austragen musste. Den Kampf mit den Schatten der Vergangenheit. Mit diesen Sätzen hatte er auch stillschweigend sein Einverständnis mit ihrem Bleiben in Laufenburg signalisiert. Sie sahen einander über den großen Holztisch hinweg an. *Ich danke dir*, sagten ihre Augen. Und: *Ich liebe dich.*

Er nickte fast unmerklich und ihr war klar, dass er sie verstand.

Damit sie beide ohne dunkle Schatten beieinander sein konnten, musste sie lernen die Vergangenheit zu akzeptieren. Vielleicht half es ihr, wenn sie währenddessen die Leiden anderer Menschen linderte.

Der Soldat schaute bewundernd zu ihr auf und biss tapfer die Zähne zusammen. Johanna wich mit den Augen seinem anbetenden Blick aus und kämpfte weiter mit der Leinenbinde, mit der sie seine Wunde auswusch. Sie sah, dass ihre ungeschickten Versuche, den Armstumpf zu reinigen und neu zu verbinden, dem jungen Mann wehtaten. Doch er hielt geduldig still.

Sie war ärgerlich über ihre Unbeholfenheit und warf den Lappen wieder zurück in die Schüssel mit Wasser. Dann legte sie ihre rechte Hand erst auf ihre Brust, dann auf seine: *Wer seid Ihr, wo kommt Ihr her? Wo seid Ihr verwundet worden?*, wollte sie von ihm wissen. Johanna versuchte, ihn von seinem Schmerz etwas abzulenken. Wieder zuckte der Leutnant zusammen. Aber diesmal wegen ihrer Berührung. Er konnte nicht älter als achtzehn sein. Der Anblick des Stumpfes schnürte ihr das Herz zusammen. Er hatte den rechten Unterarm verloren, er war ihm direkt unter dem Ellbogen abgehackt worden. Sein ratloser Blick sagte ihr, dass er nicht verstand, was sie ihn gefragt hatte. Noch einmal wiederholte sie die Prozedur. Plötzlich lächelte er. »Ihr wollt wissen, wer ich bin?«

Johanna nickte und griff zu einem weiteren sauberen Leinenstreifen, den sie neben sich auf den Strohsack gelegt hatte, der dem jungen Soldaten als Krankenbett diente.

»Ich heiße Daniel Waldner. Mein Vater ist Bauer in Stühlingen. Dort haben sie mich auch in den Kriegsdienst gepresst. Zwei Werber des Kaisers kamen in unser Dorf und schleppten mich und alle meine Freunde in einem Karren weg. Wir hatten keine Möglichkeit zu entkommen. Ich habe gehört, es gibt ein Kopfgeld für jeden, den sie in den Kriegsdienst pressen. Es war den beiden egal, dass mein Vater krank ist und ich noch sechs kleine Geschwister habe. Ich war der einzige voll arbeitsfähige Mann auf dem Hof. Ich vergesse den Blick meiner Mutter nie, als sie mich abholten. Ja, und hinter dem Pflug gehen kann ich jetzt wohl auch nicht mehr. Ich bin nutzlos für den Hof, wenn ich zurückkomme.«

Johanna tupfte ihm sanft die fiebrige Stirn ab. Noch so ein Verzweifelter, den dieser Krieg aus seiner Heimat gerissen hatte. Die Berührung machte den jungen Mann erneut verlegen. Er räusperte sich.

»Ich weiß nicht, ob ich Euch zu nahe trete, aber was ist mit Euch geschehen? Könnt Ihr nicht mehr sprechen, war das auch der Krieg?«

Johanna nickte. Sie konnte nicht verhindern, dass ihr eine einzelne Träne die Wange hinunterlief.

Nun versuchte er sie aufzumuntern. »Vielleicht bin ich ja noch besser dran. Ich kann lernen mit meiner linken Hand zu arbeiten. Aber Ihr? Ihr könnt noch nicht einmal darüber sprechen, was mit Euch geschehen ist.« Seine Augen waren voller Mitgefühl.

»Ja, wen sehe ich denn da? Ich habe schon gehört, dass Ihr wieder in Laufenburg seid, Herrin.« Eine fröhliche Stimme vertrieb die traurige Stimmung. Johanna hob den Kopf und sah direkt in die Augen von Mechthild, ihrer Zofe, der Schwester von Ignatius Eggs. Sie strahlte, erhob sich und nahm das Mädchen spontan in die Arme.

Mechthild freute sich sichtlich über dieses Zeichen der Zuneigung. »Ja, ich bin auch froh Euch zu sehen. Wie geht es Euch? Seid Ihr wieder ganz gesund, haben die Masern keine Spuren hinterlassen? Ihr seid mir doch nicht mehr böse, dass ich damals nicht mit Euch gekommen bin, als Ihr mit dem Herzog fortgingt? Ich musste nach diesem Kampf im Wald einfach nach meinem Bruder suchen. Das versteht Ihr doch? Wir hatten keine Möglichkeit, miteinander zu sprechen. Und da habe ich mich einfach auf den Weg gemacht. Ich habe doch sonst niemanden mehr auf der Welt als ihn.«

Johanna nahm die Hand des Mädchens. Noch zwei, die dieser Krieg auseinander gerissen hatte. Bruder und Schwester mussten jedenfalls sehr aneinander hängen. Sie blickte Mechthild Eggs fragend an.

»Ihr wollt wissen, wo mein Bruder ist?«

Johanna bejahte.

Das Mädchen biss sich auf die Lippen. Sie zögerte, dann fasste sie Mut. »Herrin, Ihr steht jetzt auf der Seite des Siegers. Aber Ihr wart auch einmal eine von uns, eine Frau aus dem Volk, fast wie ich. Bitte vergebt mir, wenn ich es Euch nicht sage. Ihr gehört jetzt zum Feind. Eines ist jedoch sicher. Er ist immer in Eurer Nähe.«

In meiner Nähe? Johanna schaute das Mädchen überrascht an.

Diese nickte. »Ja, das habt Ihr richtig verstanden. Und mehr darf ich jetzt wirklich nicht ausplaudern, ich habe schon viel zu viel gesagt. Ihr seid doch hoffentlich nicht ärgerlich?«

Johanna drückte Mechthilds Hand. Sie war nicht böse über diese offenen Worte, auch wenn sie sich schon sehr wunderte, warum der Kapuziner ihr immer nahe sein sollte. Sie hatte ihn jedenfalls seit der Begegnung im Wald nicht mehr gesehen. Und was Mechthild anging – in einem anderen Leben, in einer anderen Zeit hätten sie Freundinnen sein können. Dieser verfluchte Krieg. Es machte sie traurig, dass die Menschen zwischen verschiedenen Seiten wählen, sich entscheiden mussten, zumindest wenn sie eine Wahl hatten. Dieser junge Soldat, Daniel Waldner, hatte sie nicht gehabt … Sie schlug die Hand vor den Mund. Beinahe hätte sie ihre Aufgabe vergessen. Hastig ließ sie Mechthilds Hand los und beugte sich wieder über den halb verbundenen Arm.

»Viel Übung habt Ihr ja noch nicht, Herrin.« Resolut drängte das Mädchen Johanna etwas zu Seite. Die Spitze ihrer Zunge erschien im Mundwinkel, als sie den Leinenstreifen wieder abwickelte und das Werk neu begann. »Seht Ihr, so muss man das machen, damit die Binde keine Falten wirft, die auf die Wunde drücken.«

Johanna schaute aufmerksam zu und machte eine anerkennende Geste. Mechthild musste schmunzeln. »Ich denke, das werdet Ihr auch noch lernen. Nicht wahr, Daniel, was meinst du?«

Der junge Soldat nickte, vollkommen davon überzeugt. Er hatte sichtlich Schwierigkeiten, sich zu entscheiden, welche seiner beiden Pflegerinnen ihm besser gefiel. Die frische, rundliche, fast schon ein wenig dralle Mechthild mit Augen wie schwarze Kohlestücke und Bäckchen rot wie ein Apfel oder die zierliche, rothaarige und so stille Johanna.

»Na, Daniel, du wirst mir doch nicht untreu werden?«, neckte Mechthild ihn, als sie sah, wie seine Blicke zwischen ihnen beiden hin- und herwanderten. »Die junge Frau hier neben mir ist schon vergeben. Sie gehört zum Herzog.«

Der Bauernsohn wurde feuerrot. Er hatte schon von ihr gehört. Und sie war so schön, doch jenseits von allem, was er je erreichen würde. Mit einem Seufzer zwinkerte er Mechthild zu.

Die junge Frau lachte, doch Johanna sah, dass sie innerlich nicht ganz so locker war, wie sie sich gab. Sollte sie sich in ihren Patienten verliebt haben? Hübsch genug war er ja. Allerdings hätte er dringend eine Wäsche vertragen können. Und auch der wild wuchernde Bart gehörte gestutzt. Sie machte sich auf die Suche nach den nötigen Utensilien. Wenn sie schon nicht fähig war einen Armstumpf zu verbinden, vielleicht konnte sie wenigstens auf diese Weise nützlich sein. Im Weggehen hörte sie Mechthild noch sagen: »Auch wenn du nur noch anderthalb Arme hast, dein Verstand scheint noch zu funktionieren. Allerdings verstehe ich noch immer nicht, warum du die Seiten gewechselt hast und nach der Schlacht von Thann zum Herzog übergelaufen bist.«

»Weil er für die Sache der Reformation steht. Und weil er seine Männer behandelt wie Menschen und nicht wie dumme Tiere«, erwiderte er.

Sie hörte die Antwort von Mechthild nicht mehr.

Franziska Flersheim, die Frau des Stadtkommandanten, hielt

sie am Arm zurück. »Na, wie läuft es denn so mit den Verwundeten, kommt Ihr zurecht?«

Johanna machte ein skeptisches Gesicht. Sie hatte die Frau in den letzten Tagen als warmherzige Gastgeberin und sehr praktisch veranlagte, resolute Krankenschwester kennen gelernt. Zusammen mit Frauen aus Laufenburg und den Ehegattinnen der hier stationierten Offiziere hatte sie einen gut funktionierenden Krankendienst organisiert. Die Rädchen griffen reibungslos ineinander, jede der Helferinnen wusste, was sie zu tun hatte. Und es gab keine, ob niedrig oder hoch geboren, die sich vor irgendwelchen Aufgaben drückte. Die gemeinsame Sorge um die Verletzten hatte alle Standesunterschiede verwischt. Johanna bewunderte die enorme Leistung, die diese Frau vollbracht haben musste. Sie konnte sich sehr gut vorstellen, wie es im Laufenburger Spittel zugegangen war, als der Strom der Verwundeten nicht abriss, als zwischen all den stöhnenden, fiebernden und sterbenden Männer kaum mehr ein Durchkommen gewesen war. Die meisten von ihnen hatten inzwischen das Schlimmste überstanden – oder waren gestorben. Doch noch immer lagen einige von Fieberkrämpfen geschüttelt und mit brandigen, entzündeten Gliedmaßen da. Bevor der Tag vorüberging, würden zwei weitere Männer ein Stück ihres Armes oder einen Teil des Beines verlieren. Denn sonst würden sie sterben. Einmal hatte Johanna eine solche Prozedur miterlebt. Und sie fürchtete sich davor. Die Knochen wurden von einem der Regimentsärzte des Herzogs fast ohne Betäubung durchgesägt. Es gab nur ein Stück Holz, auf das der Verwundete beißen konnte, um seine Schreie zu ersticken.

Franziska Flersheim betrachtete die junge Frau voller Zuneigung. »Seid nicht so streng mit Euch. Für eine Anfängerin leistet Ihr sehr gute Arbeit. Seit Tagen seid Ihr nun unermüdlich auf den Beinen. Ihr seht müde aus. Die anderen Frauen haben mir erzählt, wie schwer Ihr arbeitet und wie viel Mühe Ihr Euch gebt. Außerdem ist inzwischen, glaube ich, jeder Mann hier im Spittel ein wenig verliebt in Euch. Ich habe gehört, Ihr sollt besonders sanfte Hände haben. Wisst Ihr, wie sie Euch nennen?«

Johanna schaute Franziska Flersheim fragend an. »Bei den Männern heißt Ihr der stumme Engel. Wenn das keine Auszeichnung ist! Nun werdet nicht rot. Es gibt keinen Grund, verlegen zu werden. Noch ein wenig mehr Übung und ich glaube, ich kann richtig stolz auf eine so gelehrige Schülerin sein.«

Der stumme Engel – Johanna konnte nicht so recht glauben, was sie da hörte. Nun, vielleicht war sie stumm, aber ein Engel sicherlich nicht.

Franziska Flersheim wandte sich ab. »Jetzt stehe ich hier herum und halte Maulaffen feil. Dabei gibt es noch alle Hände voll zu tun.«

Johanna machte ein so schuldbewusstes Gesicht, dass die Ältere lachen musste. »Nein, ich wollte Euch keinen Vorwurf machen. Ich bin eigentlich gekommen, um Euch etwas zu sagen. Ihr kennt doch einen Philipp von Wessenberg?«

Johanna nickte und zog erstaunt die Augenbrauen hoch.

»Er ist hier. Er gehört zu den Gefangenen, die nicht in die Dienste des Herzogs treten wollten. Ein schweigsamer, ein düsterer junger Mann. Der Herzog hat ihn mit dem Befehl zu uns geschickt, besonders gut auf ihn aufzupassen. Er muss sich mit Bernhard von Weimar einen herzhaften Kampf geliefert haben. Eine Zeit lang sah es so aus, als wäre sein Leben nicht zu retten. Doch inzwischen ist er über den Berg. Etwas schwach noch, aber auf dem Wege der Besserung.«

Johanna war bestürzt. Philipp von Wessenberg hier? Und er hatte mit dem Herzog gekämpft? Warum hatte Bernhard von Weimar ihr nie etwas davon erzählt? Sonst sprach er doch über alles mit ihr.

»Er hat erfahren, dass Ihr wieder in Laufenburg seid. Fragt mich nicht, wie. Irgendwie scheint die Verständigung zwischen den Gefangenen auch durch Wände hindurch zu funktionieren. Jedenfalls hat er nach Euch gefragt. Er bat, Euch sprechen zu dürfen. Ich habe ihm gesagt, ich würde Euch fragen. Wollt Ihr ihn sehen?«

Johanna nickte heftig. Franziska Flersheim musterte sie nachdenklich. »Er stammt wohl auch aus dieser Stadt?«

Johanna bejahte. Sie spürte, dass die Ehefrau des Stadtkommandanten sehr wohl ahnte, dass sie mehr mit Philipp von Wessenberg verband als eine lockere Bekanntschaft. Doch er war ein Feind und Franziska Flersheim machte durch ihr Verhalten kein Hehl daraus, dass sie eine allzu enge Verbindung zwischen der Geliebten des Herzogs und einem Mann, der versucht hatte Bernhard von Weimar im Kampf zu töten, für mehr als fragwürdig hielt. Doch dann erhellte sich ihr Gesicht wieder. Diese junge schöne Frau war mit Sicherheit keine Verräterin. Da müsste sie sich schon sehr in ihr täuschen. Und das Leben hatte sie einiges über die Menschen gelehrt. Sie liebte den Herzog von ganzem Herzen. Franziska Flersheim erkannte die Liebe, wenn sie ihr begegnete. Denn auch sie und ihr Mann hatten sie gefunden. Und das war nicht alltäglich in diesen Zeiten. Nein, diese Johanna Stocker war alles Mögliche, aber nicht falsch und hinterhältig. Sie war tief verletzt worden, das merkte man sofort. Es lag immer eine verborgene Trauer in ihren Augen, auch wenn sie lachte. Jemand hatte dieser jungen Frau sehr wehgetan. Aber es gab viele, denen es so ging in diesem Krieg. Nur wenn Johanna den Herzog ansah, war diese Melancholie aus ihren Augen verschwunden und ihr Blick zeigte nichts als strahlende, bedingungslose Liebe. Es war ein Blick, der einem das Herz warm machte und in jedem, der die beiden zusammen sah, die Sehnsucht erweckte, einmal im Leben eine solche Liebe zu erleben.

Philipp von Wessenberg marschierte missmutig in seinem Gefängnis auf und ab. Im Gegensatz zu den meisten der anderen Gefangenen hatte man ihn allein in einem kleinen Zimmer untergebracht. Die erzwungene Untätigkeit, die Unmöglichkeit, sich von seinen Gedanken abzulenken, machten ihn fast verrückt. Von seinem Fenster aus konnte er auf den Rhein hinunterschauen. Schon so manchen Tag hatte er dem Strom seine Gefühle und Sehnsüchte mitgegeben, versucht, seine unausrottbare Sehnsucht und den Schmerz, den sie verursachte, zu vergessen. Doch je gesünder er wurde, umso mehr tauchte ein Gesicht immer wieder vor seinem inneren Auge auf. Das von Johanna, wie sie damals im Wald vor ihm gestanden hatte, die Hände erhoben und Abwehr in den Augen, als er sie gebeten hatte mit ihm zu kommen. Es tat so weh zu wissen, dass sie zum Feind übergelaufen, zur Verräterin an ihren eigenen Leuten geworden war. Dass sie Nacht für Nacht in den Armen des Herzogs lag. Warum nur gelang es ihm nicht, sie einfach zu vergessen und seine innere Ruhe wieder zu finden? Vielleicht, wenn er sie wieder sah. Nur noch ein einziges Mal.

Der Schlüssel drehte sich im Schloss. Philipp von Wessenberg blieb überrascht stehen. Dem Stand der Sonne nach zu urteilen war es noch lange nicht Zeit für das Abendessen. Als er die zierliche Gestalt erblickte, die sich fast schüchtern durch den Türspalt schob, musste er erst einmal blinzeln. Er glaubte an einen Traum. Doch sie war es wirklich. Sie war gekommen. Er hörte nicht, wie die Türe krachend hinter ihr ins Schloss fiel. Dann drehte er sich mit einer heftigen Bewegung um und wandte ihr den Rücken zu. Nun, da sie vor ihm stand, hielt er es nicht aus, dass sie so nahe war und er sie nicht berühren durfte.

Johanna ahnte nicht, welcher Kampf in ihm tobte. Sie sah nur seinen starren, abwehrenden Rücken. Sie trat zu ihm und berührte ihn von hinten sanft an der Schulter.

Er wandte ihr sein Gesicht zu. Die Mischung aus Schmerz und Sehnsucht, aus Liebe und Kampf in seinem Blick erschütterte sie zutiefst.

Philipp von Wessenberg rang nach Worten. Vielleicht … Aber alle Sätze, die er sich in der Hoffnung auf diese Begegnung zurechtgelegt hatte, waren wie weggeblasen. Mit großer Anstrengung versuchte er, sich wieder unter Kontrolle zu bekommen. »Freut es Euch, mich hier so zu sehen? Seid Ihr glücklich, dass es mir nicht gelungen ist, Euren … Liebhaber zu töten? Seid Ihr zufrieden?« Seine Stimme klang hart.

Doch Johanna hörte die Erschütterung heraus. Sie zog ihr gewohntes Bündel Zettel aus der Tasche der Schürze, die ihre Kleidung vor dem Blut der Verletzten schützen sollte.

»Wie geht es Euch?«

Philipp von Wessenberg las die Worte und sah sie dann an. »Den Umständen entsprechend.« Seine Stimme wurde bitter. »Wie ich hörte, sorgt Ihr als Pflegerin dafür, dass Eurem Geliebten das Menschenmaterial nicht ausgeht. Alle Achtung, ich muss schon sagen, wenn Ihr solche Arbeit leistet, dann muss der Herzog Euch ja wohl einiges zu bieten haben. Den ›stummen Engel‹ nennen sie Euch. Das Wort macht unter den Gefangenen die Runde. Ja, stumm seid Ihr …«

Johanna musterte den Freund voller Mitgefühl. Es tat ihr weh, ihn so leiden zu sehen.

Philipp von Wessenberg wand sich innerlich unter diesem Blick. »Ich brauche Euer Mitleid nicht. Wenn Ihr nur gekommen seid, um mich zu bemitleiden, dann könnt Ihr gleich wieder gehen.«

»Ihr habt mich rufen lassen. Und ich wollte Euch sehen. So lange wart Ihr mein Freund. Es gab einst Vertrauen zwischen uns.« Der Blick, mit dem sie ihm den Zettel reichte, sagte mehr als tausend Worte.

Er begriff, dass er sie verletzt hatte, und verbarg sein Gesicht hinter den Händen. Johanna trat zu ihm und zog sie sanft wieder herunter. Sie war bis ins Mark erschüttert von der Tiefe seiner Gefühle, die sie erst jetzt in ihrem ganzen Ausmaß erkannte. Sie liebte ihn doch auch, seit sie denken konnte. Er war der strahlende Held ihrer Kleinmädchentage, der Ritter in der goldenen Rüstung, der sie beschützt hatte. Ja, sie liebte ihn. Aber nicht wie den einen, den ganz besonderen Mann, nicht wie Bernhard von Weimar, sondern wie einen Freund, einen Bruder, voller Zärtlichkeit und Wärme. Sie hätte ihm bedenkenlos ihr Leben anvertraut. Doch das Herz der Frau, die sie geworden war, gehörte dem Herzog. Sie wünschte sich so sehr den Freund in den Arm nehmen und trösten zu dürfen. Doch sie wusste, er hätte sie zurückgestoßen.

Er stöhnte. »Warum seid Ihr nur so schön? Warum geht mir alles, was Euch betrifft, so nahe? Warum kann ich Euch nicht einfach vergessen, warum möchte ich Euch berühren und Euch niemals wieder loslassen?« Seine Worte waren immer leiser geworden, als spräche er zu sich selbst. Der letzte Satz kam nur noch geflüstert: »Warum liebe ich Euch so?«

Johanna begriff vollends. Darum also war er bei ihrer Begegnung, bei dem Kampf im Wald, so hart, so verbittert gewesen. Sie wollte ihm doch nicht wehtun, sie hätte sich eine Hand abhacken lassen, um das zu vermeiden. Sie wusste nicht, was sie tun sollte, und so schaute sie ihn einfach an.

Sein Blick traf forschend den ihren. Für einen kurzen Moment keimte Hoffnung in seinen Augen. Doch sie erlosch sofort wieder. Er wirkte plötzlich grau und müde, resigniert wie ein alter Mann. Seine wilde Kraft, sein vorwärts stürmender, unbekümmerter Optimismus, das ansteckende fröhliche Lachen von einst waren wie weggewischt. Stattdessen stand ein zutiefst verletzter Mensch vor ihr. »Ihr liebt ihn. Ich sehe es Euch an. Aber wenn er nicht gekommen wäre, Ihr hättet mich auch lieben können, nicht wahr? Lasst mir wenigstens diese Illusion.«

Johanna konnte die tiefe Trauer in seiner Stimme kaum ertragen. Sie nickte.

Wieder wandte er ihr den Rücken zu. Sie ließ ihm Zeit, sich zu fassen. Dann drehte er sich um und holte ein mit Spitzen eingefasstes Schnupftuch aus seiner Tasche. Darin war etwas eingewickelt. Er schlug die Stoffecken zur Seite und reichte ihr den Inhalt. »Hier, das gehört Euch. Ignatius Eggs hat es mir gegeben. Ihr kennt ihn doch, den Kapuziner. Ihr wolltet mir dafür die Freiheit erkaufen. Doch er brauchte Eure Hilfe am Ende doch nicht und reichte das Schmuckstück an mich weiter. Ich sollte es Euch zurückbringen. Dieser Kapuziner kann gut in den Herzen der Menschen lesen. Er hat wohl schon bei unserer ersten Begegnung gemerkt, wie ich zu Euch stand. Schon damals, vor dem Kampf im Wald, als es mir selbst noch nicht in dieser Klarheit bewusst war. Hier, ich gebe es Euch zurück. Und dann geht. Wir werden uns niemals wieder sehen. Versucht nie mehr, zu mir zu kommen. Ich würde mich weigern, mit Euch zu sprechen.«

Johanna wusste, dass er jedes Wort genau so meinte, wie er es sagte. Sie blickte hinunter auf seine Hand, die er ihr entgegenstreckte. Im Tuch lag unversehrt und blitzend das Medaillon mit dem Bild ihrer Großmutter. Ihre Mutter hatte es ihr an jenem schrecklichen Tag im Keller in die Hand gedrückt. Sie hatte es Mechthild Eggs gegeben, um Philipp von Wessenberg aus der Haft in Seckingen zu befreien. Nun lag es wieder da, in seiner Hand. Sie nahm es zögernd. Da brachen alle ihre Dämme, alle Mauern, die sie rund um den schrecklichen Schmerz in ihrem Inneren gebaut hatte. Ihre Tränen spülten die Barrieren ebenso fort wie die Schranke, die sie zwischen der Johanna von damals und der Frau von heute errichtet hatte, weil sie die Erinnerung nicht ertragen konnte. Johanna blickte Philipp von Wessenberg unter Tränen an. In gewisser Weise hatte er ihr mit seiner Geste das Leben wiedergegeben.

Der junge Mann stöhnte. Er ertrug es nicht, sie so zerbrechlich, so verletzlich vor sich zu sehen und sie nicht in die Arme nehmen zu können. Unwillkürlich trat er einen Schritt auf sie zu und verringerte den Abstand zwischen ihnen. Doch dann hielt er inne. Er verstand nicht ganz, was in diesem Moment mit Johanna geschah. Er wusste nur eines: dass sie einem anderen gehörte. Sie würde niemals an seiner Seite durchs Leben gehen. Deshalb musste er sich jetzt schützen. Er musste lernen zu vergessen. Mit der Zeit würde es ihm vielleicht gelingen.

Er trat wieder zurück. »Johanna, Ihr müsst jetzt gehen. Geht jetzt, meine Liebe. Ich wünsche Euch Gottes Segen.« Seine Stimme war voll hoffnungsloser Zärtlichkeit.

Die junge Frau blickte auf das Medaillon in ihrer Hand und

dann auf den Freund. Gerade eben hatte sie ihre Kindheit und Jugend wieder gefunden, zurückgebracht durch dieses Schmuckstück. Nun musste sie sie wieder loslassen, musste Abschied nehmen von jemanden, der, seit sie denken konnte, zu ihrem Leben gehört hatte. Und dieser Abschied war endgültig, das spürte sie genau. Sie streifte die lange, goldene Kette, an der das Medaillon hing, über ihren Kopf, schaute ihn noch einmal lange an, so, als wolle sie sich sein Gesicht ein letztes Mal genau einprägen. Nur ein Hauch ihres Duftes blieb zurück, nachdem sie gegangen war. Sie roch nach Veilchen.

Gut eine Woche später erreichte sie ein Brief des Herzogs in seiner krakeligen, steil aufgerichteten Handschrift, die sie inzwischen so gut kannte.

»Meine Liebste,

du kannst dir nicht vorstellen, wie sehr du mir fehlst. Ein Stück von mir ist bei dir in Laufenburg geblieben. Wenn du nur bei mir sein könntest, wenn du nur sehen könntest, wie gut es um unsere Sache steht.

Der alte Rehlinger schickt regelmäßig Schiffe mit Nahrungsmitteln wie Mehl und Hafer sowie allem anderen, was wir brauchen, von Basel aus rheinabwärts. So sind wir also gut versorgt.

In der Festung Breisach stehen die Dinge daher schlecht. Schon Anfang November dachten wir, sie würde sich nicht mehr lange halten. Von Überläufern erfuhren wir, dass die Vorräte ganz zu Ende sind und Kommandant von Rheinach Soldaten wie Bürger kaum mehr von der offenen Rebellion abhalten kann. Die Menschen dort hungern. Die Zustände müssen fürchterlich sein.

Ansonsten hat es noch einige kleinere Scharmützel gegeben. Bei dem inneren Zustande der Festung hat auch der Wille zur äußeren Verteidigung stark gelitten. Es ist sogar schon vorgekommen, dass Musketiere, nachdem sie einige schlecht gezielte Schüsse auf uns abgegeben hatten, vor Mattigkeit über die Brustwehr hinunterstürzten. So war es uns also ein Leichtes, auch die übrigen kleinen Außenwerke der Verteidigungsanlagen zu nehmen. Bei meiner Rückkehr ins Lager war auch schon der Pulverturm bei der ›Kalten Herberg‹ in Brand geschossen. Durch die folgende Explosion wurde eine dreißig Schritt breite Bresche in die Mauer gerissen.

Es wäre nicht schwer, die Festung in diesem Zustand zu erobern. Doch es besteht die Befürchtung, dass die Einwohner alles in Schutt und Asche legen, sollten wir versuchen Breisach zu stürmen.

Deshalb lassen wir die Zeit für uns arbeiten. Im Übrigen habe ich Johann Heinrich von Rheinach nun zum dritten und letzten Mal zur Übergabe aufgefordert, obwohl ich es eigentlich bei den ersten beiden Nachrichten belassen wollte. Ein Trompeter brachte das Schreiben in die Festung. Ich habe ihm klar gemacht, dass es sonst kein Pardon mehr geben wird. Auch diesmal war die Antwort ablehnend. Er schrieb zurück, er werde nicht aufgeben und weiter auf Rettung durch die Kaiserlichen warten – ›mit Ausdauerung alles Menschlichen und möglichsten Blutstropfens‹. Ich weiß noch immer nicht, ob dieser Mann ein Held oder ein Narr ist, der durch seine Starrheit alle um sich herum mit in den Untergang reißt. Denn untergehen wird Breisach, so wahr mir Gott helfe.

Nicht so gut wie für unsere Sache steht es um meine Gesundheit. Doch im Moment gelingt es mir, mich etwas zu erholen. Allerdings würde das sehr viel schneller gehen, wenn du bei mir wärst. Es gibt eine Kraft in dir, die mir schon so manches Mal beim Weitergehen geholfen hat, wenn ich dachte, jetzt kann ich keinen Schritt mehr tun. Breisach wird sich nicht mehr lange halten. Komm zurück. Es wäre der Gipfel des Triumphes, wenn du an meiner Seite in die Feste reitest, sobald sie fällt.«

Da wusste Johanna, es war Zeit, von Ihrer Vergangenheit endgültig Abschied zu nehmen, die Toten und all das, was geschehen war, ruhen zu lassen. Von nun an würde sie nach vorne schauen. Ihre ganze Existenz gehörte nur einem: Bernhard von Sachsen-

Weimar. Ihm würde sie folgen, so lange er sie bei sich haben wollte. Ihren Antwortbrief gab sie gleich dem Boten mit, der sein Schreiben gebracht hatte. Es enthielt nur drei Worte: »Ich komme, Liebster.«

Ein letztes Mal ging sie an das Massengrab, in dem neben vielen anderen auch ihre Eltern und ihr Bruder bestattet worden waren. Dann verließ sie ihre Heimatstadt. Sie glaubte nicht, dass sie Laufenburg jemals wieder sehen würde.

VIII

Es herrschte Totenstille, als der Herzog mit seinem Gefolge in die Festung einzog. Nur das Getrappel der Pferdehufe auf dem Pflaster schallte hohl zwischen den Mauern der Häuser. Endlich, endlich hatte Festungskommandant von Rheinach kapituliert. Er war längst abgezogen, auf dem Weg zu Savelli und Götz. Abgezogen mit »fliegenden Fahnen, Trommeln und Pfeifen, Ober- und Untergewehr, brennenden Lunten und Kugeln im Munde« sowie mit allen kriegerischen Ehren, genau, wie es in der Kapitulationsurkunde festgelegt war. Die Besiegten durften zwei der achtpfündigen Geschütze mitnehmen, nebst zwanzig Kugeln und zwei Tonnen Pulver. Alle anderen Geschütze und das Kriegsmaterial blieben in der Festung. Beide Seiten hatten Geiseln ausgetauscht, um für die Sicherheit der jeweils anderen Seite zu bürgen. Auch das Eigentum der Breisacher Bürger sollte verschont bleiben. Außerdem wurde der Bevölkerung freie Religionsausübung gewährt. Doch ansonsten hatte der Herzog wenig Neigung, sich den Menschen in der Festung gegenüber gnädig zu erweisen.

Die Fahnen der weimarschen Regimenter wehten, die Trommler zogen voraus. Doch nach und nach erstarben die Schläge. Der Triumph verblasste angesichts des Elends, das ihnen entgegenschlug. Sie ritten in der Mitte der Hauptstraße, direkt auf den von einem Turm überdachten Brunnen zu, aus dem die Breisacher ihr Wasser holten. Kein Hund bellte, keine Hühner gackerten, keine Katze, keine Ziege, keine Kuh, kein Tier mehr schien in der Stadt überlebt zu haben. Nur wenige ausgemergelte und lethargische Gestalten säumten den Zug, hohlwangige Gesichter schauten zu ihnen auf mit Augen, aus denen jeder Lebenswille gewichen war.

Johanna schnürte es das Herz zusammen. Selbst in den Augen der hartgesottenen, auf vielen Schlachtfeldern abgestumpften Soldaten im Tross des Herzogs stand Mitleid. Breisach war eine Totenstadt und die wenigen Überlebenden nichts weiter als lebendige Leichname. »Mein Gott, sie haben alles aufgefressen. Jedes Pferd, jeden Hund, jede Katze, jede Ratte und jeden Wurm«, flüsterte einer der Offiziere, die hinter dem Herzog ritten. Und dann die Kinder. Sie waren das Schlimmste. Vor Hunger aufgeblähte Bäuche, rachitische Gliedmaßen und mehr als eines hatte keine Zähne mehr im Mund. Johanna konnte sich kein größeres Leid vorstellen.

Noch nicht. Denn das Schlimmste sollte noch kommen, als sich schließlich die Tore der Verliese öffneten und die Gefangenen herauskamen – Männer der weimarschen Armee, die während der Belagerung in die Hände der Feinde geraten waren. Abgerissene Gestalten taumelten ihnen aus bestialischem Gestank entgegen, verdreckt, mit langen wirren Bärten und Haaren. Die Augen lagen tief in den Höhlen. Das Gesicht des Herzogs wurde hart, als er seine Leute so sah. Doch es sollte im nächsten Moment unerbittlich werden.

Einer der Männer taumelte auf ihn zu. »Dem Himmel sei Dank, endlich seid Ihr zu unserer Rettung gekommen.« Er konnte kaum sprechen, so schwach war er. Bernhard von Weimar stieg vom Pferd und ging ihm und den anderen befreiten Gefangenen entgegen. Johanna begleitete ihn.

Und dann hob der Soldat die Hand und zeigte ihm das, was man ihnen zu essen gegeben hatte. Blutiges, halb verwestes, süßlich stinkendes Fleisch. »Es sind Bestien. Sie haben uns gezwungen, das zu essen. Der Himmel wird uns niemals verzeihen«, flüsterte der Soldat und brach ohnmächtig vor den Füßen des Herzogs zusammen. Den anderen Männern liefen die Tränen übers Gesicht. Da wurde Johanna klar, was dieser Mann in den Händen hielt. Bernhard von Weimar sprach es aus. »Mein Gott, das ist Menschenfleisch. Ihr habt Menschenfleisch gegessen.« Johanna hatte noch nie einen solchen Ausdruck in seinem Gesicht gesehen. Hass, Zorn, Verachtung, Härte, unumstößliche Entschlossenheit und schließlich sogar so etwas wie Mitleid für diese Verdammten. Einige der Männer im Gefolge begannen zu würgen und erbrachen sich. Ein anderer der Gefangenen warf sich vor Bernhard von Weimar zu Boden und krümmte sich vor seinen Stiefeln zusammen. »Verzeiht uns, Durchlaucht, falls Gott uns jemals verzeiht. Wir hatten doch keine andere Wahl. Sie haben die Toten wieder ausgegraben und uns ihre Gebeine zum Fraß vorgeworfen, nachdem auch die letzte Ratte, der letzte Krümel Brot verzehrt war. Der Hunger hat uns zu Tieren gemacht, zu reißenden Bestien. Die Menschen hier haben sogar ihre Kinder geschlachtet und gegessen. Viele der Kleinen sollen verschwunden sein und sind niemals wieder aufgetaucht.« Er wimmerte.

Wenn die Steine dieser Festungsmauern hätten weinen können, sie hätten blutige Tränen vergossen, dessen war sich Johanna sicher. »Bringt diese Männer von hier fort und kümmert euch um sie, gebt ihnen zu essen.« Bernhard von Weimar konnte den Abscheu vor diesen Unglücklichen nicht verbergen. Niemand konnte das. Jedem drehte sich bei dem Gedanken daran, welche Gräuel sich in den vier Monaten der Belagerung in der Festung abgespielt haben mussten, der Magen um. Niemand sprach, als sich der Zug am Brunnen vorbei in Richtung Schloss weiterbewegte.

Nach einer Weile durchbrach der Herzog die geisterhafte Stille: »Bei Gott, wenn ich das gewusst hätte, Kommandant Johann Heinrich von Rheinach und seine Leute hätten dafür bezahlt. So konnten sie friedlich abziehen, sogar noch mit Waffen und Munition. Selbst mit Proviant haben wir sie versorgt. Dieser Mann verdient eine weit größere Strafe und Demütigung, als mir die Stiefel zu küssen. Johanna, niemals, auch nicht in meinen schlimmsten Albträumen hätte ich mir so etwas vorstellen können.« Von der Freude über den größten Triumph seines Feldzuges, die Eroberung Breisachs, war nichts mehr übrig geblieben.

Johanna, die dicht neben dem Herzog ritt, ergriff seine Hand. Dann sah sie, dass diesem Feldherren und Strategen, der seine Männer gegen eine große Übermacht zum Sieg geführt hatte und der nun endlich am Ziel seiner Träume war, die Tränen über die Wangen liefen. Nicht nur ihm. Viele im Zug weinten. Und keiner der Männer schämte sich dafür.

Es war eine traurige, eine gedämpfte Dankesfeier am Abend im Dom zu Breisach. Und auch an das prächtige Festbankett zur Feier des Sieges erinnerte sich Johanna später nur noch vage. Wann immer sie danach eine der Münzen sah, die Herzog Bernhard anlässlich des Sieges prägen ließ, tauchten diese ersten schrecklichen Bilder wieder vor ihr auf. Sie sah die ausgestreckte Hand des ausgemergelten Soldaten und das stinkende Stück Menschenfleisch darauf. Da klangen die Worte wie Hohn, die auf der Münze eingeprägt waren: »Brisach fortis, sed fortior Deus fuit et Weimarius 1638.« – »Breisach war stark, doch stärker waren Gott und der Weimarer.«

Bernhard von Weimar hielt es nicht lange in Breisach. Selbst dieser harte Soldat wollte nur eines, fort von den schrecklichen Erinnerungen nach dem Einmarsch. Außerdem war er müde, ebenso wie seine Männer. Es ging ihm gesundheitlich noch immer nicht gut. Die ständigen Schwächeanfälle und Fieberschübe schienen eher zu- als abzunehmen. Und so zog er nur wenige Wochen danach zusammen mit Johanna den ersten Regimentern nach, die er vorausgeschickt hatte: in die Franche-Compté, in den oberen, südlich des Flusses Doubs gelegenen Teil Burgunds. Die Region war reich, fruchtbar und hatte bisher wenig unter dem Krieg zu leiden gehabt. Dort sollten die Soldaten alles für das Winterlager vorbereiten. Die dafür notwendigen Eroberungen waren schon angelaufen. Die Feste Landskron südwestlich von Basel, an der Straße, die die Truppen entlangziehen mussten, war einen Tag vor Silvester gefallen. Zu Beginn des neuen Jahres hatten die Regimenter burgundischen Boden erreicht. Pruntrut, St.

Ursanne und Besancon – die Männer des Herzogs eilten von Sieg zu Sieg. Die wenigen lothringischen Streitkräfte, die sich in dieser Region noch hatten halten können, boten nur halbherzig Widerstand. Das Ziel des Herzogs war Pontarlier. Dort wollte er sein Hauptquartier aufschlagen. Selbst das Wetter schien diese Pläne zu unterstützen. Zum Jahreswechsel war es fast frühlingshaft warm, die Berge waren frei von Schnee. Johann Ludwig von Erlach wurde zum Kommandanten der Festung Breisach ernannt.

»Ich weiß nicht, wie wir Bernhard von Weimar helfen könnten. Er hat uns wieder einmal um Unterstützung gebeten. Die Franzosen bieten mir schon wieder Truppen und Geld an, wenn ich mich ihrer Sache anschließe. Doch ich traue ihnen nicht. Allerdings kann ich den französischen Gesandten jetzt nicht mehr länger vor der Türe stehen lassen.« Amalie Elisabeth, Landgräfin von Hessen-Kassel, stützte das Kinn auf ihre Hand. Ihre klugen Augen blickten fragend auf den Oberkommandierenden ihrer Truppen und Berater, Heinrich Melander. Ihr ovales Gesicht mit dem kleinen, fleischigen Kinn und den vollen Lippen täuschte eine weiche Nachgiebigkeit vor, die keineswegs zu ihren prägenden Eigenschaften gehörte. Nicht zum ersten Mal beeindruckte sie Melander mit ihrem kühlen, pragmatischen Verstand.

»Vielleicht gewinnen wir ihn für die Dritte Partei?«

Die Landgräfin lachte. »Melander, gebt Ihr denn nie auf?«

Der ältere Mann verzog das Gesicht. »Was soll falsch daran sein? Die Franzosen lassen den Herzog wieder einmal im Stich. Keine Soldaten, kein Geld. Dabei brennt er darauf, sich mit dem schwedischen Kommandanten Johann Banér zu vereinigen, der inzwischen schon in Böhmen angelangt ist, um zusammen mit ihm auf weitere Eroberungszüge zu gehen. Die Franzosen schert es einen Dreck, dass sie mit Schweden ein Bündnis geschlossen haben. Und zum habsburgischen Kaiser Ferdinand wird er trotz dessen ununterbrochener Werbung ebenfalls nicht überlaufen, auch wenn der jetzt schon wieder die Brüder des Herzogs ins Spiel bringt. Also, was spricht gegen die Dritte Partei, eine neutrale Vereinigung deutscher Fürsten, um endlich diese Ausländer aus dem Reich zu verjagen? Nur so können wir am Ende unsere politische und religiöse Freiheit verteidigen. Nein, diese Ausländer müssen weg aus unserem Vaterland, egal ob Spanier, Schweden oder Franzosen. Die Erfolge dieses rücksichtslosen schwedischen Feldherrn Johann Banér machen mich schaudern. Ihr wisst, dass die Dritte Partei sich nicht gegen den Kaiser richten wird. Mein Ziel ist nichts weiter als die bewaffnete Neutralität der Stände.«

Amalie von Hessen-Kassel hob in gespielter Verzweiflung die Hände. »Mein bester Melander, ich glaube diese Predigt habt Ihr mir schon tausendmal gehalten. Ich habe meine Zweifel, dass der Herzog zustimmen wird. Die meisten der Verbündeten, die Ihr für Eure Dritte Partei gewinnen wollt, sind katholischen Glaubens. Bernhard von Weimar wird keiner Allianz zustimmen, deren Basis von katholischen Fürsten gebildet wird.«

»Was hat er zu verlieren?«

»Ihr kennt den Herzog. Er wird seine Selbstständigkeit nicht so ohne weiteres für ein Bündnis aufgeben. Außerdem ist er bekannt dafür, dass er zu einmal geschlossenen Verträgen steht.«

»Euer Durchlaucht, er muss seine Selbstständigkeit nicht aufgeben. Auch die anderen beteiligten Fürsten sind der Meinung, dass ihm hier der Oberbefehl zusteht. Es gibt keinen, der dafür besser geeignet wäre.«

Amalie von Hessen-Kassel war noch immer skeptisch, doch sie lenkte ein. »Vielleicht sollten wir es wirklich versuchen. Wenn ein Mann in der Lage ist, diesem Reich endlich Frieden zu bringen, dann der Herzog. Wir können ihm kein Geld und keine Truppen schicken, das wäre gegen den Vertrag von Mainz, den wir mit dem Kaiser geschlossen haben. Aber vielleicht wäre die Mithilfe bei der Verwirklichung Eures Vorschlags eine Möglichkeit, ihm die notwendige Unterstützung zukommen zu lassen. Doch was machen wir nun mit dem französischen Gesandten? Kammerherr de l'Isle ist kein Mann, den man so lange warten lassen sollte.«

Der etwa fünfzigjährige, im Dienst der Landgrafen von Hessen-Kassel ergraute Melander wiegte bedächtig den Kopf. »Gräfin, lasst uns einfach hören, was er zu sagen hat. Dann sehen wir weiter.«

Jean Pierre de l'Isle fühlte, wie der Zorn langsam in ihm hochstieg. Vorgestern war er in Kassel angekommen und fürstlich empfangen worden. Das änderte aber nichts daran, dass Amalie Elisabeth von Hessen-Kassel ihn noch immer nicht persönlich begrüßt hatte. Sie sei unpässlich, hatte man ihm mitgeteilt. Dabei hatte er es eilig. Er musste zu General Guébriant. Dieser hatte zusammen mit dem Herzog Breisach erobert. Und er war auch der richtige Mann, den Herzog davon zu überzeugen, dass die Festung Frankreich zustand. Er bemühte sich seinen Unmut hinunterzuschlucken. Die Landgräfin von Hessen-Kassel war eine wichtige Figur in diesem Spiel. Sie unterhielt enge Verbindungen zu Bernhard von Sachsen-Weimar. Wenn jemand ihn davon abhalten konnte, König Ludwig XIII. von Frankreich das Schwert vor die Füße zu werfen, dann sie. Diese Mission war von äußerster Wichtigkeit.

Es klopfte. »Falls der hochwürdige Kammerherr jetzt Zeit hätte, unsere durchlauchtigste Gräfin würde sich freuen ihn in ihrem Arbeitszimmer zu begrüßen.«

De l'Isle erhob sich ächzend. Das Reisen bekam seinen schmerzenden Beinen nicht. Die Krampfadern machten ihm heute wieder besonders zu schaffen.

Mit Erstaunen und Verärgerung sah er, dass Amalie von Hessen-Kassel nicht allein war.

»Mein lieber Kammerherr, es ist uns eine besondere Ehre, Euch an unserem Hof begrüßen zu können. Wir sind gespannt, welch wichtige Mission Euch nach Kassel führt.«

De l'Isle, ganz der höfische Diplomat, verbeugte sich mit Stil. »Madame, die Ehre ist ganz meinerseits.« Dann runzelte er die Stirn. »Ich hoffe, Ihr haltet mich nicht für unhöflich, aber eigentlich hatte ich gedacht, wir könnten uns unter vier Augen besprechen.« Sein Blick wanderte zu Heinrich Melander. Die Miene des gräflichen Beraters und Oberbefehlshabers verfinsterte sich.

»Haltet Ihr das für notwendig? Dieser Mann hier ist mein engster Vertrauter.« Amalie von Hessen-Kassel gefiel es nicht, wie sich der Kammerherr einführte. Und sie machte auch kein Hehl daraus.

Der Kammerherr verbeugte sich nochmals. »Madame, ich habe Anweisung von unserem allergnädigsten Kardinal, dem Ersten Minister Frankreichs, Armand de Plessis, mit Euch und nur mit Euch zu sprechen. Lasst es mich so ausdrücken: Eigentlich bin ich überhaupt nicht hier. Ich bin nie in Kassel gewesen. Denn was er Euch mitzuteilen hat, ist eher, ähem, delikater Natur. Eigentlich hätte Pater Joseph diese Mission übernehmen sollen. Aber wie Ihr bereits wisst, ist er kürzlich verstorben.« De l'Isle setzte eine betrübte Miene auf.

Amalie musterte den Franzosen scharf. Diese Wendung der Dinge gefiel ihr nicht. Aber nun, da er schon einmal da war, konnte sie ihn wohl schlecht wieder fortschicken. Sie warf Melander einen Blick zu. Dieser verstand sofort und erhob sich. »Falls Ihr mich braucht, Durchlaucht, ich bin in der Nähe.« Mit diesen Worten, die durchaus auch als Warnung an den Franzosen gedacht waren, verließ er den Raum. Er hasste diese wetterwendischen Ausländer.

Amalie von Hessen-Kassel wies auf den Stuhl ihr gegenüber. »Bitte setzt Euch doch. Also, warum seid Ihr nun gekommen?«

Der Abgesandte des Kardinals zögerte eine Weile. »Es ist nicht einfach, den richtigen Anfang zu finden. Wie man hört, habt Ihr Euch doch mit Kaiser Ferdinand derzeit ... arrangiert?«

Die Landgräfin nickte, sagte aber nichts.

»Und wie man auch hört, habt Ihr zudem eine, sagen wir einmal, recht intensive Beziehung zu Herzog Bernhard von Weimar?«

Amalie von Hessen-Kassel ließ sich noch immer kein Wort entlocken. Sie schaute ihn nur weiter ruhig an.

De l'Isle seufzte innerlich. Diese tumben Hessen. Hier gab es nichts von der französischen Leichtigkeit in den Formen der Diplomatie. Nun, dann musste er eben deutlicher werden.

»Glaubt Ihr, dass der Herzog dem Werben von Kaiser Ferdinand von Habsburg nachgibt?«

»Warum fragt Ihr mich das, fragt ihn doch besser selbst. Ich bin nur eine Frau und verwalte meine Landgrafschaft nach dem Tode meines Gatten für unsere Kinder, so gut ich kann. Was verstehe ich schon von Politik?«

Diese Frau machte es ihm nicht leicht. Er musste noch deutlicher werden. »Ihr wisst, teuerste Landgräfin, dass mein allergnädigster Souverän, König Ludwig, sich sehr gut vorstellen könnte, dass Bernhard von Sachsen-Weimar eines Tages vielleicht sogar der nächste Kaiser des Reiches wird. Er kommt aus einer langen, alten Linie von Herrschern ...«

Amalie von Hessen-Kassel ließ sich nicht aus der Reserve locken. »Und?«

De l'Isle verfluchte dieses Weib. Sie war weit davon entfernt, hilflos zu sein. Er hatte nicht mit einem so starken Gegner gerechnet. Also, es half nichts. »Man könnte doch sagen, dass eine Frau, die einem Herrscher nahe steht, vielleicht sogar seine Gemahlin ist, davon einigen Nutzen haben würde. Zum Beispiel für ihre eigenen Ländereien, meint Ihr nicht?«

Amalie nickte. »Das könnte man wahrscheinlich sagen. Aber spielen wir jetzt das Spiel ›Was-wäre-wenn‹?«

De l'Isle bemühte sich darum, seine Miene zu einem nichts sagenden Lächeln zu verziehen. Doch es erreichte seine Augen nicht. »Das könnte man vielleicht so ausdrücken. Frankreich würde sich dem Herzog auf jeden Fall nicht in den Weg stellen, sollte er nach der Kaiserkrone streben.«

Der Landgräfin wurde dieses Geplänkel langsam zu dumm. »Sprecht Ihr vom Geld und den Truppen, die Frankreich mir angeboten hat? Ihr wisst, dass ich die großzügige Offerte im Moment leider nicht annehmen kann. Aber Kardinal Richelieu und ich sind weiter brieflich in Kontakt.«

»Nein, davon spreche ich nicht. Dafür hätte ich auch in offizieller Mission kommen können. Ich spreche davon, dass ich mich im Moment vielleicht mit der künftigen Kaiserin Amalie Elisabeth unterhalte.« De l'Isle wartete eine Weile, um diese Worte wirken zu lassen. Vielleicht schlugen sie endlich eine Bresche in die Selbstbeherrschung dieser Frau.

Doch sie zog nur eine ihrer, wie der französische Gesandte zugeben musste, äußerst eindrucksvollen Augenbrauen hoch. »Greift Ihr da nicht etwas zu hoch?«

De l'Isle schüttelte den Kopf. »Bernhard von Weimar hat alle Voraussetzungen, um nach der Kaiserkrone zu greifen. Die schwedische Königin Christine unterstützt ihn ebenso vorbehaltlos wie ihr Reichskanzler Oxenstierna. Hugo Grotius, der schwedische Gesandte am französischen Hof und einer der energischsten Verfechter der Belange des Herzogs, hat daran nie den geringsten Zweifel gelassen. Selbst König Karl I. von England beginnt den Weimarer zu hofieren. Der dänische König hat sich als Vermittler in seiner Auseinandersetzung mit dem Kaiser angeboten. Herzog Bernhard hat hoch gestellte Freunde. Sie alle trauen dem Eroberer von Breisach viel zu – falls er nur will. Auch Frankreich wird ihn, wie gesagt, unterstützen.«

»Allerdings nicht ganz selbstlos, nicht wahr, werter Kammerherr?«

»Nein, natürlich nicht. Richelieu und Ludwig sind keine Narren. Und wir glauben, dass Ihr, werte Landgräfin, in der künftigen Entwicklung durchaus Euren Platz haben solltet – so das überhaupt noch möglich ist.« Diese letzte Spitze hatte ihr Ziel nun doch erreicht, das sah de l'Isle.

»Warum sollte das nicht möglich sein?«

»Damit kommen wir zum … delikaten Teil meiner Mission. Wenn Bernhard Kaiser wird, sind wir an einer Kaiserin an seiner Seite interessiert, die in der Lage ist, zwischen Freunden und Feinden gut zu unterscheiden. Eine Frau, wie Ihr es seid. Nun ist es der französischen Krone und Kardinal Richelieu zu Ohren gekommen, dass der Herzog sich unsterblich in eine junge Bürgerliche verliebt haben soll ...«

Amalie Elisabeth von Hessen-Kassel war in ihrem Stolz getroffen. Ihr Gesicht wurde steinern. »Ihr sagt mir nichts Neues. Der Kardinal und Vater Joseph – Gott möge seiner Seele gnädig sein – haben mir bereits von dieser Liebschaft berichtet. Eine kleine Hure, weiter nichts. Sie wärmt vorübergehend sein Bett. Er würde niemals für eine solche Frau seine Pläne aufs Spiel setzen und schon gar nicht sein mir gegebenes Wort brechen.«

»Die Liebe hat schon so manchen Mann in einen Idioten verwandelt, wenn Ihr mir diesen Ausdruck verzeiht.« Die Stimme von de l'Isle klang honigsüß. Jetzt hatte er sie.

»Aber nicht den Herzog von Weimar.« Amalie gewann schon wieder Oberwasser.

»Entschuldigt, werte Gräfin, aber das sieht meine Regierung anders. Natürlich nicht offiziell. Lasst es mich so ausdrücken: Wären die Dinge für unsere beiderseitigen Interessen nicht viel einfacher, wenn diese Dame, sagen wir einmal, plötzlich verschwände?«

Die Landgräfin versteifte sich. »Was kann die Hure des Herzogs der Grande Nation schon für Knüppel zwischen die Beine werfen?«

»Kann ich ganz offen sein und auf Eure Verschwiegenheit rechnen?«

Die Gräfin nickte huldvoll.

Er hätte diese Frau erwürgen können. Doch de l'Isle hatte bei vielen Auftritten auf dem Parkett der Diplomatie längst gelernt seine Gefühle zu beherrschen. »Sie stammt aus einer der Städte, die der Herzog während des Frühjahrsfeldzuges im letzten Jahr erobert hat. Und sie bestärkt ihn natürlich in seiner starren Weigerung, diese Gebiete und die Festung Breisach der französischen Krone nun, sagen wir einmal, zugänglich zu machen. Frankreich hat dafür bezahlt, hat seine Feldzüge finanziert. Wir werden uns nicht mit einem Almosen abspeisen lassen. Was würde das für einen Eindruck machen, wenn der König sich für seine großzügige und in vielen Teilen schon fast brüderliche Unterstützung des Herzogs so demütigen lassen müsste. Übrigens, ebenso wäre es eine Demütigung für Euch, meint Ihr nicht, falls der Herzog seiner Gespielin den Vorrang vor Amalie Elisabeth von Hessen-Kassel gäbe? Und die Gefahr besteht durchaus, sagen mir meine Agenten. Er lässt sie keinen Moment mehr von seiner Seite und hört auf ihren Rat. Auch seine Männer lieben sie übrigens und glauben, sie sei ein Glücksbringer für sie alle. Ach, und noch etwas. Diese Johanna ist eine außerordentliche Schönheit.« So, nun hatte die Landgräfin einiges zu verdauen. Vielleicht taute sie ja jetzt endlich auf. Er sah, wie es in ihrem Gesicht arbeitete, wie sich Eifersucht und Stolz in ihr zu regen begannen.

Doch das zeigte sie nur für den Bruchteil einer Sekunde. Dann war ihre Miene wieder völlig gelassen.

»Ich habe schon mehrfach Kunde darüber bekommen, dass der Herzog krank ist«, erwiderte sie schließlich ruhig. »Ich denke, ich sollte mich doch entschließen, mein vom Krieg bedrohtes Land für einige Zeit zu verlassen und ihm einen Besuch abzustatten.«

De l'Isle stand auf und verbeugte sich. »Ihr seid eine weise Frau, Madame, und entsprecht in jedem Punkte dem Lob, das ich allenthalben über Euch vernommen habe. Ihr seid ebenso schön wie klug. Und vielleicht wäre es außerdem ganz angebracht, wenn diese ... Johanna während Eures Besuches, oder, noch besser, danach plötzlich verschwände? Das wäre für Euch gut und für Frankreich. Bei uns wäre sie für eine Weile ganz gut aufgehoben, zum Beispiel in einem kleinen Verlies ...« Und als Faustpfand für ein geneigtes Ohr des Herzogs bezüglich der Interessen Frankreichs, fügte er innerlich hinzu.

Amalie von Hessen-Kassel zögerte. Da spielte der französische Abgesandte seinen letzten Trumpf aus. »Ach, vielleicht wisst Ihr das noch nicht. Die Dame erwartet ein Kind. Der Herzog hat das in Pontarlier herausposaunen lassen. Er will den Bastard seiner

Buhle sogar legitimieren, sollte es ein Sohn sein. Ein Erbe des Bernhard von Weimar wäre doch das Letzte, was wir derzeit brauchen konnen, meint Ihr nicht?« Und das beste Druckmittel, das man nur haben kann, um den Herzog zu beeinflussen. Den letzten Satz sagte er ebenfalls nicht laut.

Amalie von Hessen-Kassel war bleich wie ein Leintuch geworden. »Wie kann ich mit Euch in Verbindung bleiben?«

»Es wird sich jemand bei Euch melden. Ich kann mich doch darauf verlassen, dass diese Unterredung unter uns bleibt?«

Die Landgräfin senkte zustimmend den Kopf. Ihre Gedanken arbeiteten fieberhaft. Ein Plan begann Gestalt anzunehmen.

Christoph Frey fuhr mit einem Ruck von seiner Bettstatt auf. Der stechende Schmerz hinter seinen Augen entlockte ihm ein Stöhnen. Er legte die Hände an die Schläfen. Wieder krähte der Hahn, der ihn aus seinem kurzen, betäubungsähnlichen Schlaf geweckt hatte. »Verdammtes Vieh.« Doch er korrigierte sich sofort. Es gab in Breisach wieder Hähne. Das grenzte schon fast an ein Wunder. Er erhob sich seufzend und tappte mit nackten Füßen zur Waschschüssel. Drei Wassertropfen aufs Gesicht und ein kräftiger Schluck Wasser, um den schalen, sauren Geschmack des Alkohols loszuwerden. Solche Nächte taten ihm nicht gut. Er merkte langsam, dass er älter wurde. Als er nach draußen kam, empfing ihn das Licht der aufgehenden Sonne. Sie malte bereits erste Streifen auf die Dächer von Breisach. Wieder fluchte er. Er hatte verschlafen. Hoffentlich merkte der Profoss nichts. Das Stadttor, an dem er diente, hätte schon längst geöffnet sein sollen. Die Sonne blendete ihn, der Schmerz hinter seinen Augen wurde wieder schlimmer. Wieder fuhr die eine Hand zur Schläfe, die andere begann den Ring des Schlüsselbundes vom Gürtel zu lösen. Selbst das Klirren hörte sich in seinem Kopf an wie das Rasseln der Geschützketten.

Er blickte vorsichtig um die Häuserwand hin zum Stadttor. Es lag noch völlig friedlich da. Kein Profoss, Gott sei Dank. Niemand hatte sein Verschlafen bemerkt. Seit Herzog Bernhard wieder in die Festung zurückgekehrt war, um nach dem Rechten zu sehen, herrschten hier strenge Sitten. Es gab jetzt einen Landhauptmann, einen Festungskommandanten, Polizei, überhaupt alles war geregelt bis ins kleinste Detail. Und der Herzog sorgte dafür, dass seine Anordnungen eingehalten wurden. Jedenfalls hätte das Tor schon seit über einer halben Stunde offen sein müssen. Es wurde grundsätzlich mit der untergehenden Sonne geschlossen und mit der aufgehenden wieder geöffnet. Wer seinen Dienst nicht ordentlich versah, musste mit schweren Strafen rechnen. Ein kräftiger Sack voll Prügel war das Mindeste.

Der neue Kasten für die Briefe des Herzogs, er musste zuerst zu diesem Kasten. Auch so eine Neuerung. Als ob die Botschafter nicht warten konnten, bis das Stadttor geöffnet wurde. Doch der Herzog hatte auf der Anbringung dieses Kastens außen an den Stadttoren bestanden. Alle drei Stunden musste der Nachtwächter die Tore abschreiten und in die Kästen schauen, ob schon etwas angekommen war. Als ob ein Nachtwächter keinen Schlaf bräuchte! Wenn er nur nicht solches Schädelweh hätte, dann könnte er besser denken.

Da hatte er ja wieder Glück gehabt. Der Kasten war leer. Kein Brief, keine Eildepesche. Christoph Frey atmete auf. Das wäre ein schöner Schlamassel gewesen, wenn er jetzt noch einen Brief hätte zum Schloss senden müssen. Dann wäre auch dem Letzten klar geworden, dass er verschlafen hatte. Glück gehabt. Er schob den Bart des Schlüssels in das große eiserne Schloss. Er brauchte seine ganze Kraft, um wenigstens einen Flügel des Stadttores zu öffnen. Die Sonne war inzwischen schon ein Stückchen höher gestiegen und blendete ihn. Dieser verdammte Kopf. Er fluchte. Es hatte sich bereits eine lange Schlange von Menschen gebildet, die Einlass begehrten. Bestimmt zehn Wagen und mindestens zwanzig Leute mit Sack und Pack zu Fuß. Sie hatten Stoffbündel auf dem Rücken oder Körbe. Bauern, die Waren in die Festung bringen wollten. Ganz vorne stand ein Wagen, vor den ein alter Klepper gespannt war. Er hatte Strohballen und einige Körbe auf der Ladefläche. Das konnte er durch die Lücken zwischen den Holzstreben erkennen. Aus einem der Körbe drang ein dünnes Fiepen. Misstrauisch beäugte Frey die beiden Menschen auf dem Kutschbock. Eine Hüne von einen Mann saß dort in abgerissenen Kleidern. Neben sich hatte er ein etwas dralles, aber, wie der Torwächter zugeben musste, sehr ansehnliches Weibsstück, ebenfalls in recht zerschlissener Kleidung. Immerhin sahen sie sauber aus. Und wer noch ein Pferd hatte, konnte so arm nicht sein.

»Wer seid Ihr, wo kommt Ihr her? Was wollt Ihr in der Festung?«

Der Hüne schien den Mund nicht aufmachen zu wollen. Ein seltsames Paar. Schließlich antwortete das Mädchen. »Wir sind Bauern von der anderen Seite des Flusses. Wir bringen Heu für die Pferde des Herzogs, einige Eier und Hühnerküken.« Wahrlich, die junge Frau war ein hübsches Weib. Frey vergaß fast seine bohrenden Kopfschmerzen. Der Riese neben ihr hatte noch immer kein Wort gesagt.

»Kann der Mann neben Euch nicht reden? Noch einmal: Wer seid Ihr? Habt Ihr die Erlaubnis, in die Stadt zu kommen?«

Die junge Frau nestelte an einem kleinen Stoffbeutel, den sie am Gürtel trug, und reichte ihm ein Stück Papier. Mühsam entzifferte der Torhüter die Schrift. Es schien alles in Ordnung zu sein. Ignatius Eggs und seine Frau Mechthild hatten einen gültigen Passierschein. Ohne einen solchen Pass kam heutzutage niemand mehr aus der Festung hinaus oder hinein. »Habt Ihr einen Nachtzettel?«

Mechthild Eggs schüttelte den Kopf. »Wir wollen nicht über Nacht in der Festung bleiben, sondern nur unsere Waren abliefern.« Ihre Stimme bekam etwas Drängendes. »Der Stallmeister des Herzogs wartet wahrscheinlich schon auf uns.«

Christoph Frey nickte vorsichtig, doch selbst diese kleine Bewegung brachte seinen Schädel fast zum Platzen. »Also fahrt. Und dass Ihr mir rechtzeitig vor Torschluss in der Abenddämmerung wieder aus der Festung seid. Bei mir werden alle, die nach Breisach kommen, genau notiert. Befehl des Herzogs.« Mit diesen Worten machte er sich daran, auch den zweiten Flügel des Tores zu öffnen. Das Mädchen nickte und der Karren rumpelte unter dem Bogen hindurch.

Den ganzen Tag über kam Christoph Frey kaum zu Nachdenken. Die Menschen strömten nur so in die Festung hinein. Erst am Abend fiel ihm auf, dass die beiden Bauersleute aus dem Elsass die Stadt nicht wieder verlassen hatten.

Johanna konnte sehen, wie angespannt Bernhard von Weimar war. Er lächelte sie an, als sie den Becher heiße Milch neben ihn auf den Sekretär stellte. In mehreren Lagen waren eng beschriebene Papiere darauf verteilt. Sie trat hinter ihn und massierte ihm den Nacken. Er stöhnte wohlig, griff nach ihrer rechten Hand und küsste sie. »Was täte ich nur ohne dich, meine Liebste. Wie geht es dir heute Morgen?« Er erhob sich und legte ihr die Hand auf den Bauch. Ganz leicht streichelte er darüber. Dann schaute er sie zärtlich an. »Man sieht noch nichts. Kannst du unseren Sohn schon spüren?«

Johanna hob die Hände und machte mit den Fingern eine zählende Bewegung. Der Herzog lachte. »Ja, ich weiß. Du bist erst Ende des zweiten Monats in diesem gesegneten Zustand. Jetzt ist es Mai. Aber im November werden wir ihn dann in den Armen halten können. Stell dir vor, was für ein Krieger dieses Kind einmal sein wird. Mein erster Sohn. Mein Erbe. Ich könnte dich jeden Tag küssen für dieses Geschenk, das du mir machst. Eines verspreche ich dir, er soll niemals Nachteile daraus haben, dass er ein uneheliches Kind ist. Du wirst immer bei mir bleiben, meine Liebste. Und wenn er auf der Welt ist, werde ich ihn sofort als mein Kind anerkennen. Das ist der schönste Frühling in meinem ganzen Leben.«

Johanna lächelte zu ihm auf. Dann zog sie ein Stück Papier aus dem Gürtel. »Und wenn es ein Mädchen wird?«

»Dann wird sie einmal zur schönsten Frau zwischen Burgund und der Elbe heranwachsen. Du kannst versichert sein, wir werden ihr einen guten Ehemann suchen. Einen, der ihr die Liebe gibt, die ich bei dir gefunden habe. Doch jetzt muss ich weiterarbeiten. Es gibt noch viel zu regeln. Du weißt, von Erlach hat aus Paris geschrieben. Die Franzosen drehen und wenden sich wie die Würmer, wenn sie ihren Geldsack aufmachen sollen. Er verhandelt nun schon seit Wochen und vermeldet nichts als die fortgesetzte Beteuerung, dass ich beim König in höchster Gunst stehe. Wie schon bei seiner letzten Mission. Ich muss ihm die neuesten Instruktionen senden. Vielleicht lässt sich über unsere Eroberungen in Burgund verhandeln, als Köder sozusagen. Jedenfalls kann ich unmöglich weiter aus meiner Privatschatulle die Festung Breisach unterhalten sowie all die anderen eroberten Plätze und gleichzeitig die Stärke der Truppen von acht- auf mindestens achtzehntausend erhöhen. So viele Männer sind auf jeden Fall notwendig, um die eroberten Städte zu halten und gleichzeitig einen neuen Feldzug zu führen. Denn der schwedische Feldmarschall Johann Banér drängt, ich solle endlich wieder zu den Waffen greifen, damit die Kaiserlichen auch andernorts beschäftigt sind und er nicht mit ihrer gesamten Übermacht fertig werden muss. Doch wie soll ich in den Krieg ziehen ohne das notwendige Geld und zusätzliche Männer? Es ist mir unbegreiflich, dass Frankreich diese Gelegenheit nicht erkennt. Wenn wir jetzt nicht endlich ausrücken können, ist es vielleicht zu spät und alle Kämpfe, alle Siege, die wir bisher errungen haben, waren vergebens. Doch Frankreich will zuerst Breisach. Aber das, meine Liebste, werden sie nicht bekommen. Auch wenn Guébriant und der Kammerherr de l'Isle noch so sehr auf mich einreden. Trotzdem denke ich, es ist besser, die angekündigte Parisreise nicht anzutreten. Es ist schon so, wie mein Freund Hugo Grotius und mein Kanzler, der alte Hans Rehlinger, geschrieben haben. Wenn ich nicht vor Ort bin, können sie mich auch auf nichts festnageln … Doch was behellige ich dich mit Politik. Du wirst noch viel zu tun haben. Pass auf dich auf, meine Liebste, auf dich und unser Kind. Und mach dich schön für heute Abend, wenn wir das große Fest im Schloss zum Abschied für den französischen Kammerherrn geben. Ich sehe schon, jeder Mann wird mich wieder um eine solche Frau beneiden. Und jede Frau im Saal wird auf dich eifersüchtig sein.«

Es klopfte an der Türe. »Was ist?« Bernhard von Weimar war verärgert über diese Unterbrechung.

»Euer Gnaden, draußen vor dem Schloss steht ein Weibsbild, das sich partout nicht abweisen lassen will. Sie besteht darauf, die Gnädige zu sehen.« Der Kammerdiener des Herzogs gab sich alle Mühe, Johanna zuvorkommend zu begegnen. Doch aus der Art, wie er »die Gnädige«, sagte, konnte Johanna erkennen, dass er sich noch immer nicht damit angefreundet hatte, dass sie ihm viele der Dienstleistungen beim Herzog abnahm. Aber die Verärgerung eines Kammerherrn war ein geringer Preis für die kurze Zeit des ungestörten Zusammenseins, die sie beide auf diese Weise gewannen.

»Was will sie? Könnt Ihr das Weib nicht loswerden? Erwartest du jemanden?«

Johanna schüttelte den Kopf.

Dem Kammerherrn war die Situation sichtlich ebenso lästig wie dem Herzog. »Sie steht schon seit den frühen Morgenstunden dort. Sie lässt sich einfach nicht fortschicken. Sie hat gesagt, die Gnädige werde sie empfangen, sobald sie dieses Papier gelesen hat.«

Er reichte dem Herzog einen ziemlich mitgenommenen, verschmierten und zusammengefalteten Zettel. Bernhard von Weimar faltete ihn mit den Fingerspitzen auseinander. Dann wandte er sich wieder Johanna zu. »Na, das ist aber eine Überraschung. Hier, lies.«

Die junge Frau überflog die wenigen Worte, dann strahlte sie übers ganze Gesicht. Flehend blickte sie zum Herzog.

»Ich soll sie also herkommen lassen?«

Johanna bejahte glücklich.

»Also dann, was zögert Ihr noch, bringt die Frau herein!«

Der Kammerherr verstand die Welt nicht mehr. Seit wann wurde ein so gewöhnliches Weibsbild so mir nichts, dir nichts, zum Herzog vorgelassen? Er seufzte. Es war vieles anders geworden, seit diese ... Gnädige hier in aller Öffentlichkeit den Platz der Schlossherrin einnahm. Was waren das nur für Zeiten!

Kurze Zeit später schob er eine junge Frau ins Zimmer. Johanna kümmerte sich nicht um die Vorschriften der höfischen Etikette, die inzwischen ihr Leben beherrschten. Sie freute sich viel zu sehr. Ohne viel Federlesens zog sie den Überraschungsgast vollends in den Raum und umarmte die junge Frau.

Der Herzog beobachtete die Szene schmunzelnd. Es war schön, Johanna so glücklich zu sehen. »Willkommen zurück an unserem Hof, Mechthild. Ihr kommt im rechten Moment. Eure Herrin erwartet ein Kind, da kann sie eine gute Zofe brauchen.«

Beim Klang seiner Stimme hatten sich die beiden Frauen wieder voneinander gelöst. Johanna stand die Freude über die Rückkehr von Mechthild Eggs deutlich ins schöne Gesicht geschrieben. Endlich hatte sie unter all den Schranzen am Breisacher Hof wieder jemanden, dem sie vertrauen konnte.

Die junge Frau knickste artig vor dem Herzog. Dann lachte sie ebenfalls. »Von einem solchen Empfang hätte ich noch nicht einmal zu träumen gewagt, Euer Gnaden. Ich fürchtete schon, ich würde nicht wieder aufgenommen.«

»Ihr seht doch, wir freuen uns über Eure Rückkehr. Dient Eurer Herrin ebenso gut wie früher. Ob sie Euch zurückhaben will, brauche ich wohl erst gar nicht zu fragen. Doch jetzt entschuldigt mich, meine Damen, ich habe noch einiges an Arbeit hier auf meinem Tisch liegen.«

Johanna nahm Mechthild am Arm und zog sie aus dem Raum. *Komm, ich zeige dir meine Gemächer,* bedeutete sie der jungen Frau.

Kurze Zeit später schob Johanna eine der hohen, bis zur Decke reichenden, geschnitzten und mit Intarsien reich verzierten Flügeltüren auf und schob die junge Frau in ein Zimmer.

Mechthild bekam große Augen. »Donner und Schrot, Ihr seid ja untergebracht wie eine Königin! In diesem Raum hätte unser ganzes Haus Platz gehabt. Und dieses Himmelbett. Ein schöneres haben die Engel bestimmt auch nicht. Schaut nur, diese Stickerei und diese Spitzen. Das ist ja reine Seide. So etwas Kostbares habe ich noch nie gesehen. Und dann diese Bettvorhänge – blauer Samt mit Bordüren aus golddurchwirktem Brokat. Die Teppiche, auf denen man seine eigenen Schritte nicht mehr hört, die Spitzenvolieren vor den Fenstern. All diese feinen Sachen, diese Schuhe mit den Schnallen. Da, dieser Federhut, er ist einfach ein Gedicht.« Dann schlug sie die Hände vor den Mund. »Es ist wie im Märchen. Hier habt Ihr ja sogar Eure eigene Badewanne!«

Johanna freute sich über die ungekünstelte Begeisterung ihrer Zofe. Sie war so froh Mechthild wieder bei sich zu haben. Sie trat neben die junge Frau und durchsuchte die Reihe der Gewänder. Dann zog sie ein blaues Kleid heraus. Es hatte einen weißen gerafften Spitzenkragen am runden Ausschnitt. Und unten in die dreiviertellangen Ärmel waren ebenfalls Spitzenmanschetten eingenäht, die am Handgelenk mit einem blauen Samtband zusammengebunden wurden. Es war derselbe Samt wie die Bordüren über den Nähten unten am Saum und am Ansatz der Ärmel. Außerdem gehörte eine etwas hellere blaue Samtschärpe als Gürtel dazu. Johanna hielt das Kleid vor das Mädchen. Sie nickte. Doch, das könnte gehen. Das Blau des Kleides stand Mechthild gut.

Die junge Frau bekam große Augen. »Herrin, sagt nur, das ist für mich? Nein, das ist viel zu vornehm für mich. Das kann ich nicht annehmen.«

Johanna drückte ihrer Zofe das Gewand energisch in die Hände. Dann kramte sie weiter in ihren Sachen und kam nach einer Weile mit einer blauen Samthaube zum Vorschein, deren Ränder mit derselben Spitze eingefasst waren wie das Kleid. Die Spitze war unter einer breiten Samtbordüre eingenäht. Danach stellte sie ein Paar Schuhe vor das Mädchen.

Probier sie an!, forderte sie Mechthild mit einer Handbewegung auf.

Diese wich zurück. »Nein, das ist alles zu viel.«

Doch Johannas Blick machte deutlich, dass sie keinen Widerspruch dulden würde. Also entledigte Mechthild sich ihrer löchrigen Lederschuhe und steckte die Füße bedachtsam in die zierlichen Pumps. Dann schüttelte sie den Kopf und lachte. »Nein Herrin, beim besten Willen, da passe ich nicht hinein. Meine Bauernfüße sind nichts für solche feinen Schuhe. Ich bekäme nur Hühneraugen.«

Johanna machte ein enttäuschtes Gesicht. Mechthild tröstete sie. »Macht Euch nichts daraus. Ihr habt mir das schönste Geschenk gemacht, das ich jemals in meinem ganzen Leben bekommen habe. Das Kleid ist mir allerdings ein wenig zu eng. Doch das dürfte kein Problem sein.« Mechthild untersuchte die Nähte. »Hier ist noch genug Stoff, um es für eine Frau weiter zu machen, die doppelt so breit ist wie ich. Und dann werde ich aussehen wie eine Prinzessin. Doch dafür ist später noch Zeit. Der Herzog sagte, Ihr müsst Euch für ein Fest heute Abend herrichten. Da sollten wir anfangen auszusuchen, was Ihr anziehen könnt. Und dann müsst Ihr noch baden. Außerdem sehen Eure Haare aus, als hättet Ihr nur Pfuscher zu Verfügung gehabt. Sie glänzen kaum noch. Aber etwas Zitronensaft und Eigelb werden das schon richten. Eure Nägel müssen auch dringend poliert werden ...«

Mechthild begann, die Kleiderkammer zu inspizieren. Johanna ließ sich auf das Bett sinken. Es war ein Glück, das Mädchen wieder hier zu haben. Sie strich versonnen über ihren Bauch. Noch war er flach, fast so wie immer. Nur ein neuer, ein anderer Druck unter dem Gürtel erinnerte sie immer wieder daran, dass neues Leben in ihr wuchs.

Danach hatte sie nicht mehr viel Zeit nachzudenken. Mechthild gedachte, ihre Herrin wirklich zur schönsten Frau des Festes an diesem Abend zu machen. Johanna wurde gnadenlos in die Badewanne gesteckt und abgeschrubbt, bis ihre feine weiße Haut einen rosaroten Schimmer bekam. Ihre Haare wurden ausgespült und gewaschen. Dann wurde ihr gesamter Körper gecremt und gesalbt, bis sie duftete wie eine Frühlingswiese. Anschließend steckte Mechthild sie erst einmal ins Bett. »Ihr müsst jetzt ruhen, Herrin. Ihr tragt schließlich ein Kind unter dem Herzen. Und ich werde mich derweil auf die Suche machen nach allem, was ich brauche, um mir eine Bettstatt in Eurer Kleiderkammer einzurichten. Da ist vorläufig Platz genug für mich.«

Johanna gab mit einem Ausdruck gespielter Verzweiflung nach. Es tat gut, so umsorgt zu werden. Das dachte sie zwei Stunden später noch einmal. Mechthild machte ihr Versprechen wahr und kümmerte sich um Johannas Haare. Die rote glänzende, duftende Flut reichte ihr inzwischen schon fast wieder bis zu den Schultern. Mechthild stand hinter Johanna, eine Bürste in der Hand. »Setzt Euch hier auf diesen Schemel, Herrin«, dann kann ich Euch besser kämmen. Johanna hätte einen Seufzer tiefsten Behagens ausstoßen mögen, als die Bürste, Strich für Strich, über ihre Kopfhaut und durch die Strähnen glitt.

Es war wie damals. Damals, als ihre Mutter manchmal, wenn sie guter Laune war, dasselbe getan, ihr vor dem Schlafengehen die langen Haare gelöst und gebürstet hatte. Johanna erinnerte sich noch genau an ihre Worte: »Hundert Bürstenstriche jeden Tag sorgen dafür, dass deine Haare glänzen. Der Herr hat dir zwar diese lästigen Sommersprossen mitgegeben, aber eben dafür auch besonders schönes, dichtes und lockiges Haar. Noch weißt du es nicht, mein Kind, aber die Haare sind einer der größten Schätze einer Frau. Irgendwie scheinen alle Männer verrückt danach zu sein.«

Mechthild war ganz aufgeregt über das große Fest am Abend. Sie plauderte unentwegt. Ihre Worte gingen wie das Plätschern eines Baches an Johanna vorbei. Sie fühlte sich einfach wohl und gab sich dieser Empfindung völlig hin.

»Wisst Ihr schon, dass auch Gaukler in die Stadt gekommen sind, fahrendes Volk? Sie wollen heute Abend eine Komödie aufführen. Ich glaube von einem gewissen Descartes. Und bei der Truppe ist auch ein Zauberer. Merlinus heißt er, habe ich gehört. Außerdem bietet eine Wahrsagerin ihre Dienste an … Aber auf das Feuerwerk zum Abschluss freue ich mich ganz besonders.«

Der Name Merlinus schreckte Johanna aus ihren Gedanken. Ein Zauberer gleichen Namens war doch schon einmal am Hof des Herzogs erschienen? Ja, jetzt erinnerte sie sich, zusammen mit einem Raben. Zabea hatte das Tier geheißen. Warum kam er schon wieder? Hatte der Herzog ihn geholt? Das war seltsam. Jedenfalls schien er etwas von seinem Handwerk zu verstehen. Er hatte dem Herzog prophezeit, dass Breisach nicht vor Ende des Jahres 1638 fallen würde. Genau so war es gekommen. Johanna verscheuchte das leichte Gefühl der Beklemmung und gab sich wieder dem wohligen Gefühl des Haarebürstens hin. Sie sah langsam Gespenster. Schwangere Frauen hatten manchmal die seltsamsten Anwandlungen. Vielleicht war das bei ihr auch so.

Johanna war hingerissen. Zusammen mit Jean Piere de l'Isle, dem Kammerherrn des Königs von Frankreich, Bernhard von Weimar, den französischen Regimentskommandeuren Guébriant und Tourenne sowie einigen der wichtigsten Kommandeure des Herzogs und ihren Frauen stand sie draußen im Hof des Schlosses Breisach und betrachtete das Feuerwerk. Guébriant würde den Kammerherrn des französischen Königs auf seiner Heimreise nach Paris am nächsten Morgen begleiten. Ludwig XIII. und sein Kardinal wollten ihn sprechen. Es krachte und rauchte, die Lichter schossen in den Himmel, flackerten auf, um gleich darauf wieder wie Sternschnuppen zu erlöschen. Sie hörte zwischen dem Krachen, wie der französische Kammerherr sich nun schon zum wiederholten Male bei seinem Gastgeber für das Fest und den liebenswürdigen Empfang bedankte. Johanna lächelte. Der Kammerdiener des Herzogs hatte bei den Vorbereitungen gute Arbeit geleistet.

Und sie hatte schließlich ebenfalls nicht unwesentlich zur Organisation beigetragen. Das Essen hatte jedem geschmeckt: geräucherter Salm aus Laufenburg als Vorspeise, danach Spanferkel, mit Honig und Kräutern marinierte Hühnerbrüstchen, mit Täubchen gefüllte Fasane, geröstete Brotscheiben, die verschiedensten Gemüse in Butter gedünstet oder mit Soßen, Sorbets, Puddings der verschiedensten Art und dann noch Champagner-Baisers mit eingemachten Früchten sowie die verschiedensten Torten. Sie konnte sich nicht erinnern, wann es ihr zuletzt so gut geschmeckt hatte. Sie entwickelte ohnehin in letzter Zeit einen Heißhunger, der erstaunlich war. Das Kind forderte offenbar seinen Tribut, es wollte wachsen. Und dann die Komödie. Sie erinnerte sich mit Entzücken an die etwas einfach gestrickte Geschichte. Es waren wahrscheinlich auch nicht die besten Schauspieler, die den Weg des Herzogs da zufällig zum Fest gekreuzt hatten. Aber die ganze Abendgesellschaft war mehrmals in brüllendes Gelächter ausgebrochen angesichts der Späße. Flüchtig dachte sie an den Zauberer Merlinus, der ebenfalls am Hofe sein sollte. Seltsam. Sie hatte ihn überhaupt nicht gesehen. Allerdings war ihr die Wahrsagerin aufgefallen. Eigentlich sah sie aus wie eine ganz normale junge Frau. Johanna beobachtete, wie sie durch die Reihen der Gäste ging und dem einen oder anderen aus der Hand las. Offensichtlich hatte sie nur gute Neuigkeiten, denn die Münzen, die danach den Besitzer wechselten, waren zahlreich.

Ein Krachen lenkte Johannas Aufmerksamkeit wieder auf das Feuerwerk. Der Pulvermeister des Herzogs war wirklich ein Künstler.

»Schaut einmal, Herrin, das sieht ja aus wie die Buchstaben B und W.« Aufgeregt zupfte Mechthild an ihrem Ärmel. Johanna lächelte ihr zu Begrüßung zu. Sie hatte gar nicht gemerkt, wie viele Menschen sich inzwischen auf dem Schlosshof versammelt hatten. Ein Raunen der Bewunderung ging durch die Reihen der Menschen, als die Initialen des Herzogs von Weimar noch einmal am Nachthimmel über der Festung aufleuchteten und dann langsam verglühten. Und noch einmal klatschten die Zuschauer begeistert. Auch die Anfangsbuchstaben J und I erschienen am Himmel und machten den Sternen Konkurrenz – eine ganz besondere Referenz an Jean Pierre de l'Isle, den Gast, und indirekt auch an Kardinal Richelieu und den französischen König Ludwig XIII. Bernhard von Weimar hatte es nämlich tunlichst vermieden, bezüglich der Übergabe von Breisach irgendwelche Versprechungen zu machen, sondern immer wieder die dringend benötigte französische Unterstützung angemahnt. Es war inzwischen Mai und der Feldzug hatte noch immer nicht beginnen können. Der Herzog war mehr als ungeduldig, in den Kampf eingreifen zu können, den der schwedische Befehlshaber Banér schon seit Wochen im Norden führte und in dem er von Sieg zu Sieg eilte. Das Fest sollte auch dazu beitragen, in de l'Isle einen weiteren Fürsprecher am Hofe des französischen Königs für die drängenden Forderungen des Herzog zu gewinnen.

Johanna sah die Wahrsagerin auf sich zukommen. Die junge Frau lächelte ihr zu. Johanna gab das Lächeln zurück. Sie war so glücklich heute, sie hätte die ganze Welt umarmen mögen und jeden Menschen, der ihr über den Weg lief. Die Prophetin gehörte ihrem Aussehen und ihrer Kleidung nach ganz offensichtlich zum fahrenden Volk. Dunkle dichte Locken ringelten sich die Schläfen hinunter. Der Rest der Haarpracht steckte unter einem Kopftuch. Die Ohrringe und die Armreifen klingelten leise, als sie mit weit schwingendem Rock und wiegendem Schritt auf Johanna zukam. Die Tritte ihrer nackten Füße auf der Pflasterung des Schlosshofes waren durch das Stimmengewirr der Gäste, die sich angeregt unterhielten, nicht zu hören.

»Wollt Ihr nicht wissen, wie Eure Zukunft aussieht? Mächtige Kräfte brauen sich über Euch zusammen.«

Johanna zögerte. Mechthild neben ihr klatschte in die Hände. »Bitte, Herrin, das ist doch aufregend. Ich wüsste auch gerne meine Zukunft. Vielleicht kann sie mir ja dann auch erzählen, wie mein Leben weitergeht.«

Die etwas heiser klingende Stimme der Zigeunerin drängte Johanna erneut. »Hört auf Eure Gefährtin. Bedeutsame Dinge stehen Euch bevor. Das gilt auch für das Kind, das Ihr unter dem Herzen tragt. Doch wir sollten uns nicht hier unterhalten, wo alle Menschen zuhören können. Schaut, dort am Anfang des Schlossparks ist eine stille Ecke, dort haben wir Ruhe.«

Johanna gab nach, sehr zur Freude von Mechthild. Sie folgten der Wahrsagerin aus dem Lichtkegel, den die Fackeln auf dem Schlossplatz bildeten, ins Halbdunkel in der Nähe eines Baumes.

»Reicht mir Eure linke Hand, Herrin.«

Johanna tat, wie ihr geheißen. Die Zigeunerin betrachtete sich eine Weile die Linien und fuhr eine sogar mit dem Finger nach. Dann begann sie zu sprechen. »Aus einer wohlbehüteten Familie seid Ihr jäh ins Dunkel der Qual gestoßen worden. Beinahe hättet Ihr Eurem Leben ein Ende bereitet, Eure Stimme ist geborsten. Doch dies wird nicht für immer sein. Denn das Licht einer großen Liebe, wie es sie in jedem Jahrhundert nur einmal gibt, beginnt das Dunkel zu vertreiben. Euer Platz ist am Licht, und am Licht werdet Ihr sein. Oh, und was sehe ich da? Auch Ihr habt die Gabe der Weitsicht, das zweite Gesicht. Noch ist es unentwickelt und kommt und geht, ganz wie es ihm beliebt. Doch Ihr werdet lernen, es zu lenken und zum Guten zu verwenden.«

Die ersten Worte hatte die Wahrsagerin noch völlig normal gesprochen. Als sie von Johannas zweiten Gesicht sprach, schien sie plötzlich in eine Art Trance zu verfallen. Ihre Stimme wurde tiefer, klang fast wie die eines Mannes. »Wohlan, ich sage Euch, kein Glück, aber auch kein Schmerz bleiben Euch unbekannt. Das eine wie das andere werdet Ihr in überreichem Maße in Eurem Leben haben. Denn wo viel Licht ist, da ist auch viel Schatten. Ihr werdet zum Segen für viele und zum Fluch für alle, die Euch übel wollen. Hütet Euch. Böse Gedanken kreisen um Euer Haupt, Habgier, Neid und Eifersucht brodeln im Kessel des Schicksals und bilden eine giftige, eine unheilvolle Mischung. Und wieder ist es die Liebe, die Euch befreit ...«

Fasziniert lauschte Johanna den Worten der jungen Frau, die sie schon mit ihren ersten Sätzen in Bann geschlagen hatte. Sie konnte sich nicht erklären, woher die Fremde ihr bisheriges Schicksal so gut kannte. Auch Mechthild lauschte gebannt. Die beiden Frauen hatten die Welt um sich herum völlig vergessen.

Plötzlich stieß Mechthild einen Schrei aus. Irritiert blickte Johanna zu dem Mädchen hinüber. Sie sah, dass ein Mann hinter ihr stand und ihr die Hand auf den Mund gedrückt hatte, um ihren Hilferuf zu ersticken. Er war dunkel gekleidet und hatte ein schwarzes Tuch vor die untere Hälfte seines Gesichtes gebunden. Mechthild wehrte sich mit all ihrer Kraft. Da fühlte Johanna auch schon, wie sie ebenfalls von hinten von starken Armen ergriffen wurde. Sie versuchte sich loszureißen. Doch der Griff des Angreifers war zu stark.

»Zieht den Weibern eins über den Schädel. Sonst entdeckt uns noch jemand. Aber vorsichtig. Wir haben Befehl, die Rothaarige lebendig und unverletzt zu bringen«, flüsterte eine Männerstimme.

»Was machen wir mit der Drallen?«, fragte ein anderer. »Am besten wir nehmen sie auch mit, sonst wird die Entführung zu früh entdeckt«, antwortete die erste Stimme, die offensichtlich zum Anführer der Angreifer gehörte. Johanna kam sie merkwürdig bekannt vor. Dann wurde ihr auch schon schwarz vor Augen und sie verlor die Besinnung. Die Zigeunerin sah nachdenklich zu, wie die vier Männer zwei leblose Bündel fortschleppten. Von den Gästen hatte niemand den Überfall bemerkt.

IX

»Habt Ihr immer noch nichts von Johanna gehört? Es muss doch eine Spur von ihr zu finden sein? Hat niemand gesehen, wohin sie gegangen ist?« Ganz gegen seine Gewohnheit brüllte Bernhard von Weimar den Kommandanten seiner Leibgarde an. »Ich hatte Befehl gegeben, gut auf sie zu achten. Zum Teufel, sie kann doch nicht einfach verschwunden sein. Eine Nacht lang ist sie nun schon fort.« Das Gesicht des Herzogs war aschgrau vor Angst. Er hatte die ganze Nacht kaum geschlafen. Verzweifelt hatte er die Suche nach Johanna angeführt, nachdem ihr Verschwinden bemerkt worden war. Niemand konnte sich erklären, was mit ihr geschehen sein mochte.

Die Offiziere seiner beiden Leibregimenter standen stumm vor dem Herzog, die Köpfe gesenkt. Sie nahmen ihm seine unwirsche Art nicht übel. Sie verstanden die Angst sehr wohl, die ihn beherrschte. Jeder von ihnen hatte die stille Art der Geliebten des Herzogs auf seine Weise kennen und schätzen gelernt. Jeder bewunderte ihre Bescheidenheit. Sie konnte nicht sprechen, aber sie sah viel. Nicht wenige der Männer hatten ihr schon einmal ihr Herz ausgeschüttet, von der Sehnsucht nach der Liebsten erzählt oder sich schreckliche Erlebnisse auf dem Schlachtfeld von der Seele geredet. Danach war jedem das Leben etwas einfacher und heller erschienen. Sie alle wollten ebenso wie der Herzog, dass sie gefunden wurde. Sie alle zitterten mit ihm.

»Gibt es denn wenigstens eine Spur von Mechthild?«, herrschte der Herzog den Kommandanten an.

Der schüttelte den Kopf.

»Bei Gott, bin ich denn hier nur von lauter Tölpeln umgeben? Der Himmel helfe Euch, wenn ihr etwas geschehen ist. Dann weiß ich nicht mehr, was ich tue. Habt Ihr mit den Leuten gesprochen, die gestern Abend zum Feuerwerk gekommen sind?«

Einer der Soldaten meldete sich zu Wort. »Eine Frau hat sie gestern während des Feuerwerks zusammen mit diesem Mädchen Mechthild und einer Wahrsagerin in Richtung Park weggehen sehen. Mehr weiß sie auch nicht.«

»Habt Ihr diese Wahrsagerin gesucht? Wo steckt sie, vielleicht weiß sie mehr?« Den Herzog hielt es nicht auf seinem Platz, nervös marschierte er vor den Männern auf und ab. Das Gefühl drohenden Unheils, das ihn bedrückte, seit Johannas Verschwinden entdeckt worden war, verwandelte sich immer mehr in Panik. Es war, wie er den Männer gesagt hatte. Wenn ihr etwas geschehen war ...

Nein, nicht daran denken! Es gab wahrscheinlich eine ganz einfache Erklärung für ihr Verschwinden. Bald würde sie wieder vor ihm stehen und ganz erstaunt wissen wollen, warum sich denn alle so viele Sorgen gemacht hätten. Das sagte er sich nun wohl zum tausendsten Mal. Immer wieder hatte er in der vergangenen Nacht das Gefühl gehabt, sie müsse jeden Moment auftauchen. Zusammen mit den Männern hatten sie mit Fackeln die Gegend durchkämmt. Doch von Johanna und Mechthild hatte niemand eine Spur gefunden.

Der Kommandant der Leibgarde versuchte seiner Stimme einen ruhigen Klang zu geben: »Die Wahrsagerin ist ebenfalls verschwunden, Euer Gnaden. Meine Männer haben sofort nach dem Lager der Fahrenden gesucht, als wir vom Ausbleiben der hohen Frau erfuhren. Doch als wir es fanden, war es bereits abgebrochen. Sämtliche Spuren der Wagen führten ins Leere. Als hätte der Satan persönlich sie in die Lüfte gehoben, um zu verbergen, wohin sie gefahren sind. Allerdings konnten wir im Schein der Fackeln auch wenig erkennen. Ich habe einige Männer schon bei Morgengrauen losgeschickt, um nach Fährten zu suchen.«

»Und warum weiß ich von all dem nichts?«, brauste der Herzog auf. »Ich hatte Befehl gegeben, mich auch vom kleinsten Vorkommnis zu unterrichten.«

Der Kommandant senkte den Kopf. »Wir wollten Euch keine unnötigen Hoffnungen machen, die wir dann wieder enttäuschen müssten. Außerdem wart Ihr gerade ein wenig eingeschlafen. Euer Kammerdiener hat uns gebeten Euch nicht zu wecken. Um Eure Gesundheit steht es auch ohne zusätzliche Aufregungen nicht zum Besten, Euer Gnaden.«

»Kümmert Euch um Eure eigene Gesundheit«, fuhr Bernhard von Weimar den Mann vor sich an. »Und meinem Kammerdiener werde ich den Marsch blasen. Wenn Ihr meine Befehle nicht bis ins Kleinste befolgt, könnte es geschehen, dass Ihr schnell genug darüber nachdenken müsst, was Ihr versäumt habt. Es sei denn, Ihr seid dann schon einen Kopf kürzer.«

Eine Kutsche rumpelte im Eiltempo heran. Das Klappern der galoppierenden Pferdehufe hallte im Schlosshof nach. Doch Bernhard von Weimar kümmerte sich nicht darum. Er war fast verrückt vor Sorge um Johanna. »Wann kommen die Männer zurück?«, herrschte er den Kommandanten an.

»Es kann nicht mehr lange dauern, Durchlaucht. Allerdings habe ich ihnen Befehl gegeben, die gesamte Umgebung des Lagers der Fahrenden gründlich abzusuchen.«

»Lasst uns ihnen entgegenreiten.« Der Herzog hielt diese Untätigkeit einfach nicht aus. Und vielleicht hatte die Wahrsagerin doch irgendeine Spur zurückgelassen, die zu Johanna führte. In diesem Moment kam ein Soldat in der Uniform der herzoglichen Leibgarde in fliegendem Galopp in den Hof gesprengt. Er brachte sein Pferd vor dem Herzog so abrupt zum Stehen, dass es stieg. »Hier, Euer Gnaden, das haben wir etwas abseits vom Lager der Fahrenden in den Büschen gefunden!« Er reichte Bernhard von Weimar ein Stück Stoff. Der erkannte es sofort. Es war ein Stück der samtenen Schleppe des prächtigen, golddurchwirkten und mit Pelz verbrämten Abendkleides aus feiner Seide, das Johanna anlässlich des Festes gestern getragen hatte.

Der Herzog knirschte mit den Zähnen. »Das lässt nur einen Schluss zu. Sie haben sie entführt oder es ist etwas Schreckliches geschehen.« Nun wusste er, was zu tun war. Er wandte sich an den Kommandanten der Garde. »Von Helmritz, nehmt zwanzig Männer mit Ausrüstung und Proviant für eine Woche. Außerdem einige Pferde zum Wechseln. Es kann sein, dass wir Tag und Nacht reiten müssen. Dann sammelt Euch mit den Männern hier. Ich muss mich umkleiden. In fünf Minuten reiten wir los. Und bei allem, was mir heilig ist, ich schwöre Euch, wir werden sie finden, was auch immer mit ihr geschehen sein mag.«

Er drehte sich um und wäre beinahe mit einer fürstlich gekleideten Frauengestalt zusammengestoßen. Sie trug einen schwarzen samtenen Umhang mit Goldstickerei, der ein Vermögen gekostet haben musste. Die Kapuze hatte sie tief ins Gesicht gezogen.

»Schert Euch zur Seite!« Bernhard von Weimar hatte keinen Blick für die Fremde übrig.

Da zog die Frauengestalt die Kapuze vom Kopf. Dunkelblonde, kunstvoll hochgesteckte Haare, mit Perlen und Goldfäden verziert, kamen zum Vorschein. Der Mantel öffnete sich über einem Kleid mit Brokatstickerei über das eine Perlenkette in dreifachen Reihen der Fremden bis hinunter an die Taille hing. Sie hob lachend die Hände. Die Männer sahen an jedem Finger Smaragde und Diamanten blitzen. Und am Mittelfinger der rechten Hand trug sie einen großen Siegelring.

»Ihr habt mir schon einen besseren Empfang bereitet, Bernhard von Sachsen-Weimar. Da reise ich in teuflischer Geschwindigkeit zu Euch, um zu hören, wie ich Eurer Sache dienen kann, nachdem die Franzosen Euch wieder einmal im Stich lassen, und dann rennt Ihr mich fast um, nachdem ich gerade aus der Kutsche gestiegen bin. Ist das jetzt die neue Art des Helden der Schlachten von Wittenweier und Thann und des Eroberers von Breisach, mit seinen Gästen umzugehen?«, fragte Amalie Elisabeth von Hessen-Kassel.

Manchmal konnte sich Philipp von Wessenberg kaum noch daran erinnern, wie es sich anfühlte, auf ein Pferd zu steigen und frei wie der Wind am Rhein entlangzugaloppieren. Sein Schwertarm war lahm wie der eines alten Mannes. Zwar machte er täglich seine Leibesübungen, doch das alleine reichte nicht. Sein junger Körper gierte nach Bewegung, sein Geist nach anderer Beschäftigung als der, übers Essen nachzudenken. Lustlos stocherte er in dem Fisch herum. Fisch, Fisch, Fisch. Er konnte keinen Fisch mehr sehen. Schon bei dem Anblick drehte sich ihm der Magen um. Jeden Tag. Mal Äschen, mal Barben, mal Nasen, mal Lachs oder Salm, wie er beim Aufsteigen im Fluss genannt wurde – die Laufenburger Fischer zogen ihre Beute reichlich aus den Löchern vor den Stromschnellen des Laufen. Alle anderen Nahrungsmittel indes waren noch immer knapp. Das neue Korn stand noch niedrig am Halm, die nächsten Feldfrüchte waren noch nicht geerntet. Ein verschrumpelter Apfel vom letzten Jahr, an Feiertagen vielleicht eine Portion Sauerkraut auf der Waie, das waren Festessen.

Seit Monaten saß er nun schon in diesem Loch. Er war kurz davor durchzudrehen. Viele der anderen Gefangenen waren inzwischen von ihren Familien freigekauft worden. Doch er hatte keine Familie mehr. Und Savelli, der ihn doch immer wieder seiner Zuneigung versichert hatte, schien ihn völlig vergessen zu haben. Gerüchteweise hatte er gehört, dass die Kaiserlichen sich im Württembergischen sammelten. Doch er würde bei diesem Kampf wohl nicht dabei sein. Er sah sich schon als zusammengefallenen Greis in diesem Loch seinen letzten Atemzug tun. Gut, Loch war übertrieben. Trotzdem, wenn nicht bald etwas geschah, würde er hier noch verrotten.

Er hörte das Rasseln des Schlüssels und erwartete schon, das mürrische Gesicht seines Bewachers zu sehen. Der war ebenso wenig damit einverstanden, bei einem Gefangenen Dienst zu tun, statt sich im Feld zu bewähren und bei Eroberungszügen Beute zu machen. Zumal seit mindestens zwei Monaten kein Sold mehr bezahlt worden war. Doch statt des Wächters trat ein Bauer in das kleine Zimmer, in dem Philipp von Wessenberg gefangen gehalten wurde. Nanu, sollte hier noch ein weiterer Gefangener einquartiert werden? Philipp musterte die abgerissene Kleidung des Neuen: ein zerschlissenes Lederwams, darunter ein verdrecktes Hemd und schmierige Pluderhosen. An den Füßen trug er Ledersandalen, von denen eine nur noch an einem Riemen hing. Der ganze Mann starrte vor Dreck, vom Gesicht mit dem wirren Bart und den in die Stirn hängenden Haaren bis hinunter zu den Zehen. Der junge Mann seufzte. Nun gut, selbst solche Unterhaltung war besser als keine, besser als den ganzen Tag lang auf nackte Steine zu starren oder durch das kleine Fenster etwas Sonnenlicht oder den Duft des Frühlings zu erhaschen.

Als der andere die Stimme erhob, zuckte er zusammen. »Das scheint ja langsam zur Gewohnheit zu werden«, dröhnte die sonore Stimme.

In den Augen Philipp von Wessenbergs zeichnete sich jähes Erkennen ab. »Ignatius Eggs! Ich kann es nicht glauben. Wie kommt Ihr hier herein? Seid Ihr auch gefangen genommen worden? Ohne Euer Mönchshabit habe ich Euch in dieser Verkleidung nicht erkannt.«

»Das habe ich gemerkt. Ich bin nicht gefangen genommen worden. Ganz im Gegensatz zu Euch. Wollt Ihr hier eigentlich Wurzeln schlagen?«

»Sagt nur, Ihr seid gekommen, um mich zu befreien.« Philipp von Wessenberg war kurz davor, dem Kapuziner um den Hals zu fallen.

Der nickte mit einem verschmitzten Lächeln. »Ich sagte doch, es scheint langsam zur Gewohnheit zu werden. Alleine schafft Ihr es ja offenbar nicht. Allerdings solltet Ihr jetzt langsam damit aufhören, den Gegner auf diese Weise auszuspionieren. Ich habe den Eindruck, dabei kommt nicht sonderlich viel heraus, außer dass Ihr so blass geworden seid wie ein Stück Leintuch und so kraftlos wie ein nasser Sack.«

»Es gab keine Möglichkeit für mich, aus meinem Gefängnis

hier in Laufenburg herauszukommen. Aus irgendeinem unerfindlichen Grund ließ der Herzog mich zwar gut versorgen, aber ich werde mit Argusaugen bewacht. Und ich habe keine Familie mehr, die mich freikaufen könnte.«

»Dass Ihr gut versorgt werdet, kann ich sehen. Habt Ihr etwas dagegen, wenn ich das Stück Fisch hier aufesse und den Rest des Weins in Eurem Becher trinke? Ich habe lange nichts Rechtes mehr in den Magen bekommen – seit ich Mechthild, meine Schwester, in Breisach abgeliefert habe. Sie ist wieder bei Johanna.«

Philipp von Wessenberg machte eine einladende Geste zum kleinen Tisch, an dem er immer aß. »Bedient Euch.« Zu Johanna sagte er nichts.

Der Hüne ließ sich in aller Gemütsruhe auf dem Schemel nieder und verdrückte die Reste des Mittagessens bis auf den letzten Krümel Brot. Philipp von Wessenberg beobachtete ihn mit wachsender Verwirrung. »Habt Ihr keine Angst, dass Ihr hier erwischt werdet? Außerdem weiß ich noch immer nicht, wie Ihr es geschafft habt, hier hereinzukommen.«

Ignatius Eggs rülpste laut und wischte sich danach mit seinem Ärmel den Mund ab. »Ich werde Euch sicher nicht verraten, wie ich das geschafft habe. Vielleicht erinnert Ihr Euch, man nennt mich auch den Bauernkaiser. Ich habe meine Verbindungen«, erklärte er vage. »Aber so langsam werden diese Rettungsaktionen für Euch lästig – und teuer. Also, seid Ihr fertig, können wir gehen? Wir haben es eilig.«

Wieso gehen, wieso eilig? Jetzt erst bemerkte Philipp von Wessenberg, dass die Türe nicht wieder abgeschlossen worden war. »Wo ist mein Bewacher?«

Der Kapuziner lachte. »Der ist plötzlich von einem so großen Unwohlsein befallen worden, dass er sich für eine ganze Weile nicht mehr regen kann.« Er schüttelte bedächtig den Kopf. »Das sind schon schlimme Zeiten heutzutage. Selbst für Wächter.«

»Nun erklärt mir endlich, warum Ihr mich schon wieder befreit.«

»Sagen wir, weil Ihr mir irgendwie ans Herz gewachsen seid. Ich weiß auch nicht warum. Und weil ich Eure Hilfe brauche. Aber den Rest klären wir draußen. Hier, ich habe Euch Kleider mitgebracht. Zieht Euch schnell um.«

Philipp von Wessenberg rümpfte die Nase. »Ihr wollt am hellen Tag mit mir aus der Stadt spazieren? Nein, diese Kleider stinken ja wie ein Misthaufen. Und außerdem sind das Weibersachen«

»Natürlich, am hellen Tag. Wer glaubt schon, dass jemand um diese Zeit einen Fluchtversuch unternimmt? Und was die Weibersachen angeht, Ihr seid jetzt mein liebstes Eheweib. Oder denkt Ihr etwa, mir nimmt jemand die Bauersfrau ab, bei meiner Größe? Zieht das Kopftuch weiter in die Stirn. Hier, und das ist für die weiblichen Formen. Stopft Euch das unters Hemd. Nein, links ein wenig höher. Eure Zierde, Gnädigste, sitzt schief. Übrigens, es ist kein Wunder, dass die Sachen stinken«, erklärte der Hüne schließlich in aller Gemütsruhe. »Wir haben sie etwas zerrissen und dann in einem Misthaufen gewälzt. So, seid Ihr fertig? Haltet still!« Mit diesen Worten öffnete der Mönch ein kleines Säckchen und begann eine Masse aus Dreck und etwas anderem, das noch mehr stank, Philipp von Wessenberg auf das Gesicht und alle Teile des Körpers zu schmieren, die aus den Kleidern herausschauten.

Philipp wich zurück. »Was ist das? Es stinkt ja bestialisch. Muss das sein?«

»Bleibt stehen. Was das ist? Das seht Ihr doch. Dreck, gemischt mit Kuhscheiße«, war die trockene Antwort.

»Oh nein!«

»Oh doch. Oder wollt Ihr lieber hier bleiben? So, wie Ihr jetzt ausseht und duftet, macht jeder, der uns begegnet, einen großen Bogen um Euch. Und das wollen wir doch, Junker Wessenberg. Oder legt Ihr Wert darauf, dass Euch einer der Soldaten unter die Röcke greift?«

Philipp von Wessenberg gab auf. »Nennt mich doch Philippa,

Bauernkaiser. Nachdem Ihr mich jetzt zum zweiten Mal befreit habt, ist das wohl an der Zeit«, erklärte er gottergeben.

»Gut. Allerdings, ein drittes Mal befreie ich Euch nicht. So, und jetzt los. Die Pferde warten auf uns ein Stück hinter dem Stadttor in einem Gebüsch.«

Beim Hinausgehen trafen sie einen dritten Mann. Der drückte dem Gefangenen ohne ein Wort einen leeren Korb in die Hand und verschwand dann wieder um die nächste Hausecke.

»Senkt den Kopf, haltet den Mund, Weib, und folgt mir, wie es sich für eine gute Frau geziemt.«

Gehorsam trabte Philipp von Wessenberg hinter Ignatius Eggs her. Der schlenderte gemütlich durch die Laufenburger Gassen in Richtung Tor, als könne er kein Wässerchen trüben. Philipp von Wessenberg erwartete jeden Moment angesprochen zu werden. Doch als sie über die Zugbrücke kamen, war der Wächter gerade heftig gestikulierend in ein Gespräch mit einem anderen Bauern vertieft. Augenscheinlich gab es da eine Auseinandersetzung. Ignatius Eggs zwinkerte ihm viel sagend zu. Das war wohl auch einer seiner Leute.

Kurz darauf hatten sie das Stadttor hinter sich gelassen, der Torwächter war hinter einer Wegbiegung verschwunden.

»So, jetzt aber gesputet, da hinten im Gebüsch warten die Pferde.« Überraschend behände spurtete der Mönch los. Philipp von Wessenberg verhedderte sich in seinem Rock und hatte alle Mühe hinterherzukommen. Ignatius Eggs lachte schallend: »Ihr gebt ein Weib ab, grad recht zum Verlieben.«

»Ich bin verdammt froh, dass ich nicht als Frau zur Welt gekommen bin. Dieser Stoff, der einem da um die Beine wedelt, ist verteufelt lästig«, murrte Philipp. Doch er nahm den Spott seines Befreiers gutmütig hin. »Verdammtes Weiberzeug«, fluchte er noch einmal, als er sich aufs Pferd schwang.

Ignatius Eggs schaute zu ihm hinüber. »Da müsst Ihr durch, Teuerste. Doch vorher schiebt noch einmal Euren linken Busen hoch. Der hängt schon wieder. Und jetzt los.«

Die beiden Männer gaben den Rössern die Sporen. Sie sprengten im gestreckten Galopp Richtung Westen, immer am Ufer des Rheins entlang. Eine Zeit lang sagte keiner der beiden Gefährten etwas. Philipp von Wessenberg genoss es trotz der Frauenkleidung, wieder auf einem Pferd zu sitzen, und streckte die Nase in den Wind. Fast hätte er den eigenen bestialischen Gestank vergessen, denn alle Gerüche des Frühlings lagen in der Luft. Er fühlte sich um Jahre jünger.

Dann erinnerte sich Philipp daran, was der Mönch gesagt hatte. »Was ist geschehen?«, fragte er den Gefährten.

Das Gesicht von Ignatius Eggs wurde mit einem Schlag ernst. »Sie haben meine Schwester Mechthild entführt. Und Johanna. Genauer gesagt, Johanna und mit ihr meine Schwester Mechthild. Aus Breisach. Und in Anbetracht des Umstandes, dass Euch mit Johanna eine lange Freundschaft verbindet, glaubte ich in Euch den richtigen Mann zu finden, um die beiden wieder zu befreien.«

Philipp von Wessenberg stockte das Blut in den Adern. Er musste keinen Moment lang überlegen, ob er Johanna zu Hilfe kommen sollte oder nicht.

»Wer sind sie, wer hat sie entführt?«, presste er zwischen den Zähnen hervor.

Ignatius Eggs musterte ihn mit düsterem Blick. »Ich habe keine Ahnung. Meine Bauern sind schon überall unterwegs und versuchen genau das herauszufinden.«

»Und was macht der Herzog?«

»Was wohl, er ist mit einem Suchtrupp aufgebrochen. Inzwischen ist klar, dass eine Truppe von fahrendem Volk etwas mit dem Verschwinden Eurer Geliebten und meiner Schwester zu tun haben muss. Doch diese Leute sind ebenso spurlos verschwunden wie die beiden Frauen. Allerdings kenne ich im Gegensatz zu Bernhard von Weimar Land und Menschen. Ich habe überall Freunde. Also dürften wir ihnen schneller auf die Spur kommen. Seid Ihr dabei?«

»Das fragt Ihr noch? Allerdings ist Johanna nicht meine Geliebte, wie Ihr sehr wohl wisst.«

»Aber Ihr liebt sie.« Das war eine Feststellung, keine Frage.

»Ja.« Mehr sagte Philipp von Wessenberg nicht. Er sah nicht, wie ihn ein mitfühlender Blick seines Gefährten streifte.

Bernhard von Weimar griff sich mit beiden Händen an die Schläfen. Er schwankte. Er hatte wieder Fieber.

»Ihr müsst Euch schonen.« Amalie von Hessen-Kassel beobachtete ihn besorgt.

»Wie kann ich das? Johanna ist nun schon seit Wochen verschwunden. Meine Männer finden keine Spur von ihr und Mechthild. Das bringt mich fast um den Verstand. Von Erlach hat nur leere Versprechungen aus Paris mitgebracht. Und Guébriant will mich demnächst in Pontarlier in Burgund treffen. Wahrscheinlich hat er Anweisung, wieder über die Zukunft von Breisach zu verhandeln.«

»Was sagen Eure Ärzte?«

Bernhard von Weimar lächelte bitter. »Weder Ludwig Schmid noch Blondin, der Arzt, den mir der König von Frankreich geschickt hat, wissen, was ich habe. Sie faseln etwas von schlechten Säften, brauen Kräutermixturen und dennoch kann ich mich an manchen Tagen kaum noch auf den Beinen halten. Diese Schwächeanfälle und die Fieberschübe kommen in immer kürzeren Abständen. Ich denke, ich werde in der Kutsche nach Pontarlier reisen müssen. Stellt Euch das vor. Bernhard von Weimar, der große Kriegsheld, reist wie ein Weib.«

Die Landgräfin von Hessen-Kassel biss sich auf die Lippen. »Wir müssen reden, mein Freund. In den letzten Wochen war zu wenig Zeit für ein Gespräch. Doch nun können wir es nicht länger aufschieben. Ich werde wieder in Kassel gebraucht.«

Bernhard von Weimar nickte. »Ich weiß. Ich danke Euch für Eure Geduld, Euer Verständnis und dafür, dass Ihr bisher so wenige Fragen gestellt habt.«

»Aber nun muss ich es tun. Ich denke, wir sollten uns aussprechen wie vernünftige Menschen.« Ihre Worte klangen ruhig, doch in ihr tobte es. Die nächsten Worte der Landgräfin kamen unvermittelt und ohne Umschweife. »Liebt Ihr sie?«

Der Herzog nickte. »Es wäre ein schäbiger Betrug, Euch anderes vorzugaukeln. Ihr seid ein Mensch, der die Wahrheit verdient. Ja, ich liebe sie. Und ich kann mir nicht vorstellen jemals wieder ohne sie zu sein.«

»Und was ist mit dem Wort, das Ihr mir gegeben habt?«

Bernhard von Weimar schaute die Frau, mit der ihn so vieles verband, offen an. »Johanna weiß, dass ich sie nicht heiraten kann. Ich habe ihr von Euch erzählt. Das Einzige, was ich tun kann, ist unser Kind zu meinem legitimen Erben zu machen. Ich bitte Euch dafür um Verständnis. Selbst wenn es Eure Rechte schmälert. Wenn Ihr es wollt, werde ich zu meinem Wort stehen.«

Amalie von Hessen-Kassel hatte das Gefühl, bald keine Luft mehr zu bekommen. Doch nach außen hin blieb sie kühl und sachlich. »Wenn wir Mann und Weib würden, könntet Ihr dem Mädchen eine schöne Apanage aussetzen, von der sie gut leben kann. Die Liebe ist nicht das Einzige, was zählt im Leben. Es zählt auch das Heer von zwanzigtausend Mann, das ich als Mitgift in die Ehe bringen könnte. Denkt an all die Pläne, die wir gemacht haben. Gemeinsam sind wir eine Macht, mit der der Kaiser zu rechnen hat. Die Landgrafschaft Elsass und die Landgrafschaft Hessen-Kassel zählen etwas, wenn sie sich zusammenschließen. Und gemeinsam mit den anderen Fürsten der Dritten Partei wären wir eine Macht, die niemand mehr übersehen kann. Mit Euch als Führer würde es uns gelingen, diesem Reich den Frieden zurückzubringen und gleichzeitig trotz eines Bündnisses mit den Katholiken die evangelische Sache voranzutreiben. Dann wärt Ihr am Ziel aller Träume, für die Ihr gekämpft habt und für die so viel Blut vergossen wurde. Ihr wisst, dass Euch weder die Franzosen noch die Schweden noch die Engländer daran hindern würden, nach der Kaiserkrone zu streben? Mit Euch als oberstem Lehnsherrn könnten wir beide zusammen ein Reich schaffen, in dem jeder Mensch seine Religion frei ausüben kann, in dem die Menschen in Ruhe und Frieden leben können.«

Bernhard von Weimar nickte. »Ihr habt Recht, teuerste Freundin. Ich glaube, es gibt niemanden sonst, der meine Träume teilt wie Ihr. Und dennoch ...« Er zögerte. »Ich kann mich nicht von Johanna trennen. Verzeiht mir, wenn ich so offen spreche und Euch verletze. Doch sie bedeutet für mich mehr als alles, was ich jemals im Leben erreichen wollte. Ohne sie sind alle meine Träume nichts, denn ohne sie würde ich nicht mehr leben. Der Gedanke, dass ich sie vielleicht niemals mehr wieder sehen werde, bringt mich schon jetzt fast um den Verstand, nimmt mir jede Kraft. Ich hätte nie gedacht, dass ich so etwas einmal sagen würde. Doch diese Frau ist mehr als ein Teil von mir. Sie ist wie ich selbst, mit mir verbunden über die Zeit hinweg. Trotzdem. Wenn Ihr es wollt, werden wir den Bund der Ehe schließen. Ihr wisst, welche Achtung ich vor Euch empfinde. Wie dankbar ich bin für alles, was Ihr für mich getan habt. Ihr seid eine Freundin, wie es selten eine gibt. Uns verbindet so viel. Der gemeinsame Stand, die gemeinsamen Ansichten, unsere gemeinsamen Pläne. Ich bin stolz darauf, die Ehre zu haben, Euch zu meinen Vertrauten, zu meinen Freunden zu zählen. Und was die Dritte Partei anbetrifft – Ihr, die Ihr mich so gut kennt, müsstet doch eigentlich wissen, dass ich in der Frage des Glaubens keine faulen Kompromisse schließen und mich mit katholischen Fürsten verbünden werde. Durch mein Bündnis mit Frankreich bin ich schon genug geknebelt.« So, nun war es heraus.

Amalie von Hessen-Kassel schwieg. Sie hatte die Lider gesenkt, damit ihre Augen sie nicht verrieten, damit er nichts von dieser wilden Wut ahnte, die sie innerlich fast zerriss. Sie versuchte Ordnung in ihre Gefühle zu bekommen. Am liebsten hätte sie ein Messer genommen oder wäre ihm an die Gurgel gefahren. Doch die Disziplin der vergangenen Jahre half ihr, diese gallige Eifersucht zu unterdrücken. Nun wusste sie, was sie wissen wollte.

Aber sie hatte nicht damit gerechnet, dass es so wehtun würde. Ehen, die auf der Vernunft und auf politischen Erwägungen basierten, waren gang und gäbe. Wenn sie jetzt einen falschen Schritt machte, dann waren auch ihre Träume zerstoben. War die Eifersucht auf eine Frau, auf ein Nichts ohne Einfluss und Macht, all das wert? Gleichzeitig wusste sie, dass ihr das nicht genügte. Sie wollte nicht seine Dankbarkeit und Freundschaft. Sie wollte die Liebe dieses Mannes. Vielleicht, mit der Zeit ... Manchmal entwickelte sich aus solchen Voraussetzungen mit der Zeit die Liebe. Gemeinsame Interessen waren ein starkes Band. Trotzdem ... Wie sollte sie es ertragen, Nacht für Nacht genau zu wissen, wohin er ging? Dass er ihr Bett nur teilte, um seiner Pflicht Genüge zu tun, einen gemeinsamen Erben zu zeugen. Würde sie das aushalten? Sie zitterte innerlich. Eine kaum beherrschbare Kälte hatte sie erfasst. Würde ihr Ehrgefühl das verkraften? Ihr Stolz bäumte sich auf. Ihre Gefühle schrien Nein. Ihr Verstand sagte: Wirf nicht alles weg wegen deines lächerlichen Stolzes. Außerdem hatte sie gelernt zu kämpfen. Und das würde sie tun. Die Waffen einer Frau waren vielleicht andere als die eines Mannes, aber ebenso wirksam. Nun würde sie sie benutzen müssen. Sie war nicht ohne eine Rückversicherung in diese Aussprache gegangen. Nun würde sie diesen Trumpf wohl einsetzen müssen. Dieser letzte Gedanke gab ihr Kraft. Im Moment hatte sie vielleicht eine Schlacht verloren. Doch der Krieg war noch lange nicht entschieden.

Sie hob die Lieder und musterte den Mann gegenüber ruhig. Sie prägte sich jede Einzelheit der geliebten Züge ein. Ihre Augen waren klar, ihre Stimme kühl, auch wenn sie es nicht verhindern konnte, dass sich ihre wirklichen Gefühle wie leichter Raureif über ihre Worte legten. »Lasst mir Zeit, Bernhard von Weimar, darüber nachzudenken, was Ihr mir gesagt habt. Allzu schnelle Entschlüsse haben sich oft als falsch erwiesen. Ich danke Euch für Eure Offenheit. Nun muss ich darüber nachdenken, was dies alles für mich bedeutet. Bitte versteht das. Ich werde morgen nach

Kassel zurückreisen. Sobald ich mir eine Meinung gebildet habe, bekommt Ihr meine Antwort. In einem habt Ihr Recht, werter Freund. Für Menschen wie uns zählen nicht Gefühle allein. Das ist der Tribut der Macht. Gehabt Euch wohl. Ich denke, wir sollten uns vor meiner Abreise nicht mehr sehen.«

Bernhard von Weimar verneigte sich voller Respekt vor dieser Frau. Er kannte wenige weibliche Wesen, die so besonnen reagiert hätten wie die Landgräfin. In diesem Moment wünschte er sich fast, er hätte sie lieben können. Er griff nach ihrer beringten Rechten und küsste sie. Amalie von Hessen-Kassel hob die Linke und streichelte ihm sanft über die Wange. »Passt auf Euch auf, werter Freund.« Ohne ein weiteres Wort verließ sie das Zimmer.

Johanna erwachte langsam aus ihrer Bewusstlosigkeit. Nach und nach wurde ihr Verstand klarer. Sie wurde immer wieder hin und her geschüttelt. Sie begriff, dass sie sich in einem Wagen befinden musste. Sie konnte das Rumpeln der Räder, das Rasseln des Geschirrs, mit dem die Pferde angespannt waren, und das Klappern ihrer Hufe hören. Warum bekam sie kaum Luft?

Sie hörte ein ersticktes Stöhnen und versuchte sich umzudrehen, um die Ursache zu ergründen. Doch sie konnte sich nicht bewegen. Etwas hielt sie fest. Ihr Kopf schmerzte, hinderte sie am Denken. Es war so dunkel. Mit plötzlicher Klarheit wurde ihr bewusst, dass sie an Händen und Füßen gefesselt war. Irgendetwas lag wie ein Albtraum über ihr. Dem Geruch nach waren es Strohmatten. Sie nahmen ihr fast die Luft. Johanna spürte eine Bewegung an ihrem rechten Arm, dann wieder dieses Stöhnen. Sie drehte vorsichtig den Kopf. Da lag Mechthild. Das Mädchen schaute sie an. Sie musste schon länger bei Bewusstsein sein. Und ihre Situation war noch schlimmer. Sie hatten ihr einen Knebel in den Mund gesteckt, um sie am Schreien zu hindern. In diesem Fall war es ein Glück, dass sie nicht sprechen konnte. Wie sehr wünschte sie sich in diesem Moment, ihre Stimme wieder zu finden. Was war nur geschehen?

In den Augen ihrer Dienerin und Freundin las sie, was langsam auch ihr Verstand begriff. Sie waren entführt worden. Aber warum nur? Welchen Sinn sollte das haben? Panik machte sich in Johanna breit. Doch sie kämpfte sie nieder. Das Kind, in ihr wuchs ein Kind. Jäh wie ein stechender Schmerz überkam sie die Sehnsucht nach Bernhard von Weimar. Sie war sich sicher, er würde alles tun, das in seiner Macht stand, um sie zu finden. Ja, sie musste einfach warten. Noch gab es Hoffnung. Zumindest solange sie beide am Leben waren. Und wenn sie hätten umgebracht werden sollen, dann wäre es längst geschehen. Doch warum waren sie entführt worden? Was versprachen sich die unbekannten Angreifer davon? Ihre Augen versuchten, Mechthild Mut zu machen.

Johanna schüttelte energisch den Kopf. Die Lage von Matten über ihrem Gesicht glitt etwas zur Seite. Sie konnte wieder freier atmen. Außerdem konnte sie einen kleinen Ausschnitt des Wagens erkennen. Sie sah Verstrebungen und darüber als Schutz vor Wind und Wetter eine Plane aus Häuten.

In diesem Moment hielten die Räder. Die beiden Frauen hörten, wie jemand vom Kutschbock kletterte und ein Rascheln, als die Plane des Wagens zurückgeschlagen wurde. Ein kalter Luftzug erreichte sie. Dann spürte Johanna, wie die Matten zurückgezogen wurden. Ein maskierter Mann beugte sich über sie.

»Sie sind wach. Wird auch langsam Zeit. Ich hatte schon Bedenken, dass wir zu stark zugeschlagen hätten. Also, tut Eure Arbeit.«

Ein lockiger Schopf beugte sich über die beiden Frauen, dunkle Augen musterten sie prüfend. Das war doch – ja, das war die Wahrsagerin, die ihr aus der Hand gelesen hatte. Es war alles so verwirrend. Johanna zerrte an ihren Fesseln und bemerkte, dass Mechthild sich ebenfalls aufbäumte. Das Mädchen versuchte trotz des Knebels zu schreien. Doch sie brachte nur ein gurgelndes Geräusch zustande.

»Lasst das. Haltet still. Ihr könnt hier nicht entkommen. Ihr sorgt nur dafür, dass sich die Fesseln in Euer Fleisch schneiden.«

Die Stimme des Mannes klang dumpf und ohne jede Gefühlsregung unter der Maskierung hervor. Johanna fühlte sich, als wäre sie ein Stück Vieh, das zur Schlachtbank geführt wurde. Die beiden Frauen gaben ihre Befreiungsversuche auf.

Der Mann lachte leise. »Das ist vernünftig. Diese Frau hier wird Euch etwas zu trinken geben. Ihr werdet Durst haben. Und danach werdet ihr beide selig schlafen. Wir haben noch einige Schwierigkeiten zu überstehen, ehe wir aus dem Gebiet des Herzogs von Weimar heraus sind. Er sucht bereits nach Euch, Gnädigste. Doch er wird Euch nicht finden. Das verspreche ich.«

Jetzt erst spürte Johanna, wie der Durst in ihrer Kehle brannte. Mechthild mit ihrem Knebel im Mund musste es noch schlimmer gehen. Doch sie wollte keinen Betäubungstrank. Nicht schlafen. Sie bäumte sich noch einmal auf.

Der Maskierte nahm ihrer Gefährtin den Knebel aus dem Mund. Mechthild spuckte ihm direkt ins Gesicht und schluckte. »Ihr verdammten Schweinehunde. Das wird Euch der Herzog heimzahlen. Und ich werde zuschauen, wie er Euch Glied für Glied einzeln ausreißt. Mit Vergnügen.« Das Mädchen dachte nicht daran, klein beizugeben.

Die Stimme des Maskierten wurde drohend. »Ihr habt zwei Möglichkeiten, Teuerste. Entweder Ihr trinkt, was Euch die Zigeunerin gebraut hat, oder ich ziehe Euch wieder eins über den Schädel. Aber zur Ruhe gebracht werdet Ihr, bis wir außer Gefahr sind. Je schneller das geht, umso besser für Euch. Denn dann können wir die Matten entfernen, unter denen Ihr versteckt liegt.

Trotzdem wehrte sich Johanna so gut sie konnte, als die Wahrsagerin begann, ihr trotz ihres Widerstandes eine bitter schmeckende Flüssigkeit einzuflößen. Ein Teil davon floss ihr die Mundwinkel entlang in die Halsbeuge. Sie keuchte und hustete. Mechthild, die mit dem Entfernen des Knebels neue Kraft geschöpft zu haben schien, versuchte ebenfalls den Kopf wegzudrehen und zerrte weiter an ihren Fesseln. Doch gegen die Kraft des Mannes, der sie zu Boden drückte und ihr den Mund aufzwang, hatte auch sie keine Chance.

Wieder diese kalte Stimme. »Noch einen Mucks und Ihr seid schneller bewusstlos, als Ihr mit der Wimper zucken könnt.«

Da gaben die beiden Frauen auf und tranken würgend mehr schlecht als recht. Beide versuchten, so wenig wie möglich von dem gallebitteren Gebräu zu schlucken. Johanna fühlte noch, wie die Matten wieder über sie geschoben wurden. Dann versank sie in einen seltsamen Dämmerschlaf. Sie war nicht ganz bewusstlos, aber auch nicht Herrin ihrer Sinne. Eine Wolke legte sich über ihren Verstand. Die Glieder wurden bleischwer. Selbst wenn sie es versucht hätte, sie hätte sich nicht bewegen konnen. Doch sie wollte immer weniger kämpfen. Das, was geschah, hatte plötzlich überhaupt nichts mehr mit ihr zu tun, wurde immer unwichtiger. Sie wollte schlafen, nur noch schlafen.

Die nächsten Tage verbrachten die beiden Frauen in einem ständigen Dämmerzustand. Wann immer sich ihr Verstand regte, bekamen sie diese bittere Flüssigkeit zu trinken, danach gab es meist ein Stück Brot zu essen. Johanna wusste nicht mehr, ob Tag war oder Nacht oder wie lange sie jetzt schon unterwegs waren. Die Stunden verschmolzen zu einem einzigen Strom, der ihre Gedanken nur entfernt berührte. Sie hatte jedes Gefühl für sich selbst verloren. Sie hörte zwar, wenn der Wagen weiterrumpelte oder stand, wenn Pausen eingelegt wurden oder die Peitsche die Pferde antrieb, wenn der Mann und die Frau miteinander sprachen oder in der Nacht von ferne ein Wolf heulte. Sie erinnerte sich an den Geruch von gemähtem Gras, das Bild eines Sternenhimmels und die dunklen Schemen von Bäumen im Schein des Mondes am Horizont. Sie mussten hinausgeführt worden sein. Doch das alles war so weit weg. Es ging sie nichts an.

»Wir können ihr den Schlaftrank nicht länger geben. Sie könnte Schaden erleiden, ebenso wie das Kind, das sie trägt.« Die Stimme der Frau klang besorgt.

»Tut, was man Euch sagt.« Die Antwort des Mannes klang ungerührt.

Die Frau protestierte. »Ich habe Euch geholfen sie zu entführen. Doch bei einem Mord mach ich nicht mit. Diese Dosis, über zu lange Zeit gegeben, kann tödlich sein. Das Leben der Frau ist noch nicht zu Ende. Sie wird von einer großen Macht beschützt. Sie hat eine starke Kraft und die Sicht – ebenso wie ich. Doch sie kann sie noch nicht nutzen. Diese liegt noch in der Wiege wie ein hilfloser Säugling. Eines Tages jedoch wird das anders sein. Und dann Gnade Gott jenen, die ihr übel wollten.«

»Spart Euch Euer Geschwafel. Mich beeindruckt ihr nicht. Ihr habt gutes Geld für Eure Mithilfe bekommen.« Trotz der energischen Worte schwang jetzt Verunsicherung in der männlichen Stimme mit.

Ihr Kind. Mühsam kämpfte sich Johanna aus ihrem Dämmerzustand. Da war etwas mit ihrem Kind. Sie musste aufwachen. Sie schlug die Augen auf. Zum ersten Mal seit unendlich langer Zeit nahm sie wieder bewusst etwas wahr.

Sie erkannte einen kleinen Raum. Es dämmerte. Der Mann und die Frau hatten noch keine Kerzen angezündet. Sie sah nur ihre Schemen. Johanna bewegte die Finger. Es ging mühelos. Ihre Hände ertasteten einen Strohsack. Über sich fühlte sie eine wollene Decke. Sie hob den Kopf und blickte an sich hinunter. Sie sah ihren Körper auf einem einfachen Bett liegen. Irgendetwas stank fürchterlich. Mit der Zeit begriff sie, dass sie selbst diesen üblen Geruch verströmte. Es musste Wochen her sein, seit sie sich zum letzten Mal gewaschen hatte. Johanna hob die Hand. Der letzte Schein des Tageslichtes ließ einen der Goldfäden in ihrem Gewand aufleuchten. Da fügten sich die Bilder zusammen. Sie trug noch immer die Abendrobe des großen Festes. Sie erinnerte sich an das Feuerwerk, die Wahrsagerin, daran, wie sie zusammen mit Mechthild verschleppt worden war. Wo war sie? Wie viel Zeit war seit damals vergangen? Auf ihrer Zunge lag ein ekelhafter, gallebitterer Geschmack. Ihr ganzer Mund fühlte sich pelzig an.

Der Mann kam auf sie zu. »Ah, die Gnädigste ist wach. Ich hoffe, wir haben gut geschlafen und hatten schöne Träume. Es ist uns eine Ehre, Euch bei uns zu haben.«

»Wo sind wir hier?« Mechthilds Stimme klang kämpferisch. Johanna wandte den Kopf. Die Freundin musste schon etwas länger wach sein. Sie lag auf einer zweiten Pritsche.

Der Mann lachte. »Fragt nicht so viel. Nehmt Euch ein Beispiel an Eurer Herrin. Sie hält wenigstens den Mund.«

»Sie kann nicht sprechen, das wisst Ihr sehr wohl«, fauchte Mechthild zurück. »Was soll das alles? Wer hat uns hierher bringen lassen?«

»So, ich weiß also, dass sie stumm ist? Wisst Ihr, wer ich bin?«

»Wenn ich das wüsste, würde ich nicht fragen.«

Johanna bewunderte die Tapferkeit, mit der sich das Mädchen behauptete. Und sie hörte genau die Erleichterung in seiner Stimme, als der Mann antwortete: »Sagen wir es einmal so. Ihr seid in den Händen von jemandem, dem sehr an Eurer Gesellschaft gelegen ist. Und seltsamerweise auch an Eurem Wohlergehen. Um ganz genau zu sein, nicht an dem Euren, Euch brauchen wir nicht. Unser ... Auftraggeber ist nur an Eurer Herrin interessiert. Also benehmt Euch, sonst ...«

»Sonst was? Wollt Ihr mich etwa umbringen? Ich kann Euch versprechen, das werde ich Euch nicht leicht machen.«

Der Mann war offenbar friedlich gestimmt, denn er lachte. »Unter anderen Umständen würdet Ihr mir gut gefallen. Ihr habt Mut. Mehr als diese bleichgesichtigen hoch gestellten Damen. Doch nicht, dass Ihr Euch davon einen Vorteil versprecht. Mein Kopf, der fest auf meinem Hals sitzt, ist mir lieber als ein Techtelmechtel. Wenn es an der Zeit ist, werdet Ihr schon erfahren, wo Ihr seid und was man von Euch will.«

Die dunkle, etwas heisere Frauenstimme meldete sich zu Wort. »Auf dem Tisch steht eine Schüssel mit Wasser, damit Ihr Euch waschen könnt. Danach bekommt Ihr etwas zu essen.« Eine Kerze wurde entzündet. In ihrem Schein sah Johanna das Gesicht der

Wahrsagerin. Sie konnte den Ausdruck in den Augen der Frau nicht deuten. Es lag Vorsicht darin, Sorge und – ja, eine Art Respekt. In gewisser Weise fühlte sie Dankbarkeit für diese Frau. Wenn die Worte wahr waren, die sie beim Aufwachen gehört hatte, dann hatte sie ihr das Leben gerettet. Und ihrem Kind. Denn der Mann hatte nicht noch einmal darauf bestanden, dass man ihnen weiter den Schlaftrank einflößte.

Als der Mann und die Frau gegangen waren, setzte sich Johanna auf. Sie war nicht mehr gefesselt. Vorsichtig schob sie die Beine unter der Decke hervor und stellte sie auf den Boden. Ihr wurde schwindlig. Die Drogen lagen noch immer wie ein Schleier über ihrem Verstand. Da war Mechthild auch schon bei ihr. »Schont Euch, Herrin, ganz langsam. Sonst schadet Ihr dem Kind. So, wie es scheint, sind wir lange Zeit betäubt gewesen. Unsere Körper müssen sich erst einmal wieder erholen. Kommt, ich führe Euch zur Wasserschüssel. Ich weiß nicht genau, ob ich so stinke oder Ihr.«

Johanna erhob sich vorsichtig und ergriff Mechthilds Arm. Sie war so dankbar, für ihre warme, ermutigende Gegenwart.

Das Wasser half, den Geist der beiden Frauen zu klären. Als ein altes, abgerissenes Weib ihnen Wein, Brot, Käse und einige frische Erdbeeren brachte, verschlangen die beiden Frauen alles mit Heißhunger.

»Wenigstens wollen sie uns nicht verhungern lassen.« Mechthilds Galgenhumor war unwiderstehlich. Johanna zwinkerte ihr zu. Dann betrachtete sie nachdenklich die letzte Erdbeere, die sie gerade in den Mund schieben wollte. Die Früchte waren einfach köstlich. Sie konnte sich nicht erinnern, jemals etwas so Gutes gegessen zu haben. Doch wenn es jetzt schon Erdbeeren gab …

Mechthild nickte düster. »Das habe ich mir auch gedacht. Wenn es bereits frische Erdbeeren gibt, dann muss mindestens ein Monat seit unserer Entführung vergangen sein.«

Johanna sah sie fassungslos an. Das stimmte. Plötzlich begann sich in ihrem Leib etwas zu regen, wie der leichte Schlag eines Vogelflügels. Das Kind! Ihr Kind bewegte sich! Nach dem großen Staunen über dieses Wunder kam die Angst. Mehr als ein Monat? Wo war Bernhard von Weimar? Warum hatte er sie nicht gefunden?

Mechthild schien Gedanken lesen zu können. Sie griff über den Tisch nach Johannas Hand. »Der Herzog wird kommen, sobald er weiß, wo wir sind. Er liebt Euch mehr als sein Leben. Dessen könnt Ihr sicher sein. Also verliert nicht den Mut. Und auch mein Bruder wird längst nach uns suchen. Also haben wir gleich mehrere Retter.

Johanna schaute sie fragend an. Mechthild nickte. »Er ist mit mir zusammen nach Breisach gekommen. Er hat mir nicht gesagt, warum. Ich weiß nur, dass er es sich zur Aufgabe gemacht hat, auf Euch aufzupassen. Dabei hätte er eigentlich Dringlicheres zu tun.«

Dringlicheres zu tun?, erkundigte sie sich mit einer Handbewegung.

Mechthild sah sie halb belustigt, halb ernst an. »Natürlich. Ah, ich vergaß, Ihr könnt das ja nicht wissen. Da Ihr zum Feind gehört, konnten mein Bruder und ich niemals offen mit Euch reden. Aber nun ist es wohl egal. Der Kapuzinerpater Ignatius Eggs ist nicht nur ein getreuer Diener des Herrn, der dazu beitragen will, dass in Laufenburg ein Kloster gegründet wird, er ist auch der Bauernkaiser. Er und seine Leute würden mich niemals im Stich lassen. Und übrigens auch Euren Jugendfreund Philipp von Wessenberg nicht. Ignatius wollte versuchen, ihn aus der Festungshaft in Laufenburg zu befreien.«

Johanna sah die junge Frau fassungslos an.

Wieder musste Mechthild trotz der ernsten Lage lachen, in der sie sich befanden. »Ja, es gab ein Widerstandsnest in der direkten Umgebung des Herzogs. Ich war lange Zeit die beste Informationsquelle für die Unsrigen. Und genau aus diesem Grund bin ich auch zu Euch zurückgekehrt. Trotzdem, Herrin, eines müsst Ihr mir glauben. Obwohl Ihr zum Feind übergelaufen seid, hätte ich es nie zugelassen, das Euch etwas geschieht. Mein Bruder ebenso wenig«, fügte sie nach einer kurzen Pause hinzu. »Denn Ihr seid nicht aus Berechnung zum Herzog gegangen, sondern aus Liebe. Und wer kann schon etwas gegen die Liebe tun?«

Ja, dachte Johanna. Wer kann schon etwas gegen die Liebe tun? Manchmal besiegte sie sogar den Tod. Doch so weit wollte sie jetzt nicht denken. Sie musste Kräfte sammeln und Mut fassen. Sie musste fest daran glauben, dass der Herzog sie und ihr gemeinsames Kind finden würde. Oder Ignatius Eggs, der Mönch, der Bauernkaiser.

Die Wahrsagerin und der Mann kamen niemals wieder. Dafür wurden die beiden Gefangenen von einer mürrischen, buckligen Alten bedient. Diese hatte allerdings offenbar nicht viel Übung darin, aufzutischen. Und was immer auch Mechthild versuchte, um sie zum Reden zu bringen, sie sagte kein Wort, sondern kniff nur den zahnlosen Mund zusammen.

Eine Nacht später hatte Johanna einen Traum. Sie sah den Herzog in einem großen Bett liegen. Sein Gesicht war blass wie in der Sonne gebleichtes Leinen. Aus seinen Poren am ganzen Körper stieg eine Art weißer Rauch, wie dünner Nebel am Morgen, der sich aus den Wiesen erhebt. Sie konnte fühlen, wie schwach er war. Doch sein Körper kämpfte, er hatte noch nicht aufgegeben. Da trat ein Mann an das Bett. Sie erkannte ihn sofort. Es war Blondin, der Arzt, den König Ludwig XIII. geschickt hatte, damit er für die Gesundheit »seines lieben Freundes« Bernhard von Weimar sorgen möge. Ludwig Schmid, der Leibarzt des Herzogs, und er waren sich spinnefeind.

Johanna sah, wie Blondin einige Tropfen einer dunklen Flüssigkeit in den gewürzten Wein goss, der auf einem Tischchen neben dem Bett des Herzogs stand. Ein stinkender, widerlicher Geruch stieg davon auf, sie spürte Galle auf der Zunge und Verwesung lag in der Luft. Sie warf sich im Bett herum. Auf ihrer Stirn erschienen Schweißperlen. Sie hörte die Stimmen, als wären sie im Raum.

»Ah, Blondin, wollt Ihr etwas gegen diese verdammte Schwäche unternehmen? Ich wäre Euch sehr dankbar, wenn ich endlich wieder normal leben könnte. Mein werter Arzt, Ludwig Schmid, scheint jedenfalls kein Mittel dagegen gefunden zu haben, außer mich ständig zur Ader zu lassen.«

»Es ist Blutverlust genug für Euer Gnaden. Die schlechten Säfte müssten nun aus dem Körper heraus sein. Nun gebe ich Euch etwas zur Stärkung. Und danach werdet Ihr gut schlafen, Durchlaucht. Allerdings schmeckt es sehr bitter. Auch der Wein dürfte den Geschmack nicht ganz verdecken.«

Bernhard von Weimar verzog den Mund zu einem Lächeln. »Die bitterste Medizin ist oft die wirksamste. Also her damit. Ich habe mich noch nie vor Unannehmlichkeiten gedrückt.«

»Neeeein! Liebster, trink das nicht, das ist Gift. Es wird dich töten!« Der stumme Schrei der schlafenden Johanna schien den kranken Mann im Bett auf seltsame Weise zu erreichen. Er zögerte jedenfalls einen kurzen Moment, ehe er den Becher an die Lippen hob. Misstrauen lag in dem Blick, mit dem er den Franzosen musterte.

»Blondin, was ist da drin?«

Der Arzt aus Frankreich lächelte. »Kräuter, die Euch wieder stark machen, vermischt mit etwas Ochsenblut und Honig. Vertraut mir. Der König von Frankreich würde mich einen Kopf kürzer machen, wenn ich zuließ, dass sein Verbündeter, der Mann, der dem Habsburger so viel Schaden zugefügt hat, nicht gesund wird.«

»Das würde er wohl. Nun, dann muss ich mich bemühen schnell wieder auf die Beine zu kommen. Schon, damit Ihr Euren Kopf behalten könnt, nicht wahr, Blondin? Außerdem warten auf mich unaufschiebbare Aufgaben.«

Der Arzt lächelte und neigte zustimmend den Kopf,

»Trink nicht, Liebster!« Wieder schrie Johannas Geist. Doch dieses Mal erreichte der Ruf den Herzog nicht. In großen Schlucken trank er den Wein.

»Herrin, Herrin, wacht auf. Was ist mit Euch? Ihr Arme, habt Ihr einen Albtraum gehabt? Es ist alles gut, Euch ist nichts geschehen. Ihr liegt im Bett. Herrin, um Himmels willen ...«

Langsam kehrte der Geist von Johanna in die Wirklichkeit zurück. Sie fühlte, wie Mechthild sie kräftig schüttelte. Doch das Bild des Herzogs im Krankenbett, wie er den vergifteten Wein trank, wollte einfach nicht verschwinden. Sie wurde von einem heftigen Zittern gepackt. Mechthild nahm sie tröstend in die Arme. »Es ist gut, Herrin. Ihr habt nur schlecht geträumt. Alles wird gut. Ihr müsst keine Angst haben. Der Herzog und mein Bruder werden uns schon finden. Da bin ich mir sicher. Nun weint nicht, Herrin, und hört auf zu zittern. Habt Vertrauen.«

Johanna löste sich aus den Armen des Mädchens und nickte. Sie schämte sich dafür, so zusammengebrochen zu sein. Natürlich, sie hatte einen Traum gehabt. Nichts als einen bösen Traum, aus der Angst geboren. Und dennoch ... Die Bilder waren so klar gewesen, so, als wäre sie im Raum gestanden, in dem sich die Szene abgespielt hatte. Sie hatte das Prasseln des Feuers gehört, den schalen Geruch von Krankheit und Schweiß in der Nase, der im Raum hing. Und die Gewissheit, dass er vergiftet wurde, war so stark gewesen, so unumstößlich. Dennoch, es musste ein Traum gewesen sein. Warum sollte der französische Arzt den Feldherrn auch vergiften wollen? Frankreich war an einem lebenden, kämpfenden Bernhard von Weimar interessiert. Johanna versuchte sich zu sammeln, die Bilder abzuschütteln. Aber es gelang ihr nicht. Das Echo des Traumes blieb, schwelte wie die Glut unter der Asche weiter am Rande ihres Bewusstseins.

X

Sie hatten das Feuer möglichst klein gehalten, um ihre Anwesenheit nicht zu verraten. Philipp von Wessenberg starrte in die Flammen. Er fror. Die Tage waren zwar inzwischen länger geworden, doch in der Nacht wurde es noch empfindlich kühl. Hin und wieder drangen die Geräusche des Waldes in sein Bewusstsein. Warum kam der Mann nicht endlich? Eines der Pferde, die ein Stückchen entfernt an einem Baumstamm angebunden waren, schnaubte. Er blickte hinüber zu Ignatius Eggs. Der Gefährte schien ebenso in Gedanken versunken zu sein. So lange suchten sie nun schon nach einer greifbaren Spur von Johanna und Mechthild. Überall waren die Bauern von Ignatius Eggs ausgeschwärmt, hatten an so viele Türen geklopft, bislang ohne Ergebnis. Niemand hatte die beiden Frauen gesehen.

Eine dunkle Gestalt löste sich aus dem Schatten der Bäume und beobachtete die beiden sitzenden Männer am Feuer. »Willkommen, Bruder, wir haben gehört, du hast Nachrichten für uns. Komm ans Feuer, damit wir dein Gesicht sehen können. Du kannst uns vertrauen.« Ignatius Eggs hatte sich aufgerichtet, aber er erhob sich nicht von seinem Platz. Philipp schrak hoch. Er erfasste den Degen, der griffbereit neben ihm lag. Er hatte niemanden kommen hören, noch nicht einmal das Knacken eines brechenden Zweiges auf dem Waldboden oder das Rascheln von Tannennadeln. Doch Ignatius Eggs hatte offenbar schärfere Ohren.

Der Fremde trat ans Feuer. Es war anscheinend ein Mönch, ein Kapuziner wie Ignatius Eggs. Doch so, wie dieser im Moment als Bauer durch die Lande reiste, konnte jener Fremde ein Bauer sein, der sich als Mönch verkleidet hatte. In diesen Zeiten war selten etwas so, wie es auf den ersten Blick erschien.

»Euer Gefährte scheint mich nicht als Freund zu sehen, Bauernkaiser«, erwiderte der Mönch trocken.

»Er ist jung und ungestüm. Verzeiht ihm, Bruder. Er kann die Geräusche der Tiere des Waldes noch nicht von jenen unterscheiden, die ein Mensch macht, wenn er sich durchs Unterholz anschleicht. Außerdem – warum habt Ihr Euch uns nicht einfach offen genähert?«

»Ich musste zuerst sicher sein, dass Ihr die Männer seid, zu denen ich geschickt wurde.«

Ignatius Eggs nickte bedächtig. »Es ist besser, vorsichtig zu sein. Was hat uns Euer Prior so Wichtiges mitzuteilen, dass er es nicht in geschriebene Worte fassen und mir zukommen lassen kann?«

»Er wollte einfach, dass ich Euch meine Beobachtungen persönlich erzähle.«

»Also sprecht.«

»Habt Ihr vielleicht etwas Warmes zu trinken für mich? Aus dem Tiegel dort duftet es verführerisch. Und ich bin lange gereist, bis ich Euch fand.«

Ignatius Eggs nahm die Schale, die leer vor ihm stand, und schüttete etwas heiße Milch aus einem Topf am Feuer hinein. Dann nahm er aus seinem Bündel ein Stück Brot. »Stärkt Euch, Bruder. Etwas heiße Milch mit Honig. Die Milch haben wir von Bauern aus der Umgebung, ebenso wie das Brot und den Honig.«

Es herrschte Schweigen, während Philipp von Wessenberg und Ignatius Eggs den nächtlichen Besucher beim Essen und Trinken beobachteten. Er tat es mit Genuss. Ein kleines rundes Bäuchlein zeugte davon, dass er auch zu anderen Zeiten den leiblichen Genüssen nicht abgeneigt war. Er trank einen letzten Schluck Milch und wischte sich dann mit einem Zipfel des Ärmels seiner Kutte den weißen Rand von der Oberlippe.

»Der Vater Abt hat mich zu Euch gesandt, als ich ihm von meiner Beobachtung erzählte. Ihr hattet ihn wohl wegen einer Sache gebeten die Augen offen zu halten. Wegen zwei Frauen, die verschwunden sind ...«

Sprecht endlich, Ihr Umstandskrämer!, hätte Philipp von Wessenberg am liebsten gebrüllt. Doch der Gefährte warf ihm einen warnenden Blick zu: Bleibt ruhig, mein Freund.

»Also«, der Mönch räusperte sich noch einmal viel sagend. Dann machte er eine Pause. Er genoss die erwartungsvolle Spannung, die in der Luft lag. »Ich war auf einer Reise gen Norden für unser Kapuzinerkloster unterwegs. Der Grund tut nichts zur Sache. Jedenfalls hielt ich es für besser, nachts zu reisen. Dies kam mir umso mehr entgegen, als ich ein großer Freund der Bewegungen der Gestirne bin. Wisst Ihr, ich glaube ich habe letzthin sogar einen neuen Stern am Firmament entdeckt. Stellt Euch vor, wenn die Welt der Wissenschaften davon erfährt und der neue Stern vielleicht meinen Namen ...«

Jetzt konnte Philipp von Wessenberg nicht mehr an sich halten. »Erzählt endlich, warum Ihr gekommen seid!«

»Euer Freund ist ein Banause, Bruder. Was ist wichtiger als das, was der Herr uns geschenkt hat, als ein Wunder mehr in seiner Schöpfung zu verherrlichen?«, lamentierte der Fremde anklagend.

Ignatius Eggs seufzte. »Ihr habt so Recht, Bruder. Dennoch, auch manch andere Geschäfte können wichtig sein. Sonst hätte Euch der Vater Abt wohl nicht zu uns geschickt, oder?«

»Mag sein.« Der Mönch war immer noch etwas beleidigt. »Jedenfalls marschiere ich mit meinem Esel gerade so durch die Gegend von Offenburg, es mag etwa zwei Uhr morgens gewesen sein, da höre ich das Geräusch eines fahrenden Pferdekarrens, das kurz darauf verstummte. Weil der Karren angehalten worden ist, natürlich.«

Nun konnte auch Ignatius Eggs sich eine ungeduldige Bewegung nicht verkneifen.

»Ihr beide seid wenig langmütige Männer. Der Vater Abt hat

mir aufgetragen Euch alles möglichst genau zu schildern. Er hat mir gesagt, jede Kleinigkeit könnte wichtig sein. Also, soll ich nun weitererzählen oder nicht?«

»Bitte sprecht«, kam es wie im Chor von Philipp von Wessenberg und Ignatius Eggs. Sie konnten ihre Ungeduld kaum noch zügeln.

Der Mönch warf ihnen einen Blick äußerster Missbilligung zu. Dann räusperte er sich erneut. »Wie ich schon sagte, ich hörte diesen Pferdekarren. Als vorsichtiger Mensch dachte ich mir, oho, Benediktus, jetzt heißt es aber Obacht geben. Denn welcher Mensch, der nichts zu verbergen hat, reist schon nachts? Sagte ich, dass ich ein besonders eifriger Beobachter der Sterne bin?«

Von Philipp von Wessenberg war ein ungeduldiges Knurren zu hören. So langsam kam sein Blut in Wallung. Er wäre dem Mönch am liebsten an die Gurgel gesprungen und hätte ihn geschüttelt.

»Bruder, spannt uns nicht so auf die Folter.« Selbst Ignatius Eggs schien seine gewohnte stoische Ruhe zu verlieren.

»Ist ja gut, ich meinte ja nur. Also, ich habe mich ganz vorsichtig weiterbewegt, damit ich gleich ins Gebüsch am Wegesrand springen könnte, falls ich den Fremden begegnen sollte. Man weiß ja nicht, auf wen man heutzutage so alles trifft.«

Ignatius Eggs und Philipp von Wessenberg stöhnten.

»Ja, und als ich um eine Wegbiegung komme, der Himmel war klar, der Mond zunehmend und die Sterne besonders gut zu erkennen ... Ja, ja, ich erzähle ja schon. Als ich um die Wegbiegung komme, sehe ich einen Planwagen, wie ihn das fahrende Volk hat, am Rand des Weges auf einer Wiese halten. Ein Mann ist gerade dabei, Feuer zu entfachen. Das musst du dir näher anschauen, denke ich mir und sehe, dass sich das Wäldchen etwas weiter weg in diesem Bereich bis fast an die Feuerstelle schiebt. Jedenfalls so weit, dass man vom Schutz der Bäume aus die Reisenden etwas besser beobachten und auch hören kann, was gesprochen wird. Ich, todesmutig, schleiche mich also zwischen den Bäumen an. Als ich mich gerade vorsichtig setzen will, höre ich, wie der Mann etwas in Richtung Wagen ruft. Nicht laut natürlich, es war eher so ein unterdrücktes Schreien, so wie man eben redet, wenn man nicht will, dass der Schall der Worte weit trägt.«

»Bruder Benediktus, ich bin ein sanftmütiger Mann und ein Mönch wie Ihr. Aber wenn Ihr jetzt nicht bald zur Sache kommt, könnte es sein, dass ich mich vergesse.« Ignatius Eggs konnte sich nicht länger beherrschen. »Bei den beiden Frauen geht es nämlich um eine Freundin und meine Schwester. Sie sind entführt worden. Ihr werdet also verstehen, wie wichtig es für uns ist, schnellstens zu erfahren, was Ihr uns zu sagen habt.«

»Ach so. Ja, dann. Also, der Mann sagt etwas in Richtung Wagen. Es hörte sich für mich so an wie ›Bring sie heraus‹ oder so ähnlich. Und tatsächlich, die Plane wird zurückgeschlagen und das Gesicht einer Zigeunerin erscheint. Sie sah aus wie eine Hexe.« Bruder Benediktus bekreuzigte sich hastig. »Dann schob die Zigeunerin erst eine Rothaarige vor sich her aus dem Wagen und führte sie zu dem Mann am Feuer. Die Frau wirkte wie eine Schlafwandlerin, sie schien zu träumen, jedenfalls lief sie so, ohne jede Regung im Gesicht. Sie hat ihre Umgebung überhaupt nicht wahrgenommen. Die Zigeunerin befahl ihr dann, sich neben den Mann ans Feuer zu setzen. Das tat sie auch. Danach brachte die Frau eine zweite weibliche Person aus dem Wagen. Sie war etwas draller. Ein Bauernmädchen wahrscheinlich. Ist das Eure Schwester?« Der Mönch musterte Ignatius Eggs neugierig.

»Erzählt weiter!« Wieder sprachen Philipp von Wessenberg und Ignatius Eggs wie aus einem Mund.

Der Mönch setzte sich auf seinem Stein am Feuer in Positur. Das war augenscheinlich wirklich eine wichtige Geschichte, die er da zu erzählen hatte. Welch wunderbares Abenteuer! Im Kloster im Elsass gab es nicht so viel zu erleben. Nun hatte er einmal eine Reise für den Vater Abt unternehmen dürfen, eigentlich auch nur eine ganz kurze auf die andere Rheinseite, und schon war er mitten in solch spannende Ereignisse geraten. Benediktus machte ein wichtiges Gesicht.

»Jedenfalls, auch die andere wirkte irgendwie – abwesend. Auch sie setzte sich brav auf den Platz am Feuer, an den sie geleitet wurde. Ja, und dann konnte ich noch einige Gesprächsfetzen verstehen.«

»Und?« Jetzt fasste Ignatius Eggs wirklich zu dem Mönch hinüber und schüttelte ihn leicht.

»Jetzt regt Euch doch nicht so auf. Ich erzähle ja schon weiter. Die Frau fragte den Mann, wie weit es denn noch bis Kassel wäre. Und der erwiderte, sie hätten die größte Strecke schon geschafft, sie müssten sich aber beeilen, denn ihr Auftraggeber warte sicher schon auf die beiden Frauen. Außerdem freute sich die Frau über den schönen Batzen Geld, den sie dann erhalten würden.« Der Mönch holte tief Atem. »So, das war alles. Ich habe mich dann lieber davongeschlichen, damit ich nicht am Ende noch entdeckt werde.«

Für den Rest des Abends wurde nicht mehr viel geredet. Die beiden Männer hüllten sich in Schweigen. Benediktus war zutiefst enttäuscht. Er hatte gehofft, ein wenig mehr zu erfahren. Doch die beiden schienen sich verabredet zu haben, kein Sterbenswörtchen von dem zu offenbaren, was sie dachten. Es war eine undankbare Welt. Und am anderen Morgen, als er aufwachte, weil ihn ein Sonnenstrahl im Gesicht kitzelte, der durch die Bäume des Waldes fiel, waren sie schon verschwunden. Nur noch die heruntergebrannten Reste des Feuers kündeten von dem Gespräch der vergangenen Nacht. Außerdem lag da noch ein Brief, der an den Vater Abt adressiert war. Benediktus traute sich nicht ihn zu öffnen und machte sich seufzend und mit leerem Magen auf den Heimweg. Wenigstens etwas Brot hätten ihm die beiden Fremden dalassen können …

Johanna sah sich in dem großem Park um. Er war wunderschön angelegt. Auf einem großen Teich schwamm ein Schwanenpaar. Sie stand direkt neben einem marmornen Brunnen, von dem aus ein unbeweglicher Amor für alle Ewigkeit seinen Pfeil abschoss.

Das erinnerte sie wieder an den Traum über Bernhard von Weimar. Sie konnte ihn einfach nicht vergessen. So langsam zweifelte sie an ihrem Verstand. Mechthild war schon zum Teich vorgegangen. Sie hatte die Schuhe ausgezogen, sich auf die Rasenfläche gesetzt und die Füße ins Wasser gehängt. Hinter sich fühlte Johanna wie zwei drohende Schatten ihre beiden Bewacher.

Es ging ihnen nicht schlecht. Die alte Bedienerin hatte ihnen frische Kleider gebracht und auch waschen konnten sie sich. Sie bekamen reichlich zu essen. Und es wurde ihnen erlaubt, einmal am Tag unter Bewachung in den Park zu gehen, in jenen Bereich, der von Arkaden umgeben war. An einem Tag wie diesem, in dem der Frühling langsam dabei war, sich in den Sommer zu verwandeln, genoss Johanna die wenigen Stunden an der frischen Luft besonders. Sie waren eine Abwechslung vom monotonen Dasein in dem kleinen Zimmer, in dem sie untergebracht waren. Oder besser, in dem sie gefangen gehalten wurden. Es fehlte ihnen an nichts. Außer an der Freiheit.

Johannas Augen wanderten die Mauern des großen Schlosses entlang bis zum Seitenflügel. Das kleine Fenster ihres Zimmers war von ihrem Standpunkt aus nicht zu sehen. Sie hatte keine Ahnung, wo sie war. Aus der Alten, die sie bediente, hatte Mechthild kein Wort herausbringen können. Und sie wusste auch nicht, wie lange der Abend des großen Festes nun her war. Sicherlich schon mehrere Wochen. Doch die Tage, in denen man sie hierher gebracht hatte, waren bis auf wenige Bilder ein einziger dunkler Fleck. Jeden Morgen hoffte sie aufs Neue, dass Bernhard von Weimar an die Türe dieser prächtigen Residenz klopfen und ihre Herausgabe fordern würde. Doch als der Abend sich über das grüne Land senkte, war er noch immer nicht erschienen. Auch von Ignatius Eggs war nichts zu sehen. Doch Mechthild glaubte fest daran, dass er kommen würde.

»Gefällt es Euch hier?«

Die weiche Frauenstimme ließ Johanna herumfahren. Erstaunt blickte sie auf die prachtvoll gekleidete Fremde. An ihrer Hand blitzten zahlreiche Ringe, an ihrem Hals hing über einem prächtigen Karneol in drei Reihen eine lange Perlenkette.

Die Fremde betrachtete die junge Frau von oben bis unten. »Ihr seid so schön, wie man uns sagte. Geht es Euch gut? Was macht das Kind, das Ihr unter dem Herzen tragt? Seid Ihr mit meiner Gastfreundschaft zufrieden?«

Johanna wollte auf die Fremde losgehen. Doch einer der Bewacher hielt sie fest.

Die Fremde lachte leise. »Temperament habt Ihr auch. Kein Wunder, dass Ihr den Männern gefallt.«

Inzwischen war Mechthild auf das Gespräch aufmerksam geworden. Eiligst zog sie die Schuhe an und eilte zu der kleinen Gruppe am Brunnen.

»Meine Herrin kann nicht sprechen. Aber ich verstehe ihre Gesten.«

Die Fremde schaute sie an und nickte. »Ich weiß. Nur deshalb lebt Ihr noch.«

Mechthild hielt schockiert den Atem an. »Wer seid Ihr?«

»Ich denke, das hat bis später Zeit. Es ist ohnehin gewagt genug, dass ich mit Euch spreche. Doch ich musste, ich wollte diese da einfach einmal sehen. Die Frau, die mir beinahe die Liebe eines Mannes genommen hätte. Meine Amme, die Euch bedient, hat mir viel von der rothaarigen Schönheit erzählt.«

Johanna machte eine kleine Geste mit der Hand.

»Meine Herrin will wissen, warum Ihr uns habt entführen lassen.«

Die Frau lächelte leicht. »Nun, wie ich hörte, trägt die Dame ein Kind. Und zwar eines, das einmal von großer Bedeutung für viele Leute werden könnte, wenn Bernhard von Weimar stirbt. Es wäre dann sein einziger Erbe, da der Herzog es legitimieren will. Es gibt viele, die gerne in den Besitz der Landgrafschaft Elsass und der eroberten Orte in Burgund kämen. Bislang hat sich der Herzog ihrer Ansicht nach allzu störrisch gezeigt. Kaiser Ferdinand III. von Habsburg zum Beispiel würde einiges dafür geben, dieses Kind in die Hand zu bekommen. Das gilt natürlich auch für Ludwig XIII. von Frankreich. Oder für die Brüder des Herzogs. Ich wüsste viele, die einiges darum gäben, an das Kind zu kommen. Ich war allerdings schneller. Ich denke, der Balg wird meinem Land noch manchen guten Dienst erweisen in den Verhandlungen um die Sicherheit meiner Landgrafschaft. Eine Frau, die allein regiert, muss schneller sein als die Männer, wenn sie das Erbe ihrer Kinder bewahren will.«

Johanna hatte schreckensstarr zugehört. Ihr Kind. Was hatte ihr Kind mit all dem zu tun?

»Was wollt Ihr mit dem Kind meiner Herrin machen, wenn es geboren ist?« Mechthild stellte die Frage, bevor Johanna sie dazu auffordern musste.

Die Fremde schaute versonnen auf den runder werdenden Bauch ihrer Gefangenen. »Ich weiß es noch nicht. Wir werden sehen. Vielleicht gebe ich es dem Kaiser, vielleicht dem Franzosenkönig, vielleicht dem Herzog. Aber dann nur ohne seine Mutter. Ja, ich denke, er würde sich sehr freuen, seinen Sprössling von mir zurückzubekommen.«

»Der Herzog würde Euch den Hals umdrehen. Trotz Eurer Perlenketten«, fauchte Mechthild.

Die Fremde musste lachen. Dieser Hinweis schien sie nicht sonderlich zu ängstigen. »Das würde er wahrscheinlich tun, wenn er wüsste, wer seine Metze mit dem Bastard im Bauch entführt hat. Doch das wird er nicht erfahren, nicht wahr? Weil nämlich weder die Mutter noch Ihr da sein werdet, um es ihm zu erzählen. Und meine Männer schweigen ebenso wie meine Amme.« Der Klang der Stimme der Unbekannten war geschmeidig und von vollendeter, lange geübter Höflichkeit. Das erhöhte den Kontrast zu der Drohung noch, die jetzt über Mechthild und Johanna schwebte.

Wer seid Ihr? Johanna hatte die Fremde verzweifelt am Arm gepackt. Sie konnte nicht glauben, was sie da hörte. Wie konnte ein Mensch nur so verdorben sein!

Doch es schien, als würde die Frau sie absichtlich falsch verstehen. »Ich denke, einen weiteren Grund für Euren … Besuch auf meinem Schloss habe ich Euch schon genannt. Der Herzog von Weimar liebt Euch zu sehr. Ich konnte nicht zulassen, dass Ihr die Pläne stört, die zwischen mir und Herzog Bernhard schon so lange besprochen waren. Versteht mich nicht falsch. Normalerweise lasse ich niemanden entführen. Das ist nicht meine Art zu regieren. Doch außergewöhnliche Umstände erfordern nun einmal außergewöhnliche Methoden. Oder glaubt Ihr im Ernst, ich könnte es hinnehmen, dass Bernhard von Sachsen-Weimar sich Euch weiterhin als Geliebte hält, wenn er mit mir den Bund der Ehe schließt? Oder dass er mir einen legitimen Erben vorsetzt, der vielleicht irgendwann das Erbe unserer gemeinsamen Kinder schmälert?«

Johanna bekam keine Luft mehr. Sie wusste jetzt, wer die Fremde war. Dabei hatte sie sie doch niemals bedroht, niemals verlangt, dass der Herzog sein gegebenes Wort brechen sollte. Ihr wurde schwindlig, sie schwankte und griff sich an die Kehle. Dann sank sie zu Boden. Auf eine Handbewegung hin hob einer der Männer die Ohnmächtige auf.

»Wer seid Ihr?« Mechthild wiederholte die Frage von vorhin.

»Eure Herrin weiß es, fragt sie.«

Damit wandte sie sich um und ging.

Als Johanna zu sich kam, sah sie als Erstes das besorgte Gesicht von Mechthild. Sie hatte einen Lappen in Wasser getunkt und ihr auf die Stirn gelegt. Als sie sah, dass Johanna die Augen öffnete, atmete sie erleichtert auf. »Ich hatte Angst um Euch. Gott sei Dank ist nichts geschehen, als Ihr gefallen seid. Auch dem Kind nicht.«

Johanna legte die Hand auf den Bauch. Sie dachte nicht daran, dass sie in Gefahr war. Sie dachte nur an ihr Kind und an das Schicksal, das es erwartete – falls es überlebte. Ohne Mutter, einsam an irgendeinem fremden Hof als Faustpfand, um den Herzog von Weimar zu zwingen willfähriger zu sein. Die Tränen strömten ihr übers Gesicht. Sie wurde von einer namenlosen, ohnmächtigen Angst geschüttelt. Wenn sie sterben sollte, dann wollte sie gerne sterben. Aber nicht das Kind. Nicht ihrer beider Kind! Sie spürte wie das Gefühl der Resignation einem eiskalten Zorn wich. Der Hass auf alle, die das Leben ihres Kindes gefährdeten, ballte sich wie ein Klumpen in ihrem Magen zusammen. Sie versuchte dieses Gefühl zu unterdrücken. Ihr Kind sollte es nicht schon im Mutterleib zu spüren bekommen. Doch es gelang ihr nicht. Wer auch immer ihrem Kind schadete, würde ihre Vergeltung zu spüren bekommen, und wenn es das Letzte war, das sie in ihrem Leben tat.

»Beruhigt Euch, Herrin. Wer ist diese Fremde, die behauptet, sie würde Bernhard von Weimar heiraten. Sie ist reich, das sieht man, und auch mächtig. Aber ansonsten kann sie bei all ihrem Geschmeide nicht mit Euch mithalten. Ich kann mir nicht vorstellen, dass der Herzog sie heiraten würde. Soll ich Euch Eure Zettel holen?«

Johanna nickte. »Bernhard von Weimar hat ihr, schon bevor er mich traf, das Eheversprechen gegeben«, schrieb sie kurz darauf. »Es ist Amalie Elisabeth, Landgräfin von Hessen-Kassel.«

Dann sah sie Mechthild eindringlich an. In ihrem Blick lag Entschlossenheit.

Mechthild erwiderte den Blick und begriff sofort. »Wir werden das nicht zulassen, nicht wahr? Wir werden nicht zulassen, dass das Kind, schon bevor es auf der Welt ist, zum Spielball politischer Interessen wird. Wir müssen uns überlegen, wie wir von hier fliehen können. Wir können nicht einfach hier sitzen und warten, ob uns jemand befreit. Ist es das, was Ihr sagen wollt?«

Johanna nahm ihre Dienerin dankbar und voller Zuneigung in den Arm. Wenigstens war sie nicht allein. Es stand ihr eine Freundin zur Seite. Und nun war es Zeit, den Kampf aufzunehmen. Sie hätte das längst tun müssen. Auch wenn das hieß, dass sie ohne Hilfe von außen auskommen mussten. Die Pferde waren das größte Problem. Sie besaß nichts, womit sie solche Tiere hätte kaufen können. Außer … Johannas Hand fuhr an den Hals: Da war es, das Medaillon mit dem Bild ihrer Großmutter. Dieses Mal würde es ihr eigenes Leben und das von Mechthild retten müssen. Und dann war da noch der Smaragdring an ihrer Linken, den ihr Bernhard von Weimar einst als Zeichen ihrer Liebe geschenkt hatte. Doch vielleicht reichte das Medaillon.

»Könnt Ihr denn noch reiten, Herrin, ich meine, mit dem Kind?« Die praktische Mechthild schien zu wissen, was sie gerade gedacht hatte.

Johanna schämte sich dafür, dass sie vorhin im Park wie eine dumme Gans einfach in Ohnmacht gefallen war. Das würde nicht wieder geschehen. Sie brauchte ihre ganze Geistesgegenwart und jedes Quäntchen ihres Willens, um hier herauszukommen. Sie löste sich von Mechthilds tröstlicher Wärme und drückte ihrer Dienerin die Hand: *Ich werde tun, was ich tun muss.*

Johann Ludwig von Erlach sah sich in dem prächtig ausgestatteten Empfangszimmer der Landgräfin um. Er hatte auch nicht viel anders zu tun. Seit einer Stunde … So lange ließ sie ihn nun schon warten. Mehrere Prunkschränkchen mit Intarsien aus kostbaren Hölzern, beladen mit silbernen und goldenen Schalen und Kannen zeugten von Wohlstand. Eine lindgrüne, mit golden geprägten Blumen reich verzierte Samttapete brachte eine gewisse Behaglichkeit in den prächtigen Raum. An der Stirnseite des Zimmers hing ein flämischer Wandteppich, der die Krönung Unserer Lieben Frau darstellte – ein farbiges Mosaik aus Grün, Rostrot und dem dunklen Gelb von Bernstein. Von Erlach hatte ihn mindestens eine Viertelstunde lang betrachtet. Es schien eine Nachahmung des Teppichs zu sein, der einst im 14. Jahrhundert in der Waffenkammer von Louis von Orleans, dem Bruder des französischen Königs Charles, gehangen hatte. Hier spürte man die weibliche Hand, obwohl an den anderen Wänden allerlei Waffen drapiert waren: Dolche mit Scheiden aus Goldschmiedearbeit, Schwerter aus Lyon, Damaszenerklingen mit Waffensprüchen, die ebenfalls schon sehr alt sein mussten. Über dem Kamin hing ein Ölgemälde des letzten Landgrafen von Hessen-Kassel, Wilhelm V. Er war 1637 gestorben. Die Waffen mussten seine Hinterlassenschaft sein. Überall auf den Tischen standen Vasen mit Blumen. Johann Ludwig von Erlach verstand nicht viel davon, doch zwischen den Rosen in allen Farben von Rot bis Gold meinte er auch Wiesenblumen wie Margeriten zu erkennen. An der Decke hingen goldene Kronleuchter, die man bei Bedarf mit einem Seil herunterlassen konnte, um die Kerzen anzuzünden. Die hohen Fenster des Empfangsraumes wurden von voluminös gebauschten Vorhängen aus grünem, mit Goldfäden besticktem Brokat gesäumt. Sie reichten bis zum Boden hinunter und gaben den Blick frei auf einen sorgsam gepflegten Park, in dem Pfauen frei herumspazierten. Weiter hinten sah von Erlach eine überdachte Voliere, nicht weit von einem kleinen Pavillon entfernt. In unmittelbarer Nähe stand ein Marmorbrunnen mit einer Figur. Von Erlach konnte nicht erkennen, wen sie darstellen sollte. Plötzlich erstarrte er. Er traute seinen Augen kaum. Neben dem Brunnen standen drei weibliche Gestalten. Eine Frau in fürstlichen Gewändern, dann eine jüngere in einem einfacheren Kleid und noch eine andere etwas drallere. Das durfte doch nicht wahr sein! Dann war seine Vermutung also richtig gewesen. Die roten Haare! Nein, Johanna war zierlicher. Dennoch, die Bewegungen ... Plötzlich sah er, wie die Rothaarige zu Boden sank. Zwei Männer hoben sie auf. Die Ältere schürzte leicht ihre Röcke und ging mit gemessenen Schritten in Richtung Schloss. Die Jüngere folgte den beiden Männern mit der bewusstlosen Rothaarigen. Sie gingen wohl in Richtung eines Seitenflügels des Schlosses. Hastig zog sich Johann Ludwig von Erlach vom Fenster zurück. Er wollte nicht gesehen werden.

Als Amalie von Hessen-Kassel eine Viertelstunde später den Raum betrat, stand er wie versunken vor dem flämischen Wandteppich.

»Eine schöne Arbeit, nicht wahr? Ein Erbstück meines Mannes.«

Johann Ludwig von Erlach spielte den Überraschten. Er wandte sich verbindlich lächelnd um und machte eine Verbeugung. »Ich hatte Euch überhaupt nicht kommen hören. Ja. Das ist wirklich ein schönes Stück. Könnte es sein, dass es sich um eine Kopie des flämischen Wandteppichs handelt, der einst in der Waffenkammer von Louis von Orleans hing?«

Amalie Elisabeth von Hessen-Kassel lächelte ebenso höflich zurück. »Ihr versteht etwas von Kunst. Allerdings ist dies nur ein Teil des Originals. Das ursprüngliche Werk bedeckte zwei Wände.« Amalie versuchte sich ein Bild von ihrem Besucher zu machen. Er wirkte auf sie kalt wie ein Fisch.

»Was führt Euch nach Kassel, werter von Erlach? Ich war ein wenig erstaunt, als mir so unerwartet der Vertraute des Herzogs von Weimar angekündigt wurde. Zumal es noch nicht allzu lange her ist, dass der Herzog und ich uns gesehen haben, wie Ihr wisst. Außerdem stehen wir brieflich in Kontakt und er hat Euren Besuch nicht angekündigt.« Die Landgräfin sah keinen Grund, ihr Erstaunen über diesen unerwarteten Gast zu verbergen. »Aber setzt Euch doch.« Sie wies auf zwei mit kostbarer Seide bespannte, zierliche Sesselchen, die um einen passenden Tisch gruppiert waren.

Von Erlach zog die Augenbrauen hoch. »Eine wirklich exquisite Garnitur. Ihr scheint gute Beziehungen zum französischen Hof zu unterhalten.«

Amalie ging nicht darauf ein. »Was verschafft mir also die unerwartete Ehre Eures Besuches?«

Von Erlach antwortete nicht sofort. Er wollte, dass seine Worte wirkten. »Ich denke, wir haben gemeinsame Interessen – und gemeinsame Bekannte. Kennt Ihr den französischen Kammerherrn de l'Isle? Wie ich hörte, war er erst vor einiger Zeit bei Euch, um über die Zukunft einer … gewissen Dame und Frankreichs Interesse an ihr zu sprechen. Ich glaube, Ihr seid außerdem mit mir einer Meinung, dass diese gewisse Johanna am besten aus der Nähe des Herzogs von Weimar entfernt werden sollte. Hattet Ihr mit dem Herzog nicht andere, ganz persönliche Pläne? Und da diese Johanna nun wirklich sehr plötzlich nach Eurem Gespräch mit de l'Isle verschwunden ist, dachte ich, Ihr könntet etwas über ihren Verbleib wissen. Oder hatte de l'Isle vielleicht noch ein anderes Anliegen?«

Er sah, wie sie leicht zusammenzuckte, trotz ihrer offensichtlichen Gabe zur Selbstbeherrschung. Ein Schuss ins Schwarze.

Doch sie wich aus. »Warum fragt Ihr?«

Wieder wartete von Erlach einige Sekunden mit seiner Antwort. »Euch ist doch sicher bekannt, dass ich im Auftrag des Herzogs von Weimar am Hof in Paris war? Dort hört man so einiges.«

»Ja, und wenn ich recht informiert bin, brachte Euer Besuch leider wenig greifbare Ergebnisse für die Sache des Herzogs.«

Aha, die Fürstin schoss zurück. Aber er war besser in diesem Spiel. Johann Ludwig von Erlach setzte ein betretenes Gesicht auf. »Da habt Ihr leider Recht, Durchlaucht.«

»Und was hat Euer Besuch in Paris nun mit unseren gemeinsamen Interessen zu tun, wie Ihr es zu nennen beliebtet?«

Von Erlach schenkte seiner Gastgeberin ein verbindliches Lächeln. »Im Laufe meiner Verhandlungen für den Herzog kam ich natürlich mit den verschiedensten Leuten zusammen. Mit dem Ersten Minister Frankreichs, Kardinal Richelieu, und ebenso mit dem Kammerherrn des Königs, de l'Isle. Und jedes Mal, Ihr werdet es nicht glauben, kam das Gespräch auf die erwähnte Dame. Der Kardinal legt größten Wert darauf, Eure Meinung zu dieser … Liaison des Herzogs zu hören. Schließlich könnten diese Johanna und das Kind, das sie trägt, nicht nur auf Eure Zukunftspläne, sondern auch auf die Belange Frankreichs einen unerfreulichen Einfluss haben. Deshalb kann sich Richelieu in dieser Angelegenheit – und wie ich hörte, nicht nur in dieser – sehr wohl eine Zusammenarbeit mit Euch vorstellen. Ja, und nun ist diese Dame spurlos verschwunden. Ich glaube, ich erwähnte es bereits. Ganz plötzlich. Wo sie nur sein mag? Ihr wisst wirklich nichts darüber? Die Männer des Herzogs konnten bis auf den abgerissenen Teil einer Abendrobe bisher auch nicht die mindeste Spur von ihr finden. Dabei suchen sie schon seit Wochen fieberhaft. Bernhard von Weimar ist schon ganz krank geworden vor Sorge um diese … liebe Freundin.«

Die Landgräfin hatte nicht mit der Wimper gezuckt. Ihr Gesicht drückte nichts als höfliches Interesse aus. »Ihr erzählt mir nichts Neues. Aber ich weiß noch immer nicht, was ich für Euch oder die französische Krone tun könnte. Wie geht es dem Herzog? Konnte er von seiner Krankheit geheilt werden?«

»Ich bedaure sagen zu müssen, leider nein. Es wird täglich schlimmer. Er kann sich inzwischen nur noch für wenige Stunden von seinem Lager erheben. Er gönnt sich einfach zu wenig Ruhe. Da ist nicht nur die Suche nach dieser Frau und ihrer Dienerin. Nachdem er in Breisach die Angelegenheiten geordnet hatte, ist er im Juni nach Pontarlier aufgebrochen. Er wollte sich dort mit dem französischen Feldherrn Guébriant treffen. Ich muss von hier aus direkt zu ihm nach Burgund.«

»Wenn der Herzog so krank ist, dann wäre es doch sicher besser, Ihr wärt an seiner Seite statt hier in Kassel? Weiß Bernhard von Weimar, dass Ihr hier seid und was Ihr von mir wollt? Ich glaube nicht, dass ihm sonderlich gefallen würde, dass Ihr als sein Stellvertreter mit seinen Feinden paktiert.« Die Miene der Landgräfin war eisig.

Johann Ludwig von Erlach, das Gesicht nach wie vor unbewegt, zog es vor, jetzt endlich zur Sache zu kommen. Manchmal war ein Überraschungsangriff schon der halbe Sieg. »Ich hielt es für besser, es ihm nicht zu sagen. Denn ich denke, Ihr wisst, wo sich besagte Dame aufhält.«

Der Schuss hatte wieder getroffen. Amalie von Hessen-Kassel verlor sichtlich an Farbe. »Wie kommt Ihr auf diese absurde Idee? Was sollte ich mit dem Verschwinden einer Frau zu tun haben, die ich nicht kenne und die ich auch niemals kennen zu lernen wünsche? Und was gehen mich die Interessen Frankreichs in dieser Sache oder gar die Euren an?« Ihr Ton war scharf.

»Ich denke, wir unterhalten uns wohl besser wie zwei vernünftige Menschen. Ihr solltet mich nicht für dümmer halten, als ich bin. De l'Isle hatte guten Grund, mich in die Mission einzuweihen, deretwegen er zu Euch wollte. Es gibt, sagen wir einmal, auch zwischen der französischen Krone und mir einige … Vereinbarungen. Also, wo habt Ihr sie versteckt?«

»Ich versichere Euch, ich habe sie nicht versteckt.«

»Ich fürchte, Durchlaucht, dann muss ich noch deutlicher werden. Richelieu wird sich nicht mit Eurem Alleingang abfinden. Das widerspricht allem, was Euer Gespräch mit dem Kammerherrn ergab. Er wünscht, dass besagte Dame sofort nach Frankreich gebracht wird. Lügen nützen übrigens nichts. Ich habe Euch mit ihr zusammen am Marmorbrunnen in Eurem Garten gesehen. Wenn Ihr eine so kostbare Gefangene habt, ist es äußerst unklug, sie nicht besser zu verstecken. Und es ist ebenso unklug, sich die Gunst der französischen Krone zu verscherzen. Als protestantische Fürstin könntet Ihr vielleicht noch einmal Hilfe von dort benötigen. Also, was ist nun?«

Die Antwort von Amalie von Hessen-Kassel ließ auf sich warten. Johann Ludwig von Erlach konnte dennoch sehen, wie es hinter ihrer Stirn arbeitete. Sie hatte mit Sicherheit nicht damit gerechnet, dass es Mitwisser für diese freche Entführung gab. Dann schien sie eine Entscheidung getroffen zu haben. »Ich denke nicht daran, Frankreich die … Dame zu überlassen.«

Donnerwetter, diese Frau hatte Courage. »Und warum nicht, wenn ich fragen darf?«

»Es ist genau, wie Ihr sagt. Frankreich muss größtes Interesse daran haben, der Frau habhaft zu werden, die den Erstgeborenen des Herzogs von Weimar und damit seinen Erben zur Welt bringen wird. Schließlich wird das Kind, falls es ein Sohn ist, einmal sein Erbe antreten, wenn der Herzog unvermutet stirbt und keine anderen Nachkommen hat. Das gilt, wenn Ihr mir die Bemerkung erlaubt, übrigens auch für Kaiser Ferdinand von Habsburg. Wie Euch sicherlich bekannt ist, versucht er schon lange den Herzog mit allen möglichen Versprechungen zurück auf seine Seite zu ziehen. Ferdinand dürfte, wohl nicht zu Unrecht, annehmen, dass er neue, sehr zugkräftige Argumente ins Feld führen könnte, sobald er die Hure und ihren Sohn in seiner Gewalt hätte.« Amalie von Hessen-Kassel sah keinen Sinn mehr darin, sich mit höflichen Floskeln aufzuhalten. Sie sprach jetzt völlig unverblümt. »Es wäre nach Lage der Dinge den Interessen meiner Landgrafschaft demnach am dienlichsten, wenn ich meine Gefangene behalte. Das ist für unsere Belange die beste Verhandlungsposition sowohl dem Kaiser als auch der französischen Krone gegenüber, wie Ihr zugeben müsst. In mehr als einer Beziehung. Und deshalb habe ich dafür gesorgt, dass meine Leute etwas schneller waren als alle anderen. Übrigens, ich werde die Dame künftig besser verstecken. Ich bin jetzt ja durch Euch gewarnt. Außerdem denke ich, es ist wirklich an der Zeit, dass Ihr schnellstens zum Herzog reist, bevor er Euch auf die Schliche kommt. Und Ihr erzählt ihm auch künftig besser nichts von Eurer Reise nach Kassel. Sonst könnte ich mich bemüßigt fühlen, ihm über Eure, nennen wir es außergewöhnlich enge Beziehungen zu wichtigen Vertretern der französischen Krone zu berichten. Denn welches Interesse solltet Ihr persönlich an der Mutter und dem Kind haben, wenn Ihr nicht plantet, selbst die Nachfolge des Herzogs anzutreten?«

Die Selbstbeherrschung von Erlachs bekam Risse. Er versuchte das mit einem Ton beleidigter Würde zu überspielen. »Alles, was ich tue, geschieht nur im Interesse des Herzogs.«

Die Landgräfin bedachte ihn mit einem spöttischen Lächeln. »Jetzt haltet Ihr mich für dümmer, als ich es bin. Wie auch immer, Ihr werdet die Dame nicht bekommen. Nicht für Frankreich und nicht für Euch selbst. Außerdem solltet Ihr jetzt gehen. Es gibt nichts mehr zu sagen.« Sie erhob sich.

Ihrem Gast blieb keine andere Wahl, als dies auch zu tun. Doch er wollte ihr dieses letzte Wort nicht lassen. »Es gibt Mittel und Wege für eine Nation wie Frankreich und für einen Mann namens von Erlach, sich diese Frau und ihr Kind zu holen. Verlasst Euch darauf«, presste er mit kalter Wut zwischen den Zähnen hervor, ehe er die Türe hinter sich schloss. Er hörte noch, wie ihre Stimme für ihn deutlich hörbar und völlig gelassen antwortete: »Dem sehe ich mit Ruhe entgegen. Noch habt Ihr sie nicht.«

Major Taupadel zögerte, bevor er an die Türe klopfte. Er war außer Atem von dem scharfen Ritt. Doch das war es nicht allein. Er zog das Schreiben aus seinem Wams und drehte es in seinen hornigen Händen hin und her. Hände, die eine Waffe zu führen wussten, die nicht zitterten, wenn es gegen den Feind ging. Doch jetzt konnte er sie kaum ruhig halten. Diese Blätter waren schwerer als das Schwert. Sollte er sie dem Herzog wirklich geben? Das, was er vorhatte, lag ihm nicht. Er wusste, welche Enttäuschung Bernhard von Weimar mit diesem Brief erwartete. Aber wieder kam er zum selben Ergebnis. Er musste zum Herzog. Es half nichts. Er klopfte.

»Herein.«

Die Stimme, die durch die Türe drang, klang gedämpft. Taupadel dachte sich nicht viel dabei. Doch als er in das Zimmer trat, erschrak er zutiefst. Am liebsten wäre er wieder umgekehrt, um dem Mann, der da am Schreibtisch saß, diesen weiteren Schicksalsschlag zu ersparen. Auf seiner Stirn bildeten sich Schweißtropfen. Es herrschte eine höllische Hitze in dem Zimmer. Obwohl draußen nach einigen Tagen Dauerregen jetzt die Sonne schien und es schon fast sommerlich warm und sehr schwül war, loderte im Kamin ein großes Feuer. Trotzdem schien der Herzog noch zu frieren. Er saß im seidenen Morgenmantel auf einem Lehnstuhl und hatte eine Felldecke über den Knien. Auf seinen Wangenknochen loderten rote Flecken. Ansonsten war er bleich wie die Wand und nur noch die Hälfte des Mannes, den Taupadel zuletzt vor der Schlacht bei Wittenweiler gesehen hatte. Der Schlacht, bei der er in die Hände der Kaiserlichen geraten war. Seit dem Loskauf vor einigen Wochen hatte er in Breisach Dienst getan. Ja, er wusste, dass der Herzog krank war. Aber das? Das war nicht mehr der Mann, mit dem er Seite an Seite gefochten hatte. Der Mann, der unverwundbar zu sein schien. Dieser Mann war ein Schatten seiner selbst. Ein Mensch, den das Leben Stück für Stück verließ.

»Taupadel! Welche Überraschung, was macht Ihr denn hier? Bei Gott, es tut meinem Herzen gut, Euch alten Haudegen hier in Pontarlier zu sehen. Das erinnert mich an bessere Zeiten, als ich noch nicht wie ein Weib im Lehnstuhl sitzen musste.« Ein Funken des alten Lebens kehrte in Bernhard von Weimar zurück.

Linkisch näherte sich der Major dem Mann im Lehnstuhl und fiel auf die Knie. In seinen Augen standen Tränen, die er kaum zurückhalten konnte, als er in das eingefallene Gesicht des Mannes hochblickte, für den er jederzeit seinen rechten Arm gegeben hätte. Oder das Leben. Was er ihm nun zu berichten hatte, würde ihm den endgültigen Todesstoß versetzen. Doch der Herzog, ob krank oder nicht, war ein Krieger, ein Soldat, der schon so manche hoffnungslose Situation umgedreht und gesiegt hatte, wenn alle Zeichen gegen ihn zu stehen schienen. Aber irgendetwas musste er doch für ihn tun können. Es drängte ihn, diesem Mann seine ganze Zuneigung, seine innere Verbundenheit, die Dankbarkeit zu zeigen, die er für ihn empfand. Ungeschickt griff er nach seiner rechten Hand und küsste sie.

Bernhard von Weimar entzog sie ihm sofort, ebenso verlegen wie der Major über diesen ungewohnten Gefühlsausbruch. »Taupadel, Taupadel, was ist nur mit Euch los? So kenne ich Euch überhaupt nicht. Sollte die Gefangenschaft bei den Kaiserlichen Euch etwa weich gemacht haben? Seht zu, dass Ihr wieder auf die Füße kommt.«

Der Major erhob sich rasch wieder. Dann stand er verlegen vor dem Herzog. Jede Schlacht wäre ihm lieber gewesen als das, was er jetzt tun musste. Unbeholfen trat er von einem Bein auf das andere. Noch immer sagte er nichts. Seine vierschrötige, nicht allzu große Gestalt mit den breiten Schultern schien in sich zusammenzusinken, je länger er Bernhard von Weimar ansah. Er räusperte sich verlegen.

»Was ist mit Euch, Major? Warum seid Ihr nach Pontarlier gekommen?« Dankbar sah Taupadel den Herzog an. Bernhard von Weimar versuchte mit seiner sachlichen Frage der Situation etwas von ihrer Peinlichkeit zu nehmen. In seiner Stimme lag wieder etwas von der alten, befehlsgewohnten Stärke. Doch es kostete ihn große Kraft, das sah man.

Der Major griff wieder in sein Wams und zog das Schreiben hervor. »Das ist in meine Hände gelangt. Ein junger Meldereiter hat mir in Breisach diesen Brief gebracht. Er war unerfahren und wusste nicht so recht, ob er das Schreiben befördern sollte, ohne dass ich davon erfahre. Er fand, Ihr solltet davon wissen. Schließlich ist es an den Kardinal Richelieu gerichtet. Von Erlach hat es geschrieben. Ich hoffe, Ihr verzeiht, Euer Durchlaucht, aber ich habe den Brief geöffnet. In dem Moment, als ich es tat, geschah es ohne großes Nachdenken. Es war, als ob mich eine innere Stimme gelenkt hätte. Ihr mögt es auch als Instinkt bezeichnen. Ich denke, Ihr solltet das lesen.«

Erstaunt bemerkte Bernhard von Weimar, dass die Hände des kampferprobten Majors zitterten. »Gebt mir den Brief.«

Bernhard von Weimar musste die wenigen Zeilen mehrmals lesen, bis sein Verstand ihren Sinn erfasste. Es war einfach zu ungeheuerlich. Der Albtraum der Krankheit schien sich noch zu verdichten. Sein Geist wollte einfach nicht akzeptieren, was da stand. Verraten, er war verraten worden. Von Menschen, denen er blind vertraut hatte. Das Schreiben war kurz und eindeutig:

»Euer Eminenz,

ich erlaube mir Euch mitzuteilen, dass besagte Dame mit ihrem Bastard, an deren Ergreifung Euch einiges liegt, sich in Kassel befindet. Ich werde versuchen sie für die gemeinsame gute Sache in die Hände zu bekommen. Schickt mir Eure Instruktionen sobald als möglich, am besten mit einem unverdächtigen Boten. Der Herzog wird immer kränker, hat man mir berichtet. Er könnte vielleicht bald das Zeitliche segnen. Die Sache eilt also.

Breisach, 15. Juni 1639,

E.«

Die Sekunden dehnten sich zu Minuten. Keiner der beiden Männer sprach. Major Taupadel hatte das Gefühl, als schnüre ihm die Hitze im Zimmer die Kehle zu.

»Also ist sie bei der Landgräfin zu Hessen-Kassel. Wie konnte Amalie das nur tun? Wenn ich denke, wie sie mich über den Verlust hinweggetröstet hat, als sie mich in Breisach besuchte. Und von Erlach im geheimen Bündnis mit den Franzosen. Dabei dachte ich, er sei mein Freund.« Die Worte des Herzogs kamen schleppend und leise. Er stöhnte und schlug die Hände vors Gesicht. In Major Taupadel tobte hilfloser Zorn. Wie konnten sie diesem Mann das antun!

»Es ist, als würde das Leben aus mir herausfließen, Tropfen für Tropfen, seit sie nicht mehr da ist. Was soll ich nur tun?«

Bernhard von Weimar sprach so leise, dass der Mann, der direkt vor ihm stand, ihn kaum verstehen konnte. Er ahnte mehr, was der Herzog gesagt hatte.

»Durchlaucht, ich werde sie Euch zurückbringen. Und wenn es das Letzte ist, das ich in meinem Leben vollbringe. Wenigstens wissen wir jetzt endlich, wo sie ist. Diese Ungewissheit hat ein Ende. Ich habe schon einen meiner besten Männer als Kundschafter nach Kassel geschickt. Er soll das Schloss beobachten und herausfinden, wo man sie gefangen hält. Ich schwöre Euch, Durchlaucht, Ihr bekommt sie zurück, bei meiner Ehre und meinem Leben. Und danach kümmern wir uns um diesen … diesen elenden Verräter und Hurensohn.« Den letzten Satz presste er durch die zusammengebissenen Zähne.

Bernhard von Weimar nahm die Hände vom Gesicht. Es war noch eine Spur grauer geworden. »Taupadel, wenn ich könnte, ich würde selbst aufs Pferd steigen. Doch dieser verdammte Körper lässt mich im Stich. Ich kann nur noch in der Kutsche reisen. Da wäre ich Euch nur hinderlich. Ohne mich seid Ihr schneller. Aber ich werde niemals vergessen, was Ihr für mich getan habt. Und was Ihr für mich tut. Es ist, als würdet Ihr mir das Leben wiedergeben. Ich kann Euch auch leider nicht folgen, selbst wenn es mir fast das Herz zerreißt. Ich werde hier gebraucht. Sonst würden wir alles verlieren, wofür wir so viel Blut vergossen haben. Der Herzog von Lothringen hat seine Truppen formiert und ist im Anmarsch. Wir müssen ihm unbedingt zuvorkommen. Wie gut könnte ich Euch dabei gebrauchen! Wir werden über Montbenoit marschieren. Danach werde ich diesen hinterhältigen Verräter von Erlach in Mömpelgard treffen. Und dann Gnade ihm Gott. Die schlimmste Folter ist noch zu wenig für das, was er getan hat.«

Taupadel registrierte dankbar, dass auch in Bernhard von Weimar der Zorn erwachte. Alles war besser als dieser teilnahmslose graue Mann, dem er beim Eintreten gegenübergestanden hatte. Vielleicht war es ja doch gut, dass der Herzog nun diesen Brief kannte. Vielleicht gab ihm ja der nahende Kampf neue Kraft, neuen Überlebenswillen. Und die Aussicht, dass Johanna bald wieder bei ihm sein würde. Der Major hatte noch niemals eine solche Liebe gesehen, geschweige denn selbst erlebt. Er kannte nichts als schnelle nächtliche Liebesritte, die mehr einem Kampf ähnelten als einer Vereinigung, keuchende Geräusche in Heuschobern oder am Wegesrand, in Ekstase verzerrte Frauengesichter, die er schon einen Tag später nicht mehr wieder erkannt hätte. Doch wer immer diese beiden Menschen zusammen erlebt hatte, der wusste, dass sie etwas verband, das tiefer ging. Etwas, das bis an die Wurzel des Lebens selbst reichte. Das konnte sogar ein Mann wie er erkennen. »Euer Gnaden, ich bringe sie Euch zurück.« Die Worte klangen wie ein Schwur. Dann wollte er aus dem Zimmer gehen.

»Taupadel, noch etwas.«

Der Major drehte sich um. Bernhard von Weimar streckte ihm den Brief entgegen. »Ich denke, wir sollten das Schreiben dem Adressaten zukommen lassen. Leitet es wie geplant weiter.«

»Euer Gnaden! Aber ...«

»Nichts aber. Wir sind den Widersachern einen Schritt voraus, sie wiegen sich in Sicherheit. Der Kardinal und seine Schergen wissen nicht, dass wir ihre Pläne kennen. So können wir sie sogar für uns einsetzen. Denn je mehr Menschen nach Johanna suchen, umso größer ist die Wahrscheinlichkeit, dass sie schnell befreit wird. Ich denke, Ihr werdet dafür sorgen, dass von Erlach künftig keinen unbewachten Schritt mehr tun kann, mein Freund, oder?«

Taupadel nickte. Wieder einmal war er beeindruckt von der Weitsicht des Herzogs. Und wieder einmal wusste er genau, dass es sich lohnte, für diesen Mann sein Leben zu riskieren. Für den Mann, der ihn eben »Freund« genannt hatte. Der jetzt wirklich jeden Freund brauchen konnte.

Kurz danach klopfte es wieder an die Türe des Herzogs. Es war Hofprediger Daniel Rückner. Der hagere Mann erschrak ebenso wie vor ihm Taupadel, als er sah, wie grau und eingefallen Bernhard von Weimar aussah.

Der Herzog blickte hoch, als er eintrat. Ein kleines Lächeln erhellte sein Gesicht.

»Kommt näher, bester Feldkonsistorialpräsident.« Bernhard von Weimar fröstelte trotz der Hitze im Raum schon wieder. Und dann sagte er, was jeder in seiner Umgebung wusste, was aber bislang noch nicht ausgesprochen worden war. Er formulierte es ohne jedes Selbstmitleid. »Es geht mir nicht gut. Und ich habe noch einiges zu regeln. Kann ich Euch vertrauen?«

In den blauen Augen des Predigers stand Mitgefühl. »Ich bin ein Mann Gottes, Euer Gnaden. Wollt Ihr Euren Frieden mit dem Herrn machen?«

Wieder lächelte Bernhard von Weimar. Es war deutlich zu sehen, welche Anstrengung es ihn kostete. »Noch ist es nicht so weit. Zuvor sind einige weltliche Angelegenheiten in Ordnung zu bringen. Ich wende mich an Euch, weil es nur noch wenige Menschen gibt, denen ich trauen kann. Die meisten kreisen wie Bussarde auf der Jagd über mir, lauern auf jede Schwäche und hoffen auf mein Erbe. Doch noch bin ich auf dieser Welt. Und ich werde dafür sorgen, dass alle diese Erbschleicher und Verräter, die mich umgeben, nicht das bekommen, worauf sie hoffen. Wärt Ihr bereit, für mich einige Briefe zu schreiben? Ich muss wohl nicht betonen, dass nichts von dem, was darin stehen wird, jemals bekannt werden darf. Noch einmal, ich hoffe, ich kann Euch trauen.«

Ein anderer Mann als Daniel Rückner wäre jetzt in seiner Ehre gekränkt gewesen. Doch er kannte den Herzog schon so lange und zu gut, um zu wissen, dass er Gründe für sein Verhalten haben musste. So verneigte er sich und sagte nur: »Ich bin Gott und meinem Gewissen verantwortlich für meine Handlungen. Und genau so werden meine Taten sein, Durchlaucht. Ich kenne Eure Gesinnung. Und ich würde Euch nie verraten.«

Der Kranke seufzte. »Es ist gut zu spüren, dass es auch noch aufrechte Menschen gibt, die sich nicht von der Gier, sondern von Treue und Ehrgefühl leiten lassen. Drüben auf dem Schreibtisch findet Ihr Feder und Papier.«

Als Daniel Rückner den Herzog eine Stunde später wieder verließ, hatte er ein Schreiben an Bernhard von Weimars rührigen Kanzler Ulrich Rehlinger in Basel dabei. Es ruhte sicher verwahrt unter seinem schmucklosen dunklen Gewand, das seinem Status als evangelischer Gottesmann angemessen war. Er konnte das Papier in der Nähe seines Herzens spüren. Und es brannte wie Feuer. Eigentlich waren es zwei Briefe. Der zweite war sorgsam im ersten verschlossen. Er war an Wilhelm von Sachsen-Weimar gerichtet, den Lieblingsbruder des Herzogs, mit dem er sich nun schon so viele Jahre zuvor entzweit hatte, weil Wilhelm es nicht verstand, dass er der Oberbefehlshaber der französisch-schwedischen Truppen und der Generalissimus der evangelischen Liga geworden war. Der streng katholische und kaisertreue Wilhelm hatte jedoch immer wieder alles versucht, um den Bruder zum rechten Glauben und unter die Getreuen des Kaisers zurückzuführen. Daniel Rückner konnte es deshalb noch immer kaum fassen, was er da hatte schreiben müssen. Er würde beide Nachrichten selbst nach Basel bringen – und sollte es sein Leben kosten. Der Herzog hatte ihm mehrmals eingeschärft, niemandem davon zu erzählen und sofort zurückzukehren, wenn er die Schreiben abgeliefert hatte: »Beeilt Euch, werter Rückner, beeilt Euch, so sehr Ihr könnt. Ich werde Euch brauchen.«

Daniel Rückner hatte nur genickt. Er wusste inzwischen, wie sehr das stimmte. In vieler Hinsicht.

XI

Johanna hatte kaum einen Blick für die Schönheit des Parks um das Kasseler Schloss übrig. Sie befürchtete ständig den Zettel im Saum ihres Unterrocks knistern zu hören, wenn sie sich bewegte. Immer wieder blickte sie zu ihren Bewachern hinüber, die unübersehbar, aber in höflichem Abstand wie Schatten immer in ihrer Nähe waren. Seit einiger Zeit wurden sie und Mechthild noch intensiver bewacht als früher. Sie konnte sich das nicht erklären. Es schien, als habe die Landgräfin Angst, die beiden Frauen könnten ihr doch noch entwischen. Statt ihr Furcht einzuflößen, machte Johanna diese Entwicklung eher Mut. Etwas war geschehen, das spürte sie genau. Auch wenn sie sich nicht erklären konnte, was das gewesen sein mochte.

Sie bewunderte die Selbstbeherrschung Mechthilds. Das Mädchen schäkerte mit einer der beiden Wachen, als wäre es das Natürlichste der Welt: ein junges Mädchen, das einem jungen Mann schöne Augen macht. Johanna wandte die Augen ab, pflückte ein Gänseblümchen und studierte es ausgiebig. Ihr ruhiges Gesicht verriet nichts von ihrer inneren Anspannung und Angst. Beklemmende Angst um ihr Kind und die Angst um den Herzog, die sie seit jenem Gifttraum nie mehr losgeworden war, schnürte ihr immer wieder die Luft ab. Noch immer hatten sie nichts gehört, noch immer wussten sie nicht, ob Rettung auf dem Weg war. Außerdem sehnte sie sich so sehr nach ihm, dass es schmerzte. Manchmal, wenn sie an ihn dachte, hatte sie beinahe das Gefühl, er wäre im Raum. Manchmal wachte sie nachts auf, weil sie geglaubt hatte seine Schritte zu hören. Das Gefühl der Dringlichkeit wurde mit jeden Tag größer. Sie mussten es einfach schaffen, dem Herzog die Nachricht zukommen zu lassen, die sie in den Saum des Unterrockes eingenäht hatten, damit niemand sie fand.

Die leichte Junibrise wehte das helle Lachen Mechthilds zu Johanna hinüber. Das tiefere Gelächter des Mannes antwortete. Mechthilds Annäherungsversuche schienen die Wache nicht kalt zu lassen. Er war ein junger Mann, ein Bauernsohn wahrscheinlich, und nicht sehr erfahren in den Dingen der Liebe. Seine offensichtliche Vorliebe für Mechthild war ihre einzige Hoffnung. Die Gefährtin musste ihn einfach dazu bewegen, den Brief an seinen Adressaten weiterzuleiten. Außerdem brauchten sie Pferde. Johanna griff nach dem Medaillon an ihrem Hals. Es sollte ihnen kaufen, was sie zur Flucht benötigten. Wieder stieg die Furcht in ihr hoch. Doch Johanna kämpfte sie eisern nieder. Sie brauchte jetzt einen klaren Kopf. In vielen Nächten hatte sie Gott um seinen Beistand gebeten. Wenn sie den Herzog nicht mehr wieder sehen konnte, dann war ihr gleich, was mit ihr geschah. Aber was immer auch passierte, ihr gemeinsames Kind sollte leben. Mit jedem Tag, der verging, wurde die Zeit knapper. Je mehr das Wesen heranwuchs, das sie unter dem Herzen trug, umso schwerer würde die Flucht. Bald würde sie nicht mehr reiten können.

Wieder kicherte Mechthild unbefangen. Doch sie schien zu merken, dass Johanna sie beobachtete und machte hinter ihrem Rücken eine beruhigende Geste. »Es wird schon«, signalisierte das Mädchen. Johanna hätte sie am liebsten umarmt.

Ignatius Eggs beobachtete die Gruppe im Park. Die vier Menschen boten ein friedliches Bild. Niemand hätte auf den ersten Blick vermutet, dass es sich hier um zwei Bewacher und zwei entführte Frauen handelte. Er kauerte nun schon seit Stunden hinter diesem Gebüsch. Die Beine begannen ihm einzuschlafen. Mit einem leisen Seufzer verlagerte er sein Gewicht, um wenigstens ein Bein etwas zu entlasten. Einige Male war Johanna ihnen sehr nahe gekommen. So nahe, dass er nur die Hand hätte ausstrecken müssen, um ihr Gewand zu berühren.

»Wir müssen jetzt etwas unternehmen. Wir beobachten den Park nun schon seit Tagen. So einfach wie heute wird es so schnell nicht mehr gehen. So nahe sind uns die beiden noch nie gekommen« – das Zischen der Stimme von Philipp von Wessenberg drang an sein Ohr.

Ignatius Eggs schüttelte den Kopf. »Noch nicht«, raunte er zurück und blickte sich um. Der Junker schien sich in seiner zusammengekauerten Haltung ebenso unwohl zu fühlen wie er selbst. »Wir müssen erst ganz sichergehen, dass nicht noch weitere Wachen im Park sind. Habt Ihr die Pferde gut angebunden?«

Philipp von Wessenberg nickte. »Ich habe vorhin nach Ihnen geschaut. Es ist alles in Ordnung. Sie sind gesattelt und warten auf uns.«

Johanna, die den Männern im Gebüsch bis dahin den Rücken zugekehrt hatte, drehte sich plötzlich etwas seitwärts und hob lauschend den Kopf, als schiene sie die Anwesenheit der Retter zu ahnen. Sie machte einige Schritte in Richtung Gebüsch. Doch dann blieb sie wieder stehen.

Philipp von Wessenberg sog zischend die Luft ein. Sie war so nahe. Komm, komm her. Ich bringe dich hier heraus, flüsterte seine innere Stimme immer wieder beschwörend. Sein Herz zog sich zusammen. Er wollte so gerne etwas tun, ihr zeigen, dass sie nicht mehr alleine war. Auch wenn sie niemals zu ihm gehören würde. Niemals. Ihr Kind war ein Band, das auch seine Liebe nicht zerschneiden konnte. Das wusste er.

Plötzlich legte sich eine Hand auf seine Schulter und eine andere über den Mund.

»Seid still. Ich bin nicht Euer Feind. Auch ich will diese Frau retten. Verratet uns nicht, ich komme vom Herzog. Kann ich meine Hand lösen?«

Philipp von Wessenberg nickte. Die Hand lockerte sich vorsichtig, wie um sicherzugehen, dass er nicht doch einen Schrei ausstieß. Er drehte sich um und sah sich zwei Männern gegenüber. Dann stieß er Ignatus Eggs an. »Wir haben Gesellschaft bekommen«, flüsterte er dem Gefährten zu.

Der Kapuziner fuhr herum. Philipp von Wessenberg legte warnend einen Finger auf den Mund. Dann wandte er sich an den Fremden. »Wer seid Ihr?«

»Ich bin ein Soldat des Herzogs«, lautete die knappe Antwort.

Ignatius Eggs nickte. »Ich habe Euch schon gesehen, Major. Allerdings nur von weitem. Ich möchte nicht gerne mit Euch aneinander geraten, so wie Ihr kämpft.«

Taupadels Augen zogen sich vergnügt zusammen, die Falten um die Augenwinkel in diesem wettergegerbten Gedicht verdichteten sich. Er maß den großen Mönch von Kopf bis Fuß. »In Euch hat Gott mit Sicherheit auch einen kräftigen Streiter.«

Eggs nickte. Dieser schnörkellose Haudegen gefiel ihm. »Wir sollten uns ein wenig zurückziehen, sonst hört uns noch jemand. Dann können wir beraten, wie wir vorgehen. Wir können jede Unterstützung brauchen.«

Vorsichtig krochen die vier Männer durch das Unterholz zurück bis zu einer kleinen Lichtung des Wäldchens, das an den Park grenzte. Dort erhoben sie sich.

In diesem Moment zog sich eine dunkle Gestalt hastig in den Schatten der Bäume zurück. Die Zeit drängte. Die Feinde schickten sich an, die Frau und ihre Dienerin zu befreien. Er musste sofort von Erlach benachrichtigen und handeln, bevor die Lage noch komplizierter wurde. Obwohl, vielleicht war es gar keine schlechte Idee, die andere Seite die gefährliche Arbeit der Befreiung tun zu lassen. Danach konnte man ihnen diese Johanna ja immer noch abjagen. Merlinus, der Zauberer, lächelte dünn. Als er sich abwandte, um tiefer in das Dunkel des Waldes einzutauchen und sich davonzuschleichen, hörte er noch die gedämpfte sonore Stimme des Kapuziners. »Bei Gott, werter Major Taupadel, ich hätte eher damit gerechnet, Euch im Kampf zu begegnen denn als Abgesandter auf dem Schlachtfeld der Liebe. Ich nehme wohl an, der Herzog hat Euch geschickt, um seine Geliebte zu befreien?«

»Wie wahr, wie wahr, Bruder Mönch. Oder sollte ich eher sagen, Bauernkaiser?«, erwiderte der vierschrötige Haudegen ungerührt. »Doch glaubt ja nicht, die Dame, die wir befreien wollen, könnte irgendwo anders hin als zurück zum Herzog. Das würde ich nämlich verhindern. Wenn es sein muss, um den Preis meines Lebens.«

Ignatius Eggs musterte den Major mit Respekt. »Das kann ich mir durchaus vorstellen. Der Herzog hat in Euch einen guten Getreuen gefunden. Aber wir müssen uns nicht streiten. Auch wenn ich den Kampf nicht scheuen würde. Doch diesmal sind wir im selben Lager vereint. Mein Gefährte und ich sind in diesem Punkt durchaus Eurer Ansicht. Wie wollen wir vorgehen? Wie habt Ihr uns überhaupt gefunden?«

Taupadel zögerte. »Ich weiß nicht, ob ich Euch davon erzählen darf.«

Ignatius Eggs blickte den Major scharf an. »Ihr werdet uns in dieser Sache schon vertrauen müssen. Schließlich verfolgen wir dasselbe Ziel. Und ich denke, je mehr Menschen sich zusammen tun, um Johanna von Laufenburg zu befreien, umso besser, meint Ihr nicht? Aber dafür ist es wichtig, dass auch wir wissen, worum es geht.«

Taupadel nickte zögernd. »Vielleicht habt Ihr Recht. Der Herzog wird mir wohl vergeben, wenn ich ihm die Frau zurückbringe, die er liebt.« Taupadel machte eine Pause. Philipp von Wessenberg und der Mönch schauten ihn erwartungsvoll an.

»Es gab da einen Brief. Der Zufall wollte es, dass er in meine Hände geriet. Darin berichtete von Erlach dem Kardinal Richelieu von der Entführung der beiden Frauen durch die Landgräfin von Hessen-Kassel und forderte weitere Instruktionen an. Euch habe ich eher durch Glück gefunden. Meine Männer und ich sind gerade dabei, uns umzusehen und die Lage zu erkunden.«

»Donnerlittchen, dieser Schweinehund von Erlach.« Die Stimme des Kapuziners klang zornig. »So langsam beginne ich zu begreifen. Da kochen einige Leute ihr eigenes Süppchen. Und dafür wollen sie die Frau, die dem Herzog gehört, und das Kind in ihre Hände bekommen. Der Herzog ist ein Feind meines Kaisers. Aber solche Freunde wünsche ich selbst meinen Feinden nicht.«

Taupadel wiegte bedächtig den kantigen Schädel. »Ihr begreift schnell für einen Mönch, der doch nur dem Jenseits verpflichtet ist und nicht weltlichen Dingen.«

»Macht Euch nicht lustig über mich. Auch manche Männer der katholischen Kirche können denken.«

Der Major hob abwehrend die Hand. »Das war nicht abwertend gemeint. Jeder von uns streitet auf seine Weise.«

Ignatius Eggs nickte besänftigt.

»Und wie gehen wir jetzt vor?« Philipp von Wessenberg unterbrach das Zwiegespräch der beiden. »Wir haben keine Zeit zu verlieren.«

Taupadel wandte sich ihm zu. »Ihr habt Recht, Junker. Ich habe noch vier weitere Männer bei mir. Sie warten nicht weit von hier im Wald mit den Pferden. Wir müssen den beiden Frauen irgendwie eine Nachricht zukommen lassen, dass Rettung naht. Mit den beiden Wachen werden wir leicht fertig. Man kann sehen, dass sie noch unerfahren sind. Die Frauen müssen nur irgendwie näher an den Waldrand, dort, wo der Park nicht mehr so gut eingesehen werden kann. Sonst haben wir sofort die Soldaten der Landgräfin am Hals. Eigentlich schade. So ein nettes kleines Scharmützel wäre ganz nach meinem Geschmack. Aber wir dürfen die Frauen nicht gefährden – und auch nicht das Kind des Herzogs. Jetzt lasst uns zurückkehren zu unserem Beobachtungsposten. Vielleicht finden wir eine Möglichkeit, den Kontakt herzustellen.«

Sorgsam, um ja kein Geräusch zu machen, krochen die Männer durch das Unterholz zurück an den Rand des Parks. Johanna stand noch immer etwas abseits. Der junge Soldat, mit dem Mechthild schäkerte, hatte inzwischen ein feuerrotes Gesicht. Die andere Wache stand einige Meter entfernt und beschäftigte sich mit der Schnalle seines Schwertgehänges. Ignatius Eggs ergriff einen kleinen Stein und warf ihn auf den Rasen. Doch Johanna schien völlig in Gedanken versunken zu sein. Sie bemerkte nichts. Noch einmal klackerte ein Stein in ihrer Nähe zu Boden. Die junge Frau blickte auf, ihre Augen musterten aufmerksam den Waldrand. Schnell tauchte Ignatius Eggs für einen kurzen Moment hinter den Büschen auf, um gleich darauf wieder zu verschwinden. Johannas Augen wurden groß. Doch sie hatte sich sofort wieder im Griff. Sie nickte fast unmerklich und wandte sich dann mit unbewegtem Gesicht wieder ab. Der Mönch bewunderte die Geistesgegenwart dieser Frau.

Johanna schlenderte wie unabsichtlich auf Mechthild zu. Plötzlich wurde der junge Soldat laut. »Bei Gott, das werde ich nicht tun. Ich habe der Landgräfin meinen Eid geschworen. Sie war gut zu meinen Eltern und zu meinen Geschwistern, als es uns schlecht ging und wir beinahe unseren Hof verloren hätten. Ihr mögt zwar eine feinere Dame sein und ich nur ein dummer Bauer. Aber auch ich habe meine Ehre.« Er zog den Degen und rief dem anderen Bewacher zu: »Kamerad, die beiden Frauen schmieden Fluchtpläne. Es ist wohl besser, wir bringen sie wieder in ihre Kammer und hinter Schloss und Riegel.«

Mechthild senkte verzweifelt den Kopf. Sie hätte am liebsten losgeheult. Wieder einmal war ein Plan misslungen. Es war wie verhext. Die Landgräfin schien Recht zu behalten, sie konnte ihren Männern vertrauen. In ihrer Ohnmacht trat sie dem Mann, dem sie noch vorhin schöne Augen gemacht hatte, kräftig gegen das Schienbein. Das Gesicht des Jungen verzog sich schmerzhaft, dann wurde es grimmig. »Du verräterische Hexe«, grollte er.

Rüde wurden die beiden Frauen von den Soldaten am Arm gepackt und in Richtung Schloss geschleppt. Mechthilds Beschimpfungen schienen sie nicht im Geringsten zu beeindrucken. Auch nicht, dass sie nach Leibeskräften versuchte sich loszureißen. »Du blöder Bauer«, zeterte sie wütend. »Was ist an einer Entführung denn schon ehrenhaft? Eure Landgräfin ist nichts als eifersüchtig auf meine Herrin und will eine Nebenbuhlerin ausschalten, siehst du das denn nicht? Warte nur, unser Herzog wird es ihr und euch schon heimzahlen.« Die Schimpftiraden des Mädchens wurden immer leiser und verwehten schließlich in der Sommerbrise, je weiter die Soldaten die beiden Frauen davonschleppten.

Die Männer im Gebüsch sahen ihnen verzweifelt nach. Wieder war eine gute Gelegenheit verpasst. Und nach dem, was eben geschehen war, würde die Befreiung nicht gerade leichter werden.

Am nächsten Tag kamen die Frauen nicht in den Park. Auch am übernächsten nicht. Die Männer wechselten sich inzwischen mit der Wache im Gebüsch ab, um wenigstens etwas Schlaf zu bekommen. Nachts machten sie ihre Erkundungszüge wie dunkle Geister um die Residenz der Landgräfin. Sie mussten um jeden Preis herausfinden, wo man die beiden Frauen gefangen hielt.

»Ich bin sicher, Johanna wird eine Möglichkeit finden, uns ein Zeichen zu geben«, sagte Ignatius Eggs immer wieder. »Sie hat mich gesehen. Das ist sicher.«

Doch in der dritten Nacht ohne einen Hinweis schwand die Hoffnung der Retter. Der Mönch konnte sehen, wie die kantigen Kiefer des kleinen Majors arbeiteten. Er hatte die ruhige, besonnene Art des Haudegens schätzen gelernt. Doch inzwischen hingen auch seine breiten Schultern merklich. Es war nun schon fast Morgen geworden. Dunstige Nebelschwaden stiegen zwischen den Baumstämmen auf. Die ersten Vogelstimmen hatten sich schon erhoben, um den neuen Tag zu begrüßen. Keiner der Männer hatte geschlafen in dieser dritten Nacht. Alle Gesichter waren von der Übermüdung und der inneren Anspannung gezeichnet. Sie warteten in ihrem Versteck auf die Rückkehr von Philipp von Wessenberg, dem Letzten, der von seiner Erkundungstour noch nicht zurück war. Taupadel dachte an seine letzte Begegnung mit dem Herzog. Wenn es noch etwas gab, was ihm die Kraft geben konnte, wieder zu gesunden, den Wunsch weiterzuleben, dann war es diese Frau, die da hinter irgendeiner Mauer, irgendeinem Fenster der Kasseler Residenz gefangen saß.

Ein leises, kaum wahrnehmbares Rascheln kam aus der Richtung westlich des Parks. Alle Männer hoben gleichzeitig den Kopf. Jeder befürchtete, es könnte wieder nur ein Fuchs im Unterholz gewesen sein oder ein Vogel, der im Morgengrauen nach dem ersten Wurm pickte. Doch dieses Mal wurden sie nicht enttäuscht. Es war Philipp von Wessenberg, der vorsichtig zurückgeschlichen kam.

Ein Blick in sein Gesicht sagte den Männern, was sie wissen wollten. Taupadel ließ vorsichtig die Luft aus seinen Lungen. Er hatte überhaupt nicht gemerkt, dass er den Atem angehalten hatte. Der Junker strahlte. Plötzlich war auch bei seinen Gefährten die Ermüdung wie weggeblasen. Schweigend reichte Wessenberg einen verdeckten und zerknitterten Papierfetzen an Ignatius Eggs.

Dieser las ihn und dann machte sich ein breites Grinsen auf seinem Gesicht breit. »Was für ein Weib! Ich wusste, sie würden es schaffen, uns eine Nachricht zukommen zu lassen. Wenn Ihr Euch etwas ausgeruht habt, dann werden wir sie uns holen.« Mit diesen Worten reichte er das Papier weiter.

Taupadel hatte einige Mühe zu entziffern, was da stand. Er konnte besser mit dem Degen umgehen als mit Buchstaben. Nervös zupfte er an seinem Wehrgehänge, während er mühsam Strich für Strich zu einem Buchstaben und Zeichen für Zeichen zu einem Satz zusammenfügte. Danach erhob er sich und machte mit seinen muskulösen Beinen einen Luftsprung. Die anderen waren völlig verblüfft über diesen für den ruhigen Mann so untypischen Gefühlsausbruch. Er sah aus wie ein kleiner kantiger Gnom, wie er da so herumtanzte und das Papier an den vierten Mann weitergab, der seinen Kommandanten völlig verwirrt musterte.

»Sind in diesem Turm. Dürfen jeden Nachmittag für einige Minuten ins Freie. Werden stark bewacht, wahrscheinlich mehrere Männer. Werden südlich des Turms in die Nähe des Waldrandes kommen. Wartet dort auf uns. Johanna.«

»Wirklich ein Prachtweib«, bestätigte der Major. Wie hat sie es nur wieder geschafft, den Junker zu entdecken?

Philipp von Wessenberg konnte das auch nicht sagen. »Ich habe den Turm im Wald gestern gefunden, als ich durch die Gegend streifte. Er liegt versteckt, etwas westlich der Residenz, am Rande einer kleinen Lichtung. Es war, als hätte Gottes Gnade meine Schritte gelenkt. Er wirkte verfallen und lag völlig verlassen da. Es war kein Leben zu entdecken. Er muss wohl drei Stockwerke hoch sein und besteht aus großen, grob behauenen Steinquadern. Doch gestern Nacht war es schon zu spät, um die Mauern näher zu betrachten. Und so beschloss ich, heute noch einmal dorthin zu gehen, wenn sich bei der Residenz wieder nichts ergeben sollte. Und wirklich, als ich mich an den Turm heranschlich, drang aus den unteren Fenstern der Schein von Kerzen und auch ganz oben unter der Turmspitze hatte jemand ein Licht angezündet. Ich zog mich also vorsichtig an einem der Fenster hoch und sah sechs Soldaten an einem Holztisch, die Karten spielten. Dem siebten, der offenbar vor dem Turm Wache schob, bin ich gerade noch entwischt. Ich habe ihn glücklicherweise kommen hören, bevor er mich sehen konnte. Ich ging einfach ein Stück um den Turm herum. Ja, und dann segelte das Papier plötzlich ein wenig rechts von mir zur Erde. Beinahe hätte ich es nicht gefunden. Doch ich hörte ein Geräusch, wie wenn jemand einen Stein wirft. Das machte mich aufmerksam. Und da sah ich den Zettel. Einen Moment lang fürchtete ich schon, der Wachsoldat könnte etwas gehört haben. Doch der hatte sich inzwischen gemütlich neben der Eingangstür zum Turm auf den Boden gesetzt und schnarchte, als wolle er den ganzen Wald abholzen. Danach bin ich schnellstens wieder zwischen den Bäumen verschwunden. Es dauerte eine Weile, bis ich im Schein des Mondes entziffern konnte, was auf dem Zettel stand. Daraufhin kam ich sofort zurück zu Euch.«

Die Gefährten hatten dem Bericht atemlos gelauscht. »Das habt Ihr gut gemacht, von Wessenberg, auch wenn ich das über einen Kaiserlichen nicht gerne sage«, lobte Traupadel den jungen Mann. »Und nun denke ich, ist es besser, wir versuchen noch etwas Ruhe zu bekommen.«

Die anderen nickten und verteilten sich zwischen den Bäumen. So konnte man sie nicht alle auf einmal überwältigen, falls einer von ihnen entdeckt werden sollte. Es herrschte Stille. Nur die Stimmen der Vögel wurden lauter, während die Sonne im Osten langsam höher stieg. Jeder bereitete sich auf seine Weise auf den Kampf vor, der an diesem Tag kommen würde.

Modrig riechende, feuchtkühle Luft war Johanna ins Gesicht geschlagen. Immer wieder hatte sie Spinnweben auf ihrer Haut gefühlt und das Quietschen von Ratten gehört, die sich vor den ungewohnten Besuchern in die Ecken und Nischen des unterirdischen Ganges flüchteten. Sie konnte nichts sehen. Man hatte den Frauen die Augen verbunden. Mechthild musste irgendwo hinter ihr sein. Sie stolperte. Rüde wurde sie am Arm weitergezerrt. »Passt doch auf!« knurrte der Soldat, der sie führte. Die Worte der Landgräfin hallten in ihrem Kopf. Immer und immer wieder hörte sie die Sätze: »Das hättet Ihr nicht tun sollen. Nun habt Ihr Euch mein Wohlwollen vollends verscherzt. Ich werde Euch an einen Ort bringen lassen, an dem Euch niemand vermutet. Dort könnt Ihr von mir aus vermodern, mitsamt dieser Schlampe, die Euch dient und dem Kind in Eurem Bauch. Ihr könnt dem Erlöser danken, dass Ihr überhaupt noch am Leben seid. Euren Herzog werdet Ihr jedenfalls niemals wieder sehen.« Amalie von Hessen-Kassel war wirklich zornig gewesen über ihren Fluchtversuch. Außerdem bereitete es ihr offenbar eine gewisse Genugtuung, ihre Rivalin zu quälen.

Johanna hatte die Gräfin voller Verachtung gemustert, dann stolz das Kinn gehoben. Sie würde lieber sterben, als dieser Frau zu zeigen, wie verzweifelt sie war. Auf eine Handbewegung der Landgräfin hin wurden die beiden Frauen schließlich weggeschleppt und mit verbundenen Augen durch den unterirdischen Gang geführt. Johanna war sich sicher gewesen, dass sie sich unter der Erde befanden. Am liebsten hätte sie sich die Binde von den Augen gerissen. Doch ihre Hände waren hinter dem Rücken gefesselt. »Ihr werdet den Herzog niemals wieder sehen ...« Immer und immer wieder kreiste der letzte Satz der Landgräfin in ihrem Kopf. Und mit jedem Mal bekam er mehr den Charakter einer düsteren Prophezeiung.

Nach zwei Tagen im Turm waren die beiden Frauen völlig übermüdet gewesen. Sie hatten kaum geschlafen, immer in der Hoffnung, dass die Befreier sie vielleicht doch finden würden. Doch der erste kurze Moment der Hoffnung war bald tiefster Verzweiflung gewichen. Selbst Mechthild schien langsam den Mut zu verlieren, auch wenn sie Johanna immer wieder tröstend in die Arme nahm. Zumal man ihnen bedeutet hatte, dass sie zunächst nicht wieder ins Freie gelassen würden. »Das wird Euch lehren, dass es gefährlich ist, die Männer der Gräfin zu bezirzen«, hatte das alte Faktotum geknurrt, das die beiden Frauen auch hier im Turm bediente. Die Alte hatte sie mit einem bösen Blick gemustert, zwei Holzschüsseln mit wässriger Hafergrütze auf den Tisch geknallt und war wütend gegangen. »Das muss Euch reichen, bis ich morgen wiederkomme. Ich kann hier keine großartigen Gerichte auftischen. Das habt Ihr Euch selber zuzuschreiben.« Johanna war kurz davor gewesen zu weinen. Für einen Augenblick war die Befreiung fast greifbar nahe gewesen. Mit Tränen in den Augen berichtete Johanna mittels der Zeichensprache, die die beiden Frauen entwickelt hatten, von jenem kurzen Moment, in dem sie Ignatius Eggs aus dem Gebüsch hatte auftauchen sehen.

Das war alles, was Mechthild brauchte, um wieder Mut zu fassen. Sie vertraute ihrem Bruder völlig. Nachdem sie wusste, dass er in der Nähe war, schien sie nicht mehr den geringsten Zweifel an ihrer Befreiung zu haben. »Mein Bruder wird nicht aufgeben, da könnt Ihr sicher sein, Herrin. Er wird gewiss versuchen herauszufinden, wo man uns gefangen hält. Wir müssen einfach nachts wach bleiben. Bestimmt wird er uns finden. Vielleicht können wir ihm eine Nachricht zukommen lassen.«

Von dieser Minute an hatten die beiden Frauen abwechselnd nur stundenweise geschlafen. Immer stand eine von ihnen am

Turmfenster und suchte mit den Augen den Waldrand ab. Und sie hatten auch einen Weg gefunden, sich bemerkbar zu machen. Lautes Rufen kam nicht infrage. Doch Mechthilds eiserne Haarspange leistete ihnen gute Dienste. Während die eine am kleinen Turmfenster Wache hielt, kratzte die andere kleine Klumpen von Mörtel und Staub aus den Fugen zwischen den Quadersteinen der Mauern ihrer Kammer heraus. »Die werden wir werfen, wenn wir jemanden sehen.«

Johanna umarmte die Freundin. Wieder einmal in jenen Tagen war sie froh, das Mädchen bei sich zu haben. Einige der kleinen Mörtelklumpen und eine Hand voll Staub wickelten sie in jenen Zettel, den Philipp von Wessenberg schließlich fand.

Johanna sah den Schatten, der sich kurz vor Morgengrauen an den Turm heranschlich. Nein, das konnte keine der Wachen sein, davon zeugte sein ganzes Verhalten. Sie warf den sorgsam geschriebenen kleinen Zettel aus dem Fenster. Er öffnete sich während des Fluges und der Mörtel fiel heraus. Beinahe wäre sie verzweifelt, als sie sah, dass der Unbekannte das Papier am Boden nicht bemerkte. Doch dann hatte er sich gebückt. Da war Johanna am Fenster vor Erleichterung in sich zusammengesunken.

Den Sonnenaufgang dieses wichtigen Tages erlebten Johanna und Mechthild in einem Zustand zwischen Bangen und Hoffen. Keine der beiden Frauen wusste, ob sie es schaffen würden in die Nähe der Retter zu gelangen. Sie hatten sich einen Plan ausgedacht. Er war ebenso einfach wie unsicher. Aber etwas Besseres war ihnen nicht eingefallen.

Der Nachmittag war schon zur Hälfte vorbei, als sie endlich das bekannte Klirren der Schlüssel hörten. Johanna sank das Herz, als sie sah, dass sie von einem völlig unbekannten Soldaten abgeholt wurden. Verzweifelt griff sie wenig später nach Mechthilds Hand. Ein ermutigender Druck antwortete ihr. Vor der Kammer in der Spitze des kleinen Türmchens standen noch sechs weitere Wachen, die die beiden Frauen in die Mitte nahmen und schweigend mit ihnen die Treppen hinunterstiegen. Dann wurden sie durch die schon bekannte kleine Seitentüre hinausgeleitet. Die Männer ließen die Frauen keinen Moment aus den Augen. Ihre Gesichter waren verschlossen, hart und düster. In Johanna wurden die Zweifel immer größer, ob ihr Plan gelingen konnte.

Mit unbewegten Gesichtern traten die beiden Frauen hinaus ins wärmende Licht. Es war ein heißer Tag. Die Sonne brannte auf die kleine Lichtung. Seit mehr als einer Woche hatte es nicht geregnet und Johanna sah, dass der Boden sehr trocken war. Doch sie hatte kein Auge für die grüne, kühle Schönheit des Waldes. Sie brauchte alle Kraft, um nicht unabsichtlich zum Waldrand hinüberzublicken, an dem vielleicht die Rettung auf sie wartete. Sie konnten nur hoffen, dass ihr Zettel an den Richtigen geraten war. Von hoch oben in ihrem Turmzimmer hatten sie den vorbeihuschenden dunklen Schatten einfach nicht erkennen können. Auch dann nicht, als er herumfuhr und kurz innehielt. Es war nicht ganz auszuschließen, dass sie statt ihrem Retter die Nachricht irgendeinem Bediensteten vor die Füße geschleudert hatten, der gerade auf dem Rückweg von einem nächtlichen Liebesabenteuer war.

Draußen auf der Lichtung hielten die Männer gebührenden Abstand von den Frauen, um die sie einen Kreis bildeten. Beinahe hätte Johanna wieder gelächelt. Man hatte den Soldaten offenbar eingeschärft, ihnen nicht zu nahe zu kommen. Wie ein kleiner Bach plätscherten die Worte von Mechthilds Erzählung an ihr vorbei. Das Mädchen redete unentwegt auf ihre Herrin ein. Doch Johanna verstand kaum, was die Dienerin sagte. Es war auch nicht notwendig. Johanna wusste, dass Mechthild versuchte die Wachen mit ihrem Verhalten einzulullen. Geistesgegenwärtig, wie sie war, hatte sie Frauenangelegenheiten als Thema gewählt. Einer der Männer wurde rot, als einige Wortfetzen zu ihm drangen. Gut. Das war gut. So hatten sie noch etwas mehr Bewegungsspielraum.

Den Wärtern bot sich ein völlig unverdächtiges Bild. Zwei Frauen, die den Sonnenschein genossen, von denen die eine wie ein Wasserfall auf die andere einredete, die offensichtlich aufmerksam zuhörte. Keine von beiden schien auch nur einen Blick für ihre Umgebung oder gar für ihre Bewacher übrig zu haben. Es fiel auch keinem der Soldaten auf, dass sich ihr Planetensystem sieben Männer, die um zwei Frauen kreisten – Stück für Stück immer weiter in Richtung des Waldrandes schob. Der Abstand war noch groß genug.

Plötzlich griff sich Johanna ans Herz und sank zusammen. Die Männer sahen, dass die Dienerin ihre Herrin gerade noch auffangen konnte und die Ohnmächtige sanft ins Gras bettete. Die Zofe schien sich große Sorgen zu machen und begann lauthals zu kreischen. »Schnell, ihr tumben Trottel, ihr Waldschrate, ihr rohes ungebildetes Gesindel, seht ihr denn nicht, dass meine Herrin die Besinnung verloren hat? Sie ist eine große Dame und die Sonne nicht gewöhnt. Und das auch noch in ihrem gesegneten Zustand! Sie muss sofort in den Schatten der Bäume. Schnell, so bewegt euch doch endlich! Hebt sie auf und tragt sie zu den Büschen dort. Sie verliert sonst ihr Kind!«

Die Männer sahen sich eine Weile lang unschlüssig an. Dann sagte der Anführer einige Worte zu seinem Nebenmann, der eiligst davonlief. Zwei weitere der Bewacher hoben Johanna schließlich ungeschickt hoch und legten die schlaffe Gestalt dem dritten über die Schulter.

Mechthilds Gezeter wurde noch lauter. »Ihr verdammten ungeschickten Tölpel. Diese Frau ist eine mächtige Dame. Ihr könnt sie doch nicht davontragen wie einen nassen Mehlsack. Nehmt meine Herrin gefälligst zwischen euch und beeilt euch. Schnell, schnell, sonst geht sie noch zugrunde oder verliert das Kind. Ich möchte nicht wissen, was eure Landgräfin mit euch macht, wenn sie das erfährt. Schnell, bringt sie dort in den Schatten und legt sie ins Gras. Sie muss aus der Sonne.«

Seufzend gehorchten die Soldaten den Befehlen der Dienerin. Johanna musste sich alle Mühe geben, keinen Muskel zu rühren und sich auch nicht zu verspannen. Sie wusste, was Mechthild bezweckte. Je mehr Männer mit ihr beschäftigt waren, desto weniger konnten schnell zu ihren Waffen greifen, wenn es darauf ankam.

Die Männer gehorchten. Johanna fühlte, wie sie links und rechts unter den Achseln gefasst wurde. Ein weiterer der Soldaten nahm ihre Beine. Dann wurde sie ein Stück weit getragen und glitt schließlich ins Gras. Noch immer rührte sie sich nicht.

Die Retter, verborgen im Unterholz, hatten die Szene mit wachsender Anspannung beobachtet. Sie wagten es kaum zu atmen, um nicht noch im letzten Moment entdeckt zu werden. Und als drei der Wachen die Reglose nicht allzu sanft im Gras ablegten, da war ihre Stunde gekommen. »Jetzt. Zieht vom Leder, Kameraden!« Mehr als diese wenigen Worte von Ignatius Eggs waren nicht notwendig. Die Degen blitzten aus der Scheide. Wie leibhaftige Teufel brachen sie aus dem Gebüsch hervor.

Danach war alles nur noch eine Sache von Sekunden. Die drei Männer, die Johanna getragen hatten, waren zu überrascht, um sich auch nur zu wehren. Der Kapuziner hieb ihnen nacheinander den Griff seines Degens auf den Hinterkopf und sie sanken bewusstlos zu Boden. Die anderen Gefährten hatten auch die restlichen drei Bewacher in Windeseile kampfunfähig gemacht. Der Siebte war schon längst im unterirdischen Gang verschwunden, der den Turm mit dem Schloss verband, um seiner Gräfin die Nachricht vom Zusammenbruch ihrer Gefangenen zu bringen. Unter der Erde hörte er das Kampfgetümmel nicht. Die bewusstlosen Wächter wurden schnellstens in den Schatten der Bäume gezogen und ein Stück weiter im Waldesinneren gefesselt. Als sie später wieder zu sich kamen, fanden sie sich geknebelt und gut verschnürt jeder an einem Baumstamm festgebunden. Von den Frauen und den Angreifern war weit und breit keine Spur mehr zu sehen.

Die Gefängniswärter zu überwältigen und zu verschnüren hatte nur wenige Minuten gekostet. Keiner in der Gruppe sprach, um die Anwesenheit der Befreier nicht doch noch zu verraten. Dann machten sie sich, so schnell es ging, auf zu den Pferden, die nicht weit entfernt hinter Bäumen versteckt auf die Gruppe warteten. Major Taupadel half Johanna aufs Pferd. Er warf ihr einen besorgten Blick zu. »Könnt Ihr reiten?«

Die junge Frau nickte. Sie wollte nur noch eines – zurück zu Bernhard von Weimar, wieder seine Arme spüren, seine Stimme hören, die ihr sagte, dass er sie liebte, sich sicher fühlen in seinem Schutz. Dafür wäre sie um die ganze Welt geritten.

Nach anderthalb Stunden im gestreckten Galopp machte die Gruppe Halt. Jetzt hatten sie einen kleinen Vorsprung und in nicht mehr allzu langer Zeit würde es dunkel werden. Mechthild sprang fast von ihrem Pferd und warf sich dem Bruder in die Arme. »Ich wusste, dass du kommen würdest. Aber warum hast du nur so lange gewartet, du verdammter Mönch?« Sie lachte und weinte und schluchzte, alles zugleich. Auch Johanna liefen die Tränen über die Wangen, aber ihre Augen strahlten. Philipp von Wessenberg musste sich abwenden. Selbst in dieser Situation, die Haare zerzaust, die Wangen rot von der Anstrengung des Rittes, ihr Kleid verknittert und an einigen Stellen zerrissen, sah sie noch immer schön aus. Es ging etwas Besonderes von ihr aus, eine Art Leuchten, das jeden erwärmte, der ihr näher kam. Das Kind in ihrem Leib hatte ihre Schönheit noch verstärkt, das manchmal noch etwas eckig wirkende junge Mädchen weicher, weiblicher gemacht.

Nach einer kurzen Pause einigte sich die Gruppe darauf, dass einer der vier Männer Taupadels mit einer Nachricht an Bernhard von Weimar vorausreiten sollte. Die anderen würden – mit Rücksicht auf die Schwangerschaft Johannas – etwas langsamer hinterherkommen und unterwegs versuchen eine Kutsche aufzutreiben. Alle Proteste Johannas hatten da nichts genützt. Sie hätte sich am liebsten Flügel gewünscht, um zu ihm zu kommen. Johanna nahm den Boten zur Seite, bevor er lospreschte. Sie legte die rechte Hand auf ihr Herz und schaute ihn an.

»Ihr habt Herzschmerzen?«

Die junge Frau schüttelte den Kopf, das Leuchten in ihren braunen Augen verstärkte sich.

Da verstand er und wurde rot. Er war Soldat und überbrachte für gewöhnlich andere Nachrichten. »Ich soll dem Herzog sagen, dass Ihr ihn ... liebt, nicht wahr?«

Johanna strahlte ihn an. Und wieder einmal verstand einer seiner Männer, was den Herzog, einen der Edlen im Reich, an diese Frau von niedrigem Stande band.

Ignatius Eggs kramte in seinen Satteltaschen und zauberte zwei zusammengerollte Stoffbündel hervor. »Hier, zieht Euch um.«

Johanna und Mechthild verschwanden hinter einigen Bäumen am Wegesrand, um sich ungestört umzuziehen. Mechthild rollte die Kleidungsstücke auseinander, dann begann sie vergnügt zu kichern. »Ich schätze, mein Bruder hat seinen Sinn für Humor noch nicht verloren.« Johanna verstand sofort, was sie meinte. Vor ihnen auf dem Boden lagen zwei Kapuzinerhabits. Die Hüften sittsam gegürtet, die Hände unter den Ärmeln über dem Leib zusammengeschoben, die Kapuzen weit über das Gesicht gezogen und die Köpfe sittsam gesenkt, traten kurz danach zwei junge, recht zierliche Mönche wieder auf den Weg, der eine etwas molliger und robuster als der andere.

»Endlich seid Ihr fertig, Brüder.« Die sonore Stimme von Ignatius Eggs nahm sie in Empfang. Aus ihrem Klang war die Belustigung deutlich herauszuhören. Da konnte Mechthild sich nicht mehr zurückhalten und prustete los. Sie fand sich gar zu komisch in diesem Mönchsgewand und den einfachen ledernen Sandalen.

»Bruder, Bruder, Euch fehlt noch die rechte Haltung«, flachste Ignatius Eggs und zwickte die Schwester liebevoll in die geröteten Wangen. Zwei Minuten später war die Gruppe wieder unterwegs in Richtung Süden.

Abends, an dem kleinen Feuer, wurde Johannas Freude über die Rettung fast zunichte gemacht. Sie bat Mechthild mit einigen Gesten, Major Taupadel zu fragen, wie es dem Herzog ging.

Der Haudegen blickte sie traurig an. Johanna konnte im schwachen Licht der Glut die Falten in seinem Gesicht erkennen, die bei dieser Frage noch tiefer zu werden schienen. »Es geht ihm sehr schlecht, Herrin. Sehr schlecht. Es ist fast, als sei die Lebenskraft aus ihm herausgelaufen, seit Ihr nicht mehr da wart. Aber ich bin sicher, jetzt, wo wir Euch zu ihm zurückbringen, wird es ihm bald wieder besser gehen.«

Johanna schlug die Hände vor den Mund. Das Gefühl des drohenden Unheils verdichtete sich. Wieder und wieder drängte sie die Männer am nächsten Tag zur Eile. Sie ritt wie eine Getriebene.

Bernhard von Weimar war ein völlig verwandelter Mann, seit ihn die Nachricht von der Rettung Johannas erreicht hatte. Er sandte sofort einen Trupp Männer los, um der Gruppe der Befreier und den Frauen entgegenzureiten. Er hielt es kaum aus, in Pontarlier bleiben zu müssen, und verfluchte diesen Körper, der ihm den Dienst versagte. Außerdem hatte er einiges zu regeln. Wieder einmal schien es, als würde endlich Verstärkung aus Frankreich kommen. Der Herzog von Lothringen war mit seinem Heer schon gefährlich näher gerückt. Er musste nun alles für einen neuen Angriff regeln. Die Kraft, die ihn schon fast gänzlich verlassen hatte, kehrte Stück für Stück zurück. Er fühlte sich wie ein Mann, den im Dunkel plötzlich ein Lichtstrahl erreicht hatte. Das Eis in seinem Inneren begann zu tauen, die Teilnahmslosigkeit der letzten Wochen wich neuem Mut und neuer Hoffnung. Das dumpfe Grau des Todes war aus seinem eingefallenen Gesicht verschwunden. Der Mann, der noch vor kurzem ausgesehen hatte wie ein Greis in den Achtzigern, erinnerte bei manchen Gesten wieder an den kühnen Fürsten, der er bis vor einiger Zeit noch gewesen war. Auch die Stimmung im Lager veränderte sich schlagartig, als seine klare Stimme wieder zwischen den abendlichen Feuern zu hören war. Die Männer des Herzogs hatten sich von stummen verschlossenen Gestalten, die fast nur noch auf Zehenspitzen gingen, um den Leidenden nicht zu stören, wieder in eine Horde rauer, lachender und grölender Männer zurückverwandelt. Sie hatten neuen Mut gefasst, als sie sahen, dass sich ihr Anführer auf dem

Weg der Besserung befand. Er war noch sehr schwach, aber mit jedem Tag wuchs der Wille in ihm, diesen ermatteten Körper zu stärken und voranzutreiben. Ganz offensichtlich war er dabei, wieder der Alte zu werden, der Sieger, den sie alle kannten und verehrten.

Bernhard von Weimar spürte, wie das Leben wieder in ihm pulsierte. Sie kam zurück. Er konnte es kaum erwarten. Nun war es Zeit, die Verräter mit den Folgen ihrer Taten zu konfrontieren. Zwei Stunden lang schloss er sich mit seinem Sekretär ein. Eine Stunde später wusste es das ganze Lager. Der Herzog hatte an Johann Ludwig von Erlach einen Brief geschrieben und ihm mitgeteilt, dass er das Kind in Johannas Leib als seinen Erben eingesetzt hatte. Die Dokumente seien bereits auf den Weg gebracht. Außerdem gedenke er, die geliebte Frau sofort nach ihrer Heimkehr zu seinem angetrauten Weibe zu machen. Von Erlach solle sofort nach Erhalt des Schreibens einige Gegenstände zusammenpacken und von Breisach nach Pontarlier aufbrechen. Er wolle der Frau, die er heimführen werde, eine fürstliche Mitgift mit in die Ehe bringen.

Und fürstlich war fürwahr, was er da anforderte. Denn zur Mitgift der künftigen Herzogin von Sachsen-Weimar gehörte neben Geschmeide, Seide und Samt für neue Gewänder, goldenen Tellern, Kelchen aus fein geschnitztem Elfenbein, mit Gold und Silber verziert, seidener Bettwäsche und mehreren Dienstboten auch die Festung Breisach.

Johann Ludwig von Erlach tobte, als er die Anordnungen des Herzogs gelesen hatte. Alle seine Hoffnungen, der Nachfolger und Erbe des Herzogs zu werden, lösten sich in Luft auf. Er konnte nur hoffen, dass Merlinus, der Zauberer, inzwischen erledigt hatte, was seine Aufgabe war. Doch noch immer wartete er auf Nachricht von ihm. Also blieb ihm wohl nichts anderes übrig, als den Befehlen des Herzogs erst einmal Folge zu leisten.

Bald danach summte auch ganz Breisach von den Neuigkeiten.

Von Erlach suchte unter den Töchtern der besseren Familien nach Hofdamen für die künftige Herzogin. Und ein Meldereiter verließ Breisach in gestrecktem Galopp. Er hatte einen Brief von Erlachs in der Satteltasche. Er war an Amalie von Hessen-Kassel gerichtet. Dieses dumme, arrogante Frauenzimmer hatte es nicht geschafft, dieses Weib und ihr Kind vom Herzog fern zu halten. Nun, so sollte sie wenigstens mit ihm leiden. Er malte sich immer wieder in Gedanken aus, wie sie reagieren würde, wenn sie erfuhr, dass der Mann, der ihr die Ehe versprochen hatte, nun doch eine andere heiratete. Wenn er litt, sollte sie das auch tun. Sie würde die Rache des Herzogs zu fürchten haben, da war er sich sicher. Bei diesem Gedanken wurde ihm angst. Und was, wenn Johanna von seiner Rolle in diesem Spiel erfahren hatte und das womöglich dem Herzog erzählte? Er musste sofort aufbrechen, um an Ort und Stelle zu sein, wenn sie in Pontarlier ankam.

Falls sie ankam … Dieser Gedanke machte ihm neuen Mut. Er würde mit allen Mittel versuchen diese eheliche Verbindung zu verhindern. Und wenn es das Letzte war, was er tat. Sein Trumpf hieß Merlinus.

Johanna wälzte sich auf ihrem Lager aus Blättern und Gras. Sie konnte nicht schlafen. Am liebsten wäre sie sofort wieder auf ihr Pferd gestiegen und weitergeritten. Doch die Männer und Mechthild hatten sich entschieden geweigert. »Ihr braucht Ruhe, Herrin, denkt an Euer Kind«, war Mechthilds bestimmte Antwort gewesen. Johanna hatte sich fügen müssen. Aber das Gefühl drohenden Unheils war immer stärker geworden in den Tagen ihres Ritts. Jeden Morgen war sie als Erste aufgestanden und hatte die Männer geweckt, noch bevor die Sonne aufging. Abends war sie die Letzte, die sich zur Ruhe legte.

Sie blickte zum Himmel empor, als könne sie dort die Züge des geliebten Mannes in den Schleierwolken entdecken, die über den weiten Sternenhimmel zogen. Es war beinahe Vollmond und fast so hell wie im Morgengrauen. Sie wünschte sich nichts mehr, als dass diese Nacht bereits vorbei wäre. Der Ruf eines Käuzchens erklang. Sie zog die Decke bis an ihr Kinn hoch und fröstelte. Neben sich hörte sie Mechthild ruhig atmen: ein Mensch, der nach einem anstrengenden Ritt den Schlaf des Gerechten schlief.

Sie wälzte sich auf die andere Seite, drehte sich der Freundin zu. Mechthild lag friedlich da wie ein Kind. Hin und wieder stöhnte sie leise und ihre Mundwinkel zuckten. Johanna fragte sich, was sie wohl träumen mochte. Etwas weiter entfernt schliefen und schnarchten die Männer in einer Gruppe zusammen um die verlöschende Glut des kleinen Feuers. Sie hatten nicht gewagt ein großes zu machen, um ihre Anwesenheit möglichst niemandem zu verraten. Sie ritten schließlich durch Feindesland.

Johanna schloss die Augen. Sie musste es schaffen wenigstens etwas Schlaf zu finden. Und auch die Männer hatten ihn verdient. Sie versuchte möglichst ruhig zu atmen, um so ihre innere Anspannung loszuwerden. Doch stattdessen wurde der Kloß in ihrem Hals immer größer. Nein, es hatte keinen Zweck. Sie konnte nicht schlafen. Vielleicht, wenn sie etwas hin und her ging.

Sie drehte sich wieder auf die andere Seite, um Mechthild beim Aufstehen nicht zu stören. Da sah sie den dunklen Mann. Die Spitze seines Dolches war direkt auf ihren Hals gerichtet. »Ganz still, meine Schöne, wenn Ihr das hier überleben wollt. Keinen Laut.« Der Dunkle lachte leise. »Ach, ich vergaß, Ihr könnt ja nicht sprechen. Umso besser. Eine ausgesprochen angenehme Eigenschaft bei einem Weib.«

Im Augenwinkel sah Johanna weitere Schemen, die sich zu den schlafenden Männern schlichen. »Kameraden, auf, Feinde im Lager!« Das war die Stimme von Ignatius Eggs. Die junge Frau hörte ein Gurgeln. Sie wollte sich umdrehen, doch die Spitze des Dolches des Fremden drang sofort in die weiche Haut ihres Halses. »Ich mache keine Scherze, Johanna von Laufenburg«, raunte er bedrohlich. »Verhaltet Euch ruhig.« Johanna hörte Schritte hinter ihrem Rücken. Ein erstickter Laut. Das war Mechthild. Bei Gott, was machten sie mit dem Mädchen? Das Klirren von Klingen, die aufeinander prallten, erfüllte die Nacht, dann das Fallen eines Körpers. Und noch eines. Der Dunkle blickte für einen kurzen Moment hoch. Jetzt sah Johanna, dass er sein Gesicht verhüllt hatte. »Bindet die letzten beiden gut fest«, befahl er seinen bislang unsichtbaren Männern knapp. »Die anderen sind wohl tot. Auch gut. Ein paar Weimarsche weniger, die uns in die Quere kommen können. So, meine Schöne, erhebt Euch. Wir machen uns auf eine Reise.« Die Dolchspitze entfernte sich um wenige Zentimeter, sodass Johanna aufstehen konnte. Aber sie war noch immer nah genug, um sofort zuzustoßen, falls sie eine unbedachte Bewegung machte. Mit zitternden Knien erhob sie sich. Eine Hand griff ihr unter das Kinn und hob ihr Gesicht in Richtung des Mondlichtes hoch. »Auch aus der Nähe seid Ihr recht ansehnlich, meine Schöne. Schade, wenn die Dinge anders gelaufen wären, hätten wir bestimmt ein hübsches Paar abgegeben. Ihr habt mächtige Feinde, Johanna von Laufenburg, wisst Ihr das?«

Johanna schüttelte die Hand ab und drehte sich um. Der Dunkle hielt sie nicht davon ab. Was sie sah, ließ ihr das Blut in den Adern gefrieren. Major Taupadel und seine Männer lagen in ihrem Blut auf der Erde. Tot. Sie waren alle tot. Philipp von Wessenberg und Ignatius Eggs schienen schwer verletzt zu sein. Sie erkannte im Schimmer des Mondlichtes, dass der Mönch eine tiefe Wunde an der linken Wange hatte. Das war ein böser Hieb gewesen. Philipp von Wessenberg stöhnte. Er war offensichtlich ohnmächtig geworden. Beide Männer waren fest verschnürt. Doch trotz seiner Wunde schäumte der kräftige Kapuziner und stemmte sich gegen die Fesseln wie ein wütender Stier. »Das werdet Ihr mir büßen«, brüllte er dem Anführer entgegen.

Der hob eine Hand. »Bringt den Tölpel zum Schweigen.« Der Schaft einer Muskete krachte auf den Schädel des Mönches und Ignatius Eggs verstummte.

Johannas Blick wanderte zu Mechthild. Auch sie war gefesselt, aber offenbar bei Bewusstsein. Sie hatten sie geknebelt. Der Blick, mit dem sie den Anführer maß, hätte einen schwächeren Mann das Fürchten gelehrt. Doch der Dunkle lachte nur leise. »Der Zorn nutzt Euch auch nichts, Jungfer.« Er beugte sich nieder. »Nun, ich sehe, ihr seid gut verpackt. Da kommt Ihr so schnell nicht mehr los und habt Zeit, Euer Mütchen etwas zu kühlen.« Er wandte sich wieder Johanna zu, die zur Salzsäule erstarrt war. »Und wir, meine Schöne, werden uns jetzt auf den Weg machen. Es wartet jemand auf uns, den ich nur ungern warten lasse. Er kann sehr ungemütlich werden.«

Johanna kam sich vor wie in einem Albtraum. Nur langsam begriff sie, dass die Männer vorhatten, Mechthild und ihre Gefährten hier einfach so liegen zu lassen, hilflose Opfer für die Wölfe. Die Nachtluft roch nach Blut. »Ich kenne diese Stimme. Woher kenne ich diese Stimme nur?«, dachte sie noch. Dann wurde sie bewusstlos.

Vor der Türe des Herzogs hatte sich eine lange Schlange von Menschen gebildet. Er schien alles wieder aufholen zu wollen, was er in den Tagen seiner schweren Krankheit versäumt hatte. Sein Leibarzt Blondin drängte sich energisch an den Männern vorbei, die auf Anordnungen warteten. »Mon Duc, so geht das aber nicht«, der korpulente, untersetzte Mann musterte Bernhard von Weimar missbilligend. In den Händen hatte er eine Schüssel und ein Messer sowie einen Ledergürtel. Der Herzog sah kurz und offensichtlich völlig uninteressiert von den Papieren auf, über die er sich gerade zusammen mit einem seiner Offiziere gebeugt hatte. »Blondin, Eure Sorge um mich in allen Ehren, aber Ihr stört.«

»Mon Duc, ich bitte Euch, wollt Ihr wieder mit diesen Fieberschüben zu Bett sinken, die Ihr jetzt gerade überwunden habt? Ihr müsst Euch schonen. Und wir müssen die schlechten Säfte aus Eurem Körper holen, die Euch vergiften.« Der französische Akzent des Arztes wurde durch die Aufregung noch deutlicher.

»Ich bin lange genug im Bett gelegen wie ein schwaches Weib. Lasst mich in Ruhe. Schert Euch zum Teufel. Ihr Quacksalber werdet mir keinen Tropfen Blut mehr abnehmen. Meine Säfte sind völlig in Ordnung.«

Das runde Gesicht des Arztes zog sich beleidigt zusammen. »Womit habe ich eine solche Behandlung verdient, Monseigneur? Habe ich mich nicht Tag und Nacht um Euch gekümmert? Habt Ihr wenigstens Eure Medizin genommen?«

Das Gesicht des Herzogs verzog sich angewidert. »Nie wieder, Blondin. Nie wieder. Ich habe dieses gallebittere Gebräu schon seit Tagen nicht mehr getrunken und es geht mir von Tag zu Tag besser, wie Ihr seht. Es macht mich immer müde und apathisch. Dafür ist jetzt keine Zeit. Ich brauche einen klaren Kopf. Ich möchte nicht wissen, was Ihr da alles hineingeschüttet habt.«

Der Arzt wurde fast ebenso bleich wie der Kragen seines weißen, gestärkten Leinenhemdes, der sorgsam über den Ausschnitt seines schwarzen Samtwamses drapiert war. Bernhard von Weimar hätte fast gelacht, als er sah, dass der dicke Bauch des Franzosen fast die Schnürung des Wamses gesprengt hätte. Das fleischige Kinn Blondins zitterte vor Empörung. »Das muss ich mir nicht sagen lassen, Monseignieur«, zeterte er. »Da sorge ich mich um Euch und habe sogar einen neuen Stärkungstrank mitgebracht und Ihr ...« Er machte eine Pause, um Luft zu holen. »Am besten ist es wohl, ich kehre nach Frankreich zurück, wo man meine Verdienste zu schätzen weiß.«

Bernhard von Weimar seufzte resigniert. »So habe ich das nicht gemeint, Blondin. Also gut. Gebt mir Euren Trank. Ich weiß, dass ich Euch viel zu verdanken habe.«

Der Arzt schien besänftigt. Er nahm eine Kristallphiole aus der Schüssel, entfernte den Pfropfen und schüttete, sorgsam abgezählt, einige dunkle Tropfen in das Kristallglas mit gewürztem Wein, das vor dem Herzog neben den Papieren stand. »Ich verzeihe Euch erst, wenn ich sehe, dass Ihr das auch trinkt«, erklärte er dann und baute sich herausfordernd neben dem Tisch auf, die Hände in die Gegend gestützt, wo eigentlich seine Taille hätte sein sollen.

»Ich sehe, Blondin, ich entkomme Euch nicht.« Der Herzog hatte Mühe, seine Ungeduld zu zügeln. Er wollte vorankommen mit seinen Geschäften. So packte er das Glas und stürzte den Inhalt mit wenigen Schlucken hinunter. Blondin lächelte zufrieden.

Plötzlich war durch die geöffnete Türe Lärm zu hören. Bernhard von Weimar blickte irritiert in Richtung der Störung. Sein Kammerdiener stürzte herein. »Euer Gnaden, es ist etwas Fürchterliches geschehen. Major Taupadel ist da, er ...«

Da wankte der Major auch schon durch die Türöffnung. Er war blutüberströmt und musste sich an der Wand festhalten, um nicht zu stürzen.

Bernhard von Weimar wurde weiß wie eine frisch gekalkte Wand. »Major, um der Liebe Gottes willen, was ist geschehen? Wo sind die Frauen, wo sind Eure Männer, wo ist Johanna?« Die letzten Worte flüsterte er beinahe.

Taupadel konnte kaum sprechen. Der Herzog sah, dass er sich mit letzter Kraft auf den Beinen hielt. »Verzeiht mir, Euer Ehren, bitte verzeiht mir. Ich habe sie verloren. Auch mich hielten die Angreifer für tot. Ihre Zofe ist hier, zusammen mit einem Mönch und einem Junker. Sie sind ebenfalls verletzt.« Seine Stimme brach.

Bernhard von Weimar erkannte, dass dem Mann, den er als harten, unerbittlichen, nimmermüden und niemals wankenden Kämpfer kannte, die Tränen übers Gesicht liefen. Sie zogen Linien durch das verkrustete Blut in seinem Gesicht. Entsetzen erfasste ihn. »Wo ist Johanna?«, presste er mit bleichen Lippen hervor und griff sich mit beiden Händen an den Kopf.

Taupadel sah ihn mit dem Blick eines geprügelten Hundes an. »Sie ist fort«, flüstere er und wankte erneut. »Sie wurde entführt, Euer Gnaden.« Mit diesen Worten brach er zusammen. Der Herzog konnte ihn gerade noch auffangen und legte ihn sanft zu Boden. Dann erhob er sich. Erneut griff er an seinen Kopf. Er hatte das Gefühl, als bebe die Erde und es tue sich direkt unter seinen Füßen ein Abgrund auf. »Blondin, kümmert Euch um ihn. Und Gnade Euch Gott, Ihr tut es nicht gut.« Dann wandte er sich an seinen Kammerdiener. »Wo sind die anderen?« Der Diener musterte seinen Herrn voller Mitgefühl. »Sie werden gerade von Eurem zweiten Arzt versorgt.«

Bernhard von Weimar stürmte wie ein Stier aus dem Zimmer. Als er das dick verbundene Gesicht des Mönchs sah und den bleichen jungen Mann, der am Lager des Kapuziners Wache hielt, hatte er das Gefühl, er würde von einem Keulenschlag getroffen. Philipp von Wessenberg sah mit einem verzweifelten Blick zu dem Mann auf, den Johanna liebte, den er hatte töten wollen. Jetzt waren sie Brüder im Leid und in der Sorge um diese Frau, für die beide ihre Seele gegeben hätten. Das alte, bittere Gefühl der Eifersucht und der Feindschaft löste sich in Luft auf, als wäre es nie da gewesen.

Bernhard von Weimar stöhnte. »Wo ist sie? Habt Mitleid, Junker! Sagt mir, wo sie ist! Es wird Euch in meinem Lager auch kein Haar gekrümmt, bei meiner Ehre und allem, was mir heilig ist. Sagt mir nur, wo sie ist.«

Philipp von Wessenberg senkte den Kopf und schaute hinunter auf den schwer verletzten Ignatius Eggs, der unter warmen Decken lag, das Gesicht unter dem Verband kaum zu erkennen. Zwischen den weißen Leinenstreifen schauten einige dunkle Strähnen seines Bartes hervor. Er zögerte. Wie sollte er das nur erklären?

»Sprecht. Ich flehe Euch an, sprecht. Spannt mich nicht so auf die Folter.«

Philipp von Wessenberg konnte den Herzog nicht anschauen. Er hätte es nicht ertragen, dasselbe Leid in den Augen des anderen Mannes zu sehen, das auch ihm das Herz zerriss. Er hatte das Gefühl, plötzlich in die Hölle geschleudert worden zu sein. Er war am verlöschenden Feuer eingeschlafen – und in Satans Reich zu sich gekommen.

»Ich weiß es nicht, Durchlaucht. Ich weiß es wirklich nicht«, brachte er heiser hervor. »Und bei Gott, ich würde mein Leben und meine unsterbliche Seele dafür geben, wenn ich Euch sagen könnte, was geschehen ist. Wir wurden wohl im Schlaf überfallen. Ich bekam einen schweren Schlag auf den Kopf und dann weiß ich nichts mehr, bis ich irgendwann aufwachte und gemerkt habe, dass ich gefesselt war. Ignatius Eggs, der Mann hier auf dem Lager, war schwer im Gesicht verletzt, Major Taupadel ohne Bewusstsein, seine drei Männer tot. Mich haben sie wohl auch für tot gehalten. Ich habe um Hilfe geschrien, bis mir die Stimme brach. Die Zofe Johannas hat uns schließlich befreit. Sie war von unseren Angreifern bewusstlos an einen Baum gefesselt worden. Als sie zu sich kam, ist es ihr schließlich gelungen, die Lederschnüre zu lösen. Sie haben wohl gedacht, eine schwache Frau müsste nicht so fest geschnürt werden. Das war unser Glück. Und da wir nicht so weit von Eurem Lager entfernt waren, sind wir hierher gekommen. Der Major, obwohl ebenfalls verletzt, Mechthild und ich haben Ignatius Eggs hierher geschleppt. Seit drei Tagen sind wir unterwegs. Sie hatten uns auch die Pferde genommen.«

Bernhard von Weimar bekam fast keine Luft mehr. Ihm schwindelte. Er schwieg, bis die ganze schreckliche Wahrheit in ihrem vollen Ausmaß den Weg in seinen Verstand gefunden hatte. Ihm war, als würde ihm der Boden unter den Füßen weggezogen. Dann stöhnte er auf. »Und warum habt Ihr die Entführer nicht verfolgt? Ihr hättet sie retten müssen. Warum habt Ihr sie nicht gerettet?« Er schüttelte den jungen Mann.

Philipp von Wessenberg wehrte sich nicht, obwohl er Mühe hatte, nicht vor Schmerzen zusammenzuzucken. Er nickte nur. »Ich wollte, wir hätten das tun können. Doch wir alle sind verletzt. Mein Degenarm ist wohl gebrochen. Jedenfalls ist er völlig unbrauchbar. Die Einzige, die noch einigermaßen in Ordnung war, ist Mechthild. Und sie konnte sich als Frau allein wohl kaum in diese Gefahr bringen. So beschlossen wir, das Letzte zu tun, das uns noch blieb: so schnell wie möglich in Euer Lager zu kommen, um Hilfe zu holen.«

»Vor drei Tagen. Vor drei Tagen schon ist das geschehen. Und ich hatte keine Ahnung. Wo waren meine Männer? Ich habe Euch doch eine Eskorte entgegengeschickt?«

Philipp von Wessenberg schüttelte den Kopf. »Ich weiß es nicht, Euer Ehren. Wir haben niemanden getroffen. Niemanden, außer den Angreifern.« Er senkte wieder den Kopf.

»Lebt sie noch? Sagt mir, lebt sie noch?« Der letzte Satz kam wie ein Schrei.

»Ich weiß es nicht, Euer Gnaden. Ich weiß es einfach nicht. Ich habe mit Mechthild alles abgesucht, bevor wir aufbrachen. Doch sie war verschwunden.«

In diesem Moment schlug Ignatius Eggs die Augen auf. Seine Stimme klang undeutlich und gedämpft unter dem Verband hindurch, aber seine Augen waren klar. Er konnte durch die Verletzung an der Wange kaum sprechen. Doch Bernhard von Weimar verstand, was er sagte. »Wir werden sie finden. Und wenn es das Letzte ist, das ich tue.«

Der Herzog nickte. Er sah plötzlich wieder aus wie ein Greis. »Wir werden sie finden.« Erneut griff er sich mit beiden Händen an den Kopf. Er wankte. Dann stürzte er wie ein gefällter Baum zu Boden.

XII

Johanna träumte. Sie merkte nicht, wie ihr im Schlaf die Tränen über das Gesicht liefen. Sie sah ein abgedunkeltes Zimmer, menschliche Schemen im dämmrigen Licht einiger flackernder Kerzen. Dunkle Gestalten waren um ein breites Bett gruppiert. Eine von ihnen saß zur Rechten des Lagers auf einem Stuhl, neben dem ein kleines Tischchen stand. Auf dem Tischchen waren in wilder Unordnung Papiere verteilt. Sie sah genau das kleine, halb leere Tintenfass und hörte das Kratzen der Feder, die über das Pergament strich, sie vernahm eine leise, murmelnde Stimme, die aus Richtung der Kissen kam. Worte, die der Mann am Tisch in Buchstaben und Linien verwandelte.

Wie Geister warfen die Körper der Menschen bei jeder Bewegung dunkle Umrisse an die Wand und gegen die halb aufgezogenen Bettvorhänge. Trotz des Dämmerlichtes im Raum war sie sich sicher, dass draußen bereits der Morgen graute. Durch einen kleinen Spalt zwischen den zugezogenen schweren Samtvorhängen an den Fenstern drang diffuses Licht. Sie konnte die Anspannung der Männer im Raum fühlen. Rechts neben dem Bett kniete ein Pfarrer, den Kopf gesenkt, die Hände gefaltet, der murmelnd seine Gebete sprach. Und dann sah sie den Tod. Er stand drohend an der linken Seite der Bettstatt und hatte die fleischlose, knochige Hand nach dem Mann ausgestreckt, der dort, von dicken Kissen halb aufgerichtet, unter den Decken lag. Sie konnte durch die Haut des Kranken hindurchblicken wie durch die Wasseroberfläche eines ruhigen klaren Teiches. In seinen Adern pulsierte das Blut in unregelmäßigen Stößen. Und in diesem Blut schwammen kleine schwarze Partikel, die sich an den Wänden der Blutbahnen festfraßen und diese zerstörten. Und jedes Mal, wenn das geschah, weitete sich das knochige Gesicht des Todes unter der schwarzen Kapuze zu einem lautlosen, fleischlosen, Furcht erregenden Grinsen des Triumphes. Gift. In den Adern dieses Mannes floss Gift. Stück für Stück zerstörte es den geschwächten Körper. Sehr langsam, aber mit tödlicher Sicherheit.

Johanna hatte das Gefühl, sie müsse zu dem Kranken laufen, ihn retten, ihn aus den Klauen reißen, die nach ihm griffen. Jemand litt dort, mit dessen Leben auch ihr Leben zu Ende wäre. Sie stöhnte im Schlaf und versuchte sich zu bewegen.

Doch ihre Füße versagten den Dienst. Wie Blei klebten sie am Boden. Sie konnte sich nicht rühren.

Der Mann im Bett richtete sich ein wenig auf, als könne er ihre Gegenwart spüren. Er streckte die Hand aus. Ein Gefühl von bedingungsloser Liebe und großer Sehnsucht erreichte wie ein Sonnenstrahl ihr Herz. Sofort rückte die knochige Kralle des Todes ein wenig näher an ihn heran. Ein Raunen ging durch die Menschen im Raum. Ihre Körper verrieten noch größere Anspannung. Und als der Mann auf dem Bett schließlich mit einem leisen Stöhnen vor Schwäche in die Kissen zurücksank, da erkannte sie ihn. Er war es. Bernhard von Weimar. Ihr Herz, ihre Seele, ihr Leben. Und er starb. Sie sah, wie auch die andere Hand des Todes unter dem dunklen Mantel hervorkam. Sie griff dem Herzog in die Brust. Und als sie sich wieder vom Körper des Mannes im Bett hob, schlug ein blutendes, rotes, warmes Herz zwischen den knochigen Fingern. Wieder ging ein Raunen durch die Menschen. Die Stimme des betenden Pfarrers wurde lauter und drängender. Ein leuchtender Nebel stieg aus dem Bett, eine Gestalt aus sprühendem, goldweißem Licht. Sie schlang sich um den Tod. Der verblasste, ließ das Herz fallen und löste sich schließlich in nichts auf, als wäre er niemals dort gewesen.

Sie stand noch immer auf ihrem Beobachtungsposten, unsichtbar für die Menschen im Raum. Sie war noch immer wie gelähmt. Ihr Verstand weigerte sich zu erfassen, was sie eben gesehen hatte. Da kam das Licht auf sie zu. Sie spürte eine leichte Hand, so leicht wie die Feder eines Vogels an ihrem Gesicht. Plötzlich war sie eingehüllt von Licht und einer Liebe, so stark wie das Leben selbst. Einer Liebe jenseits der Zeit. Sie meinte, eine leise Stimme zu hören, ein Flüstern nur, ein kaum vernehmbares Raunen, das schon verklungen war, ehe es aufstieg. »Ich werde dich wieder finden, Liebste. In einer anderen Welt, in einem anderen Leben. Lebe. Lebe für mich. Solange du lebst, gibt es mich auch. Kämpfe für dich und für unser Kind. Räche den Verrat, übe Vergeltung an denen, die uns verrieten.«

Die Schlafende krümmte sich auf dem klammen, faulig stinkenden Stroh zusammen. Ein stechender Schmerz fuhr durch ihren Unterleib. Johanna griff sich, noch immer im Halbschlaf, an den Bauch. Bereits im Aufwachen wusste sie, dass etwas geschah. Etwas so Furchtbares, dass ihr Verstand sich weigerte es zu erfassen. Ihre Augen öffneten sich nur widerwillig und sahen als Erstes wieder die Quadersteine ihres Verlieses, die im dünnen Licht des grauen Morgens nass glänzten, das durch ein kleines Fenster in das enge Verlies fiel. Die junge Frau richtete sich hastig auf. Sie stöhnte. Dieser Schmerz war unerträglich. Eine Ratte schoss bei ihrem abrupten Aufsetzen quiekend in den dunklen Schatten einer Ecke. Wieder dieser Schmerz, der ihren Unterleib zusammenzog. Dieser entsetzliche Schmerz.

Johanna spürte, wie es feucht zwischen ihren Beinen in das stinkende, dreckige Stroh sickerte. Ihr Kind. Sie verlor ihr Kind! Sie keuchte, alles in ihr wehrte sich. Ihr Körper, ihr Geist, ihr ganzes Sein versuchten dieses Kind festzuhalten, es zu retten. Doch wieder warf sie dieser entsetzliche, ziehende Schmerz auf das Stroh zurück. Johanna spürte, wie ihr Körper losließ. Dann folgte ein furchtbarer Krampf und sie wusste, dass ihr das Leben in ihrem Schoß entglitt. Dass ein kleines, noch lange nicht fertiges Herz aufhörte zu schlagen, dass eine kleine unschuldige Seele ging ... Ihr Körper bäumte sich auf unter einem letzten, entsetzlichen Krampf in ihrem Unterleib. Noch ehe ihr erwachendes Bewusstsein es erfasst hatte, wusste ihr Inneres mit absoluter Sicherheit, dass sie soeben die beiden wichtigsten Menschen in ihrem Leben verloren hatte. Der Herzog war tot. Und auch ihr Kind. Sie fühlte, wie der Wahnsinn kam, mit tausend klebrigen Tentakeln Besitz von ihr ergriff und ihren Körper schüttelte. Ihr Verstand weigerte sich zu begreifen. Und ein Schrei tiefster Verzweiflung stieg in diesem dunklen Verlies auf, schwang sich durch das kleine vergitterte Fenster und flog hinauf zu den verblassenden Sternen, die ihr Glänzen unter einer Wolke verhüllten.

Ein zerlumpter Bettler, der am Fuß der rauen Quadersteine der Bastille etwas Schutz vor der Kühle der Nacht und Ruhe gesucht hatte, schreckte hoch. Da drinnen brüllte eine Irre. Ein verzweifeltes Tier, das sich in Todesqualen wand. Der Mann bekreuzigte sich hastig. Es war eine von Gott verfluchte Welt, in der Menschen andere Menschen so leiden ließen. In diesem gottverfluchten Paris. Durch diesen gottverfluchten Kardinal und seinen König.

Johanna hatte gar nicht bemerkt, dass sie es gewesen war, aus deren Mund, deren Herzen, deren Seele es schrie. Sie war nicht mehr bei sich selbst. Dieses laute Geräusch einer Stimme, die da plötzlich zwischen den Wänden ihres Verlieses hallte, hatte nichts mit ihr zu tun. Sie empfand nur eine große Leere. Ihr Unterleib schmerzte nicht mehr, die schrecklichen Krämpfe hatten aufgehört. Sie spürte, wie das Blut langsam aus ihr heraussickerte. Sie tat nichts dagegen, wollte nichts tun. Wollte sich nur diesem langsamen Fluss des Blutes hingeben, nichts mehr denken, langsam verlöschen. Sie spürte kein Leben mehr und keine Sehnsucht danach. Der Tod war ihr willkommen. Sie dämmerte vor sich hin, ein Mensch ohne Wahrnehmung seiner selbst. Und dann hörte sie sie wieder diese Worte, seine Stimme. Sie kam von weit her, von jenseits der Zeit. »Lebe, Liebste, lebe. Lebe für mich. Bewahre mein Erbe und räche meinen Tod.«

Da erst schaltete sich wieder ihr Verstand ein. Der Lebenswille begann sich zu rühren. Für ihn. Sie musste leben. Denn solange sie in dieser Welt war, würde auch er da sein. Tief in ihr, für immer ein Stück ihrer Selbst. Und jene, die ihn zerstört hatten, seine Pläne durchkreuzt, ihn hintergangen und ermordet, durften nicht siegen. Das war sie ihm schuldig.

Sie versuchte aufzustehen, um an die eisenbeschlagene Türe ihres Gefängnisses zu kommen. Doch sie war zu schwach und sackte zusammen. Ihr blutdurchtränktes Mönchshabit wickelte sich klamm um ihre Beine. Da glitt sie zu Boden, kroch auf allen vieren zur Türe und hämmerte mit beiden Fäusten dagegen. Ohne lange darüber nachzudenken, begann sie wieder zu schreien. »Hilfe, helft mir bitte, ich verblute.« Verwundert hielt sie inne, erstaunt über den Klang dieser Stimme, die sie seit rund anderthalb Jahren nicht mehr gehört hatte. Sie war anders geworden, heiser, rauer. Ihre Zunge fühlte sich schwer an, wollte die Worte kaum formen. Sie versuchte es noch einmal, zuerst etwas leiser. Wieder kam ein Laut. Ihr Mund formte daraus erneut das Wort »Hilfe.« Anfangs fast flüsternd, dann deutlicher, und schließlich so laut sie konnte. »Hilfe, Hilfe, helft mir.« Sie hämmerte sich die Fäuste blutig an den Eisenbeschlägen der Türe. Da endlich hörte sie das Geräusch von Schritten auf dem Steinfußboden, die langsam näher schlurften, und eine ärgerliche Stimme. Klirrend drehte sich der Schlüssel, im Schein einer Kerze erschien das verrunzelte Gesicht eines älteren Mannes mit wirren weißen Haaren im immer größer werdenden Spalt.

»Was willst du, Mönchlein? Es ist noch lange nicht Essenszeit für dich. Kannst du nicht einfach zum Teufel gehen? Und ich dachte, du seist stumm. Was fällt dir ein, mich durch die kalten Gänge zu hetzen? Und das bei meiner Gicht. Wenn der Kardinal mir nicht eingeschärft hätte, gut auf dich aufzupassen ...« Er bückte sich zu ihr hinunter.

Johanna verstand nicht, was der Mann sagte. Sie sprach nur wenige Brocken Französisch. Doch sie hörte, wie die Stimme des Alten stockte und plötzlich nicht mehr ärgerlich, sondern besorgt klang. Der Schein seiner Kerze war auf das Blut am Boden gefallen.

»Mon Dieu!« Der Alte keuchte. Dann schlurfte er eilig zur Türe hinaus, ohne sich die Mühe zu machen, sie wieder abzuschließen. Dieser Mönch würde nicht mehr fliehen. Das war offensichtlich.

Kurze Zeit später kam er mit einer Frau zurück. Ebenso alt und ebenso verschrumpelt wie er. Die Alte warf nur einen Blick auf Johanna. »Das ist kein Mann, du Idiot«, zeterte sie. »Siehst du das nicht? Das hier ist eine Frau. Und sie hat gerade ihr Kind verloren. Diese Männer sind wirklich zu dumm. Beeil dich, sag dem Kardinal Bescheid. Hoffentlich überlebt sie. Sonst lässt er uns den Kopf abschlagen.« Der jammernde Ton wurde immer lauter.

Doch er glitt an Johanna vorbei. Sie fühlte nicht mehr, wie die Alte versuchte sie mit ihren schwachen Kräften aus der Zelle zu ziehen und die Treppe hinaufzuzerren. Ihre Seele hatte sich wieder vor ihrem Bewusstsein verschlossen, um die Wirklichkeit nicht ertragen zu müssen. Sie hatte getan, was sie konnte, um zu überleben. Nun überließ sie sich dem Willen Gottes.

Johanna schlug die Augen auf. Sie kehrte nur unwillig in die Wirklichkeit zurück. Sie fühlte sich warm und geborgen. Nur ihr Magen verkündete ihr unmissverständlich mit einem Knurren seine Bedürfnisse. Ihr Mund war trocken. Sie hatte furchtbaren Durst. Zuerst begriff sie nicht, was sie um sich herum fühlte. Weiche, weiße Kissen, die Daunendecke reichte ihr fast bis ans Kinn. Wo war sie? Bilder eines dunklen Verlieses, von stinkendem, faulendem feuchtem Stroh bildeten sich vor ihrem inneren Auge. Ein Albtraum, das alles musste ein Albtraum gewesen sein. Es war nie geschehen, es durfte nie geschehen sein. Doch die Gewissheit ließ sich nicht mehr zurückdrängen. Die Wahrheit kroch in die Winkel ihres Verstandes, füllte sie aus. Johanna griff sich unter der Decke an den Unterleib. Nichts. Dort war kein Leben mehr, dort wuchs kein Kind mehr heran. Sie stöhnte auf. Im selben Moment sah sie wieder den sterbenden Mann in seinem Krankenbett, so wirklich, als wäre sie dabei gewesen. Sie schluchzte auf, als die Gewissheit sich immer mehr verdichtete: Sie hatte ihr Kind verloren. Und den Mann, der ihr mehr bedeutete als ihr eigenes Leben. Sie zweifelte keinen Moment daran, dass Bernhard von Weimar gestorben war. Vergiftet von seinen Feinden. Er konnte nicht mehr kämpfen. Nun musste sie es für ihn tun. Irgendwie. Johanna presste ihre Faust vor den Mund, um nicht zu schreien. Schreien? Da erinnerte sie sich auch an ihre Stimme. Die Stimme, die wiedergekommen war, wie um sie zu verhöhnen. Nur damit sie den schrecklichsten Moment ihres Lebens in Worte fassen, ihm einen Klang geben konnte.

Ein Gesicht schob sich in ihr Blickfeld. Graue Augen musterten sie mit einer Mischung aus Besorgnis und Erleichterung. Sie erblickte das Gesicht einer etwa vierzigjährigen Frau, die Haare fast verborgen unter einem weißen Häubchen. Dann hörte sie das Murmeln der Stimme ihrer Bewacherin. Trotz ihrer mangelhaften Französischkenntnisse verstand Johanna die Bedeutung der Worte. »Sie ist aufgewacht. Gott sei Dank.« Dann kam noch ein unverständliches Gewirr von Sätzen und schließlich der Name »Richelieu.«

Johannas Verwirrung wuchs. Und dann, wie ein Schlag, wurde ihr das ganze Ausmaß ihrer Lage wieder klar. Sie war die Gefangene von Jean Armand de Plessis, dem Ersten Minister Frankreichs. Seine Schergen hatten sie entführt, gerade als sie so voller Hoffnung gewesen war. Auf dem Weg nach Hause. Zu dem Mann, den sie liebte, und den sie in diesem Leben niemals wieder sehen würde. Doch angesichts dieser letzten Gewissheit verlor die Erkenntnis, dass sie eine Gefangene war, ihren Schrecken. Es gab nichts mehr, was sie zu verlieren hatte.

Gewänder raschelten, das Gesicht der Frau verschwand aus ihrem Blickfeld. Der Saum eines Kleides strich über den Boden. Dann hörte sie das Öffnen und Schließen einer Türe. Danach war Stille.

Mühsam setzte sich Johanna etwas auf und blickte sich um. Die Zunge lag wie angeklebt an ihrem ausgetrockneten Gaumen. Sie befand sich in einem winzigen Zimmer ohne Fenster. Auch konnte sie beim besten Willen keine Türe entdecken. Ihr Bett hatte weiße Spitzenvorhänge. Die Tapete des kleinen Zimmers war gelb-blau gestreift, mit goldenen Linien zwischen den Farben. An der Wand gegenüber ihrem Bett hing ein etwa ein Meter hoher Spiegel. Im Halbdunkel, nur erhellt durch Kerzenflammen, erblickte sie darin – wie eine Erscheinung aus einer fremden Welt – ihr eigenes Gesicht. Bleich, eingefallen, mit wirren, ungekämmten Haaren und tiefen Ringen unter den Augen.

Wieder vernahm sie ein Geräusch. Es schien von jenseits der Wand zu kommen. Johanna wandte den Kopf. Wie von Geisterhand geschaffen erschien plötzlich ein dunkler Spalt in der Wand, der sich schnell vergrößerte. Dahinter sah sie schemenhaft zwei Gestalten: die einer Frau, die vorausging, und die eines zierlichen Mannes, der nicht viel größer war als seine Begleiterin. Johanna erkannte die Frau, die vorhin bei ihr im Zimmer gewesen war. Und dann wurde ihr schlagartig klar, wer sie außerdem besuchte. Elegant glitt er ins Zimmer, ein Edelmann im Purpur des Kardinals. Die schmalen Hände mit den langgliedrigen Fingern hatte er vor der Brust gefaltet. Das Gold und die Steine seines Siegelringes blitzen im Schein der Kerzen. Das Gesicht war unbewegt, nur die sinnlichen, leicht zusammengepressten Lippen und das leichte Zittern des kleinen Kinnbartes verrieten, dass dieser Mann erregt war. Er verbeugte sich galant vor ihrem Bett, so als träte er an das Lager einer Königin. »Gestattet mir, mich vorzustellen: Jean Armand du Plessis, Duc de Richelieu. Ich sehe, Ihr seid aufgewacht, Madame. Welche Freude.« Seine Augen musterten die junge Frau im Bett abschätzend und spöttisch.

»Es ist nicht notwendig, dass Ihr Euch über mich lustig macht.« Mit ungebrochener Verwunderung horchte Johanna dem rauen Klang der Stimme nach, die ihre eigene war. Sie konnte es immer noch nicht fassen.

Der erste Minister des Königs von Frankreich runzelte die Stirn. Er hatte nicht verstanden, was Johanna in ihrer Muttersprache gesagt hatte. Er wandte sich zur offenen Tapetentüre und machte eine gebieterische Bewegung mit seiner schlanken, beringten rechten Hand. Da tauchte aus dem Dunkel des Rahmens der Tapetentüre eine zweite männliche Gestalt auf. Das Wiedererkennen traf Johanna wie ein Schock. Das war Merlinus, der Zauberer, ihr Entführer. Auch er verbeugte sich galant. »Es ist mir eine Freude, Euch wieder wohlauf zu sehen, auch wenn Ihr wohl noch etwas schwach seid. Der Tod war Euch sehr nahe, Johanna von Laufenburg. Nun, da Ihr unter Freunden seid, meine Schöne, denn als solche bittet Euch der Kardinal uns zu betrachten, wird es Euch bald wieder besser gehen. Mein Herr hat mich gebeten ihm als Übersetzer behilflich zu sein. Denn wie es scheint seid Ihr des Französischen nicht allzu gut mächtig und der Kardinal bedauert außerordentlich, dass er Eure Sprache nicht beherrscht.«

Johanna musterte die Männer eine Weile schweigend. Sie musste Kraft sammeln, irgendwie ihre Gedanken ordnen. Sie räusperte sich. »Könnte ich bitte etwas Wasser haben?«

Merlinus musterte sie verwirrt. »So stimmt es also wirklich. Ich konnte es nicht glauben, bis zu diesem Moment, da ich Eure Stimme höre. Ihr könnt wieder sprechen. Welch ein Wunder.« Seine Worte klangen salbungsvoll. »Wir preisen die Gnade des Herrn, der dieses Wunder möglich machte.«

In Johanna erwachte der Zorn. Sie wäre diesem Heuchler am liebsten an die Gurgel gesprungen. Doch ihre Schwäche und ein eiserner Wille hielten sie zurück. Sie würde sich vor ihren Feinden keine Blöße geben.

Die Frau reichte ihr einen silbernen Becher mit Wasser. Johanna musste sich alle Mühe geben, es nicht gierig hinunterzuschütten. Ihr ganzer Körper schrie nach Flüssigkeit. Trotz aller Bemühungen war der Becher im Nu leer. Ihre Betreuerin – oder sollte sie besser sagen, Bewacherin? – füllte ihn sofort erneut. Wieder trank Johanna, diesmal weniger hastig.

Der Kardinal machte wieder eine herrische Handbewegung und sagte einige französische Worte zu Merlinus. Dieser verbeugte sich unterwürfig. »Mein Herr, der hochehrwürdige Kardinal bittet mich Euch zu fragen, wie Ihr Euch fühlt. Verzeiht mir, wenn ich Euch Schmerz bereiten sollte. Aber kann es sein, dass Ihr das Kind verloren habt, das Ihr unter dem Herzen trugt? Die Frucht aus den Lenden unseres hoch geschätzten Verbündeten, des Herzogs Bernhard von Weimar. Jenes Kind, das er zu seinem Erben machen wollte?«

Die Worte waren wie Stiche. Doch Johanna ließ sich nichts anmerken. Ihr bleiches Gesicht blieb unbewegt, als sie den Kardinal direkt anschaute. Doch er spürte den Hass in ihr. Ihre Augen hielten seinen Blick gebieterisch fest, als wäre sie wirklich die Königin, als die er sie behandelte. »Oui, Monseigneur«, sagte sie leise. »Aber ich wusste nicht, dass er plante unser Kind zu legitimieren.«

Armand de Plessis war beeindruckt von der Würde dieser jungen Frau. Er hatte erwartet, eine völlig gebrochene, zerstörte Persönlichkeit vorzufinden, eine dieser plumpen, ungehobelten groben Frauen aus dem Volke. Und nun sah er sich einem Menschen gegenüber, der seinen Spott und seine übertriebene Galanterie durch eine ganz besondere Haltung zunichte machte, einer Frau, die seine gespielten Huldigungen annahm, als stünden sie ihr völlig selbstverständlich zu. Bewunderung begann in ihm zu wachsen. Trotz der Krankheit und der schweren Stunden, die sie durchgemacht haben musste, war die fast zerbrechlich wirkende Schönheit Johannas deutlich zu sehen. Er ertappte sich dabei, wie er den Herzog, diesen unverschämten Condottiere, um diese Frau beneidete.

Er wandte sich an Merlinus und sagte einige Worte. Johanna zog fragend die Augenbrauen hoch.

»Der Erste Minister Frankreichs bedauert es sehr, das zu hören«, übersetzte Johannas Entführer. »Zumal es ihm natürlich sehr unangenehm ist, dem Herzog so schreckliche Nachrichten übermitteln zu müssen. Und leider verliert damit Eure Anwesenheit hier in Paris auch etwas von ihrem Wert. Nicht, dass Ihr eine

Geisel des Kardinals wärt. Versteht das nicht falsch. Aber wie Ihr vielleicht wisst, haben die französische Krone und der Herzog von Weimar noch einige Verhandlungen zu führen. Und der Kardinal hofft sehr, dass Eure, äh, Anwesenheit hier geeignet ist, die guten Argumente der französischen Krone für den Herzog noch nachvollziehbarer zu machen. Hättet Ihr das Kind nicht verloren, dann wäre das um einiges leichter gewesen.« Der letzte Satz klang fast vorwurfsvoll.

Johanna richtete sich auf. Sie saß nun kerzengerade im Bett, das Kinn vorgeschoben. Sie sagte kein Wort. Es war überflüssig zu bemerken, dass sie ohne diese Entführung ihr Kind nicht verloren hätte, ohne die Nächte im kalten Verlies, zwischen Ratten und auf faulendem Stroh. Überflüssig zu sagen, dass sie sehr wohl wusste, warum sie nun nicht mehr in diesem Verlies war. Weil der Kardinal fürchtete, seine Geisel ganz zu verlieren. Er wollte Breisach. Und dafür war ihm jedes Mittel recht. Außerdem war für sie Gewissheit, was in der französischen Hauptstadt noch niemand zu wissen schien. Bernhard von Weimar lebte nicht mehr. Er würde mit niemandem mehr verhandeln. Sie musste nachdenken, sich Zeit verschaffen. Der Hass, der wieder in ihr aufstieg, drohte jeden klaren Gedanken zu vernebeln.

Sie legte die Hände an die Schläfen. »Verzeiht, meine Herren, ich bin nur eine schwache Frau, die gerade nach langer Bewusstlosigkeit aufgewacht ist …«

Das war eindeutig ein Hinauswurf. Armand des Plessis runzelte ärgerlich die Stirn, als er die Übersetzung von Merlinus vernahm. Doch dann verbeugte er sich erneut, dieses Mal schien die Geste ehrlich zu sein. »Ich schätze Mut, wo ich ihn finde, Madame«, sagte er ernst.

Merlinus übersetzte die Worte nicht. Das war auch nicht notwendig. Johanna hatte im Blick des Kardinals gelesen, was er sagen wollte. Sie verkniff sich ein Lächeln und neigte ihren Kopf huldvoll wie eine Fürstin, die ihren Vasallen verabschiedet.

Im Hinausgehen wandte Richelieu sich noch einmal um und

sagte einige Worte zu Merlinus. Dieser verbeugte sich. Dann war der Kardinal wieder hinter der Tapetentüre verschwunden.

Fragend sah Johanna ihren Entführer an. Merlinus lächelte. »Ihre Eminenz meinten, Ihr wärt ein ausnehmend ... attraktiver Gast. Er bedauert es sehr, Euch nicht am französischen Hofe vorstellen zu können, dem Ihr zur Zierde gereichen würdet. Aber in Anbetracht der ... besonderen Umstände hält er es für angemessen, Euch so schnell wie möglich aus Paris fortzuschaffen. Er glaubt, Landluft wäre Eurer Gesundheit bestimmt förderlich. Deshalb wird er Euch nach Richelieu bringen lassen, der Stadt, die in seinem Auftrag gebaut wird. Dort, in seinem Schloss, seid Ihr in Sicherheit. Und ich habe die Ehre, Euch dorthin zu eskortieren. Doch nun ruht Euch aus. Wir reisen erst nach Einbruch der Dunkelheit.« Er wandte sich ab, um das Zimmer zu verlassen.

Johannas Stimme hielt ihn zurück. »Welchen Tag hatten wir gestern?«, fragte sie leise. Der Mann sah sie erstaunt an. Er verstand den Sinn ihrer Frage nicht. Was half es in ihrer Lage zu wissen, welcher Tag gestern war? Dann erhellte sich sein Gesicht, um gleich darauf in einer Maske gespielten Mitgefühls zu erstarren. »Ihr wollt wissen, an welchem Tag Ihr Euer Kind verloren habt?«

Johanna nickte.

»Gestern war der 8. Juli 1639.«

Nachdem auch Merlinus gegangen war, wurde Johanna das ganze Ausmaß der Gefahr klar, in der sie schwebte. Noch wusste niemand am französischen Hof, dass Bernhard von Weimar nicht mehr lebte. Doch sobald die Nachricht nach Frankreich durchdrang – und das konnte nicht mehr lange dauern –, war ihr Leben für Kardinal und König wertlos. Der Tod des Herzogs bedeutete auch ihr Todesurteil. Der Kardinal konnte es sich nicht leisten, sie am Leben zu lassen. Dafür wusste sie viel zu viel. Sie konnte nur hoffen, dass ihr auf dem Wege nach Richelieu, wo immer das auch sein mochte, die Flucht gelang. Johannas Körper begann unkontrolliert zu zittern. Doch ihr Verstand arbeitete jetzt ruhig und klar. Immer wieder hörte sie Bernhard von Weimars letzte Worte: »Lebe, Liebste.« Sie war eisern dazu entschlossen. Erneut wurde sie von einer Welle des Zorns erfasst. Zorn auf die Menschen, Zorn auf die Gier der Verräter und Mörder, Zorn auf diese Welt und diesen Gott, der dies alles zuließ, ohne dass ein Blitz vom Himmel fuhr und dieses Natterngezücht in den Schlund der Hölle schleuderte. Wenn es keine göttliche Gerechtigkeit gab, dann würde sie dafür sorgen, dass wenigstens die irdische zu ihrem Recht kam. Sie wusste nicht wie oder wann. Aber sie würde es schaffen. Jetzt nahte die Zeit der Abrechnung. Dann erst kam die Zeit für Trauer.

Johanna drehte sich zur Seite. Sie musste ausruhen und Kraft sammeln. Johanna von Laufenburg würde nicht für den Rest ihres Lebens vergessen in einem dunklen Verlies vor sich hin und dem Tode entgegenfaulen, ihren Nacken unter das Schwert des Henkers beugen oder auf dem Scheiterhaufen enden wie einst Johanna von Orleans, ihre unglückliche Namensvetterin. Die unsichtbare Rüstung des Zorns, ein Wille aus Eisen, konnten ebenso scharfe Waffen sein wie ein Degen. Sie schloss die Augen. Und während sie in den Schlaf hinüberdämmerte, durchfuhr sie eine plötzliche Erkenntnis. Der Tod am Bett Bernhards hatte die Züge von Jean Armand de Plessis, Kardinal von Richelieu gehabt.

Der Mann und die Frau sprachen wenig während ihrer Reise. Die Vorhänge der Kutsche blieben zugezogen. Merlinus erlaubte Johanna nicht, hinauszuschauen. Doch seine Bewunderung für diese stille Frau, ihre besondere Würde, ihre zerbrechliche Schönheit wuchs mit jedem Tag, den sie gemeinsam im holpernden, schlingernden Gefährt verbrachten. Sie spürte, dass er sie beobachtete, versuchte sie einzuschätzen. Doch sie verschloss ihr Gesicht. Was sie während dieser gemeinsamen Tage dachte, erfuhr er nie. Sie hatte einen undurchdringlichen Panzer aus Eis um sich errichtet.

Sie kamen mit dem Heraufdämmern eines klaren, sonnigen Tages in Richelieu an. »Wir sind jetzt in der Stadt des Kardinals. Wir fahren gerade durch das Nordtor. Zieht die Vorhänge zur Seite. Schaut.«

Überrascht betrachtete Johanna ihr Gegenüber. Die ganze Reise über hatte er ihr genau dies verboten. Sie zögerte. Merlinus nickte ihr zu. Was Johanna dann sah, nahm ihr den Atem. Die Kutsche fuhr gerade durch ein Tor von eindrucksvollen Dimensionen. Eine schnurgerade Allee lag vor ihnen, im rechten Winkel gekreuzt von anderen Straßen. In der Ferne erkannte sie ein Schloss, das in nichts zu vergleichen war mit allem, was sie jemals gesehen hatte. In der Nähe des Tores war ein kleiner Platz oder besser dessen erste Umrisse zu sehen. Überall werkelten trotz der frühen Morgenstunde die Handwerker. Steinmetze meißelten grobe Quader für halb gebaute Häuser, Zimmerleute bearbeiteten die Balken. Doch die Allee war menschenleer. Ihr einziger Sinn schien darin zu bestehen, jeden, der in diese Stadt kam, auf die Residenz zuzuführen, als ein Tor zur Welt von Richelieu.

Merlinus machte eine Geste, die all dies umfasste: »Hier seht Ihr die Größe und den Geist, das Streben nach Vollkommenheit, erdacht von einem genialen Mann. Ein klares, bewusstes Bollwerk des Verstandes gegen das Chaos der Unwissenheit.«

Johanna erwiderte nichts. Ihr Blick war gebannt auf das gerichtet, was sie sah, während die Pferde der sechsspännigen Kutsche weiter dahinpreschten. Auch vor dem riesigen Schloss gab es einen Platz, das sah sie jetzt. Hier waren die Häuser bereits bewohnt. Und auch er schien keine andere Funktion zu haben, als den Anblick dieser atemberaubenden Residenz noch zu betonen. Sie vergaß sich selbst und ihre Lage völlig, je näher die Kutsche dem Schloss kam. Gerade vertikale Linien, wohin sie schaute, nur durchbrochen von den horizontalen Reihen unzähliger Fenster. Am linken Flügel empfing ein Anbau mit vier Fenstern und einem Kamin wie ein erwartungsvolles, klares Gesicht die Besucher. Im Mittelteil, als Achse zwischen zwei Polen, war eine Art Turm angebaut, der den linken und den rechten Flügel miteinander verband. Seine Formen wurden in einem weiteren Anbau am Ende des rechten Flügels wieder aufgegriffen. Johanna atmete tief durch. Das hier war kühn, aufwärtsstrebend und zugleich erdverbunden. Hier hatte sich ein Kirchenfürst einen Tempel des Verstandes gebaut, einen Palast des Denkens, eine Pforte aus dem Höllental des Aberglaubens in eine klarere vergeistigte Welt. Johanna wurde mit einem Schlag bewusst, welch mächtigen kühlen Geist sie sich da ohne ihr Zutun zum Feind gemacht hatte. Und welche tiefen Gefühle mussten diesen Mann beherrschen, der sich ein solches Haus baute. Ein Schloss für die Ewigkeit, entstiegen aus einem Traum von einer anderen Welt. Einer Welt, in der alles seinen festen, genau umrissenen Platz hatte und in der es keine Enge gab.

Merlinus ahnte ihre Gedanken. Er sah, wie beeindruckt sie war. Ebenso wie er, als Jean Armand de Plessis ihn zum ersten Mal hierher geholt und ihm zusammen mit seinem Architekten Jaques Lemercier die Pläne für diese Residenz erklärt hatte. Er war von diesem großen Geist zutiefst beeindruckt gewesen, von diesem Mann, der die Zukunft vorauszusehen schien und ihr mit seinem Schloss, mit seiner Stadt in der Gegenwart eine Form gegeben hatte. Und doch, da war auch die andere Seite dieses Mannes, der ein Großer seiner Zeit war und dennoch ein Getriebener. Ein Mann der Gegensätze. Dieser Sohn des Adeligen François de Richelieu und der Anwaltstochter Suzanne de la Porte war ein Visionär, ein Schwärmer und Idealist auf der einen Seite, ein kalter, grausamer Planer, manchmal sogar ein Kleingeist, wenn es um die eigenen Belange und die Frankreichs ging. Macht ging ihm vor Religion. Ein Mensch, der vor nichts zurückschreckte, den das Leid anderer nicht berührte, die er auf dem Weg zu seinen Zielen am Wegesrand gebrochen zurückließ. Ein Kardinal, der die Menschen beherrschen wollte, mit ihnen spielte. Wie Gott. Und doch war auch er nur endlich. »Das ist der in Stein gehauene Sieg des neuen wissenschaftlichen Denkens, des Sammelns von Beweisen über den Glauben. Richelieus Turm zu Babel.« Dieser Satz war ihm mehr unbewusst entschlüpft. Erst durch den Nachhall der eigenen Worte merkte er, dass er überhaupt gesprochen hatte.

Johanna musterte den Magier erstaunt. Das klang so gar nicht nach Merlinus, dem unbeschwerten Lebemann, dem Schauspieler an den Höfen der Großen, dem skrupellosen Handlanger im Dienste der Macht. Das war ein völlig anderer Ton. »Wer seid Ihr?«

Merlinus lächelte. Es war ein eher trauriges Lächeln. »Ich bin ein Wanderer zwischen den Welten.« Mehr sagte er nicht.

Die Sonne des Poitou auf ihrem Gesicht ließ Johanna für einige Momente ihre Lage vergessen. Es war früher Nachmittag. Die Residenz des Kardinals lag wie verlassen da. Die Menschen machten Mittagspause. Auch viele der Bediensteten gönnten sich einige Minuten der Ruhe. Wieder einmal hielt sie den Atem an angesichts all dieser Schönheit, die sie umgab. Der riesige Park der Residenz des Kardinals schien nicht enden zu wollen und war sorgsam angelegt. Auch hier fand sie jene Klarheit und Kühnheit des Denkens wieder, die sie schon in der Anlage der Stadt und des Schlosses fasziniert hatte. Sie war allein. Zumindest fast. Sie spürte die Augen, die jeden ihrer Schritte bewachten. Doch die Aufseher hielten sich im Hintergrund, belästigten sie nicht. Sie konnte sich im Wesentlichen frei bewegen. Er war schon ein galanter Mann, dieser Kardinal. Selbst im Umgang mit seinen Gefangenen. Sie lächelte bitter.

Da hörte sie ein Geräusch, ganz leise nur. Tritte von Sandalen auf Gras. Johanna drehte sich um. Der Mann, der sich näherte, trug das braune einfache Habit der Karmeliter. Er kam ihr vage bekannt vor. Doch das wirkliche Erkennen kam erst, als er sie ansprach, jene halb galante, halb spöttische Verbeugung machte, die sie inzwischen so gut kannte. »Ihr wolltet wissen, wer ich bin, Madame. Nun, ich denke, es besteht kein Grund mehr, meinen Namen zu verschweigen. Gestattet, dass ich mich vorstelle: Léon de Saint-Jean, Berater des Kardinals – Spion und Entführer in seinen Diensten. Letzteres ist übrigens nichts, worauf ich besonders stolz bin.«

Johanna erstarrte. Diesen Namen hatte sie schon gehört. Er war der Nachfolger von Père Joseph, der grauen Eminenz hinter den Entscheidungen des Ersten Ministers Frankreichs. Dass er ihr nun seine Identität preisgab, konnte nur eines bedeuten. Sie würde niemals mehr die Gelegenheit haben, darüber zu sprechen, würde niemals der Welt von der Rolle Frankreichs beim Tode Bernhard von Weimars berichten können. Sie hatten erfahren, dass der Herzog tot war. Nun würden sie auch sie töten. Sie war von keinem Nutzen mehr.

Doch die Panik, die sie erwartet hatte, blieb aus. Im Gegenteil, sie wurde völlig ruhig. Etwas in ihr wusste, dass ihre Zeit noch nicht gekommen war. Sie sagte nur ein Wort: »Wann?«

Léon de Saint-Jean betrachtete sie mit hochgezogenen Augenbrauen. Diese Frau sah mehr, als sie zeigte. Begriff mehr, als sie sagte. Seine Bewunderung für ihre Haltung stieg. Ihre Lage, jeder zusätzliche Schlag schien sie eher stärker zu machen, als ihr Angst einzuflößen. Doch die Lügen und Heimlichkeiten der letzten Monate ließen sich nicht so leicht abschütteln. Sie hatten begonnen, an seinem Wesen zu kleben wie Honig. Unwillkürlich tat er auch diesmal wieder, als wisse er nicht, was sie meinte.

»Was wollt Ihr damit sagen, meine Tochter?«

Johannas Stolz regte sich. »Haltet mich nicht für törichter, als ich bin, Vater. Es klingt seltsam, wenn ich dieses Wort Euch gegenüber verwende. Aber das seid Ihr doch: ein Mann der Kirche, Mitglied eines Bettlerordens. Ein Mann des Glaubens. Ein ... Hirte, der seine Schäfchen in die Verdammnis führt. Wollt Ihr wirklich, dass ich es ausspreche? Also gut, wenn Ihr zu feige dazu seid, ich bin es nicht, Pater. Ich habe nichts zu verlieren. Meine Seele kann zwar auf keine kirchlichen Weihen bauen, aber schwärzer als die Eure ist sie sicherlich nicht. Also, wann sehen wir uns in der Hölle wieder? Wann soll ich sterben, um Euch vorauszugehen? Was ist das nur für eine Kirche, die Diener hat wie Euch?«

Er senkte den Kopf. Seine ganze Selbstsicherheit war wie weggeblasen, die lockere Galanterie des Lebemannes verschwunden wie seine Kleider. »Lasst uns ein Stück gehen, Johanna von Laufenburg.« Er zögerte. »Ich habe Euch einiges zu berichten und – zu beichten.«

Johanna nickte. Der Karmeliter und die zierliche junge Frau boten jedem Betrachter von weitem ein idyllisches Bild. Sie wirkten wie ein Priester und sein Beichtkind. Johanna wartete. Es dauerte eine Weile, bis Léon de Saint-Jean zu sprechen anhob. »Zuerst lasst mich Euch sagen, ich bin nicht stolz auf meine Rolle in diesen Ereignissen. Ich habe Euch genau beobachtet. Ihr wart zwar die Geliebte des Herzogs, aber Ihr seid auch nach wie vor eine treue Tochter der Kirche. Auch wenn die Kirche Euer unmoralisches Verhalten natürlich nicht billigen kann. Oder seid Ihr etwa zur Reformation übergetreten?«

Johanna schüttelte den Kopf. »Das ist eine seltsame Frage unter diesen Umständen, Pater, meint Ihr nicht? Und eine seltsame Moral. Außerdem, was soll das heißen – Ihr *wart* die Geliebte des Herzogs?«

Der Karmeliter schaute sie offen an. »Wie gesagt, ich bin nicht stolz darauf, mit einem Mann wie Johann Ludwig von Erlach paktiert zu haben. Oder mit ...« Er brach ab. »Ihr werdet Beistand brauchen, meine Tochter. Das ist der Grund meiner Frage. Es geht um die Rettung Eurer unsterblichen Seele. Und einen anderen Beistand als mich werdet Ihr nicht bekommen.«

Johanna wusste, was nun kam. »Sagt, was Ihr zu sagen habt.«

»Bernhard von Sachsen-Weimar ist tot.«

Johannas Miene blieb unbewegt. »Das weiß ich, Pater. Ich weiß auch, dass er keines natürlichen Todes starb. Und nun brauchen mich die französische Krone und ihr Kardinal nicht mehr. Also, wann muss ich sterben? Oder seid Ihr zu feige mir das zu sagen? Warum habt Ihr Angst vor einer Frau, die sich nicht wehren kann?«

Der Karmeliter blieb abrupt stehen. »Ich habe Euch in den letzten Tagen immer wieder Johanna von Laufenburg genannt. Wisst Ihr warum?«

Eine kalte Klammer presste Johannas Herz zusammen. »Wollt Ihr mich etwa auf den Scheiterhaufen schicken wie Jeanne D'Arc, jetzt, da ich meine Schuldigkeit getan habe?«

Der Karmeliter schüttelte den Kopf. »Nein, gewiss nicht. Noch ist die Stunde Eures Todes nicht gekommen. Und ich werde persönlich dafür sorgen, dass es ein leichter Abschied von dieser Welt wird, das verspreche ich Euch, meine Tochter. Das ist das Wenigste, was ich für Euch tun kann. Aber Ihr habt ihren Mut. Den Mut der Jungfrau von Orleans.« Er machte eine Pause. »Woher wusstet Ihr vom Ableben des Herzogs und von ...?«

»Von der Art seines Todes, wollt Ihr wissen? Wer hat Blondin denn wohl das Gift gegeben, mit dem er den Herzog Stück für Stück ermordete? Und spart Euch Eure Schmeicheleien. Manchmal gibt es zwischen einem Mann und einer Frau eine Verbindung, die stärker ist als der Tod. Die niemals zerreißt, denn sie steht jenseits von Zeit und Raum und der von Euch so hochgehaltenen Anständigkeit und Moral. Man nennt sie Liebe. Doch davon weiß ein Mann wie Ihr wohl nichts. Die Liebe war es, die mir vom Tod des Herzogs erzählte. Ist es nicht eigenartig, Vater, nun laufen wir hier durch diesen Park, im Angesicht einer Schönheit, die ihresgleichen sucht, und sprechen vom Tod? Wann immer es auch geschehen mag, auch Ihr seid mein Mörder. Könnt Ihr damit leben? Ihr, ein Mann Gottes?«

Léon des Saint-Jean presste die Lippen zusammen. »Ihr solltet beichten, meine Tochter. Und gibt es jemanden, dem ich etwas von Euch ausrichten soll, dem ich eine Botschaft schicken soll, wenn Ihr ...?«

»Wenn ich tot bin, meint Ihr wohl? Ja, es gibt Menschen, die sich um mich sorgen. Einfache Menschen vielleicht, nicht viel wert im Angesicht der Kirche und für die Machtbestrebungen Frankreichs und seines Kardinals. Da ist zum Beispiel Mechthild, die mir in den vergangenen Wochen und Monaten mehr Freundin als Dienerin war. Oder ihr Bruder Ignatius Eggs, der Kapuziner. Oder der Freund meiner Kindertage, Philipp von Wessenberg. Sie haben versucht mich zu retten, wie Ihr wohl wisst. Ihnen würde ich gerne sagen, wie sehr ich sie liebe, wie dankbar ich für ihre Freundschaft bin, wie reich sie mein Leben gemacht haben. Das werde ich wohl nicht mehr tun können, selbst wenn ich freikäme. Das wisst Ihr sehr wohl. Ihr und Eure Schergen habt sie wie die Feiglinge im Schlaf überfallen, sie niedergeschlagen und totgeknüppelt. Ich fürchte, von meinen Freunden lebt niemand mehr.« Zum ersten Mal zeigte ihr Gesicht Trauer. »Und außerdem, warum sprecht Ihr von Mut? Warum sollte ich noch den Tod fürchten? Nein, ich habe nichts zu beichten. Was immer ich auch tat und was immer ich auch tun werde, ich werde es mit meinem Gewissen abmachen – und mit Gott, wenn ich vor sein Angesicht trete. Ebenso wie Ihr, Vater Léon de Saint-Jean. Ihr tut mir Leid. Es wäre besser für die Unsterblichkeit Eurer Seele, die Lebende hätte die Möglichkeit, zu ihren Freunden zurückzukehren, als irgendwem die Nachrichten einer Toten zu überbringen – falls Ihr überhaupt den Mut dazu habt. Aber Ihr habt mit Eurem Mönchshabit wohl auch Euren Glauben abgelegt. Der Allmächtige sei Euch gnädig.« Johanna hatte dies alles völlig ruhig gesagt, ohne jedes Mitleid mit sich selbst. Kein Zusammenbruch, keine Tränen. Umso furchtbarer war die Wirkung ihrer Worte. Der Mann krümmte sich innerlich unter der Verachtung dieser Frau. Doch ihr Mitleid war noch viel schlimmer.

Sie waren an einem kleinen Flüsschen angekommen. Johanna genoss die Kühle im Schatten unter einer Weide, die am Ufer stand. Der Karmelitermönch starrte ins Wasser, das an dieser Stelle über einige große Steine floss und Wirbel bildete. Am Mahlen seiner Kiefer erkannte sie, dass ihre Worte ihn getroffen hatten. »Das ist die Mable«, teilte er ihr unvermittelt mit.

Johanna antwortete nicht. Sie beobachtete die Wasserspiele des Flusses, die Veränderungen im Schatten der Weide, wenn ein

Windstoß durch die Blätter fuhr. Es klang, als würde der Baum leise singen. Léon de Saint-Jean musterte sie von der Seite. »Ich werde tun, worum Ihr mich gebeten habt.«

»Ich habe Euch um nichts gebeten. Es gibt nichts, was Ihr für mich tun könntet.«

»Doch. Ich werde den Menschen, die Ihr nanntet, Eure Nachricht überbringen. Ihnen sagen, dass Ihr an sie dachtet, bevor ...«

Johanna unterbrach ihn abrupt: »Was soll das heißen? Wollt Ihr mir damit sagen, dass sie leben?«

Der Mönch nickte. »Ja, der Major, Ignatius Eggs, Mechthild und dieser Philipp von Wessenberg haben es geschafft, ins Lager des Herzogs zurückzukommen. Etwas zerzaust zwar, aber immerhin lebendig.«

Johanna gelang es nicht ganz, die aufkeimende Hoffnung vor ihm zu verbergen. »So hat der Herzog also noch erfahren, wer meine Entführer sind?«

Der Zauberer Merlinus, der nun ein Mönch war, schüttelte den Kopf. »Ich fürchte, sie haben noch nicht einmal gemerkt, wer sie da überfiel. Keiner von ihnen kann wissen, wo Ihr seid. Also, ich werde ihnen von Euch berichten. Und habt Ihr vielleicht auch eine Familie?«

Johanna schüttelte den Kopf. »Sie sind alle tot. Außerdem müsst Ihr keine Nachrichten weitergeben. Diese Menschen kennen mich zu gut, um nicht zu wissen, dass ich an sie dachte.«

Die nächsten Worte brachen förmlich aus ihm heraus: »Ignatius Eggs und Père Joseph haben sich Euretwegen schon einmal getroffen. Die beiden haben zusammengearbeitet. Philipp von Wessenberg hat dem Kapuziner geholfen.«

Johannas Selbstbeherrschung war erschüttert. »Ihr meint den Père Joseph, der vor Euch der Vertraute des Kardinals war? Und Ignatius Eggs ein Verräter? Das glaube ich Euch nicht. Warum versucht Ihr mich zu quälen, mir auch noch den letzten Glauben an das Gute im Menschen zu nehmen?«

Er legte seine Hand auf ihre Schulter. Er spürte, dass sie zitterte. Doch sie beherrschte sich eisern. »Ich will Euch nicht quälen. Und es ist nicht, wie Ihr glaubt. Ignatius Eggs ist kein Verräter. Mein Bruder in Christo wollte nur eines, dabei mithelfen, dass Bernhard von Weimar zum rechten Glauben zurückkehrt. Zumindest war das das Anliegen, das Père Joseph ihm im Auftrag des Kardinals vorgetragen hat. Ihr solltet dabei helfen, auf Euren Einfluss auf den Herzog baute er. Das musste natürlich geschehen, ohne dass Bernhard von Weimar dabei gleich in die Arme Habsburgs zurückkehrte. Und deshalb sollten die beiden Euch im Auftrag des Kardinals im Auge behalten und vor jeglichem Unbill beschützen.«

»Ihr macht Euch über mich lustig. Das ist beleidigend. Niemals wäre Ignatius Eggs auf ein solches Ansinnen eingegangen.«

»Doch. Das tat er. Père Joseph konnte sehr überzeugend sein. Eggs glaubte fest an die hehren und ehrenvollen Motive meines werten Vorgängers. Deswegen erklärte er sich auch bereit, Euer Schutzengel zu werden. Natürlich hoffte mein Bruder in Christo – anders als Richelieu –, dass der Weimarer wieder zum Kaiser zurückfände.«

»Aber das waren nicht die wahren Gründe für dieses ... Bündnis, nicht wahr? Ihr habt auch ihn hintergangen.«

Der Karmeliter lächelte wehmütig. »Es waren die Gründe, die genannt wurden. Und natürlich spielten sie auch eine Rolle. Als wünschenswertes Beiwerk sozusagen. Da war auf der einen Seite das Bewusstsein, einen abtrünnigen Herzog in die Arme des rechten Glaubens zurückzuholen ...«

»... und auf der anderen Seite die Interessen Frankreichs. So hattet Ihr zwei Gegner zu Verbündeten im feindlichen Lager gemacht, wusstet immer, wie Ihr mich finden und im Zweifelsfall entführen konntet, um von Bernhard von Weimar zu erpressen, was Ihr nicht freiwillig bekamt.« Johanna konnte das ganze Ausmaß der Intrige kaum fassen, die sich wie ein Spinnennetz immer enger um sie zusammengezogen hatte, ohne dass sie es merkte.

Und im Zentrum dieses Gespinstes saß der Kardinal des Königs. Die giftige Spinne mit dem Kreuz.

Léon de Saint-Jean schmerzte das Herz bei ihrem zynischen Lächeln. Er begriff nur allzu gut, wie es in ihr aussehen musste. Doch jetzt war die Stunde der Wahrheit. »Diese beiden, Eggs und von Wessenberg, Euer stürmischer Jugendfreund, waren eigentlich nur Handlanger, eingesetzt zur Sicherheit. Wir hatten noch andere Quellen in des Herzogs Lager und in seiner engsten Umgebung.«

»Von Erlach und Blondin, den Leibarzt, und Amalie Elisabeth von Hessen-Kassel«, ergänzte Johanna trocken.

Der Karmeliter erwiderte nichts. Die Antwort ergab sich von selbst.

»Und das alles erzählt Ihr mir hier so ruhig.« Johanna erwartete auch hierauf keine weitere Erklärung.

Der Mann im Habit der Karmeliter und die Frau standen für einige Zeit stumm nebeneinander. Jeder gab dem Wasser des Flüsschens seine eigenen Gedanken, Sehnsüchte und Qualen mit auf den Weg.

»Woher sprecht Ihr meine Sprache eigentlich so gut?«, fragte Johanna nach einer Weile.

Er schmunzelte. »Die Kirche lehrt ihre Kinder viele Sprachen.«

Johanna lachte bitter: »Und das Sprechen mit gespaltener Zunge.«

Johanna schrak hoch. Das Geräusch der Räder einer Kutsche, die vor der Residenz des Kardinals vorfuhr und das Geräusch von mehreren Pferden, die die Kutsche eskortierten, hatte sie aus ihren Gedanken gerissen. Und diese kreisten nur um eines: die Möglichkeit zur Flucht. Und um Rache. Doch um Vergeltung üben zu können, musste sie von hier fort, um jeden Preis. Nicht weil sie den Tod fürchtete. Er kam ihr eher wie eine Erlösung vor. Aber sie hatte noch eine Aufgabe: Die Menschen, die all dies angerichtet hatten, die ihr Kind getötet hatten, sollten leiden. Leiden wie Bernhard von Weimar, leiden wie sie. Und sie musste der Welt berichten, was geschehen war. Sie wusste, sie hatte nur eine schwache Stimme in dieser Welt, würde kaum gehört werden, wenn sie die Mächtigen anklagte. Aber auch ein kleiner Tropfen Wasser konnte mit der Zeit und mit Beständigkeit einen großen Felsen abtragen. Noch war sie auf sich allein gestellt. Deshalb musste sie fort. Fort, um Hilfe zu finden. Fort, um zu tun, was von nun an ihre Bestimmung war: Vergeltung zu üben. Denn ein anderes Ziel hatte sie nicht mehr in diesem Leben.

Sie hatte sich alles schon genau ausgemalt. Sie würde sich des Nachts heimlich aus dem Schloss schleichen. Die Wahrscheinlichkeit, dass ihr dies gelang, war nicht groß. Aber es gab immerhin eine kleine Möglichkeit. Denn ihre Bewachung war nicht allzu streng. Der Kardinal schien sich keine Gedanken darüber zu machen, dass ihr die Flucht gelingen könnte. Eine Frau allein in dieser vom Krieg geschüttelten Welt hatte kaum eine Chance zu überleben. Doch der Kardinal wusste wohl nicht, wie stark Frauen sein konnten ...

Im Schloss wurden Stimmen laut. Johanna hörte den Namen »Richelieu«. Sie trat ans Fenster. Und wahrhaftig, da war er, der Dämon ihres Lebens. Ein Diener hatte ein Trittbrett unter die Türe der Kutsche gestellt. Sie sah, wie Jean Armand du Plessis vorsichtig einen Fuß nach draußen schob und ihn darauf stellte. Dann erschien auch die restliche Gestalt. Ein Diener half ihm fürsorglich beim Aussteigen. Da hob er den Kopf und blickte direkt zum Fenster ihrer Kammer hinauf. Johanna wich zurück. So schnell schon? War jetzt bereits die Stunde ihres Todes gekommen? Der Kardinal wollte wohl selbst dabei sein, zusehen, wie sie starb. Doch vor ihrer Kammer rührte sich nichts. Niemand kam, um sie zu holen, den ganzen Nachmittag nicht. Johanna packte gerade hastig ein kleines Bündel Kleider zusammen und verstaute es unter ihrer Zudecke, als sie erneut das Geräusch einer Kutsche samt Eskorte hörte. Der Mann, der ihr entstieg, kam ihr vage bekannt vor. Doch sie machte sich weiter keine Gedanken darüber. Sie musste fort. Spätestens wenn diese Nacht hereinbrach, musste sie versuchen zu fliehen. Sie hatte schon viel zu lange gewartet. Heute Nacht, das war vielleicht ihre letzte Möglichkeit. Sie setzte sich auf ihr Bett, versuchte etwas Ruhe zu finden. Doch es gelang ihr nicht. Unruhig lief sie im Zimmer auf und ab.

Eine halbe Stunde später wurde die Türe aufgerissen. Johanna fuhr herum. Jetzt schon? Warum jetzt schon! Bitte, Herr, der du dich auch der Gerechte nennst, lass mir die Zeit, die ich noch brauche. Doch das Gesicht, das sich dem ungebetenen Besucher zuwandte, war unbewegt.

Merlinus der Zauberer, oder besser Léon der Karmeliter, war ins Zimmer getreten. Er verbeugte sich leicht vor ihr: »Entschuldigt mein Eindringen. Doch es hat einen guten Grund. Wollt Ihr die Güte haben, mir zu folgen, Madame, der Kardinal und ein Gast erwarten Euch.«

Johanna mustere das Gesicht des Karmeliters. Er sah fast zufrieden aus. Nicht wie ein Mann, der einer Verurteilten die Nachricht bringt, dass der Henker eingetroffen ist. Was wollten sie noch von ihr?

Sie hob die Hände und steckte einige Locken fest, die sich aus ihrer Frisur gelöst hatten. Dann nickte sie würdevoll. »Lasst uns gehen.«

Sie wurde in ein prächtiges Zimmer geführt, eine Symphonie aus Samt, Batist und bestickter Seide. Der Kardinal erhob sich, als sie eintrat, ebenso der andere Mann, den sie aus der Kutsche hatte steigen sehen. Sie betrachtete ihn eindringlich. Er erinnerte sie an jemanden, an …

Armand Jean du Plessis verneigte sich leicht. »Es tut meinen Augen wohl, Euch wieder zu sehen. Ihr werdet immer schöner. Die Landluft scheint Euch wirklich gut zu tun.« Léon übersetzte ihr diese Worte.

Johannas Miene wurde undurchdringlich. Sie gab sich noch nicht einmal die Mühe, auf diese Komplimente einzugehen, sondern sah dem Kardinal des Königs nur fest in die Augen. Mit dem geschärften Instinkt eines in die Enge getriebenen Tieres fühlte sie die Unsicherheit, die dahinter lauerte.

Richelieu konnte seine Augen kaum von ihrem Gesicht lösen. Doch dann riss er sich sichtlich zusammen. »Ich möchte Euch einen Gast vorstellen, Madame. Das heißt, eigentlich ist es Euer Gast ... «

Der andere verneigte sich ebenfalls und ließ Richelieu nicht die Möglichkeit, seinen Satz zu Ende zu sprechen. »Seid Ihr Johanna Stocker?«

Sie nickte. Er stieß einen Seufzer der Erleichterung aus. »Ich kann Euch nicht sagen, wie sehr ich mich freue, Euch bei guter Gesundheit vorzufinden.«

Johanna wandte sich ihm zu. »Wer seid Ihr? Was wollt Ihr von mir?«

Der Fremde griff sich an die Schläfen. »Verzeiht. Ich habe schon so viel von Euch gehört, dass ich schon fast dachte, wir kennen uns. Ich bin Wilhelm von Sachsen-Weimar.«

Johanna stockte der Atem. »Ihr seid der Bruder ... « Die Stimme versagte ihr, ihre ganze, mühsam aufrecht erhaltene Fassung brach in sich zusammen. Sie schlug die Hände vor den Mund, ihre Augen groß und voller Tränen musterten den Bruder des Mannes, der ihr Leben gewesen war.

Wilhelm von Sachsen-Weimar betrachtete die Frau, die sein Bruder geliebt hatte. Nicht, dass die Familie glücklich über seine Pläne gewesen war, sie zu ehelichen. Er befürchtete einen dieser typisch weiblichen Gefühlsausbrüche. Er hasste solche Szenen. Ihm wurde unbehaglich. Doch Johanna hatte schon ihre Selbstbeherrschung zurückgewonnen. Seine Achtung wuchs. Diese Frau war nicht nur schön, sie hatte Verstand und Haltung. Wilhelm begann zu verstehen,was seinen Bruder an diese Bürgerliche gefesselt hatte. In dieser zerbrechlichen Person wirkte ein starker Wille. Und sie war jetzt eine Frau von Bedeutung. Doch sie wusste es noch nicht.

Er räusperte sich. »Ich habe Euch etwas mitzuteilen. Es ist

der – letzte Wille meines verstorbenen Bruders.« Seine Stimme wurde leiser. »Er hat bis zu seiner letzten Stunde an Euch und Euren gemeinsamen Sohn gedacht ...«

»Unser Kind ist tot.« In ihrer Stimme lag keine Regung. Doch gerade deshalb fühlte jeder der Menschen im Raum, welches Leid diese Frau durchgemacht haben musste.

Wilhelm von Sachsen-Weimar nickte. »Ich weiß das bereits. Euer ... Gastgeber hat es mir mitgeteilt. Es ... es fällt mir schwer, bitte versteht, es kam alles so überraschend. Jedenfalls hat mein Bruder auch für diesen Fall für Euch vorgesorgt. Er wollte nicht, dass Ihr nach seinem Tod völlig ungeschützt dasteht und hat deshalb bereits eine ganze Zeit vorher durch seinen Hofprediger Daniel Rückner ein Schreiben an mich gesandt mit genauen Instruktionen.«

Eine Welle der Wärme stieg in Johanna auf. Sie hörte kaum zu. Das Einzige, was für sie zählte, waren diese Worte. »Er hat bis zuletzt an Euch und Euren gemeinsamen Sohn gedacht.«

Wilhelm von Sachsen-Weimar betrachtete die junge Frau vor sich besorgt. Sollte er sich doch so in ihr geirrt haben? Sie war völlig abwesend. Dabei war es von eminenter Wichtigkeit, dass sie verstand, was er sagte, begriff, was sein Bruder da für sie getan hatte – übrigens zum Schaden der eigenen Familie und des Kaiserhauses. Doch was immer ihn mit dem Bruder auch entzweit hatte, er würde seinen letzten Willen erfüllen. Zumal es auch nicht zu seinem eigenen Schaden war. »Hört Ihr mir zu?«

Johanna spürte die Ungeduld hinter diesen Worten. »Verzeiht. Ich bin für einen Moment mit meinen Gedanken abgeschweift, zurück in die Vergangenheit. Ihr versteht ...«

Wilhelm nickte. »Nun, mein Bruder hat Euch einen Teil seiner persönlichen Besitztümer vermacht, jenen Teil, den er Euch als Hochzeitsgeschenk in den Schoß legen wollte. Ihr seid nun eine reiche Frau. Seine Ländereien und die eroberten Gebiete fallen zurück an die Familie, genauer an meinen Bruder und mich, wenn wir seinen letzten Willen getreulich erfüllen und Euch auch künftig vor jedem Ungemach beschützen. Und dann ist da noch etwas ...«

Johanna bedeutete ihm mit einer Handbewegung, er solle fortfahren.

Wilhelm von Sachsen Weimar räusperte sich. »Mein Bruder hat die Festung Breisach im Fall seines plötzlichen Todes seinem ungeborenen Sohn vermacht. Ihr solltet Sie im Namen des Kindes halten, bis Euer Sohn für mündig erklärt worden wäre. Darüber hinaus hat er bestimmt, dass Breisach Euch zufallen sollte, wenn Eurer Kind stirbt. Mich und seinen Vertrauten, den alten Kanzler Ulrich Rehlinger, hat er zu Euren Handlungsbevollmächtigten bestimmt, die allerdings nur in Eurem Namen und mit Eurer Zustimmung handeln dürfen. Wir werden auch nach außen hin für Euch sprechen. Offiziell bleibt allerdings von Erlach Kommandant von Breisach. Zusammen mit den Obristen Ehm, dem Grafen von Nassau, dem Obristen Rosen und den anderen Obristen wird er auch die Armee meines Bruders kommandieren. Mein Bruder bestand allerdings darauf, das unser werter Gastgeber, der Kardinal, von dieser geheimen Vereinbarung erfährt. Er wollte, ›dass die eroberten Gebiete dem Reiche teutscher Nation erhalten bleiben‹, wie es in seinem Testament geschrieben steht. Deshalb hat er uns, seine Brüder, als Erben eingesetzt. Und nur, wenn wir das Erbe nicht abgetreten hätten, würden die eroberten Gebiete, darunter auch Eure Heimatstadt Laufenburg, der französischen Korne zufallen. Nach Eurem Tod fällt Breisach an die Familie von Sachsen-Weimar zurück.«

Johanna war keines Wortes fähig. Noch im Tode also hatte er sie beschützt. Deshalb war sie noch immer am Leben. Die Franzosen brauchten Breisach. Aber Breisach gehörte ihr. Und hinter ihr stand durch seine weise Voraussicht nun auch die ganze Hausmacht derer zu Sachsen-Weimar und damit die Macht des habsburgischen Kaiserhauses, dessen treue Anhänger sie waren. Richelieu konnte es sich derzeit nicht leisten, sie zu töten. Nun war sie es, mit der der Kardinal zu verhandeln hatte. Bei Gott,

Bernhard von Sachsen-Weimar verstand es, sich an seinen Feinden zu rächen, noch über seinen Tod hinaus.

»Habt Ihr nicht gehört, Ihr seid nun die Herrin von Breisach und außerdem eine reiche Frau.« Wilhelm wurde das Schweigen Johannas unheimlich. Es herrschte völlige Stille im Raum, man hätte eine Feder fallen hören können.

Johanna riss sich zusammen. »Wie ist er gestorben?«

»Wollt Ihr das wirklich hören?«

Johanna neigte den Kopf.

»Nun gut. Nach allem, was uns Ulrich Rehlinger, meines Bruders getreuer Kanzler, mitteilte, war Bernhard über Pfirt nach Hüningen gereist, wohin er auch den alten Rehlinger beordert hatte. Da überfiel ihn plötzlich wieder das Fieber. Doch er ließ sich bewegen, sich eiligst per Schiff nach Neuenburg zu begeben, wohin er seine Truppen gesandt hatte, einmal um der Pest in Pontarlier zu entgehen, und außerdem, um der Gefahr zu begegnen, die seinen Eroberungen von der Donau her drohten. Danach wurden die Fieberschübe meines Bruders immer stärker. Er ahnte, dass er sterben würde. Und so diktierte er Rehlinger vom Sterbebett aus seinen letzten Willen. Nur der Kanzler meines Bruders, die Familie und nun auch der König von Frankreich wissen, dass es zu diesem Testament noch einen Zusatz gibt, der Euch betrifft. Und noch etwas: Mein Bruder starb im festen Glauben, vergiftet worden zu sein.«

Léon de Saint-Jean, der im Hintergrund stand und dem Kardinal die Worte des Weimarers übersetzte, zuckte zusammen. Das entsprach genau dem, was Johanna ihm damals im Park an der Mable erzählt hatte. Er bekreuzigte sich und versuchte eine Regung aus dem Gesicht Richelieus herauszulesen. Doch die Miene des Kardinals blieb unverändert. Sie drückte einzig interessierte Anteilnahme aus.

Das war einfach zu viel. Johanna musste nachdenken, in aller Ruhe nachdenken. Doch zuerst wollte sie fort von hier. Fort aus der Nähe dieses Mannes, der den Herzog getötet hatte. Das alles war zu viel. Wieder spürte sie, wie der Hass nach ihr griff. Doch sie musste sich beherrschen, durfte ihre Feinde nicht warnen. Oh nein, nicht nur sie konnten sich verstellen. Sie würde das Heucheln lernen.

»Verzeiht, Durchlaucht, es ist sonst nicht meine Art, mich so zu benehmen. Bitte versteht, diese Nachrichten ...«

Wilhelm von Sachsen-Weimar nickte. »Ich verstehe. Das alles muss ein großer Schock für Euch sein nach allem, was Ihr durchmachen musstet. Liebste Freundin. Ich hoffe, ich darf Euch so nennen, auch wenn Ihr nicht meine Schwägerin geworden seid. Aber da ist das Andenken an meinen seligen Bruder, der Euch geliebt hat ... Jedenfalls bin ich gekommen, um Euch zu beschützen und den letzten Willen Bernhards zu erfüllen, bei allem, was mir heilig ist.« Die letzten Worte glichen einem Schwur. Sie waren nicht nur an Johanna, sondern auch an den Kardinal gerichtet. »Und noch etwas habe ich Euch zu berichten«, fuhr Wilhelm fort. »Der Leichnam unseres Bruders wurde am 19. Juli über den Rhein nach Breisach geführt, wo ihn sein Generalstab und die beiden Leibregimenter empfingen. Acht Offiziere trugen ihn in feierlichem Zuge ins Münster, wo er nun in der schwarz ausgekleideten Rosenkranzkapelle zur letzten Ruhe gebettet ist.«

Johanna schwankte leicht. Wilhelm von Sachsen-Weimar legte ihr besorgt die Hand auf den Arm. Doch sie fing sich wieder. Nun wusste sie, wohin sie gehen wollte. Johanna wandte sich an Richelieu. Sie setzte ihr liebenswürdigstes Lächeln auf, obwohl es ihr fast das Herz zerriss. »Ich danke Euch für die Gastfreundschaft, Monseigneur. Ich bedaure es sehr, dass es uns in Anbetracht der Umstände nicht möglich ist, uns weiter zu unterhalten. Doch ich möchte zurück. Zurück nach Breisach.« Dann legte sie Wilhelm von Sachsen-Weimar die Hand auf den Arm. »Ich werde Euch nie vergessen, was Ihr für mich getan habt. Und für Euren Bruder«, sagte sie mit Wärme in der Stimme. »Bitte, erweist mir noch einen Dienst. Bringt mich fort von hier. Sofort. Dorthin, wo er jetzt ist. Damit ich von ihm Abschied nehmen kann. Ich hole meine Sachen. Es ist nicht viel.« Damit wandte sie dem Kardinal den Rücken zu.

In diesem Moment öffnete sich die Türe des Raumes wieder, zwei Männer kamen herein. Der Kardinal, der die ganze Zeit über geschwiegen hatte, ein liebenswürdiges Lächeln auf dem Gesicht, so als gehe ihn all dies nichts an, ging mit überschwänglicher Geste auf die beiden zu. »Es tut gut, Euch zu sehen, liebster d'Oisonville. Und auch Euch, von Erlach. Sagt an, wie steht es in Breisach?«

Johanna erstarrte zu Salzsäule. Was hatte das zu bedeuten? Auch Wilhelm von Sachsen-Weimar blickte beunruhigt. Johann Ludwig von Erlach warf Johanna einen kurzen Blick zu, in dem der Hass brannte. Dann wandte er sich an Richelieu. Er lächelte. »In Breisach steht alles zum Besten für Frankreich, Monseigneur. Auch der letzte Widerstand gegen die Übernahme der Festung durch Frankreich ist erstickt. Bernhards eigene Privatschatulle half dabei, wie Ihr wisst. Zweihunderttausend Livres genügten, um die Offiziere von den guten Argumenten Frankreichs zu überzeugen.«

Richelieu nickte zufrieden. »Breisach ist also unser. Ich werde unseren werten Baron d'Oisonville und Euch gemeinsam zu französischen Statthaltern in der Festung ernennen. Ach, werter Herzog, wusstet Ihr schon, dass die Verbündeten Eures verstorbenen Bruders, die Schweden, derzeit Ansprüche auf Breisach angemeldet haben? Unser lieber Freund von Erlach, der für seine großen Verdienste um die französische Krone inzwischen nun auch Bürger Frankreichs geworden ist, hat dieses Ansinnen natürlich zurückgewiesen. Der englische König hatte ebenfalls kein Glück mit seinem Versuch, Breisach mit Gewalt zu erobern. Sein Verwandter, Pfalzgraf Karl Ludwig, dem er Hilfe versprach, wurde erkannt, als er in Verkleidung und ohne Genehmigung durch Frankreich reiste, um möglichst schnell an der Spitze eines Heeres vor Breisach anzurücken. Doch er wurde von guten Landsleuten entdeckt und sitzt nun in Vincennes gefangen. Ihr seht also, es besteht wenig Hoffnung für das Haus von Sachsen-Weimar, in den Besitz dieser Festung zu gelangen, deren rechtmäßiger Besitzer die Krone von Frankreich ist. Das Schicksal hat der Gerechtigkeit Genüge getan.« Er lächelte noch einmal und wandte sich an Johanna. »Sosehr ich das persönlich auch für Euch bedaure, Madame … Ihr habt ein schweres Schicksal zu tragen. Doch die Interessen der Krone Frankreichs wiegen schwerer als persönliches Mitgefühl. Das versteht Ihr doch.«

Johanna glaubte, der Boden werde ihr unter den Füßen weggezogen. Sollten dieser Dämon und seine Helfershelfer denn wieder gewinnen? Sie war unfähig auch nur ein Wort zu sagen. Johann Ludwig von Erlach musterte sie voller boshafter Genugtuung. Er genoss es, diese Frau, die ihn aus der Gunst des Herzogs verdrängt hatte, so am Boden zerstört zu sehen.

Die Stimme Wilhelm von Sachsen-Weimars vibrierte vor ohnmächtigem Zorn. »Das wird Euch nicht gelingen. Niemals werdet Ihr Breisach bekommen.«

Der Kardinal war noch immer die Liebenswürdigkeit selbst. »Aber es ist uns doch schon gelungen, liebster Freund. Die Feste ist unser. Es ist alles vorbereitet, um das Testament Eures Bruders für ungültig erklären zu lassen. Insofern denke ich, es ist besser, Ihr verlasst uns sobald wie möglich. Obwohl ich gerne noch ein wenig die Unterhaltung mit einem Mann genossen hätte, der der Bruder unseres lieben Dahingeschiedenen war. Doch auch wenn gemeinsame Erinnerungen uns verbinden, Ihr steht dem Hause Habsburg nahe und seid deshalb kein Freund Frankreichs. Ich wünsche Euch eine angenehme Reise zurück nach Weimar. Ach, und Ihr werdet wohl verstehen, dass ich diese Dame, die Geliebte Eures Bruders, unter diesen Umständen nicht ziehen lassen kann. Sosehr ich das auch bedaure. Es könnte zu Unruhen unter den Soldaten und Offizieren kommen, wenn sie in Breisach auftaucht.«

Wilhelm von Sachsen-Weimar brüllte wie ein Stier nach seinen Männern.

»Ich fürchte, Eure Eskorte ist zurzeit etwas unbeweglich. Zu meinem großen Bedauern musste ich Eure Soldaten gut verschnüren. Sie sind wohl verpackt bereits wieder auf dem Wege zu neuen Taten. Frankreich kann kräftige Männer in seinen Schlachten brauchen. Ihr seht also, jeder Widerstand ist zwecklos. Doch ich bin ein Ehrenmann. Ich hatte Euch freies Geleit zugesagt. Ich werde Euch selbst also unversehrt ziehen lassen – zumal die Familie von Weimar mir nun wohl kaum noch schaden kann.« Wieder verneigte sich Richelieu elegant, dann machte er eine lässige Handbewegung. Erneut öffnete sich die Türe. Vier Musketiere betraten den Raum. Sie nahmen Wilhelm von Sachsen-Weimar in die Mitte und eskortierten den vor Wut Schäumenden hinaus.

Plötzlich durchschnitt eine Stimme den Raum. Klar wie Eis, voller Gewissheit. Eine Stimme, die nicht von dieser Welt zu sein schien.

»Ich verfluche Euch, Jean Armand du Plessis, Kardinal von Richelieu. Und Euch, Johann Ludwig von Erlach, Euch und Eure Nachkommen für alle Zeiten. Ich verfluche Euch und Eure Gier, Eure Habsucht und Hinterhältigkeit. Zwar mögt Ihr jetzt glauben, Ihr wärt die Sieger. Doch hiermit sage ich Euch: Einsam werdet Ihr sterben, in Eurer letzten Stunde erkennen, dass es niemanden gibt, der Euch liebt. Nichts von dem, was Ihr nun zusammenrafft, kann mit Euch gehen in Eurer Todesstunde. Bernhard von Sachsen-Weimar wird Euch alle überdauern. Denn nur der lebt auch im Tode weiter, dessen die Menschen liebevoll gedenken. Und so verfluche ich Euch und alle, die Bernhard von Sachsen-Weimar verrieten. In diesem Leben und auch nach dem Tod wird Euch und Euren Nachkommen niemals zuteil werden, was doch das Wichtigste in einem Menschenleben ist: die Liebe. Nur sie bedeutet wirkliches Leben. So seid Ihr schon jetzt Tote vor dem Angesicht des Herrn. Hütet Euch vor der Stunde der Vergeltung.«

Es war, als zöge ein eisiger Hauch durch das Zimmer. Der Hauch, der aus einem offenen Grab aufsteigt. Jeder der Männer fröstelte unwillkürlich. Nur eine schien völlig unberührt – Johanna, die diesen Fluch ausgesprochen hatte.

Der Kardinal fasste sich als Erster. Er lachte. Doch das Lachen klang unsicher. »Ihr seid nichts als ein törichtes Weib. Was mischt Ihr Euch auch in die Angelegenheiten der Großen? Bringt sie weg.«

Johanna musterte die Männer im Raum voller Verachtung, als sie abgeführt wurde. Sie zweifelte keinen Moment an der Wahrheit ihrer Worte. Und sie würde da sein, um ihre Wirkung zu erleben. In ihr war kein Raum mehr für Liebe. Nur für Vergeltung. Sie konnte warten. Ihre Stunde würde kommen. Sie war von fast unnatürlicher Ruhe. Aller Augen waren auf sie gerichtet, als sie hocherhobenen Hauptes, eskortiert von zwei weiteren Musketieren, aus dem Raum schritt. Zurück in ihr Gefängnis. Niemand sah, mit welchem Blick ihr die Augen von Léon de Saint-Jean folgten. Er bekreuzigte sich hastig. Er hatte die kalte, unerbittliche Faust des Schicksals an seinem Herzen gespürt.

Ein leises Geräusch weckte Johanna aus ihrem unruhigen Schlaf. Sie fuhr hoch. Doch sogleich spürte sie, wie sich ihr eine Männerhand auf den Mund legte. »Seid still. Ich beschwöre Euch, seid still.«

Im Dämmerlicht des Mondes, der durch das Fenster ihrer Kammer fiel, erkannte sie das Gesicht Léon de Saint-Jeans, das sich über sie beugte. Es war halb von der Kapuze seines Mönchshabits verdeckt. Johanna bedeutete ihm, dass sie schweigen werde. Zögernd löste sich die Hand wieder von ihrem Mund. Sie blickte fragend zu dem Mönch auf.

»Zieht Euch an, rasch und möglichst leise«, zischte der Karmeliter. Johanna tat, wie ihr geheißen. Léon de Saint-Jean wandte sich ab, damit sie in Ruhe in ihre Kleider schlüpfen konnte. Dann packte er sie am Arm und führte sie zur Türe. Johanna zögerte. Der Mönch spürte ihre plötzlich aufwallende Angst. »Habt keine Furcht, Madame. Die Retter sind nahe. Heute Nacht werdet Ihr Eurem Gefängnis entfliehen.«

Ungläubig schaute Johanna zu ihm auf. »Warum tut Ihr das, warum rettet Ihr mich?«

Der Karmeliter lächelte seltsam. »Vielleicht, weil ich meine Hand nicht für Mord und Intrige reichen will. Vielleicht, weil der Fluch einer Frau mich zur Besinnung gebracht hat. Dies hier ist nicht das Werk Gottes, sondern das Werk des Teufels. Und daran will ich keinen Anteil haben. Jetzt kommt, die Zeit drängt. Bald werden die Menschen hier in dieser Residenz des Kardinals aus ihrem Nachtschlaf erwachen. Zwei Männer, die Eure Freunde sind, warten mit Pferden auf Euch. Ich habe sie benachrichtigt. Kommt nun, sonst ist alles gefährdet.«

Johanna sah den Mönch eindringlich an. »Gott schütze Euch, Léon de Saint-Jean, und belohne Euch für das, was Ihr einer Hilflosen an Gutem tatet.«

Schweigend glitten sie durch die Dunkelheit der Gänge des Schlosses Richelieu. Schließlich öffnete der Karmeliter mit einem schnellen Handgriff eine verborgene Türe. Sie führte in einen unterirdischen Gang. Léon de Saint-Jean nahm eine Pechfackel aus ihrer Halterung und zündete sie an. Immer wieder zuckte Johanna beim Geräusch ihrer Schritte zusammen, die in dumpfem Hall von den steinernen Wänden und der niedrigen Decke zurückgeworfen wurden. Doch oben im Schloss blieb alles still. Da spürte sie einen kleinen Luftzug und sah eine schmale Öffnung in der Mauer, durch die das Licht des Mondes fiel. »Hier, hier müsst Ihr durch. Ich gehe jetzt zurück. Möge Gott Euch beistehen.«

Ehe sie etwas erwidern konnte, war der Mönch im Dunkel des Ganges verschwunden, ein Schatten, der mit den anderen Schatten verschmolz. Johanna tat, wie ihr geheißen. Ihr schmaler Körper hatte keine Mühe, sich durch den Spalt zu zwängen. Sie sah sich um. Die Äste von Bäumen ragten dunkel in den Nachthimmel, sie hörte das Plätschern von Wasser. Sie musste ganz in der Nähe des Flüsschens Mable sein. Sie schrak zusammen, als ihr ein Mantel um die Schultern gelegt wurde. Und dann endlich konnte sie weinen. Zitternd schmiegte sie sich an die Schulter des Mannes, der ihr den Mantel gegeben hatte. »Ich danke Euch, mein Freund, dass Ihr mich nicht vergessen habt.«

Philipp von Wessenberg legte zögernd die Arme um sie. Er spürte die Nähe der Frau, die er liebte, und wusste, dass es niemals eine andere in seinem Leben geben würde, was immer auch geschah.

»Meint Ihr nicht, wir sollten schnellstens Fersengeld geben und diesen ungastlichen Ort verlassen? Eurer Wiedersehensfreude könnt Ihr später noch Ausdruck geben.« Johanna hob den Kopf. »Gott segne Euch, Ignatius Eggs«, sagte sie dann, noch immer schluchzend.

Epilog

Der Kranke hob den Kopf. Er fühlte, dass seine letzte Stunde nahe war. Zahllose Menschen hatten sich um sein Lager versammelt. Er spürte den Hass, der in ihnen brannte, wie Flammen auf seinem Körper. Alle warteten nur auf seinen Tod, um dann über seine Besitztümer herzufallen. Wieder einmal setzte sein Herz aus. Es wollte nicht mehr schlagen. Da endlich beugte sich eine dunkel gekleidete, zierliche Frauengestalt über ihn. Ihr Gesicht war von der Kapuze eines schweren Mantels überdeckt. Sie hatte etwas Vertrautes an sich, doch sein umnebeltes, erschöpftes Hirn vermochte nicht zu erkunden, woher er sie kannte. »Da seid Ihr endlich, Weib«, flüsterte er.

»Ja, da bin ich endlich«, war die leise Erwiderung. Sanft griff sie nach seinem Arm, doch ihre Berührung schickte schmerzhafte, brennende Stiche durch seinen Körper. »Geht, geht wieder, ich will Euch nicht.«

»Aber Ihr hattet mich doch rufen lassen, Herr. Eure Ärzte können Euch nicht mehr helfen, das wisst Ihr wohl. Der Tod sitzt schon grinsend an Eurem Lager und hat die Hand ausgestreckt. Die Richter am Tisch des Jüngsten Gerichtes warten schon auf Euch, um ihren Spruch zu fällen, der Euch in die Tiefe der Hölle schickt. Nur meine Medizin kann Euch noch davor bewahren. Also trinkt, lieber Herr, trinkt. Ihr werdet sehen, die Medizin wird Euch wohl tun.« Damit drückte die Dunkle einen goldenen Becher in die schwache Hand des Kranken. Dann half sie ihm sich aufzusetzen.

Gehorsam schluckte Johann Ludwig von Erlach das bittere Gebräu. Er musste würgen, es schmeckte wie Galle. Doch der Gedanke an den nahenden Tod und die Hoffnung auf ein Wunder zwangen die Flüssigkeit seine Kehle hinunter, Schluck für Schluck.

Plötzlich knisterte ein Holzscheit im Kamin und loderte auf. Ein Widerschein der Flammen fiel auf das Gesicht der Frau am Krankenbett. Johann Ludwig von Erlach keuchte auf. »Ihr sei das, Ihr habt mich …«

Lächelnd beugte sie sich hinunter zu ihm. Ihre Worte drangen nur wie der Hauch eines Flüsterns in das Ohr des Sterbenden. Den anderen Menschen im Raum bot sich das Bild einer besorgten Frau, die sich über einen Schwerkranken neigt. »Ja ich bin es. Und Ihr sollt wissen, durch wen Ihr sterbt. Die Gier, die Erbarmungslosigkeit und mein Gift haben Euch getötet. Denn tot seid Ihr nun auf jeden Fall, Johann Ludwig von Erlach, nachdem Ihr diesen Becher so brav ausgetrunken habt. Er enthielt übrigens ein Gift, das ähnliche Symptome hervorruft wie jene, an denen Bernhard von Weimar starb – Seidelbast, Wasser-Schierling und Eisenhut. Diese Mischung ist absolut tödlich. Oh, tut es weh, habt Ihr Krämpfe? Nun, Euer geschwächter Körper wird bald aufgeben, beruhigt Euch. Der Herzog musste länger leiden.«

Der Kranke schlug mit letzter Kraft um sich.

»Seid still, Verräter, es nutzt Euch doch nichts mehr, denn sterben müsst Ihr. Betet lieber um die Vergebung Eurer Sünden in Euren letzten Minuten.«

Erschöpft sank Johann Ludwig von Erlach auf die Kissen zurück. Sein Körper wurde von Krämpfen geschüttelt. »Wie seid Ihr …?«

Sie lachte leise. »Ich habe lange gewartet, hatte viele Namen und viele Gesichter. Ich war immer in der Nähe, fand im Kloster der Kapuziner von Breisach Zuflucht, wenn ich einen Ort brauchte, um mich auszuruhen. Jene Kapuziner, die Ihr einst aus Breisach vertreiben wolltet, um an ihr Eigentum zu kommen. Doch Gott der Herr und Anna, die Königinwitwe von Frankreich, haben dies damals verhindert. Und ich sah in diesen langen Jahren, wie der Hass der Menschen auf Euch wuchs. Ihr habt sie selbst dann noch geknechtet, als der Kaiser im Oktober 1648 seinen Frieden mit Ludwig dem XIII. machte. Ihr saht das Ende nicht kommen. Ich musste nichts dazu tun, Ihr tatet alles Nötige selbst. Und dann machte Eure Angst vor dem Tod alles ganz einfach. Ihr habt Euch mir selbst ausgeliefert. Wart denn nicht Ihr es, der nach jedem Mittel suchte, dem alles recht war, nur um weiterzuleben? Der begierig nach der Heilerin rufen ließ, die angeblich in Breisach eingetroffen war? So habt Ihr Euch selbst in meine Hände gegeben. Ich brauchte nichts zu tun, als zu warten, bis der richtige Augenblick kam. Und Zeit, um mich darauf vorzubereiten, hatte ich mehr als genug.« Sie lachte leise. »Geht zum Teufel, Johann Ludwig von Erlach. Die Wege des Herrn sind manchmal unergründlich, meint Ihr nicht?«

Wieder wand sich von Erlachs Körper in Krämpfen. Schaum trat vor seinen Mund. Ein letztes Gurgeln kam aus den Kissen, dann wurde sein Körper schlaff. Ein Raunen ging durch die Menschenmenge im Raum. Einer machte sich bereits am Schreibtisch des Breisacher Stadtkommandanten zu schaffen und versuchte ihn aufzubrechen. Die Frau erkannte einen Handlanger d'Oisonvilles, jenes Wachhundes, den Frankreich ihm als Mitkommandanten der Festung an die Seite gegeben hatte – aus Misstrauen gegen einen Mann, der auch schon seinen früheren Herrn verraten hatte. Sie sah sich um. Niemand achtete auf sie. Die Diener waren schon dabei, die Kerzen am Lager von Erlachs aufzustellen, im Zimmer herrschte Geschäftigkeit. Für den Toten hatte keiner der Menschen im Raum auch nur einen Blick. Leise und vorsichtig glitt die Frau zwischen den Menschen hindurch und aus dem Raum. Draußen schneite es. Sie nahm die Kapuze ab und reckte ihr Gesicht in den Himmel. Ein triumphierender Schrei zerschnitt die Winterluft. Der Bauer, der auf seinem hölzernen Ochsenkarren vorbeirumpelte, schrak zusammen. Er sah, wie die Frau laut auflachte. Dann zog sie ihren dunklen schweren Mantel enger um sich zusammen und wandte sich um. Der Saum des Umhangs schleifte durch den Matsch auf dem Pflaster. Sie scherte sich nicht darum und ging fort. Leise fielen die Flocken auf sie nieder, schmolzen durch die Körperwärme und bildeten kleine Tropfen auf ihren roten Haaren.

In der Nacht vom 26. auf den 27. Januar 1650 trafen sich zwei Männer und eine Frau in der Rosenkranzkapelle des Breisacher Münsters. Die Frau kniete vor dem einfachen Sarg, der dort aufgebahrt war. Sie hielt innere Zwiesprache mit dem Mann, der dort nun seit zwölf Jahren lag. Die beiden Männer standen wie Statuen im Schein der Fackeln. Einer der beiden hatte eine tiefe Narbe im Gesicht. Johanna betete. Zum letzten Mal wollte sie die Ruhestätte des Mannes besuchen, der ihr alles bedeutet hatte. Es war ein Abschied für immer, zumindest in diesem Leben. Denn es war vollbracht. Ein Jahr und vier Monate nach dem Frieden von Münster war auch ihr eigener Krieg zu Ende.

Es war ein älterer, vom Leben und dem Krieg geschliffener Philipp von Wessenberg, der sich sanft zu ihr niederbeugte und sie hochzog. Seine Augen hatten viel Leid gesehen. »Ihr solltet Euch jetzt erheben, liebste Freundin, sonst erkältet Ihr Euch noch.«

Johanna nickte und stand auf. Sie hatte ihren Schwur erfüllt. Nun konnte der Herzog in Frieden ruhen. »Lebe wohl, Liebster«, flüsterte sie.

»Seid Ihr jetzt zufrieden?« Ignatius Eggs leuchtete mit der Kerze in ihr schmales Gesicht. »Heute ist der Letzte der Feinde gestorben. Der Kardinal segnete bereits am 4. Dezember 1642 das Zeitliche, offiziell hoch geachtet und beweint, und dennoch einsam und ungeliebt. König Ludwig der XIII. folgte ihm nur knapp fünf Monate später am 14. Mai 1643. Und heute tat der letzte der Verschwörer, Verräter und Mörder seinen Letzten Atemzug: Johann Ludwig von Erlach, gehasst von seinen Mitmenschen, die er unmäßig knechtete, verraten von seinen Freunden, ging an Geist und Seele verwirrt, den Körper zerrüttet vom langsam wirkenden Gift der Gier und noch einem anderen giftigen Elixier zugrunde, das Ihr ihm zukommen ließet, um sich nun vor dem Gericht des Allmächtigen für seine Taten zu verantworten. Ganz so, wie Ihr es in Eurem Fluch vorhergesagt habt. Seid Ihr nun zufrieden mit Eurer Rache, Johanna von Laufenburg? Oder ist Euer Herz schon zu Stein erstarrt? Kennt Ihr denn kein Mitleid mit den unsterblichen Seelen dieser Männer mehr, die Ihr mitsamt ihren Nachfolgern und Erben durch die Kraft Eures Fluches verdammtet?«

Johanna richtete sich auf. Sie war noch immer schön, auch wenn die letzten Jahre der Flucht und des Kampfes, der Verstellung und des Hasses unauslöschliche Spuren in ihrem Gesicht hinterlassen hatten. Doch es war eine kalte Schönheit, die sie ausstrahlte. Ihr Gesicht wurde weicher, als sie den Kapuziner ansah. »Habt Mitleid mit mir, mein Freund. Ich konnte nicht anders. Auch Ihr, ein Mann des Herrn, habt in diesem Krieg getötet um der Gerechtigkeit willen, um die zu schützen, die sich nicht wehren konnten. Oder habt Ihr das schon vergessen, Bauernkaiser? Und dieser Fluch kam nicht von mir, er kam von einer höheren Macht, die ebenso über mich gebietet wie über Euch. Ich werde mein Leben lang dankbar dafür sein, dass es mir mit Eurer und Mechthilds Hilfe nun doch noch gelang, von Erlach den Schierlingsbecher zu geben. Ich bin wahrlich nicht stolz auf diese Tat. Nun muss ich mit meiner Schuld leben, in die das Schicksal, nicht eigener Wille mich zwang.«

Ignatius Eggs schaute sie prüfend an. Auch sein Gesicht verlor an Härte. »›Auge um Auge‹, sagt der Herr. Doch er sagt auch: »›Die Rache ist mein.‹ Die Kapuziner von Breisach werden Euch nicht länger Zuflucht gewähren.«

Johanna nickte. »Das verstehe ich, mein Freund. Ich danke Euch für all diese Jahre der Treue. Der Herr möge sie Euch vergelten. Ich weiß, ich muss von nun an mit dieser Tat leben und vor dem Allerhöchsten dereinst mein Tun verantworten.«

»Er wird Euch richten, Johanna Stocker. Gott möge Eurer Seele gnädig sein.« Ignatius Eggs griff mit der Hand in die Tasche seines Habits. »Ich habe noch etwas für Euch. Etwas, das ich über all die Jahre bewahrte. Nun, da wir uns voneinander verabschieden, ist der Zeitpunkt gekommen Euch diesen Brief zu geben, den mir Bernhard, der Herzog von Sachsen-Weimar, noch von seinem Sterbebett aus zukommen ließ. Nehmt.«

Der Mönch sah, wie die Hand der Frau zitterte, als er ihr das vergilbte Papier reichte. Dann wandte er sich ohne ein weiteres Wort um und verließ die Kapelle.

»Grüßt Eure Schwester Mechthild, ihren Mann Daniel und Eure Nichten und Neffen in Laufenburg. Sagt ihr, ich werde niemals vergessen, was sie für mich tat«, rief Johanna ihm noch hinterher. Doch der Mönch reagierte nicht.

Die Sekunden dehnten sich zu Minuten. Sie stand unbeweglich da. Philipp von Wessenberg lehnte sich gegen die Wand und wartete. So, wie er über all die Jahre hinweg auf sie gewartet hatte. Schließlich erbrach sie mit zitternden Händen das Siegel.

»Meine Liebste,

es gibt so vieles, was ich dir im Angesicht des Todes noch sagen wollte. Doch es kam nicht mehr dazu. Ich fühle, dass meine Stunden gezählt sind, dass wir uns in diesem Leben niemals wieder umarmen werden. So habe ich getan, was ich konnte, um unser Kind und dich beschützt zurückzulassen. Für Johann Ludwig von Erlach, der mich verriet, habe ich mir meine eigene Form der Rache ausgedacht und ihn in meinem Testament zum Führer meiner Truppen ernannt. So wird von Erlach selbst erleben, was es heißt, falsche Freunde zu haben. Denn wer auf die Freundschaft der Franzosen angewiesen ist, der braucht keine Feinde.

Ich konnte dich in diesem Leben nicht mehr zu meiner angetrauten Gemahlin machen und dafür sorgen, dass dir all die Ehre zukommt, die dir gebührt. Doch wisse, für mich warst du immer das mir von Gott bestimmte Weib, von der ersten Stunde an, in der wir zusammenkamen. Auch wenn ich dies anfangs nicht begriff und irreging. Ich bin ein Mann des Krieges und nicht der

Worte. Es fällt mir schwer, meinen Gefühlen für dich Ausdruck zu geben. Doch die Sprache vermag ohnehin nicht beschreiben, was du für mich bist. Und so müssen denn diese letzten Worte reichen für ein ganzes Leben und darüber hinaus: Ich liebe dich. Und ich weiß, wir werden uns dereinst wieder sehen.

Gott segne und beschütze dich und unser Kind. Möge dir in deinem weiteren Leben die Liebe in jenem überreichen Maß zuteil werden, in dem du sie mir geschenkt hast.

Bernhard.«

Philipp von Wessenberg verließ die Kapelle. Er wusste, jetzt wollte sie allein sein. Nach einer Stunde trat sie aus dem Tor des Münsters und kam die Stufen hinunter auf ihn zu. Und plötzlich kam sie ihm vor wie das junge Mädchen von einst, noch unberührt von den Leiden des Lebens und voller Kraft, Zuversicht, Wärme und Liebe. Dieser Eindruck blieb auch, als sie näher kam und er die tiefen Zeichen der Trauer erkennen konnte, die das Leben in ihr Gesicht gegraben hatte. Doch für ihn waren sie nichts als Äußerlichkeiten. Außerdem hatte auch er aus diesem Krieg Narben zurückbehalten. Ohne lange nachzudenken breitete er die Arme aus. Johanna sah das und ihre Augen weiteten sich für einen Moment. Dann begann sie zu laufen, direkt in seine ausgebreiteten Arme. So standen sie für eine ganze Weile, sie bemerkten nichts von den Menschen, die sie im Vorübergehen verwundert betrachteten. Philipp von Wessenberg spürte ihren schlanken Körper und hatte plötzlich das Gefühl, dass zum ersten Mal seit langen Jahren keine Mauer mehr zwischen ihnen stand, die sie trennte.

Er schob eine Hand sanft unter ihr Kinn und hob ihr Gesicht. »Johanna Stocker, jetzt, da sich das Schicksal erfüllt hat, meint Ihr, Ihr könntet mit mir gehen, das unsichere Leben eines ungehobelten Soldaten mit mir teilen? Vielleicht können wir sogar bald wieder zurück nach Laufenburg. Alle Anzeichen deuten darauf hin, dass es bald zum Abzug der französischen Truppen aus der Stadt kommen wird und ich endlich die Waffen niederlegen kann. Oberst von Grandmont ist bereits zum Obervogt der Stadt bestimmt.«

Johanna schüttelte den Kopf. »Ich kann niemals wieder zurück nach Laufenburg. Für die Menschen dort bin ich eine Verräterin, habt Ihr das schon vergessen?«

»Seit dem Tod des Herzogs sind mehr als zehn Jahre vergangen. Die Leute von Laufenburg haben nach dem Ende des Krieges anderes zu tun, als über Euch nachzudenken. Außerdem würde ich Euch beschützen. Und Ihr habt gute Freunde dort, die für Euch sprechen werden. Mechthild hat sich mit ihrem Mann Daniel Waldner und den Kindern in der Stadt niedergelassen. Daniel, der frühere Überläufer zu den Truppen des Herzogs, ist dort inzwischen ein geachteter Mann. Aber wenn Ihr partout nicht zurückwollt, suchen wir einen anderen Ort, an den wir gehen können. Für einen schlachterprobten Soldaten findet sich schon ein Herr, der für einen starken Arm guten Sold zahlt. Ich liebe Euch aus tiefstem Herzen, Johanna Stocker, und das schon sehr lange. Und ich denke, Ihr empfindet nach all diesen Jahren so etwas wie Freundschaft für mich. Es wurden schon Ehen aus weniger guten Gründen geschlossen, meint Ihr nicht? Und Ihr braucht Schutz in dieser Welt. Vielleicht werdet auch Ihr eines Tages sogar lernen, mich zu lieben.«

Ihre Augen leuchteten klar und und braun wie Herbstlaub. Sie lächelte ihn voller Zuneigung an. »Ja, vielleicht. Vielleicht werde ich eines Tages wieder lernen zu lieben. Doch dieses Vielleicht ist alles, was ich Euch für Eure Treue bieten kann. Das Erbteil, das mir der Herzog vermacht hatte, wurde mir niemals ausbezahlt, wie Ihr wisst. Von Erlach hat alles gestohlen. Mir blieben nur die Schmuckstücke, die der Herzog dem alten Kanzler Rehlinger für mich zukommen ließ. Doch die Kleinodien sind längst verkauft. Der Erlös half mir, mich die letzten Jahre über Wasser zu halten. Das Leben von Flüchtlingen ist teuer. Wer unentdeckt leben will, muss für seine Sicherheit hohe Summen aufwenden. So habe ich

Euch nichts zu bieten außer mir selbst – und die Hoffnung auf ein Vielleicht. Ist Euch das genug?«

Philipp von Wessenberg strich mit einer Hand sanft über ihr Gesicht. Dann nickte er. »Genug für ein ganzes Leben.«

Nachwort

Dieser Roman basiert auf Geschehnissen, die sich während des Dreißigjährigen Krieges, zwischen Ende Januar 1638 und Juli 1639, dem Tode des Herzogs Bernhard von Sachsen-Weimar, zumeist im Südwesten des heutigen Hochrheingebietes zutrugen. Ich habe mich im Wesentlichen an den Gang der Ereignisse gehalten, wie er überliefert ist.

Für die meisten Personen in dieser Erzählung gibt es historische Vorbilder. Von vielen ist jedoch nicht mehr erhalten geblieben als die äußeren Spuren ihrer Handlungen, die sich in Geschichtsbüchern und Chroniken wieder finden. Über ihre Motive, ihr Streben, ihr Denken wissen wir oft wenig. Ich habe versucht diese Lücke mit meiner Vorstellungskraft zu schließen. Von Bernhard von Weimar – neben Tilly und Wallenstein einer der faszinierendsten Heerführer in diesem Krieg – gibt es dabei deutlich mehr Zeugnisse als von den übrigen Personen in dieser Geschichte, abgesehen natürlich von Richelieu oder Ludwig XIII.

In Laufenburg gab es tatsächlich eine Familie, die dem Herzog von Savelli die Flucht ermöglichte. Ebenso den Pfarrer, der als Mitwisser hingerichtet wurde und die Wäscherin Klara Nüsslin. Es gab einen Kapuzinermönch namens Ignatius Eggs, der als gut aussehender Mann mit einer bezwingenden Stimme und als mutiger Streiter für seine Überzeugungen gerühmt wird. Es ist aber nicht bekannt, ob er jemals in Laufenburg war. Allerdings wurde nach Ende des Dreißigjährigen Krieges in Laufenburg ein Kapuzinerkloster gegründet. Von einer Schwester namens Mechthild ist nichts überliefert. Philipp von Wessenberg gab es ebenfalls nicht, allerdings existierte einst eine gleichnamige Familie in Laufenburg. Auch Johann Ludwig von Erlach hat gelebt – bis an sein Ende für seine Härte gehasst von den Breisachern.

Johanna, die im Mittelpunkt dieses Romans steht, lebt nur in meiner Vorstellung. Sie steht für all jene Menschen, die Hunger, Pest, Plünderungen und Gewalt erlebt haben, denen das Schicksal oft noch sehr viel grausamer mitspielte als ihr; die hilflos zwischen die Fronten gerieten und doch nichts anderes wollten als wir heute auch: in Frieden leben.

Noch zwei Jahre nach dem Westfälischen Frieden blieb die Stadt Laufenburg unter französischer Besatzung. In einem Schreiben des Rats der Stadt an Herrn Zwyer von Evibach, den Vogt des Bischofs von Konstanz in Klingnau, heißt es: Er möge, weil sie selbst dies nicht tun dürften, bei der Regierung in Innsbruck vorstellig werden, damit sie von der Besatzung befreit würden. Im Herbst 1650 zog das französische Militär schließlich ab. Die Brüder Herzog Bernhards ließen seine Gebeine 1655 nach Weimar bringen.

Im Trauergottesdienst, der für den Herzog wenige Tage nach seinem Tod im Breisacher Dom gehalten wurde, fasste sein Hofprediger die Klage um den Toten so zusammen: »Gehe nun hin, du armes Deutschland, und weine bitterlich.«

Laufenburg
Petra Gabriel

Brigitte Riebe

Palast der blauen Delphine

Ein Roman aus dem alten Kreta.
494 Seiten. Serie Piper

»Zu den schönsten historischen Romanen zählt für mich Brigitte Riebes Buch ›Palast der blauen Delphine‹. Sagen, Mythen und historische Fakten werden hier zu einer spannenden Handlung verflochten. Brigitte Riebe beschwört die alte Welt der Großen Göttin, die zu jener Zeit noch mächtiger war als alle männlichen Götter des griechischen Olymp und die damals über das minoische Kreta herrschte. Es war die Epoche des Matriarchats, die mit den Eroberungszügen der Stämme vom Festland endete.«
Norddeutscher Rundfunk

»Der Roman von Brigitte Riebe wirkt wie eine traumhafte Rückkehr in die Kindheit, als wir noch an Märchen glaubten oder zumindest nicht ausschließen wollten, daß sie wahr sind.«
Sender Freies Berlin

05/1039/01/L

Thomas Einfeldt

Störtebekers Gold

Ein Roman aus der Hanse-Zeit.
461 Seiten. Serie Piper

Abenteuerlust und eine Intrige treiben den jungen Lübecker Kaufmannssohn Martin Damme in die verschworene Gemeinschaft der »Vitalienbrüder«: Er wird Schreiber und Vertrauter des gefürchteten Seeräubers Klaus Störtebeker. Angesichts der rohen Gewalt der Piraten wendet er sich aber wieder von ihnen ab und nutzt das Gewirr einer brutalen Seeschlacht zur Flucht durch das Abflußrohr der Kapitänskajüte. Als Hannes Maiboom führt er nun das Leben eines ehrbaren Schiffers und Kaufmanns. Doch die unermeßlichen Reichtümer der Seeräuber lassen ihn nicht ruhen: Auf seinen Kaufmannsfahrten nutzt er sein Wissen und hebt die versteckten Schätze mit Hilfe der schönen und mutigen Kaufmannstochter Kristine, die seine große Liebe wird.

05/1384/01/R

Susanna Kearsley

Mariana

Roman. Aus dem Englischen von Karin Diemerling. 350 Seiten. Serie Piper

»Das ist mein Haus«, erklärte die fünfjährige Julia Beckett ihren Eltern, als sie zum ersten Mal »Greywethers« sah, das große Bauernhaus aus dem 16. Jahrhundert. Julia, inzwischen dreißig und erfolgreiche Illustratorin, erfüllt sich ihren Kindheitstraum und kauft das Haus. Sie liebt ihr neues Leben auf dem Land und findet schnell gute Freunde unter den Dorfbewohnern. Doch kaum ist Julia eingezogen, geschieht Seltsames mit ihr und läßt sie an ihrem Verstand zweifeln: Sie meint, das Leben von Mariana zu führen, einer unglücklich verliebten Dienstmagd, die 1665, zur Zeit der großen Pest, in diesem Haus gelebt hatte. Julia fällt es immer schwerer, zwischen Vergangenheit und Gegenwart zu unterscheiden. Susanna Kearsley ist mit diesem Buch eine spannende Mischung aus romantischer Liebesgeschichte und Historienroman gelungen.

05/1021/01/L

Valerio M. Manfredi

Alexander Der Herrscher der Welt

Roman. Aus dem Italienischen von Claudia Schmitt. 479 Seiten. Serie Piper

Alexander der Große, Sohn der Götter, krönt sein Lebenswerk: Von Ägypten setzt er seinen Triumphzug fort und besiegt bei Gaugamela den persischen Großkönig Dareios. Stadt um Stadt erobert er das Perserreich. Schließlich vermählt sich Alexander mit der betörend schönen Prinzessin Roxane und dringt bis nach Indien vor. Doch als sein Reich am gewaltigsten ist, beginnen seine Vertrauten, die ihm mehr als zehn Jahre treu gefolgt sind, sich von ihm abzuwenden. Und auf dem Gipfel seiner Macht befällt Alexander plötzlich ein geheimnisvolles Fieber …

In einer raffinierten Mischung aus historischen Fakten und mitreißender Erzählung hat der italienische Erfolgsautor Manfredi ein großartiges Epos über das Leben einer der herausragendsten Herrscher der Weltgeschichte geschrieben.

05/1164/01/R

SERIE PIPER

Ellis Peters (Edith Pargeter)

Der Baumeister von Albion

Roman. Aus dem Englischen von Marcel Bieger und Barbara Röhl. 526 Seiten. Serie Piper

England zu Zeiten von King John – eine Zeit von Schönheit und Niedertracht, von Verschwörung und Loyalität. Vor dem Hintergrund des abenteuerlichen Mittelalters entfaltet sich die Geschichte von Harry Talvace, dem genialen Baumeister. Der junge Harry und sein Freund Adam werden unrechtmäßig angeklagt und müssen aus ihrer walisischen Heimat nach Paris fliehen, wo sie Harrys Talent mit dem charismatischen Lord Isambard und der begehrten venezianischen Schönheit Benedetta zusammenbringt. Für Isambard soll Harry eine nie dagewesene Kirche bauen, einen Baum, der bis zum Himmel reicht. Doch während das Bauwerk wächst, fällt der Schatten von Eifersucht, Rache und Tod auf das Leben des jungen Künstlers.

05/1170/01/L

Terenci Moix

Der Traum der Kleopatra

Roman. Aus dem Spanischen von Elisabeth Brock. 407 Seiten. Serie Piper

Kleopatra – um ihren Namen ranken sich zahlreiche Mythen und Legenden. Als Geliebte war sie ebenso raffiniert wie verletzlich, als Mutter zärtlich und selbstlos, und als Herrscherin verfügte sie über außergewöhnliches politisches Geschick. Zu einer Zeit, als Cäsar, Marcus Antonius und Octavian um die Herrschaft im Römischen Reich kämpfen, gibt Kleopatra, Königin von Alexandria, der Weltpolitik entscheidende Impulse, die sie zur triumphalen Regentin an Cäsars Seite und zu einer der wegweisenden Frauenfiguren der Antike machen. Eindrucksvoll erzählt der spanische Bestsellerautor Terenci Moix von der tragischen Verbindung, die Leidenschaft und Kalkül im Leben einer der faszinierendsten Frauen der Weltgeschichte eingehen.

05/1372/01/R